dtv

Eine Liebe in Deutschland – Maxim Billers großer Roman erzählt die Geschichte von Motti Wind, dem Israeli, der alles vergessen will, was er als junger Soldat im Libanonkrieg erlebt hat, und von Sofie, seiner geliebten deutschen Frau, mit der er in München ein neues Leben beginnt. Doch je näher sich die beiden kommen, desto unmöglicher erscheint ihnen ihre Liebe. Während Sofie mit Trauer und Trotz reagiert, flieht Motti in eine neue, noch gefährlichere Liebe – in die Liebe zu ihrer gemeinsamen Tochter Nurit ... Mottis maßlose Suche nach dem Glück ist ein einziger großer Strudel von Gefühlen und Taten, die alles Gewöhnliche und Erlaubte sprengen, ein Stück aufregender schwarzer Prosa, ein Großstadtroman, wie es ihn seit Döblins Alexanderplatz nicht mehr gab. »Maxim Biller hat einen ebenso einfühlsamen wie sprachmächtigen Roman geschrieben, den man nicht vergessen wird.« (Marko Martin in der ›Welt‹)

Maxim Biller, geboren 1960 in Prag, lebt seit 1970 in Deutschland. Von ihm sind außerdem erschienen: die Erzählbände ›Wenn ich einmal reich und tot bin‹ (1990), ›Land der Väter und Verräter‹ (1994) und ›Harlem Holocaust‹ (1998), die Essaysammlungen ›Die Tempojahre‹ (1991) und ›Deutschbuch‹ (2001) sowie das Drama ›Kühltransport‹ (2001). Er wurde mit dem Tukanpreis der Stadt München (1994), dem Preis des Europäischen Feuilletons (1996), dem Otto-Stoessl-Preis (1996) und dem Theodor-Wolff-Preis (1999) ausgezeichnet.

Maxim Biller

Die Tochter

Roman

Deutscher Taschenbuch Verlag

Ungekürzte Ausgabe
Dezember 2001
Deutscher Taschenbuch Verlag GmbH & Co. KG,
München
www.dtv.de

Umschlagkonzept: Balk & Brumshagen
Umschlagfoto: © Maxim Biller
Satz: Kalle Giese Grafik GmbH, Overath
Gesetzt aus der Garamont Amsterdam (Berthold)
Druck und Bindung: Druckerei C. H. Beck, Nördlingen
Gedruckt auf säurefreiem, chlorfrei gebleichtem Papier
Printed in Germany · ISBN 3-423-12933-6

Für Bettina

»Gordweil stieß ein ersticktes
Ächzen aus. Er meinte, vor Schmerz
und Lust zugleich ohnmächtig
zu werden. Bisher hatte noch keine Frau
ihn in eine ähnliche Lage versetzt.«

David Vogel, Eine Ehe in Wien

Als Motti Wind nach zehn langen, bedrückenden Jahren seine Tochter Nurit wiedersah, hatte sie fast gar nichts an. Ihre dunkle Windjacke, die weiße Bluse und die Jeans lagen neben ihr auf dem großen Hotelbett, das mit einer schweren roten Decke bezogen war. Sie hatte bereits ihre Socken abgestreift und die beiden gelben Spangen aus dem Haar gelöst, so daß es nun über ihre nackten Schultern fiel und ihren hohen Brustansatz bedeckte. Während sie das orangefarbene Bikinioberteil, das vorne zusammengebunden war, vorsichtig aufzuschnüren begann, überlegte Motti kurz, ob es nicht besser wäre aufzuhören, aber dann dachte er, daß es ohnehin keine Rolle spielte, ob er weitermachte oder nicht. Ihre großen, mädchenhaften Brüste wirkten wie angeschwollen, man sah ihnen an, daß sie gerade erst gewachsen waren, und als Motti bemerkte, wie unsicher und neugierig sie selbst beim Ausziehen ihres Slips an ihnen herabsah, so als habe sie sich noch gar nicht an sie gewöhnt, steigerte das sein Hochgefühl.

Anfangs hatte er sie überhaupt nicht erkannt, er hatte einfach nur ihre Schönheit bewundert, die sorglose und gepflegte Schönheit eines Mädchens, das im Gegensatz zu den meisten andern, eher gewöhnlichen und oft leicht verwahrlosten Mädchen seiner Sonntage offenbar sehr behütet aufgewachsen war. Er hatte darum sofort versucht, sich vorzustellen, wie früher ihre Bettwäsche gerochen haben mochte – bestimmt hatte sie eine Daunendecke gehabt und ein Kissen, das so groß und weich war, daß man es sich zum Lesen bequem unter den Kopf schieben konnte –, im nächsten Moment sah er sie auch schon in ihrem unaufgeräumten Kinderzimmer auf dem Fußboden sitzen und telefonieren, er sah ihr müdes und erhitztes Gesicht, wenn sie von der Schule nach Hause kam, er sah, wie sie sich mit ihrer Mutter in einem Schmuckgeschäft tief über eine Vitrine beugte, er sah sie mit einer Freundin in einem Konzertsaal, auf den

Abonnementplätzen ihrer Eltern, er sah sie nachts, nach dem Ausgehen, in der dunklen Küche vor dem offenen, hellerleuchteten Kühlschrank stehen und aus einer großen Glasflasche Milch trinken. Und genau da hatte er zum ersten Mal an diesem Vormittag an seine Tochter gedacht. Es war zunächst nur der Schatten eines Gedankens gewesen, er huschte durch seinen Kopf und verschwand sofort, aber kurz darauf tauchte er wieder auf, ohne daß Motti gewußt hätte, was er mit ihm anfangen sollte. Er wurde, obwohl noch gar nichts passiert war, sofort von einer ungewöhnlichen Erregung erfaßt, und während er sich massierte, während er sein warmes Glied in seiner Faust spürte, erwärmte sich auch sein Herz, und er blickte wie ein Verliebter in die forschenden, traurigen, abweisenden Augen des Mädchens auf dem Fernsehschirm. Im Hintergrund hörte er die Stimme des Mannes, der sie, wie alle anderen Darstellerinnen vor ihr in dem Video, zunächst aufgefordert hatte, ihm für zwanzig Mark ihre Titten zu zeigen; weil sie sich – wie verabredet – weigerte, hatte der Mann schnell auf dreißig Mark erhöht, womit sie einverstanden gewesen war, worauf von der Seite eine Hand ins Bild kam und ihr von oben die beiden Scheine zusteckte, die sie mit einem süßen, ängstlichen Lächeln entgegennahm. Dieses Lächeln hatte natürlich nicht ihm gegolten, aber Motti mußte es trotzdem erwidern, seine Mundwinkel schoben sich unwillkürlich nach oben, seine ganze Gesichtsmuskulatur entspannte sich, und ein lange vermißtes Glücksgefühl durchfuhr seine Brust. Im selben Moment war der Gedanke an Nurit, an seine kleine, stumme, geliebte Nurit, die er so lange nicht mehr gesehen hatte, wieder stärker geworden, er wurde für Sekunden so stark und übermächtig und groß, daß er sich, wie der Mond bei einer Sonnenfinsternis, zwischen Motti und den Rest der Welt geschoben hatte, dann verschwand er wieder und gab erneut den Blick frei auf das Mädchen auf dem Bildschirm, und ab da war noch mehr

Nähe zwischen ihm und ihr. Eine wie sie wäre gut, war Motti plötzlich durch den Kopf geschossen, dann würde alles viel einfacher sein als jetzt – dann würde jeder seiner Schritte leichter werden, die Arbeit fiele ihm nicht mehr so schwer, er würde morgens nicht mutlos in seinem Bett liegen, sondern beim Klingeln des Weckers sofort aufspringen. Vielleicht würde er sogar endlich aufhören, sich vor allem möglichen zu fürchten, vor dem unerwarteten Klingeln an seiner Wohnungstür, vor den harmlosen Rechnungen und Behördenbriefen in seinem Briefkasten, die er meistens erst Tage oder Wochen später herausnahm und öffnete, vor den ewigen Geräuschen hinter den Wänden seines Appartements. Angst wäre nur noch ein Wort für ihn, denn alles, was er tun würde, täte er immer auch für sie, dachte Motti gerührt, und die Wärme wanderte aus seiner Faust über die Lenden den Rücken hinauf bis zum Hals. Ja, und auch sie täte alles für ihn, und so hielte er es mit ihr überall aus, sogar hier, hier-hier-hier, wo es Mädchen und Frauen wie sie gar nicht gab, hier, in Sofies Totenland, das er nun sowieso hoffentlich bald verlassen würde. Wo es Mädchen und Frauen wie sie gar nicht gab? Bei diesem Satz hatte Motti gestockt, seine Hand wurde kraftlos und glitt aufs Laken. Mein Gott, wie jüdisch sie aussah, dachte er erschrocken, und noch während er sich fragte, warum es ihm nicht gleich aufgefallen war, erschrak er ein zweites Mal. Nein, das war doch nicht möglich, wehrte er sich, das war vollkommen absurd, aber da ahnte er längst, daß es so war, und er begriff nun endlich, warum ihm der Gedanke an sie all die Zeit im Kopf herumgespukt war. In dieser Sekunde hatte das Mädchen auf dem Bildschirm aufgeschaut, stumm, mit fragendem Blick, sie wollte wissen, ob sie anfangen sollte, und die unruhige Kamera ging dicht an sie heran. Ja, sie war es, es gab keinen Zweifel. Auf einmal erkannte er alles wieder bei ihr, sein eigenes schmales, ein wenig zu kleines Gesicht, die eng beieinanderstehenden

Augenbrauen, die zusammen mit der umschatteten langen Nase genauso wie bei ihm ein T bildeten, die hellen Lippen, die von selbst zuckten, wenn sie lächelte oder ängstlich war. Als kleines Mädchen schon hatte sie ihm so ähnlich gesehen, daß er sich manchmal, wenn er nicht mehr weiterwußte, vorstellte, er hätte sie gar nicht mit Sofie, sondern ganz allein, wie durch Zellteilung, gezeugt, nur ihre Haare waren immer anders gewesen als seine, sie waren aschblond, wie die von Sofie. Sie sind dunkel geworden, murmelte Motti, meine Tochter hat dunkles Haar, und dann hatte Nurit angefangen, langsam ihre Windjacke auszuziehen, die Bluse und die Jeans.

»Hast du schon oft gefickt?« hörte Motti jetzt den Mann sagen.

Nurit lag nackt, mit weit auseinandergespreizten Beinen, auf dem Bett. Sie nickte.

»Und gefällt es dir?«

Sie schüttelte, die Lippen zu einem ironischen Lächeln zusammengepreßt, träge den Kopf.

»Aber du wichst gern, du kleine Sau. Stimmt's?«

Jetzt nickte sie wieder, und noch bevor sie etwas sagen konnte, tauchte die Hand des Mannes abermals im Bild auf, und er legte ihr einen Fünfzigmarkschein auf den nackten Bauch.

»Ich will jetzt ganz genau sehen, wie du es dir machst«, sagte der Mann leise.

Eigentlich war der Libanonkrieg an allem schuld. Im Sommer 1982 hätte Motti bereits in London sein sollen, wo er ein paar Wochen bleiben wollte, um von dort nach Neu Delhi weiterzufliegen. Alle seine Freunde und Schulkameraden verschwanden nach der Armee für eine Weile aus dem Land, jedenfalls die, die es sich leisten konnten, und auch die ärmeren unter ihnen taten alles, um wegzukommen, und wenn sie es nur bis Zypern oder Griechenland schafften. Wer aber eine wirkliche Pause von Israel wollte, besorgte sich ein einfaches Ticket nach New York oder L.A., damit er nicht so schnell in Versuchung geriet zurückzukehren, er suchte sich dort einen Kellnerjob oder schrieb sich für einen Tai-Chi-Kurs ein. Doch so entschlossen war Motti nicht gewesen. Er wollte bald studieren, und außerdem konnte er sich, schon wegen seiner Eltern, gar nicht vorstellen, für eine wirklich lange Zeit wegzugehen. Ein paar Monate Indien und Nepal sollten genug sein, um auf andere Gedanken zu kommen und die erste Neugier auf die Welt dort draußen zu befriedigen, die für ihn bis jetzt so unerreichbar weit weg gelegen hatte hinter den Festungsmauern seiner beengenden Heimat, wo jeder jeden kannte, wo jeder über jeden alles wußte, wo jeder vom andern verlangte, daß er in diesem ewigen Krieg keinen Tag lang von der Seite seiner Leute wich. Motti war, wie fast alle seine Freunde, bis dahin noch kein einziges Mal im Ausland gewesen, und daß es ihn nach Asien zog, hatte eigentlich nur damit zu tun, daß er sich jene hunderttausend strahlenden, märchenhaften Farben einmal aus der Nähe ansehen wollte, in die, wie er oft gehört hatte, die Landschaften, Speisen und Stoffe dort getaucht waren. Doch dann, einen Monat nach seiner Entlassung aus der Armee und eine Woche vor dem Abflug, saß er wieder in seinem Panzer und donnerte auf Beirut zu. Es war sein erstes Mal, und bei jedem Schuß, den sie abfeuerten, bei jedem Rückstoß, der das tonnenschwere Gefährt wie eine leere Bierdose erzittern ließ, bei jedem gellenden, angsterfüllten Triumphschrei, den der irre gewordene Eli an seiner Kanone über ihm ausstieß, wurde Motti übel, er schwitzte und zitterte wie ein Fieberkranker. Übertroffen wurde seine Nervosität nur noch von seinem Eifer – er wußte, je besser sie kämpften, je schneller sie die Palästinenser ins Meer trieben, desto früher käme er hier wieder raus. Wie die Verrückten jagten sie die Küstenstraße hinauf, durch dieses häßliche, flache, verdorrte Land, dessen graues Meer, dessen vertrocknete Flüsse, heruntergekommene Häuser und abgefressene Bananenplantagen ihm wie eine bösartige Karikatur Israels vorkamen. Erst hinter dem Litani veränderte sich die Gegend, im Osten tauchten plötzlich Hügel auf, weiße und grüne Hügel, an deren Hängen Häuser standen, die prächtiger waren als die prächtigsten Villen von Savion, während gleichzeitig im Westen das Meer mit einem Mal wie ein riesiges grünes Seidentuch im grellen Junihimmel zu flattern begann. Irgendwann kurz vor Sidon, ihr letztes Gefecht lag bereits zwei Tage zurück, dachte Motti, sie hätten das Schlimmste nun hinter sich. Er wurde von Stunde zu Stunde ruhiger, sein Appetit kehrte zurück, und immer öfter schaute er für kurze, verträumte Augenblicke durch seinen Sehschlitz hinaus und dachte dabei lächelnd, daß er sich seine erste Auslandsreise eigentlich anders vorgestellt hatte. Aber dann kamen sie nach Al-Biah. Auch hier schien zuerst alles in Ordnung zu sein, die Schiiten, die froh waren, die PLO loszuwerden, bewarfen ihre Panzer mit Reis, sie gaben ihnen zu trinken und zu essen, und es dauerte etwas zu lange, bis Motti und die anderen bemerkten, daß die Schiiten gar keine Schiiten waren. Nachdem die Sache vorbei war, erhob sich ein deprimierender, fauliger Gestank über Al-Biah, und Muamar, dieser Hundesohn, war nur noch Matsch auf dem Pflaster seiner Heimatstadt.

Als Motti die Uniform endlich wieder ausziehen konnte, war es schon Herbst. Drei Monate waren vergangen, drei läppische Monate, aber er hatte jetzt das Gefühl, alles, was das Leben für ihn bereithielt, habe er bereits hinter sich. Nachts wurde er ständig wach, er hatte oft keinen Appetit, dann wieder aß er für zwei. Häufig kam es ihm so vor, als ob seine Arme und Hände zitterten, aber wenn er sie ansah, waren sie vollkommen ruhig. Er war ungeduldig mit seinen Eltern und schrie sie ständig an, er hielt die Wutanfälle seiner Mutter nicht mehr aus, doch die sanfte, zurückhaltende Art seines Vaters regte ihn genauso auf, beim Lesen konnte er sich nicht konzentrieren, jeden Absatz las er dreimal und wußte hinterher immer noch nicht, was er gelesen hatte, an Rosch Haschana und Jom Kippur langweilte er sich in der Synagoge wie früher, als er noch ganz klein gewesen war, und am schlimmsten fand er, daß er sich plötzlich wie alle wegen jeder Kleinigkeit mit Kellnern und Taxifahrern herumstritt. Er mußte weg, so schnell wie möglich, alles machte ihn nervös, und vor allem hielt er den ständigen Lärm nicht mehr aus. Wieso war ihm das nie vorher aufgefallen? Das ganze Land bestand aus Lärm, aus Autolärm, Flugzeuglärm, Radiolärm, alle paar Minuten ging irgendwo eine Alarmanlage an, überall dröhnten Airconditioner, die Leute schrien sich an, statt miteinander zu sprechen, sie drehten ihre Fernseher so laut, daß man sie zwei Straßen weiter hören konnte, und aus den Kindergärten kam die Musik mit solch ohrenbetäubendem, scheppernden Krach, als würde sie durch riesige Megaphone gejagt, um die Kinder schon jetzt an den Lärm zu gewöhnen, der sie ihr Leben lang terrorisieren würde.

Mottis altes Ticket war inzwischen verfallen, aber weil er nicht länger warten wollte, nahm er den erstbesten billigen Flug, den er auf die Schnelle kriegen konnte: *Arkia*, Tel Aviv-Neu Delhi, mit Zwischenstopp in München. Und genau das war der Fehler gewesen. Wer, fragte er sich Jahre später, als es wegen Nurit die ersten Probleme gab, hätte wohl ein paar Monate zuvor neben ihm auf dem Flug nach London gesessen? Bestimmt nicht Sofie, und sogar wenn, hätte eine wie sie ihn da garantiert noch kaltgelassen. So nahm er aber eines Morgens Ende November neugierig neben dieser etwas dicklichen, blonden Deutschen Platz, die ihm bereits bei der Paßkontrolle aufgefallen war, weil sie bei jedem Wort, das die nervöse und überlaute Soldatin am Schalter an sie gerichtet hatte, mehr erstaunt als erschrocken zusammengezuckt war, um hinterher mit aufgerissenen Augen so leise und höflich zu antworten, wie er noch nie in seinem Leben einen Menschen sprechen gehört hatte. Später, in der Luft, betrachtete er von der Seite ihr fast weißes, konturloses Gesicht, in dem nicht einmal die israelische Sonne Spuren hinterlassen hatte und dessen einzige Besonderheit darin bestand, daß es immer dann, wenn sie sich vorbeugte oder über eine seiner Bemerkungen erschrak, ruckartig auch noch den letzten Rest an Farbe verlor. Er musterte ihre weißen Hände und Knöchel, er sah ihr über die weiße Schulter, während sie in ihrem Israelführer las, er beugte sich zu ihr herüber, um sich von ihr, die schon alles vom Hinflug kannte, im Fenster Kreta, Zagreb und die Alpen zeigen zu lassen, und lugte ihr dabei in den Pullover, weil er sehen wollte, ob ihre übergroßen, hängenden Brüste auch so schön weiß waren wie ihr Gesicht. Sonst redeten sie in den ersten Stunden ihrer Bekanntschaft nicht viel miteinander, weil Motti alle dreißig Minuten beschloß, die junge Frau neben sich so aufregend zu finden wie ein Wagenrad – aber auch, weil ihre Antworten jedesmal so karg und knapp ausfielen, daß er immer erst eine Weile überlegen mußte, was er sie als nächstes fragen könnte. Irgendwann schlief er einfach ein, und im Schlaf rutschte sein Kopf auf ihre Schulter. Als er aufwachte, saß sie steif und reglos da, den Reiseführer – der nach wie vor auf derselben Seite aufgeschlagen war – wie ein Gebetbuch in beiden Händen.

»Immer noch Massada?« sagte er auf englisch, während er sich aufsetzte.

»Ich wollte Sie nicht wecken«, erwiderte sie.

»Das haben Sie aber.«

»Oh!«

Er legte den Kopf wieder leicht auf die Seite, und als er merkte, daß ihr Haar sein Ohr kitzelte, lief ihm ein angenehmer kühler Schauer über den Rücken, und er schüttelte sich. Sie hatte wirklich »Oh« gesagt, dachte er. Und wie schön sie es gesagt hatte! Ganz leise und zart vor Schreck. Er hatte noch nie ein Mädchen »Oh« sagen gehört, jedenfalls nicht so. Die Mädchen und Frauen, die er kannte, sagten meistens »Und wenn schon!« oder »Na und!«, und sie schrien immer dabei.

»Sagen Sie es noch mal, bitte«, sagte er, ohne sie anzusehen.

»Was meinen Sie?«

»›Oh‹.«

»›Oh‹?«

»Ja ... Genau.«

Sie blickte geradeaus, sie stierte wie er auf den Sitz vor sich, auf die Netzablage, in der die Bordzeitschrift und der Duty-free-Katalog steckten. So wie sie beide dasaßen, wäre man nicht auf die Idee gekommen, daß sie sich miteinander unterhielten.

»Oh«, sagte sie endlich, und es klang ganz anders als vorhin.

»Danke«, sagte Motti. Er rührte sich noch immer nicht, und darum konnte er nicht sehen, ob sie lächelte. »Lächeln Sie gerade?« fragte er sie.

»Nein«, antwortete sie, »eigentlich nicht.«

»Ich auch nicht.« Er sagte es, weil er nicht wußte, was er sonst sagen sollte. Dann schwiegen sie wieder, und er überlegte, worüber sie jetzt sprechen könnten. Sollte er mit ihr über Massada reden? Über Ein Gedi? Über die Wasserfälle von Banyas? Sollte er sie fragen, warum sie nach Israel gefahren war? »Sie haben mich vorhin gar nicht geweckt«, sagte er schließlich.

»Oh!« entfuhr es ihr, und es klang noch mal ganz anders, und als er dann die Hand unter ihren schweren, dicken, weißen Arm schob, sagte sie lange Zeit gar nichts mehr.

ALS MOTTI AUF DEN WECKER SAH, war es kurz nach eins. Er hatte heute nur eine Doppelstunde, draußen, in Puchheim, bei der verrückten Frau Gerbera. Bis dahin - er mußte erst um sieben dort sein - hatte er noch viel Zeit. Er überlegte kurz, ob er im Bett bleiben sollte, um in Ruhe seine israelischen Zeitungen zu lesen, beschloß aber, die Lektüre auf später zu verschieben. Ihm war klar, was das bedeutete: Er würde die Zeitungen, wie so oft in den vergangenen Monaten, wahrscheinlich in einigen Tagen ungelesen in den Papierkorb werfen. Seit er wußte, daß alles nur noch eine Frage der Zeit war, waren sie ihm nicht mehr so wichtig, es tat ihm immer nur wegen seiner Eltern leid, die sie für ihn Woche für Woche sammelten und ihm für viel Geld per Expreß schickten. Während die Videokassette zurückspulte, stand er langsam auf und ging zum Fenster. Er wollte es aufmachen, sah vorher aber durch die schmutzigen Scheiben auf den Kurfürstenplatz herunter. Draußen war es so dunkel, als hätte der Tag noch gar nicht richtig angefangen. Es fuhren kaum Autos, an der Straßenbahnhaltestelle, die in der Woche ständig belebt war, verloren sich zwei, drei Leute, am Taxistand wartete kein einziger Wagen. Plötzlich ging an der Rufsäule der Lichtmelder an, er überzog für ein paar Augenblicke die benachbarten Häuser mit seinem weißen, flackernden Licht und erlosch wieder. Nachdem einige Sekunden vergangen waren, ging er abermals an, ein Taxi raste heran, der Fahrer sprang heraus, nahm den Auftrag entgegen und fuhr davon. Im selben Augenblick bog die Straßenbahn, von der Hohenzollernstraße kommend, mit einem lauten Knirschen um die Ecke, sie sammelte die wenigen Fahrgäste ein und entfernte sich. Obwohl es mitten am Tag war, waren beide Waggons innen beleuchtet, und während die Bahn langsam die Nordendstraße hinunterfuhr, öffnete Motti endlich das Fenster, er streckte den Kopf in die Kälte hinaus und blickte der Bahn hinterher. An hellen Tagen konnte er, so wie ich, von seiner

Wohnung aus bis zu dem neuen lilafarbenen Eckhaus an der Georgenstraße sehen, heute aber verschwamm schon der Elisabethplatz in einem dämmrigen, graubraunen Zwielicht. Auch der steil aufragende Winterhimmel hatte dieselbe Färbung, nur hier und da war er von großen gelben Flecken durchsetzt.

Nachdem er gefrühstückt hatte, blieb Motti am Küchentisch sitzen. Normalerweise sprang er sofort auf, um den Tisch abzuräumen und das benutzte Geschirr abzuwaschen, doch jetzt rührte er sich nicht von der Stelle; er bewegte nur langsam den Kopf von einer Seite zur andern, ihn mal leicht hebend, mal leicht senkend, und betrachtete dabei die Wände des kleinen, dunklen Raums. Bald würden seine Eltern anrufen, dachte er, wie jeden Sonntag um diese Zeit. Er konzentrierte sich, um das Klingeln nicht zu überhören, aber alles blieb still. Plötzlich hörte er, direkt hinter der Küchenwand, ein lautes, dumpfes Rumpeln, es entfernte sich, kam näher, entfernte sich wieder. Schließlich verstummte es ganz, und im gleichen Moment ertönte aus einem der unteren Stockwerke das laute, quälende Geräusch eines Bohrers. Zuerst vernahm man ein Pfeifen, dann ein Heulen, dann ein schier endloses Brummen, das irgendwann in einem langgezogenen, allmählich abnehmenden Ton erstarb. Sekunden später, als Motti dachte, es sei vorbei, setzten alle Geräusche in derselben Reihenfolge wieder ein, und so ging es mehrere Male. Kaum war unten endlich Ruhe eingekehrt, begann wieder das Rumpeln, es war auf einmal ganz nah, so nah, als würde nebenan ein riesiger Gegenstand gegen die Wand gedrückt und gescheuert, und gleichzeitig fing in der Wohnung über Motti jemand an, mit schweren Schuhen auf- und abzumarschieren, wie auf einem Kasernenhof. Als jetzt auch noch wieder der Bohrer aufjaulte, konnte Motti nicht mehr anders und grinste. Er bemerkte sein Grinsen, worauf er, nun wieder mit ernstem Gesicht, über sich selbst den Kopf schüttelte, und da plötzlich, wie auf ein

Kommando, verstummten alle Geräusche im Haus, nur irgendwo in der Ferne klingelte leise ein Telefon.

Motti brauchte lange, bis er begriff, daß es sein eigenes Telefon war. Als er dann endlich aus der Küche stürmte, war es zu spät. Er setzte sich aufs Bett, stellte den Telefonapparat auf seine Knie und wartete. Er wußte, seine Eltern würden denken, sie hätten die falsche Nummer gewählt, so daß sie es gleich noch einmal versuchten. Tatsächlich läutete es kurz darauf wieder, doch Motti hob nicht ab, er betrachtete den alten grauen Apparat auf seinem Schoß, den außer ihm kaum noch jemand hatte, er starrte ihn an, als hätte er ihn niemals zuvor gesehen, und überlegte dabei, ob es wohl Telefone gab, bei denen man sehen konnte, daß sie klingelten. Woher, fragte er sich, wußte eigentlich ein Tauber, daß ihn jemand anrief, aber dann fiel ihm ein, daß ein Tauber ohnehin nicht telefonieren konnte. Blind müßte man sein, dachte Motti, wenn man blind war, hörte man sein Telefon klingeln und konnte es auch sonst ganz problemlos benutzen. Im nächsten Augenblick wurde ihm bewußt, wie idiotisch dieser Gedanke war, und er griff endlich nach dem Hörer. Doch gerade da wurde am anderen Ende aufgelegt, und an dem kurzen Knacken und dem flüchtigen Echo einer Fernverbindung erkannte Motti das drahtlose Telefon seiner Eltern. Sollte er sie zurückrufen? Nein, besser nicht. Meistens ging es doch sowieso um dasselbe, sie wollten wissen, ob er seine Tabletten nahm und wann er endlich nach Hause käme. Das alles konnten sie auch ein anderes Mal besprechen, er mußte jetzt endlich los, das Video zurückgeben.

In den ersten Jahren, als Nurit noch nicht da war, fuhren sie jeden Samstagnachmittag nach Harlaching hinaus. Sofies Vater, ein hochgewachsener, dünner Mann, der meistens ein weißes Hemd anhatte, ohne Krawatte, mit zugeknöpftem Kragen, erwartete sie immer schon an der Gartenpforte. »Schön, meine Liebe«, sagte er zu Sofie, und sein schiefer Mund kippte wie ein untergehendes Schiffchen auf einer Kinderzeichnung noch weiter auf die Seite. Dann küßte er sie auf die Wange, ohne sie dabei, wie es Motti schien, wirklich zu berühren. Als nächstes schüttelte er Motti kraftlos die Hand und fragte ihn, ob sein Deutsch Fortschritte mache, worauf Motti jedesmal erwiderte, es könne nur noch besser werden. Dr. Branth liebte diesen Witz, er lachte immer über ihn, das heißt, er machte, ohne das Gesicht zu verziehen, ein kurzes, prustendes Geräusch, das genauso klang, als unterdrücke jemand ein Niesen. Danach gab es eine Pause, deren Grund Motti nie begriff, keiner sagte ein Wort, obwohl jedem noch etwas auf der Zunge zu liegen schien. Sofies Vater rieb sich die Hände, Sofie lächelte unsicher, mit geweiteten Augen, und Motti sah die beiden fragend und erwartungsvoll an. Schließlich sagte der Alte: »Es ist ganz schön kalt, Kinder.« Und nach einer weiteren Pause fügte er hinzu: »Ja, dann gehen wir mal rein.«

Das Haus, eine graue, zweistöckige Villa aus den dreißiger Jahren mit kleinen, schießschartenartigen Fenstern und einer tief nach innen versetzten Eingangstür, war von allen Seiten von Bäumen umgeben, so daß es drinnen meistens dunkel war. Im ungeheizten Flur brannte immer ein kleines gelbes Lämpchen, dessen mattes Licht sich ein wenig traurig in der übergroßen Eingangshalle verlor. Die Treppe lag völlig im Dunkeln, und wenn Sofies Mutter herunterkam, um ihre Tochter und deren Mann zu begrüßen, öffnete sich oben kurz ein Lichtspalt, der schnell wieder verschwand. Man hörte Schritte, und erst einige Augenblicke später tauchte im Dämmerlicht des Flurs die aufrechte, massige Gestalt von Frau Branth auf. Im Wohnzimmer war meistens nur die große Stehlampe neben dem Sofa an, ganz selten wurden auch noch die beiden Strahler eingeschaltet, die die Bibliothek beleuchteten. Dafür standen auf dem langen Couchtisch, der immer schon gedeckt war, mehrere Kerzen, die Sofies Mutter anzündete, bevor sie in die Küche ging, um den Kaffee und den Kuchen zu holen.

Motti war schnell aufgefallen, daß Sofie ihrer Mutter niemals half und daß sie ihr auch sonst nicht - vielleicht einfach nur, um für ein paar Augenblicke mit ihr allein zu sein - in die Küche folgte. Während des ganzen Besuchs blieb sie im Sessel sitzen und stand bloß auf, um auf die Toilette zu gehen oder um sich die Hände zu waschen. Nur wenn ihre Mutter, wie immer etwas zu früh, mit dem Abräumen begann, fragte sie höflich, ob sie etwas tun könne, doch das war nie nötig. Überhaupt bewegte sich Sofie in dem Haus, in dem sie aufgewachsen war, wie eine Besucherin. Als Motti von ihr einmal wissen wollte, woher das kam, erschrak sie zunächst, so wie es ihre Art war, das Blut wich aus ihrem Gesicht, und schließlich sagte sie in einem freundlichen, abwesenden Ton, sie habe die Frage nicht verstanden. Motti überlegte kurz - und dann bat er sie, ihm beim nächsten Mal ihr altes Kinderzimmer zu zeigen. Das gäbe es nicht mehr, sagte sie, der Raum sei jetzt für Gäste vorgesehen. Ein paar Tage später fragte sie ihn plötzlich, ob er selbst in Ramat Gan sein Kinderzimmer behalten habe, worauf Motti sich, fast ein wenig überrascht, daran erinnerte, daß seine Eltern darin bis heute nie etwas verändert hatten. Es hingen immer noch dieselben eingerissenen Plakate an den Wänden, es standen seine alten Spiele und Baukästen in den Regalen, und das Bett war schon lange zu kurz für ihn.

Motti war wirklich gern in Harlaching. Manchmal freute er sich bereits seit dem Morgen auf den schweren Schokoladenkuchen, auf die selbstgemachte Karamelsoße und den wäßrigen deutschen Kaffee, dessen säuerlichen Nachgeschmack er noch Stunden später auf der Zunge spürte. Es gab bei

Sofies Eltern aber nicht nur jedesmal dasselbe zum Essen und zum Trinken, auch sonst glich ein Nachmittag dem anderen. Man saß nie zu lange zusammen, höchstens zwei, drei Stunden, jeder hatte seinen festen Platz und seine eigene Serviette, die in einem dicken, gelben Plastikring steckte, in den man sie, sorgfältig zusammengerollt, sofort wieder hineinschieben mußte, wenn man sich den Mund abgewischt hatte. Ein anderes ungeschriebenes Gesetz lautete, daß man zwar immer um ein zweites Stück Kuchen bitten durfte und auch sollte, aber nie um ein drittes. Vom Tisch erhob man sich erst, nachdem Sofies Vater – mit einem gespielt ernsten Blick auf die mit Karamel und Schokolade verschmierten Teller – plötzlich viel zu laut sagte: »Was haben wir wieder gewütet, Kinder!«

Auch die Gespräche, zu denen es kam, folgten meistens denselben Regeln. Das heißt, am Anfang wurde fast gar nicht geredet – wenn nicht gerade jemand gebeten wurde, die Kaffeekanne oder den Teller mit dem Gebäck weiterzureichen. Lange Zeit hörte man nur das Klappern der Kuchengabeln und das zarte Klirren von Porzellan beim Abstellen einer Tasse, nur ab und zu räusperte sich der eine oder andere so leise und zurückhaltend wie jemand, der in der Kirche oder bei einem Konzert nicht stören will. Es war jedesmal so, als müßten sich zunächst alle wieder aneinander gewöhnen, wie fremde Kinder bei einer Geburtstagsfeier. Erst nach einer Weile, nachdem die Anspannung von allen vieren abgefallen war, begann man sich ernsthaft und aufmerksam zu unterhalten, und Motti mochte an diesen Gesprächen besonders, daß jeder den Satz, den er angefangen hatte, auch ungestört zu Ende bringen konnte.

Meistens ging es um Sofie und ihre Schwierigkeiten mit ihren Professoren, von denen sie sich als Studentin ständig benachteiligt fühlte. Obwohl ihre Mutter fand, daß sie viel zu empfindlich war und übertriebene Forderungen stellte, hielt sie ihr das nie vor, sie sagte nur, Sofie solle sich weniger aufregen und ihre Kraft für die wirklich wichtigen Dinge sparen. Dr. Branth dagegen ergriff die Partei seiner Tochter, er sagte, auch die alten Männer müßten sich langsam daran gewöhnen, daß die Zeiten sich geändert hätten, die Menschen sähen heute die Herausforderungen ganz anderswo als früher, das fange mit der Sorge um die Natur an und ende nun mal bei der Gleichstellung der Frau. Motti wurde natürlich auch nach seiner Meinung gefragt, und obwohl er wie Frau Branth dachte, gab er Sofie und ihrem Vater recht.

War dieses Thema beendet, kam man regelmäßig auf seinen Jeansladen in der Ledererstraße zu sprechen.

»Es kann nur noch besser werden!« sagte Motti, wenn er von Sofies Vater gefragt wurde, wie es im Geschäft gehe, doch diesmal lachte Dr. Branth nicht, sein Kinn rutschte, als würde es von seinem schiefen Mund mit hinabgezogen, nach unten, er stierte für zwei, drei endlose Sekunden durch Motti hindurch und dann sagte er, nun wieder mit geschärftem Blick: »Du mußt es nur sagen, wenn du Hilfe brauchst.«

Motti bekam, wie immer in diesem Moment, vor Verlegenheit keinen Ton heraus.

»Du kannst jederzeit SOS funken«, wiederholte Dr. Branth.

»Aber ja, natürlich«, sagte Frau Branth, »jeder kann einmal geschäftlich in Schwierigkeiten geraten, auch jemand wie du.« Sie lächelte Motti dabei aus ihrem männlich wirkenden, wuchtigen Gesicht verschmitzt an, und er erwiderte ihr Lächeln. Hinterher begannen sie über die allgemeine wirtschaftliche Lage zu sprechen, und wenn Motti dann sagte, die Leute würden immer mehr fordern und immer weniger geben wollen, waren alle seiner Meinung.

»Das kennst du ja von zu Hause ganz anders, Mordechai«, sagte Dr. Branth schließlich, »bei euch sind es alle gewöhnt, an einem Strang zu ziehen – nicht so wie bei uns.« Und noch bevor Motti darauf etwas entgegnen konnte, fügte er hinzu: »Wie haltet ihr das bloß aus? Diese endlose Folge von Kämpfen muß doch jeden zugrunde richten, auch den Stärksten ...«

In diesem Moment passierte mit Motti regelmäßig die gleiche merkwürdige Sache, er sackte weg, für ein paar Sekunden, er hörte auf zu denken, zu hören und zu sehen, und wenn er wieder zu sich kam, sagte Sofies Vater gerade: »Die Nacht über dem Kanal war taghell, meine Lieben ...« Frau Branth öffnete und schloß mit einem fast unhörbaren Schmatzen den Mund, aber er ließ sich davon nicht beirren, er lehnte sich zu Motti herüber und stieß ihm prustend den Ellbogen in die Seite, in seinem sonst so starren Gesicht erschien für Augenblicke das fratzenhafte Grinsen einer afrikanischen Maske, dann verschwand es wieder, für immer, als wäre es nie dagewesen, und er fuhr dramatisch fort: »Gekämpft wurde Mann gegen Mann, versteht ihr? Es war so wie früher, als man noch auf Pferden saß und mit aufgesetzter Lanze auf den Gegner zugaloppierte. Ja. Es war nur viel lauter, es war ein Lärm, den ihr euch einfach nicht vorstellen könnt, und zu jedem Knall und jeder Explosion gab es ein Licht, es gab kleine weiße Punkte, die sich wie auf einer Perlenschnur aufgezogen in die Maschinen über einem bohrten, und es gab große rote, lodernde Lichter der Abgeschossenen in der Tiefe, Lichter der Hölle, sage ich immer, das könnt ihr euch gar nicht vorstellen –«

»Aber Heinrich«, unterbrach ihn seine Frau an dieser Stelle wie immer ganz leise, und sie wich dabei zurück, als sei sie über sich selbst erschrocken. »Heinrich, ich glaube, unser Mordechai kann sich das alles auch sehr genau vorstellen ...«

Um Dr. Branths weiße Nase bildete sich ein dunkelroter Kreis, er breitete sich in Sekundenschnelle über sein ganzes Gesicht aus und löste sich ebenso plötzlich wieder in nichts auf. »Natürlich«, sagte er, »natürlich, natürlich. Ich meine aber noch etwas anderes – ich meine die Gedanken. In dieser

Nacht über dem Kanal dachte ich, das ist doch nicht mehr auszuhalten, das macht einen kaputt, und wenn man bis ans Ende der Tage siegt ... Du hast solche Anwandlungen nie gehabt, Mordechai?« sagte er, und da war es also endlich, Mottis Stichwort.

So begann Motti dann vom Libanon zu erzählen, von der Eroberung Beiruts und den schweren Tagen nach Sabra und Schatila, er redete lange und ernst, und obwohl es Dinge gab, über die er dabei nicht sprach, Dinge, die er nie vergessen würde, wußte er genau, daß er sie, wenn überhaupt, nur hier erzählen könnte, in dieser stillen, dunklen Villa irgendwo am Stadtrand von München. Beim Reden betrachtete er immer wieder die halb heruntergebrannten Kerzen, und am Ende blickte er erschrocken hoch, zu den Fenstern, die sich allmählich in dem beginnenden Abend dunkel zu verfärben begannen. Ein schwerer schwarzer Ast drückte sich von außen gegen die Fensterscheiben, und in seinen zart raschelnden Blättern reflektierte das spärliche Wohnzimmerlicht.

Später, in der Straßenbahn, auf dem Weg nach Hause, fragte Motti Sofie, warum sie nicht endlich ihren Eltern erzählte, daß sie übergetreten sei, das würden sie bestimmt verstehen, aber er bekam keine Antwort.

DIE SACHE MIT DEN VIDEOS hatte erst vor ein paar Monaten angefangen. Eine von seinen Schülerinnen hatte Motti auf die Idee gebracht, und seitdem lieh er sich regelmäßig jede Woche einen Film aus, obwohl er sich hinterher immer wieder schwor, es sein zu lassen. Die junge Frau – sie hieß Susanne, aber Motti taufte sie gleich beim ersten Mal um in Schoschana – war ihm von der verrückten Frau Gerbera empfohlen worden, die sie von einem Treffen der Puchheimer DIG kannte. Schon in der dritten oder vierten Stunde hatte sie, während er ihr die Geschichte von Purim erzählte, mit dem Handrücken sein Knie berührt, leicht, wie ohne Absicht, aber kurz darauf hatte er die Hand wieder gespürt, diesmal auf seiner Schulter. Als sie ihm dann – er wollte gerade erklären, wie es Esther gelungen war, Haman zu überlisten – mit einer fast herablassenden Selbstverständlichkeit über die Schläfe strich, griff er so grob und wütend an ihre Brust, daß sie vor Schmerz aufstöhnte, und während er sich fragte, warum sie alle nur so verrückt sein mußten, schob er ihren Rock hoch und krallte sich mit den Fingern in ihre Unterhose. Aber Schoschana war, im Vergleich zu seinen anderen Schülerinnen, eher normal, wie sich in den nächsten Stunden herausstellen sollte, sie interessierte sich in Wahrheit weder für die Juden noch für die Deutsch-Israelische Gesellschaft, ihr Theologiestudium war ihr ziemlich egal, und konvertieren wollte sie schon gar nicht. Sie trafen sich noch ein paarmal, meistens bei ihr, wenn ihr Mann, ein fast zwanzig Jahre älterer Politikdozent, gerade an der Universität war. Schoschana, deren stämmiger Hintern und weiße Arme Motti jedesmal wehmütig machten, mußte sich als erste ausziehen. Sie durfte Motti nicht küssen, und wenn er sich dann, nachdem er sie ein paar Minuten angeschaut hatte, über sie beugte, machte sie mit der bereitliegenden Fernbedienung den Videorecorder an, damit sie nicht zu lange brauchte. Hinterher gab sie Motti sofort das Geld – zweihundert Mark für eine Doppelstunde –, und er ging, noch bevor sie sich wieder angezogen hatte. Als sie ihm dann eines Tages mit kalter, ängstlicher Stimme auf den Anrufbeantworter sagte, sie habe es sich anders überlegt, sie wolle mit dem Unterricht aufhören und er brauche nicht mehr zu kommen, stiegen ihm zwei kleine Tränen der Wut in die Augen, aber das spielte nicht wirklich eine Rolle, weil ihm im gleichen Moment einfiel, daß er gar nicht mehr wußte, wie sie eigentlich ausgesehen hatte.

Meistens versteckte Motti die Videos hinter einer Zeitung. Obwohl er fast niemanden in seinem Haus kannte, wollte er kein Risiko eingehen. Darum legte er sich vorsichtshalber auch immer eine Antwort zurecht, für den Fall, daß vielleicht doch jemand auf die auffällige weiße Plastikschachtel mit dem Namen der Videothek unter seinem Arm aufmerksam wurde und ihn fragte, was das für ein Film sei, den er sich ausgeliehen habe. Es war fast jedesmal ein anderer Titel, für den er sich entschied. Heute war seine Wahl auf *Cabaret* gefallen. Es war lange her, daß er diesen Film gesehen hatte, aber er konnte sich noch gut an die dunkle Stimmung erinnern, die darin herrschte. Auch die gedämpften Farben, mit denen der Kameramann die Gesichter der Schauspieler gezeichnet hatte, waren ihm noch absolut gegenwärtig, und so würde er im Notfall überzeugend lügen können. Aber natürlich hielt ihn auch diesmal wieder keiner an, und er verließ ohne Probleme das Haus.

Draußen war es noch dunkler und kälter, als er gedacht hatte. Der Westwind, der sich wie immer über dem weiten und ungeschützten Kasernengelände an der Schweren-Reiter-Straße gesammelt hatte, blies von dort wie von einem großen, unruhigen Meer nach Schwabing hinein, in jede Straße, in jeden Hof und jede offene Garageneinfahrt. Er roch salzig, aber vielleicht bildete Motti sich das auch nur ein. Während er sich nun langsam vom Kurfürstenplatz die menschenleere Hohenzollernstraße hinaufkämpfte, die kalte, schneidende Luft in jeder Falte seiner Kleider, während er abwechselnd nach unten blickte, auf seine schwarzen Schuhe und das graugesprenkelte Pflaster, dann wieder nach vorne, zum Nordbad, wo über dem neuen Stadtarchiv die Wolken wie große graue und braune Pferde hintereinander herjagten, erinnerte er sich an den warmen, salzigsüßen Geruch des Meers zu Hause. Er dachte daran, daß dieser Geruch schon bald wieder für ihn so selbstverständlich sein würde, wie er es früher gewesen war, und dabei preßte er die Kassette und die Zeitung selbstvergessen mit beiden Händen gegen seine Brust.

Er hatte Nurit nur einmal nach Israel mitgenommen, kurz bevor sie sie ihm weggenommen hatten. Sie waren an Pessach nach Tel Aviv gefahren, für zwei Wochen, und weil Sofie darauf bestanden hatte, wohnten sie nicht in Ramat Gan, sondern in der Nähe des Strands, in dem schrecklichen Hotel *Basel* an der überlauten, Tag und Nacht befahrenen Hayarkon-Straße, wo ich auch schon einmal ein paar Nächte verbracht habe. Dort stand er oft, wenn Sofie mal wieder unterwegs war, mit Nurit nach dem Baden auf dem Balkon, sie hatten zusammen geduscht, Nurit wollte dem Meer noch Gute Nacht sagen, und während sie hinausblickte, zu den weißschäumenden Wellen und dem braunen Sand, betrachtete er von hinten ihren Nacken, in dem sich wie immer, wenn er ihr Haar hochgesteckt hatte, eine kleine, aschblonde Locke kräuselte. Er schaute ihren dunklen Rücken an, die schmalen Arme und Beine, den weißen Po, und schließlich nahm er sie in seine Arme und trug sie ins Bett. Er küßte sie, und sie küßte ihn, und dann rollte sie sich an seinen Bauch, und sie schliefen, bis Sofie von einem ihrer Termine zurückkam.

In der Videothek, deren weißes, unruhiges Neonlicht ihn jedesmal an ein Krankenhaus erinnerte, stellte sich Motti gleich in die Schlange. Er sah geduldig der jungen Frau hinter dem Schalter zu, wie sie die Leute vor ihm bediente. Sie war nicht unfreundlich, sah aber auch nie jemanden an, wenn sie einen ausgeliehenen Film entgegennahm oder einen neuen auf den grauen, abgegriffenen Resopaltresen legte. Es waren fast nur junge Männer da, sie trugen ausgewaschene Jeans und braune oder schwarze Lederjacken, und die meisten von ihnen schienen, genauso wie er, keine Deutschen zu sein. Er fühlte sich trotzdem nicht wohl unter ihnen, obwohl sie ihm so ähnlich sahen mit ihren schwarzen Haaren, braunen Augen und unrasierten Gesichtern. Sie waren scheu und abweisend, keiner redete mit dem andern, und die argwöhnische Beklommenheit, die sie umgab, hatte überhaupt nichts Südländisches an sich. Der Junge direkt vor ihm etwa, der die ganze Zeit auf den Boden blickte oder zur Tür, so als hätte er Angst, daß ihn hier jemand erwischen könnte - in seinem eigentlich schönen, offenen Gesicht hatte sich der grimmige Schatten eines Menschen eingenistet, der nur darum grimmig ist, weil die andern es auch sind. Als er dran kam, verzog er säuerlich lächelnd den Mund und legte, ohne ein Wort zu sagen, die gelbe Verleihmarke auf den Tresen. Die junge Frau nahm die Marke und ging ins Lager, und als sie mit der von ihm gewünschten Kassette zurückkam, steckte sie sie in eine der weißen Plastikschachteln, die zu Dutzenden hinter ihr im Regal standen. Sie schob seine Mitgliedskarte durchs Lesegerät, legte ihm den Ausleihvertrag hin und einen Kugelschreiber mit abgebrochenem Klipp, und erst jetzt blickte sie ihn zum ersten Mal für den Bruchteil einer Sekunde an und sagte: »Hier unterschreiben!« Er verzog wieder, wie schon vorhin, den Mund zu diesem Lächeln, von dem man nicht wissen konnte, ob es wirklich ein Lächeln war oder der Ausdruck von Widerwillen, und Motti sah genau, daß es, auch nachdem der Junge sich umgedreht hatte und davongegangen war, aus seinem Gesicht nicht verschwand.

»Ich hab' nicht ewig Zeit«, hörte Motti die Frau sagen, während er ihm noch hinterherblickte. »Ja, natürlich«, sagte Motti, »Entschuldigung.« Er gab ihr Nurits Film und das Geld, und er wollte schon gehen, als ihm etwas einfiel. »Welche Nummer?« sagte er. »Wie, welche Nummer?« erwiderte die Frau. »Welche Nummer hat der Film, den ich gerade zurückgegeben habe?« »Willst du ihn noch mal?« »Nein, ich will nur die Nummer wissen.« Sie sah ihn böse an, dann sah sie genauso böse auf den Bildschirm ihres Computers und sagte ihm die Nummer. Ohne sich zu bedanken, drehte Motti sich um und ging ganz nach hinten, in den allerletzten Raum, wo die Teenagerfilme standen. Er fand Nurits Video nicht gleich, er mußte langsam die hohen, endlosen Reihen mit den ausgestellten Filmen abschreiten, um die richtige Zahl nicht zu verpassen. Dabei las er automatisch die unsinnigen Filmtitel mit und betrachtete die Bilder auf den leeren Hüllen. Am Anfang, als er noch nicht so oft hierhergekommen war, war er immer sehr aufgeregt gewesen, wenn er das alles sah. Er hatte oft eine Erektion bekommen, manchmal ging auch sein Atem ganz schnell, oder es sammelte sich Speichel in seinem Mund, den er dann überrascht hinunterschluckte. Inzwischen hatte er sich aber daran gewöhnt, Bilder von Menschen zu sehen, die miteinander fickten, Bilder von nackten Männern, die selbstherrlich die Arme in die Hüften stemmten, während sie sich einen blasen ließen, Bilder von Frauen und Mädchen, die dabei demütig nach oben schauten, Bilder von übernatürlich großen, operierten Titten, deren Gewebe an den Seiten von verräterischen Dehnungsstreifen durchzogen war, Bilder von großen, wunden, geweiteten Arschlöchern, von ausrasierten Mösen, von spermabedeckten Lippen, Wangen und Haaren. Nichts konnte ihn noch überraschen, dachte Motti, und darum verstand er selbst nicht genau, warum er trotzdem immer wieder hierher zurückkam, warum er trotzdem jedesmal von neuem so lange und genau die Fotos auf den Hüllen miteinander verglich, bis er sich endlich für einen Film entschied, die danebenhängende gelbe Marke verstohlen abnahm und damit zum Ausleihschalter vorging. Er war, das begriff er nun plötzlich, dabei nie auf der Suche nach der besonderen Stellung oder Perversion, sondern nach einem Gesicht, das ihm gefiel, in das er sich für einen Sonntagnachmittag verlieben konnte, und es mußte natürlich ein warmherziges, dunkles, schwesterliches Gesicht sein. Genau darum also hatte er sich gestern auch für Nurits Video entschieden – für dieses Video, auf dessen Umschlag ein Mädchen zu sehen gewesen war, dessen schmale Wangen, feine dunkle Nase und prinzessinnenhafte, schwere Locken so überhaupt nicht zu diesem nackten, weit geöffneten Körper zu gehören schienen, den sie der Kamera entgegenstreckte. Dieses Bild wollte er jetzt unbedingt noch einmal sehen, ja, und er wollte, weil er gestern nicht darauf geachtet hatte, zur Sicherheit überprüfen, ob denn auch wirklich neben dem Foto ihr Name stand, der Name, der auch der seine war.

Als er den Film endlich gefunden hatte, ging er mit dem Gesicht ganz nah ans Regal heran. Ja, klar, das war sie, sein Mädchen, seine Buba, sein Herz. Sie blickte ihn mit diesem fragenden, zugleich distanzierten und lockenden Blick an, den man offenbar ihnen allen beibrachte, doch je länger er in ihre Augen hineinsah, desto mehr entdeckte er hinter ihrer professionellen Ergebenheit noch etwas anderes, etwas sehr Privates und Vertrautes. Rechts neben ihr, über dem kleingeschriebenen Namen des Regisseurs, stand ein einziger Name, in großen, knallgelben Lettern – Jessy Jazz. Für eine kurze, viel zu kurze Sekunde kannte Mottis Erleichterung keine Grenzen. Alles ist in Ordnung, jubelte er, alles ist gut – aber dann begriff er auch schon, daß es ein Pseudonym war, was sonst, und er begann am ganzen Körper zu zittern. Ob Sofie wußte, was Nurit trieb, fragte er sich wütend, ob sie, diese gleichgültige Kuh, zumindest dagegen war oder ob sie einfach nur sagte, es ist deine Sache, Tochter, tu, was du nicht lassen kannst? Ohne nach links oder rechts zu schauen, riß Motti die bunte leere Hülle aus dem Regal, schob sie sich unter den Mantel und stürmte hinaus.

Es war wieder Herbst geworden. Er saß in der Türkenstraße auf einer der grauen eckigen Betonparkbänke gegenüber vom *Türkendolch*, wo sich sonst die Trinker und Fixer des Viertels trafen, und zählte seine Jahre mit ihr. Er hatte noch nie zuvor hier gesessen, aber heute war keiner da, der ihn stören würde, und das hätte ihm jetzt auch nichts ausgemacht, er hatte sich vorhin, als plötzlich dieses unglaubliche Glücksgefühl in ihm aufgestiegen war, sofort irgendwo hinsetzen und kurz davon ausruhen müssen, so überwältigend, so kraftraubend war es gewesen: Zuerst hatte es ihn hochgerissen, dann war er, wie von einer großen, müden Hand langsam in die Tiefe gedrückt worden, und so war es ein paarmal hin und her gegangen. Nachdem er sich dann endlich auf die Parkbank gerettet hatte, die Einkaufstüten links und rechts neben sich auf dem Boden verstreut, hatte er noch eine ganze Weile nach Atem gerungen.

Nein, er wußte nicht, wie viele Jahre es bereits waren, zumindest nicht in diesem Moment. Die Wochen und Monate mit ihr verstrichen, als wäre sein Leben gar nicht sein eigenes, und das war sicher das beste, was ihm hatte passieren können. Jeder Tag war wie der andere – egal, ob es am Morgen draußen hell oder dunkel war. Sie standen immer zur selben Zeit auf, sie gingen sonntags regelmäßig im Englischen Garten spazieren, bei jedem Wetter, bei jeder Jahreszeit, sie aßen um punkt acht Abendbrot, genau zur Tagesschau, und sie gingen zweimal in der Woche zum Hochschulsport ins Agnes-Gymnasium. Dort rannten sie jeden Montag und jeden Donnerstag zusammen mit hundert anderen jungen Leuten eine Stunde lang im Kreis, sie warfen sich Medizinbälle zu – er hatte noch nie vorher etwas so Merkwürdiges wie einen Medizinball gesehen –, sie machten Liegestütze und Sit-Ups und kletterten an Seilen hoch. Daß dabei keiner mit dem anderen redete, verstand Motti zuerst gar nicht – man hörte meist nur die atemlosen Kommandos der kleinen strengen Sportstudentin in dem weinroten Jogginganzug, die den Kurs leitete, oder das Hecheln von jemandem, der dicht hinter einem lief. Und wenn sich dann doch einmal zwei während einer der leichteren Übungen mit leisen, gedämpften Stimmen miteinander unterhielten, wurden sie von der Trainerin gebeten, sich, wie sie sagte, auf später zu vertagen. In der Umkleidekabine, die sich zu Mottis Verwunderung die Männer und die Frauen teilten, war es ebenfalls immer sehr still, man hörte nur selten jemanden guten Tag sagen, obwohl sich viele, die hierher kamen, schon seit Monaten und Jahren kannten. Jeder zog sich mit gesenktem Kopf und scheuem Blick schnell um und ging in die Turnhalle, wo er schweigend, die Arme vor der Brust verschränkt oder mit dem Rücken unsicher gegen eine Sprossenwand gelehnt, darauf wartete, daß es losging. Auch hinterher, beim Duschen, waren alle sehr ruhig und mit sich selbst beschäftigt, und Motti hatte das Gefühl, er sei der einzige Mann, der, aus den Augenwinkeln heraus, die Frauen dabei beobachtete, wie sie sich wuschen und abtrockneten. Irgendwann hörte er auf damit – vielleicht wegen seines schlechten Gewissens gegenüber Sofie, noch eher aber, weil es ihn einfach nicht mehr interessierte. Lieber stand er jetzt minutenlang mit geschlossenen Augen unter der Dusche, der immer etwas zu heiße, scharfe Strahl prasselte gegen seinen Hals und seinen Rükken, und er dachte daran, wie beruhigend es war, hier zu sein, nackt und schutzlos unter diesen stillen, wildfremden Menschen, die alle nichts von ihm wollten.

Als Motti auf die Uhr sah, war es kurz vor halb sieben. Er hatte nicht mehr viel Zeit, er mußte noch die Kartoffeln aufsetzen und die Küche machen, bevor sie weggingen, und den Salat wollte er vorher auch vorbereiten, weil er nach dem Sport immer viel zu müde war zum Kochen, vor allem, seit er jeden Tag im Laden stand. Er griff nach den Einkaufstüten und spannte die Beine an, um aufzustehen, aber dann ließ er sich wieder zurücksinken. Er stellte die Tüten neben sich auf der Bank ab und beschloß, noch ein paar Minuten sitzen zu bleiben. Sie würde sowieso nichts sagen, wenn er sich verspätete. Und sollte sie ihn so traurig und erschrocken ansehen, wie sie es meistens tat, wenn etwas anders lief, als sie es wollte, würde er diesmal einfach wegschauen. Er nickte kurz und knapp, wie jemand, der eben einen mutigen, wichtigen Entschluß gefaßt hat, lächelte versonnen und sah dann die Türkenstraße herunter, die in dem milchigen, feuchtkalten Abendlicht mit ihren vielen freundlich leuchtenden Schaufenstern und den überall in zweiter Reihe parkenden Autos noch enger und dörflicher wirkte als sonst. Mein Gott, wie sehr liebte er den Herbst in Deutschland! Am meisten liebte er es, wenn von einem Tag auf den nächsten die heiße Sommerluft von einem einzigen großen Gewitter für immer fortgetragen wurde, wenn die Straßen und Häuser über Nacht abkühlten und die Luft plötzlich ganz anders roch als noch am Tag zuvor. In Israel kam der Herbst viel unauffälliger, schleichender über das Land, die Tage blieben noch bis in den November hinein heiß, nur abends brauchte man manchmal einen Pullover. Auch das Meer begann sich nur langsam zu verfärben, es wurde grau, fast braun, dann wieder war es tagelang sommerlich grün, allein in den Schaumkronen, die dann immer häufiger vom kühlenden Scharkiawind über die Wellen gejagt wurden, schwammen ab und zu abgebrochene Zweige, Tang und der Dreck der zu Ende gehenden Badesaison. Aber wer nicht darauf achtete, dem fiel die Veränderung gar nicht auf, der bemerkte nicht, wie sich das Meer allmählich für die neue Jahreszeit rüstete.

Was war mit ihnen beiden gestern abend nur los gewesen? Und warum hatten sie hinterher nicht darüber gesprochen? Er selbst hatte eigentlich nichts falsch gemacht, im Gegenteil, er war früher als sonst aus dem Geschäft nach Hause gekommen, er hatte zur Feier des Tages geduscht und sich ein zweites Mal rasiert, er hatte das Bett bezogen und war überall mit dem Staubsauger durchgegangen. Er hatte in der Küche die Tischdecke ausgetauscht, eine Vase mit drei Rosen – oder waren es vier gewesen? – auf ihren Schreibtisch gestellt, und dann hatte er, weil er wußte, wie unangenehm sie es fand, wenn die Wohnung nicht ordentlich gelüftet war, in allen Zimmern die Fenster aufgemacht und sich in der Kleiderkammer verkrochen, damit er von dem Durchzug keine Erkältung bekam. Und während er dort auf dem umgedrehten Plastikeimer hockte, begann er, obwohl es längst keinen Sinn mehr hatte, einen neuen Brief an Eli zu schreiben. Dabei mußte er, wie schon beim letzten Mal, nach ein paar Zeilen sofort wieder an den Iraker denken, der während ihrer Grundausbildung immer in diesem riesigen, klappernden Metallsessel oben auf dem Panzer gesessen hatte, er thronte darin über ihnen, inmitten der ewigen Staub- und Sandwolke, die der Tank aufwirbelte, wie ein stiller, allwissender Herrscher, und gab, während sie durch den Negev preschten, kein Wort, keinen Laut von sich. Er machte sich ruhig und unangestrengt seine Notizen, und erst hinterher, bei der Besprechung im Camp, schrie er sie an, seine feinen schwarzen Haare waren so verschwitzt, daß die rötlichbraune Kopfhaut darunter grell durchschimmerte, seine Augen waren gelb vor Wut, aber sein Körper blieb ohne jede Regung. Motti wollte gerade, wie schon so oft, zurückbrüllen, als jetzt plötzlich Sofie vor ihm stand. »*Masal tov*, alles Gute zum Jahrestag!« sagte Motti, das heißt, er sagte es nicht, er schrie es heraus, derart laut und gereizt, als ginge es immer noch darum, sich mit dem Iraker anzulegen. Aber dann wiederholte er denselben Satz noch einmal sanft und friedlich, wie es sich gehörte, er sprang hoch, er ließ den Stift und den Block auf den Boden fallen und umarmte Sofie, nur war es da bereits zu spät. Sie stand wie versteinert da, ihr großer schwerer Körper war so steif vor Widerwillen, als hätten sie einander nie zuvor berührt. Doch Motti gab nicht auf, er umfaßte sie immer wieder von neuem mit seinen zu kurzen Armen und preßte sich an sie, bis sie endlich seine Umarmung schwach erwiderte. »Sollen wir heute abend etwas spielen?« sagte er nach einer Weile leise, und sie nickte. Dabei bohrte sie ihr Kinn in seine Schulter, worauf er vor Schmerz kurz zurückwich und Luft durch die zusammengepreßten Zähne einsog. Dann war es wieder gut, aber so gut auch wieder nicht, sonst hätte er sie nicht im nächsten Moment gefragt, ob sie nicht vielleicht doch lieber ausgehen sollten. »Wir waren schon so lange nicht mehr unter Leuten«, sagte er. Gleichzeitig fiel ihm ein, daß er gar nicht wußte, wohin sie hätten gehen können, und er schwieg erneut. So etwas wie das *Pinguin* oder die *Chess Bar* kannte er hier gar nicht, obwohl es das sicherlich gab, er sah oft genug junge Leute in Schwabing, an deren farbenfroher, genau überlegter Art, sich zu kleiden er erkannte, daß sie nachts tanzen gingen. Trotzdem konnte er es sich bei ihnen gar nicht richtig vorstellen, so grimmig blickten sie immer vor sich hin, wenn sie ihm auf dem Weg zur Schule oder zur Arbeit auf der Leopoldstraße entgegenmarschierten, und daß prinzipiell immer er ausweichen mußte, wollte er von ihnen nicht angerempelt werden, machte es ihm auch nicht gerade leichter, in ihnen große Tänzer oder überhaupt Menschen mit besonderem Körpergefühl zu erkennen. »Ich weiß nicht«, sagte Sofie. Sie löste sich aus seiner Umklammerung, indem sie ihren Oberkörper so langsam und vorsichtig zurückzog, als ob Motti eingeschlafen wäre und sie ihn nicht wecken dürfte. »Wir könnten doch Rommé spielen. Oder Backgammon. Genau, Backgammon! Ich bau' schon mal das Brett auf«, sagte sie fröhlich. Sie drehte sich um und ging, ohne seine Antwort abzuwarten, ins Wohnzimmer. Motti sah ihr kopfschüttelnd hinterher, aber als sie sich plötzlich nach ihm umwandte, streng, fragend, unsicher, hielt er mitten in der Bewegung inne, er lächelte ihr aufmunternd zu, worauf sie schnell weiterlief, und das Lächeln hing, als gehörte es gar nicht zu ihm, noch eine ganze Weile in seinem Gesicht, es brannte wie eine Ohrfeige ... Den Rest des Abends verbrachten sie dann über dem Backgammonbrett, sie spielten ein ganzes Turnier. Zuerst führte Sofie, danach kurz er, aber am Ende ließ er sie wie immer gewinnen, und je mehr sie sich über ihre Siege freute, je öfter dieser feine Schimmer der Verlegenheit nach seinen mißlungenen Würfen und Zügen auf ihren Wangen aufleuchtete, desto sicherer fühlte er sich wieder mit ihr. Er war zwar noch immer nicht ganz bei sich, aber so weit weg befand er sich nicht mehr, um nicht zu bemerken, wie glücklich es ihn machte, sie glücklich zu machen, und als sie später im Bett lagen, jeder auf seiner Seite, ohne sich zu berühren und doch schon einander viel näher als noch vorhin, da dachte er erleichtert, daß man gar nicht über alles reden mußte, so wie Ima und Aba und die andern es ständig taten. Ja, man konnte Dinge auch übergehen. Hatte man sie nämlich erst ausgesprochen, wurden sie zum Problem, verschwieg man sie aber, gingen sie meistens verloren, so wie ein Regenschirm, den man irgendwo stehenläßt und an den man sich nie wieder erinnert. Er schloß die Augen, und er sah nun Sofies leuchtend grünes Letzte-Hilfe-Täschchen vor sich, wie sie es selbst nannte. Seit Jahren, seit sie von zu Hause ausgezogen war, bewahrte sie es in dem alten blauen Medizinschrank im Badezimmer auf. Es kam ihm jetzt so vor, als sei es viel größer, gefährlicher und mit noch mehr Schlaftabletten vollgestopft als sonst, aber er dachte trotzdem, damit wird es, wenn ich nichts sage, irgendwann genauso sein wie mit dem Regenschirm, und dann – nicht mehr wach, noch nicht schlafend – stützte er sich im Bett auf, er öffnete die Augen und murmelte mit abwesender Stimme in die Dunkelheit hinein: »Du kannst doch nicht immer nur sagen: Notfalls mache ich Schluß!« Aber zum Glück hatte sie darauf nichts erwidert, und so ließ er sich wieder zurückfallen und schlief wie ein Stein ein.

Also noch mal: Wie viele Jahre waren es? Er hatte wirklich keine Ahnung, und es war ihm auch völlig egal, viel lieber hätte er jetzt gewußt, warum ihm diese Frage gar nicht mehr aus dem Kopf ging. Er machte die Beine lang und streckte die Arme von sich, und da bemerkte er erst, wie kalt ihm inzwischen war. Er hatte offenbar schon die ganze Zeit mit zusammengezogenen Schultern und fest gegeneinander gepreßten Knien dagesessen, und auch das Kinn hatte er tief auf die Brust heruntergedrückt, damit die Kälte nicht von oben in seine Jacke eindrang. Er sollte jetzt wirklich nach Hause gehen, dachte er, aber dann dachte er, nein-nein-nein, solange er hier saß, war ihm das herrliche Glücksgefühl von vorhin noch ganz nah. Im gleichen Augenblick tauchte vor den Leuchtkästen des *Türkendolchs* eine kleine, schwarze, in einen viel zu dicken Ledermantel eingemummte, nach Abfall und Alkohol stinkende Gestalt auf. Sie schob langsam ein Fahrrad vor sich her, an dessen Lenkern mehr als ein halbes Dutzend zum Bersten gefüllter Plastiktüten hing, und als die Gestalt ihre schleppenden, müden Schritte verlangsamte, schließlich stehenblieb, zu Motti herübersah und leise ein paar unverständliche Sätze vor sich hinmurmelte, als sie dann gleich wieder schwankend weiterging, erneut kurz verharrte und sich abermals nach ihm umblickte – da flehte er, sie oder er oder was immer es war, solle gar nicht erst auf die Idee kommen, sich zu ihm zu setzen, es solle bloß verschwinden von hier, es solle ihn in Ruhe lassen, denn er mußte noch ein wenig allein sein, ganz allein.

Einmal hatten sie in der Staatsbibliothek zusammen Tee getrunken. Sofie saß dort Tag für Tag über ihren Büchern, sie ging oft auch, obwohl er das nicht richtig fand, samstags hin, und weil er das schöne, endlos lange, sandsteingraue Gebäude an der Ludwigstraße seit Jahren nur von außen kannte, nahm er irgendwann all seinen Mut zusammen und fragte sie, ob er sie dort nicht vielleicht einmal besuchen könne. Sie hatte nicht ja und nicht nein gesagt, aber eines Morgens, viele Wochen später, meinte sie während des Frühstücks, nachdem sie minutenlang stumm ihre Tasse mit beiden Händen umklammert und an ihm vorbei ins Leere gestiert hatte: »Heute hätte ich Zeit, so um vier.« Heute hätte ich Zeit, so um vier. Der Satz ging Motti für den Rest des Tages nicht mehr aus dem Kopf, er sagte ihn sich ständig vor, und das erinnerte ihn daran, wie er früher, als Kind, nachdem er den ganzen Nachmittag Basketball gespielt hatte, vor dem Einschlafen alle seine Dribblings und Tricks und Dreierwürfe vor seinem inneren Auge noch mal Revue passieren ließ, immer und immer wieder. Punkt vier stieß er dann eine kleine schwere Messingtür auf, deren abgegriffener Knauf so glatt und warm und selbstverständlich in seiner Hand lag, als hätte er ihn schon ungezählte Male vorher berührt. Vorbei an elfenbeingelben, griechischen Säulen stieg er eine breite, lichte Treppe hinauf und zählte dabei jede einzelne ihrer bequemen, flachen Stufen mit, er öffnete eine Glastür und betrat einen großen, hellen Raum, der ihm bereits wenige Augenblicke später gar nicht mehr so groß vorkommen würde, er zeigte einer gesichtslosen, blonden jungen Frau seinen israelischen Ausweis und trug sich in eine Besucherliste ein. Dann öffnete er die nächste Glastür, und da stand er nun endlich im großen Lesesaal der Staatsbibliothek. Vor ihm erstreckte sich eine Reihe von langen, dunklen Lesetischen, die sich, so als befinde er sich in einem Spiegelkabinett, fast bis ins Unendliche fortzusetzen schien. An den Tischen saßen Hunderte von Menschen, aufrecht oder tief vorgebeugt, ruhig oder mit dem Oberkörper kaum bemerkbar hin und her schaukelnd, das Kinn in die Hand gestützt oder den Kopf nachdenklich in die Höhe gerichtet, und das weiße, fast grelle Gegenlicht, das von der meterhohen Fensterfront auf sie herabflutete, machte aus jedem von ihnen einen wunderschönen, lebenden Schattenriß. Jeder hier, dachte Motti, ist für sich und doch mit den andern, und dann blieb er stehen und lauschte eine Weile dem nicht enden wollenden Papiergeraschel um ihm herum. Er hörte, wie Bücher zugeklappt, Bleistifte angespitzt und Blätter zerrissen wurden, ständig räusperte sich jemand oder rückte seinen Stuhl zurecht, und trotzdem herrschte an diesem Ort eine solche konzentrierte Ruhe und Stille, wie er sie gar nicht kannte. Das heißt, eigentlich doch: Es ist die gleiche Stille wie am Ende eines klassischen Konzerts, dachte er, wenn die Musik schon verklungen ist und der Applaus noch nicht begonnen hat. Er ging nun schnell weiter, und dabei streifte er mit der Schulter aus Versehen jemanden, der sich an ihm vorbei zum Ausgang drängte. Es war ein kleiner blasser Mann mit hündischem Augenaufschlag und blondem Chaplinbart. »Entschuldigen Sie«, sagte Motti so laut, daß alle im Saal sich nach ihm umdrehten, nur der andere tat so, als hätte er ihn nicht gehört. Kurz darauf stand derselbe Mann in der Cafeteria in der Schlange direkt vor ihm und Sofie, er preßte sein Tablett so fest gegen seine schmale Brust, als hätte er Angst, daß es ihm jemand entreißen könnte, und nachdem er bezahlt hatte, sah er sich nach Motti um, er warf ihm einen kurzen, ängstlichen Blick zu und hastete sofort davon, bis ans andere Ende der überfüllten Cafeteria, durch die sich eine schöne Girlande aus dunkelblauem Zigarettendunst zog. Motti legte die Hand auf Sofies große Hüfte, er stellte sich auf die Zehenspitzen und küßte sie von hinten auf den Hals, und dann sagte er leise in ihr Ohr: »Danke.« »Wofür?« erwiderte sie noch leiser, so daß er sie wegen des Tellergeklappers und Stimmengewirrs, das um sie herum war, kaum verstehen konnte. »Das weißt du genau«, antwortete er, und dabei sah er von der Seite, wie sich ihre farblosen, nur mit ein paar winzigen, fast unsichtbaren

Sommersprossen besprenkelten Lippen zu einem feinen, seligen Lächeln hochschoben. So hatte sie noch nie vorher gelächelt, und als sie sich hinterher an diesem wackeligen, mit Kaffeeflecken, eingerissenen Senfpäckchen und durchweichten Papiertellern übersäten Tisch gegenübersaßen, war das Lächeln bereits wieder aus ihrem großen, ernsten Gesicht verschwunden. Motti konnte trotzdem den Blick nicht von ihr abwenden. Während sie wortlos ihren Tee trank und in großen Abständen die Gabel mit dem Kuchen vorsichtig in ihren Mund schob, sah er sie so gerührt und stolz an wie ein Vater seine Tochter, er betrachtete ihre etwas zu breite, kluge Stirn, er versuchte sich vorzustellen, wieviel von dem unendlichen Wissen, das in der Staatsbibliothek seit Jahrhunderten verwahrt wurde, bereits hinter dieser Stirn gespeichert war, er dachte, sie lernt für sich und für mich und vielleicht auch noch für jemand ganz anderen, doch bevor er darüber nachdenken konnte, ob ihn die Vorstellung, von ihr ein Kind zu bekommen, erfreute oder erschreckte, tauchte der Kleine mit den Hundeaugen wieder vor ihnen auf. Er hatte gar keine Hundeaugen mehr, seine Mundwinkel hingen böse und tief herunter, auf seiner Stirn wellten sich Dutzende zorniger Falten, und bei jedem Wort, das er nun Motti entgegenschleuderte, flog das kleine helle Bärtchen in seinem Gesicht hin und her wie ein Pingpongball. Dann, von einer Sekunde auf die andere, verstummte er wieder, er atmete heftig ein und aus und hielt seine Fäuste geballt vor der Brust hoch, so als könne er es gar nicht mehr erwarten, wann Motti endlich auf ihn losging. Genau das hätte er auch sofort haben können, wenn Motti, der tatsächlich bereits im Begriff war, aufzuspringen und diesem kleinen weißen Wurm vor allen andern hier die Knochen zu brechen, nicht in letzter Sekunde Sofies Blick aufgefangen hätte. Sie sah ihn ruhig und ernst an, mit einer Überlegenheit, die er ihr nicht zugetraut hätte, dann zuckte sie auch noch ganz leicht mit dem Kopf, und dieses Zucken bedeutete: »Nein, laß es, es hat keinen Sinn.« So blieb Motti schließlich sitzen, mit heißem Bauch und wild pochendem Herzen, und das war das beste gewesen, was er hatte tun können. Er nahm einen Schluck Tee, er strich über Sofies Hand, er trank wieder einen Schluck Tee, er aß von Sofies Kuchen, dann trank er noch einen Schluck Tee, und als er wieder aufsah, war der kleine verrückte Nazi verschwunden.

»Ach, hier bist du«, sagte Sofie. Sie beugte sich zu Motti vor und gab ihm einen Kuß auf die unrasierte Wange, dabei tauchte hinter ihr in der Dunkelheit die blaue Neonschrift des *Türkendolchs* auf. Dann richtete sie sich wieder auf und umschlang ihren Oberkörper mit den Armen, sie trat immer wieder von einem Fuß auf den andern und klapperte mit den Zähnen. »Ist es nicht viel zu kalt, um hier draußen zu sitzen?« sagte sie leise. Sie hatte nur ihre große, hellgraue Strickjacke an, unter der sie einen von ihren häßlichen violetten Bodys trug, und ihre Füße steckten in diesen riesigen Kunstpelzhausschuhen, die wie zwei Elefanten aussahen und die Motti ihr irgendwann einmal aus Spaß bei Woolworth gekauft hatte.

»Ja, es ist kalt«, sagte Motti. Für eine Sekunde kam es ihm so vor, als könne er nicht mehr richtig sehen, alles um ihn herum war so unscharf und verwischt wie auf einer verwackelten Fotografie, Sofie, die Lichter der vorbeifahrenden Autos, die Schatten der Passanten. Nichts rührte sich mehr, die ganze Welt schien mitten in der Bewegung eingefroren, aber dann ging es auch schon weiter, er sah die Dinge wieder ganz klar und genau, und fast war es so, als nähme er seine Umgebung jetzt viel schärfer wahr als jemals zuvor.

»Ich habe dich schon überall gesucht.«

»Ja?«

»Ja ...«

»*Yofi.*«

Sie verzog das Gesicht.

»Schön, meine ich«, sagte er.

»Zum Sport schaffen wir es nicht mehr«, sagte sie.

»Es tut mir leid.«

Sie antwortete nicht.

»Also los«, sagte er, mehr zu sich selbst als zu ihr, und er erhob sich langsam von der Bank. Sein Rücken war steif vor Kälte, die Arme und Beine auch.

»Soll ich dir mit den Tüten helfen?« fragte sie ihn, ging dann aber, ohne seine Antwort abzuwarten, sofort los. Nachdem er sie eingeholt hatte, liefen sie ein paar Meter wortlos nebeneinander her, und kurz vor der Schellingstraße, an dem Jeansladen in dem ehemaligen Toilettenhäuschen, der zu Mottis Verwunderung von morgens bis abends mit Kunden überfüllt war, blieb Sofie stehen. Sie legte die Hand auf seine Schulter und sagte, es täte ihr leid, er solle nächstes Mal eben allein ausgehen. Dann ging sie schnell wieder weiter, und sie standen schon vor ihrem Haus, als Motti sie fragte, ob sie wisse, wie viele Jahre es bereits seien. Er sah sie nicht an dabei, er blickte nach oben, in den orangegrünen Schein der Straßenlaterne vor ihren Fenstern, die seit Tagen kaputt war und darum ununterbrochen mit einem leisen, weichen Knacken flackerte, und als Sofie nun sagte: »Hoffentlich noch sehr viele Jahre«, war es sofort wieder da, das Glücksgefühl von vorhin. Es war unendlich und weiß und leicht, es war wie die tausend Fäden einer Wolke, die sich an die Fenster eines Flugzeugs schmiegen, das die Wolke beim Aufstieg durchbricht, es war wahrscheinlich das Licht selbst.

»ENTSCHULDIGE, HAST DU gerade bei uns etwas mitgenommen, was dir nicht gehört?«

Motti lehnte an der Mauer des Nordbads und hielt stur den Kopf gesenkt. Er atmete schnell, seine Brust hob und senkte sich so heftig, als wäre er kilometerweit gelaufen, und er hatte Angst, die leere Schachtel von Nurits Video, die er unter dem Mantel versteckt hielt, könnte ihm herausrutschen und der jungen Frau direkt vor die Füße fallen.

»Du warst es doch, oder?«

Er antwortete noch immer nicht. Er drückte den Arm, mit dem er die Schachtel gegen seinen Oberkörper preßte, noch fester an sich heran, und als er endlich den Bus kommen hörte, auf den er so ungeduldig gewartet hatte, sah er auf, aber es war nur der 53er, der beim Stadtarchiv gleich wieder links in die Schleißheimer Straße einbog.

Die Frau, die ihm gegenüberstand, war größer als er. Sie hatte breite runde Schultern, breite Hüften, helle strohige Haare und das vergilbte, verbrauchte Gesicht eines Menschen, der seit seiner Jugend arbeiten mußte. Sie war verlegen und wütend, und sie wirkte sehr viel größer und kräftiger als vorhin in der Videothek, was sicherlich daran lag, daß ihr wuchtiger Körper nun nicht mehr zur Hälfte von diesem viel zu hohen hellgrauen Tresen verdeckt wurde. Er hatte geahnt, daß sie ihm folgen würde, und trotzdem gehofft, er hätte sich geirrt.

»Na los«, sagte sie langsam, mit kämpferisch vorgeschobenem Kopf, aber ohne Motti direkt anzuschauen. Sie streckte ihm fordernd die geöffnete Hand entgegen. »Gib sie schon her! Bitte ...«

Motti betrachtete stumm ihre Hand. Es war eine schöne schlanke Hand, die gar nicht zu ihr paßte, die langen, weißen Finger kamen ihm so elegant vor wie die einer italienischen Fürstentochter auf einem Renaissancebild, und auch die scharf gebogenen, weißlackierten Nägel schienen zu einer anderen, viel feineren Person zu gehören als zu der, die sich gerade so bedrohlich vor ihm aufgebaut hatte.

»Lassen Sie mich in Ruhe bitte«, sagte er. Er schluckte, und er war sich sicher, daß man das laute, glucksende Geräusch, das sein Adamsapfel machte, über den ganzen Platz hören konnte.

»Wirklich unglaublich«, sagte sie.

»Wieso? Was wollen Sie von mir?«

»Das ist fremdes Eigentum, was du da unter dem Mantel versteckst. Fremdes Eigentum heißt: Es gehört dir nicht. Du verstehen?«

»So können Sie nicht mit mir reden ...« Er wollte entschlossen und abweisend sein, aber es klang wie ein Eingeständnis.

Sie hielt ihm noch ein paar endlose Sekunden lang fordernd die Hand hin, dann ließ sie langsam den Arm sinken. Sie schüttelte den Kopf und sagte: »Macht man das bei euch zu Hause so, ja? Nimmt man sich einfach, was man will?«

Motti holte tief Luft, um seinen rasenden Atem unter Kontrolle zu bekommen. Er wollte vor ihr zurückweichen, aber es ging nicht, und so preßte er den Rücken noch fester gegen die feuchtkalte Mauer des Nordbads. Da war sie also wieder, diese schreckliche Angst, die wie ein großer heißer Vogel in seinem Bauch umherflatterte und die ihn seit Jahren immer mehr aus seinem eigenen Leben forttrug. Sie war, wenn sie zu ihm kam, jedesmal so übermächtig, daß er keinen anderen Gedanken mehr fassen konnte. Er dachte dann nur noch an sie, die Angst, und an nichts anderes, und das war natürlich das Falscheste überhaupt. Angst hat man, wenn man an sie denkt, und wenn man an sie nicht denkt, dachte er jetzt, dann hat man sie nicht, und genau das sollte er ab sofort immer tun. Er machte einen hastigen, fast überfallartigen Schritt nach vorn, löste sich von der Mauer und kniff entschlossen die Augen und die Lippen zusammen. Vielleicht zuckte darum die Frau aus der Videothek nun erschrocken vor ihm zurück, womöglich lag es aber auch einfach nur an dem seligen, spöttischen Lächeln, das in dieser Sekunde auf Mottis gerade noch so grimmig verzogenem Gesicht auftauchte.

Motti lächelte, weil er gar nicht mehr da war. Er war jetzt zu Hause, auf dem Schuk Hakarmel, und er hatte es eilig, weil Eli seit einer halben Stunde auf ihn im *Leibl* wartete, wo sie meistens zusammen Mittag aßen, wenn sie für ein paar Tage von der Armee freikriegten und Ima mal wieder nichts für ihn vorgekocht hatte. Er ging schnell, so schnell es auf dem um diese Zeit überfüllten Markt eben möglich war, und er sah alle paar Augenblicke auf die Uhr. Die Menschenmenge wälzte sich vor und zurück wie eine große, schwere Welle, und immer, wenn er dieser Welle mit einem kurzen, plötzlichen Schritt ausweichen und sich an ihr vorbeidrücken wollte, stieß er mit jemand anderem zusammen, der denselben Trick versuchte. Trotzdem liebte er es, hier entlangzugehen, er liebte den Geruch von Knoblauch und Nana, von Kaffee und blutigen Tierinnereien, die in der glühenden Mittagssonne vor sich hin faulten, er mochte es, daß er ab und zu an einer Ecke vorbeikam, wo ihm der milchigsaure Gestank des nachlässig zusammengekehrten Abfalls der letzten Tage entgegenschlug, während ein paar ausgemergelte, böse Straßenkatzen um ihn herumschlichen. Daß die Händler so gespielt wild durcheinanderschrien, daß an fast jedem Stand ein Radio oder ein Kassettenrekorder lief, aus dem garantiert andere Musik kam als aus dem des Nachbarn, daß ständig jemand neben ihm so laut und nervös über einen Preis fluchte, den man von ihm forderte, als ginge es um sein Leben, das alles hörte Motti jetzt einfach nicht, es war ihm egal. Es war ihm so egal wie ihm eines Tages Muamars viehische Schreie egal sein würden oder Nurits verzweifeltes Flehen, und dann wurde es ohnehin ganz still um ihn herum, die Menschen, die auf dem Markt gerade noch hin und her gewandert waren, blieben plötzlich stehen, verstummten und bildeten einen Kreis. In der Mitte des Kreises sah Motti eine Frau, die so alt und gebeugt war wie der Maulbeerbaum, der früher vor seiner Schule gestanden hatte, ihre dünnen, sehnigen Arme, die sie gegen den Himmel hob, erinnerte ihn an seine halb verdorrten Äste. Hinter ihr drückte sich ein Mensch herum, dessen Alter schwer zu bestimmen war, er konnte ihr Sohn sein, vielleicht war er auch ihr Mann, er hatte das glatte, ewig jugendliche Gesicht eines geistig Zurückgebliebenen, und die Art, wie er dastand, mit kraft- und willenlos herabhängenden Armen und Schultern, verstärkte diesen Eindruck. Der Händler, mit dem die Alte aneinandergeraten war, hatte sich hinter seinem riesigen Verkaufstisch verschanzt, auf dem Hunderte spitzer, glänzender, längst aus der Mode gekommener Herrenschuhe ausgestellt waren. Er drehte seinen schwitzenden, unrasierten Kopf immer wieder weg von ihr, so als sei ihm das Ganze sehr unangenehm, aber er gab sich trotzdem Mühe, geduldig zu bleiben. »Was für ein Mensch bist du?« sagte die Alte. »Lügst du deine eigene Mutter so an wie du mich angelogen hast?« Sie redete nicht besonders laut, aber sie sprach jedes Wort mit soviel Nachdruck aus wie eine Schauspielerin, die auch den Zuschauer in der allerletzten Reihe erreichen will, zwischendrin entfuhr ihrer Kehle immer wieder ein leises, bedrohliches Zischen. »Du hast nicht richtig zugehört«, sagte der Händler, »verstehst du?« »Was soll ich verstehen, he?!« fuhr sie ihn an. »Daß du ihm Arbeit versprochen hast und daß du jetzt sagst, daß es doch keine Arbeit gibt?« Der Händler senkte den Kopf, seine schweißnasse Glatze blitzte kurz in der Sonne auf, er mahlte stumm mit dem Unterkiefer, dann sah er sie wieder an und sagte fast unnatürlich langsam: »Ich habe gesagt, wir werden sehen. Das habe ich gesagt ... Mehr habe ich nicht gesagt. Mehr konnte ich nicht sagen ... Verstehst du?« Die Alte ließ die Arme sinken, sie trat, so nah sie konnte, an den Tisch heran, sie stützte sich, obwohl sie dafür fast zu klein war, auf die große, lose aufliegende Platte, die Platte hob sich auf der anderen Seite, und die Schuhe begannen nach vorne zu rutschen. »Hör auf!« sagte der Händler. »Du bist kein Mensch, du bist ein Teufel!« zischte sie ihn an und lehnte sich noch mehr gegen den Tisch. »Hör auf ...« »Nein, ein Mensch bist du wirklich nicht ...« »Ich bin kein Mensch?!« schrie er sie an, und es war nun offensichtlich vorbei mit seiner Geduld. »Und was ist der da? Gemüse, verstehst du! Dieser Kerl neben dir, dem die Spucke aus dem Mund läuft und der immer so dämlich die Augen verdreht, der ist nur Gemüse ... Ge-mü-se!« Er drückte die Platte wieder herunter, und die Schuhe rutschten zu ihm zurück. »Was kann er denn? Was weiß er denn? Was ist er überhaupt? Ein guter Familienvater? Aber sicher! Und so wie er dasteht, mit seinem schlaffen Bauch und hängenden Hals, besorgt er es dir jede Nacht fünfmal! Oder nicht?« Es gab eine Pause, die Menschen traten alle wie auf ein Kommando einen Schritt nach vorn, sie reckten die Hälse und versuchten, sich einer am andern vorbeizuschieben, um bessere Sicht zu haben, und da ging es auch schon richtig los. Plötzlich richtete sich die Alte auf, sie war jetzt kein gekrümmter, vertrockneter Baum mehr, sie war groß und böse und strotzte vor Kraft, und sie zeigte, als spüre sie hinter sich den unendlichen Zorn Gottes und vor sich alle Schlechtigkeit der Menschen, mit drohendem, ausgestreckten Arm auf den Schuhhändler, so daß er gar nicht anders konnte, als vor Schreck zu erstarren, und sie sagte noch leiser, noch durchdringender als sie bis dahin gesprochen hatte: »Sterben sollst du! Sterben sollst du noch heute! Fahr zur Hölle, du Teufel! *Lech le azazel!*« Motti lief es kalt über den Rücken, er war ergriffen wie lange nicht mehr, und die Leute um ihn herum auch, er hörte, wie sie »*Wow*!« und »Super!« sagten, und er sah, daß einige beifällig nickten, und dann wurde es richtig gut. »Hej, du Hexe, weißt du was?« sagte der Schuhhändler, dem das Entsetzen noch ins Gesicht geschrieben stand. »*Du* sollst sterben!

Verstehst du? Du! *Lechi le azazel*! Verfaulen sollst du mit deinem Gemüse! Verflucht sollt ihr alle beide sein!« Er beugte sich über den Tisch und spuckte ihr ins Gesicht, und Motti dachte, eins zu eins, er dachte es hier, in Tel Aviv, auf dem Schuk Hakarmel, aber er dachte es jetzt auch hier, in München, am Nordbad, während diese fette deutsche Kuh ihn auf einmal so wütend und beleidigt anstarrte, als hätte er sie vergewaltigt oder eben gerade nicht. Er dachte, darauf muß man erst kommen, einen Fluch mit demselben Fluch auszulöschen, er dachte, so muß man es immer machen, man muß Gleiches mit Gleichem vergelten, dann vergißt man sofort seine Angst. Er dachte, so werde ich es bald auch wieder tun, es ist doch nur eine Frage der Zeit, und dann dachte er noch, ich lache ja, ich habe so lange nicht mehr gelacht, und er machte lachend einen weiteren Schritt auf die Frau aus der Videothek zu, und sie wich abermals vor ihm zurück.

»Was ist?« sagte sie erschrocken.

Er legte den Kopf auf die Seite und schob die Schulter hoch. »Weiß nicht«, erwiderte er grinsend. »Wissen Sie es?«

Sie überlegte kurz, den Blick nun wieder an ihm vorbei in die Ferne gerichtet, was er damit sagen wollte, und sie tat es eine Sekunde zu lang – genau diese eine Sekunde, in der er begriff, daß sie viel zu einfach war, als daß er sich vor ihr fürchten müßte, und das verstand sie dann selbst wohl auch. »Das muß ich mir nicht bieten lassen!« sagte sie schließlich in dem kalten, weinerlichen Ton, den die Frauen in diesem Land immer anschlugen, wenn sie nicht weiterwußten. »Nein, das brauch' ich echt nicht ...«

»Gut«, sagte Motti, »sehr gut.«

Sie biß sich auf die Lippen, und in ihrem Kopf fing es erneut an zu arbeiten. Dann sagte sie, so wie ein Mensch, der denkt, daß man ihn hereinlegen will, ganz langsam und schwerfällig: »Moment ...«

»Ja?« sagte Motti.

»Ich ...«

»Was?«

»So nicht!«

Er begann wieder zu lachen.

»Gib jetzt her!«

»Und wenn nicht?« sagte er und machte noch einen Schritt auf sie zu. Sie stand am Rand des Bürgersteigs, und vielleicht wich sie deshalb jetzt nicht weiter vor ihm zurück, vielleicht fand sie, die ihn fast um einen ganzen Kopf überragte, es plötzlich aber auch lächerlich, sich von so einer halben Portion wie ihm einschüchtern zu lassen. Sie könnte mich, dachte er, wenn sie wollte, wahrscheinlich mit einer Hand auf den Boden drücken, sie könnte sich auf mich setzen, sie könnte mich in den Schwitzkasten nehmen, sie könnte mir die Luft abdrücken. »Und wenn nicht?« wiederholte er herausfordernd. »Holen Sie dann die Polizei?«

»Ja ...«

»Wirklich?«

»Ja!«

»Aha. Die Polizei. Klar, warum nicht. Die Polizei. Sie holen die Polizei, und ich hole die Polizei auch. Wir holen alle die Polizei. Immer holen wir hier die Polizei ... Wollen Sie wissen, warum ich die Polizei hole?« Er lachte jetzt nicht mehr, er atmete wieder so heftig und schwer wie vorhin, sein Kopf zitterte, in seinem Rücken brannten tausend Feuer, und die Worte kamen immer schneller und wütender aus seinem Mund. Er hatte auch keine Kraft mehr, den Arm gegen seinen Oberkörper zu pressen, damit ihm die Schachtel nicht herausrutschte, und im nächsten Moment glitt sie schon auf den Boden, sic fiel ihnen beiden vor die Füße, und da lag sie nun, mit dem Bild von Nurits Gesicht und Titten und Möse nach oben. »Das ist mein Kind!« schrie Motti. »Verstehst du?! Mein Kind! Das ist meine Sonne, meine Blume, die Blüte meines Lebens, und das habt ihr aus ihr gemacht! Einfach so!

Ihr habt keinen Respekt, habt ihr nie gehabt ... Ihr wißt nicht, was ein Mensch ist! Sofie hat es nie gewußt, du weißt es nicht, und die anderen wissen es auch nicht! Ich, sagt ihr immer nur, ich-ich-ich! Ich-will-glücklich-sein, ich-will-schweigen, ich-will-abspritzen! Sie ist doch noch ein Kind ... Aber nein, das ist egal, es ist egal, ob sie glücklich ist oder nicht ... Ein Kind, ein kleines, zartes Kind, ein Kind, das ganz stumm ist, das nie sagen würde, ich will nicht ... Und das habt ihr immer gewollt! Das hat sie gewollt! Daß meine Buba so stumm ist, daß man mit ihr machen kann, was man will. Wer nicht reden kann, der wird sich nicht wehren! Richtig? Richtig! So seid ihr alle, so wart ihr immer schon! Ihr könnt immer nur ich-ich-ich! sagen oder ja-ja-ja! Und wenn ihr etwas nicht wollt, dann sagt ihr überhaupt nichts! Kein Wort, keinen Ton! Dann guckt ihr so beleidigt, so feige, selbst wenn ihr euch nicht im Recht fühlt! Oh, manchmal fühlt ihr euch natürlich auch im Recht – wenn ihr glaubt, daß alle so denken wie ihr. Und was macht ihr dann? Dann laßt ihr euch plötzlich nichts mehr gefallen, dann holt ihr ... Was? Was?! Genau – die Polizei ... Und das mache ich jetzt auch, du Zuhälterin, verstehst du?« Er schob den Oberkörper vor, er ging so dicht an sie heran, daß der weiße Dunst, der in immer neuen Stößen aus seinem Mund herausströmte, gegen ihren Mund und ihre Nase schlug, bevor er sich in der Kälte auflöste. Sie sah ihn aus ihrem leeren, verlebten Gesicht heraus so erstaunt und erschrocken an, als wäre es gar nicht ihr eigenes, und dann endlich gab sie nach, sie trat vom Bürgersteig auf die Straße zurück und war jetzt genauso groß wie er. »Sehr gut«, sagte er, »verschwinde nur, du Zuhälterin, du Kinderschänderin, lauf weg, bevor sie kommen und dich abführen ...« Er spürte, wie seine Kräfte plötzlich nachzulassen begannen, wie jedes Wort, das er eben noch so mutig und gedankenlos herausgebrüllt hatte, zu ihm zurückkam, so schmerzhaft und schwer wie ein Faustschlag, und es waren sehr viele Schläge, die er einstecken mußte, Dutzende, Hunderte von Schlägen, aber das war jetzt egal, er mußte durchhalten, er mußte das hier zu Ende bringen, und so blieb er aufrecht stehen, er ließ sich nichts anmerken, er sah sie frech und direkt an, und dann nahm er noch einmal alle seine Kraft zusammen, er holte tief Luft, so tief, wie er noch nie vorher Luft geholt hatte, und spuckte ihr ins Gesicht.

»Was ...«, sagte sie entsetzt. »Was ...« Sie fuhr sich mit der Hand über die Wange und rührte abwesend mit den Fingern in seinem Speichel herum, sie öffnete den Mund, immer und immer wieder, so, als wollte sie etwas sagen, aber sie bekam keinen einzigen Ton heraus. Dann drehte sie sich um und rannte davon, sie lief, ohne auf den Verkehr zu achten, über die Hohenzollernstraße und verschwand wenig später hinter dem hellen, flachen Nachkriegsbau an der Ecke zur Schleißheimerstraße, der seit Jahren leerstand und von oben bis unten mit alten, eingerissenen, ausgebleichten Plakaten beklebt war, was Motti immer ein wenig an zu Hause erinnerte.

»Sterben sollst du«, sagte er leise, »sterben sollst du, bevor du hundert Schritte gemacht hast ...« Dann bückte er sich nach der Schachtel und schob sie in seine Manteltasche. Er fühlte sich, trotz dieser Schmerzen und dieser Leere überall, so entschlossen und stark und kampfbereit wie lange nicht mehr. *»Lechi le azazel«*, murmelte er, *»lechi le azazel ...«* Er versuchte wieder zu lächeln, und irgendwie ging es auch.

EINMAL FUHREN SIE ZUSAMMEN NACH WIEN. Motti hatte, weil die Verluste nicht mehr in den Griff zu kriegen waren, gerade seinen Laden in der Ledererstraße zugemacht, und bis er beim Sicherheitsdienst in der Gemeinde anfangen würde, blieben ihm noch drei lange, endlose Sommerwochen. Sofie saß an ihrer Hauptseminararbeit – es war die letzte, die sie machen mußte, bevor sie sich zum Magister anmelden konnte –, und darum wagte er es nicht, sie zu fragen, ob sie mit ihm wegfahren wollte. Jeden Morgen, nachdem sie in die Bibliothek gegangen war, blieb er im Bett liegen, er war viel zu unruhig, um weiterschlafen zu können, aber aufstehen wollte er auch nicht. Meistens schlief er dann doch wieder ein, und wenn er aufwachte, war es Mittag, und er fühlte sich noch müder als am Abend vorher. Den Nachmittag verbrachte er meistens mit seinen israelischen Zeitungen, er sah fern oder ging ins Kino. Hinterher lief er zum tausendsten Mal die Leopoldstraße auf und ab, vorbei an den Straßencafés, in die er sich nie hineinsetzte, er ging zu *Woolworth* oder in den Restpostenladen an der Münchener Freiheit, neugierig darauf, ob sie neue Ware bekommen hatten, und obwohl er schon mehr als einmal an der Kasse gestanden hatte, eine Stahlpfanne für zwanzig Mark in der Hand, ein Flanellhemd für zehn oder Rommé-Karten für sieben, kaufte er fast nie etwas. Er trug die Sachen, bevor er an die Reihe kam, einfach wieder zurück, und dann ging er zu *Tengelmann*, wo er ein paar Lebensmittel besorgte, um abends für sich und Sofie kochen zu können.

Eines Nachmittags kam Sofie früher als sonst nach Hause, sie umarmte ihn von hinten, während er vor dem Kühlschrank stand und die Einkaufstüten auspackte, sie preßte mit ihren dicken, kräftigen Armen seinen Brustkorb zusammen und lehnte dabei ihren schweren Oberkörper gegen seinen viel schwächeren.

»Was ist los?« sagte er.

»Fertig.«

»Wirklich?«

»Ja.«

»*Mezujan*.« Er hatte Mühe, ihr Gewicht zu halten, und versuchte sich unauffällig aus ihren Armen herauszuwinden, aber ohne Erfolg.

»Ich dachte« – Sofie stützte sich mit noch mehr Kraft auf ihn und ging mit den Lippen so nah an sein Ohr heran, daß er ihren warmen Atem spürte – »ich dachte, wir fahren nach Wien. Wir könnten bei Rudolf wohnen.«

Er drehte sich schnell zu ihr um, sie zuckte erschrocken zusammen und lockerte ihren Griff.

»Du freust dich doch«, sagte sie unsicher, und er nickte sofort, wie auf Befehl.

Es waren die heißesten Tage des Jahres. Schon im Zug schwitzten Motti und Sofie, weil man die Fenster nicht aufmachen konnte und die Klimaanlage nicht funktionierte. Sie saßen trotzdem dicht nebeneinander, Sofie hatte gleich am Anfang der Reise Mottis Arm genommen und ihn um sich gelegt, und von da an hatte sie sich nicht mehr gerührt. Sie sah fünf Stunden lang aus dem Fenster und schwieg, und nur wenn ihnen ein anderer Zug entgegenraste oder sie an einem zu dicht an der Trasse aufgestellten Signalzeichen vorbeidonnerten, schrak sie kurz auf. Als in Wien die Waggontüren aufgingen, kam es ihnen so vor, als wären sie auf einem anderen Kontinent angekommen, die Luft war so klar und heiß wie in der Wüste, es wehte ein noch heißerer Wind, und das grelle, alabasterne Sonnenlicht malte ihnen kleine changierende Ringmuster in die Netzhaut. Sie nahmen sich ein Taxi, und nun war es Motti, der die ganze Fahrt über stumm zum Fenster hinausblickte, beeindruckt von der Größe Wiens, von seinen hellen Alleen und dunklen Palästen. Er hängte seinen Ellbogen hinaus, der warme Fahrtwind strich ihm übers Gesicht, und er lächelte. Als sie in die winzige Nebenstraße einbogen, in der Rudolf wohnte, wurde aus dem Lächeln ein Lachen – Rudolf Mrowing, den Motti nicht kannte und von dem er nur wußte, daß er aus einer reichen Familie kam, die in einem Schloß an der tschechischen Grenze lebte, wohnte tatsächlich in der Mrowinggasse, in einem riesigen weißen

Mietshaus, das das einzige Gebäude in der ganzen Straße war und an dessen Klingelschild mehr als ein halbes dutzendmal der Name Mrowing stand.

Rudolfs Wohnung erstreckte sich über ein gesamtes Stockwerk – von einem großen, hellen Flur, der ums Treppenhaus herumlief, gingen mehr als zehn Zimmer ab. Fast alle waren karg eingerichtet, wie in einem Hotel befanden sich in jedem Raum meistens nur ein Doppelbett, zwei, drei Stühle, ein Schrank und eine Kommode, auf der jeweils ein kleiner Stapel mit Kunstbänden und Auktionskatalogen lag, es gab ein paar dunkle, alte Landschaftsbilder und Porträts an den Wänden, deren einst leuchtende Farben von jahrhundertealtem Staub überdeckt waren, und über jedem Bett hing ein Kruzifix. Nachdem Motti und Sofie in ihrem Zimmer die Taschen aufs Bett geworfen hatten, sahen sie gleichzeitig zu ihrem Kruzifix hoch. Es war schwarz, so schwarz wie der nur sehr grob geschnitzte, hölzerne Jesus, der daran befestigt war. Ohne ein Wort zu sagen, küßten sie sich, dann zogen sie die schwere, dunkelgrüne Gardine auf und öffneten das Fenster. Sie hatten Blick auf eine Kirche, die Motti mit ihrer hellen Steinkuppel und dem hohen, schmalen Turm an eine Moschee erinnerte, und während sich das Zimmer, in dem lange nicht mehr gelüftet worden war, langsam mit der glühenden Wiener Sommerluft füllte, küßten sie sich wieder. Motti strich Sofie glücklich über die Wangen, und sie wehrte sich nicht.

Die meiste Zeit hatten sie die Wohnung ganz für sich, weil Rudolf bei seinen Eltern in Laa an der Thaya war. Doch wirklich allein waren sie hier trotzdem nicht. Sie fanden nach dem Aufstehen frische Brötchen und Schinken auf dem Küchentisch, und wenn sie von ihren Spaziergängen zurückkamen, war ihr Bett schon gemacht. Manchmal hörten sie am frühen Morgen im Flur jemanden mit schweren, energischen Schritten herumgehen, und als Motti einmal, weil er es vor Neugier nicht mehr aushielt, nackt aus dem Bett sprang und den

Kopf aus der Tür steckte, sah er gerade noch einen riesigen Mann in einem grünen Trachtenanzug um die Ecke verschwinden – er hatte lange, helle Geheimratsecken, eine spitze Nase und tief herunterhängende, dunkel- und weißblond gesprenkelte Augenbrauen. Obwohl Motti klar war, daß es für all das logische Erklärungen geben mußte – eine unauffällige oder ängstliche Haushälterin, einen Verwandten aus dem Weinviertel, der einen Schlüssel zu Rudolfs Wohnung hatte und hier übernachtete –, wurde er langsam unruhig, und er fragte Sofie, ob sie nicht vielleicht in Laa anrufen sollten, worauf sie, fast ein wenig herablassend, mit den Schultern zuckte und sagte: »Das macht man doch nicht …«

Als Rudolf eines Nachmittags – es war einen Tag vor ihrer Abreise – endlich selbst zurückkam, lagen Motti und Sofie nackt im Bett. Die große Decke war auf den Boden gerutscht, und weil sie sie bei der Hitze ohnehin nicht brauchten, blieb sie dort liegen. Motti dämmerte erschöpft vor sich hin, während Sofie las – sie hatte wie immer die Beine angewinkelt und das Buch auf ihren großen Bauch gestützt. Als es leise an der Tür klopfte, nahm Motti das zunächst gar nicht wahr. Auch als er hörte, daß Sofie sich mit jemandem flüsternd unterhielt, reagierte er nicht sofort, erst mit der Verzögerung von ein paar Sekunden begriff er, daß sie nicht allein waren, und er öffnete die vom Nachmittagsschlaf schweren Augen. Im Zimmer stand ein hochaufgeschossener junger Mann, der jedem Satz, den er sagte, ein unsicheres, kindliches Lächeln vorausschickte. Er war nicht kräftig, aber die Art, wie er seine Schultern zurückschob und die Brust vorstreckte, verlieh ihm eine beinah athletische, energische Ausstrahlung, und mit seinen dünnen blonden Haaren, der kleinen, scharfgeschnittenen Nase und den hängenden Augenbrauen sah er wie eine um zwanzig Jahre jüngere Kopie des Mannes aus, den Motti zwei Tage zuvor im Flur gesehen hatte. Sofie lag noch genauso da wie vorhin, sie hatte sich nicht zugedeckt, und je länger sie mit ihm redete, desto mehr begann sich Motti vor ihm, den er gar nicht kannte, für ihren halbnackten Körper zu schämen, für ihre schweren Hängebrüste, die auf beiden Seiten ihres Tops herausrutschten, für ihre von Cellulitis zerfressenen Oberschenkel, für ihren weißen, weichen Bauch. Daß er selbst ganz nackt war, vergaß er dabei, und als er endlich aufstand, um Rudolf die Hand zu geben, zog er sich nicht einmal seine Unterhose an.

In der Nacht belauschte Motti dann ein Gespräch zwischen Rudolf und Sofie. Sie waren zu dritt essen gegangen, in ein chinesisches Restaurant, in dem man direkt an der Straße saß, an sommerlich weit aufgerissenen Terrassentüren, sie hatten alle dasselbe bestellt, eine farblose Hühnersuppe, große grüne Bohnen ohne Geschmack und Rindfleisch in Saté, dann hatten sie einen Abstecher in Rudolfs Stammcafé gemacht, wo Rudolf und Sofie Kaffee und Schnaps tranken und Motti eine heiße Schokolade mit viel Zimt. Hinterher schlenderten sie durch die Stadt, die in der Nacht noch ernster und vornehmer wirkte als am Tag. Die Dunkelheit war nicht einfach nur dunkel hier – spärlich beleuchtete Straßenbahnfenster, abgeblendete Autoscheinwerfer, sanft flackernde Reklameschriften zeichneten die schwingenden Umrisse von Dächern und Zinnen gegen den Nachthimmel, und jeder Pflasterstein, jeder Kanalisationsdeckel, der noch etwas von diesem matten Licht auffangen konnte, schrieb sich einem für immer in der Erinnerung fest. Der Bürgersteig und die Wände der Häuser strahlten die Wärme des vergangenen Tages ab, und während Sofie, Rudolf und Motti nun langsam eine breite, stille, menschenleere Straße entlanggingen, erzählte Rudolf von dem Mädchen, um das er sich seit Jahren ohne Erfolg bemühte. Schließlich blieb er stehen und zeigte ihnen im Licht einer Ladenvitrine ein Foto von ihr. Sofie sagte sofort, sie sei sehr hübsch, während Motti, der viel länger als sie das Bild betrachtete, angestrengt überlegte, warum Sofie das fand – das Mädchen hatte fast weißes, dünnes blondes Haar und eine niedrige berechnende Stirn –, und am Ende sagte aber auch er, daß sie ihm sehr gefalle. Zu Hause ging er dann gleich ins Bett und ließ Rudolf und Sofie allein, die sich mit einer Flasche Wein ins Wohnzimmer setzten. Während er einschlief, mußte er an Rudolfs ewiges Lächeln denken und an seinen fröhlichen österreichischen Dialekt, den er mochte, weil er der deutschen Sprache etwas ungewohnt Warmes verlieh. Er dachte an das Haus in der Mrowinggasse und an die anderen Mrowings, die darin jetzt, so wie er, in ihren Betten lagen, er versuchte sie sich vorzustellen, und natürlich hatte jeder von ihnen, egal ob Mann oder Frau, dieselbe spitze Nase, dasselbe schüttere Haar und dieselben schweren Seelöwenaugenbrauen wie Rudolf und der Mann aus dem Flur. Dann stellte sich Motti, allein schon wegen des Namens, das Schloß in Laa an der Thaya vor, es sah in seiner Phantasie mehr wie eine Burg aus, mit alten, zerklüfteten Mauern und riesigen, ungeheizten Räumen. Im nächsten Moment dachte er wieder an die häßliche, böse junge Frau, die Rudolf liebte und die mit ihm bestimmt auf eine sehr komplizierte Art verwandt war, er fragte sich, ob sie Rudolfs Drängen eines Tages doch noch nachgeben und ob sie ihm wohl Kinder schenken würde, die so aussahen wie er, und dann fragte er sich, wie seine und Sofies Kinder aussehen würden, und plötzlich fiel ihm ein, daß sie heute nachmittag ja gar nicht aufgepaßt hatten. Sofie, die ihn sonst immer zwang, draußen zu kommen, hatte ihn einfach nicht rausgelassen, er hatte auf ihr gelegen und sich seitlich mit den Ellbogen abgestützt, und während er sich über ihr auf und ab bewegte, hielt sie ihn fest, sie preßte ihre schweren Hände gegen seinen Hintern und drückte ihn so immer stärker an sich, und je größer ihr Druck wurde, desto größer wurde sein Verlangen, sich zu befreien, weshalb seine Bewegungen zusehends heftiger wurden, und diese Heftigkeit brachte Sofie mehr und mehr aus der Fassung, und das erregte dann wieder ihn selbst.

Als Motti aufwachte, war es, glaube ich, vier Uhr früh. Sofie lag noch nicht im Bett, und obwohl er todmüde war, wollte er nach ihr und Rudolf sehen. Schon als er die Tür zum Flur aufmachte, hörte er sie, er hörte ihre lauten, betrunkenen Stimmen, und er mußte nur zwei, drei Schritte in Richtung Wohnzimmer machen, um zu verstehen, worüber sie sprachen. »Und was für einen Namen mußtest du annehmen?« sagte Rudolf, dem die Worte nicht mehr ganz so weich und fröhlich aus dem Mund kamen. »Ich heiße jetzt Sarah«, antwortete Sofie, und obwohl sie absolut klar sprach, wußte Motti, daß sie auch betrunken war, weil ihr Ton viel entschlossener und sicherer klang als sonst. »Das ist ja ein richtiger Judenname«, sagte Rudolf. »Natürlich«, sagte sie, »ich bin ja jetzt Jüdin.« Rudolf lachte. »Und wie ist es, Jüdin zu sein?« Sofie antwortete nicht. Statt dessen hörte Motti, wie eine Flasche laut abgestellt wurde, dann wurden Gläser gegeneinandergestoßen. »Als Christin hast du mir besser gefallen«, sagte Rudolf, und Sofie antwortete wieder nicht.

Motti drehte sich um und ging ins Zimmer zurück. Während er langsam und leise die Tür schloß, sah er, wie gleichzeitig die Tür des gegenüberliegendes Zimmer aufging, aber das war ihm egal, und er wandte sich ab, die Hand auf der Klinke, noch bevor er erkennen konnte, wer es war.

Er würde den 33er bis zur Münchener Freiheit nehmen. Er würde die ganze Fahrt über an der Tür stehen, um als erster aussteigen zu können. An der Münchener Freiheit würde er die Rolltreppe zur U-Bahn hinunterhasten und dabei jeden zur Seite drängen, der ihm den Weg versperrte. Rechts stehen, links gehen, würde er laut fluchen, und die von der Sonntagsmüdigkeit wie gelähmten Menschen in ihren dunklen, unförmigen Winterjacken und wattierten bunten Stiefeln würden ihm stur und träge Platz machen, dieselben Menschen, die ihn morgen vielleicht schon, auf ihrem Weg zur Arbeit, genauso beschimpfen würden. Im Zwischengeschoß würde er hören, wie gerade eine Bahn davonfuhr und dann gleich noch eine, und so würde er stehenbleiben und seine Gedanken sammeln, er würde überlegen, ob er nicht vielleicht die zwei Haltestellen zu Fuß gehen sollte, weil er es jetzt nicht ertragen würde, hier herumzustehen und zu warten. Dabei würde er kurz um sich blicken, in dieser riesigen Halle mit ihrer viel zu niedrigen, schmutzigen Decke, mit dem stumpf glänzenden grauen Boden, mit den schwach beleuchteten Telefonzellen, in denen es immer nach Zigaretten stank, obwohl die Türen schon vor Jahren ausgebaut worden waren, mit dem sich ständig verflüchtigenden Neonlicht, das jedes Gesicht, auch das eines Südländers oder Schwarzen, gelb erscheinen ließ. Dann würde er sich umdrehen und wieder hinausrennen, er würde, um keine Zeit mehr zu verlieren, die normale Treppe hochlaufen und immer zwei Stufen auf einmal nehmen, und in diesem Tempo würde er auch die Leopoldstraße hinunterhetzen, vorbei an dem dunklen Gebäude der Post, vorbei an *Woolworth, Eduscho, Marmorhaus, McDonald's,* vorbei an den wie immer mit sich selbst beschäftigten Fixern von der Giselastraße. Erst kurz vor dem Siegestor, dort, wo die Leopoldstraße breiter wurde und sich zwischen den winterlich nackten Pappeln ein düsterer Korridor zur Stadt hin öffnete, würde er seine Schritte verlangsamen, und kurz darauf würde er ganz stehenbleiben, an der Ecke, von der aus man – wenn man den richtigen Winkel fand – die nahgelegene Kunstakademie mit ihren beiden Pferdestatuen und der weit geschwungenen, doppelseitigen Auffahrt sehen konnte und gleichzeitig, in der Ferne, wabernd und schimmernd, die granitgraue Loggia der Feldherrnhalle. Hier würde er dann noch einmal darüber nachdenken, ob er es denn wirklich tun sollte, und dabei würden sich seine Gedanken ganz plötzlich in der Vergangenheit verlieren, in einer Vergangenheit, die inzwischen von ihm genausoweit weg war wie seine eigene Kindheit, er würde sich an ein paar schöne dunkle Farben und kaltes weißes Licht erinnern, und sehr viel mehr wäre da gar nicht, nur noch das eine oder andere schnell aufflackernde Bild – da wäre er mit Nurit auf dem winzigen Kinderspielplatz in der Akademiestraße, gegenüber vom *Arri*-Kino, vor dem gerade ein Mann in einem blauen Kittel auf einer Leiter stand und die großen roten Buchstaben von der weißen Anzeigetafel abnahm, da wären sie beide in der Eisdiele in der Türkenstraße, deren habgierige Besitzer draußen eine endlose Reihe von Tischen aufgebaut hatten, die so breit waren, daß sie den engen Bürgersteig fast ganz versperrten, und da wäre er – und hier würden sich die Bilder überschlagen –, da wäre er also, wie er auf den brüchigen Stufen der Kunstakademie saß, erschöpft und abwesend, die kraftvolle Augustsonne schien ihm auf die Wangen, während er sich hinunterbeugte und die Ameisen beobachtete, die um ihn herumkrochen, und Nurit turnte, so lebendig wie selten, auf einem der beiden Pferde herum, die auf zwei meterhohen Sockeln links und rechts vom Aufgang standen. Sie umarmte verliebt den Hals des Pferdes, sie stellte sich auf seinen Rücken und balancierte vor und zurück, und sie war wegen der Hitze nackt, sie hatte nur ihr Höschen und ihre Schühchen an, und als sie dann plötzlich entsetzt nach ihm rief, sprang er hoch, schneller, als er je in seinem Leben gesprungen war, und so schaffte er es, sie gerade noch aufzufangen, er hielt sie von hinten fest, über den wunderbar runden, breiten, von der Sonne aufgeheizten Rücken des Bronzepferdes hinweg, er packte ihre honigweichen Arme und hob sie zu sich herüber, und noch bevor er sie umdrehen konnte, um sie vor Schreck und vor Freude zu küssen und zu drücken, sagte sie, sie wolle wieder hinauf aufs Pferdchen und er solle mit ihr reiten. Aber kaum hatte er sie draufgesetzt, begann sie erneut herumzuzappeln, und nun saß er also hinter ihr und betrachtete ihr hübsches, blondes Köpfchen, ihren schmalen Nacken und die fast ebenso schmalen Schultern, und zwischendrin sah er öfters nach unten, in die atemberaubende Tiefe, die sich neben ihnen auf der anderen Seite der Treppe auftat, und dabei überlegte er, was passieren würde, wenn sie, ausgerechnet in diesem so schönen Moment, wirklich von hier oben herrunterrutschte und er sie nicht auffinge, wenn sie dort unten, auf dem steinharten Boden, einfach kaputtginge, für immer und ewig, so daß sie von nun an niemandem mehr gehörte, nicht ihm, aber auch nicht Sofie, das heißt, wenn überhaupt, dann eher noch ihm, denn er hätte doch eine Million mehr Erinnerungen an Nurit als sie, weil er sich eine Million mal mehr um sie gekümmert hatte. Bei diesem Gedanken ließ Motti Nurit los, aber dann packte er sie wieder, und er ließ sie nochmal los, und er packte nochmal ihren nackten Rücken, er drückte sein Gesicht in ihren Nacken, er fühlte ihre Haut auf seinen Lippen, ihre supersüße, verschwitzte Haut, und so wich seine Verbitterung wie so oft sehr schnell einem erregenden Hochgefühl, das er überall spürte, in seinem ganzen Körper, in der Brust, in den Armen und vor allem tief in seinem Bauch. Ja-ja-ja, genau an dieses herrliche, schreckliche Gefühl würde er sich zum Schluß also erinnern, und zwar auch dann, wenn alle anderen Bilder verschwunden wären, er würde sich daran erinnern, während er, vom hastigen Marsch über die Leopoldstraße noch völlig außer Atem, am Siegestor stünde, unschlüssig, ob er es tun sollte oder nicht, ob er Sofie, nach all den Jahren, in denen sie ihm ausgewichen war, zur Rede stellen sollte. Sie war schuld daran, daß Nurit sich so herumtrieb, würde er denken, so wie sie schuld gewesen war an diesem herrlichen, schrecklichen Gefühl. Sie hat alles falsch gemacht, was sie falsch machen konnte, sie hatte ihn mit ihr allein gelassen, aber als er Nurit mitnehmen wollte, durfte sie nicht mit ihm gehen, obwohl das ihre einzige Rettung gewesen wäre, und überhaupt, würde er denken, war Nurit nur wegen ihr so geworden, so stumm und in sich gekehrt, und im selben Moment würde seine Hand wie zufällig über den großen, sperrigen Gegenstand in seiner Manteltasche fahren, über die leere Videoschachtel mit dem furchtbaren Foto von Nurit darauf, das er in der Videothek gestohlen hatte. Und dann würde er wieder losstürmen, er würde den oberen Teil der Ludwigstraße, der nun vor ihm läge, so schnell wie möglich hinter sich bringen, diese endlose, meist windgepeitschte Strecke von einigen hundert Metern, die ihn so anödete, weil einem hier auf dem breiten Bürgersteig nur selten jemand entgegenkam und weil die Universitätsgebäude auf beiden Seiten der unüberwindbaren, sechsspurigen Fahrbahn mit ihren scheunenartigen Proportionen, mit ihren winzigen Fenstern und unsichtbaren Eingängen so wirkten, als würden sich niemals Menschen in ihnen aufhalten. Schließlich würde er, fast ein wenig erleichtert, in die Schellingstraße einbiegen, er würde sie nach alter Gewohnheit ein paar Meter hinter der Fußgängerampel überqueren, bei der ziegelroten Mauer der Universitätsbibliothek, in der bis heute Einschüsse vom letzten Krieg zu sehen waren, und von da wären es nur noch einige wenige Meter. Er würde die drei Buchläden mit ihren rot eingefaßten Vitrinen passieren, er würde am *Atzinger* vorbeigehen, und für ein paar Schritte würden ihn säuerlicher Biergeruch und die Dämpfe von gedünsteten Lüngerln und Schweinebraten begleiten, und wenn er dann endlich auf die Amalienstraße käme, würde er merken, wie sein Herz zu schlagen anfinge, laut und ängstlich, aber er würde dennoch weitergehen und ganz fest das Haus anblicken, in dem er mit Nurit und ihr gewohnt hatte.

Er würde die braune, bröckelige Fassade betrachten und die schöne dunkle Holztür mit dem schwarzen Gitter vor dem kleinen runden Sichtfenster, und plötzlich würde er auf das Pflaster des Bürgersteigs schauen, doch nicht von hier unten, von der Seite, sondern von ganz, ganz oben, er sähe – an dem kleinen, blonden Köpfchen vorbei – das gleichmäßige quadratische Muster des Pflasters und dessen schöne gerade Linien. Und auf einmal würde der Bürgersteig anfangen ihm entgegenzufliegen, er würde immer näher und näher an sein Auge heranrasen, sein Blick würde sich in Sekundenschnelle verengen, und von den vielen kleinen Steinquadraten bliebe am Ende nur eins übrig, das sich schließlich auch noch in seine Bestandteile auflösen würde, er sähe grauen Stein, grauen Sand, graue Struktur, es gäbe eine Erschütterung, ein Zittern und einen Schrei, so wie in den Nachrichten, wenn ein Kriegsreporter mit seiner Kamera plötzlich selbst von einem Schuß getroffen wird, und dann würde er wieder ganz normal das Haus betrachten, die dunkle Wand, die im milchigen Nachmittagslicht silbern leuchtenden Fensterscheiben. Er würde es von der anderen Straßenseite aus ansehen, er würde dort stehen und zögern, er würde sein Herz noch lauter schlagen hören, und dann würde er weitergehen, und er würde sich auf keinen Fall umblicken, in der Hoffnung, sie habe ihn nicht zufällig von ihrem Fenster aus entdeckt …

Als der 33er kam, rührte sich Motti nicht von der Stelle. Er blieb, mit dem Rücken an die Mauer des Nordbads gelehnt, stehen, bis der Bus, eine große schwarze Qualmwolke hinter sich lassend, wieder davongefahren war, dann ging er zum Taxistand vor und stieg in den ersten der in zwei Reihen wartenden Wagen ein.

Die Spiele, die sein Vater für ihn erfunden hatte, wollte Motti später auch mit seinen eigenen Kindern spielen. »Ich bin Billy Ein-Fuß!« rief Aba mit seiner tiefen, alles durchdringenden Habima-Stimme. »Ich bin der gemeinste Kerl des Wilden Westens! Wer mit mir anfängt« – er streckte den kurzen, gedrungenen Brustkorb vor und machte das linke Bein steif –, »dem vergeht das Lachen schneller als eine Kugel fliegt!« Worauf der kleine Motti, der ihm damals gerade bis zum Bauch ging, sich sofort kichernd gegen das schwere, kräftige Bein warf und mit ihm zu ringen anfing, doch sein Vater machte sich schnell wieder los von ihm und begann im Kreis durchs Zimmer zu marschieren, das ausgestreckte Bein wie einen Knüppel vor sich her schwenkend. Motti versuchte es zu packen, und jedesmal, wenn er danebengriff, mußte er noch mehr lachen, und in sein Lachen hinein stieß Aba immer wieder aus: »Was, du lachst noch, du elender Lachsack?!« Irgendwann blieb Motti stehen, erschöpft und glücklich, er lachte und lachte, obwohl er es gar nicht mehr wollte, sein Zwerchfell hatte aufgehört, ihm zu gehorchen, und in seinen Augenwinkeln sammelten sich wie von selbst kleine Tränchen ... Ein anderes Spiel, an das Motti sich erinnerte, spielten sie in der Habima. Sein Vater nahm ihn ab und zu mit, tagsüber, wenn keine Zuschauer da waren. Motti sah bei den Proben zu, er saß auf einem schönen Balkon, weit oben, im Dunkeln, und war ganz still. Als Erwachsener wunderte er sich später, daß er sich dort nie gelangweilt hatte, daß es ihm nichts ausmachte, seinen Vater und die anderen Schauspieler stundenlang dabei zu beobachten, wie sie vom Regisseur gezwungen wurden, immer wieder dieselben Szenen zu spielen, aber das lag natürlich daran, daß er am Ende zur Belohnung selbst Regisseur spielen durfte. Wenn alle weg waren, rief Aba ihn herunter, er durfte sich an das Regiepult setzen, wo noch das kleine Leselämpchen brannte und jemand sein Textbuch vergessen hatte, er nahm das große schwere Buch, schlug es auf, und obwohl er noch nicht richtig lesen konnte, tat er so, als würde er darin eine bestimmte Stelle suchen. Dann rief er seinem Vater, der auf der Bühne auf seine Anweisungen wartete, zu, er solle sich auf den Kopf stellen. »Das mache ich nicht«, entgegnete sein Vater mit gespielter Wut, »das steht nicht in meinem Vertrag!« »Aber, mein Lieber ...«, sagte Motti mit seiner piepsenden Kinderstimme jene auswendig gelernten Worte auf, mit denen die Regisseure bei den Proben immer ganz schnell den Widerstand ihrer Schauspieler brachen. »Außerdem«, fuhr sein Vater störrisch fort, »verliert die Szene dadurch nur!« »Aber mein Lieber! Mein Lieber!« wiederholte Motti, und endlich gehorchte sein Vater und machte einen Kopfstand. »Jetzt ... bitte«, sagte Motti zögernd, so als würde er einer gerade in ihm aufsteigenden Inspiration lauschen, »jetzt bitte ... radfahren.« Und während sein Vater mit den Füßen in der Luft langsam zu treten begann, kam Motti eine weitere Idee. »Pfeifen, mein Lieber, Sie müssen dazu pfeifen«, sagte er, und schon erklang von der Bühne, von der großen, weißen, lichtüberfluteten Bühne, auf der sein Vater auf dem Kopf stand und seine sinnlosen Turnübungen machte, die Erkennungsmelodie von *Azzid, die Hündin am Fallschirm*, die Motti so liebte, und obwohl sein Vater in dieser Haltung kaum Luft bekam, pfiff er so schön, daß Motti alle seine gespielte Ernsthaftigkeit vergaß und quietschend vor Freude zu klatschen anfing ... Das allerschönste Spiel aber, das Aba sich für ihn ausgedacht hatte, hing mit dem Verschwinden eines großen grünen Plüschfroschs zusammen, der Bubtschik hieß. Zuerst hatte Motti geglaubt, es würde ihm nichts ausmachen, daß er den Frosch, der jede Nacht neben ihm auf dem Kissen lag, verloren hatte – bis ihm einfiel, daß Bubtschik so lange bei ihm gewesen war, wie er sich erinnern konnte, nein, sogar noch länger, nämlich genau seit seiner Geburt. Da erst wurde er traurig, und er fühlte sich so, als wäre er zusammen mit ihm verlorengegangen. Seine Laune besserte sich wieder, als ein paar Tage später ein Brief von Bubtschik im Briefkasten steckte, in dem er Motti schrieb, er sei, weil ja Plüschfrösche viel früher als Kinder erwachsen werden, in die Welt aufgebrochen, um dort sein Glück zu suchen, und Motti solle darum nicht traurig sein, sondern an ihn denken, damit alles gut gehe für ihn. Von da an kam fast jede Woche aus einem anderen Land ein Brief von Bubtschik, und die schwarzweißen Briefmarken, die mit feiner Tusche auf die Umschläge aufgemalt waren und mal einen Wolkenkratzer, mal eine Rakete, mal eine Giraffe zeigten, waren die schönsten Briefmarken, die Motti in seinem Leben gesehen hatte. Bubtschik geriet bei seinen Reisen oft in Gefahr, wie er schrieb, aber natürlich konnte er sich immer wieder retten, er fand in Sibirien schwarze Diamanten, die ihm ein dunkelhäutiger Rieseneskimo zu stehlen versuchte, der mit Hilfe ihrer Zauberkraft wieder weiß werden wollte, er strandete nach einem Schiffsunglück auf den Osterinseln, wo er seine Ohren mit einem Flaschenzug genauso langziehen mußte wie die Eingeborenen, damit sie ihn nicht mit einem Menschen verwechselten und aufaßen, am Orinoko kämpfte er gegen einen glatzköpfigen Nazidoktor, der an ihm schreckliche Kitzelexperimente durchführte, und in London verliebte sich eine Prinzessin in ihn, die einen Buckel und drei Augen hatte, weshalb er, obwohl sie ihm versprach, ihn zum König zu machen, vor ihr Reißaus nahm. Auf einer seiner Expeditionen hörte Bubtschik dann, es gebe irgendwo westlich des Mississippis und östlich des Gelben Flusses ein Land, in dem nur Plüschtiere lebten, und obwohl ihnen die Kinder fehlten, denen sie alle früher einmal gehört hatten, seien sie dort sehr glücklich, weil sie endlich unter sich sein und miteinander genauso reden und essen und tanzen konnten wie die Menschen. Dieses Land wolle er suchen, aber wenn er es gefunden hätte, könnte er Motti nie wieder schreiben, denn jeder,

der beschloss, dort zu leben, mußte sich für immer von seinem Kind verabschieden, damit es endlich auch erwachsen werden konnte. Es war der letzte von Bubtschiks Briefen, und obwohl Motti ahnte, von wem sie in Wahrheit alle stammten, war er glücklich, daß Bubtschik angekommen war und er selbst nun anfangen konnte, ein großer Junge zu sein.

So offen und aufmerksam Mottis Vater gewesen war, so verschlossen und abweisend erschien ihm seine Mutter. Sie war viel ernster als Aba – obwohl doch er in den Lagern gewesen war und nicht sie –, sie spielte nie mit Motti, sie erzählte ihm keine Geschichten, sie setzte sich nicht zu ihm, wenn er sich im Fernsehen eine neue Folge von *Mein Onkel Bill* oder *Azzid* ansah. Ima arbeitete in Tel Haschomer in der Rehabilitationsabteilung für Kriegsinvaliden, wo sie jungen Männern ohne Arme und Beine ihren Lebensmut zurückgab, wie sein Vater immer sagte, und wenn sie abends nach Hause kam, stellte sie sich stumm in die Küche, sie drehte das Radio an und machte das Abendbrot. Weil Aba meistens Vorstellung hatte, aßen Motti und sie allein, sie aßen schweigend und schnell, und nachdem sie fertig waren und Motti aufstehen durfte, blieb sie am Küchentisch sitzen. Sie drehte das Radio aus, nahm sich einen von ihren dicken Romanen und las, bis sie schlafen ging. Manchmal, wenn er sich langweilte und überhaupt nicht mehr wußte, was er tun sollte, stellte sich Motti hinter die Tür und beobachtete sie. Sie saß – ihren langen, schmalen Oberkörper fragezeichenartig übers Buch gebeugt – wie eine Katze da, die vor Schreck ihren Rücken hochreißt und gleichzeitig zusammenzieht, ihre Hände lagen wie zwei große nackte Pfoten neben dem Buch, sie klopfte ununterbrochen mit den Fingern auf die Tischplatte, und Motti kamen ihre Fingernägel wie blitzende Krallen vor. Mit diesen Krallen konnte sie ihn übrigens ganz schön kratzen, wenn sie ihn schlug – ihre langen, sehnigen Hände flogen jedesmal wie aus heiterem Himmel heraus über sein Gesicht oder seinen Hals, und sah er dann später in den Spiegel, hatte er oft zwei, drei hauchdünne rote Striche auf der Haut. Meistens wußte Motti gar nicht, warum er geschlagen wurde. Alles konnte Ima wütend machen, ein zerrissenes T-Shirt oder ein eingebildetes Lächeln ebenso wie zu dick geschnittene Gurken und Zwiebeln, wenn er ihr beim Kochen half. Den Schlägen folgte lautes Geschrei, sie brüllte ihn mit weit aufgerissenem Mund und zugekniffenen Augen an, sie schrie, sie habe jetzt endlich genug von ihm, von seinem Vater, von diesem verrückten, heißen Land und seinen unverschämten Leuten, sie wolle nur noch allein sein, allein-allein-allein, und dann, von einer Sekunde auf die andere, hörte sie wieder auf. Sie öffnete verwundert die Augen, so als wäre sie gerade aufgewacht, sie strich Motti mit abwesendem Blick das Haar aus der Stirn und sagte: »Mein Gott, jetzt habe ich dich wieder gekratzt ...« Auch sein Vater bekam ihre Wutanfälle oft ab, obwohl sie ihn natürlich nie schlug, und wenn er nach einem Streit aus dem Schlafzimmer herauskam und sich zu Motti auf die ausgebaute Veranda setzte, wo in den warmen Monaten der Fernseher stand, starrte er zunächst eine Weile wortlos auf den Bildschirm, um schließlich den in solchen Momenten jedesmal wiederkehrenden Satz aufzusagen, den Motti kannte, seit er denken konnte. »Deine Mutter ist nervös«, murmelte er, »sehr nervös.« Das sollte dem Sohn alles erklären und sie zugleich vor ihm entschuldigen, und das tat es auch, obwohl Motti noch viele Jahre brauchte, bis er begriff, was das Wort »nervös« wirklich bedeutete. Solange er es aber nicht verstand, verband er damit kratzende Fingernägel, einen verzerrten, ungenau geschminkten Frauenmund und die Drohung einer Mutter, ihre Familie zu verlassen. Doch auch später, als er schon erwachsen war und ihn selbst jeder unnötige Laut, jede sinnlose Grobheit, jede hohle Angeberei aufregten, als auch er das Land, in dem er groß geworden war, nicht mehr ertrug, weil hier alles immer nur Krieg war, echter und falscher Krieg, Krieg gegen die Araber genauso wie gegen die eigenen Leute – auch da noch flackerte, wenn er mal wieder mit jemandem auf der Straße oder in einem Restaurant in Streit geriet, weit hinten in seinem Kopf die Erinnerung an diese großen, blitzenden Krallen auf, die über sein Gesicht ratschten, worauf er noch wütender zu schreien begann als sein Gegenüber und ihm die Fäuste wild gegen die Brust stieß.

Erst in Deutschland wurde Motti wieder ruhiger, und als er eines Tages – es mußte kurz nach ihrer Wienreise gewesen sein – seiner Mutter am Telefon erklärte, er werde auf jeden Fall in München bleiben, bemerkte er es selbst. Er lächelte nur stumm und kalt vor sich hin, während sie ihn beschimpfte und ihm heulend und schreiend vorwarf, es sei ihm egal, daß sein Vater in den Lagern gewesen sei und auch, was sie jeden Tag mit ihren kaputten Jungs durchmache. Sogar als sie sagte, er solle bloß nicht glauben, sie würden ihn jemals bei diesen Teufeln besuchen, verlor er nicht die Fassung, er fing nicht an, so wie er es früher getan hätte, sie nun ebenfalls anzubrüllen, er schleuderte ihr nicht wütend und verächtlich entgegen, daß die Lager nichts mit dem heutigen Deutschland zu tun hatten und ihre zerschossenen Soldaten nichts mit seinem eigenen Leben, er schrie nicht, er habe '82 den ganzen Dreck selbst mitgemacht, sie könne ihm darüber nichts erzählen, was er nicht wüßte. Er erwiderte einfach nur leise und höflich, sie solle sich bitte nicht aufregen, und dabei dachte er, als sei es eine geheime Beruhigungsformel, an das dunkle, stille Haus von Sofies Eltern in Harlaching und daran, wie gut es war, unter Menschen zu leben, die ihre Probleme nicht durch Gebrüll und gegenseitige Vorwürfe lösten. Doch kaum hatte er aufgelegt, merkte er, daß etwas nicht in Ordnung war; die Zauberformel verlor gleich wieder an Kraft, seine Brust krampfte sich zusammen, er hatte das Gefühl, er müsse sich jeden einzelnen Atemzug abringen, und den Rest des Tages verbrachte er in einer schrecklichen Laune. Beim Einschlafen passierte ihm dann etwas, was ihm schon lange nicht mehr passiert war – er begann sich an früher zu erinnern, und zwar an jede Einzelheit. Er dachte an die weiten, zu Tel Aviv hin abfallenden Straßen von Ramat Gan, in die abends immer die Sonne wie ein großer, roter Ball hineinkullerte, um mit ihren Strahlen zart über die Dächer von Bussen und Autos zu streichen, er dachte an den Schwarma-Stand am Rambamplatz, an dem er jeden Tag auf dem Weg von der Schule sehnsüchtig vorbeigegangen war, weil er wußte, daß zu Hause wieder nur ein kaltes Omelett oder ein Stück gekochtes Huhn für ihn im Kühlschrank stand. Er dachte an den roten Sand im Vorgarten ihres Hauses, aus dem jahrelang zwei kümmerliche, staubige Heckenkirschen herausragten, er dachte an seine blaue Pfadfinderuniform mit den knallgelben Kordeln und an die vielen Sommer, die sie in ihrem Lager auf dem Karmel verbracht hatten, er erinnerte sich daran, wie sie jeden Morgen in Zweier- und Dreierreihen zum Appell angetreten waren und, während die blauweiße Fahne langsam am Mast hochwanderte, gerührt und schüchtern die Hatikwa gesungen hatten. Er dachte auch an seine erste Platte, die er sich in Tel Aviv auf der Ben Jehuda gekauft hatte, *The Slider* von T. Rex, er dachte an das weiße Cover mit dem schwarzen Kopf von Marc Bolan und an den großen Knick links oben, den er gleich am ersten Tag hineingemacht hatte, und natürlich dachte er an das Restaurant *Cassit* auf der Dizengoff, wo er jeden Freitagnachmittag vor Schabbat mit seinen Eltern Tschulent gegessen hatte, inmitten einer lärmenden, rauchenden, groben Gesellschaft, die aus lauter parfümierten Männern und dick geschminkten Frauen bestand, die ihm alle zuerst zur Begrüßung kräftig in die Wange kniffen, bevor sie ihn lachend fragten, ob er auch so ein schlechter Schauspieler werden wolle wie sein Vater. Dann dachte er noch daran, wie seine Mutter hinterher jedesmal wütend zu Aba sagte, sie hasse seine aufgeblasenen Künstler- und Journalistenfreunde, die immer noch so täten, als seien sie irgendwo in Polen oder in Deutschland und nicht hier, in einem vergessenen, staubigen asiatischen Land, worauf Aba, statt zu antworten, anfing, sie mitten auf der Straße zu kitzeln und dabei zu rufen, er sei Siegfried Israel Wind, Schüler von Dr. Hans Orinoko, dem großen deutschen Forscher, dessen Kitzelbehandlung zur Auffrischung alter Nerven inzwischen weltweit anerkannt sei, und gleichzeitig begann Motti sie von der anderen Seite zu kitzeln, und so taumelten sie, ein einziges, großes, wildes, lachendes Knäuel, zu dritt die Dizengoff hinunter zum Bus. An all das erinnerte sich Motti plötzlich beim Einschlafen, während er neben sich Sofies schweren Atem hörte und ihr zufriedenes Schmatzen, an dem er erkannte, daß der Schlaf sie bereits übermannt hatte. Als ihm dann auch noch Billy Ein-Fuß und Bubtschik wieder einfielen und Aba, wie er auf der Bühne der großen, berühmten Habima auf dem Kopf stand und für ihn Kindermelodien pfiff, löste sich der schreckliche Druck, der seit dem Telefonat seine Brust zusammengepreßt hatte, wundersamerweise wieder von ihm, und er dachte, alles wird sich so fügen, wie es sich fügen muß.

In jener Nacht träumte er zum ersten Mal von dem Kind, das sie in Wien gemacht hatten. Er wußte nicht, ob es ein Mädchen oder ein Junge war, denn es hatte kein Gesicht. Sie warteten zu zweit vor dem Haus in Ramat Gan, das Kind hielt seine Hand, und sie blickten nach oben. Sein Vater und seine Mutter standen auf der Veranda, und während Aba weinte, schrie seine Mutter mit weit aufgerissenem Mund und den zu zwei engen, runzligen Falten zusammengekniffenen Augen, er könne nicht heraufkommen, er solle verschwinden, es ginge nicht. »Bist du wieder nervös, Ima?« fragte Motti sie leise und höflich. »Nein«, kreischte sie, »ich ganz bestimmt nicht! Aber du! Aber du!«

»SOLL ICH ÜBER DIE SCHLEISSHEIMER STRASSE fahren?« murmelte der Taxifahrer, ohne sich umzudrehen. Motti, der sich hinten hereingesetzt hatte, sah in dem schmalen Rückspiegel die leicht herausstehenden, trüben Augen des Taxifahrers an, er betrachtete die verschwitzten Haarsträhnen, die auf seiner Stirn klebten, und die tiefe, schmutzige Kerbe über seiner Nasenwurzel. Etwas störte ihn, aber er wußte nicht was. Er drehte den Kopf stumm zur Seite und blickte aus dem Fenster zum Nordbad, dessen greller gelber Anstrich dem gedrungenen Bau nichts von seiner bedrückenden Dreißiger-Jahre-Stimmung hatte nehmen können. Einige Sekunden vergingen, sie warteten an der Ampel direkt vor dem Taxistand, und als die Ampel auf Grün umsprang, wiederholte der Taxifahrer seine Frage, doch Motti antwortete noch immer nicht. Hinter ihnen machte jemand Lichtzeichen, dann wurde gehupt, nur ganz kurz und höflich, und der Fahrer bewegte den Kopf, als wolle er sich zu Motti umdrehen, um so seine Frage mit noch mehr Nachdruck stellen zu können. Aber im nächsten Moment fuhr er einfach los, er wendete den Wagen, mitten auf der Kreuzung, in einem schnellen, großen Bogen, die von beiden Seiten kommenden Autos mußten scharf bremsen, und Motti hörte ein lautes Rumpeln und Klirren irgendwo unter einem der vorderen Sitze.

Während der Fahrt begann es zu regnen. Es regnete nur leicht, man konnte jeden Tropfen, der auf der Windschutzscheibe landete, einzeln erkennen, und der große Scheibenwischerarm, der die Tropfen mit einem leisen, saugenden Geräusch entfernte, setzte sich immer erst nach einer längeren Pause von neuem in Bewegung. Motti blickte an den beiden Nackenstützen und dem Kopf des Fahrers vorbei nach vorn, aber die Aussicht auf die schnell an- und ausgehenden Bremslichter der Wagen vor ihnen, auf weiß phosphoreszierende Nummernschilder und Aufkleber mit grinsenden-

Säuglingen und gereckten Mittelfingern, begann ihn bald zu langweilen, und so sah er gleich wieder zum Seitenfenster hinaus. Der Regen zeichnete lange, dünne Wasserstriche auf die Scheibe, die, vom Fahrtwind hin- und hergetrieben, ständig die Richtung wechselten und Motti an ein Mikroskopbild erinnerten. Dahinter, in dem kalten, diesigen Licht des frühwinterlichen Nachmittags, das nur ab und zu von den Scheinwerfern eines entgegenkommenden Wagens aufgehellt wurde, erkannte er die niedrigen Nachkriegswohnbauten, die diesen Teil der Schleißheimer Straße genauso unverwechselbar prägten wie der mit Kies aufgeschüttete, für Fußgänger unpassierbare Straßenbahndamm. Ihre gelben, hellbraunen und rötlichblassen Fassaden wirkten, als wären sie aus Karton oder Pappe. Motti kam es für einen Augenblick so vor, als zitterten sie, so wie die wenigen kurzen, kahlen Bäumchen am Straßenrand, im hartnäckigen Dezemberwind.

Motti war glücklich, schrecklich glücklich. Schon bald würde er alles hinter sich haben – es war nur noch die Frage von ein paar Stunden. Es kam ja immer bloß auf den einen, den großen, den unmöglich scheinenden Schritt an, damit die Dinge in Bewegung gerieten, und daß er selbst so lange dafür gebraucht hatte, lag am allerwenigsten an ihm. Er hatte doch all die Jahre warten müssen, er hatte gar keine andere Wahl gehabt! Er mußte, solange seine Hoffnung hielt, da sein – irgendwo in dieser Stadt mußte sein Name an einer Wohnungstür stehen, es mußte diese Tür geben, und er selbst mußte sie aufmachen können, wenn sie eines Tages daran geläutet hätte. Sie hatte es aber, warum auch immer, nicht getan. Vielleicht, weil sie noch zu klein und zu unwissend gewesen war, um ihren Vater zu suchen, vielleicht hatte sie es versucht, aber Sofie hatte es ihr einfach verboten, oder sie hatte ihr schreckliche Lügen über ihn erzählt, damit sie Angst vor ihm bekam. Möglich war auch, daß Nurit einmal im Telefonbuch nachgesehen hatte, wo er wohnte, daß sie sich seine Adresse herausgeschrieben hatte, auf einen kleinen, zerdrückten Zettel, den sie wochen- und monatelang in der hinteren Tasche ihrer Jeans herumtrug, bis Sofie ihn eines Tages vor dem Waschen dort fand, um ihr daraufhin in ihrer leisen, herablassenden Art zu erklären, sie dürfe keine Geheimnisse vor ihr haben, sie könnten über alles miteinander reden, und natürlich könne sie tun, was sie wolle, doch hier gehe es doch nun wirklich nicht allein um sie. Vielleicht hatte Nurit aber überhaupt keine Sehnsucht nach ihm gehabt, vielleicht interessierte sie sich nicht für ihren Vater, weil Sofie längst einen neuen Mann hatte, zu dem Nurit Paps oder Daddy sagte, der ihr Taschengeld und Gutenachtküsse gab und den sie abends, wenn mal wieder einer von ihren Pornoregisseuren auf sie wartete, mit klimpernden Wimpern fragte, ob sie mit einer Freundin noch eine Cola trinken gehen dürfe, was dieser fremde Idiot ihr natürlich immer erlaubte, weil er nicht spüren konnte und wollte, was sie wirklich vorhatte. Und vielleicht gab es noch einen ganz anderen Grund dafür, daß sie sich in den zehn langen, bedrückenden Jahren, die nun hinter ihm lagen, bei ihm kein einziges Mal gemeldet hatte. Was wußte denn er, woran das lag, vielleicht ging es nicht, weil manche Dinge einfach nicht gehen, und vielleicht ging es überhaupt nie mehr, nie-niemehr, aber dann konnte er daran auch nichts ändern, er wollte nicht sein Leben lang warten, er mußte endlich wieder mehr an sich selbst denken, und genau darum war es für ihn nun an der Zeit zu verschwinden.

»Wann müssen Sie da sein?« sagte der Taxifahrer. Sie näherten sich der riesigen Kreuzung am Petuelring, die mit ihren weißen und orangefarbenen Lichtern in der Dunkelheit an eine im All treibende Raumstation erinnerte – auch weil sie in diesem Augenblick so leer und verlassen dalag, als wäre hier schon seit Ewigkeiten niemand mehr entlanggekommen.

Motti hatte noch immer keine Lust zu antworten, und da sein Kopf ohnehin schon beim Hinausschauen auf seine rechte Schulter gerutscht war, schloß er die Augen, damit der Fahrer dachte, daß er schlief. Kaum waren seine Augen zu, nahm er einen schwachen, unangenehmen Geruch im Wagen wahr. Das war es also gewesen, was ihn von Anfang an gestört hatte! Noch während er, die Augen weiter geschlossen, überlegte, um was für einen Geruch es sich handelte, hielten sie an der Ampel. Motti hörte das Klacken des Blinkers und das unregelmäßig tickende Geräusch des alten Taxameters, er hörte ein leises, halb unterdrücktes Ächzen, so als hätte der Fahrer versucht, sich unauffällig nach etwas zu bücken, dann war da ein schnelles, leises Gurgeln und Schmatzen und am Ende wieder dasselbe Rumpeln unter einem der vorderen Sitze wie zu Beginn der Fahrt. Gleichzeitig wurde der unangenehme, medizinartige Geruch noch stärker, es wurde kalt, weil ein Fenster aufging, sie fuhren an, der hereinströmende beißende Wind wehte durchs Wageninnere, das Fenster ging zu, und der Geruch hatte sich nun wieder fast ganz verflüchtigt. Als Motti kurz darauf die Augen öffnete, passierten sie bereits die Hochhäuser an der Rümannstraße. Jedesmal, wenn er hier vorbeifuhr, fragte er sich, wer es wohl aushalten mochte, so dicht an der Autobahn zu leben, von morgens bis nachts begraben unter einer endlos wiederkehrenden Welle von verbranntem Benzin und röhrenden Motoren, aber jetzt mochte er diese beiden riesigen, fast quadratischen Gebäude mit ihren langen, hellen Terrassen und Aberhunderten von erleuchteten Fenstern, es rührte ihn und machte ihn zugleich traurig, wie sie so dastanden, stolz und verstoßen, am äußersten Rand Schwabings, und in den rauchgrauen Nachmittagshimmel hineinstrahlten.

»Wir müssen uns beeilen«, sagte Motti plötzlich, »fahren Sie schneller.«

»Es tut mir leid«, sagte Sofie.

»Ich weiß«, erwiderte er.

»Ich habe es nicht mehr ausgehalten.«

»Okay, Liebling. Es ist in Ordnung.«

Sie hatte den Schlüssel, und weil das Licht im Treppenhaus gleich wieder ausgegangen war, versuchte sie nun in der Dunkelheit vergeblich, ihn ins Schloß zu stecken. Jeder andere an ihrer Stelle hätte früher oder später angefangen zu fluchen oder zumindest ungeduldig zu seufzen, aber sie machte einfach nur stumm weiter, sie schlug mit dem Schlüssel immer wieder gegen den Beschlag des Schlosses, rutschte ab, setzte neu an, rutschte wieder ab. Schließlich griff Motti nach ihrem Handgelenk, er bekam es, obwohl er fast nichts sehen konnte, sofort zu fassen, aber weil sie sich wehrte und er kaum stärker war als sie, ließ er sie bald los.

»Ich mach' das Licht an«, sagte er.

»Nein, warte.«

»Sofie ...«

Sie antwortete nicht, und dann hörte er, wie der Schlüssel mit einem leisen Rattern ins Schloß fuhr, und die Tür sprang auf. Noch bevor Sofie eintreten konnte, umschlang Motti sie von hinten, er legte den einen Arm um ihren schönen, vorgewölbten Bauch und den anderen um ihren Busen, der inzwischen auch schon größer geworden war. Ein paar Sekunden standen sie so da, reglos und still. Motti spürte ihren schweren, mächtigen Körper, er fühlte ihre breiten Schultern an seiner Brust und ihren großen Hintern an seinem Bauch.

»Ich kann es nicht ändern«, sagte Sofie schließlich. »Und – warum sollte ich auch?«

Statt etwas zu entgegnen, drückte Motti zwei-, dreimal den Unterleib gegen sie, aber sie erwiderte seine Bewegungen nicht, und plötzlich kam er sich wie ein kleines, dummes Äffchen vor, das sich an einen Baumstamm klammert und an ihm reibt, weil kein anderer mit ihm spielen will.

»Soll ich dich loslassen?« sagte er.

»Nein, noch nicht«, erwiderte sie. »Das ist schön.«

Es war so wie immer gewesen, wenn Sofie unter Leute mußte. Schon Tage vorher war sie unruhig geworden, sie wachte nachts auf, sie stand dreimal am Tag in der Kleiderkammer und betrachtete kopfschüttelnd die überquellenden Regale und vollgehängten Bügel, sie wischte alle paar Stunden Staub in ihrem Arbeitszimmer und verbrachte jeden Morgen eine halbe Ewigkeit im Bad. Sie war mürrisch und weinerlich, sie sprach mit Motti so unbeteiligt wie mit einem Fremden, dann redete sie ihn wieder mit ihrer singenden Kleinmädchenstimme an, die außer ihm keiner kannte. An diesem Abend dann schlief sie - kurz bevor sie losgehen mußten - einfach ein, sie fiel in einen so tiefen und abweisenden Schlaf, daß Motti große Mühe hatte, sie zu wecken. Als sie endlich wach war, taumelte sie ins Badezimmer, wo sie minutenlang mit nach vorn übergeklapptem Oberkörper, halb heruntergezogener Unterhose und geschlossenen Augen auf der Toilettenschüssel saß und immer wieder erklärte, sie wolle nicht gehen, sie habe noch so viel an ihrer Magisterarbeit zu tun, und außerdem kenne sie dort sowieso fast niemanden.

Die Party war im *La Bohème* gewesen, in der Türkenstraße, wo ich selbst schon lange nicht mehr hingehe. Mottis Chef fuhr nach Israel zurück, früher als geplant, und obwohl Motti ihn nicht ausstehen konnte, weil er sich über jeden, der eine deutsche Frau hatte, lustig machte und ständig davon redete, daß alle in Israel leben sollten, war es für Motti klar, daß er zu seinem Abschiedsfest gehen würde. Alle seine Kollegen von der Sicherheit würden da sein, bestimmt auch ein paar junge Leute aus der Gemeinde, mit denen er manchmal an der Kontrollschleuse redete, und natürlich noch der eine oder andere, den er bis jetzt nicht kannte. Vielleicht, hoffte er, würden Sofie und er endlich einmal jemanden kennenlernen, der ihnen beiden sympathisch wäre, jemanden, mit dem sie sich dann wieder treffen könnten, um abends und an den Wochenenden nicht immer nur zu zweit zu sein.

Als sie ankamen, hörten sie von draußen schon die laute Musik, Musik, die sonst auf Hochzeiten und Barmitzwas gespielt wurde, alte russische Schlager, moderne Hits und israelische Volkslieder, alle in diesem immergleichen hektischen Klezmer-Rhythmus, der – egal ob eine große Band spielte oder nur Klarinette und Schlagzeug – jede Melodie in einen einzigen lärmenden Brei verwandelte. Motti sah zu Sofie herüber, und obwohl er sich sicher war, daß sie seinen Blick bemerkt hatte, reagierte sie nicht, sie schaute streng und starr geradeaus, ihre Lippen waren wie immer blaß und ihre Wangen auch. Ihr rundliches Gesicht kam ihm nur deshalb nicht ganz so weiß vor wie sonst, weil es wegen der Schwangerschaft um die Schläfen und am Kinn mit kleinen gelben Pickeln bedeckt war. Was wäre es für sie jetzt für eine Erlösung, dachte Motti, wenn er sie einfach am Arm nehmen, auf die Wange küssen und schnell zur Seite ziehen würde, wie dankbar wäre sie ihm dafür, auch wenn sie es ihm wohl kaum zeigen würde. Während er die Hand langsam auf den niedrigen Türgriff legte, umfaßte er mit der anderen von unten Sofies Ellbogen, er hielt sie so bestimmt fest, daß sie stehenbleiben mußte, und noch während er – in einer Mischung aus selbstgefälliger Großherzigkeit und unterdrückter Wut – überlegte, ob er es wirklich tun sollte, wurde von innen die Tür aufgerissen, der Türgriff flog aus seiner Hand, ein Schwall von Stimmen und Musik schlug ihnen entgegen, und vor ihnen stand Itai, sein Chef. Er hielt eine Pita in der Hand, randvoll gefüllt mit Falafel, Salat und Charissa. Als er Motti und Sofie erblickte, erschien ein spöttisches Lächeln auf seinen dunklen, dünnen Lippen, die von einem weißen Kapitän-Ahab-Bart nur schlecht verdeckt wurden. Er streckte Motti die Pita entgegen und sagte auf Hebräisch: »Das habe ich bald wieder jeden Tag. Jeden Tag! Willst du probieren, Junge?« Und dann, an Sofie gewandt, fügte er in seinem schlechten Deutsch hinzu: »Hast du ihm abgewöhnt, was?«

Sofie war fast unmerklich zurückgewichen, und Itai hatte sofort einen weiteren Schritt auf sie zu gemacht. Er war noch größer als sie, er hatte lange, kräftige Arme, einen dicken Hals und einen schweren, vorstehenden Brustkorb, und wie er nun so ganz dicht vor ihr stand, mit diesem herablassenden, unverschämten und fordernden Gesichtsausdruck, erinnerte er Motti an die Typen vom Tel Aviver Strand, die den ganzen Sommer über einsame Touristinnen ansprachen. Sie baten um Feuer oder fragten, wie spät es sei, sie hockten sich, noch bevor eine Reaktion kam, vor sie in den Sand, und dann wollten sie ihre Namen wissen und woher sie kamen. Bei den meisten Frauen hatten sie keinen Erfolg damit, sie blieben meistens, ohne eine Antwort zu kriegen, noch ein paar ehrenrettende Augenblicke stumm neben ihnen sitzen, bis sie sich schließlich, so lässig und gleichgültig wie möglich, in die Höhe schraubten und weiterzogen. Ab und zu funktionierte es aber auch, ein paarmal hatte Motti beobachtet, wie die Angesprochene freundlich antwortete, man unterhielt sich eine Weile miteinander, bis man sich schließlich für den Abend verabredet hatte, und während der Mann, zu seinen Freunden im Strandcafé herüberzwinkernd, durch den tiefen Sand davonstapfte, blühte in dem unauffälligen, häßlichen Gesicht der Touristin ein Lächeln auf, das sie für ein paar kurze Augenblicke begehrenswert und fast schön machte. Waren er und Sofie auch so ein Pärchen? fragte sich Motti plötzlich erschrocken, und noch bevor ihm eine Antwort einfiel, hörte er, wie Itai Sofie fragte, ob sie denn schon einmal in Israel gewesen sei.

»Ja«, sagte Sofie.

»Bestimmt mit deinem Liebling.«

»Nein, ohne«, erwiderte Sofie. Sie hatte so langsam und lautlos gesprochen, daß sogar Motti, der dicht neben ihr stand, sie kaum verstehen konnte.

»Aber wegen anderem Liebling«, sagte Itai grinsend, »oder?«

»Ich wollte«, entgegnete Sofie schließlich, als Motti bereits dachte, sie würde gar nichts mehr sagen, »das Land sehen ... Das wollte ich immer schon.« Die Worte schienen, statt aus ihrem Mund zu kommen, darin zu verschwinden, und jedes weitere war noch leiser als das vorherige.

Motti preßte Sofies Ellbogen leicht zusammen, doch sie ignorierte das Zeichen. Er wollte endlich hereingehen, und daß sie sich noch immer nicht von der Stelle rührte, ging ihm auf die Nerven. Drinnen, in dem engen, langen Lokal, das mit schweren Biedermeiersofas und wackeligen Kaffeehausstühlen eingerichtet war und an dessen Wänden alte französische Cancan-Plakate hingen, standen so viele Leute, daß man von der Tür aus nicht einmal die Band sehen konnte. Nur irgendwo viel weiter hinten flogen immer wieder im Takt der Musik ein paar Arme in die Luft, nackte, mit Ringen behängte Frauenarme und schwarzbehaarte, schlanke Männerarme. Gerade wurde eines von diesen besonders schnellen orientalischen Liedern gespielt, aber dann brach die Band mitten im Stück ab, und als sie nun leise das langsame *Jeruschalajim schel-Zahav* anstimmte, bei dem garantiert jeder hier eine riesige goldene Sonne über den roten Hügeln von Judäa aufgehen sah, begann sofort die ganze Gesellschaft mitzusingen. Motti, der an Itai vorbei die Leute beobachtet hatte – die meisten waren Israelis in seinem Alter, ein paar ältere polnische Leute und dazwischen mehrere deutsche Frauen –, Motti blickte zu Boden, er sah wieder auf und blickte abermals nach unten, doch da fing es schon an, das Zittern und Ziehen in seinem Bauch zog in kleinen, heftigen Schüben seinen Oberkörper hinauf bis zu seinem Hals und seinem Gesicht. Es war, obwohl sie auf der Straße standen, plötzlich so wenig Luft da, daß er wie ein Asthmakranker keuchen mußte, doch dann entspannte sich sein Atem wieder, und er schaute Itai völlig ruhig an.

»Auf dem Golan warst du?« sagte Itai zu Sofie, und noch bevor sie hatte antworten können, wandte er sich wieder auf Hebräisch Motti zu. »Nein, war sie natürlich nicht. Da würde sie nie hingehen. Da gehen die nie hin. Meine Frau wird mit mir kommen auf den Golan. Wir werden Schafe haben. Milch von Schafen, Käse von Schafen. Jede Nacht werde ich sie einfangen gehen. Ich komme nach Hause, und meine Frau wird sagen: Wie viele fehlen heute? Zehn, werde ich sagen, oder fünfzig. Du kommst jetzt trotzdem sofort ins Bett, wird sie sagen, so lange kann ich nicht mehr warten.« Itai lachte, und ein paar große Schweißtropfen lösten sich aus seinem Haaransatz und rannen ihm in den Bart. »Und?« sagte er. »Wollen die es auch so oft?«

»Wer sind *die*?« sagte Motti.

»Ts-ts-ts.«

»Ej, Itai – wer sind die?«

»Na komm, Motke, wir verstehen uns ...«

Motti ließ Sofies Ellbogen los, er schob das Kinn hoch und hob die geöffneten Hände wie ein Vater, der noch nicht weiß, ob er gleich zu Gott flehen wird, er solle ihm ein anderes Kind schenken, oder ob er diesem Kind im nächsten Moment eine Ohrfeige geben wird. »Du bist ... ein ... marokkanischer Hurensohn, Itai«, sagte er abgehackt, weil er zwischendrin immer wieder Luft holen mußte. »Du ... ißt vom Boden, du ... trinkst dein Waschwasser, und geheiratet hast du deine schwarze Chaje bestimmt im Stall ... bei deinen Schafen!«

Itai reagierte nicht. Er biß in seine Pita, so ruhig, als würden Motti und er sich ganz freundschaftlich miteinander unterhalten, und dann sah er Sofie an. Er schob die Mundwinkel zu einem künstlichen Lächeln nach oben, ließ sie fallen, schob sie wieder hoch, ließ sie wieder fallen. Sofie zog entsetzt den Kopf zurück, das Blut wich aus ihrem Gesicht, und sie blickte Motti mit weit aufgerissenen Augen an. Wie ein übervolles Wasserglas, auf dem sich eine Kuppel gebildet hat, die jeden Moment zu zerplatzen droht, waren ihre Augen mit Tränen gefüllt, aber Motti wußte, daß sie trotzdem jetzt niemals anfangen würde zu weinen.

»Dafür«, sagte Itai zu Motti, während er noch immer Sofie musterte, »war es ein jüdischer Stall und keine christliche Kirche.«

»Och!« stieß Motti wütend aus. »Och ...! Was soll das?! Was sind das für Lügen? Meine Frau ist Jüdin! Verstehst du?! Jüdin!« Sein Blick hatte sich verdunkelt, er sah plötzlich nichts mehr, er sah nur noch Itais dickes dummes Gesicht, er sah den Schweiß auf seiner Stirn und die rote Falafelsoße, die ihm über den Bart lief, und er sah das vor Wut verzerrte Gesicht seiner Mutter, er sah ihren angespannten Katzenrükken, er sah ihre großen blitzenden Krallen, und dann stieß er auch schon mit beiden Händen gegen Itais große, schwere Brust. Zweimal, dreimal schlug er ihn, aber Itai hatte sich überhaupt nicht von der Stelle gerührt, er stopfte sich, während Motti um ihn herumsprang, den Rest von seinem Falafel in den Mund und sagte: »Reg dich nicht so auf, Motke. Deine Nerven ... Du hast sie dir hier kaputtgemacht. Für dich wäre der Golan auch gut. Frische Luft, gesundes Essen. Und man tut was für die eigenen Leute. Nicht so wie hier, wo wir immer nur auf diese Polen und ihre verzogenen Kinder aufpassen müssen.« Er wischte sich mit der Serviette, in der die Pita eingewickelt gewesen war, den Mund ab. »Du willst nicht nach Hause kommen? Schade. Dann komm zumindest endlich tanzen. Und nimm sie auch mit.« Er schenkte Sofie ein unerwartet herzliches, freundliches Lächeln, drehte sich um und ging, während Motti langsam die Arme sinken ließ, ins Lokal zurück.

Motti und Sofie standen hinterher noch ziemlich lange schweigend vor der Tür und sahen durch die beschlagenen Scheiben hindurch den anderen beim Tanzen zu. Die Musik und das Stimmengewirr ließen das Glas von innen wie die Membran eines alten Lautsprechers erzittern, und als sich später zur Horra ein großer Kreis um zwei junge, schweißüberströmte Männer gebildet hatte, die mit verdrehten Augen Arm in Arm durch die Luft wirbelten wie zwei übergeschnappte Chassiden, hatte Sofie Mottis Hand genommen und ihn wortlos weggezogen. Er überlegte eine Sekunde lang, ob er sich wehren sollte, aber dann folgte er ihr, und sie waren, ohne zu sprechen, schnell nach Hause gegangen …

»Wärst du geblieben?« sagte Sofie. Sie standen immer noch im Dunkeln an der aufgesperrten Wohnungstür, und Motti umarmte immer noch von hinten ihren schönen großen Bauch.

»Ich weiß nicht«, sagte Motti.

»Ich weiß es …«

»Nein, weißt du nicht.«

»Es tut mir leid, ich konnte da einfach nicht mehr rein«, sagte sie ernst.

»Das verstehe ich.«

»Wirklich?«

»Was fragst du? Ich bin's doch …«

Sofie seufzte. »Ach, mein Liebling«, sagte sie plötzlich mit ihrer singenden Kleinmädchenstimme. »Mein Liebling, mein Liebling, mein Liebling …«

Im gleichen Moment ging im Treppenhaus das Licht an, und sie schlüpften wortlos in die Wohnung.

Als sie auf die Autobahn kamen, trat die Dämmerung mit einem einzigen großen Schritt zurück, alles Dunkle schob sich nach oben, die Wolken wurden in ein noch dichteres Schwarz, Blau und Braun getaucht, und dafür erschien am Horizont, in einem endlosen schmalen Streifen, ein silbern strahlendes Licht. Motti lächelte, und seine Lippen zitterten dabei ganz leicht. Er mußte – seit damals zum ersten Mal – an die rasanten Sonnenaufgänge im Negev denken, die ihn während seiner Rekrutenzeit jedesmal wieder überrascht hatten, und obwohl er wußte, daß es vollkommener Unsinn war, wartete er nun darauf, daß der Lichtstreifen sich gleich langsam von unten rot zu verfärben begann, er wartete auf die Rufe der anderen, er wartete auf die Befehle der Offiziere und auf das Rattern der schweren Tankmotoren. Dann sah er, immer noch lächelnd, auf die Uhr. Es war halb fünf. Sonntags, das wußte er noch, ging der letzte *El-Al*-Flug immer abends um sechs, und weil bestimmt einer von seinen alten Kollegen aus der Gemeinde jetzt am Flughafen arbeitete, würde man ihn nicht kontrollieren, und er hätte sogar noch Zeit, im Duty-free-Laden für seine Eltern etwas zu kaufen. Seine Mutter hatte immer, wenn sie freitags ins *Cassit* gegangen waren, ein Parfum benutzt, das so süß und weich nach Zimt roch, daß es gar nicht zu ihr paßte – das wollte er für sie besorgen. Und Aba würde Schokolade bekommen oder Tee.

Motti wußte genau, wie es sein würde, heute nacht, in Ramat Gan. Er würde sie natürlich nicht vom Flughafen aus anrufen, so wie er ihnen jetzt, vor dem Abflug auch nicht Bescheid geben wollte, daß er endlich käme. Er würde allein mit dem *El-Al*-Bus nach Tel Aviv hineinfahren, zur Tachanat Rakevet, und dort würde er den 67er nach Kiron nehmen, der in Ramat Gan auf der Sokolov hielt, direkt vor ihrem Haus. Im Bus, das wußte er, würde er sofort damit anfangen, sich voller Rührung an all die kleinen, unbedeutenden Dinge zu erinnern, die ihm früher, als er noch genauso selbstverständlich und unverrückbar hierher gehört hatte wie sie, absolut nichts bedeutet hatten. Er würde sich, so lächerlich er es fände, für einen Moment in allem, was um ihn herum wäre, wiedererkennen, in den hohen, hart gepolsterten Bussitzen aus braunrotem Kunststoff, in den schmalen und verschmierten Fenstern, die man nur einen Spalt weit aufschieben konnte, weil sie immer klemmten, in dem winzigen Halteschild vorne über dem Fahrersitz, das vor jeder Station pergamentfarben aufleuchtete, in dem früher oder später laut ertönenden Zeitzeichen von *Kol Israel* aus dem Radio des Chauffeurs und der ihm folgenden warmen, allwissenden Stimme des Nachrichtensprechers. Zu Hause dann würde er ebenso verwundert und gerührt die Dinge betrachten, den roten Boilerknopf über der Badezimmertür, die viel zu kleinen Lichtschalter, die zwei, drei altmodisch aussehenden, blassen Schachteln mit israelischen Corn Flakes auf dem Küchentisch, den beigefarbenen, sandigen, kühlen Steinboden im Flur und im Wohnzimmer, und während seine Eltern – überrascht, entsetzt, erleichtert – ihn ausfragen würden über die plötzliche Heimkehr, über Nurit, über die Behandlung, über seine Zukunftspläne, würde er durch die halboffenen Terrassenrolläden auf die belebten Terrassen der gegenüberliegenden Häuser blikken. Er würde flackernde, tiefblaue Fernsehbilder dort sehen und die Umrisse von Menschen, die sich gerade vom Abendessen erhoben, er würde Autos vorbeifahren und Busse quietschend bremsen hören, er würde auf das Brummen der vielen Klimaanlagen vom Nachbarhaus lauschen und auf die ewigen Streitereien unten an der Bushaltestelle. Und gleichzeitig würde irgendwo weit weg jemand anfangen, Schlagzeug zu spielen oder Klavier, und wenn dann auch noch von draußen, von der Straße, der feuchte, warme Sumpfgeruch der Nacht aufstiege, den Tel Aviv hoffentlich nie los werden wird, würde er sich fragen, ob er überhaupt jemals weggewesen war, und plötzlich würden ihm die vielen verlorenen

Jahre einfallen, und er würde das Gesicht in die Hände legen, aber weinen würde er trotzdem nicht.

»Holen Sie jemanden ab?« sagte der Taxifahrer. Weil Motti, der noch immer seitlich weggedreht auf dem Rücksitz kauerte, ihm nicht gleich eine Antwort gab, beugte er sich schnell vor und holte von unten seine Flasche heraus, und diesmal sah Motti sie deutlich in seinen Augenwinkeln aufblitzen, er konnte sogar ihr schönes weißgrünes Etikett erkennen. Er wartete, bis sich der scharfe Alkoholgeruch im Auto ausgebreitet hatte, dann ließ er den Fahrer in Ruhe das Fenster öffnen, mit der eisigen Luft drängte ins Wageninnere für einen Moment der ohrenbetäubende Autobahnlärm hinein, und erst als das Fenster wieder zu war, setzte Motti sich auf und sagte: »Nein, ich fliege selber.«

Der Taxifahrer sah ihn im Rückspiegel überrascht an. »Was?« sagte er.

»Ich hole niemanden ab«, wiederholte Motti. »Ich bin selbst der Passagier.«

»Ach so ...«

»Ja.«

Der Taxifahrer nickte ein paarmal, so als hätte Motti ihm gerade etwas sehr Kompliziertes erklärt, das er nun endlich verstanden hatte, doch dann vertiefte sich seine dunkle, schmutzige Stirnfalte noch mehr, und er schien zu einer neuen Frage anzusetzen. Schließlich sagte er aber doch nichts, er sah wieder geradeaus, auf die matte, nasse Fahrbahn, in der die Rücklichter der vor ihnen fahrenden Autos wie Schiffslampen in einem nächtlichen Fluß tanzten, und als sie kurz darauf am Neufahrner Kreuz die Spur wechseln mußten, um zum Flughafen abzubiegen, wandte Motti den Blick wieder von dem Fahrer ab und schaute hinaus. Die helle, silberne Horizontlinie drehte sich langsam, während sie die Autobahnabfahrt hochfuhren, und nachdem sie oben angelangt waren, verschwand die Linie so plötzlich wie sie vorhin aufgetaucht war, und die dunkle, flache Mooslandschaft und die tiefen Winterwolken schlossen sich hinter ihr wie eine Tür. Ein paar Kilometer weiter wandte sich Motti noch einmal um, weil er sehen wollte, ob sich hoch oben an dem wie mit Schiefer bedeckten Abendhimmel als letzter Gruß vielleicht die hellorangefarbenen Lichter der Stadt spiegelten, die er nun für immer verließ, aber da war nichts, gar nichts, und das war ihm dann auch egal.

Waren es wirklich nur verlorene Jahre gewesen? Er hatte keine Ahnung, und es interessierte ihn nicht besonders. Ach was, natürlich interessierte es ihn, natürlich hätte er gern gewußt, ob sich all dies zumindest auf eine Art und Weise gelohnt hatte, die er heute vielleicht noch gar nicht durchschaute. Doch um das herauszufinden, das war ihm klar, hätte er ein anderer sein müssen als er selbst, jemand, der den gerade zu Ende gehenden Abschnitt seines Lebens von außen, ganz kühl und teilnahmslos, betrachten würde. Wer konnte das tun für ihn? Wen sollte er fragen? Den Taxifahrer vielleicht? Sollte er am Flughafen den Paßbeamten bitten, mal kurz mit ihm die vergangenen Jahre durchzugehen? Oder einen von den Kellnern, die an der Bar im Warteraum Kaffee und Sandwiches verkauften? Er würde, fiel ihm plötzlich ein, einfach eine Rechnung aufmachen. Das war doch eine Idee! Er würde auf der einen Seite alles Gute, das ihm hier widerfahren war, auflisten, auf der anderen Seite alles Schlechte, und dann würde er das eine vom anderen abziehen, und das, was zum Schluß übrigbliebe, wäre das Ergebnis dieser Zeit. Ja, genau das würde er tun, das war genau die richtige Art, Abschied zu nehmen.

Das Positive: Er hatte eine Sprache – die Muttersprache seiner Eltern – perfekt gelernt. Er hatte sie wirklich so gut gelernt, daß man ihn oft erstaunt, fast empört fragte, ob er hier geboren sei, denn er hatte keinen Akzent, und die Worte kamen mit einer solchen Natürlichkeit aus seinem Mund, daß er sich manchmal wie einer von diesen Asiaten und Schwarzen fühlte, die in letzter Zeit immer häufiger im

Fernsehen auftraten und mit ihren gelben Augen und gesunden weißen Zähnen ganz und gar nicht zu dieser veralteten Offiziers- und Philosophensprache paßten, in der sie so elegant und lebendig über Musik redeten oder neue Filme vorstellten. Was war noch gut gewesen? Er hatte, eine Weile zumindest, viele Frauen gehabt, auf jeden Fall mehr, als es zu Hause gewesen wären, denn so wie er, dunkel und fiebrig und ernst, sahen in Tel Aviv und Haifa die meisten Männer aus – mit seinem kleinen trotzigen Gesicht hatte er bei den israelischen Mädchen nie große Chancen gehabt, ein Durchschnittstyp wie er war zu Hause bloß zum Heiraten gut, hier aber hatten sich gerade die hastigen Begegnungen für ihn oft wie von selbst ergeben. Was noch? Er hatte in München von einem Tag auf den anderen den Krieg vergessen. Ja, wirklich, er hatte ihn praktisch aus seinem Gedächtnis gelöscht, das merkte er vor allem daran, daß er inzwischen – was er vorher nie gekonnt hatte – immer ganz ohne Leidenschaft oder schlechte Gefühle reagierte, wenn im Fernsehen ein Kriegsfilm lief. Was er auf dem Bildschirm sah, dachte er dann jedesmal wieder erleichtert, hatte nichts mehr mit ihm selbst zu tun, er sah ruhig und gelassen den so echt blutenden und brüllenden Filmsoldaten zu und wartete wie jeder andere Zuschauer gespannt darauf, wie die Geschichte ausging. Überhaupt, fiel ihm jetzt wieder ein, war er in all den Jahren viel ruhiger, viel zurückhaltender gewesen als früher, alle hier waren ruhig und zurückhaltend, man mußte nicht schreien, wenn man etwas wollte, man mußte nicht schimpfen, um recht zu bekommen – aber nicht, weil die Menschen hier nicht schreien oder schimpfen konnten, sondern weil es ihnen, so kam es ihm jedenfalls lange Zeit vor, eben nur selten darum ging, recht zu bekommen. Jeder schien mit seiner eigenen Meinung zufrieden zu sein, er wollte sie dem andern nicht aufdrängen und wollte dafür auch nicht von der des andern belästigt und verunsichert werden. Und das hatte doch sein Gutes gehabt, oder nicht? Naja, so genau wußte er es jetzt nicht mehr, um so genauer wußte er aber, daß es da noch etwas ganz anderes gegeben hatte, worauf er nie-nie-nie würde verzichten wollen, etwas, für das er all diese Jahre sofort ein zweites Mal durchleben würde, wenn er es könnte oder dürfte oder auch müßte, und das war natürlich sie, sein Mädchen, seine Buba, sein Herz. Sie war, er mußte das wegen seiner kleinen Abschiedsrechnung so kalt und nüchtern sagen, das Beste gewesen, was ihm hier passiert war – sie, seine kleine stumme Königin! Allein wegen ihr hatte sich das alles gelohnt, und so kurz sie auch zusammen gewesen waren, so lang würde er sie in seinem Herzen tragen, immer würde er an sie denken, an ihre zitternden, hellen Lippen, an den supersüßen Schweißgeruch ihres Nackens, an ihre grauen Händchen, mit denen sie ihn streichelte, wenn er so fror und traurig war und nichts mehr verstand, an ihre stillen, unbeholfenen Umarmungen, an ihre unentzifferbaren Laute, an ihre Beine, an ihre kleine, warme Möse, an ihren Bauch, an ihre dichten, erwachsenen blonden Haare, die jedesmal wie ein Herbstblumenkranz auf dem Kissen lagen, wenn sie hinterher neben ihm schlief.

Und das Schlechte? Was war das Schlechte gewesen an dieser nun endlich zu Ende gehenden Zeit? Motti legte den Kopf zurück, er kippte ihn nach hinten, auf die Ablage, und sah durch das Heckfenster in den davonrasenden Himmel. Er wußte genau, daß er – wollte er ehrlich sein – bei diesem Teil seiner Abschiedsrechnung gleich wieder mit seinem Mädchen weitermachen mußte, aber dann fiel ihm der Jeansladen ein, den er in den ersten Jahren gehabt hatte, in der dunklen, abseits gelegenen Ledererstraße. Plötzlich spürte er jede einzelne Minute, die er dort vergeudet hatte, er sah, wie er, stundenlang über dieselbe Zeitung gebeugt, an der Kasse lehnte, ohne daß jemand hereingekommen wäre, dann wieder erinnerte er sich an die Hintern seiner seltenen Kunden, immer mußte er ihre dicken, plumpen Hintern anschauen, immer mußte er ihnen sagen, wie gut ihnen die Jeans stand, die sie gerade anprobierten. Das war beinahe genauso deprimierend gewesen wie jene Momente, die er abends oft hatte, nachdem die kümmerliche Abrechnung gemacht war und die fast leere Geldbombe, die er noch zur Bank bringen mußte, neben der Tür in einer von seinen *Mottis Western Shop*-Tüten bereitlag – da stand er also vor den Regalen mit seiner Ware, die keiner haben wollte, er betrachtete den ganzen häßlichen, bunten Plunder, und dann stellte er sich vor, all diese Jeans und Hemdchen und T-Shirts wären Bücher, Bücher in einer Bibliothek, und er wäre ein Student, der den ganzen Tag gelernt hatte und nun, müde und zufrieden, nach Hause gehen konnte. Nein, er war kein Student, er war es nie geworden, aber zu Hause hätte er sich bestimmt früher oder später für etwas eingeschrieben, schon weil seine Eltern so lange auf ihn eingeredet hätten, bis er nachgegeben hätte. Doch hier hatte es niemanden interessiert, was er tat, zumindest hatte Sofie ihn nie danach gefragt, ob er glücklich war mit seinem Laden oder ob er lieber etwas anderes machen würde, so wie sie auch sonst nie Fragen stellte. Als er dann in der Gemeinde anfing, bei der Sicherheit, schien es für sie ebenfalls das Selbstverständlichste auf der Welt zu sein, daß er sich gerade für diese Arbeit entschieden hatte. Wieder stand er stundenlang wie ein nutzloser Dummkopf herum, er hörte seinen Kollegen dabei zu, wie sie sich über Basketball, die Armee und ihre deutschen Frauen unterhielten, er machte den alten Polinnen und Polen stumm die Sicherheitsschleuse auf und versuchte ohne Erfolg mit ihren verzogenen und zugleich so seltsam in sich gekehrten, depressiven Kindern ins Gespräch zu kommen, und nur wenn irgendein fremder Deutscher auftauchte, der ins Gemeinderestaurant im dritten Stock wollte, wurde Mottis Arbeit für ein paar Minuten interessant. Er fragte ihn aus wie beim Securitycheck am Flughafen, er wollte wissen, von wem er käme und zu wem er wollte, er erkundigte sich grob, obwohl er das nicht sollte und auch nicht durfte, nach seinem Wohnsitz und Beruf. Am meisten gefiel ihm, wie ängstlich und bereitwillig ihm die Leute antworteten, und genau das war es zugleich auch, was er daran so haßte. Später, viel später, als er anfing Religionsunterricht zu geben, war es so ähnlich gewesen: Die meisten seiner Schülerinnen legten, auch wenn er mit manchen von ihnen jahrelang lernte, nie ihre beklemmende Unsicherheit ab, sie hatten Angst zu versagen, die verrückten Streberinnen genauso wie die, die alles nur wegen ihrer jüdischen Männer auf sich nahmen. Egal wieviel sie über die Feiertage, die Gebete, die Rolle der Frau erfuhren, egal wie fundiert im Lauf der Zeit ihre Kenntnisse wurden – sie blieben auf immer eingeschüchtert von dieser neuen Welt, die sie doch unbedingt betreten wollten, sie erschien ihnen ebenso dunkel und abweisend wie das betongraue, häßliche Gebäude der Gemeinde in der Reichenbachstraße all jenen vorkam, die irgendwann zum allerersten Mal davor standen und von einem herablassenden Wichtigtuer wie ihm ins Kreuzverhör genommen wurden. Vielleicht, dachte er, hatten ja darum so viele von seinen Schülerinnen mit ihm geschlafen, weil sie glaubten, auf diese Weise würden sich für sie alle Rätsel lösen. Sie hatten es natürlich niemals zugegeben, aber das lag bestimmt nicht daran, daß es ihnen nicht bewußt gewesen wäre – es hatte, das wurde ihm nun klar, einzig und allein damit zu tun, daß in Sofies Totenland, wo man sich vor lauter Scheu und Rücksichtnahme gegenseitig immer nur schonte, selten das gesagt wurde, was wirklich war. An einem Abend lagen sie unter ihm und stöhnten wie unter Todesqualen, am nächsten saßen sie Motti dann so steif und erwartungsvoll wie immer an ihren Sekretären und Küchentischen gegenüber, als wäre nie etwas passiert, sie sagten »Sie« zu ihm, wichen seinen Blicken aus und sahen ihn nur ganz zum Schluß plötzlich zaghaft an, in der Hoffnung, daß er ihnen von selbst erzählte, ob er endlich den Rabbiner in Bnei Brak oder New York erreicht hatte, bei dem sie übertreten wollten. Hatte er deshalb, dachte Motti plötzlich, irgendwann aufgehört, sich mit ihnen einzulassen? War er darum in den letzten Jahren in seinen sexuellen Gewohnheiten wieder zum Teenager geworden? Warum auch immer – dabei nur noch allein zu sein, war zunächst gar nicht so schlecht gewesen. Am Anfang dachte er oft morgens schon daran, daß er es sich abends vor dem Schlafengehen machen würde, er stellte sich genau vor, wie er es wollte, ganz langsam und selbstvergessen und ohne sich um jemand anderen kümmern zu müssen, er plante im voraus, wie er sich den nassen Finger ins Arschloch schieben oder wie er es im Stehen, an die Duschkabinenwand gelehnt, tun würde, damit es noch besser wäre als beim letzten Mal. Auch als er anfing, sich sonntags regelmäßig die Filme zu holen, fand er zunächst noch alles absolut normal, meistens freute er sich schon Tage vorher auf den Augenblick, wenn er zu Hause endlich die Kassette in den Videorekorder einlegen, die Gardine zuziehen und auf den Startknopf drücken würde, um in dem abgedunkelten Zimmer, das dann allein von den grellen Videobildern erleuchtet wäre, für neunzig Minuten so wohlig aufgehoben zu sein wie in einem warmen, gütigen Schoß. Irgendwann aber, es dauerte nicht lange, begann er sich immer häufiger an die Mädchen aus den Videos zu erinnern, nicht ihre Brüste und Arschlöcher spukten ihm allerdings durch den Kopf, es waren ihre dunklen, schwesterlichen Gesichter, von denen er sich nicht mehr lösen konnte, und da erst dämmerte ihm, daß vielleicht doch etwas nicht so war, wie es hätte sein sollen. Aber was war in all diesen Jahren schon so gewesen, wie es sein sollte? Alles war falsch, so richtig es auch am Anfang, als er hier ankam, zu sein schien. Alles stellte sich als das Gegenteil von dem heraus, als was es ihm zunächst vorgekommen war. Es gab hier – das mußte er bei seiner kleinen Abschiedsrechnung unbedingt berücksichtigen – offenbar ein

Gesetz, wonach das, was gut begann, immer schlecht enden mußte, ja, richtig, so war es mit Sofie gewesen und ihren Eltern, mit seiner Arbeit, mit seinen Nerven, so war es mit der Behandlung und den Tabletten gewesen, so war es mit den Tagen, mit den Nächten, mit den Morgen, so war es mit dem Sex, und mit Nurit war es erst recht so gewesen, mit seinem einzigen Kind, das er seit zehn Jahren nicht mehr gesehen hatte, das er nicht sehen durfte oder nicht sehen konnte, das spielte doch jetzt gar keine Rolle. Wichtig war nur, daß sie all die Jahre ohne ihn gewesen und dadurch völlig anders geworden war, als er es gewollt hatte, und bestimmt gefiel ihr das genausowenig wie ihm, bestimmt dachte sie ebensooft an ihn wie er an sie, und vielleicht auch nicht, aber nein, Unsinn, ganz sicher sogar. Aber das war doch noch lange kein Grund, sich mit diesen Leuten einzulassen, sie hätte, wenn sie so unglücklich war, etwas anderes tun können, um sich abzulenken, sie hätte in einen Sportverein eintreten oder bei einer Theatergruppe mitmachen sollen, und Tagebuchschreiben wäre auch eine Möglichkeit gewesen für sie, Mädchen in ihrem Alter schrieben alle Tagebuch, sie klebten sich getrocknete Blumen und Fotos von Schauspielern ins Album, sie lasen dicke Romane und liefen mit ihren Freundinnen Hand in Hand durch die Stadt, und wenn sie im Kino sahen, wie sich ein Mann und eine Frau liebten, vergaßen sie es hinterher vor lauter Angst gleich wieder, aber seine Nurit war leider nicht wie die anderen Mädchen, sie trieb sich in Pornostudios herum, sie reckte ihren nackten Körper in die Kameras dieser Verbrecher, sie ließ sich die Geldscheine wie eine Prostituierte zustecken, und es war ihr auch noch egal, ob sie jemand erwischen würde, egal-egal-egal, weil sie wußte, daß ihr ohnehin nichts passieren würde, hier war doch immer allen alles egal, jeder ließ den anderen machen, was er wollte, damit man ihm selbst auch nie etwas verbieten konnte, Kinder und Eltern, Frauen und Männer, jeder war immer nur mit sich selbst beschäftigt, jeder dachte immer nur über sich selbst nach, und vielleicht redeten sie in Wahrheit hier deshalb miteinander so wenig, vielleicht herrschte hier deshalb diese ewige Stille, ja, genau, ganz genau, das war es, diese Stille, die unendliche, kalte Stille, ja, das war es, was am Ende unter dem Strich bei seiner Abschiedsrechnung übrigbleiben würde, was denn sonst ...

»Wir sind jetzt da.«

Die fremde Stimme, die Motti dicht an seinem Ohr hörte, kam ihm bekannt vor. Es fiel ihm aber nicht gleich ein, wem sie gehörte, und weil er plötzlich so erschöpft war, dachte er nicht weiter darüber nach. Er wurde langsam hinabgezogen, ganz langsam und sanft, und je tiefer er sank, desto größer wurde das Gewicht, das ihn von allen Seiten bedrängte. Es fühlte sich so an, als läge er unter einem Ozean begraben, der Druck nahm immer weiter zu und mit ihm die furchtbare Laune, die er, genauso wie diesen Druck, körperlich spürte. Er wußte schon, was es war, und darum begann er, so gut es ging, seine Mantel- und Jackentaschen nach den Tabletten abzusuchen, aber er bekam seine Hände kaum unter Kontrolle, er wedelte mit den Armen durch die Luft wie jemand, der aus dem Fenster fällt und dabei, gegen jede Logik, wieder hinaufzufliegen versucht, so wie sie damals auch.

»Was soll denn das?« sagte die Stimme. »Hören Sie auf damit.«

»Was?« sagte Motti.

»Hören Sie auf, um sich zu schlagen. Wir sind da.«

Jetzt erst öffnete Motti die Augen, er sah in das kürbisgelbe Gesicht eines älteren Mannes, das er nicht kannte, nur die hervorstehenden trüben Augen und das auf der Stirn klebende verschwitzte Haar erinnerten ihn an jemanden, und während er überlegte, an wen, merkte er, daß er immer noch fiel.

»Sie wollten hier aussteigen«, sagte der Mann.

»Was?«

»Hier aussteigen«, wiederholte der Mann laut und ungeduldig. Dabei beugte er sich noch tiefer über Motti als vorher, und der scharfe Geruch von Alkohol, der Motti nun, mit einem eiskalten Wind durchmischt, entgegenschlug, stoppte schlagartig seinen Fall und brachte ihn wieder zur Besinnung. Er saß, soviel war klar, auf dem Rücksitz eines Wagens, der auf einem dunklen, verlassenen Parkplatz stand, vor einem langen, trutzigen Flachbau, in dessen fassadenhohen Fenstern kein einziges Licht brannte. Es konnte ein Industriegebäude sein oder eine Großmarktbaracke oder vielleicht auch, so genau konnte Motti das im Dunkeln nicht erkennen, eine Sporthalle, und merkwürdig war, daß ein paar Meter weiter ein großer Panzerwagen parkte. Alles war still, nichts regte sich, nur irgendwo in der Ferne hörte man immer wieder ein gequältes, hochtouriges Motorengeräusch, wie von einer Autorennbahn oder einem Flughafen.

»Gut«, sagte Motti, »in Ordnung.«

Er begann, noch im Sitzen, seinen Mantel zuzuknöpfen. Als er damit fertig war, wartete er darauf, was als nächstes passieren würde. Der andere, der sich bis jetzt von der geöffneten Wagentür aus zu ihm hinübergebeugt hatte, trat einen Schritt zurück, und nach einer kurzen, peinlichen Sekunde begriff Motti, und er stieg aus.

»Ich bekomme noch neunzig Mark«, sagte der Mann.

»Natürlich«, sagte Motti und gab ihm das Geld.

»Gepäck hatten Sie ja keins, oder?« sagte der Mann und schüttelte dabei den Kopf, so als sei das ein Vorwurf, den kein Argument entkräften könnte.

Noch während Motti über die Frage nachdachte, stieg der Mann in den Wagen ein. Motti sah ihn erstaunt an, aber der Mann erwiderte seinen Blick nicht. Er machte den Motor an, und im gleichen Moment fuhr das Seitenfenster herunter. Der Mann schaute Motti stumm an, er holte Luft, sagte dann aber doch nichts.

»Geben Sie mir einen Schluck«, sagte Motti plötzlich.

Das Fenster ging sofort wieder hoch, und der Wagen setzte sich fast lautlos in Bewegung. Motti sah ihm hinterher, er sah, wie er langsam die leicht ansteigende Parkplatzausfahrt hinaufrollte, an deren Ende er das Tempo beschleunigte und nach rechts abbog, in eine große, gutbeleuchtete Straße, die nach ein paar hundert Metern auf eine weitere, noch größere Straße stieß, die wiederum zu einem riesigen Komplex übergroßer, weißer, in der Dunkelheit schwebender Pavillons führte. Dahinter, am orange- und gelbgefleckten Nachthimmel, schwirrten kleine weiße Flugzeuge durch die Luft.

Als Motti merkte, daß er wieder zu fallen begann, griff er sofort in seine Manteltaschen, um seine Tabletten zu suchen. Er hatte zwar keine Ahnung, was das für eine Plastikschachtel war, die er dabei in einer der beiden Taschen entdeckte, aber das machte gar nichts. Er wußte schließlich, er würde sich in ein paar Augenblicken, so wie an alles andere, auch daran wieder erinnern.

An dem Tag, an dem seine Eltern ankamen, mußte Motti zum Schiwesitzen nach Neuhausen. Einer von den alten Polen war gestorben, und seine Tochter hatte ihn angerufen und gebeten zu kommen. Motti kannte sie kaum, sie wechselten immer nur ein paar Sätze auf Iwrit miteinander, wenn er ihr in der Reichenbachstraße die Tür aufmachte oder sie rausließ. Daß er trotzdem unbedingt hin wollte, lag daran, daß sie ihm weniger unaufmerksam und herablassend vorkam als die meisten andern aus der Gemeinde, außerdem wurde er wegen Sofie sonst nie von jemandem eingeladen, und natürlich hatte es auch damit zu tun gehabt, daß die Frau am Telefon geweint hatte, während sie ihm erzählte, wie es gewesen war, als sie ihren Vater fand: Der Fernseher lief, die Gardinen waren mitten am Tag zugezogen, das Bett war frisch zum Schlafengehen aufgedeckt, und der alte Liska lag, zusammengerollt wie ein schlafender Welpe, auf dem Bettvorleger daneben.

Als Motti nach Hause kam, waren seine Eltern schon da. Sie saßen in Sofies Arbeitszimmer auf dem Bett, das Motti für sie hereingestellt hatte, sie saßen dicht nebeneinander, Aba hielt Imas Hände, so als wäre etwas Schlimmes passiert, sie hatten beide noch ihre Jacken an, und die Koffer standen unausgepackt neben Sofies Schreibtisch. »Habt ihr sie schon gesehen?« sagte Motti, und erst dann, ohne ihre Antwort abzuwarten, beugte er sich zu ihnen herunter und legte die Arme um beide. Aba roch wie immer nach seinem viel zu starken israelischen Menthol-Aftershave, nach Schweiß und der für die Europareise frisch imprägnierten Wildlederjacke. Ima roch gar nicht, und als Motti sie küßte und mit der Nase ihren Hals berührte, dachte er überrascht, daß sogar ihre weiche, warme Haut ihren alten Zimtgeruch verloren hatte. »Sie hat schon geschlafen«, sagte sein Vater leise, als hätte er Angst, Nurit, die am andern Ende der Wohnung in ihrem Bettchen lag, zu wecken, und dann rutschte Motti langsam vor seine Eltern auf den Boden, und sie begannen, sich flüsternd zu unterhalten. Motti erzählte zuerst von Nurit, er erzählte, was sie schon alles konnte und daß sie noch nie wirklich krank gewesen war, und obwohl sie das von ihm bereits hundertmal am Telefon gehört hatten, unterbrachen sie ihn nicht. Als er fertig war, sagte Aba, daß es seiner Mutter seit ein paar Tagen nicht so gutginge, aber das war ein Thema, das sie gleich wieder fallenließen, da es ihr selbst unangenehm war, sie sagte nur, die letzten Wochen in der Klinik seien sehr anstrengend gewesen, weil mehrere von ihren Jungs plötzlich durchgedreht wären, und jetzt wolle sie nicht mehr darüber reden. Im selben Moment fragte ihn sein Vater, ob er nicht Lust hätte, Karten fürs Theater zu besorgen, aber Motti erwiderte, er sei hier noch nie im Theater gewesen, sie könnten doch genauso ins Kino gehen. So kamen sie dann darauf, was sie in der nächsten Woche alles unternehmen wollten, und als Aba plötzlich erklärte, eigentlich sei eine Woche viel zu kurz, sie könnten ja vielleicht länger bleiben, sah Motti, wie seine Mutter anfing, Abas Hände zusammenzupressen, und sie drückte so stark, daß ihre eigenen Knöchel weiß wurden. Dann stand auf einmal Sofie in der Tür, sie versuchte zu lächeln, obwohl sie über etwas erschrocken schien, was alle drei sofort bemerkten, und nachdem sein Vater sie, noch immer flüsternd, gefragt hatte, ob es wirklich in Ordnung sei, daß sie, so kurz vor den Prüfungen, ihr Zimmer okkupiert hätten, wurde sie rot und sagte verlegen: »Nein, das macht gar nichts.« Und dann sagte sie laut, in einem viel kühleren, bestimmteren Ton, zu Motti: »Kannst du bitte nach ihr sehen? Ich glaube, sie ist aufgewacht ...«

Seine Eltern wußten natürlich von nichts. Sie wußten nicht, was mit Sofie in den ersten Tagen los gewesen war, als sie bei jedem Versuch, das Baby in den Arm zu nehmen, zu zittern begann, sie wußten nicht, daß sie am Anfang im Krankenhaus Nurit kaum angesehen hatte – sie lag meistens auf der Seite, mit dem Gesicht zur Wand, und dämmerte, die Hände wie ein müdes Kind unter den Kopf geschoben, stundenlang vor sich hin –, sie hatten keine Ahnung davon, wie er sich gefühlt hatte, als er sie und Nurit nach Hause gebracht hatte und Sofie zuallererst in ihr Arbeitszimmer gestürzt war, um sich den letzten Teil ihrer Arbeit anzusehen, an dem sie bis kurz vor der Geburt gesessen hatte. Und daß Sofie, nachdem er sie darauf aufmerksam gemacht hatte, vor Scham fast im Boden versunken wäre, erfuhren sie natürlich auch nicht, denn das hätten sie ihm sowieso nicht mehr geglaubt – so wie sie es sich, auch wenn sie es gewußt hätten, bestimmt nicht hätten vorstellen können, daß es eine Mutter gab, die es nicht fertigbrachte, ihr Baby zu stillen, und die trotzdem monatelang mehrmals am Tag an dieser schrecklichen und demütigenden Abpumpmaschine saß und sich selbst wie eine Kuh molk, weil sie, davon war Motti überzeugt, wie er für ihr Kind nur das Beste wollte, weshalb man einfach Geduld haben mußte mit ihr. Und genau darum, eben weil er so genau wußte, daß alles nur eine Frage der Zeit war, hatte er ihnen nie von alldem erzählt – sie hätten sich, außer ein paar absolut überflüssigen Sorgen, doch bloß wieder ihre komischen Gedanken gemacht, die gerade Ima wie von selbst gekommen wären, diese Gedanken, die er für falsch und gemein und herablassend hielt, weil sie nichts mit ihm und seinem Leben zu tun hatten, aber alles mit ihren Vorurteilen. »Natürlich, mein Liebling, ich komme«, sagte er und erhob sich vom Boden, und im Vorbeigehen küßte er Sofie auf die Wange, während seine Eltern sich verwundert ansahen.

Die Woche verging schneller, als alle gedacht hatten. Sofie war tagsüber nie da, sie ging in die Staatsbibliothek, um dort zu lernen, und Motti, der wegen Nurit in der Gemeinde fast ganz aufgehört hatte, verbrachte die meiste Zeit mit seinen Eltern. Er wollte ihnen alles zeigen, sie sollten sehen, daß München nicht die Hölle war und auch kein KZ, und so nahm er sie in die Isarauen mit, hinter deren sonnendurchfluteten Mauern aus Baumzweigen, Blättern und Heckengestrüpp man sich wie ein Kind in einer selbstgebauten Höhle fühlte, er führte sie auf den Giesinger Berg, von wo aus die weißen, blauen und braunen Dächer Münchens wie große dicke Farbklekse auf einem Ölbild aus dem letzten Jahrhundert aussahen, er zeigte ihnen das verwinkelte Lenbachhaus und die Stuckvilla, in der genausoviel Licht wie Dunkelheit war – ähnlich wie auf einem alten Dachboden, der von ein paar wenigen, kräftigen Sonnenstrahlen skalpellartig durchschnitten wird –, er lief mit ihnen die tiefe, schluchtartige Maximilianstraße hinauf und von dort dann weiter zum

Odeonsplatz und zur Theatinerkirche, hinter deren stolzem gelben Turm Tag für Tag, von einem wasserblauen Himmel umrahmt, wie eine Fahne dieselbe lange weiße Wolke hing, er nahm sie zum Karolinenplatz mit, wo die Autos und Straßenbahnen, wie ferngelenkt, ständig nur im Kreis um den herrlich schlanken Obelisk herumzufahren schienen. Nurit war bei diesen – fast immer von einer kühlen, grellen Frühlingssonne begleiteten – Spaziergängen jedesmal dabei, sie schoben, als wären sie alle drei ihre Eltern, abwechselnd den Kinderwagen, wischten ihr das Näschen ab, redeten mit ihr oder suchten nach dem Schnuller, und wann immer Motti zu Ima herübersah, unauffällig, aus den Augenwinkeln, hatte er den Eindruck, daß sie trotz der schlechten Laune, die sie angeblich aus der Klinik mitgebracht hatte, das alles hier gar nicht so schlimm fand, wie sie es sich eigentlich vorgestellt hatte. Einmal fing sie seinen Blick auf, und für eine Schrecksekunde dachte er, sie würde gleich die Augen zu zwei engen, runzligen Falten zusammenkneifen, aber dann lächelte sie ihn an, und weil er es merkwürdig fand, wenn ein Sohn von seiner Mutter angelächelt wurde, drehte er den Kopf weg, aber er fühlte sich trotzdem nicht unwohl danach.

Sofie vermißten sie an diesen Tagen nicht wirklich, es war klar, daß sie lernen mußte und keine Zeit hatte, mit ihnen durch die Stadt zu laufen oder in den Studentencafés in der Amalienstraße herumzusitzen, die sein Vater so mochte. Sie redeten kaum über sie, Motti erzählte nichts von ihr, und sie fragten ihn nicht nach ihr aus, sie wollten höchstens mal wissen, wann sie abends aus der Bibliothek nach Hause käme oder ob sie mit dem Essen auf sie warten sollten. Natürlich hätte er ihnen auch jede ernstere Frage beantwortet, wenn sie sie ihm gestellt hätten; er hätte sich zuerst vielleicht ein wenig geziert und bitten lassen, aber am Ende hätten sie dann doch alles erfahren, irgendwie. Ist sie immer so fleißig und zielstrebig? hätten sie ihn nur fragen müssen, und er hätte gesagt: Ja, genau, das ist sie, und das ist auch gut so, denn wo steht geschrieben, daß nur Männer Pläne und Ziele haben dürfen? Und ist sie immer so höflich und zurückhaltend? wäre garantiert ihre nächste Frage gewesen, worauf er erwidert hätte: Ja, das ist sie, und ihr müßt das gar nicht mit diesem komischen Unterton sagen, Frauen wie sie sind etwas ganz Besonderes, jedenfalls dort, wo wir herkommen. Aber, Motkele, reg dich nicht so auf, hätten sie entgegnet, und verrat deinen Eltern lieber, warum sie immer so ängstlich mit eurer Buba ist? Weil-weil-weil! wäre er dann plötzlich explodiert, weil jeder Mensch eben seine Art hat, seine Liebe zu zeigen, aber das versteht ihr natürlich nicht, ihr glaubt, daß Liebe nur aus Enge und Streit und Lärm besteht, aus ewigen Einmischungen und Vorwürfen! Und während er sie so angeschrien hätte, wäre die Wut in ihm immer unbezähmbarer geworden, worauf sie es sich bestimmt nicht hätten nehmen lassen, zu sagen: Aber, Junge, wir haben dir noch nie etwas vorgeworfen, und gemacht hast du auch immer, was du wolltest, sonst hätten wir dich ja gar nicht weggehen lassen, und das auch noch ausgerechnet du-weißt-schon-wohin. Das hätte seine Nerven dann endgültig zum Zerreißen gebracht, er wäre aufgesprungen und schwer atmend im Kreis herumgelaufen, er hätte, um nicht auf sie loszugehen, die Arme gegen die Hüften gepreßt und die Fäuste so fest geballt, bis sich die Fingernägel in seine Handballen gebohrt hätten. Aber vielleicht wäre alles auch ganz anders gekommen, vielleicht wäre er vollkommen ruhig und zurückhaltend geblieben, so wie er es in den letzten Jahren gelernt hatte, ja, genau, vielleicht wäre er ihnen um des Friedens willen hier etwas entgegengekommen und da ein wenig ausgewichen, und das wäre dann die viel klügere Art gewesen, mit ihren komischen, gemeinen Fragen umzugehen. Daß sie sie ihm in Wahrheit aber gar nicht gestellt hatten, fiel ihm erst später wieder ein, und es machte ihn um so wütender ...

»Sie sprechen ja ein herrliches Deutsch«, sagte Dr. Branth gleich zu Beginn des Abendessens, zu dem sie von Sofies Eltern am letzten Tag ihres Besuchs nach Harlaching eingeladen worden waren. »Alle beide, mein Kompliment.«

»Ja«, ergänzte Frau Branth, »wirklich toll. Wann, sagten Sie, sind Sie ausgereist?«

Motti sah seine Mutter an, die neben ihm saß, und dabei traf sein Blick auf den von Sofie, die in derselben Sekunde von der anderen Seite in Imas Richtung geschaut hatte. Sofie sah sofort wieder weg, so als hätte er sie bei etwas Unerlaubtem ertappt, aber er dachte nicht weiter darüber nach, denn er mußte sich auf seine Mutter konzentrieren.

»Ich habe gar nichts gesagt«, antwortete Ima nach einer kurzen, quälenden Pause, und noch bevor sie weiterreden konnte, fiel ihr sein Vater ins Wort. »Meine Frau«, sagte er, »war eine echte Pionierin. Sie kam noch in den Dreißigern mit *Haschomer Hazair* nach Palästina. Bei mir hat es mit der Aliah etwas länger gedauert.«

»*Nachon*«, sagte Ima, »ungefähr tausend Jahre.« Sie sagte es vollkommen ruhig und emotionslos, aber Motti erschrak trotzdem, und während ihre Worte noch in seinem Kopf nachhallten, merkte er, wie sich seine Arme und Beine anspannten, es fühlte sich an, als ob jemand einen eisernen Ring durch seinen Körper gezogen hätte.

»Na, dann wollen wir jetzt erst mal essen«, sagte Dr. Branth laut. »Politisieren können wir später immer noch.« Motti warf ihm einen dankbaren Blick zu, er zog seine Serviette aus dem gelben Plastikring, nahm das schwere Silberbesteck auf und betrachtete die halbe Ente, die auf seinem Teller lag. Bei Sofies Eltern gab es, wenn man zum Abendessen kam, immer Ente – so wie samstags jedesmal Schokoladenkuchen mit selbstgemachter Karamelsoße serviert wurde –, und zu der Ente bekam man Rotkraut und zwei Kartoffelknödel. Motti mochte weder die klebrigen Knödel noch das süßliche Rotkraut, und das braune, viel zu trockene Entenfleisch schmeckte ihm auch nicht besonders. Trotzdem freute er sich vor jedem Besuch auf dieses Essen, er freute sich auf den Moment, wenn er zum allerersten Mal die Gabel in den weichen, klebrigen Knödel hineindrücken, das verkochte Kraut auf der Zunge fühlen und mit dem noch sauberen, glänzenden Messer das dunkle Fleisch durchtrennen würde, und genau das tat er jetzt, und gleichzeitig fragte er sich, was er sich noch nie vorher gefragt hatte – warum er gern etwas aß, das ihm so wenig schmeckte. Eine Antwort darauf fiel ihm zwar nicht ein, aber dafür spürte er, wie sich der Eisenring in seinen Gliedern bei diesem Gedanken nun langsam wieder zu lockern begann.

Während des Essens wurde nicht viel geredet. Sein Vater wollte wissen, warum jeder Teller auf einem anderen, größeren Silberteller stand, doch niemand konnte ihm diese Frage wirklich beantworten. Erst als Sofie leise sagte, das sei schön, nickte er überzeugt, und in seinem alten, hellen Gesicht tauchte dieses berühmte, staunende Lächeln auf, das das Habima-Publikum so liebte. Dann entstand wieder eine längere Pause, die Mottis Mutter mit der Bemerkung beendete, sie fände die vielen Kerzen, die den Tisch erleuchteten, auch sehr schön, worauf sich die ernsten, männlichen Züge von Frau Branth für einen Augenblick lösten, sie lächelte Mottis Mutter wie ein Mädchen an und bedankte sich. Wie sie dann plötzlich auf Nurit zu sprechen kamen, die mit einem Babysitter zu Hause geblieben war, weil Sofies Eltern darum gebeten hatten, kann ich gar nicht sagen – sie redeten ohnehin nur ganz kurz über sie, jeder erklärte, was für ein süßes, besonderes Baby sie sei – »Sie strahlt wie eine goldene Münze!« rief Mottis Vater aus –, und als Ima meinte, sie fände sie viel zu ruhig, ging dieser Satz sofort wieder unter, denn im gleichen

Moment begann Frau Branth, mit Mottis Hilfe die Teller einzusammeln. Sie trug sie auf einem Tablett, das mit naiven Kuhmotiven bemalt war, hinaus und kam kurz darauf mit der Kaffeekanne und den Tassen zurück.

»Jetzt will ich Sie aber doch noch etwas fragen, liebe Frau Wind«, sagte Sofies Vater in die Stille hinein, die entstanden war, während der Kaffee eingeschenkt und ein kleiner Teller mit Gebäck herumgereicht wurde. »Aber verstehen Sie mich bitte nicht falsch ...« Motti, der den Arm nach der Zuckerdose ausgestreckt hatte, erstarrte, sein Arm hing eine Sekunde reglos in der Luft, dann setzte er die begonnene Bewegung wieder fort, doch der Arm blieb trotzdem irgendwie steif. »Ich meine«, fuhr Dr. Branth fort, »es ist doch sehr interessant, daß man es schafft, seine Heimat so mir nichts, dir nichts aufzugeben und sich eine neue aufzubauen. Ja, wirklich, wie gelingt einem das?«

Würde sie jetzt ihren langen Katzenrücken wie zum Sprung zusammenziehen und hochreißen? Würde sie sein Gesicht mit ihren Krallen zerkratzen? fragte sich Motti, ohne zu merken, daß er selbst es war, dessen ganzer Körper sich plötzlich wieder anspannte.

»Es war nicht schwer«, sagte Ima mit einem Schulterzucken.

»Ach ...«

»Aber nein.«

»Wie denn das?«

»Jeder träumt davon, in einem Land zu leben, wo die Sonne immer scheint und jeden Winter Frühling ist. Glauben Sie nicht?«

»Natürlich«, sagte Dr. Branth, »gerade bei uns. Die alte Sehnsucht nach dem Süden. Trotzdem, wenn man sich vorstellt, man würde für immer und ewig dazu verdammt sein, unter Zitronenbäumen zu sitzen und dem Zirpen der Zikaden zu lauschen – da würde einem doch einiges abgehen.«

»Aber Heinrich«, unterbrach ihn Frau Branth, »manche können es sich eben nicht aussuchen.« Sie schüttelte den Kopf, doch ihr Mann achtete nicht auf sie, er reckte seinen ohnehin viel zu langen, dünnen Hals und fuhr mit dem Zeigefinger über den Rand seiner Kaffeetasse wie ein Varietékünstler, der auf Weingläsern musiziert. »Kalte, dunkle Wälder, schwere, mächtige Flüsse, Wolken wie Kathedralen – so was ist einem für immer eingepflanzt, so was vergißt man doch nie!« stieß er pathetisch aus, worauf sich sofort ein dunkelroter Schatten auf sein Gesicht legte, der in der nächsten Sekunde wieder verschwand. Weil er von Wolken geredet hatte, mußte Motti dabei an die riesigen, formlosen Schatten denken, die an grellen, windigen Wintertagen über die Fassaden und Straßen Münchens jagten.

»Sie haben recht«, sagte Mottis Vater, »es ist bis heute alles da, jede Erinnerung.«

Dr. Branth nickte stumm, er zog seinen hängenden Mund zu einem befriedigten Lächeln hoch, dann rutschte die Lippe wieder herunter, und er sagte: »Gut, gut ... Und nun ist also Ihr Sohn hier, und Sie besuchen ihn.«

»Ja«, sagte Mottis Vater.

»Ihr allererster Besuch seit damals?«

»Ja ...«

Es wurde still. Motti, der während der Unterhaltung meistens nur lauernd seine Mutter beobachtet hatte, löste den Blick von ihr und schaute sich um. Die Kerzen, die den Eßtisch beleuchteten, waren fast ganz heruntergebrannt, das matte Licht der großen Stehlampe, die neben dem Sofa stand, verlor sich weit hinten in dem großen, niedrigen Raum, und die Gesichter um ihn herum kamen ihm in diesem Zwielicht plötzlich so starr und unbeweglich vor wie venezianische Karnevalsmasken, die in der Dunkelheit einer vergessenen Gasse kurz aufblitzen und gleich wieder verschwinden – so jedenfalls stellte er es sich vor, obwohl er noch nie in Venedig gewesen war. Plötzlich dachte Motti, daß Sofie und er einmal wirklich dorthin fahren könnten, schließlich hatten sie seit Wien keine Reise mehr gemacht, und während er versuchte, sich die Straßen und Häuser der ihm unbekannten Stadt auszumalen, betrachtete er das scharfe Juristenkinn von Dr. Branth, er betrachtete die freundlichen, groben Züge seiner Frau, Abas weiche Lippen, Imas ausgetrocknetes Pioniergesicht, und dann sah er die Frau an, die er so liebte. Ganz am Anfang, als sie sich kennengelernt hatten, hatte er sich gefragt, was ihm eigentlich an ihr gefiel, er fand ihr weißes, konturloses Gesicht weder schön noch häßlich, aber später mochte er es immer mehr, denn er entdeckte fast jeden Tag einen neuen, überraschenden Ausdruck darin, so wie jetzt auch. Ja, sie sah ihn, während er sie an Ima vorbei fixierte, völlig anders an als sonst – so ängstlich, hilflos und ehrlich, daß es ihm fast das Herz zerriß. Ach, mein Liebling, dachte er, ich bin schuld, ich hätte Ima und Aba einfach nicht herbringen dürfen, ich hätte mir denken können, daß dadurch alles anders sein wird als sonst. Das dachte er, und die Spannung in seinen Armen und Beinen nahm wieder zu, und dann fragte Sofies Mutter seinen Vater, warum sie eigentlich jetzt erst ihre alte Heimat wieder besuchten, worauf Aba sagte, er würde ihr gern mit einer Geschichte antworten, und noch bevor Motti ihn aufhalten konnte, fing er zu sprechen an.

»In Amerika lebte Anfang des Jahrhunderts ein Jude, von dem keiner wußte, woher er kam«, sagte Aba, und seine tiefe Bühnenstimme klang plötzlich genauso wie damals, als er Motti von Bubtschik und Hans Orinoko erzählt hatte. »Er war ganz allein, er hatte keine Frau und keine Kinder, er hatte keine Freunde, und obwohl er schön und jung war, hatte er nicht einmal eine Geliebte. Niemand verstand, warum er so lebte, und noch mehr wunderten sich alle, wieso er, obwohl Jahrzehnte vergingen, überhaupt nicht zu altern schien. Eines

Tages verschwand er, und als er einen Monat später wiederkam, war aus ihm ein alter, weißhaariger Mann geworden. ›Was ist passiert mit dir?‹ fragten ihn die Leute, und er sagte: ›Ich habe es nicht mehr ausgehalten. Ich wollte mein Schtetl in Rußland wiedersehen. Ich wollte noch einmal an den Ort zurück, wo meine Frau, meine Eltern und meine Kinder von den Kosaken wie Vieh abgeschlachtet wurden.‹ ›Warst du da?‹ ›Ja.‹ ›Und was hast du gesehen?‹ ›Dieselben Häuser, dieselben Straßen. Aber es wohnten dort jetzt ganz andere Menschen ...‹«

Oh mein Gott, dachte Motti. Oh mein Gott, dachte er, als sein Vater fertig war, oh mein Gott, dachte er, während sie aufstanden und sich für das Essen bedankten, oh mein Gott, dachte er, während er seinen Eltern ihre Jacken reichte und sie auf das Taxi warteten. Oh mein Gott, oh mein Gott, oh mein Gott! dachte er auch noch Stunden später, er lag im Bett, neben Sofie, die sich gleich schlafen gelegt hatte, nachdem sie nach Hause gekommen waren. Er selbst hatte noch eine Weile bei Nurit gesessen, er hatte sie herumgetragen und immer wieder die Spieluhr für sie aufgezogen, und als er dann aus ihrem Zimmer herausgekommen war, hatte er, vom anderen Ende des Flurs, Imas wütende Schreie gehört. Oh mein Gott, dachte er nun noch ein letztes Mal, er beugte sich über die schlafende Sofie und küßte sie auf den leblosen Mund. Sie erwiderte seinen Kuß fast sofort, dann fuhr sie mit der Hand unter seinen Pyjama, und als sie seine schweren Arme und seine Beine berührte, kam es ihm so vor, als wären sie taub.

Am nächsten Morgen, während Motti seine Eltern zum Flughafen brachte, rief Sofies Mutter an und sagte, sie hätte selten erlebt, daß sich jemand in ihrem Haus so unmöglich benommen hätte. »Zuerst«, erklärte sie bitter, »haben sie so geredet, daß wir sie kaum verstehen konnten. Dann haben sie sich über meine Unterteller und Kerzen lustig gemacht.

Und am Ende taten sie auch noch so, als wären wir Diebe, als hätten wir ihnen etwas gestohlen. Vater war sehr enttäuscht. Er war so neugierig gewesen auf sie. Er hätte sich wirklich gern mit ihnen unterhalten, du kennst ihn ja. Nein, diese Überheblichkeit! Hörst du mir überhaupt zu, Sofie?«

»Ja«, sagte Sofie fast unhörbar ins Telefon.

»Also gut, also gut«, sagte Frau Branth ungewohnt hektisch, und dann fügte sie viel ruhiger, nachdenklicher hinzu: »Weißt du eigentlich, Kind, in was du da hineingeraten bist?«

Die S-Bahn, die vom Flughafen in die Innenstadt ging, stand schon auf dem Gleis. Als Motti sie von oben sah, raste er sofort los. Er rannte die Rolltreppe herunter, er übersprang, ohne zu warten, die letzten drei Stufen, und weil er den Abstand falsch berechnet hatte, landete er auf der untersten Stufe, gerade als sie sich zu senken begann, und knickte dabei mit dem linken Fuß weg. Ohne sich darum zu kümmern, hetzte er über den Bahnsteig, er machte einen letzten großen Satz in den Zug und lief, von dem Sprint immer noch in Schwung, gleich weiter bis ans andere Ende des Waggons. Dort ließ er sich, heftig nach Luft schnappend, auf den Sitz fallen, und während er darauf wartete, daß die Türen endlich zugingen, schüttelte er in einem fort den Kopf. Es wirkte wie ein Zittern, wie der nervöse Tick von jemandem, der im Krieg ein tagelanges Bombardement hatte durchstehen müssen, und je mehr sich Motti jetzt in seine Gedanken vertiefte, desto stärker wurde es. Wie hatte ihm das bloß passieren können, dachte er entsetzt. Die Dinge brauchten ihre Zeit, sie mußten geplant und vorbereitet werden, aber er hatte offenbar angenommen, es würde genügen, sich ins Taxi zu setzen, zum Flughafen zu fahren und einfach wegzufliegen, damit alles ein Ende hatte. Nicht einmal einen Koffer hatte er dabeigehabt, von einem Ticket und seinem Paß ganz zu schweigen. Das einzige Gepäckstück, das er hätte aufgeben können, war diese leere Schachtel in seiner Manteltasche gewesen, auf deren Umschlag seine eigene Tochter dabei zu sehen war, wie sie die Finger in sich hineinsteckte. So hatte er sich schon lange nicht mehr gehenlassen, und es war ein wirklich trostloser Augenblick gewesen, als er dann endlich wieder zu Bewußtsein gekommen war - er stand zentimeterdicht vor dem Fahrkartenautomaten, er betrachtete aus nächster Nähe die vielen bunten Knöpfe, deren Funktion er absolut nicht verstand, und erst als er von hinten von jemandem grob und ungeduldig zur Seite geschoben wurde, fiel dieses schreckliche Gewicht endlich ab von ihm, und seine Gedanken klarten auf. Jetzt, zum Glück, konnte er sich zumindest wieder an alles erinnern, er sah jede Sekunde und jede Minute dieses Nachmittags deutlich vor sich, er sah, wie er in seinem Bett gelegen und mit der Fernbedienung den Videorekorder ausgeschaltet hatte, er sah, wie er seinen Bauch abgewischt hatte, er sah, wie er die Frau aus der Videothek angespuckt hatte, er sah, wie er sich, obwohl er sonst nie trank, an der Schnapsflasche des Taxifahrers festgesaugt hatte, der schließlich zurückgekommen war und ihn, weil sein Geld für eine Rückfahrt nicht reichte, zur Flughafen-S-Bahn gebracht hatte. Das alles sah er auf einmal also ganz klar vor sich, aber es machte ihm überhaupt nichts aus, im Gegenteil, es war, als würde er in einen wunderschönen, grellweiß erleuchteten Raum hineinblicken, und alles, was darin geschah, war bereits so weit entfernt und bedeutungslos, daß es weder ihm noch einem anderen schaden konnte - und weil ihm das so sehr gefiel, verharrte er nun einfach dort und ließ sich von der Erinnerung immer weiter forttragen. Für einen Moment überkam ihn dabei das gleiche Gefühl wie vor Jahren ein paarmal beim Beten, er stand plötzlich neben sich und betrachtete, angenehm überrascht, sich selbst, und als er dann, nachdem sein

Ausflug zu Ende war, langsam die Augen öffnete, zitterte sein Kopf nicht mehr, er atmete wieder ruhig, und nur sein linker Fuß tat ihm weh, aber das war egal. Er stand auf und humpelte zur Wagentür, um nachzusehen, wann sie endlich losfahren würden, doch gerade, als er sich hinauslehnen wollte, ging die Tür zu, und der Zug setzte sich leise in Bewegung.

Sie rollten fast schwerelos dahin. Motti spürte das tonnenschwere Gewicht des S-Bahn-Waggons unter seinen Füßen, aber noch weiter unten, unter den Rädern, schien absolut nichts zu sein, keine Schienen, kein Bahndamm, kein Boden. Sie flogen durch die Nacht, vorbei an den riesigen weißen Hallen des Besucherparks, die in der Dunkelheit wie gestrandete Raumschiffe aussahen, vorbei an leeren Landebahnen und spärlich beleuchteten Straßen, vorbei an dem schwarzen Aussichtshügel, auf dem sich die winzigen, punktartigen Silhouetten von ein paar letzten Ausflüglern abzeichneten. Dann sah man mit einem Mal gar nichts mehr, und als er trotzdem versuchte, draußen etwas zu erkennen, erblickte er in dem metallblaugetönten Fenster nur sein eigenes Gesicht. Nein, es machte ihm nichts aus, daß er wieder zurückfuhr, daß er sich plötzlich wieder Kilometer um Kilometer von zu Hause entfernte – es ging eben nicht anders, und wenn dann alles erledigt wäre, würde die Heimkehr endgültig kein Problem mehr für ihn sein. Bis dahin aber war Geduld das einzige, was er brauchte, und natürlich auch etwas mehr Gelassenheit. Überhaupt, dachte er, und sein Herz wurde ganz warm dabei, mußte er alles viel leichter nehmen, gerade solange er noch hier war. Er durfte nicht mehr hinter jedem Telefonklingeln eine schlechte Nachricht erwarten und morgens immer zuerst in den Himmel blicken, um an der Wolkenfärbung seine Stimmung auszurichten, er durfte sich nicht mittags schon fragen, ob er nachts nicht einschlafen konnte, er durfte nicht jedesmal auf der Straße erschrocken zur Seite springen, wenn er die Schritte eines andern zu dicht hinter sich hörte, er durfte sich nicht so bedingungslos auf seine Tabletten verlassen und jeden Menschen, der ihm begegnete, verdächtigen, verschlagen und kalt zu sein. Er mußte wieder lernen, daß Probleme erst dann unüberwindbar wurden, wenn man sie für unüberwindbar hielt, und daß also jeder Fehler, den man macht, zu beheben ist – genauso wie jeder Schmerz, der einem zugefügt wird, nicht ewig währt. Es mußte ein bißchen so sein wie in dem wunderschönen weißen Raum seiner Erinnerung, den er kurz zuvor betreten hatte, dachte er plötzlich, das ganze Leben mußte so sein, egal, wo und wann.

Ob er jetzt wieder genauso schnell in diesen Raum hineinfinden würde wie vorhin? fragte er sich, und im nächsten Moment wußte er schon, daß es ein Fehler gewesen war. Er schloß die Augen, er versuchte sich zu entspannen und all die schweren Gedanken zu vergessen, die ihm heute noch stärker zugesetzt hatten als sonst, aber nichts geschah. Er wußte nicht mehr, wo sie war, diese große lichte Halle, das einzige, was er sah, waren seine eigenen Lider, er sah sie von innen, und sie waren so schwarz und schimmernd wie ein dunkles Tuch, das vor einem Fenster hängt, hinter dem matt die Wintersonne scheint. Er würde, überlegte er, wohl noch sehr viel üben müssen, um die ersehnte Leichtigkeit wieder zurückzugewinnen, eine Leichtigkeit, die er als Kind zwar, hilflos gegen Imas Stimmungen, auch nicht wirklich gekannt hatte, dafür aber dann später, eine ganze Weile, in der Zeit vor der Armee. Es waren diese Jahre gewesen, als er mit Eli und den anderen, so oft es ging, nach Nueba, Dahab und Ras Muhamad fuhr, weil kurz darauf der letzte Teil vom Sinai zurückgegeben werden sollte und keiner wußte, ob man dort später noch hindurfte. Freitagfrüh setzten sie sich in den Bus, und am Nachmittag lagen sie schon am Roten Meer, wo sie bis zum Schabbatende blieben. Sie rührten sich nicht von der Stelle, sie standen nur auf, um ins Wasser zu gehen, sonst verbrachten sie die Stunden nackt im Schatten ihrer Strohhütten, sie rauchten Haschisch, tranken Tee mit Beduinengewürzen, spielten Schach und aßen die Sandwiches, die ihnen ihre Mütter mitgegeben hatten. Daß das seine beste Zeit gewesen war, wußte Motti genau, aber er hatte kein Gefühl mehr für sie, er spürte, so sehr er sich jetzt bemühte, absolut nichts mehr von dieser Freude, die sie jedesmal ergriffen hatte, wenn sie in Tel Aviv im Morgengrauen todmüde in den Bus stiegen, nichts von der stillen Erregung, wenn sie Stunden später plötzlich aufwachten und in die blendende, gelbe Weite des Negev hinausblickten, nichts von der Euphorie, wenn sie, in Nueba angekommen, ihre Kleider auszogen und die Sonne zum allerersten Mal ihren Körper umarmte. Das einzige Gefühl, das noch da war und das er jederzeit hervorholen konnte, war das Gefühl der schrecklichen Angst, das ihn bei einem seiner letzten Ausflüge in den Sinai, kurz bevor er zur Grundausbildung mußte, gepackt hatte. Es war nachts gewesen, alle schliefen schon, aber er war noch wach, er lag in seinem Schlafsack, er hatte den Kopf zur Seite gedreht und sah zu den Felsen, die sich gleich hinter dem Strand, von einem hohen, schmalen Wadi durchschnitten, in der Dunkelheit erhoben. Dahinter waren sie, dachte er, dahinter warteten sie auf ihre nächste Chance – und dahinter warteten sie auch auf ihn. Und dann, obwohl er sich kaum rühren konnte vor Angst, drehte er sich langsam auf den Rücken, er sah in den violettschwarzen Nachthimmel, der wie immer in der Wüste mit Tausenden von Sternen gesprenkelt gewesen war, und er schaute so lange hinauf, bis er begriff, daß dort oben nichts und niemand war, der ihm helfen würde. Später, im Libanon, mußte er sehr häufig an diese Nacht denken, und genau das half ihm dann, bis auf das eine Mal.

Aber was half ihm jetzt? Und was half Nurit? Kaum hatte er das gedacht, öffnete er erschrocken die Augen. Der Zug blieb stehen und kurz darauf – ohne daß jemand ein- oder ausgestiegen wäre – fuhr er wieder an. Sie waren bereits in der Stadt, Motti erkannte draußen die Schattenrisse vereinzelter Bürogebäude, Fabrikhallen und Wohnblocks, sie standen ganz allein für sich da, und zwischen ihnen war nichts, nur Brachland, leere, unbebaute Flächen oder hier und dort ein Parkplatz, auf dem in langen Reihen Hunderte von Wagen derselben Marke abgestellt waren. In den Dächern der Autos spiegelten sich die orangeblauen nächtlichen Lichter der Peripherie, und je nachdem wie sie geparkt waren, bildeten sie schnurgerade oder sanft geschwungene Ketten, die wie riesige leuchtende Finger in die Nacht wiesen. Allmählich wuchsen die Gebäude, an denen sie entlangrasten, zusammen, dann schoben sie sich auf einmal wieder so weit auseinander, daß Motti dachte, sie würden erneut aus der Stadt hinausfahren, sie überquerten eine Autobahn, sie kamen an einem hellerleuchteten Straßenbahndepot vorbei, dahinter lösten sich für Bruchteile von Sekunden aus der Dunkelheit die dunkelrot blinkenden Fenster eines Bordells, die alles andere als einladend wirkten, und erst als plötzlich links und rechts von ihnen wie im Zeitraffer ungezählte Gleise und Schienen aus dem Boden zu schießen begannen, wußte Motti, daß die Fahrt bald zu Ende sein würde. Der Zug drosselte sein Tempo, und je langsamer er fuhr, desto schwerer schien er zu werden, es war wie bei einem Flugzeug, das kurz vor der Landung, wenn die Triebwerke heruntergeschaltet werden, alles von seiner unbezwingbaren Leichtigkeit verliert. Dann fuhren sie auch schon im Ostbahnhof ein, und als nun von außen die Türen aufgerissen wurden und Dutzende von Passagieren in den Wagen strömten, fiel Motti auf, daß er die ganze Fahrt über allein gewesen war. Die Menschen, die einstiegen, trugen einen Schwall von Geräuschen herein, ohne daß auch nur ein einziger von ihnen mit einem anderen gesprochen hätte. Motti hörte, wie sie sich stumm auf die

Sitze fallen ließen und ächzend zu den Fenstern durchrutschten, er hörte, wie sie die Reißverschlüsse ihrer Taschen aufzogen und ihre Aktenkoffer aufklappten, er hörte das Knistern ihrer Zeitungen und die leisen Bässe in den Kopfhörern ihrer Walkmen, er hörte, wie sie mit den Absätzen auf dem Plastikboden des S-Bahn-Waggons scharrten und sich verschnupft räusperten.

Was half ihm, was half ihr, dachte er noch einmal, während sich der Zug wieder in Bewegung setzte, und dann dachte er, er habe schließlich alles getan für Nurit, wirklich alles, auf eine andere Hilfe konnten sie beide eben nicht zählen. Oder doch? Es hatte schließlich eine Zeit gegeben, in der er geglaubt hatte, sie wären nicht vollkommen allein – ganz am Anfang, als er mit dem Unterricht begonnen hatte, war es ihm kurz so vorgekommen, aber wenn er sich jetzt erinnerte, wie es damals dazu gekommen war, mußte er fast lachen. Er war ja nicht Melamed aus Überzeugung geworden, es war nur ein Job gewesen, und obwohl er von früher, aus dem Tanach-Unterricht in der Schule, noch viel gewußt hatte – genug jedenfalls für diese Verrückten hier –, mußte er sich auf seine neue Arbeit vorbereiten. So fiel ihm das kleine Buch eines gewissen Raw Piterbaum in die Hände, der *Wegweiser zur Thora*, der genau für solche wie ihn gedacht war, denen Religion nichts mehr bedeutete. Er war darauf hereingefallen, keine Frage, er las das Buch an einem Morgen durch, er war einfach im Bett geblieben, bis er es durchhatte. Als er es schließlich zur Seite legte, konnte er sich zwar nur an einige wenige Stellen daraus erinnern, aber die hatten sich ihm um so genauer eingeprägt, und an jenem Tag stand er mit soviel Kraft und Elan auf wie schon lange nicht mehr. Der Raw Piterbaum wollte vor allem eins – er wollte, daß die Kinder wie ihre Väter werden und die Väter wie ihre Väter, und das glaubte Motti ihm sofort. Außerdem war es der Ton, in dem er über die Weisen und die Gebote sprach, der Motti so bezaubert hatte, dieser milde, lockende Ton eines Mannes, dessen Geschicklichkeit darin besteht, daß er die, zu denen er spricht, glauben läßt, er sei auch nicht klüger als sie. Der Gedanke an Rückkehr, schrieb er, sei doch bereits Rückkehr, und obwohl das ein Satz war, den Motti damals so belächelt hatte, wie er sich über die Tricks eines Vertreters amüsierte, ließ er ihn nicht los, ebenso wie die Feststellung des Raws, wer die Gesetze einhalte, folge nicht irgendwelchen Befehlen von oben, sondern eigenen ethischen Einsichten. Richtig erwischt hatte es Motti aber an der Stelle, wo es darum ging, ob es Gott überhaupt gibt oder nicht. Wäre die Erde nur etwas weiter weg von der Sonne, erklärte Raw Piterbaum, wäre sie ein toter Eisbrocken, wäre sie näher, würde sie verglühen – daß sie dort ist, wo sie ist, und es uns überhaupt gibt, kann also kein Zufall sein. Und noch etwas: Wenn in einer Druckerei nach einer Explosion Tausende von Bleilettern durch die Luft wirbeln, werden sie sich im Fallen wohl kaum zu einem Buch zusammensetzen. Warum? Weil Ordnung eben nie die Frucht von Zufall ist. Das hatte Motti eingeleuchtet, es hatte ihm so sehr eingeleuchtet, daß er keine Sekunde darüber nachdachte. Es war ihm in diesem Moment nur eingefallen, wie schrecklich allein und verängstigt er sich damals in der Wüste gefühlt hatte und wie falsch und unsinnig es offenbar gewesen war. So stand er also, weil in seiner Lage sowieso alles einen Versuch wert war, eines Morgens plötzlich da und legte Tefillin, er ging zu Mincha und Ma'ariv in die Georgenstraße, er fuhr und telefonierte nicht mehr am Samstag, er sagte so viele Brachot wie möglich und kaufte sein Fleisch nur noch in Giesing beim koscheren Metzger. Und obwohl er es selbst ein wenig merkwürdig fand und sich dabei wie jemand fühlte, der beim Karneval seine Maske allmählich für sein wahres Gesicht zu halten beginnt, hielt er es sogar eine Weile durch, so lange, bis ihm ein paar Monate später der *Wegweiser zur Thora* ein zweites Mal in die Hände fiel. Die Stelle, die nun seine Aufmerksamkeit erregte, mußte er beim ersten Mal überlesen haben, er konnte gar nicht glauben, daß ein Mensch etwas so Dummes geschrieben und dann auch noch gehofft hatte, er käme damit durch. Motti las die Stelle wieder und wieder, er stellte sich dazu das kleine, gerissene Gesicht von Raw Piterbaum vor, das er gar nicht kannte, er sah seinen weißen Busch von Bart und die darin ertrinkenden, kleinen opalblauen Augen, und dann warf Motti das Buch in die Ecke und verschränkte die Hände über dem Gesicht. Wie nah war er Gott gewesen bei seinen verfluchten Gebeten? fragte er sich wütend, und er merkte, wie er zu weinen begann. Nah genug, um zu sehen, ob er eine Hakennase hatte, nah genug, um zu erfahren, ob er aus dem Mund roch? Und wieviel hatten die Gebete Nurit und ihm bis jetzt genutzt? Verflucht, diese Dossim waren alle Lügner, kleine hilflose Lügner, die zwar Tausende von Fragen wußten, aber keine einzige Antwort, denn ihre Antworten stimmten nie. Nie-nie-nie! Was hatte der verdammte Raw Piterbaum in seinem verdammten *Wegweiser* geschrieben? Im Jom-Kippur-Krieg, schrieb er, habe es einen Soldaten gegeben, der über seine frommen Kameraden lachte, die vor jeder Schlacht gemeinsam beteten. Als er aber einmal selbst in Todesgefahr geriet, schrie er plötzlich wie von Sinnen: »Gott, beschütze mich!« Und Gott beschützte ihn wirklich, denn er kam nur leicht verletzt davon, und so wurde auch er fromm. Wer, Raw Piterbaum, dachte Motti schluchzend, während er noch immer das Gesicht in den Händen vergraben hielt, wer hat die toten Kameraden deines Soldaten beschützt? Wer, du alter Dummkopf, hat unsere Einheit vor der Fatah und ihren schmutzigen Tricks beschützt? Wer hat den Hurensohn Muamar vor Eli und mir beschützt? Wer hat damals Abas Eltern und Geschwister beschützt, als man sie wegbrachte? Wer hat die Familie meiner Mutter vor dem Irren von der Jewish Agency beschützt? Wer, du verlogener Idiot, hat meine

Tochter beschützt? Wer mich? Und dann dachte er plötzlich ganz ruhig und erleichtert: Sucht euch einen anderen Hiob, ihr schwarzen Teufel, ich glaube euch kein einziges Wort …

Als Motti die Hände vom Gesicht herunternahm, fuhren sie im Hauptbahnhof ein. Die beiden alten Frauen, die sich am Ostbahnhof ihm gegenüber auf die Bank gesetzt hatten, sahen stumm zur Seite. Sie hielten die Köpfe leicht gesenkt, so als wagten sie es nicht aufzublicken, und während Motti überlegte, ob sie ihn vorher die ganze Zeit beobachtet hatten, wischte er sich mit dem Ärmel übers Gesicht, er trocknete die von den Tränen nassen Hände an seiner Hose ab und stand auf. Er fühlte sich leicht zittrig, aber keineswegs schwach, selbst die Schmerzen in seinem Fuß machten ihm nicht wirklich etwas aus. Er war wieder dort gewesen, in dem weißen Raum seiner Erinnerung, dachte er glücklich, dort, wo nichts eine Rolle spielte, egal, wie schmerzhaft es war, und Punkt. Er humpelte zur Waggontür, und beim Aussteigen sah er zur Bahnsteiguhr hoch. Es war erst sechs. Er konnte sich hier also auf einer Bank noch ein bißchen ausruhen, bis sein Bein wieder besser war, und später dann nach Puchheim weiterfahren, zu der verrückten Frau Gerbera. Er lächelte. Um Nurit würde er sich hinterher kümmern, das hatte noch Zeit. Was konnte ihr schon passieren? Gott beschützte sie doch.

Die Stelle, die Professor Kindermann Sofie während ihrer mündlichen Magisterprüfung angeboten hatte, wurde nur zum Schein ausgeschrieben. Obwohl Sofie, so wie es ihre Art war, bis zuletzt daran gezweifelt hatte, ob es ihm wirklich ernst gewesen war mit seinem Versprechen, hielt er Wort, und als eines Tages endlich ein Zettel an der Sekretariatstür hing, auf dem stand, der Professor suche für sein neues

Projekt eine wissenschaftliche Hilfskraft, mußte sie einfach nur in seine Sprechstunde gehen und erklären, sie wolle die Stelle haben. Motti freute sich für Sofie, er freute sich so unschuldig und selbstlos, wie Eltern es tun, wenn ihren Kindern etwas beinahe Unmögliches gelingt, denn er wußte, daß für Sofie ein Traum in Erfüllung gegangen war, den sie seit ihrem ersten Universitätstag gehabt hatte. Sie hätte es zwar nie zugegeben, aber er hatte es sich oft gedacht, sie hatte, wann immer er sie fragte, was sie nach dem Studium machen wolle, lächelnd erklärt, zur Uni könne man doch ein Leben lang gehen. Zugleich war da ihre nervöse, beinah manische Art gewesen, mit der sie studierte: Jede Entscheidung, die sie an der Universtität treffen mußte, erforderte ihre ganze Kraft, sie konnte nicht einfach ja oder nein sagen zu sich selbst, wenn sie vor der Wahl stand, zu welchem Dozenten sie gehen oder über welches Thema sie eine Arbeit schreiben sollte, jedesmal ging es um Leben und Tod, und es tobte dann ein versteckter, lautloser Sturm in ihr, dessen Ausläufer Motti als Launen erreichten, die für Sofies Verhältnisse fast schon exzentrisch waren – plötzlich knallte sie beim Frühstück wie ein wütendes Kind den Becher so hin, daß der Kaffee über den Tisch spritzte, oder sie beschloß, die Nacht allein in ihrem Arbeitszimmer zu verbringen, um natürlich trotzdem eine halbe Stunde später, die Decke wie ein kleines Mädchen hinter sich her ziehend, wieder im Schlafzimmer aufzutauchen. »Was ist los?« fragte Motti sie dann verwundert, so als ob er es nicht genau gewußt hätte, worauf sie antwortete: »Das verstehst du nicht.« Und: »Ich will mir doch nicht jetzt schon alles kaputtmachen.« War die Entscheidung endlich gefallen, verwandelte sie sich erneut in ein kleines Mädchen – wie eine Erstkläßlerin, die sich monatelang auf den Schulanfang gefreut hatte, ging sie nun eine Weile jeden Morgen strahlend zur Uni, sogar ihren schweren Leitz-Ordner und die Bücher preßte sie – als halte sie eine große, glitzernde Schultüte in den Armen – voller Stolz gegen die Brust, und Motti dachte jedesmal, wenn er sie so sah, am liebsten würde sie tatsächlich genau das ihr Leben lang tun.

Sofie sprach selten von ihrer neuen Arbeit. Motti sah nur, daß ab und zu auf ihrem Schreibtisch ein großer Stoß Papiere auftauchte, der ein paar Tage später wieder verschwunden war, er wußte von irgendeiner riesigen Bücherliste, die sie machen mußte, einmal erwähnte sie auch einen Sammelband, an dem sie mitarbeiten sollte, aber dann wechselte sie so schnell das Thema, daß er sich nicht traute nachzufragen. Sie hatte, das war sicher, viel Arbeit, sie war jeden Tag an der Universität, und wenn sie nicht im Institut zu tun hatte, saß sie in der Staatsbibliothek und schrieb an ihrer Dissertation. Anfangs fragte er sie oft, ob sie nicht zum Mittagessen nach Hause kommen wolle, aber das ging nie, weil sie, wie sie sagte, zumindest in der ersten Zeit mit Professor Kindermann und den Leuten vom Institut im *Atzinger* zusammen Mittag essen mußte, und als er einmal, ohne sie vorher gefragt zu haben, mit Nurit dort auftauchte, weil er Sofie eine Freude machen wollte, erschrak sie genauso wie damals auf Ben Gurion, bei der Paßkontrolle, wo er sie zum ersten Mal gesehen hatte, und darüber erschrak wiederum er selbst.

Sie hatte mit ihren Kollegen hinten gesessen, in dem gerade erst neu ausgebauten Raum, durch dessen breite Fenster man ihr Haus auf der anderen Seite der Amalienstraße sehen konnte. Sie saßen an einem langen, hellen Holztisch und wirkten – die Männer mit ihren grauen Jacketts und dunklen Krawatten, die Frauen mit ihren weißen Seidenblusen – wie eine altmodische Sonntagsgesellschaft, und sie waren alle so in ihr Essen vertieft, daß sie kein Wort miteinander sprachen. Motti hätte gern gewußt, wer von ihnen Professor Kindermann war, aber Sofie stellte ihm niemanden vor. Sie blickte ihn, als er mit Nurit im Arm an den Tisch herantrat und laut ihren Namen sagte, so entrückt und verwundert an, als hätte sie ihn und Nurit noch nie vorher gesehen, und erst dann sagte sie: »Was wollt *ihr* denn hier?« Im selben Moment senkten sich die Köpfe der andern wieder, die von ihren Tellern kurz aufgeschaut hatten, um Sofies Nase bildete sich ein dunkelroter Fleck, der sich sofort wie zerrinnende Farbe über ihr ganzes Gesicht ausbreitete, und gleichzeitig streckte Nurit, für eine Sekunde aus ihren Tagträumen erwachend, die Arme nach Sofie aus und sagte überrascht: »Mama!« Sofie rührte sich nicht, sie blieb, als wäre sie mit Armen und Beinen an ihren Stuhl gefesselt, vollkommen bewegungslos sitzen. Schließlich sagte sie, so monoton wie unentschieden: »Hallo, mein Liebling«, und es klang fast wie eine Frage. Doch da hatte Nurit das Interesse an ihr bereits wieder verloren, sie legte ihren Kopf erschöpft auf Mottis Schulter und schloß die Augen. »Wir müssen jetzt schnell nach Hause«, sagte Motti, »auf Wiedersehen.« Bis auf Sofie erwiderte niemand seinen Gruß, und während er langsam hinausging, schwankte der Boden unter seinen Füssen, als käme er gerade von einem Schiff.

Zu dieser Zeit war sich Motti schon sicher, daß mit Nurit etwas nicht stimmte. Er redete mit keinem darüber, weil er hoffte, daß die Sache, machte man sie gar nicht erst zum Thema, vielleicht von selbst wieder weggehen würde, außerdem schämte er sich. Einmal, als er mit ihr wegen einer Impfung bei Dani Josipovici war, hätte er fast davon angefangen, aber dann sagte er doch nichts. Der Doktor war ein ruhiger, fröhlicher Mann, der auf Motti trotz seiner Fröhlichkeit oft etwas niedergedrückt wirkte, und genau diese versteckte Melancholie war es auch, wegen der Motti ihm vertraute. Er unterhielt sich immer gern und ohne Eile mit Motti, meistens sprachen sie über die Lage in Israel oder über Mottis Arbeit in der Gemeinde, und es wäre bestimmt überhaupt kein Problem gewesen, ihn zu fragen, so ganz nebenbei, nicht als Arzt, sondern als Vater. Seine beiden Töchter – deren Foto hinter ihm im Bücherregal stand, in einem teuren, funkelnden Silberrahmen – sahen Nurit mit ihren glänzenden Mündchen und langen Prinzessinnennasen fast ein bißchen ähnlich, nur daß ihr Haar, im Gegensatz zu dem von Nurit, so tintenschwarz und lockig war, wie Motti es selbst als Kind gehabt hatte, und je länger er das Bild mit den beiden Josipovici-Mädchen betrachtete, desto trauriger wurde er, ohne zu wissen warum. »Und – wann fahrt ihr wieder?« sagte der Doktor, während Nurit langsam und selbstvergessen an ihrem Zuckerwürfel lutschte. »Meine Frau hat sehr viel Arbeit«, sagte Motti, »aber später dann, so bald wie möglich.« Er merkte selbst, wie unbestimmt seine Antwort gewesen war, und einen Moment überlegte er, ob er ihm die Wahrheit sagen sollte, daß nämlich Sofie gar keine Lust hatte, nach Israel zu fahren, zumindest schwieg sie jedesmal unerbittlich, wenn er davon anfing. Und daß er mit Nurit allein seine Eltern besuchen würde, kam natürlich nicht in Frage. Aber was interessierte das den Doktor? Nein, wenn, dann sollte er mit ihm lieber über Nurit sprechen, dachte er. Er sah in Dani Josipovicis graue, verhangene Augen, er betrachtete seine schweren, grauen Wangen, und dann sprang er plötzlich auf und gab ihm die Hand. »Alles in Ordnung?« sagte der Doktor, und Motti erwiderte: »Ja, wieso nicht.« Später, zu Hause, war er froh, daß er nicht schwach geworden war und alles für sich behalten hatte. Er lehnte an der Tür von Nurits Zimmer und sah ihr dabei zu, wie sie an ihrem niedrigen Plastiktisch stand und minutenlang stumpf eine grüne Knetkugel zwischen den Händchen hin- und herrollte, und er dachte, wir schaffen es, Bubale, schon ganz allein.

Manchmal fragte sich Motti, ob Sofie auch wußte, was mit Nurit los war. Er hätte gern mit ihr darüber gesprochen, aber es kam nie dazu. Wenn morgens ihr Wecker klingelte, dämmerte er noch erschöpft vor sich hin, weil er in der Nacht wegen Nurit hatte aufstehen müssen. Abends verschwand

Sofie, nachdem sie gerade mal zwei Bissen vom Abendessen zu sich genommen hatte, mit ihrer Evian-Flasche im Arbeitszimmer, sie machte wegen Nurit die Tür hinter sich zu und legte, um sich gegen die Geräusche aus der Wohnung abzuschirmen, eines von ihren Oratorien auf. Samstags und sonntags arbeitete sie auch, sie ging in die Universität, wo sie an den Wochenenden ihre Ruhe hatte, und wenn sie sich doch einmal freinahm, weil Motti sie dazu überredet hatte, traf sie sich mit jemandem vom Institut in einem Café – meistens wußte er gar nicht, wo, aber das spielte keine Rolle, Hauptsache, sie kam endlich für ein paar Stunden von ihrem Schreibtisch weg und vergaß ihre Arbeit. Sie hatte in den letzten Monaten stark abgenommen, und sie war schöner geworden dadurch – ihr Gesicht war zwar noch genauso kalkweiß wie sonst auch, aber die Augen wirkten viel größer, und die Lippen hatten sich, weil ihre Wangen nicht mehr so füllig waren wie früher, wie bei einem Mannequin vorgeschoben. Es kam Motti sogar so vor, als ob ihre strichdünnen Augenbrauen – die viel dunkler waren als ihre hellblonden, aschfarbenen Haare – ein Stück hochgerutscht wären, jedenfalls betonten sie nun, wie die Flügel eines in der Ferne entschwindenden Vogels, in einem schönen Doppelbogen ihr ganzes Gesicht und verliehen ihm eine Schärfe und einen selbstbewußten, zugleich aber auch erschöpften Ausdruck, den es vorher nicht gehabt hatte. Ihr Körper hatte sich ebenfalls verändert, die Brüste, immer noch ziemlich groß und leicht nach außen weisend, waren jetzt viel fester, ihre einst schnurgerade abfallende Taille hatte sich fast so verengt wie bei einer Korsetträgerin aus dem vergangenen Jahrhundert, und der Po, den Motti früher kaum anschauen konnte, weil er nach allen Seiten hin überzuschwappen schien, war richtig rund und hart geworden, weshalb Motti plötzlich so oft an ihn dachte, als gehöre er gar nicht seiner eigenen Frau. Sofie selbst genoß ihre neue Schönheit nicht, sie nahm sie wohl nicht einmal wahr; sie verbrachte noch weniger Zeit vor dem Badezimmerspiegel als früher und trug jetzt sogar manchmal zwei, drei Tage hintereinander dieselben Kleider. Wenn Motti vor dem Einschlafen gierig ihr Nachthemd hochschob und ihren herrlichen neuen Hintern zu streicheln begann, schien sie überhaupt nicht zu begreifen, warum er so aufgeregt war, sie versuchte gar nicht erst, sich zu ihm umzudrehen, um ihn zu küssen und zu umarmen, sie wartete, bis er fertig war, und dann wünschte sie ihm mit freundlicher, aber abwesender Stimme gute Nacht.

Eines Abends – nachdem er endlich beschlossen hatte, mit ihr über Nurit zu reden – klopfte Motti leise an der Tür von Sofies Arbeitszimmer. Weil sie den Plattenspieler noch lauter gedreht hatte als sonst, konnte sie ihn nicht hören, und so drückte er schließlich, ohne daß sie ihn hereingebeten hätte, langsam die Klinke herunter und trat ein. Der Stuhl vor ihrem Schreibtisch war leer, die alte schwarze Bürolampe, die sie von ihm am ersten Tag ihres ersten Semesters geschenkt bekommen hatte, war gar nicht an, und der Tisch, in dessen dunkler Platte sich das von draußen einfallende orangegelbe Licht der Straßenlampen stumpf spiegelte, war bis auf einen einzigen hohen Manuskriptstapel und eine noch volle Wasserflasche leergeräumt. Sofie saß auf dem Boden unter dem Fenster, sie lehnte mit dem Rücken an der Heizung, mit den Armen umschlag sie ihre Beine, und den Kopf verbarg sie zwischen den Knien. Sie hatte Motti nicht bemerkt, doch als er sich neben sie auf den Boden sinken ließ und den Arm um sie legte, erschrak sie nicht, sie lehnte stumm den Kopf gegen seine Schulter, und sie hörten eine Weile gemeinsam der Musik zu. Am Anfang, als sie noch nicht so lange zusammengewohnt hatten, hatte Motti Sofies Oratorien und Choräle gemocht, ihre Kälte und Strenge erinnerten ihn an die kühlen, endlos hohen Räume christlicher Kirchen, in die man sich, egal ob man selbst Christ war oder nicht, an heißen

Sommertagen vor der Hitze der Stadt flüchten konnte. Später begannen ihn die ewigen Konzerte, die aus Sofies Zimmer Abend für Abend erklangen, immer nervöser zu machen, doch er versuchte trotzdem ruhig zu bleiben und sagte kein Wort. Jetzt aber legte sich jeder Orgelton und jeder Choreinsatz wie Eis um seine Glieder, er begann, obwohl sie an der Heizung saßen, zu frösteln, und auf einmal sprang er hoch und riß, ohne Sofie um Erlaubnis zu fragen, mit einer rüden Bewegung den Tonarm von der Platte. »Ich weiß auch nicht«, murmelte er entschuldigend, und dann setzte er sich wieder dicht neben sie, und weil sie immer noch schwieg, sagte er: »Es ist zuviel, *motek*.«

»Was ist zuviel?« erwiderte sie überrascht, sah ihn aber nicht an dabei.

»Du hörst einfach nie auf.«

»Ich höre nie auf? Was meinst du?«

»Die Arbeit meine ich, was sonst.«

»Damit hat es überhaupt nichts zu tun.«

»Wieso bist du so sicher?«

Sie hob den Kopf und sah ihn erstaunt an.

»Und wieso«, fügte er seufzend hinzu, »glaubst du, daß es nur dir schlechte Laune macht?«

Kaum hatte er das gesagt, wand sie sich mit einer schnellen Bewegung aus seinem Arm heraus und drehte beleidigt den Kopf von ihm weg. Warum tut sie das, dachte Motti, warum tut sie das jedesmal, wenn man ihr etwas sagt, was sie nicht hören will? Und plötzlich entfuhr es ihm – so daß er von den eigenen Worten selbst am meisten überrascht war – ganz laut: »Ja, genau, wieso tust du das?«

»Was tue ich denn?« erwiderte sie, sie klang erschöpft und gereizt, und Motti erschrak nun erst recht über seine plötzliche Offenheit.

»Nichts. Gar nichts. Das habe ich bloß so gesagt.«

»Ach ...«

»Wirklich. Ich meine nur« – er zögerte – »ich meine, warum kannst du diesen ganzen Unsinn nicht ab und zu einfach vergessen?« Für eine Sekunde war er erleichtert, daß er ihr gerade noch hatte ausweichen können, aber dann fiel ihm ein, daß in Momenten wie diesen sowieso fast alles, was man zu ihr sagte, sie aus dem Gleichgewicht brachte – und da war es auch schon soweit.

»Vergessen, ja?« sagte Sofie, noch immer von ihm abgewandt. Sie sagte es so höhnisch und kalt wie jemand, dem mitten in einer Unterhaltung, einem Streit plötzlich die Einsicht kommt, daß der andere ohnehin nicht versteht, worum es einem geht.

»Warum nicht«, sagte Motti.

Sie sah ihn endlich wieder an, aber so, als sei er völlig von Sinnen. »Warum nicht?!«

»Ja, warum nicht«, wiederholte er trotzig. Obwohl er schon ahnte, was gleich kommen würde, hoffte er, sie würde es dieses eine Mal ausnahmsweise vielleicht sein lassen. Aber sie ließ es natürlich nicht sein. Gerade noch kühl und herablassend, setzte sie nun, ohne die Miene zu verziehen, zu einer von ihren seltsamen Klagen an, die er so fürchtete. Es war immer dasselbe: Sie fing, wenn es ihr so ging wie jetzt, wenn sie, warum auch immer, nicht weiterwußte, ganz leise und abwesend mit sich selbst zu sprechen an, als sei sie eine alte Frau, die in den rauchenden Trümmern ihres von Banditen niedergebrannten Hauses hockt, während auf der Straße die mißhandelten und verstümmelten Körper ihrer Kinder und Enkel im Dreck liegen, sie jammerte und flüsterte und heulte, ohne dabei ihr wie in Marmor gehauenes Gesicht zu verziehen. Motti mochte es nicht, wenn sie so war, er fand, es paßte nicht zu ihr, daß sie sich so gehenließ, es war wehleidig und schrecklich übertrieben, und trotzdem verspürte er dann immer dasselbe ergebene, väterliche Mitleid mit ihr wie mit Nurit, wenn sie sich wehtat und so verzweifelt weinte, als ginge es um ihr Leben. Auch diesmal übertrieb Sofie wieder, obwohl er natürlich verstehen konnte, was sie so unglücklich machte, und als sie endlich fertig war und dieses langgezogene, fast lautlose Wimmern verstummte, mußte er sie – das gehörte ebenfalls zum Ritual von Sofies Lamentos – umarmen und sagen: »Das einzige, was zählt, ist doch, daß wir beide zusammen sind.« Kaum hatte er den magischen Satz ausgesprochen, fiel ihm ein, daß sie seit ein paar Jahren schon zu dritt waren, aber er verbesserte sich trotzdem nicht.

Was war passiert? Sofie war von ihrem Professor hereingelegt worden, auf eine Art – ich habe das schon oft von Marie gehört –, wie Professoren offenbar immer wieder ihre Studenten und Mitarbeiter hereinlegen. Besonders schlimm war für sie, daß die andern, die ganz genau wußten, was er getan hatte, sich nicht auf ihre Seite stellten. »Das ist eine Sache zwischen euch beiden«, sagten sie zu ihr, »dazu kann man sich als Außenstehender doch gar nicht äußern.« Sie hatte es deshalb schon bald aufgegeben, ihre Kollegen um Hilfe zu bitten, gleichzeitig zeigte sie ihnen aber nichts von ihrer Enttäuschung, sie ging weiterhin mit ihnen ins *Atzinger* und war immer dabei, wenn sich nachmittags alle im Sekretariat zum Kaffeetrinken und Kuchenessen trafen, und auch zu Kindermann war sie so wie sonst. Sie hörte aufmerksam zu, wenn er mit ihr sprach, sie gab knappe und genaue Antworten, und wann immer er sie für einen Vorschlag oder eine Idee lobte, war sie darüber fast genauso glücklich wie früher. Die Sache lag schon ein paar Monate zurück, ein paar lange, anstrengende, quälende Monate, in denen Sofie sich mehr als einmal vorgenommen hatte, ihn irgendwann einfach zu fragen, ob das Ganze nicht vielleicht nur ein Versehen sei, das man leicht wieder beheben könnte. Daß sie es dann doch nicht tat, lag daran, daß sie gleichzeitig dachte, wenn es denn wirklich ein Versehen war, würde er es bestimmt noch rechtzeitig bemerken und von selbst in Ordnung bringen. Jetzt aber, da die Druckfahnen des von Kindermann herausgegebenen Sammelbandes über Frauenliteratur in der Weimarer Republik auf ihrem Tisch lagen, an denen sie die Schlußkorrekturen machen sollte, gab es keinen Zweifel mehr: Er hatte tatsächlich über ihren Aufsatz – den allerersten Aufsatz, den sie veröffentlichen sollte – seinen eigenen Namen geschrieben, wie schon bei ihrem Manuskript, das sie damals auf dem Schreibtisch seiner Sekretärin liegen gesehen hatte. Nur irgendwo hinten, bei den Anmerkungen, stand ganz klein und versteckt, der Artikel sei unter ihrer Mitwirkung entstanden.

»Das einzige, was zählt, ist doch, daß wir zusammen sind«, wiederholte Motti mechanisch, und normalerweise erwiderte Sofie dann immer, jäh aus ihrer wehleidigen Apathie erwachend, süß lispelnd und voller Rührung: »Ja, genau. Genau!« oder »Natürlich! Natürlich!« und klammerte sich mit ihrem schweren, wuchtigen Körper so fest und kleinmädchenhaft an ihn, als wäre sie die Kleinere und Zartere von ihnen beiden. Diesmal jedoch wirkte die Zauberformel nicht, Sofie sagte kein Wort und suchte auch nicht seine Nähe, sie rückte sogar wieder ein wenig weg von ihm. So saßen sie ziemlich lange stumm und ohne sich zu bewegen auf dem Boden ihres unbeleuchteten Arbeitszimmers, und plötzlich spürte Motti, wie eine Lähmung von ihm Besitz ergriff, die er nicht kannte. Aus irgendeinem Grund war er sich sicher, daß sie sich gleichzeitig auch auf Sofies Glieder gelegt hatte, so daß es auf diese Art dann doch wieder eine Verbindung zwischen ihnen gab, und während er auf den leisen Ton des Fernsehers lauschte, der im Wohnzimmer lief, und auf das sanfte Brummen des Heizungsboilers in der Küche, kam ihm der Gedanke, daß er auf keinen Fall gegen diese Erstarrung ankämpfen dürfe – würde er es dennoch tun, würde er sie durchbrechen und einfach aufstehen, wäre zwischen ihm und Sofie für immer und alle Zeiten jede Verbindung gekappt. So also dachte er, ohne daß er es selbst begriffen hätte, zum ersten Mal daran, Sofie zu verlassen, und er tat es ohnehin nur sehr kurz, denn im gleichen Moment fiel ihm ein, daß er noch immer nicht mit ihr über Nurit geredet hatte, und dann versuchte er sich vorzustellen, wie eigentlich dieser Professor Kindermann aussah, aber es fiel ihm kein einziges passendes Gesicht zu seinem Namen ein. Stattdessen begann er zu überlegen, was er – wenn er studiert hätte und dabei in die gleiche Situation wie Sofie geraten wäre – an ihrer Stelle getan haben würde, und gerade als er dachte, daß er den Professor spätestens an diesem Punkt der Affäre zur Rede gestellt hätte, gerade als er beschloß, Sofie dasselbe zu raten, was aber daran scheiterte, daß sogar seine Zunge nun wie gelähmt in seinem erstarrten Gaumen lag – gerade in diesem Augenblick hörte er wieder dieses stumme, herzzerreißende, klagende Wimmern, doch es kam gar nicht von Sofie, es kam überhaupt nicht aus ihrer Richtung, es kam aus der Wohnung, aus dem Gang, es nahm ab, verstummte ganz, setzte wieder ein, etwas lauter als vorhin, und dann endlich begriff Motti, daß es Nurit sein mußte, und er sprang, ohne nachzudenken, hoch und raste in ihr Zimmer.

In dieser Nacht wurde Nurit so krank wie nie zuvor. Dani Josipovici, den Motti sofort anrief, konnte zuerst gar nicht sagen, was es war – sie hatte hohes Fieber, die weit aufgerissenen Augen waren gerötet und glänzten wie zwei große Murmeln, die jede Sekunde über ihr fahles Gesichtchen zu kullern drohten, sie sagte flüsternd, der Kopf tue ihr weh, und wenn man ihre Beine oder Hände anfaßte, zog sie sie träge weg. Sie war noch apathischer als sonst, sie lag wimmernd und winselnd, so als sei sie ein zu Tode getroffener Soldat, in ihrem Bett und starrte zur Decke. Nur manchmal senkte sie den Blick und verdrehte die Augen wie jemand, der gleich ohnmächtig wird, dann sah sie stumm und verzweifelt Motti an, und nach zwei, drei endlosen Minuten machten die Augen erneut einen fast synchronen Sprung, und ihr starrer Blick landete wieder an der Decke. Irgendwann begann sie auch noch zu husten, der Husten, scharf und trocken, schüttelte sie jedesmal fürchterlich durch, er bemächtigte sich ihres leblosen Körpers wie ein Dybbuk, wie etwas, das mit dem Körper gar nichts mehr zu tun hat. Dani Josipovici, den Motti inzwischen ein zweites Mal gerufen hatte, erklärte nun, es sei eine akute Entzündung der Stimmbänder – nicht ungefährlich, weil die Schwellung, die den Husten verursachte, im schlimmsten Fall zum Ersticken führen könnte, außerdem bestünde die Gefahr, daß die Stimmbänder auf Dauer beschädigt wurden. Er befahl Motti, nasse Tücher auf die Heizkörper zu hängen und Töpfe mit Wasser daneben zu stellen, denn hohe Luftfeuchtigkeit war jetzt das einzige, was Nurit schnell helfen konnte. Er gab ihr etwas gegen den Husten und etwas noch Stärkeres gegen das Fieber, und dann sagte er, während er sich anzog, sollte es in den nächsten Stunden schlimmer werden, müßte sie ins Krankenhaus, aber er glaube es eigentlich nicht. In der Tür fragte er Motti, ob seine Frau verreist sei, und Motti nickte stumm.

Motti blieb die ganze Nacht neben Nurits Bett sitzen. Jedesmal, wenn der Husten wieder anfing, beugte er sich über sie, er umfaßte sie mit beiden Armen und drückte sie an sich, um so jede Erschütterung ihres kleinen, glühenden Körpers mit seinem eigenen abzufedern. War es vorbei, setzte er sich auf seinen Stuhl, er schloß bis zum nächsten Anfall die Augen und malte sich aus, wie es wäre, wenn seine Buba, seine stille, abwesende Buba, nun auch noch die Stimme verlieren würde. So schlimm wäre das auch nicht mehr, dachte er, sie bliebe trotzdem dieselbe, sie bliebe sein süß riechendes kleines Mädchen, seine Prinzessin, seine Geliebte, die vielleicht nicht so wild oder aufgeschlossen war wie andere Kinder, aber manchmal eben doch, und dafür dann um so klüger, begehrenswerter, zärtlicher als jede andere Tochter auf dieser Welt. Bei dem letzten Gedanken wurde es Motti ganz warm in der Brust, warm vor Glück und vor Scham, und er sah sie, für einen Moment, mit halb geöffneten Augen an. Wem sah sie ähnlicher? Ihm oder Sofie? Trotz ihrer blonden Haare natürlich ihm. Und wem schlug sie in ihrem Wesen nach? Scheinbar ihr – aber das bedeutete überhaupt nichts, er wußte ja, wie Nurit in Wahrheit war, sie war genauso temperamentvoll wie er und auch wie Aba und Ima, sie konnte es bis jetzt nur noch nicht zeigen. So wie sie nun dalag, reglos, auf dem Rücken, die Ärmchen entlang des Oberkörpers gerade ausgerichtet, kam sie ihm wie eine kleine ägyptische Prinzessin in ihrem Sarkophag vor, auch deshalb, weil ihre sonst so wilden blonden Locken vom Schwitzen ihre ganze Fülle verloren hatten, so daß ihr kleiner, länglicher Schädel in dem perlenden Zwielicht des nächtlichen Zimmers deutlich hervortrat. Und wenn sie nun wirklich sterben würde? dachte Motti, wenn ihr in dieser Nacht, statt der Stimme, gleich das ganze Leben abhanden käme? Wieder erwärmte sich für eine Sekunde wohlig-schaurig seine Brust, und er hatte das Gefühl, daß in diesem flüchtigen Moment, der so schnell kam, wie er vorbei war, eine seit Jahren angesammelte Last von ihm abfiel, aber da begann Nurit auch schon erneut zu husten, und er vergaß sofort alles wieder und nahm sie in die Arme.

Es war bereits hell, als Motti von Nurits Bett aufstand. Die Krise war offenbar vorüber, der Husten hatte fast aufgehört, das Fieber war gefallen, und sie schlief, erschöpft und fest. Sofie war gerade aufgestanden. Sie saß in der Küche, trank Kaffee aus ihrem Namensbecher, den Motti für sie einmal auf der Hohenzollernstraße hatte machen lassen, und starrte aus dem Fenster. Sie sah noch schlechter aus als am Abend zuvor, fast schien es so, als hätte sie über Nacht weiter abgenommen, ihr Gesicht wirkte eingefallen, und die schwarzvioletten Ringe unter ihren Augen erinnerten an Veilchen.

»Ich habe die halbe Nacht nicht geschlafen«, sagte Sofie, während Motti langsam Wasser in die Kaffeemaschine laufen ließ. Er machte den Wasserhahn aus und drehte sich um zu ihr.

»Was meinst du, soll ich vielleicht doch mit ihm reden?«

»Mit wem?« erwiderte er wie in Trance.

»Mit meinem Professor.«

»Ja, das wäre am besten.«

»Vielleicht ändert er es noch.«

»Genau«, sagte Motti, und sein Kopf begann sich zu drehen, der schwarzweißkarierte Küchenboden öffnete sich unter ihm, es riß ihn nach unten, und er war plötzlich nicht allein, er hielt seine Buba im Arm, und sie hatten überhaupt keine Angst, denn da war sie wieder, diese verbotene Leichtigkeit.

»Und wenn er mich anlügt?«

Motti zuckte mit den Achseln. Er lehnte sich schwankend gegen den Kühlschrank und wartete lächelnd darauf, daß er wieder Halt bekam.

»Dann bringe ich mich um«, sagte Sofie leise, »das schwöre ich dir.«

Er würde draussen in Puchheim auf dem leeren Bahnsteig stehen und bis hundert zählen. Er würde dem Zug hinterherschauen, aus dem er gerade ausgestiegen wäre, während der viel zu langsam in der diesigen Nacht verschwände, und nachdem sich die beiden kleinen bonbonroten Rücklichter des letzten Waggons schließlich doch noch unwiederbringbar in der Dunkelheit aufgelöst hätten, käme ihm der verlassene Bahnsteig mit seinem schmutzig-orangen Licht, mit den zerkratzten Fahrplankästen und dem wie immer geschlossenen Kiosk noch einsamer vor als sonst. Er würde frieren, denn ihm war auch jetzt schon – noch während er am Hauptbahnhof auf der Bank vor sich hindämmerte und auf die S 4 wartete – so kalt, daß er die Schöße seines Mantels hochraffen und um sich schlingen mußte wie eine Decke, und außerdem waren es dort draußen sowieso immer ein paar Grad weniger als in der Stadt. Die winterlich nasse, ländliche Kälte würde sofort in seine Schuhe ziehen, in seine Ärmel und in seinen Nacken, aber er würde sich trotzdem nicht von der Stelle rühren und weiterzählen. Er hatte hier, an den Sonntagabenden, an denen er zu der verrückten Frau Gerbera hinausfuhr, noch nie einen Menschen gesehen, es war noch kein einziges Mal jemand mit ihm ausgestiegen oder eingestiegen, es gab keinen Schrankenwärter und auch keine Betrunkenen. Darum zählte er jedesmal, nachdem er angekommen war, bis hundert, und wenn bis dahin jemand auftauchte, das war die einzige Regel seines Spiels, konnte er gleich wieder den nächsten Zug in die Stadt nehmen und sich die zwei Stunden in Frau Gerberas Blumenhaus schenken. Doch das war natürlich noch nie passiert, und so würde er auch heute wieder bei hundert mit einem letzten, viel zu langsamen Blick den ganzen Bahnsteig absuchen, der in dem flauen Neonlicht wie ein riesiger, auf den Kopf gestellter Betonblumenkasten aussah, und danach erst würde er losgehen. Wegen seines Fußes würde er langsamer sein als sonst, er würde allein schon eine halbe Ewigkeit brauchen, um durch die unbeleuchtete Unterführung zum Puchheimer Hauptplatz zu gelangen, der genauso menschenverlassen daläge wie der Bahnhof, und wenn er dann endlich beim HL-Markt die Treppe hochkäme, gleich neben den nächtlich leeren Fahrradständern und den Trennmülltonnen, wäre er bereits so müde, daß er anhalten müßte, um sich, gegen eine der Tonnen gelehnt, kurz auszuruhen. Immer noch fröstelnd, würde er sich fragen, warum es ihm nach wie vor etwas ausmachte, daß man in diesem Land die längste Zeit des Jahres fror, und dann würde er sich zwingen, gleich wieder weiterzugehen, auch wenn er absolut keine Lust dazu hätte. Er würde den weiten Platz überqueren, in dessen muldenartiger Mitte sich zu dieser Stunde immer alle Schwärze der Nacht zu sammeln schien, er würde sich nach links wenden, zu der vitrinenbeleuchteten weißen Arkade des neuen Ärztehauses, er würde an der Bäckerei vorbeigehen, am Trachtengeschäft und an der Apotheke mit der mechanischen Ilja-Rogoff-Pappfigur im Schaufenster, er würde von weitem schon, so wie immer, auf einem der Schilder des Ärztehauses *Dr. Shapur Bachmani – Orthopäde* lesen und sich, so wie immer, überlegen, wie es ausgerechnet jemanden wie ihn hierher verschlagen hatte, dann würde er durch die kleine Passage auf die Rückseite des Platzes treten und in die strahlende Nacht hinausblicken, die über den schnurgeraden, schwarzen, häßlichen Dächern von Puchheim oft genauso naturentrückt flirrte und flimmerte wie über einer abgelegenen Waldlichtung oder einem glucksenden Bergsee. So würde er für ein paar Sekunden vergessen, wo er hier eigentlich war, aber es würde ihm sofort wieder einfallen, wenn er kurz darauf an diesen beiden endlosen, hellbraunen Reihen zweistöckiger Nachkriegsbauten entlanghumpelte, bei deren Anblick er sich regelmäßig fragte, ob ihre Bewohner genauso geduckt und gesichtslos waren, und spätestens jetzt würde er damit anfangen, sich vorzustellen, was ihn gleich bei der verrückten Frau Gerbera erwartete. Er machte das immer, wenn er sich dem Haus einer seiner Schülerinnen näherte, er malte sich dann jeden Moment der kommenden Stunden aus, um sie später ein wenig besser durchstehen zu können, und meistens funktionierte das auch, denn so war er auf alles vorbereitet. Sie hieß eigentlich ganz anders, sie hieß Sigrid Morath-Irgendwas, aber weil er jeder seiner Schülerinnen einen neuen Namen gab, nannte er sie die verrückte Frau Gerbera, denn sie war zweifellos die verrückteste von ihnen allen, und sie hatte diese unglaubliche Blumenmanie. Ihr kleines Reihenhaus – so schmal wie ein Fenster, so kalt wie eine Hofeinfahrt – war voll mit Blumen und mit süßlich-fauligem Blumenladengeruch, überall, auf dem Boden, auf den Fensterbänken, in den Bücherregalen standen Vasen und Blumentöpfe, es gab weiße, rote, gelbe, braune Blumen, es gab Schnittblumen, Topfblumen, getrocknete Blumen, an den Wänden hingen Blumenbilder, und natürlich trug sie Kleider mit Blumenmustern. Motti verstand nichts von Blumen, er konnte gerade Rosen von Tulpen unterscheiden, aber sie führte ihn trotzdem am Anfang immer herum, um ihm ihre neuen Errungenschaften vorzuführen. Sie nannte ihm Namen, die ihm nichts sagten und die er alle sofort wieder vergaß, sie ließ ihn an ihren Favoriten riechen, sie wollte wissen, welche der Pflanzen ihm selbst am besten gefielen, und erst nachdem er erklärt hatte, seine Lieblingsblume sei die gleiche wie ihre, die milde und stolze Gerbera, konnte er, wenn sie ihn denn sonst in Ruhe ließ, endlich mit dem Unterricht anfangen. Der Unterricht war nicht besonders anspruchsvoll – das war er bei ihm nie –, sie gingen einfach nur Schritt für Schritt nach dem Buch von Rabbi Lau die Feiertage durch, er erklärte ihr die Kaschruth oder las mit ihr das Sch'ma – lauter Dinge, die sie sowieso kannte und halbwegs beherrschte, denn sie lernte bereits seit über fünfzehn Jahren und war auch schon zweimal abgewiesen worden, einmal in London und einmal in Düsseldorf. In Wahrheit ging es bei ihren Treffen um etwas ganz anderes, und daran würde er, wenn er am Ende der langen niedrigen Häuserreihe angelangt wäre, dann als nächstes denken, widerwillig und fast zornig, und er würde, weil er sich mal wieder nicht gleich entscheiden könnte, ob er nun links weitergehen oder die Abkürzung übers Feld nehmen sollte, von hier aus eine Weile selbstvergessen die kleinen, verlorenen Lichter der Häuser auf der anderen Seite des völlig dunklen Feldes beobachten. Schließlich würde er mit der Hand den ausgeleierten Drahtzaun noch weiter herunterdrücken und mühevoll darübersteigen, er würde erneut den Schmerz in seinem Fuß spüren und sich auch sonst ziemlich schwach und erledigt fühlen, er würde – auf dem unebenen Feldweg ständig auf Steinen und Lehmbrocken wegrutschend – denken, daß er schon viel zu lange herumirrte an diesem Tag, er würde versuchen, sich zu erinnern, wo er überall gewesen war, und weil es ihm, so wie auch jetzt, einfach nicht einfiele, würde sich der unangenehme Gedanke an die nächsten Stunden mit einem Schlag wieder in seinem Kopf vor alles andere schieben. So würde er dann sich selbst sehen, wie er mit der Gerbera in ihrem Gewächshaus von Küche saß und eher gleichgültig als angewidert ihr altes Gesicht, ihre glatten braunen Haare mit den jugendlich blonden Strähnchen und ihre riesige Pierre-Cardin-Brille betrachtete, während sie laut und scheppernd und mit diesem schrecklichen hölzernen Akzent aus dem Sidur vorlas – fünf Minuten, zehn Minuten, eine Viertelstunde, so lange, bis sie irgendwann plötzlich bedeutungsvoll das kleine schwarze Buch zusammenklappte und mit einer von ihren Geschichten loslegte. Sie machte das jedesmal, früher oder später, und am Anfang hatten sie ihn auch noch interessiert, diese verzweifelten, haßerfüllten Erzählungen, in denen es um ihren Vater ging, von dem sie vor über fünfzig Jahren in einer von diesen lächerlichen Himmlerschen Züchtungsanstalten gezeugt worden war und dessen Blut sie so gern aus ihren Adern herausgespült hätte. Er war damals, wenn er nicht gerade seinem Land seinen Samen opferte, viel im Osten unterwegs gewesen, er hatte zu den ersten gehört, die gleich nach den Soldaten in die polnischen und ukrainischen Dörfer eindrangen, Gettos errichteten und Erschießungen durchführten, und als die Zeit der Rastlosigkeit und

Abenteuer vorbei war und der Krieg verloren, war er wütend in die Welt der Bürger zurückgekehrt, die er bis zum Schluß verachtet hatte. Von all den Frauen, zu denen er im Lebensborn geschickt worden war, lief ihm, nur ein paar Tage nach der endgültigen Niederlage, dann ausgerechnet ihre Mutter über den Weg, sie erkannten sich wieder, beschlossen zusammenzubleiben, und er begann schon bald in der Blumenhandlung ihrer Eltern am Pasinger Marienplatz zu arbeiten. Er war, das betonte sie jedesmal voller Verachtung, ein großer häßlicher Mann mit einer schlechten Körperhaltung gewesen, dem man nicht ansah, daß er früher zur genetischen Elite seines Volkes gehört hatte. Er war so haltlos wie melancholisch, er schlug sie und brüllte dabei, daß von all seinen anderen Kindern, die er sowieso nie kennenlernen würde, bestimmt keines so mißraten sei wie sie, er ignorierte ihre Mutter oft wochen- und monatelang, und auch sonst war er fast immer nur grimmig und mies gelaunt, denn mehr noch als die Menschen in seiner Umgebung haßte er seine Arbeit, dieses idiotische lebenslängliche Dahinvegetieren, wie er es nannte. Erst als er Jahrzehnte später, bereits im Greisenalter, verhaftet wurde, sah sie zu ihrem Erstaunen plötzlich ein Lächeln auf seinen Lippen, so als freue er sich, endlich wieder der kleinbürgerlichen Alltagsmaschine entkommen zu sein. Motti hörte sich das alles eine Weile mit Interesse und auch Mitgefühl an, schon deshalb, weil die verrückte Frau Gerbera in den vielen Jahren der einzige Mensch gewesen war, der sich ihm wirklich geöffnet hatte, er erfuhr in der ersten Stunde bei ihr in Puchheim mehr über sie als über Sofie und ihre Eltern in der ganzen Zeit, aber genau das war auch das Problem mit ihr. Das heißt, so genau wußte er gar nicht, was das Problem war, und darum würde er sich – während er sich ihrem Haus nähern würde, während er frierend und leise fluchend übers dunkle Feld vorwärtsstolpern würde – mal wieder den Kopf darüber zerbrechen, warum sie ihm jedesmal noch ein wenig verrückter vorkam als in der Stunde davor, so daß er sie inzwischen kaum mehr ertrug. Vielleicht, würde er denken, lag es an ihrem verzweifelten, ewig schweißbedeckten Hysterikerinnengesicht, aus dem, stärker noch als bei jeder anderen Frau hier, mit dem Alter immer weiter diese schädelartigen männlichen Züge hervortraten, so ähnlich wie in einem Horrorfilm, in dem sich mit Hilfe einer Computeranimation ein braver Teenager langsam in einen Werwolf verwandelt. Vielleicht, würde er überlegen, lag es an diesem wehenden, unkontrollierten Haß, der ihre Sprache und ihren Ton beherrschte wie ein Guerilla-Kommuniqué, der sie erregte, beflügelte, befreite, vor allem, wenn sie am Ende ihrer Erzählungen triumphierend ausstieß, sie sei froh, daß sie den Vater mit ihrer Hilfe schließlich doch noch geholt und eingesperrt hätten, sie selbst hätte ihn allerdings viel lieber am Galgen gesehen, mit knackendem Genick, zappelnd und seufzend, ein Stück Unmensch, der sich erst in seinem Tod in ein Stück Mensch verwandelte. Vielleicht, würde er denken, hielt er sie aber bloß wegen ihres dämlichen Blumenticks nicht mehr aus, der dieser in die Jahre gekommenen Hippiefrau angeblich übers Altern und ihre Erinnerungen an die schönste, freieste Zeit ihres Lebens hinweghelfen sollte, wie sie manchmal schief lächelnd sagte. Woran immer es jedenfalls lag, daß sie ihm von Mal zu Mal mehr auf die Nerven ging, würde er dann auch noch denken, so groß war der Unterschied zwischen ihr und seinen übrigen Schülerinnen am Ende nun auch wieder nicht. Sie redete mehr, ja, sie gab mehr von sich preis, sie verurteilte und grollte, wo die anderen schwiegen und zauderten, und wenn er sie fragte, warum sie übertreten wollte, erklärte sie ganz ehrlich – und da auf einmal wurde ihr Ton beinah schwesterlich warm –, daß sie auf diese Weise alles loszuwerden hoffte. Und was erwiderten die anderen, wenn er ihnen dieselbe Frage stellte? Die schöne junge Frau Lot, die ein Kreuz wie ein Mann hatte und ein

Gesicht wie ein germanischer Kriegsgott, sagte ängstlich und leise, sie habe sich immer schon für diese Dinge interessiert. Fräulein Wasserleiche – weißblondgefärbt, mit schwarzen Ringen unter den Augen – zog, statt zu antworten, eine alte braune Fotografie aus ihrer Handtasche, auf der ihr polnischer Großvater zu sehen war, ein grauenhaft ernster Mann mit derselben hohen Besserwisserstirn und demselben langen, gerade geschnittenen Assyrerbart wie Theodor Herzl. Und die kleine, aufgeregte Minnie Mouse, die ihm mit ihren ständig klappernden Augenlidern und spitzen Fünfziger-Jahre-BHs am wenigsten von ihnen allen gefiel und mit der er trotzdem in der wilden Zeit am häufigsten zusammen gewesen war, glaubte, er werde es ihr als das Zeichen besonderer Ehrlichkeit auslegen, wenn sie – mit hochgezogenen Beinen nackt unter ihm liegend – erklärte, sie tue es nur aus Liebe zu ihrem zukünftigen Mann und seiner strengen Familie. Nein, sie konnten ihm alles mögliche erzählen, er glaubte ihnen trotzdem kein einziges Wort, zugleich aber vermied er es mit aller Macht, ihren wahren Motiven auf die Spur zu kommen, er wollte das so genau gar nicht wissen, bei keiner von ihnen, nicht einmal damals, Jahre früher, bei Sofie. Nur Marie hörte er gelegentlich etwas aufmerksamer und forschender zu – wahrscheinlich, weil sie ihn nicht anfaßte dabei – und weil sie außer Schoschana die einzige war, die nicht wie eine Schlafwandlerin durch seinen Unterricht und die Stunden mit ihm taumelte. Als er dann auch sie eines Tages fragte, warum sie das Ganze auf sich nahm, erwiderte sie seelenruhig, sie wolle jüdische Kinder von mir, und da fiel ihm etwas ein, woran er seit Ewigkeiten nicht mehr gedacht hatte – wie er einmal, es war ihr erster Urlaub nach der Grundausbildung gewesen, mit Eli zu einer Purimparty in eine Jeschiwa nach Mea Schearim gefahren war, zu einem alten Klassenkameraden, und wie sie erst am nächsten Morgen von ihm erfuhren, der wilde, blonde, bärtige Chassid, der den ganzen Abend und die halbe Nacht mit seinem Klarinettspiel die andern in Ekstase versetzt hatte, sei der Sohn eines Mannes gewesen, der in Nürnberg gehängt worden war. War das die Antwort auf seine immer nur halbherzig gestellte Frage gewesen? würde er denken, das dunkle, dunstige Feld in seinem Rücken, das plötzlich vorspringende Lichtband von Gerberas Straße vor sich, – wollten sie alle in Wahrheit nur ihre Spuren in die Vergangenheit verwischen? Natürlich, was sonst, und der einzige Unterschied zwischen ihnen und der verrückten Frau Gerbera war, daß sie es wußte und nicht verbergen konnte. Wahrscheinlich, würde er weiter überlegen, war es also ausgerechnet ihre Ehrlichkeit, die ihn mehr und mehr nervte, diese fanatische, kalkulierte Aufrichtigkeit, deren schwarze Arme immer öfter und sehnsüchtiger nach ihm griffen, so als sei auch er in das alles verwickelt. »Ich habe ihn später regelmäßig in Stadelheim aufgesucht«, hatte die Gerbera gerade noch in der letzten Stunde zu ihm gesagt. »Aber statt der Bücher und Zeitungen, die er verlangte, hatte ich jedesmal nur die Einverständniserklärung für den Vaterschaftstest dabei. Er verweigerte die Unterschrift, dieses Schwein, und darum bin ich irgendwann nicht mehr hingegangen. Später, bei der Beerdigung, habe ich den Sarg kaum angesehen. Es war der Sarg eines Schweins, eines Mörders und Kriegsverbrechers, der wahrscheinlich nicht einmal mein Vater gewesen ist!« Erwidert hatte Motti darauf nichts, wie sonst auch, das erwartete sie gar nicht, statt dessen jagten die Worte, die sie gesagt hatte, nochmal Buchstabe für Buchstabe durch seinen Kopf. Dann stellte er sich einen großen vierschrötigen SD-Mann vor, der mit verschränkten Armen und krummem Rücken am Rand einer Erschießungsgrube steht, er sah über ihm die weiße ukrainische Sonne, die langsam hinabschwebt in den noch leeren Graben, doch plötzlich steigt sie schnell wieder empor, sie wird immer heller und greller und orientalischer, sie ist so bunt und gelb wie die Sonne über Tel Aviv und Ramat Gan, aber auch wie die über Tyros und Al-Biah, und in ihrer übergroßen, flirrenden Scheibe taucht auf einmal Muamars verschwitztes Gesicht auf und gleich dahinter erscheinen die blutverschmierten Ringe in der Wand, an die er festgekettet ist, als sie ihn finden. Was war das nur für ein gräßliches Bild! Warum hatte er es überhaupt sehen müssen?! Es waren doch *ihre* Geschichten, in die sie ihn mit ihrem Gerede hineinzuziehen versuchte, nicht seine, es waren ihre tristen, verrückten Rabenvatergeschichten, mit denen er nichts zu tun hatte, mit denen er nichts zu tun haben wollte, denn es war ihm egal, warum sie so war, wie sie war – und auch, daß sie danach strebte, anders zu werden. Es würde ihr außerdem sowieso nicht gelingen, sie würde für immer die Tochter ihres Vaters bleiben, egal, ob nun wirklich sein Blut in ihren Adern floß oder nicht, und daß sie so kalt und vernichtend über ihn sprach, war ein weiterer Beweis dafür, erst recht aber, daß sie nie eine eigene Familie gegründet hatte. Nur wer seine Eltern achtete, konnte selbst Vater oder Mutter werden, und nur wer seine Eltern liebte, wurde auch von seinen Kindern geliebt, das war doch klar. Genau darum war er sich ja immer so sicher gewesen, daß Nurit in all den Jahren, in denen sie glauben mußte, daß er sie vergessen habe, kein einziges böses Wort über ihn fallen ließ, wie sehr sich Sofie vielleicht auch bemüht hatte, sie gegen ihn aufzuhetzen. Seine kleine, stumme Prinzessin war nicht so wie die andern hier, sie hatte ihm bestimmt alles verziehen, sein Abtauchen, nachdem man sie ihm weggenommen hatte, genauso wie die schrecklich schönen Momente seiner Hilflosigkeit und Schwäche davor, diese Sekunden – es waren doch nur Sekunden gewesen! –, in denen sie ihn in ihre Arme nehmen, in denen sie ihn streicheln und liebkosen mußte, als sei nicht sie das Kind, sondern er. Und auch die Sache mit Muamar wäre für sie sicherlich kein Problem gewesen, wenn er sie ihr erzählt hätte, sie hätte sich sofort in ihren Aba hineingefühlt, sie hätte vielleicht auf ihre kluge, stille Art darüber gestritten mit ihm, aber auf keinen Fall hätte sie gesagt, er sei ein Schwein. Ein Schwein? Wie konnte nur jemand so seinen Vater nennen? Schwein-Schwein-Schwein. Keines der Worte, die er hier gelernt hatte, haßte Motti mehr als dieses. Es war ein niederschmetterndes Wort, es war herablassend und voller Vernichtungswillen, es war ein Terroristenwort, ein Soldatenwort – es war ein Wort, das einer sagte, der lieber allein blieb auf der Welt, bevor er sie sich teilte mit jemandem, der ganz anders war als er, der auf der falschen Seite stand, den er nicht kapierte. Schwein-Schwein-Schwein. Schwein. Schwein. Schwein-Schwein-Schwein. Schwein. Schwein. Wie das gleichmäßige Rattern eines Zuges würde das gräßliche Wort durch seinen Kopf donnern, während er sich frierend durchs nächtliche Puchheim schleppen würde, Frau Gerberas Blumenhaus entgegen, während er, wie ein verletzter Hund, seinen kranken Fuß müde und willenlos hinter sich herziehen würde, während er sich fragen würde, was er hier eigentlich machte, während er alle paar Sekunden unruhig überprüfen würde, ob die verdammte Videoschachtel noch in seinem Mantel steckte. Schwein-Schwein-Schwein. Schwein. Schwein. Schwein-Schwein-Schwein. Schwein. Schwein. Immer lauter und lauter würde das Wort von allen Seiten seines Schädels widerhallen, aber es wäre nicht nur dort, in seinem Kopf, es wäre auch draußen, es wäre überall um ihn herum, es wäre in dem eisigen schwarzen Wind, gegen den er sich beim Gehen stemmen würde, es wäre unter seinen Füßen, in den silbern funkelnden Pflastersteinen des Bürgersteigs, es wäre in den grauen Sträuchern und Bäumen, die wie riesiges Märchenunkraut in der Mitte der orangeschimmernden, nächtlichen Vorortstraße wuchsen. Schwein-Schwein-Schwein, würde der schwarze Winterwind machen, er würde ihn bedrängen und herumschubsen, er würde ihm drohen und frostig an seiner Haut kratzen, und dann würde er ihn in seine große Faust nehmen, er würde ihn fest umschließen und mit einer einzigen, schwungvollen Bewegung vor das eisenverzierte Gartentor von Frau Gerberas Blumenhaus tragen. Und dort würde sie bereits stehen, so wie immer, dort würde sie seit Punkt sieben auf ihn warten, draußen, in der Kälte, in der Dunkelheit, diese große drahtige Frau, in deren altem, knochigen Gesicht er jedesmal wieder – das war sein anderes Puchheimer Spiel – etwas von den Zügen eines stolzen, wehrhaften Lebensborn-Kindes zu entdecken versuchte. Manchmal gelang ihm das, manchmal nicht, und an diesem Abend, das wußte er jetzt schon, würde es ihm bestimmt so leicht fallen wie nie, er würde sofort alles darin sehen, die Kälte und Männlichkeit, aber auch die Träume und Ängste und Bitternis ihrer Väter und Großväter, ihres ganzen Volks. Und während sie dann, fester als jeder Mann, seine Hand drücken, ihre Wange gegen seine pressen und ihn ins Haus schieben würde, würde er überlegen, ob es nicht endlich an der Zeit wäre, ihr zu sagen, daß er genug hatte von diesem Unterricht, der keiner war, von diesen klippschülerhaften Unterhaltungen über Speisegesetze, Brachot und die Rolle der Frau. Er würde sich fragen, ob es nicht für sie beide besser wäre, ihr zu gestehen, daß er es nicht mehr hören konnte, wenn sie ihm von ihren DIG-Veranstaltungen erzählte, von den Lesungen mit irgendwelchen israelischen Dichtern, die er nicht kannte, von den Treffen mit diesen alten Polen, die immer nur über die Lager redeten; daß er es nicht aushielt, jedesmal zu hören, welche von seinen anderen Schülerinnen am Schabbat Auto gefahren oder in einem Lokal gesehen worden war; daß es ihn nicht interessierte, was der Rabbiner bei seinem letzten Vortrag im Jugendzentrum über den Bund zwischen Gott und Israel gesagt hatte oder den Stand der Spenden für Bar-Ilan – und daß das alles noch gar nichts war gegen ihre ewigen, verrückten, kranken Vatergeschichten, mit denen sie auch ihn immer nur verrückt machte, seine eigene Erinnerung sinnlos aufwühlend, mit denen sie ihn beleidigte, verletzte, entsetzte, mit deren Kälte und Achtlosigkeit sie ihn ansteckte wie mit einer Krankheit. Genau das würde er denken, während sie ihm den Mantel und den Schal abnähme, er würde es denken, während sie ihn von Vase zu Vase, von Rose zu Tulpe, von Tulpe zur Gerbera führen würde, während sie vor ihm die Treppe in den ersten Stock hinaufgehen und die Schlafzimmertür öffnen würde, während sie anfangen würde, sich im Dunkeln hastig auszuziehen. Sagen würde er aber trotzdem nichts, er würde an der Türschwelle stehenbleiben und ihr stumm dabei zusehen, er würde sich nicht von der Stelle rühren, wenn sie ihn riefe, auch nicht, nachdem sie sich aufs Bett gekniet und ihm ihr Gesäß entgegengestreckt hätte, und erst wenn sie ihn fragen würde, ob er nicht endlich mal wieder Lust hätte, würde er leise erklären, er hätte noch nie Lust gehabt. Da würde sie dann den Kopf schütteln, einmal, nur ein einziges Mal, sie würde vom Bett aufstehen, so mühsam wie jemand, der Kreuzschmerzen hat, sie würde aus dem Zwielicht des Schlafzimmers heraus auf ihn zugehen, mit ihren schwer hängenden Brüsten, mit ihrem wulstigen Bauch, mit den spärlichen Schamhaaren über ihrem alten, zerfurchten Unterleib, sie würde in dem hellerleuchteten Flur vor ihn treten, sie würde ihn verächtlich ansehen und sagen, er sei ein Schwein. Schwein, würde sie sagen, Schwein-Schwein-Schwein. Schwein. Schwein. Schwein-Schwein-Schwein. Kein Wort würde er darauf erwidern, er würde so ruhig und gelassen bleiben, wie er es hier einmal gelernt hatte, aber sie würde trotzdem weitermachen. Warum willst du mich nicht mehr ficken, du Schwein? würde sie ihn anzischen, sonst fickst du doch jede! Und wieder würde er nicht reagieren, was sie erst recht wütend machen würde, sie würde mit den Händen ihre Brüste zusammenpressen und sie ihm entgegenhalten, und gleichzeitig würde sie mit dieser kalten, weinerlichen Klagestimme, die nur die Frauen hier hatten, anfangen zu schreien. Du hast nie etwas anderes als Ficken im Kopf! würde sie ihn anbrüllen. Du willst immer nur ficken und spritzen, ficken und spritzen, und darum steckst du deinen Schwanz überall rein, du Schwein, in jede von uns, Hauptsache, du findest ein Loch für deinen Schweineschwanz, egal wie groß oder wie klein es ist, egal wie alt oder wie jung! Das stimmt doch, du Schwein? Habe ich recht, du Schwein? Sag was, du Schwein! Warum willst du mich nicht ficken? Willst du meine Titten ficken? Ja-nein-ja? Gott, deine eigene Mutter würdest du doch auch ficken und deine Tochter sowieso! Und weißt du warum? Sag doch mal! Warum? Warum? Warum ...?! Weil ich ein Schwein bin, würde er ganz leise sagen, er würde selbst darüber erschrecken und hoffen, daß der Boden unter ihm sofort nachgäbe, er würde bis fünf zählen, bis zehn, bis hundert, aber nichts täte sich, er stünde noch genauso vor ihr und blickte in ihre blitzenden, haßsprühenden Schäferhundaugen, und dann würde er statt ihrer Augen die eng zusammengekniffenen, runzligen Augen von Ima sehen, er würde sehen, wie sie ihren langen Rücken rundmachte, wie sie den Rücken zusammenzog und zum Sprung ansetzte, und im nächsten Moment würde auch schon etwas über ihm, an der großen brennenden Sonne von Al-Biah vorbei, durch die Luft fliegen, elegant und schnell wie ein Fußball, aber nicht ganz so rund, und da würde er es nicht mehr aushalten, er würde ihr, trotz seiner Müdigkeit, trotz der lähmenden Kälte in seinen Armen und Händen, mit der Faust ins Gesicht schlagen, auf den Schädel, auf den Hals, er würde sie prügeln und schlagen und treten, bis ihr das Blut aus den Ohren herauskäme, aus der Möse, aus dem Mund. Schwein-Schwein-Schwein, würde es dabei in seinem Kopf machen, immer leiser und leiser, wie ein Zug, der sich langsam entfernt. Schwein-Schwein-Schwein. Schwein. Schwein ...

Der alte schwarze Plastikeimer, den Motti irgendwann einmal nach dem Saubermachen auf den Balkon gestellt und dort vergessen hatte, war seit den Gewittern der letzten Tage bis zum Rand mit Regenwasser gefüllt. Jeden Morgen, wenn er in die Küche kam, um für Nurit Frühstück zu machen, ging Motti zuerst zur Balkontür, er rüttelte, obwohl die matte Aluminiumklinke wie immer nach oben eingerastet war, kurz an der Tür, denn er wollte ganz sicher sein, daß sie nicht aufgehen konnte. Dann blieb er noch eine Weile, die Stirn gegen das morgendlich kühle Glas gedrückt, dort stehen und betrachtete den Eimer. Es war ihm nichts Besonderes anzusehen, jedenfalls nichts, was einem Angst machen mußte. Der Griff war leicht angerostet, das Plastik an einigen Stellen grau und verwittert, und in dem trüben Wasser schwammen ein paar harmlose Zweige und Blätter. Trotzdem hatte Motti beschlossen, zunächst alles so zu lassen, wie es war. Er war zwar einige Male bereits kurz davor gewesen, die Tür zu öffnen, den Eimer zu nehmen und das Wasser einfach in den Balkonausfluß zu kippen, aber dann ließ er es doch besser sein. Er hatte in den vergangenen Wochen so viel gehört und gelesen, daß er nicht mehr wußte, was stimmte und was nicht, darum wollte er noch warten, bis sich die Situation aufgeklärt hatte, und so lange war es nur wichtig, daß Nurit nicht in die Nähe des Eimers kam. Sofie hatte er von der Sache gar nicht erst erzählt, es ging ihr, seit sie zum ersten Mal von dem Reaktorunfall gehört hatte, ohnehin nicht gut, und er wollte gar nicht daran denken, was passiert wäre, wenn sie erfahren hätte, daß sich auf dem Balkon ihrer Wohnung seit über einer Woche dreißig Liter verseuchtes ukrainisches Regenwasser befanden.

Die ersten Tage nach dem Gau waren für Sofie besonders schlimm gewesen. Aus dem Verlag, in dem sie jetzt arbeitete, kam sie in dieser Zeit meistens früher als sonst nach Hause.

Statt selbst die Tür aufzuschließen, klingelte sie so lange, bis Motti ihr aufmachte, dann erst löste sie den Finger vom Klingelknopf und warf sich ihm, ohne ein Wort zu sagen, mit dem Gewicht ihres ganzen Körpers entgegen, sie nahm ihn mit ihren schweren Armen wie eine Ringerin in den Griff und bohrte das Kinn in seine Schulter. So verbrachten sie stumm ein paar endlose Augenblicke in der offenen Wohnungstür, und oft ließ sie ihn nur los, wenn irgendwo im Treppenhaus laut eine Tür aufging oder sich die Schritte eines Nachbarn näherten. Nachdem sie ihre Schuhe wegen der Verstrahlung bereits im Hausflur ausgezogen und dort neben Mottis und Nurits Schuhen stehengelassen hatte, verschwand sie in der Kleiderkammer, sie streifte sicherheitshalber auch noch ihre Hose und ihr T-Shirt ab und hängte sie in großem Abstand von allen anderen Kleidern auf einem Extrabügel auf. Dann schlüpfte sie in ihren Bademantel und ging, statt sich wie üblich bis zum Abendbrot im Arbeitszimmer einzuschließen, direkt ins Wohnzimmer, wo sie sich mit durchgedrücktem Kreuz an den äußersten Rand des Sofas setzte und den Fernseher anmachte. Ab jetzt rührte sie sich bis zum Schlafengehen nicht mehr von der Stelle, sie sah sich von der ersten bis zur letzten Minute alle Nachrichtensendungen an, sie verfolgte – mit dem immergleichen starren, ungläubigen Blick und diesen ewig hochgezogenen, davonfliegenden Augenbrauen – *Heute* und die *Tagesschau*, das *Heute-journal* und die *Tagesthemen*. Dabei pickte sie mit einer Pita unentschlossen in dem Houmus und Auberginensalat herum, die Motti ihr wie immer abends im Sommer hinstellte, und fragte ständig, ob die Sachen wirklich noch aus ihren alten Vorräten stammten. Früher oder später rief sie dann ihre Mutter an, um sie zu fragen, ob sie das alles auch so traurig und wütend mache – sie sagte immer »das alles« und »traurig und wütend« –, und wenn Motti sie bat, sie möge noch zu Nurit gehen und ihr einen Gutenachtkuß geben, sagte sie, sie werde es nach dem nächsten Bericht sofort tun, vergaß es aber meistens.

Motti wollte sich von ihr auf keinen Fall anstecken lassen, doch das war gar nicht so leicht. Vor allem die jeden Abend wiederkehrenden blassen, unruhigen Fernsehbilder von den Männern in den weißen Schutzanzügen, die für wenige Minuten aus einem Hubschrauber auf das Dach des Kernkraftwerks sprangen und sich in rasendem Tempo an den dort herumliegenden Trümmern zu schaffen machten, versetzen ihn jedesmal wieder in Unruhe. Ein wenig sah es so aus, als seien sie die Mitglieder einer Expedition, die auf einem gefährlichen fremden Planeten gelandet war, dann wieder erschien Motti das Ganze wie eine Direktübertragung aus einem fernen apokalyptischen Jahrhundert. Sie rannten um ihr Leben, das sah man ihnen an, doch in Wahrheit hätten sie dort auch völlig ruhig herumschlendern können, denn sie waren ohnehin schon tot, die Strahlung hatte längst ihre Körper erfaßt, sie hatte, noch als sie in ihrem Hubschrauber an den Reaktor herangeschwebt waren, bereits begonnen, ihre Zellen zu zersetzen, sie war, noch als sie in einer nahegelegenen Kaserne oder Schule ihre Instruktionen bekamen, in ihr Blut eingedrungen, sie hatte, noch als sie Hunderte von Kilometern entfernt zu Hause das Telefon abhoben und das Kommando zum Einsatz erhielten, ihre Organe erfaßt, sie war Tage und Wochen vorher in ihren Betten und Kleidern gewesen, in ihrem Essen und in dem Wasser, mit dem sie sich wuschen – sie war überall, in dem Staub, den der Wind vor die Sonne wehte, wenn sie morgens aus dem Fenster sahen, sie war in den Pfützen, in die sie auf dem Weg zur Arbeit traten, sie war in den Blättern und Zweigen, die sie streiften. Wir sind, dachte Motti, während er ihnen dabei zusah, wie sie auf dem Dach des Reaktors ausschwärmten, wahrscheinlich längst genauso tot wie sie, und uns sagt man es auch nicht. Darum machen wir auf unsere Art ebenfalls weiter, immer weiter und weiter, wir essen und trinken, wir arbeiten und schlafen, wir küssen unsere Kinder, wir gehen ins Kino, wir machen Spaziergänge – wir rennen also auch um unser Leben, obwohl es überhaupt keinen Zweck mehr hat. Bei diesem Gedanken mußte er plötzlich Sofie ansehen, die arme entgeisterte Sofie, die – den Oberkörper vorgeschoben, die Hände im Schoß verschränkt – neben ihm auf der Sofakante saß und auf den Fernsehschirm starrte, wo gerade ein Arzt aus Stuttgart erklärte, wie das Cäsium in die deutsche Nahrungsmittelkette gelangte. Motti stellte sich vor, wie die radioaktiven Strahlen – sie sahen in seiner Phantasie so aus wie das Hitzeflimmern über einer Herdplatte – nun auch Sofies Körper erfaßten, sie umspielten ihren weißen Hals, ihre weißen Knöchel, ihr weißes Gesicht, sie drangen in ihre Haut ein und in ihr Haar, in ihre Augen und unter ihre Fingernägel, und das war ein so schreckliches Bild, daß er sich zu ihr vorbeugte, zart ihr Kinn berührte und, als sie ihm endlich das Gesicht zuwandte, liebevoll sagte: »Es wird alles gut, Bübchen, du wirst schon sehen.« Aber sie blickte ihn nur verächtlich an, so als hätte er etwas unglaublich Dummes und Beleidigendes gesagt, sie schüttelte den Kopf und drehte ihn wieder dem Fernseher zu. Dann sagte sie, ohne Motti anzuschauen, kalt: »Was redest du? Es ist alles vergiftet, das ganze Essen, das ganze Wasser. Es ist vorbei, und du bist der einzige, der es noch nicht gemerkt hat ...«

Aber natürlich hatte er es gemerkt! Warum sonst kochte er für Nurit nur noch Essen aus Gläsern und Konserven, warum stapelte sich in der Küche ein halbes Dutzend Mineralwasserkisten neben mehreren Paletten mit alter H-Milch, warum hatte er seine Buba seit dem Reaktorunfall kein einziges Mal mehr gebadet? Irgendwann würden alle Vorräte aufgebraucht sein, das wußte er, irgendwann würde er sie auch wieder waschen müssen, und fragte er sich jetzt, was er dann tun sollte, wurde ihm genauso heiß und übel wie früher vor einer Reise oder einer Klassenarbeit. Er ging mit ihr inzwischen – es konnte ja jederzeit anfangen zu regnen – kaum noch nach draußen, wobei ihr das nicht viel auszumachen schien, denn sie war sowieso nie wirklich gern auf dem Spielplatz gewesen. Sie war lieber allein oder mit ihm, aber nicht mit anderen Kindern, und wenn sie früher, in den normalen Zeiten, ausnahmsweise doch zum Alten Friedhof gegangen waren, hatte sie, ruhig wie eine Erwachsene, neben ihm und den Müttern auf der Bank gesessen oder am Zaun gestanden und stumm und geduldig zu den Büschen und Gräbern auf der anderen Seite des Spielplatzes herübergestarrt. Einmal, es war an einem grellen, verregneten Tag gewesen, sie hatte ein leuchtend helles Laura-Ashley-Kleidchen angehabt und ihre beiden blonden Zöpfe lagen wie Perlenketten auf ihrem Rükken, war plötzlich ein größerer Junge mit seinem Fahrrad hinter ihr aufgetaucht. Er stand eine Weile schweigend da und sah sie an, und als sie sich nach ihm umdrehte, schob er ihr das Fahrrad hin, er hielt es so, daß sie bloß noch aufzusteigen brauchte, aber sie rührte sich nicht von der Stelle, sie fixierte ihn so stumpf und freudlos, wie nur sie das konnte, und nach einer Weile machte er, der in Wahrheit fast genauso ängstlich war wie sie, zwei, drei kleine Schritte auf sie zu, legte das Fahrrad vor ihre Füße und lief davon. Doch sie hob es nicht auf, sie wurde nur rot im Gesicht, sie riß vor Schreck die Augen auf und sah ihm erstaunt hinterher, dann rutschte das Blut wieder aus ihren Wangen, ihr Blick verflüchtigte sich irgendwo weit weg, ganz hinten in ihren Gedanken, und sie wandte sich erneut ihrem Zaun und ihren Gräbern zu. So war sie immer mit anderen Kindern, so war sie auf der Purimfeier in der Prinzregentenstraße gewesen, wohin er sie, ohne Sofie davon zu erzählen, letztes Jahr mitgenommen hatte, und so war sie auch gewesen, als er mit ihr zur Probe einen Vormittag in der Kindergruppe von Dani Josipovicis Mädchen am Olympiapark verbracht hatte, wo sie alle paar Minuten neben ihm gestanden und ihn stumm und verzweifelt angeblickt hatte, weil sie weg wollte. Darum war er sich jetzt auch so sicher, daß es ihr nichts ausmachte, daß sie nun schon seit Wochen nicht rausgingen, höchstens einmal zum Einkaufen, sonst aber meistens allein zu Hause waren. Sie sahen viel fern und lagen nach dem Frühstück den halben Tag im Bett, und oft standen sie erst auf, kurz bevor Sofie nach Hause kam. Um Nurit und sich selbst die Zeit zu vertreiben, hatte Motti – nachdem sie zum Spielen ohnehin fast nie die Kraft hatte – wieder einmal damit angefangen, ihr die Geschichten zu erzählen, die er sich einst in den Monaten vor ihrer Geburt für sie ausgedacht hatte. Er erzählte ihr von dem Papagei, der zum Mond flog, von dem kleinen Kran, der nicht immer nur auf einer Stelle herumstehen wollte, von den zwei Zwillingsmädchen, die nicht zusammen aufwachsen durften, aber trotzdem wußten, daß es die andere gab und was sie gerade machte. Er erzählte ganz langsam und geduldig und mit viel Herz, doch es hatte wie immer keinen Sinn. Sie hörte ihm zwar zu, aber wenn er sie hinterher fragte, woran sie sich noch erinnern könne, wenn er sie aufforderte, ihm seine Geschichten in ein paar Sätzen nachzuerzählen, brachte sie keinen Ton heraus, sie drehte den Kopf müde auf die Seite und machte, solange er auf sie einredete, einfach die Augen zu. Er selbst wußte bis heute alles über Bubtschik und seine Abenteuer, über die schwarzhäutigen Rieseneskimos, die bucklige Prinzessin und das Paradies der Plüschtiere, er konnte sich nach Jahren noch bis in jede Einzelheit an Abas Geschichten erinnern – aber sie hatte schon ein paar Minuten später ein gähnendes schwarzes Loch in ihrem kleinen süßen Kopf. Ab und zu wurde er darum furchtbar wütend auf sie, so wütend, daß er aus dem Bett aufspringen, ins Badezimmer laufen und sein Gesicht mit kaltem Wasser vollspritzen mußte, um sich zu beruhigen – nur einmal hatte er nicht rechtzeitig gemerkt, daß es gleich losgehen würde, und da war es bereits zu spät gewesen. Sie hatte sich nicht gewehrt, sie hatte tapfer seine Schläge erduldet, und als er hinterher weinen mußte, war sie, obwohl sie Schmerzen hatte, im Bett zu ihm gekrochen, sie hatte sich an seine Seite geschmiegt, sie hatte sich wie eine Frau über ihn gebeugt, sie hatte versucht, mit ihren kleinen, warmen, ungeschickten Fingern seine Tränen wegzuwischen, und dabei hatte sie ihn mit ihrer brüchigen, kranken Stimme fast unhörbar getröstet, so schön und so lange, bis er ihrem Werben einfach nicht mehr widerstehen konnte. Ein anderes Mal – er hatte zuerst vergeblich versucht, mit ihr Memory und Temposchnecke zu spielen und sich danach den halben Nachmittag lang damit abgequält, mit ihr Lesen zu üben – war seine Hand auch schon nach oben geschnellt, aber dann kam ihm die Hand so schwer und fremd und gefährlich vor wie eine Axt oder ein Knüppel, und so senkte er sie langsam wieder, erschrocken über sich selbst. Sie konnte doch gar nichts dafür, dachte er plötzlich, daß sie in dem Alter, in dem er selbst als Kind ganze Bücher gelesen hatte, für jede Silbe und jedes Wort eine halbe Ewigkeit brauchte, es war nicht ihre Schuld, daß sie unfähig war, sich seine Geschichten zu merken, es lag nicht an ihr, daß sie auf jede Aufgabe, die er ihr stellte, mit noch größerer Scheu und Verunsicherung reagierte. In Wahrheit war sie gar nicht so stumm und lustlos und langsam, wie es schien – sie wuchs bloß nicht dort auf, wo sie aufwachsen sollte, und sie sprach eine Sprache, die nicht die ihre war. Er hatte sich das alles schon sehr oft überlegt. Das heißt, eigentlich hatte er den Gedanken daran, daß es zwischen diesen Dingen einen Zusammenhang geben mußte, sonst sofort wieder unterdrückt und vergessen, aber jetzt wollte er ihn einmal zu Ende denken. Was, überlegte er, wäre denn zum Beispiel aus Sofie geworden, wenn sie, warum auch immer, statt bei ihren strengen und stillen Eltern bei seinen zügellosen und lauten Eltern großgeworden wäre, in seinem zügellosen und lauten Land? Kein vollkommen anderer Mensch vielleicht, aber zumindest eine andere, eine selbstbewußtere, eine wachere Sofie, die wissen würde, daß es manchmal einfacher war, die Frechheiten und Forderungen der Leute mit eigenen Frechheiten und Forderungen zu beantworten, statt wochenlang stumm unter ihnen zu leiden – und daß für die Liebe am Ende genau dasselbe galt. Sie tat ihm schon lange leid, weil sie das nicht konnte, sie, die er früher eben wegen ihrer stillen, zurückhaltenden Art so bewundert hatte. Sie tat ihm nun genauso leid wie die Mütter auf dem Spielplatz in der Tengstraße, denen er manchmal dabei zuhörte, wenn sie sich, gerade aus dem Urlaub irgendwo im Süden zurückgekehrt, die kantigen Gesichter so braungebrannt wie afrikanische Kriegerinnen, in diesem nüchternen, leidenschaftslosen Ton von Wissenschaftlerinnen darüber unterhielten, wie gut sie es in Italien oder Spanien oder Griechenland gehabt hatten und wie sehr sie darunter litten, wieder zu Hause zu sein, hier, in dieser schrecklichen Kälte, wo sich ständig alle nur gegenseitig das Leben schwer machten und wo man darum nie zu etwas Lust hatte. Im nächsten Moment sah eine von ihnen zum Sandkasten oder zum Klettergerüst herüber und rief »Nun ist aber genug, mein Fräulein!« oder »Laß man besser!«, worauf eines der Kinder so ängstlich-wütend aufschaute wie ein Hund in seinem Zwinger und Motti für einen Moment das Blut in den Adern gefror. Einmal wollte er sich schon in ihr Gespräch einmischen, einmal hätte er sie fast gefragt, warum sie die Wärme immer nur im Süden suchten und wieso sie sich dann nicht zumindest für ihre Kinder einen italienischen, spanischen oder griechischen Vater ausgesucht hatten, doch er ließ es sein – es wäre eine dumme Frage gewesen, außerdem taten sie, obwohl er hier schon häufiger neben ihnen gesessen hatte, bis heute so, als hätten sie ihn noch nie zuvor gesehen. Aber was, dachte Motti plötzlich wieder, hatte das alles überhaupt damit zu tun, daß seine Prinzessin die meiste Zeit vor sich hindämmerte, daß sie ständig schwach und abwesend war, daß sie beim Memoryspielen, wenn er sie denn einmal dazu überreden konnte, wirklich nie die richtige Karte umdrehte, daß sie jede Schachfigur für einen Bauern hielt und jedesmal wie eine Tote neben ihm niedersank, wenn er von ihr eine Geschichte hören wollte? Er wußte es nicht, er hatte in Wahrheit absolut keine Ahnung, er wußte nur, daß sie seine Tochter war, die Tochter eines echten Südländers also, und das mußte doch eigentlich reichen, um etwas mehr Interesse am Leben zu haben, das mußte genügen, um nicht so zu werden wie alle anderen hier. Aber es genügte eben nicht – denn das, was er ihr geben wollte, nahm sie nicht an, und das, was er ihr hätte geben können, verhinderte Sofie. Warum ließ sie ihn eigentlich nicht mit seiner Buba im Sommer für ein paar Monate, für ein paar Wochen zu seinen Eltern fahren? Warum machte sie, wann immer er das Thema aufbringen wollte, ein solches Gesicht, daß er sofort wieder verstummte? Und wieso durfte er nicht zumindest Hebräisch mit Nurit sprechen? Er wußte, wie es war, wenn zu Hause in einer Sprache geredet wurde, die man nicht verstand, er kannte das von seinen Eltern, die sich früher wegen ihm ab und zu miteinander auf deutsch gestritten hatten, und eben weil er sich dabei so dumm und ausgeschlossen vorgekommen war, hatte er ihnen immer ganz genau zugehört, bis die fremden Worte für ihn keine fremden Worte mehr waren. Eines Tages dann, es ging mal wieder um eine von Abas Schauspielerinnen, platzte er plötzlich selbst in seinem aufgeschnappten Kinderdeutsch heraus, er sei zu jung, um solche Gespräche mitanzuhören, worauf sie sehr stolz waren auf ihn und zugleich erleichtert, weil sie endlich die verhaßte Muttersprache für alle Zeiten abhaken konnten. Aber wovor, dachte Motti, hatte Sofie überhaupt Angst? Welche Geheimnisse konnte er mit einem kleinen Kind vor ihr haben? Schon als

Nurit ein Baby gewesen war, hatte sie es nicht ausgehalten, wenn er sie im Wohnzimmer herumtrug und ihr vor dem Einschlafen *Numi, Numi* oder *Das Mädchen vom Kinneret* vorsang, seine alten Kinderlieder. Sofie hatte zwar nie etwas gesagt, aber das mußte sie auch gar nicht, es reichte ihm schon, daß sie dann sofort den Raum verließ und für den Rest des Abends seinen Blicken und Berührungen auswich. Erst später im Bett, nachdem sie beide das Licht gelöscht und sich voneinander so weit wie möglich weggedreht hatten, rückte sie nach ein paar Minuten ganz nah an ihn heran, sie nahm seinen Arm und legte ihn um ihren Hals, sie verkroch sich förmlich in seiner Umarmung, und als er sie fragte, was mit ihr los sei, sagte sie, sie sei schon wieder so traurig, ohne zu wissen warum, er solle ihr jetzt auch ein Lied vorsingen, aber eins, das sie kannte. Meistens versuchte er es mit *Yesterday* oder mit *Bridge Over Troubled Water* und manchmal auch mit der *Ode an die Freude*, doch sie wollte fast immer nur irgendwelche deutschen Kinderlieder hören, die wiederum er nicht kannte. Also sang Sofie sie ihm mit ihrer amateurhaften Opernstimme kurz vor, damit er sich Melodie und Text merkte, und während er dann leise und stockend *Guten Abend, gut' Nacht* oder *Der Mond ist aufgegangen* in ihr warmes Ohr summte, überlegte er, daß er mit ihr, sobald sie sich einmal wirklich gut fühlte und stark genug dafür war, die ganze Sache offen besprechen sollte. Doch dazu kam es nie, jedenfalls nicht richtig. Eine günstige Gelegenheit für dieses Gespräch, auf die er so lange wartete, ergab sich einfach nicht, immer war etwas mit Sofie, immer war sie mit dem Herzen und ihren Gedanken auf der Kippe, zuerst wegen des Artikels für Kindermanns Sammelband, danach war sie wochenlang aufgeregt, weil der Professor ihr eine Aussprache zugesagt hatte, deren Termin er aber ein ums andere Mal verschob. Gleichzeitig rückte der Abgabetermin für die Dissertation näher, an der sie von morgens bis nachts saß, und als Kindermann schließlich die Arbeit ablehnte, war sie ohnehin zu nichts zu gebrauchen. Tag für Tag lief sie allein durch München, bei Regen und Schnee, sie sah, wenn sie sich ausnahmsweise einmal beim Abendessen blicken ließ, durch ihn und Nurit hindurch, sie aß fast gar nichts mehr und nahm noch mehr ab. Kaum hatte sie bei dem Verlag angefangen, war sie noch häufiger weg als früher, und alles, worüber sie sprechen konnte, waren ihre beiden Kolleginnen aus der Pressestelle, die ständig gegen sie intrigierten und sie beim Verleger und den Journalisten schlechtmachten. Daß Motti schließlich im allerfalschesten Moment mit dem Thema anfing, an dem ihm so lag, war dann wirklich nicht ihre Schuld gewesen. Sie hatten eines Vormittags in der Amalienstraße vor ihrer Haustür gestanden, er wollte gerade mit Nurit ins *Adria* gehen, während Sofie kurz aus dem Verlag zurückgekommen war, weil sie mal wieder ihr Adreßbuch vergessen hatte, als plötzlich Itai neben ihnen auftauchte, sein alter Chef. Itai beachtete Sofie überhaupt nicht, und Motti sah er ebenfalls kaum an, während er ihm lachend erzählte, daß er seine Frau wegen einer Schickse verlassen hatte und darum also immer noch hier war. Er hatte nur Augen für Nurit, und schließlich beugte er sich vor zu ihr, aber noch bevor sie Zeit hatte zu erschrecken, hatte er nach ihrem Händchen gegriffen, er murmelte auf Hebräisch, die hohe, scheppernde Fernsehstimme von Pluto, dem Kibbutzhund, nachahmend, die Oma hätte Brei gemacht, süßen, lekkeren Brei, er rührte in ihrer Handfläche herum, er tippte jeden ihrer Finger an, er sagte, dem hätte sie gegeben und dem und dem, nur dem einen nicht, worauf seine Hand blitzschnell an Nurits Ärmchen hochschoß, bis zu ihrer Achsel, und da begann er sie auch schon zu kitzeln, worauf in ihrem schmalen Gesicht ein seliges Lachen erschien, das Motti bei ihr nie vorher gesehen hatte, es explodierte hell in ihren beschlagenen müden Augen und jagte, in immer neuen

Wellen, zwischen ihrem Mund und den Augen hin und her. Als Itai, nachdem er Nurit überall abgeküßt, Motti auf die Schulter geklopft und an Sofie dünn lächelnd vorbeigesehen hatte, wieder gegangen war, passierte es dann. Motti packte Sofie, die schon in der Haustür stand, wie eine Diebin am Arm und sagte: »Du könntest es ja auch lernen ...« »Was?« fragte sie erstaunt. »Hebräisch.« »Ich habe schon genug gelernt«, sagte sie. »Aber ich könnte es doch wenigstens mit ihr sprechen«, sagte er leise, doch da hatte sie sich bereits umgedreht und war in der Tür verschwunden. Damit war das Thema für immer vorbei gewesen, er brachte es nie mehr auf, und sie fragte auch nicht nach, und obwohl er manchmal überlegt hatte, Nurit heimlich zumindest ein paar Worte und Sätze beizubringen, ließ er es sein. Es wäre Sofie gegenüber nicht fair gewesen, vor allem aber war die Gefahr zu groß, daß Nurit eines Tages plötzlich vor ihr auf Hebräisch losgeredet hätte, und was mit Sofie in einem solchen Moment passiert wäre, wollte er sich lieber gar nicht erst vorstellen. Außerdem, er hätte dann die Reise nach Israel ein für alle Mal vergessen können, diese Reise, von der er schon so lange träumte, von der er sich gerade für Nurit so viel versprach, denn er ahnte und hoffte ja, daß sie dort endlich zu sich fände – dort, wo sie zum ersten Mal in ihrem Leben den warmen Geruch von Oleander und Nana in der Luft riechen würde, wo sie Kindern begegnen würde, die sich nicht voreinander fürchteten, wo sie von morgens bis abends in Gesichter von Menschen blicken könnte, in denen jedesmal eine andere Geschichte geschrieben stand. Nein-nein-nein, er war sich sogar ganz sicher, daß sie in dem Land, in dem er geboren war, sofort aufleben würde, so wie ein im Zoo großgezogenes, apathisches Tier, das eines Tages an derselben Stelle freigelassen wird, an der einst seine Eltern gefangen worden waren. Was hatte Sofie überhaupt gegen die Reise? Er hatte keine Ahnung, sie hatten nie darüber geredet, und er dachte jetzt nur, sie war doch damals selbst, als sie sich kennengelernt hatten, in Israel gewesen, sie wußte also, wie es bei ihm zu Hause war, es gab keinen Grund für sie, sich vor etwas zu fürchten, und wenn man es wirklich genau nahm, war es seit ihrem G'iur doch auch ihr Zuhause. Im übrigen mußte sie gar nicht mitkommen, wenn sie nicht wollte, es hätte genügt, wenn Nurit und er allein gefahren wären, damit endlich alles in Ordnung kam. Eben das, so hoffte er, würde sie eines Tages begreifen, ja, sie würde es ihm dann von selbst vorschlagen, ohne daß er darum betteln, ohne daß er es überhaupt ansprechen müßte. Er durfte bis dahin nur keinen Fehler machen und hatte geduldig zu warten, so schwer es ihm auch fiel ... Wie auch immer, zunächst mußten sie ohnehin erst einmal diese merkwürdige, unklare Zeit überstehen, sie mußten aus dieser Katastrophe, von der niemand sagen konnte, wie schlimm sie wirklich war, einigermaßen heil und gesund herauskommen, bevor irgend etwas anderes überhaupt wieder eine Rolle spielen konnte. Nein – natürlich glaubte er nicht, daß ihnen schon morgen die Hände und Füße abfallen würden oder daß das Blut, von den fernen Tschernobylstrahlen erhitzt, plötzlich in ihren Adern zu kochen anfinge wie Teewasser. Er war sich auch sicher, daß selbst Sofie tief in ihrem Innersten nicht wirklich damit rechnete, es könnte ihr etwas passieren. Aber trotzdem mußte man vorsichtig sein, vor allem wegen der Kleinen, und vielleicht war es eben dieses permanente Achtgeben, dieses ständige, kleinliche Abwägen, welche Nahrungsmittel noch in Ordnung waren und welche nicht, vielleicht war es dieses dauernde Herumrätseln, ob sie gerade für ein paar Minuten zum Einkaufen rausgehen konnten, vielleicht war es auch seine ewige Sorge wegen des Eimers auf dem Küchenbalkon, was ihn so aufregte und in immer größere Unruhe versetzte. Dazu kam Nurits täglich wachsende Reglosigkeit, die er – je öfter sie beim Spielen, Malen oder Zuhören versagte, je häufiger sie vor seinen

Augen wie eine Kranke einfach wegdämmerte – zusehends mit diesen merkwürdigen, unberechenbaren, unsichtbaren Strahlen dort draußen in Verbindung brachte. Dabei hatten sie in Wahrheit bestimmt ebensowenig damit zu tun wie mit dieser verdammten Stimmbandentzündung, von der sie nie richtig genesen war und die seine Nerven zur Zeit zusätzlich auf die Probe stellte. Sicher, er hatte sich bis jetzt halbwegs im Griff gehabt, doch wußte er selbst nicht, wie lange das noch gutgehen würde, und am allerschlimmsten war für ihn, daß er wegen des Gaus ununterbrochen in dieser Wohnung hocken mußte, die er nie wirklich gemocht hatte. Nun, da ihm wie einem Gefangenen in seiner Zelle plötzlich jedes Detail darin bewußt wurde, begriff er zumindest endlich, warum: Alles hier, der graubraun gesprenkelte Teppichboden mit den vielen Flecken, die weißen Klappstühle und der kleine, ewig wackelnde Aluminiumtisch in der Küche, das billige weiße Ledersofa im Wohnzimmer, das New-York-Plakat in dem Silberrahmen im Flur, der mit Sunilblumen beklebte Spiegelschrank im Schlafzimmer – alle diese Dinge hatten nichts zu tun mit ihm, er wußte nicht einmal, wie sie hierhergekommen waren, er hatte es, obwohl er sie zusammen mit Sofie gekauft haben mußte, einfach vergessen. Vielleicht fiel ihm deshalb jetzt der alte, zerkratzte Schachtisch ein, den er damals mit Eli auf dem Flohmarkt in Yaffo im selben Moment entdeckt hatte, und er erinnerte sich nun auch, wie Eli, noch bevor er selbst reagieren konnte, bereits sein Geld herausgezogen hatte, aber hinterher, im Bus, hatte er ihn Motti geschenkt, und so stand der Tisch, auf dem sie später noch oft Schach gespielt und Gras und Haschisch in ihren Tabak gemischt hatten, bis heute in der Wohnung seiner Eltern, in seinem alten Kinderzimmer ... Ob es eigentlich allen anderen in dieser Stadt gerade genauso ging wie ihm? fragte Motti sich plötzlich. Ob sie, seit Wochen eingesperrt in ihren Wohnungen, allmählich auch schon nicht mehr wußten, wohin mit ihren Gedanken, und sich wegen jeder Kleinigkeit die Köpfe zermarterten? Er sah aus dem Fenster, an der Balkonbrüstung vorbei, auf die fast leere Amalienstraße. Normalerweise war sie um diese Zeit, wenn die ersten Seminare anfingen, bereits stark belebt, aber nun ließ sich hier – wie seit Wochen – kaum jemand blicken. Die Morgensonne, nach den Gewittern der letzten Tage das erste Mal wieder draußen, schien so wütend und grell, als wolle sie die verlorene Zeit aufholen, sie hatte die Bürgersteige getrocknet, nur hier und da gab es noch große, schwarz schimmernde Flecken auf dem schlecht asphaltierten Fahrdamm, und die Schatten der wenigen Passanten waren ganz lang und dünn, wie die Figuren eines berühmten Bildhauers, dessen Name Motti jetzt nicht einfiel. Er hatte langsam wirklich genug von seiner Grübelei. Früher hatte er doch auch nicht immer und immer wieder sein Leben in tausend Einzelteile zerlegt wie ein pubertierendes Mädchen. Er wollte gerade damit anfangen, sich zu fragen, woher das kam, doch dann fiel ihm ein, daß es so nie aufhören würde, und er hielt den Strom seiner Gedanken mittendrin an, und das war sehr schön. Er lächelte erleichtert, lehnte sich mit vorgezogenen Schultern an die Balkontür und drückte wieder die Stirn gegen das Fensterglas, das inzwischen ganz warm geworden war von der Sonne, und dabei überlegte er, daß die Sonne an diesem Morgen vielleicht deshalb so überhell leuchtete, weil die gesamte Atmosphäre bereits völlig mit Radioaktivität verseucht war. Schon wieder, dachte er wütend, schon wieder ließ er sich von seinen Kleinmädchengedanken in die falsche Richtung treiben, so als ob das Nachdenken immer nur das eine einzige Ziel hatte, allem Schlechten und Deprimierenden auf die Spur zu kommen. Wenn überhaupt, dann mußte es gerade andersherum sein, und genau das, beschloß er, würde er jetzt üben. Er musterte, wieder lächelnd, den schwarzen Plastikeimer. Er würde ihn so lange ansehen, bis ihm absolut nichts mehr dazu einfiele, bis er aufhören würde, sich zu fragen, woher das Regenwasser kam, das sich in dem Eimer angesammelt hatte, bis er keine Lust mehr hätte, sich ständig diese strahlend grauen, raumschiffgroßen Cäsiumwolken vorzustellen, wie sie von der fernen Ukraine bis hierher trieben, nur um sich genau über ihrem Haus zu ergießen, bis er das Bild des aufgeschlitzten schwarzen Reaktors für immer in seinem Kopf gelöscht hätte. Und dann endlich würde er die Balkontür aufmachen, er würde auf den Balkon hinaustreten, er würde den Eimer hochheben und das Wasser mit einem einzigen Schwung auf die Straße kippen ... Ja, es war wirklich an der Zeit! Seit Wochen hatte er, ob er es wollte oder nicht, Angst vor diesem lächerlichen Eimer, er hatte tatsächlich Angst vor diesen paar Litern Regenwasser, so als hätte er in seinem Leben sonst nichts durchgemacht, was gefährlich gewesen wäre, so als wäre er damals nicht hinter Tyros zwei Nächte lang von seiner Einheit abgeschnitten gewesen, als wären nicht am Kar-Un-See zwei seiner Leute direkt vor ihm von tschechischen Minen wie Muppetfiguren durch die Luft geschleudert worden, als hätte Muamar niemals versucht, Eli und ihn hereinzulegen. Er war, dachte Motti wie schon hundertmal vorher, gar nicht angekettet gewesen, dieser Hurensohn, das war nur ein Trick, und als sie ihn losmachen wollten, sprang er sie an, er riß sie beide zu Boden, er klammerte sich so fest an sie mit seinen dünnen, stählernen Armen wie eine Maschine, er roch nach säuerlichem Schweiß und süßem Blut, und erst viel später fragte sich Motti, wie er gleichzeitig seine Granate zünden wollte ...

»Ist da draußen etwas?«

Motti drehte sich um. Hinter ihm, in der Tür, stand Sofie. Sie war nackt, und sie hielt, wie fast immer, wenn sie nackt war, die Arme vor ihren Brüsten verschränkt. Sie waren nicht mehr so groß wie früher, aber sie genierte sich offenbar noch immer für sie. Jedesmal, wenn sie so dastand, mußte er an die

Fotos denken, auf denen die entkleideten polnischen Frauen zu sehen waren, während sie vor den Erschießungsgruben auf die erste Salve warteten. Er hatte es nie erwähnt, denn sie hätte es bestimmt falsch verstanden.

»Ist da draußen etwas?«

»Gar nichts«, sagte Motti, »nur ein schöner Tag.« Er bewegte sich nicht und hoffte, daß sie ihn gleich von hinten umarmen und ihren vom Schlaf warmen Körper gegen seinen Rücken pressen würde.

»Wirklich, ja?« sagte sie ungläubig.

»Ja.«

Sofie machte aus dem Zwielicht des Flurs heraus einen Schritt in die sonnendurchflutete Küche. In dem orangen, fast bräunlichen Licht nahm ihre weiße Haut sofort eine dunklere Färbung an, und Motti fragte sich, ob sie, wenn sie sich nur lange genug sonnte, richtig braun würde oder einfach nur rot. Leider waren sie bis jetzt noch nie zusammen am Meer gewesen, und als er letzten Sommer ein paarmal mit Nurit ins Ungererbad gegangen war, wollte Sofie nicht mit, weil sie sich vor Schwimmbädern ekelte, außerdem hatte sie sowieso keine Zeit gehabt.

»Von hier kann man den Tag besser sehen«, sagte Motti und blickte wieder auf die Amalienstraße hinaus. Er wartete stumm, und als er schon dachte, daß sie es nicht tun würde, umklammerte sie ihn plötzlich von hinten, er spürte ihre Brüste an seinem nackten Rücken, ihre Schamhaare kitzelten ihn im Kreuz, und es überraschte ihn einmal mehr, daß sie nicht so schwer war wie früher.

»Hast du auch so schrecklich geschlafen?« sagte sie.

»Nein.«

»Wir stecken uns an damit.«

Er antwortete nicht.

»Du hast dich tausendmal umgedreht heute nacht. Und ich bin jedesmal aufgewacht davon.«

»Ich weiß nicht. Ich bin nur einmal wegen ihr aufgestanden.«

»Das war mehr als einmal.«

»Es tut mir leid.«

»Du hast recht«, sagte sie nach einer kurzen Pause. »Es ist wirklich ein schöner Tag. Ein richtiger Sommertag.«

»Ja.«

»Und ich muß schon wieder arbeiten ...«

Motti zögerte. Er wußte, daß er es besser nicht tun sollte, aber er tat es trotzdem. »Seit du dort angefangen hast«, sagte er, »hast du noch kein einziges Mal Urlaub gemacht.« Und weil sie nicht sofort antwortete und es jetzt auch schon egal war, fügte er entschlossen hinzu: »Wir könnten doch alle zusammen zu meinen Eltern nach Israel fahren ...«

»Warum frühstücken wir heute nicht zu dritt?« sagte sie fröhlich. »Auf dem Balkon ... So bald wird es ja nicht wieder regnen.«

Motti spannte alle Muskeln an, um den plötzlichen, heißen Schlag gegen seinen Bauch auszuhalten. Dann sagte er, damit sie seine Wut nicht bemerkte, so ruhig wie möglich: »Du mußt doch bestimmt gleich weg.«

»Ich gehe eben später. Einmal ...«

»Besser nicht.«

»Warum? Wollt ihr mich nicht haben?«

»Natürlich wollen wir dich haben – aber wir wollen auch, daß du keine Schwierigkeiten kriegst.«

Sie holte stumm Luft, sie atmete ein paarmal tief ein und aus, und dann sagte sie: »Ich laß mich von denen doch nicht völlig verrückt machen ...«

»Also gut«, sagte Motti mit einer fast kalten, tonlosen Stimme, und er spürte, wie die Wut in einer großen Welle wieder zurückkam, sie war heiß und schön, und es gab keinen Grund mehr, gegen sie anzukämpfen. »Frühstücken wir draußen. Ich muß nur irgendwas mit dem Eimer machen.« Er löste sich aus

Sofies Umklammerung, drückte schnell die Aluminiumklinke herunter und trat auf den Balkon. Er hatte Angst, aber das war ihm egal, und für eine Sekunde vergaß er seine Angst sogar, weil er so überrascht war von der Stille, die draußen auf der Straße herrschte.

Sofie sah ihm verwundert hinterher. Erst als er den Eimer bereits hochgehoben hatte und ein, zwei Schritte auf sie zugegangen war, begriff sie, was los war. »Bleib stehen!« schrie sie. »Du bist ja völlig verrückt geworden!«

Er stellte den Eimer sofort wieder ab.

»Wo willst du hin damit?!«

»Ins Bad.«

»Das glaube ich nicht«, sagte sie leise, und Motti war sich sicher, daß sie gleich weinen würde. »Ich glaube das einfach nicht ...« Sie rutschte, die Arme immer noch über der Brust gekreuzt, auf den Boden und versank in einem mißglückten Schneidersitz. Ihr linkes Bein war seitlich abgeknickt, sie drückte den Kopf fast gewaltsam zwischen die Schultern, die so verdreht waren wie bei einer achtlos liegengelassenen Kinderpuppe. Sie schluchzte und redete mit sich selbst, sie jammerte und fluchte, und dann plötzlich sah sie hoch zu ihm, aber in ihrem Gesicht war keine einzige Träne. »Wie lange steht er schon dort?« sagte sie.

»Ich weiß nicht.« Er warf mit einer gespielten Gleichgültigkeit den Kopf nach hinten. »Zwei Wochen ... Vielleicht auch drei.«

»Drei Wochen«, wiederholte sie höhnisch.

»Ja«, sagte er, »wieso?«

»Weil das unser Ende ist, verstehst du!« schrie sie ihn an, sie schrie diesen Satz immer und immer wieder, und was hinterher geschah, nachdem sie erneut verstummt war, hatte Motti bereits erwartet. Sie erhob sich, ohne ihn ein zweites Mal anzusehen, und ging hinaus, zuerst langsam, aber dann immer schneller, sie rannte ins Badezimmer, sie schlug die

Tür hinter sich zu, und da hörte er auch schon, wie sie den Medizinschrank aufriß und im nächsten Moment hektisch in ihrem Notnecessaire zu kramen begann. Er wußte, sie wartete darauf, daß er ihr folgte, und als er ein paar Minuten später vorsichtig die Tür zum Badezimmer öffnete, sah er sie auf dem Badewannenrand sitzen, überall waren die Schachteln mit den Schlaftabletten verstreut, die sie seit Jahren hortete, sie hielt eine von ihnen hoch und murmelte leise und verzweifelt etwas vor sich hin. Doch statt die Schachtel, wie sonst immer, wortlos Sofies zusammengekrampften Fingern zu entwinden, statt den Arm um sie zu legen und sie zu trösten, machte Motti gleich wieder kehrt und schloß die Badezimmertür. Er weinte, und die Tränen, die ihm übers Gesicht flossen, waren so heiß und giftig wie seine ganze Wut und Verzweiflung, und weinend drückte er auch die Klinke der Tür zu Nurits Zimmer herunter und trat neben ihr Bett. Er betrachtete sie einen Moment lang dabei, wie sie, auf der Seite liegend, stumpf die weiße Wickelkommode unterm Fenster anstarrte, dann zog er seine Pyjamahose aus, er legte sich neben sie, er sagte, sie würden jetzt miteinander das Trösterchenspiel spielen, und als sie schon kurz darauf fröhlich lächelnd auf ihm saß, voller Leben und Sehnsucht, verschwand mit seinen Tränen sofort auch seine Wut, und die Wut löste sich von ihm so luftig und leicht wie der Hut vom Kopf eines Stummfilmhelden, der an einem Hochhaus entlang in die Tiefe purzelt …

»An fast allen ist das Datum abgelaufen«, hörte Motti plötzlich Sofie traurig sagen, er erkannte, hinter Nurits Körper, ihr weißes Gesicht in der Tür, und dann sagte sie auch noch »Entschuldigung« und verschwand wieder im Flur.

»NÄCHSTER-ZUG-auf-Gleis-2-die-S-4-nach-Geltendorf... Die-letzten-beiden-Wagen-nur-bis-Puchheim ... Vorsicht-bei-der-Einfahrt ...«

Die junge Frauenstimme, die über den Bahnsteig dröhnte, klang gelangweilt und mürrisch. Motti, immer noch wie ein Stadtstreicher in seinen Mantel gewickelt und auf der Bank mehr liegend als sitzend, versuchte aufzustehen, aber er war so durchgefroren, daß er seine Glieder nur mit Mühe bewegen konnte, und darum verhedderte er sich ständig von neuem in den Schößen des Mantels.

»Du-bleibst-besser-sitzen-du-Schwein ...«, sagte die Lautsprecherstimme in demselben abwesenden, schlechtgelaunten Ton, als er sich endlich halb hochgekämpft hatte. Er ließ sich sofort wieder erschöpft zurückfallen und sah zu dem gläsernen Ausguck hoch, in dem die Leute von der Bahnaufsicht saßen. Der Platz hinter dem Mikrofon war leer, aber als er ein zweites Mal hinschaute, kam es ihm so vor, als hätte er hinter der dicken, grünblau verspiegelten Glasscheibe für eine Sekunde das füllige Gesicht einer jungen Frau erkannt, die ihre blaue Eisenbahnermütze kokett seitlich trug wie ein Barett. Er schüttelte den Kopf, riß mit einem einzigen Ruck seinen Körper hoch und machte ein paar schnelle, schwankende Schritte durch die stumme Menge der Wartenden bis ganz nach vorne zum äußersten Bahnsteigrand, hinter die Sicherheitslinie, wo sonst keiner stand. Er sah nicht nach links, nicht nach rechts, aber er spürte sofort die vielen Blicke in seinem Rücken, und obwohl er sich auf keinen Fall umdrehen wollte, tat er es schließlich doch. Jungs in bunten Baseballjacken, alte Männer mit viel zu glatt rasierten Wangen, müde, stumme Ehepaare, Geschäftsleute in eleganten dunklen Wintermänteln – fast alle, die hinter ihm auf ihren Zug warteten, starrten ihn wütend und vorwurfsvoll an. Motti überlegte einen Augenblick, ob er ihnen den Gefallen tun und ein, zwei Schritte zurücktreten sollte, aus der verbotenen

Sicherheitszone heraus, aber dann bewegte er sich sogar noch ein paar Zentimeter vorwärts, er drehte den Kopf wieder nach vorn und stierte stur geradeaus. So stand er da, steif und trotzig, gleichzeitig begann er vor Aufregung zu schwitzen, und der Schweiß brannte auf seiner kalten Stirn. Ich darf mich jetzt bloß nicht bewegen, dachte er, ich darf mich auf keinen Fall provozieren lassen, und dasselbe dachte er auch, als sie nun anfingen, ihn leise zu beschimpfen. »Schwein«, raunten sie ihm von hinten zu, sie wisperten und murmelten immer nur dieses eine Wort, jeder sagte es für sich, und alle sagten es zusammen, mal löste es sich vollkommen in ihrem Gemurmel auf, dann wieder, wenn sich für einen Moment ihre Stimmen vereinigten, erklang es nahezu klar, und gerade als dieses Brausen und Rauschen plötzlich von einem anderen, viel lauteren Geräusch übertönt und verschluckt wurde, verlor Motti die Beherrschung und drehte sich mit wutverzerrter Miene erneut nach ihnen um. Niemand sah ihn an, alle blickten, wie Zuschauer in einem Sportstadion, in dieselbe Richtung, zum anderen Ende der Plattform hin, wo im Dunkel der Tunnelkurve die Lichtkegel der einfahrenden S-Bahn auftauchten, und ihre blassen gelben Münder waren fest verschlossen.

Motti wollte als erster einsteigen, aber er kriegte die Zugtür nicht auf, weil seine Hände zu schwach waren. Nachdem er ein paarmal erfolglos an den beiden Griffen gezerrt hatte, spürte er einen Stoß von der Seite und gleich noch einen, links und rechts von ihm tauchten Arme und Hände auf, sie streckten sich alle gleichzeitig nach der Tür aus und rissen sie gemeinsam auf. Dann begann das Gedränge, die Leute schoben und drückten sich an ihm vorbei, und immer, wenn er selbst versuchte, den Fuß in den Waggon zu setzen, wurde er zurückgestoßen. Seine Schultern flogen herum wie Rotorblätter, er bekam hier einen Schlag in die Kniekehle, dort einen gegen die Hüfte, und das alles geschah beinah stumm, nur ab und zu, wenn er nicht achtgab, klebte auf einmal ein Mund an seinem Ohr, und jemand flüsterte ihm zu, er sei ein Schwein. So schnell der Kampf begonnen hatte, so schnell war er wieder vorüber, plötzlich war Motti allein auf dem Bahnsteig, und die anderen waren alle im Wagen, sie standen und saßen dort so reglos und starr, als wären sie nicht eben noch über ihn hinweggetrampelt, sondern seit Stunden bereits in diesem Zug unterwegs gewesen und würden jetzt nur müde darauf warten, daß Motti endlich einstieg, damit es weitergehen konnte. Wie die dunklen Figuren auf einem melancholischen Zwanziger-Jahre-Großstadtbild kamen sie ihm vor, und in dieses Bild wollte er selbst auf keinen Fall hinein, er zögerte, er wich zurück, aber dann ergriff ihn im Gegenteil eine fast tödliche Sehnsucht danach, und er dachte, ich muß einfach mit, auch wenn sie mich noch tausendmal beschimpfen werden, ich kann doch nicht ganz allein hier zurückbleiben, und außerdem wartet die verrückte Frau Gerbera auf mich ... »Vorsicht-jetzt-beim-Einsteigen«, ertönte es im selben Moment aus den Lautsprechern, und er bewegte sich einen weiteren Schritt nach vorn, aber als ihm nun bereits der warme, säuerliche Schweißgeruch aus dem Wageninnern entgegenschlug und er nur noch einen allerletzten Schritt zu machen hatte, um in den Wagen zu gelangen, hielt er vor Schreck wieder inne. »Ich-hab-gesagt-du-sollst-hierbleiben-du-Schwein!« fuhr ihn die mürrische Lautsprecherstimme an. »Dort-draußen-machst-du-heute-nur-Unsinn-verstehst-du-das? Bring-lieber-erstmal-hier-in-der-Stadt-alles-in-Ordnung ...« Was soll ich in Ordnung bringen? sagte er still zu sich selbst, was habe ich getan, was soll das überhaupt? Er war, innerhalb von Sekunden, wieder schweißgebadet, er spürte, wie der Schweiß regelrecht aus den Poren seiner eiskalten Haut herausschoß, der linke Fuß tat ihm plötzlich weh, einfach so, als hätte ihm in dieser Sekunde jemand mit aller Wucht dagegengetreten, und dann begann auch schon das Zittern und Ziehen in seinem Bauch. Es breitete sich sofort von tief unten bis ganz nach oben in seiner Brust aus, er schnappte nach Luft und zuckte dabei jedesmal wieder mit dem Oberkörper wild nach vorn, wie einer, der sich aus einem fremden Griff befreien will, um wütend gegen einen Dritten loszugehen. »UND-BERUHIGE-DICH-ENDLICH-UND-HÖR-AUF-SO-NERVÖS-ZU-SEIN!!!« dröhnte es über den ganzen Bahnsteig, es dröhnte durch den ganzen Bahnhof, durch die ganze Stadt, die Wagentüren gingen mit einem leisen Zischen zu, der Zug fuhr los, ohne ihn, und Motti, jetzt wieder etwas ruhiger und regelmäßiger atmend, sah ihm mit herabhängenden Armen und verdrehtem Hals nach. Er fühlte sich so verlassen wie nie, und erst als der Zug im Tunnel verschwunden war und es beinah so schien, als wäre er hier niemals durchgefahren, schaffte Motti es, seinen Körper ein klein wenig schweben zu lassen, die Wut fiel fast ab von ihm, und er fühlte sich wieder etwas besser.

»Also gut, was soll ich jetzt machen?« sagte er laut und sah zu dem gläsernen Ausguck hoch. »Wohin soll ich gehen?« Er bekam keine Antwort, und nachdem er seine Frage noch ein zweites und drittes Mal ohne Erfolg wiederholt hatte, ging er einfach los. Er nahm die nächstbeste Rolltreppe nach oben, er schwebte auf ihr hinauf wie eine Revuetänzerin, die von einem Dutzend Männerhänden hochgehoben wird, doch leider war die Fahrt viel zu kurz, und als er dann erneut festen Boden unter den Füßen hatte, spürte er noch deutlicher als zuvor, wie schwer und undurchdringbar dieser Boden war und wie mächtig seine Anziehungskraft wirkte. Er befand sich in einem langen dunklen Gang, an dessen Ende sich das gelbgraue Dämmerlicht, das hier wie Staub von der niedrigen Decke herabzufallen schien, ein wenig aufhellte, und weil die Vitrinen der Geschäfte links und rechts um diese Zeit nicht mehr beleuchtet waren, wirkte das Licht dort hinten um so freundlicher und verlockender. Ohne zu zögern, marschierte Motti los, aber mit jedem Schritt, den er auf das Licht zu machte, entfernte es sich von ihm, es sprang ihm davon, wie der Ball, der einem aufgedrehten Kind ständig aus den Händen rutscht, das Licht hüpfte hoch und runter, es lief im Zickzack und verschwand hinter immer neuen Mauervorsprüngen und Ecken. Schon bald hatte Motti das Gefühl, als bewege er sich im Kreis, aber wirklich sicher war er sich nicht. Denn so sehr sich all diese Bäckereien, Plakatshops, Crêperien, Bonbonläden, Schnellreinigungen und Fotoläden glichen, an denen er vorbeikam, und so unmöglich es ihm erschien, ihre meist lindgrünen, braunen oder lilafarbenen Interieurs voneinander zu unterscheiden, so wenig war das ein Beweis dafür, daß er tatsächlich schon zum zweiten oder dritten Mal an ihnen vorbeiging. Da, wo er herkam und wo er jetzt wieder hinwollte, war schließlich alles viel kleiner und übersichtlicher als hier, und nichts sah so aus wie etwas anderes – da konnte man sich jeden zerbeulten Caféstuhl merken und jeden wackeligen Pflasterstein, da konnte man sich an jede vergessene, verstaubte Vitrine erinnern und an den Geruch von jedem Falafelstand, da gab es eben keine endlos dahinwabernden, gesichtslosen B-Ebenen, sondern nur die kleine stinkende Unterführung zwischen dem Schuk und Schlomo Hamelech, in der ein alter Jemenite mit kreischender Katzenstimme silberbestickte Tücher verkaufte. Überhaupt war alles viel kleiner, die Autos, die Hochhäuser, die Menschen, ja, das ganze Land war so klein, zart und alt, daß man es – als wäre es ein Greis, dem man liebevoll über den Kopf strich – in ein paar Stunden von Grenze zu Grenze durchfahren konnte, nicht so wie hier, wo gerade erst vor ein paar Jahren alles noch einmal doppelt so groß und grau und tot geworden war.

Plötzlich stand Motti wieder auf einer Rolltreppe – und wieder wurde er von derselben Leichtigkeit erfaßt wie eben.

Es ging nach oben, vielleicht aber auch nach unten, das konnte er nun nicht mehr so genau sagen, er fühlte sich wie ein Fallschirmspringer, der, bevor er die Schnur zieht, eine Weile wie ein Stein auf die Erde zurast und gleichzeitig immer höher in den Himmel hinaufzusteigen scheint. Vielleicht wußte Motti deshalb jetzt gar nicht mehr, wo er war, die große Halle, in die ihn die Rolltreppe schließlich hinaustrug, kam ihm zwar bekannt vor, aber womöglich täuschte er sich auch, dieses riesige Dach aus aschgrauem Glas, das sich über ihm wölbte, die freistehenden Leuchtkästen überall, in denen auf großen gelben Plakaten endlose Zahlen- und Wortkolonnen flimmerten und lauter seltsame Zeichen, die ihm völlig unbekannt waren, die langen weißen Züge am anderen Ende der Halle, die gar nicht wie Züge aussahen, sondern wie umgefallene Raketen – das alles, so schien es ihm, hatte er schon einmal gesehen, aber vielleicht auch nur geträumt. Die dumpfe Stille jedenfalls, die hier herrschte, war die Stille eines besonders tiefen, saugenden Traums, nur irgendwo ganz weit weg hörte er ab und zu die viel zu leise, verzerrte Stimme eines Mannes, der beim Sprechen offenbar mit den Händen einen Trichter vor dem Mund formte, damit man ihn besser verstand, doch er tat es ohne großen Erfolg, und auch die Stimmen der wenigen Menschen, die da und dort zu zweit, zu dritt auf der weiten Fläche zusammenstanden und geduldig auf etwas zu warten schienen, versanken in dieser dröhnenden, klebrigen Lautlosigkeit.

Motti hatte langsam genug von alldem, egal, was es war, ein Traum, ein Déjà vu oder die Wirklichkeit – er wollte hier raus, aber er wußte nicht wie. Er wankte zitternd ein paar Schritte nach vorn und blieb vor Erschöpfung gleich wieder stehen. Dann ging er abermals los, noch zielloser und verwirrter, und als er plötzlich Marie und mich dabei erblickte, wie wir, jeder eine große Reisetasche in der Hand, quer durch die riesige Halle eilten, drehte er sich erschrocken weg.

Keiner, den er kannte, durfte ihn jetzt so sehen, dachte er, er schaute sich suchend um und humpelte schnell in einen schmalen Gang hinein, der sich, wie durch Zauberhand, vor ihm aufgetan hatte. Der Gang führte offenbar hinaus, auf eine Straße, Motti sah hinter einer kleinen, schmutzigen Glastür Trambahnen und Autos durch die Nacht fahren, sie jagten fast wie im Zeitraffer vorüber, die hohen, langen Schatten, die sie mit ihren Lichtern und Scheinwerfern auf die Wände der gegenüberliegenden Häuser zeichneten, waren ebenfalls ständig in Bewegung, und während er ihnen nachblickte, dachte er, daß jeder dort draußen das Ziel seiner Fahrt bestimmt genau kannte. Wenn er selbst erst einmal hier herauskäme, würde er sofort auch wissen, wohin er zu gehen hätte, schoß es ihm durch den Kopf, er würde zunächst seinen verdammten Orientierungssinn wieder in den Griff kriegen, dann würde er sich seiner Schuld bewußt werden, wenn es denn überhaupt eine gab, und am Ende würden ihm all die unangenehmen Dinge, die er heute offenbar noch in Ordnung zu bringen hatte, wie von selbst einfallen. Voller Elan marschierte er los – aber er kam nicht weit. Schon nach ein paar Metern wurde der Schmerz in seinem Fuß so unerträglich, daß er anhalten mußte, er lehnte sich gegen die Wand und sah ratlos auf seinen linken Schuh hinab, der ihm auf einmal viel zu eng war. Als er wieder aufblickte, starrte er direkt in einen in die Wand eingelassenen Glaskasten hinein. Links hing dort ein altes, ausgebleichtes Plakat mit einer halbzerfallenen Felsenburg, die über einem großen grauen Fluß und einem sich kilometerweit dahinziehenden, blassen Wald thronte. Rechts, unter der Überschrift *Christliche Vereinigung deutscher Eisenbahner,* hatte jemand auf ein weißes Blatt mit einem lila Filzstift eine Lokomotive gemalt, und in der Dampfwolke, die sie ausstieß, stand wie in einer Sprechblase: »Was ist euer Leben? Ein Rauch seid ihr, der eine kleine Zeit bleibt und dann verschwindet …«

Jetzt aber wirklich nichts wie raus hier, dachte Motti verzweifelt, raus-raus-raus, er biß die Zähne zusammen und ballte die Hände zu Fäusten, doch das nützte auch nicht viel. Gleich der erste Schritt, den er zum rettenden Ausgang hin machte, versetzte ihm einen derart unerträglichen Stich von der Sohle über die Wade bis zum Oberschenkel, daß er den verletzten Fuß hochreißen mußte, er hüpfte auf dem anderen Fuß noch ein paar Meter weiter, und als dann plötzlich das Schild *Waldschänke* rechts in seinen Augenwinkeln auftauchte, blieb er abrupt stehen und beschloß, sich vorher dort noch einmal kurz auszuruhen.

»SCHULEM ALEICHEM, REB MOTKE! Wie geht es Dir? Ist Friede in Deinem Zelt, Gold in Deinen Taschen, Samen in Deinen Hoden? Ist Dein Weib, gesegnet seien ihre tüchtigen Hände, gehorsam und gut zu Dir und Deiner Brut? Sind Deine Feinde Dir genauso treu wie die Wanzen in Deiner Matratze? Und achtest Du immer noch Deine Freunde, auch wenn Du nie etwas von ihnen hörst?

Okay, Meister aller Turniere, was soll ich sagen? Daß Deine Briefe nie angekommen sind? Sie liegen in meinem Schreibtisch, gleich neben meinem Zeugnis, meiner Armeemarke und meinen ganzen BNPs, die ich bis heute nicht weggeschmissen habe (neuerdings kommen sogar wieder welche dazu). Ich habe die Briefe oft gelesen, und je öfter ich sie gelesen habe, desto weniger wußte ich, ob ich Dir antworten soll. Nichts, kein Wort, nicht mal eine Andeutung, Du hast jedesmal so getan, als wäre alles normal. Das ist natürlich Deine Sache, aber ich wollte nicht dieselben leeren Briefe schreiben wie Du. Wahrscheinlich hast Du genau das von mir erwartet. Heilige Ziegenmutter, wäre das ein Turnier geworden: Wer schreibt mehr leere

Briefe, wer schafft es länger, die Miene nicht zu verziehen …

Hast Du eigentlich noch Deine BNPs, Deutschmann? Oder hast Du sie gar nicht mitgenommen? Ich weiß nicht warum, aber ich habe wieder angefangen zu spielen. Es ist wirklich komisch. Ich sitze in der Kupat Cholim oder liege bei Nili im Bett, während sie duscht, und blättere ein bißchen in einer Zeitschrift herum. Plötzlich zucke ich wie früher aufgeregt zusammen, weil ich ein Foto entdeckt habe, das gehen könnte. Ich überlege ganz ernst, ob es alle Kriterien erfüllt, reiße es dann schnell raus und denke, daß ich mit dieser Erste-Klasse-Madonna, bei der man fast schon den Ansatz ihrer Mösenfalte sehen kann, gerade garantiert gegen Dich in Führung gegangen bin. Ich bin wirklich ein Idiot. Neulich habe ich mir sogar wieder extra ein paar ausländische Zeitschriften gekauft (eine deutsche war auch dabei), die ich auf einer meiner Fahrten nach Hebron durchgesehen habe. Die Anwältin, bei der ich mein Referendariat mache und mit der ich jetzt oft ins Dschalame-Gefängnis muß, hat fast nur Palästinenser als Mandanten. Das ganze Land kennt (und haßt) diese Frau, weil sie (das ist schon nach Deiner Zeit gewesen) wie eine Irre ständig Anträge beim Obersten Gerichtshof stellt und eine Anti-Folter-Pressekonferenz nach der anderen macht. Sie ist wie alle Jeckes schrecklich ernst und moralisch, egal, um was es geht, und immer verliert sie viel zu schnell die Nerven. Als sie im Auto meine Magazine gesehen hat, hat sie mich sofort angeschrien (ich hatte gerade eine mittelgute Kim Basinger entdeckt). Sie war so wütend, als wäre ich einer von diesen Schabak-Leuten, die nie etwas zugeben. Willst Du wissen, was ich ihr geantwortet habe? Zitat: ›Wer mehr BNPs sammelt, Felicia, hat gewonnen.‹ Wie ein Verrückter habe ich das gesagt, und weil sie das natürlich nicht verstanden hat, habe ich dann noch gesagt, daß das unsere Abkürzung für Berühmte Nackte Persönlichkeiten ist, und das ganze Punktesystem habe ich ihr auch erklärt. Sie hat gelacht – Jeanne d'Arc hat gelacht! –, sie hat das erste Mal gelacht, seit ich bei ihr bin. Sie wurde dann richtig neugierig und wollte wissen, ob nur die großen internationalen Stars zählen oder auch unsere kleinen jemenitischen Sternchen, ob ein halbentblößter Busen reicht und ab wann eine Frau für uns nicht bloß schön ist, sondern Persönlichkeit hat. Am Ende sagte sie, man müßte dasselbe Turnier mal mit männlichen BNPs spielen, und sie hat mir versprochen, daß sie mir in Zukunft ihre ausgelesenen Magazine mitbringen wird. Auf dem Weg zum Besucherraum hat sie mich sogar leise gefragt, ob sie selbst auch ein paar Punkte bringen würde, wenn es von ihr so ein Foto gäbe. Zitat: ›Klar, Felicia, wenn Sie keine BNP sind, wer dann.‹

Der Junge, zu dem wir an dem Tag gefahren sind, war gerade erst siebzehn. Ich schwöre Dir, er hat haargenauso gestunken wie dieser Hurensohn von Muamar damals. Der Wächter, der ihn gebracht hat, muß in Aftershave gebadet haben, aber ich hatte immer nur diesen fürchterlichen, stechenden Hundegeruch in der Nase, den ich seit Al-Biah nicht mehr vergessen kann. (Glaubst Du, wir stinken auch so, wenn es uns an die Eier geht?) Sie hatten den Jungen für zwei Wochen in den Bunker gesteckt, dessen Boden mit kleinen scharfen Steinsplittern bestreut war, ohne Kleider, ohne Matratze, ohne Decke. Zwischendrin haben sie ihn immer wieder für ein paar Stunden rausgeholt, um ihn an den Händen aufzuhängen und seine Fußsohlen zu bearbeiten. Zwei Wochen Falakas, weißt Du, was das ist? Er konnte kaum stehen, er schüttelte sich, und sein Gesicht war gelb. Ich kann mir nicht vorstellen, daß er gelogen oder sich die Verletzungen selbst beigebracht hat. Als der Wächter draußen war, haben wir ihn das Formular zur Aufhebung der ärztlichen Schweigepflicht unterschreiben lassen und die Vollmacht für Felicias Kanzlei. Er will Anzeige erstatten, obwohl es völlig aussichtslos ist, weil die Irren vom Geheimdienst sich gegenseitig immer decken und der Gouverneur, der Polizeiminister und sogar die Richter vom Obersten Gerichtshof von diesen Sachen nie etwas wissen wollen. Die sollten einmal in Ruhe mit jemandem wie ihm reden! Dabei wird ihm selbst gar nichts vorgeworfen, sie haben ihn einfach von der Straße geholt, weil sein Vater in Bir Zeit unterrichtet und mit den Hamasniks zu tun haben soll. Der Agent, der ihn verhört hat, hat ihm das genauso gesagt. Er war zuerst ganz ruhig und hängte ihn am Anfang sogar immer wieder für ein paar Minuten ab. Er hat ihm Tee gegeben und eine Zigarette, und dann ging es immer: ›Los, Chabibi, sag uns, mit wem dein Vater zu tun hat, und wir lassen dich laufen. Du kriegst eine neue Identität, du gehst auf unsere Kosten ins Ausland studieren und rettest so noch ein paar Juden das Leben.‹ Aber der Junge sagt, er hat von nichts eine Ahnung. Sicher. Wenn ich ihm das schon nicht glaube, warum soll ihm das so ein Schabak-Amokmann glauben? Nach zwei Tagen war es vorbei mit der Geduld und Höflichkeit, und er kriegte jetzt ab und zu auch eine in die Eier oder ins Gesicht. Er sagte, es kam ihm so vor, als hätte der Schabak-Typ Drogen genommen, sein Gesicht war so aufgedunsen und rot, als hätte man ihn auch tagelang geprügelt, er hätte bei jedem Schlag genauso am ganzen Leib gezittert und geschrien wie der Junge selbst. Am letzten Tag hörte er mit den Falakas auf. Er schmiß den Metalldraht weg, zündete sich eine Zigarette an und drückte sie langsam auf dem Rücken des Jungen aus. Dabei hat er geschrien: ›Ich bin Hitler! Ich bin Mengele!‹ Dann machte er sich eine neue Zigarette an und drückte sie wieder an ihm aus. So ging das immer weiter, bis er die ganzen berühmten Nazi-Wahnsinnigen durchhatte und zwei von seinen eigenen Leuten ihn von dem Jungen wegzerrten.

Manchmal glaube ich, daß die Geheimdienstleute auch ihre Turniere spielen, Deutschmann. Ich frage mich nur, wofür die ihre Punkte kriegen, ob für Geständnisse, für verhinderte Anschläge oder für jede neue Folteridee. Fürs Foltern bekommt man wahrscheinlich die meisten Punkte, bestimmt sogar. Du hast keine Ahnung, was es da alles gibt: Sie verbinden ihnen tagelang die Augen, sie lassen sie vierundzwanzig Stunden auf einem Bein stehen, sie geben ihnen verdorbenes Essen, sie sprayen ihre Eier und Brustwarzen mit einer Chemikalie so lange ein, bis die Haut in Stücke geht und das Fleisch darunter wie ein Steak in der Pfanne brennt, sie zwingen sie, auf allen Vieren durch die Gegend zu kriechen, zu bellen und das Bein zu heben, sie klemmen ihnen an jedes Ohr einen elektrischen Draht und machen den Strom an, sie pinkeln ihnen ins Gesicht. Manchmal stecken sie die Köpfe der Gefangenen in schwarze Säcke, in denen sie fast ersticken. Oder sie sperren sie in Duschräume ein, in denen das Wasser nicht geht, und sagen grinsend, bald würden sie trotzdem aufhören zu stinken. Garantiert gibt es für jeden Schrei einen Punkt, und wenn einer bei einem Tritt in die Nieren oder einem Schlag gegen die Fußsohlen stumm bleibt und nichts verrät, dann ist es ein Punkt für ihn und seine schmutzige Araberbande. Verstehst Du, so geht das. Es geht immer hin und her, ein Punkt für uns, ein Punkt für sie, einer für den Geheimdienst, einer für die PLO, einer für die Juden, einer für die stinkenden Arabuschs. Wenn ich es mir genau überlege, spielen wir alle dieses Schabak-Spiel. Wir spielen es schon seit hundert Jahren, seit wir hier aufgetaucht sind, ohne zu fragen. Das ganze Land spielt es, die netten polnischen Opas und die eingebildeten Generäle, die irren Dossim und die durchgedrehten Peace-Now-Hippies, die neuen Siedler und die alten Sozialisten. Die Kriegspunkte gehen bis jetzt natürlich alle an uns, aber im großen Nerventurnier sind uns die Arabuschkes schon lange davongezogen. Sie warten einfach in Ruhe auf ihre Chance, weil sie wissen, daß wir am Ende nie gewinnen können und von hier wieder verschwinden werden, und wir wissen es auch. Wahrscheinlich sind wir darum so, wie Du es mir mal geschrieben hast. Verstehst Du? Die Kreuzfahrer haben sich in ihren letzten Jahren hier bestimmt auch nur noch angebrüllt und wegen jedem Schwachsinn gestritten. Und wenn ihnen ein Araber in die Hände kam, blieb von ihm ein feuchter Fleck an der Wand.

Was höre ich da, Reb Motke? Den Klang von Zimbeln und Glöckchen, von Jubel und Triumph in Deinem Herzen? Höre ich ein überlegenes, eingebildetes Lachen aus Deinem Zelt? Also gut, ich gebe zu, ich war schon oft auf Dich neidisch. Ich habe auch ein paarmal gedacht, ich hätte wie Du ins Ausland gehen sollen, nach London oder nach Kalifornien, bloß weg aus diesem Land, das nie ein wirkliches Land gewesen ist, sondern immer nur eine beschissene Idee, ein einziges Irrenhaus. Mein Gott! Eine Zeitlang habe ich sogar ohne Dein Wissen ein Turnier gegen Dich gespielt, bei dem es darum ging, wer von uns beiden glücklicher ist. Für Dich gab es einen Punkt bei jeder neuen Bombe, bei jeder neuen Siedlung und bei jedem neuen Fall, den Felicia annehmen mußte, es gab für Dich Punkte, wenn ich im Reservedienst Lahads Banditen ausbilden mußte, wenn in der Zeitung Onkel Ariks fettes Gangstergesicht auftauchte oder wenn einer von den anderen Irren in *Mabat* von unserem biblischen Recht auf Judäa und Samaria faselte. Manchmal hat es genügt, wenn mir ein Matkotspieler am Gordon-Strand den Ball so dicht am Kopf vorbeischoß, als wäre ich nicht da, oder wenn Nili mich wie die Königin von Saba anschrie, weil ich ihr sagte, wir würden zu spät ins Kino kommen. Für mich gab es natürlich auch Punkte, aber nie genug. Ein Weekend in Nueba (so wie früher) oder ein sadistisches Lächeln beim Gedanken daran, wo Du jetzt lebst, das brachte fast gar nichts, und darum hast Du lange geführt – bis ich Deine Eltern besucht habe.

Denk bloß nicht, ich bin so irre, daß ich extra hingegangen bin, um sie über Dich für das Turnier auszufragen. Ich war sowieso in der Nähe. Ich mußte in Kiron für Felicia etwas abgeben, und als ich auf dem Rückweg an Eurem Haus vorbeifuhr, wußte ich eine Sekunde lang gar nicht, warum es mir so bekannt vorkam. Sie waren beide da, und ich glaube, sie haben sich beide gefreut, daß ich gekommen bin. Bei Deinem Vater bin ich mir sicher, bei Deiner Mutter im Prinzip auch, sie war so wie immer, ich weiß, daß das bei ihr nichts heißt. Vielleicht war sie ja etwas angespannter als sonst, das kann ich nicht genau sagen, ich habe sie und Deinen Vater schon sehr lange nicht gesehen. Jedenfalls haben sie beide auf mich jünger gewirkt als früher (wir sind jetzt eben alle Erwachsene, da sind die Unterschiede nicht mehr so groß).

Dein Vater hatte nicht viel Zeit, er hatte an dem Abend Vorstellung. Bevor er gegangen ist, hat er gesagt, ich soll mich öfter sehen lassen, es wären lange keine jungen Leute mehr bei ihnen gewesen. Er war kaum draußen, da hat Deine Mutter böse gelacht und gesagt, das mit den jungen Leuten sei immer schon ein Tick von ihm gewesen, weil er einfach nicht alt werden will. Ich mußte dann daran denken, wie Du mir früher von seinen Freundinnen erzählt hast, die meistens so alt waren wie wir, darum wechselte ich sofort das Thema, und ich fragte sie, wie es Dir geht. Es war, was soll ich sagen, der Jackpot. Ich weiß bis jetzt nicht, ob ich Deiner Mutter glauben soll, vielleicht ist sie nur eifersüchtig auf Deine Sofie, oder es dreht sich bei ihr immer noch zuviel um dieses Nazizeug. Alles kann sie sich aber nicht ausgedacht haben, und während sie mir Deine ganzen Horrorgeschichten erzählt hat, rasselte in meinem Kopf der Zähler wie bei einer *Supersol*-Kasse. Willst Du wissen, wofür ich mir die meisten Punkte angerechnet habe? Nicht dafür, daß Deine Frau nicht nach Israel will oder daß sie ständig nur an sich selbst und ihre Karriere denkt (das kennt man von Euren Frauen sowieso), nicht dafür, daß ihr Vater wahrscheinlich ein richtiger Nazipilotenhurensohn war und ihre Mutter eine verhinderte Lageraufseherin, weshalb sie beide auch gleich hätten konvertieren müssen, damit die Sache halbwegs geregelt ist. Nicht einmal dafür, daß Deine Sofie sich nie um Eure Tochter gekümmert hat und jetzt, kaum daß es mit ihr Probleme gibt, zweimal in der Woche scheinheilig in Ramat Gan anruft und lügt, Du wärst so komisch mit der Kleinen, sie wüßte nicht, was sie tun soll, sie könne doch nicht gleich zum Jugendamt oder zur Polizei gehen. Was es wirklich gebracht hat, war etwas ganz anderes: Deine Lethargie, Deine Schwäche. Die macht Deine Mutter nämlich am meisten fertig. Ich zitiere: ›Um seine Ruhe zu haben, ist mein Sohn ein dämlicher Jeansverkäufer und Security-Idiot geworden.‹ Und: ›Ruhe, was ist Ruhe? Ruhe hat man im Grab genug.‹

Ich glaube, dieses Match geht klar an mich, Meister aller Turniere. Ich kann mir nicht vorstellen, wie Du mich noch einholen könntest. Wahrscheinlich willst Du das auch gar nicht und hast Dich damit abgefunden, wie Du jetzt lebst. Aber du quälst dich umsonst, Muamarmann, verstehst Du? Du willst es vergessen und schaffst es nicht, weil man solche Dinge fast nie vergißt, schon gar nicht, wenn man weggeht und versucht, an einem anderen Ort ein anderer Mensch zu werden. Siehst Du, ich bin immer noch da, lächerliche hundertfünfzig Kilometer von der Stelle entfernt, wo es war, und das ist gut so, denn so sehe und spüre ich ständig etwas, das mich an den Libanon erinnert. Ich schaue morgens auf dasselbe graue Meer hinaus wie dort, ich verstecke mich mittags vor derselben höllischen Sonne wie dort, ich habe abends denselben süßen Staub im Mund wie dort. Darum hat sich für mich die Vergangenheit schon lange in der Gegenwart aufgelöst, alles ist gleich, alles ist jetzt, alles ist vorbei. Und ich bin immer noch derselbe! Vielleicht ist es nicht wirklich logisch, was ich sage. Wenn es das wäre, hätte ich Dich inzwischen ja schon hundertmal besucht (und hätte Dir tausend Briefe geschrieben), damit der Gedanke an Dich nicht pausenlos der Gedanke an Al-Biah ist, sondern auch an etwas anderes. Ich weiß nicht, warum ich es trotzdem nicht gemacht habe, nur weiß ich, daß Du verrückt bist, wenn Du glaubst, Du müßtest einfach ein Deutscher werden, damit Dein Leben wieder bei Null beginnt. Deine Mutter denkt das auch, obwohl sie von der ganzen Sache natürlich keine Ahnung hat. Sie ist wirklich wütend auf Dich, weil Du Dich so verändert hast.

Ich habe an dem Abend mit ihr noch lange auf eurer Terrasse gesessen. Nachdem wir über Dich geredet hatten, ging es um mich. Ich habe ihr von meiner Arbeit bei Felicia erzählt und dabei auf die Staatsanwälte, Offiziere und Geheimdienstleute geschimpft, mit denen wir zu tun haben, auf ihre Lügen und ihr Cowboygehabe. Das hat ihr nicht gefallen. Sie sagte, ich verwechselte Stärke mit Gewalt, diese Leute sorgten dafür, daß wir alle ruhig schlafen können, ich wäre verrückt, wenn ich glaubte, man könne mit den Arabern verhandeln. Sie war richtig sauer auf mich, und dann habe ich ihr auch noch von unseren letzten Demonstrationen erzählt und von der unabhängigen Kommission, die wir zusammentrommeln wollen. Sie saß (den Anblick werde ich nie vergessen) auf der anderen Seite der Couch und klammerte sich an die Lehne, ihr Oberkörper ging immer mehr nach unten, wie eine gebogene Feder, die gleich wieder hochspringt, alles an ihr war unter Spannung, sogar ihre Gesichtsmuskeln. Das hat dann wieder mich so aufgeregt, daß ich (obwohl ich genau wußte, daß es blöd war) einfach nicht aufhören konnte mit meinen Geschichten. Ich weiß, sie ist Deine Mutter, aber mir geht diese blinde Selbstgerechtigkeit bei den alten Pionieren noch mehr auf die Nerven als bei den jungen Cowboys. Du kannst Dir gar nicht vorstellen, wie sehr mich das manchmal aufregt, daß für sie bis heute nur ihre alten Ideen

(I-D-E-E-N!) zählen, aber nie unsere Wirklichkeit. Darum habe ich ihr dann noch ein bißchen Lokalkolorit gegeben und ihr das eine oder andere über die Folterturniere in Neve-Tirza, Sarafend, Fara und im Dschalame-Gefängnis erzählt. Sie hat sich noch mehr verspannt und ihre Fingernägel in die Couchpolster gekrallt, sie hat sich (so hat es jedenfalls ausgesehen) richtig festgehalten, um nicht auf mich loszugehen, und am Ende hat sie mich plötzlich an meine Chefin erinnert. Wahrscheinlich, weil alle israelischen Frauen in dem Alter dieselben kurzen grauen Haare und dieselbe braune, lederne Gesichtshaut haben. Oder weil Felicia oft eine genauso angsteinflößende Amokfrau ist, vor allem, wenn sie gerade mal wieder ohne Erfolg einen von diesen John-Wayne-Typen ins Kreuzverhör nimmt, der ständig nur kalt lächelnd wiederholt, es wäre doch bekannt, daß die Häftlinge sich absichtlich selbst verletzten.

Und weißt Du, was dann passiert ist? Gar nichts. Als ich fertig war, hat sie auf einmal gelächelt (Du weißt, wie unsere Mütter lächeln können), sie beugte sich zu mir vor und sagte, ich sei ganz außer Atem, ich solle mich beruhigen. Dann hat sie noch etwas gesagt, das war mir wegen Dir und wegen mir sehr unangenehm – in dem Sinn, es wäre großartig, wenn die Jungen sich so um ihr Land sorgten wie ich, nicht so wie ihr Sohn, der nur noch an sich denkt, der alle Leidenschaft verloren hat, der inzwischen so kalt geworden ist wie ein Fisch. Und stell Dir vor, da ist dann – wusch! – in meinem Kopf (als wäre er ein Radio) die Melodie von *Bab el Wad* angegangen. Wirklich. Und obwohl ich es nicht wollte, hörte ich das ganze dämliche traurige Lied vom Anfang bis zum Ende. Es war grauenhaft. Dann hörte ich auch noch andere alte Soldatenlieder, während sie darüber redete, wie sehr Du Dich verändert hast, *Ein Palmachnik namens Dudu* war dabei, *Im Negev fiel ein tapferer Soldat* und *Nimm, Efraimhügel, dieses neue, junge Opfer an.* Die Schauer liefen mir über den Rücken, und es war wie damals, im Juni 1982, als ich sie zum letzten Mal auf *Galei Zahal* gehört hatte, an dem Tag, an dem sie unseren Code durchgaben und wir einrückten.

Als Dein Vater von der Vorstellung nach Hause kam, war es sehr spät, aber sie ließen mich einfach nicht gehen. Deine Mutter machte Wassermelone mit Schafskäse und wärmte ein paar Pitas auf, es gab (wie früher bei Euch auch schon immer) Eistee und ausgepreßten Orangensaft. Während wir aßen, schwiegen wir, wir schwiegen wie Leute, die seit Jahren dreimal am Tag zusammen essen, es war nett, aber auch ein bißchen unangenehm. Draußen auf der Straße war es genauso ruhig wie am Tisch, nur ab und zu hielt vor Eurem Haus ein Bus, und wenn er weg war, wurde es noch stiller als vorher. Später fingen wir wieder an, uns zu unterhalten, ich weiß nicht mehr, worum es zuerst ging, aber auf einmal redete Dein Vater über seine Zeit in Europa. Er erzählte, wie sie (ich glaube, es war in Hamburg) bis zum letzten Tag für die Juden Theater gespielt hatten und später im Lager, und natürlich mußten sie für die Nazimänner Extravorstellungen geben. Er sagte, daß er ihren Applaus genauso genossen hat wie den der Häftlinge, und überhaupt waren sie alle in ihrer ausgemergelten Schauspielertruppe so von ihrer Eitelkeit und ihren Konkurrenzkämpfen besessen gewesen, daß sie sich manchmal im Streit gegenseitig ins Gas wünschten. Das hörte erst auf, als er vorschlug, die Rollen mit Hilfe eines komplizierten Punktesystems zu verteilen (ich wollte es zuerst gar nicht glauben), das danach berechnet wurde, wie gut jemand beim Publikum ankam und wie schlecht seine Chancen waren, den nächsten Morgenappell zu überstehen. Ich habe Deinen Vater ständig unterbrochen, während er redete, bestimmt nervte ich ihn mit meinen ewigen Zwischenfragen, aber er hat es nicht gezeigt. Er wollte nur wissen, warum ich auf diese Geschichten so neugierig bin, und ich habe gesagt, daß das wahrscheinlich daran liegt, daß mein

Vater kein einziges Mal mit mir über seine Jahre in den Lagern geredet hat. Das sei bei euch lange Zeit leider auch so gewesen, meinte er, es gab eine ziemlich unangenehme Pause, danach sagte er, darum sei es bestimmt seine Schuld, daß alles so gekommen ist. Deine Mutter schüttelte bei der Bemerkung böse den Kopf (wirklich sehr böse), aber er lächelte sie so überlegen und zärtlich an, wie er sonst immer auf den Fotos lächelt, die man von ihm aus den Zeitungen kennt. Sie hörte dann sofort wieder auf damit und verdrehte verliebt die Augen.

Als ich ging, blieb Deine Mutter sitzen, sie gab mir aber auf beide Wangen einen Kuß. Dein Vater brachte mich nach unten zum Wagen. Er schlug mir zum Abschied ein paarmal kräftig auf die Schulter, so wie man es am Ende des Reservedienstes bei jemandem macht, den man sehr gern hat und den man trotzdem bis zum nächsten Jahr nicht wiedersehen wird. Als ich schon im Auto saß, beugte er sich noch einmal zu mir herunter. Und willst Du wissen, was er gesagt hat? Heilige Ziegenmutter, willst Du nicht! Willst Du doch ... Ich zitiere: ›Richte diesem Hurensohn aus, wenn du wieder mit ihm sprichst oder ihm schreibst, er soll endlich zurückkommen!‹ Und genau das habe ich jetzt getan, Deutschmann ...

Es tut mir wirklich leid. ES TUT MIR LEID. Aber ich schreibe Dir nur, um Deinen Eltern einen Gefallen zu tun, aus keinem anderen Grund. Schreib mir also bloß nicht zurück, ich würde Dir sowieso nicht antworten. Ich will nicht mehr, daß Du irgendwas über mich weißt, und ich will auch nichts über Dich erfahren – wir wissen schon zuviel voneinander, zuviel für ein ganzes Leben. Verstehst Du, wir hätten damals einfach in unserem beschissenen Panzer sitzen bleiben sollen. Wir hätten nicht wie die Cowboys in dieses verfluchte Haus reingehen sollen, aus dem uns der Irre mit seiner Bazooka beschossen hat. Dann wäre heute vielleicht alles ganz anders, und wir säßen jeden Abend zusammen auf der Schenkin und erzählten uns den Tag. Solltest Du mir aber trotzdem schreiben (bloß nicht), würde ich eines gern wissen: Wessen Idee war es eigentlich, mit ihm das Itzik-Spiel zu spielen? Ich kann mich nur noch erinnern, wie verrückt vor Angst wir waren, als er uns auf den Boden gerissen hat, und wie wir geschrien haben, als er versucht hat, den Ring von seiner Granate abzuziehen. Ich weiß auch, wie wir hinterher vor ihm standen, jeder mit seiner Galil im Anschlag, wie wir gebrüllt haben und wie es immer hin und her ging, einmal ich, einmal Du, und wie nichts passierte, wie es ewig Null zu Null stand. Ich glaube, ich hatte bald genug, aber Du warst so verwirrt, Du wolltest einfach nicht aufhören, und darum habe ich auch weitergemacht, ich habe immer wieder auf den Abzug gedrückt, das Magazin rausgezogen und jedesmal gebetet, daß die Kugel nicht schnell genug ist, um in die Kammer zu rutschen. Wir hatten eigentlich riesiges Glück, ist Dir das klar? Sonst knallt es beim Itzik-Spiel sofort, das hast Du auch gewußt, aber es hat Dich noch wütender gemacht, Du Idiot, und dann bist Du mit bloßen Händen auf ihn losgegangen. Mein Gott, Motti, was haben wir gemacht? Was für eine Ausrede haben wir? Gar keine, verstehst Du, keine einzige! Wir waren verrückt, und wir werden zur Strafe unser Leben lang verrückt bleiben.

Weißt Du, manchmal, wenn ich mit Felicia bei einem ihrer Mandanten bin, sehe ich mir so einen Ali oder Mohammed oder Muamar ganz genau an, während er uns erzählt, was sie mit ihm gemacht haben. Ich sehe in seine toten, ausgelöschten Augen, ich betrachte seine grün und blau geschlagenen Arme und Beine. Und dann denke ich, ihr Hundesöhne allein habt uns zu dem gemacht, was wir sind, und ich bekomme Lust, den Stuhl, auf dem ich sitze, zu nehmen und ihn ihm über den Kopf zu schlagen, damit endlich Ruhe ist. Neulich hat sogar einer gemerkt, wie wütend ich war. Je länger ich ihn angestarrt habe, desto unruhiger wurde er. Er hat wie ein Fixer die Arme um seinen Oberkörper geschlungen, er hat gezittert und den Kopf zur Seite gedreht. Plötzlich ist er von der Bank aufgesprungen und hat angefangen, auf Arabisch herumzuschreien. Felicia hat sofort kapiert, was los war. Sie hat mich rausgeschickt, und auf dem Weg nach Hause hat sie mir gesagt, daß ich mir für mein Referendariat besser eine andere Stelle suchen soll. Wir haben uns so gestritten, daß sie anhalten mußte, das war irgendwo mitten in den Gebieten. Ich bin hinterher kurz ausgestiegen, um wieder zu mir zu kommen, auf einmal fliegen meine Zeitschriften und meine Aktentasche auf die Straße, die Tür knallt zu, und sie fährt mit quietschenden Reifen davon. Ich mußte zu Fuß nach Ramallah und dann über Jeruschalajim mit dem Bus zurück. Als ich zu Hause ankam, saß sie vor meiner Tür. Kannst Du Dir das vorstellen? Eine grauhaarige Alte sitzt vor deiner Tür und heult.

Und nun, Reb Motke? Schulem aleichem, mein alter, verschollener Freund, bleib mir gesund! Dies waren die letzten Zeilen meines einzigen Briefes an Dich, mehr gibt es nicht zu sagen. Nur noch dies: Gesegnet sei das Wasser, das Du trinkst und auch das, das Du abschlägst, gesegnet sei die Frau, die Du besitzst, und das Kind, das Du umsorgst! Ich wünsche Dir Gesundheit und Kraft und viel Ruhe und Wärme in dem kalten Land, in das es Dich verschlagen hat! Aber vor allem: Sei klug und komm, so sehr Deine Sippe es wünscht, besser nicht zurück, denn vielleicht schaffst Du es eines Tages doch noch, in der Fremde ein anderer Mensch zu werden. Dann aber schick mir sofort einen berittenen Boten, und ich folge Dir.

P. S.: Wieviel bringt eigentlich eine Farah Fawcett, wenn ihre Nippel stehen?«

»IMA?«

»Motti! Na endlich!«

»Geht es dir gut, Ima?«

»Ja, natürlich.«

»Ich habe nur ganz wenig Kleingeld …«

»Wo bist du?«

»Und Aba?«

»Ihm geht's auch gut … Wo bist du?«

»Was?«

»Wir haben dich die ganze Zeit angerufen. Bist du jetzt wieder zu Hause?«

»Nein, ich glaube nicht …«

»Er weiß nicht, wo er ist.«

»Was hast du gesagt?«

»Nichts. Ich habe mit deinem Vater geredet.«

»Das Geld ist gleich zu Ende.«

»Hast du deine Tabletten dabei?«

»Ich weiß nicht …«

»Wann warst du das letzte Mal bei Josipovici?«

»Ich weiß nicht …«

»Ich gebe dir jetzt deinen Vater.«

»Ja.«

»Und ruf sofort noch mal an. Wir gehen weg. Aber wir nehmen das andere Telefon mit. Du weißt die Nummer?«

»Ja …«

»Motkele, mein Kleiner!« sagte Mottis Vater fröhlich. »Was macht das Leben?«

»Alles in Ordnung. Ich bin nur ein bißchen schwach. Es wird bestimmt gleich besser.«

»Treibst dich ein bißchen herum, was?«

»Ja, Aba.«

»Wollen wir zusammen versuchen herauszufinden, wo du bist?«

»Ja, aber bitte mach schnell. Ich muß nach meiner Kleinen sehen.«

»Motti ...«

»Ja ...«

Es piepte dreimal kurz, dann wurde die Verbindung unterbrochen. Motti drückte den Hörer noch einen Augenblick ans Ohr, er preßte ihn so fest dagegen, daß das Ohr ganz warm wurde, schließlich ließ er ihn langsam aus der Hand gleiten. Er trat aus der stickigen Telefonzelle hinaus, und im Augenwinkel sah er den Hörer hinter sich in der Luft baumeln.

Den Weg vom Tisch zur Telefonzelle hatte er sich vorhin vorsichtshalber genau eingeprägt. Es war nicht wirklich schwer gewesen, denn er hatte einfach nur den großen dunklen Kneipenraum durchquert, an dessen Rückseite ein schmaler, noch schlechter beleuchteter Gang zu einer Treppe führte, die direkt zu den Toiletten und zum Telefon ging. Darum mußte er sich eigentlich bloß den riesigen borstigen Eberkopf über seinem Tisch merken, damit er später keine Probleme hätte, dorthin zurückzufinden. Jetzt aber, während er vorsichtig die Treppe hinaufstieg, mit der rechten Hand am Geländer, mit der linken am Oberschenkel seines schmerzenden Beins, wurde er unsicher. Er erinnerte sich auf einmal, daß alle Wände des Lokals, von den vielen künstlichen Tannenzweigen und blaßgrünen Papiergirlanden abgesehen, mit Jagdtrophäen und ausgestopften Tieren dekoriert gewesen waren, mit großen, grinsenden Uhus, spitzmäuligen Füchsen und dunkel dreinblickenden Raubmardern, mit schrotdurchsiebten Fellen und weit ausladenden, drohenden Geweihen. Bestimmt gab es dort also auch noch mehr von diesen monströsen Wildschweinen als nur dieses eine, das er sich gemerkt hatte. Er war nun fast am Ende der Treppe angelangt, es fehlten nur zwei, drei Stufen, doch plötzlich hielt er inne, er senkte den Kopf, er holte ein paarmal tief Luft – und dann hastete er trotz seiner Schmerzen die letzten Stufen zum Restaurant so schnell wie möglich hinauf.

Es war schlimmer, als er es erwartet hatte: Wohin er sah, waren tote Tiere, sie hingen – zwischen alten Doppelflinten, eingestaubten Jagdbildern und schwungvoll hingemalten Segenssprüchen – so dicht nebeneinander, wie sie sich in der Natur gegenseitig nur im Kampf genähert hätten, Hasen neben Füchsen, Habichte neben Tauben, und natürlich hatte Motti, dem bei diesem Anblick sofort schwindlig wurde, noch nie vorher so viele große grimmige Eberköpfe gesehen wie in diesem Moment. Sie blinzelten ihn in dem Dämmerlicht, das in der riesigen Bierhalle mit der kirchenhohen Decke herrschte, aus ihren toten schwarzen Augen immer wieder kurz an, so als wären sie noch am Leben. Gleichzeitig flackerte der zu hoch aufgehängte, schwach leuchtende Holzlüster ab und zu matt auf, und viel weiter unten, wo es noch dunkler war, an den weit auseinanderstehenden schweren runden Tischen, kreisten langsam und bedrohlich die violettrotglühenden Zigaretten der wenigen Gäste, die alle stumm und allein vor ihren großen Biergläsern saßen, jeder den Blick in den Aschenbecher vor sich versenkt.

Motti wählte den einfachsten Weg – er ging geradeaus. Sein Kopf brummte und drehte sich, das Herz raste in seiner Brust, aber er wollte jetzt auf keinen Fall aufgeben. Er setzte langsam einen Fuß vor den anderen, in der Hoffnung, daß er ganz von selbst dort ankäme, wo er ankommen wollte. Er hätte dabei genauso gut die Augen zumachen können, und das tat er dann auch, um zumindest für Sekunden von diesem Ort fort zu sein. Als er sie ein paar Schritte später wieder öffnete, schaffte er es eben noch anzuhalten, um nicht in einen Kellner in einem altmodischen schwarzen Anzug mit dünnen Hosenbeinen und glänzendem Revers hineinzulaufen. Seine viel zu niedrige Stirn, die schiefe, eingedrückte Nase, der fast unsichtbare Strichmund – das alles kam Motti bekannt vor, aber er konnte sich nicht erinnern, wo er den Mann schon mal gesehen haben könnte. Der Kellner blieb auch stehen, er schüttelte wütend den Kopf, dann machte er stumm einen Bogen um Motti und verschwand hinter seinem Rücken. Motti wollte sich nach ihm umdrehen, aber es ging nicht, weil das Brummen in seinem Schädel immer mehr zunahm und er nur noch mit Mühe das Gleichgewicht halten konnte. Da fiel es ihm wieder ein: Natürlich, dachte er erleichtert, das war dieser Kerl, der ihm vorhin das Bier gebracht hatte. Nachdem Motti gesagt hatte, er hätte einen Tee bestellt, hatte er das Bier mit soviel Schwung vom Tisch genommen, daß es auf die schmutzige Tischdecke übergeschwappt war, und als er später mit dem Tee wiederkam, war der Tee überall, nur nicht in der Tasse. Statt sich zu beschweren, hatte Motti dann vor seinen Augen angefangen, das Tablett demonstrativ mit einer Serviette langsam und umständlich abzuwischen, worauf der Kellner ihn mit einem solchen Haß in seiner quäkenden Stimme gefragt hatte, ob ihm etwas nicht passe, daß Motti vor Schreck darauf nichts erwidern konnte ...

Bitte nicht, dachte Motti plötzlich, während er noch immer wie eingefroren dastand und sein Herz so laut und heftig schlagen hörte wie einen riesigen Metallgong. Bitte nicht, dachte er ein zweites Mal, aber da war es schon zu spät – das Dröhnen in seinem Kopf, das inzwischen so stark geworden war, daß seine Schläfen und seine Stirn zu zittern angefangen hatten, ließ wieder nach, es hörte genauso unmittelbar auf, wie es eingesetzt hatte, der Kopf, eine Sekunde vorher schwer wie ein Stein, wurde leichter als Luft, er wurde nach hinten gerissen, nach hinten und nach oben, und eine ungeheure Kraft ergriff Besitz von Mottis Schädel, von seinem Nacken, von seinem ganzen Rumpf. Motti gelang es gerade noch, bevor er vom Boden gehoben wurde, sich an dem Tisch, neben dem er stand, festzuhalten, er krallte sich mit den Fingern in die schwere Platte, aber dabei verschob sich die Tischdecke, er faßte nach, einmal, zweimal, dreimal, die Decke rutschte immer weiter herunter, Motti sah, daß noch irgendwas anderes durch die Gegend flog, und er hörte das Klirren von Glas. Doch darum konnte er sich jetzt nicht kümmern, er umklammerte mit beiden Händen die Tischplatte und zog mit der letzten Kraft, die ihm geblieben war, seinen Körper an den Tisch heran. Als dann der Sog leicht nachließ, gab er nochmal alles, er drückte seine Beine, eins nach dem andern, unter den Tisch, er duckte sich und verdrehte Hals und Oberkörper wie jemand, der von einem übermächtigen Wind nicht weggeweht werden will, und erst, als er es geschafft hatte, sich hinzusetzen und seine Knie wie zwei Keile von unten gegen die Tischplatte zu rammen, fühlte er sich wieder halbwegs sicher, und er sah sich ängstlich um.

Zum Glück hatte keiner auf ihn geachtet. Die einsamen Gestalten an den Tischen um ihn herum schienen in den letzten Minuten noch mehr mit dem sie umgebenden Halbdunkel verschmolzen zu sein, die Köpfe zwischen ihren eingefallenen Schultern hingen nach unten wie Blumen ohne Wasser, und wann immer einer der Männer das Bierglas hob, daraus trank und es wieder absetzte, tat er es mit der verlangsamten, apathischen Bewegung eines Menschen, der selbst soviel Probleme damit hat, die Kontrolle über sich zu behalten, daß er nicht auch noch die Kraft und das Interesse aufbringen kann, sich an der Verwirrung eines anderen zu weiden. Motti war fürs erste beruhigt – er entspannte sich ein wenig, er zwang sich, langsamer zu atmen, und als er bemerkte, daß sein Herzschlag wieder leiser und regelmäßiger wurde, ließ er sogar mit den Händen den Tisch los und lockerte den Druck seiner Knie. Er würde, dachte er, noch ein paar Minuten darauf warten, daß es ihm wieder besser ging, und wenn ihm bis dahin nicht von selbst einfiele, wo sein Platz war, würde er einfach den Kellner danach fragen. Es würde ihm absolut egal sein, wie dieser Hundesohn mit ihm reden würde, er würde sich höflich seine grobe Antwort anhören, er würde nicken und danke sagen, er würde sich schwungvoll erheben, er würde mit federndem Schritt an seinen Tisch gehen, dort würde er aus dem Mantel das Geld herausholen und den Kellner mit einem Fingerschnippen ein zweites Mal zu sich rufen. Dann würde er ihm mit freundlich-herablassender Miene eine Banknote entgegenstrecken, er würde ihm, um ihn zu demütigen, ein viel zu großes Trinkgeld geben, und dabei würde er darauf achten, daß er genug Münzen herausbekäme, weil er gleich noch einmal Aba und Ima anrufen mußte, damit sie ihm sagten, wo er hier zum Teufel eigentlich war und was er als nächstes tun sollte. Da war – das war das einzige, was er noch wußte – irgendwas mit seiner kleinen Buba gewesen und mit Sofie, und er mußte ihnen etwas bringen, und vielleicht wußten seine Eltern besser Bescheid als er.

»Macht man das bei euch zu Hause auch so?«

Motti hob den Kopf und sah in das schiefe Gesicht des Kellners, das so gelb und speckig war wie die Finger eines starken Zigarettenrauchers. Also gut, dachte er, es geht los. Er drückte die Brust durch, er setzte ein verrutschtes, freundliches Lächeln auf, dann öffnete er den Mund, aber er bekam kein einziges Wort heraus. Die Lippen bewegten sich, die Zunge schmatzte im Gaumen, und aus seiner Kehle stieg nur ein leises Röcheln auf. Der Kellner verzog das Gesicht – er verzog es nicht unfreundlich oder angewidert, sondern eher wie jemand, der etwas, das ihm ohnehin nicht wichtig ist, absolut nicht versteht. Menschen, die aufdringlichen Straßenclowns oder betrunkenen Bettlern ausweichen müssen, haben oft den gleichen Gesichtsausdruck, dachte Motti, und es war kein angenehmer Gedanke. Er riß erneut den Mund auf, erneut ohne Erfolg, und so machte er es wieder und wieder. Die Zunge rutschte ihm dabei jedesmal wie leblos aus dem Mund, er ballte vor Hilflosigkeit wütend die Hände zu Fäusten, er trommelte gegen den Tisch und schaukelte mit dem Oberkörper, und das Gestammel, das er von sich gab, klang in seinen eigenen Ohren wie das eines Schwachsinnigen. Hätte es ihn vorhin doch bloß für immer hinaufgeweht und davongetragen, dachte er kurz, dann bliebe ihm zumindest das hier erspart ...

»Immer mit der Ruhe, Meister«, sagte der Kellner. Er bückte sich, und als er sich wieder aufrichtete, hatte er eine große flache Plastikschachtel in der Hand, die von beiden Seiten mit den bunten Fotos eines nackten Mädchens bedruckt war. »Gehört das dir?« fragte er Motti.

Motti zuckte kraftlos mit den Achseln.

»Schwein«, sagte der Kellner. Er drehte die Schachtel ein paarmal hin und her, dann warf er sie wieder auf den Boden. »Du machst das alles hier sauber, bevor du gehst! Oder soll man auch noch euren Dreck hinter euch wegräumen?«

Sie sahen sich eine Sekunde zu lang in die Augen, und ein herrlicher warmer Strahl durchfuhr Mottis Kopf und Brust.

»Na los!«

Motti rutschte auf seinem Stuhl vor, langsam und zögerlich, dann ließ er sich auf die Knie fallen. Eine Weile kniete er einfach da, mit herabhängenden Armen und gesenktem Blick, und das war sehr schön und entspannend. Der Boden vor ihm war mit Scherben übersät, alles war naß, und überall lagen Dinge herum, die ihm bekannt vorkamen. Eine alte Ausgabe von *Ma'ariv*, eingerissen und dreckig, so als wären schon Dutzende von Leuten über sie hinweggetrampelt, ein Schlüsselanhänger in der Form des Wiener Stephansdoms mit einem einzigen abgegriffenen Sicherheitsschlüssel aus Messing daran, ein leeres Röhrchen Perminol, ein hellbrauner Trenchcoat mit kariertem Innenfutter, der völlig durchnäßt war, und natürlich auch die Schachtel mit den Mädchenbildern. Einen Augenblick zögerte Motti noch, aber dann beugte er sich vor, und während er nun begann, vorsichtig, um sich nicht an einer der Scherben zu verletzen, die Sachen aufzuheben und auf den Tisch zu legen, fragte er sich, ob sie nicht vielleicht sogar ihm gehörten; doch wie jemand, der träumt und dabei genau weiß, daß das, was er träumt, gar nicht wahr ist, glaubte er keine Sekunde lang ernsthaft daran. Zum Schluß – nachdem er mit der feuchten Tischdecke die Scherben zusammengewischt hatte – griff er nach der Plastikschachtel. Neugierig betrachtete er die Fotografien des schönen jungen Mädchens darauf, dessen zum Zerplatzen volle, junge Brüste ihn sofort erregten, dessen hellrosa Schamlippen ihm wie die Blüten einer seltenen, wunderbaren Pflanze vorkamen, dessen trauriger, herausfordernder Blick ihn ganz romantisch werden ließ – und da begriff er plötzlich, daß die Schachtel, wie all die anderen Gegenstände hier, tatsächlich ihm gehörte, und er erinnerte sich nun an alles. Ja, genau, sie war es, diese kleine nackte Prinzessin, mit der er heute seinen schönsten Sonntagvormittag seit langem verbracht hatte, sie, mit der er sofort durchgebrannt wäre, wenn er sie denn nur im wirklichen Leben kennengelernt hätte! Wie hatte er es bloß vergessen können: Sie hatte sich, in ihrer Ungeschicklichkeit und Zerfahrenheit aufregender als jede echte Geliebte, am Anfang des Videos fast ein wenig zu langsam für ihn ausgezogen, doch dann hatte sie, wann immer der Mann hinter der Kamera ihr einen neuen Geldschein auf den Bauch legte, jedesmal etwas anderes Bezauberndes mit ihrem hellen, beinah strahlenden Teenagerkörper gemacht. Sie hatte ihre Brüste zusammengepreßt, so daß sie noch größer und unreifer wirkten, sie hatte sich die langen kräftigen Finger abgeleckt, sie hatte ihre Schamlippen auseinandergezogen, sie hatte kleine Silberkugeln in ihre Möse hineingeschoben, sie hatte sich auf alle Viere gehockt und mit einem Vibrator ihr Arschloch gestreichelt, sie hatte sich danach wieder auf den Rücken gelegt und hatte – so schwer es ihr zunächst fiel, sich vor der Kamera zu vergessen – sehr schön und still masturbiert, bis ihre Beine und ihr Becken zu zucken begannen und ein paar echte, leise Seufzer ihrer Kehle entstiegen. Am Ende war sie, von der unruhigen, schlecht geführten Kamera hartnäckig begleitet, auf die Toilette gegangen, und obwohl sie es zuerst auf keinen Fall wollte, tat sie es gegen einen Hunderter schließlich doch. Sie hockte sich auf die Toilettenschüssel und hob dabei leicht ihren Unterleib an, und dann begann sie zu pinkeln. Ihr dicker, weißgelber Strahl hatte Motti so verrückt gemacht, daß er – obwohl er sich während des Films bereits zweimal nicht zurückhalten konnte – erneut sein wundes, rotes Glied zu reiben begann, und nachdem er weinend gekommen war, war er so glücklich und verliebt in sie gewesen, daß er bei einer Nahaufnahme von ihrem leuchtenden Gesicht mit der Fernbedienung das Bild einfrieren ließ, um es genau und in Ruhe wie das Foto von jemand sehr Vertrautem, aber Vergessenem in einem Familienalbum betrachten zu können. Später hatte er noch einmal geweint, doch wußte er jetzt nicht mehr warum, aber vielleicht würde er sich daran auch gleich erinnern.

»Du bist noch nicht fertig.«

Motti sah auf. Der Kellner stand wieder vor ihm, er hielt ihm einen viel zu kleinen Handbesen, eine noch kleinere Schaufel und einen schmutzigen Fetzen von Lappen hin, und er schüttelte angewidert den Kopf. »Jetzt leg erstmal deinen Schweinkram weg«, sagte er.

»Danke«, sagte Motti. Er legte die Schachtel vorsichtig neben sich auf den Boden und nahm das Putzzeug.

»Du kannst ja doch reden«, sagte der Kellner.

Statt zu antworten, lächelte Motti ihn mit nach oben verdrehtem Kopf glücklich an, dann ließ er ihn langsam sinken und machte sich erneut an die Arbeit. Die Metallschaufel knirschte auf den Fliesen, die winzigen, fast unsichtbaren

Glassplitter, die er vorher mit der Tischdecke nicht erwischt hatte, blitzten immer wieder inmitten des feuchten, schwarzen Drecks auf, und jedesmal, wenn Motti mit dem zahnbürstengroßen Besen wieder ein paar Quadratzentimeter saubergefegt hatte, war er so befriedigt, als hätte er eben einen wirklich großen, wichtigen Job hinter sich gebracht. Er ging sehr systematisch vor: Er hatte im Gang neben dem Tisch begonnen und ihn einmal, auf den Knien rückwärtsrobbend, ganz umkreist, dann schob er einen Stuhl nach dem andern zur Seite, und er kroch auch unter den Tisch, wo er wegen des schwachen Lichts besonders lange brauchte. Irgendwann, er fegte gerade ernst und konzentriert um eines der großen runden Tischbeine herum, fiel ihm auf, wie gut diese Arbeit offenbar für ihn war. Er hatte plötzlich keine Beschwerden mehr, er atmete normal, ihm war nicht kalt und nicht heiß, sein Kopf war nicht schwer und nicht leicht, es gab kein Zittern und kein Dröhnen, auch im Fuß spürte er keine Schmerzen mehr, und bestimmt war die Schwellung dort längst zurückgegangen. Sogar als er sich kurz darauf beim Abstützen mit der Hand an einer Scherbe schnitt, die er übersehen haben mußte, tat ihm das nicht weh, es blutete nur etwas, aber das war egal, denn es würde garantiert gleich wieder aufhören.

Ob das Mädchen in dem Video sich freiwillig filmen ließ? fragte er sich, während er nun damit begann, den Boden mit dem dreckigen, halbzerrissenen Lappen trockenzuwischen. Ganz bestimmt sogar. Er hatte in der letzten Zeit eine Menge von diesen Filmen gesehen, und keine der Frauen hatte die Dinge, die man ihr befahl, mit so viel Neugier gemacht wie diese Kleine. In Wahrheit haßten sie es alle, nur daß die eine ihren Widerwillen und ihre Lustlosigkeit vielleicht etwas besser verstecken konnte als die andere. Bei ihr aber war es überhaupt nicht so gewesen, sie mußte sich weder theatralisch mit der Zunge über die Lippen fahren, noch so schreien, als würde sie gerade abgestochen. Sie war einfach da, jung, stark und grauäugig, ein bißchen unsicher, ein bißchen selbstvergessen – wie jedes andere Mädchen in ihrem Alter eben auch, und genau diese Natürlichkeit war es gewesen, die ihn gerührt hatte. Hatte er deshalb hinterher geweint? Motti hob den schweren, nassen Lappen an. Die dunkelrote Brühe, die er vom Boden gewischt hatte, floß auf seine Hände, in seine Ärmel, und sie tropfte in dünnen Rinnsalen zurück auf die dunkelgrünen Fliesen. Ohne einen Eimer, in den er den vollgesogenen Lappen auswringen konnte, würde er noch ziemlich lange hier zu tun haben, dachte er, aber das störte ihn nicht, im Gegenteil, er freute sich fast darüber, denn es war ja eine Art Gymnastik, was er hier machte, und außerdem ließ es sich dabei sehr gut nachdenken. Was sagten eigentlich ihre Freundinnen dazu? Erzählte sie es ihnen? Bestimmt hatte sie sich einer von ihnen anvertraut, dieser einen, mit der sie auch sonst jedes Geheimnis teilte. Und bestimmt war die andere zuerst furchtbar erschrocken gewesen, aber dann, je öfter sie darüber gesprochen hatten, desto neugieriger war sie geworden, bis sie eines Tages sagte, sie wolle es auch ausprobieren. Doch das hat ihr seine Kleine garantiert nicht erlaubt, sie hat ihr erklärt, daß sie gerade niemanden brauchten, weil sie vernünftig genug gewesen war zu wissen, daß die Freundin so etwas niemals aushalten würde. Aber wie stark war überhaupt sie selbst, sie, seine arme nackte Prinzessin? Motti stockte und stützte sich mit beiden Händen gegen den kalten, noch immer nassen Boden. Seine? Warum seine? Was war nur los mit ihm? Kaum verliebte er sich in eins von diesen Videomädchen, kaum vergoß er während einer kleinen romantischen Neunzig-Minuten-Begegung ein paar schwere, heiße Tränen auf seine nackte Brust, schon tat er so, als gäbe es sie wirklich, und machte sich um sie Sorgen. Es war, wenn schon, die Aufgabe ihrer Eltern, sich Sorgen um sie zu machen! Aber vielleicht war es ihnen ja auch egal, und sie schickten sie sogar selbst hin! Nein, das glaubte er nicht, sie sah nicht so aus, als sei sie aus einer von diesen heruntergekommenen Trinkerfamilien, die, um an Geld zu kommen, ihre Kinder verkauften – sie stammte eindeutig aus guten Verhältnissen, und sie machte es bestimmt freiwillig.

»Wie lange soll ich noch nach Ihnen rufen?«

»Was?« sagte der Kellner.

»Bis zum nächsten Krieg?«

»Was?«

»Geben Sie mir endlich die Rechnung, ja?«

»Ja-ja«, sagte der Kellner.

»Es reicht, wenn Sie nur einmal ja sagen. Hauptsache, es passiert.«

Motti erkannte meine Stimme nicht. Nur mein singender, halb beleidigter, halb frecher polnischer Tonfall klang in seinen Ohren so vertraut, daß er sich für einen Moment aus seinen Gedanken löste und aufblickte. Zuerst begriff er gar nicht, daß ich es war, aber dann blieb ihm das Herz stehen. Ja, es kam ihm so vor, als hätte es wirklich aufgehört zu schlagen.

»Motti!« sagte ich. »Wie geht's?«

»Gut, sehr gut«, sagte er, und er war froh, daß jedes einzelne Wort klar und deutlich aus seinem Mund kam.

»Ich habe Marie gerade zum Zug gebracht«, sagte ich. »Es ist soweit. Sie fliegt heute nach New York.«

Motti überlegte kurz, ob es um etwas ging, worüber er Bescheid wissen sollte, aber es fiel ihm nichts ein.

»Sie lernt dort noch zwei Wochen in der Bibliothek, und ich komme dann nach.«

Motti nickte.

»Und du?« sagte ich. »Was machst du denn hier, um Gottes willen?«

»Ach, gar nichts, ich helfe nur aus.«

»Warum putzt du nicht gleich auch noch mit der Zahnbürste den Bürgersteig?« sagte ich lachend. Ich sah den Kellner an, der uns mißmutig zugehört hatte. »Gibt es irgendwelche Probleme, Motti?« fragte ich ernst.

»Nein«, antwortete er.

»*Beseder.*« Ich gab dem Kellner einen Fünfzigmarkschein. Als ich das Wechselgeld hatte, sagte ich: »Hast du dich geschnitten?«

»Nur ein Kratzer.«

»Wirklich?«

Er nickte.

»Bist du sicher?«

»Ja«, sagte Motti ungeduldig. Er merkte, wie sein Herz wieder zu schlagen begann, es schlug immer schneller und schneller, es raste in seiner Brust wie vorhin, und jeder Schlag pumpte Tränen in seine Augen hoch. Nein, er wollte nicht weinen, er wußte auch gar nicht, warum ihm jetzt danach war, aber er konnte sich einfach nicht dagegen wehren. Es war so wie heute vormittag, als er das eingefrorene Gesicht seiner kleinen Videoprinzessin in der Dunkelheit seines Appartements auf dem grellen Bildschirm des Fernsehers betrachtet und dabei geheult hatte wie niemals zuvor in seinem Leben.

»Soll ich dich nicht besser nach Hause bringen?« sagte ich.

»Er ist noch nicht fertig«, sagte der Kellner.

»Ich bin noch nicht fertig«, wiederholte Motti weinend.

»Ich kann warten«, sagte ich. »Wo wohnst du jetzt überhaupt?«

Motti sah mich erstaunt an, und die Tränen flossen über sein dünnes, weißes, unrasiertes Gesicht. »In der Amalienstraße«, entfuhr es ihm zwischen zwei Schluchzern.

»Bist du wieder mit Sofie zusammen?« sagte ich. »Da habt ihr doch früher alle zusammen gewohnt.«

Da habt ihr doch früher alle zusammen gewohnt ... Schon wieder so ein Satz, den er eigentlich verstehen sollte, dachte Motti wütend. Er weinte immer noch, aber nicht mehr so stark, und dann hörte er auf, die schreckliche, unerklärliche Traurigkeit, die ihn mit ihren großen warmen Armen so schön umklammert hatte, wurde nun durch einen kalten Trotz abgelöst, dessen schwere, kühle Hände sein Kinn anhoben, seine Schultern hochzogen und sich beruhigend um sein Herz legten. Da habt ihr doch früher alle zusammen gewohnt, dachte Motti wieder in einer verzweifelten Mischung aus Wut und Konzentration, und er richtete alle seine Gedanken so sehr auf diesen einen einzigen Satz, daß er ihn dadurch, als wäre er eine riesige, bedrohliche Wolke, immer mehr zusammenpreßte, so lange, bis nur ein kleines schwarzes Steinchen davon übrigblieb, und dann explodierte das Steinchen, und ein wunderbares weißes glänzendes Licht ergoß sich über den gesamten Raum. Das Licht erhellte – wie eine Leuchtbombe die Nacht über den feindlichen Stellungen – auch den letzten Winkel des eben noch so düsteren Lokals, es strahlte aus jedem Gesicht, in das Motti hineinblickte, hell und freundlich zu ihm zurück, aus dem Gesicht des Kellners, aus den Gesichtern der einsamen, vergessenen Männer an ihren Tischen und auch aus meinem Gesicht, das genauso blaß und unrasiert aussah wie sein eigenes. Es stieg hinauf zu den Wänden, wo es all den riesigen Eberköpfen, drohenden Geweihen und gewaltigen Adlerflügeln sofort ihren ganzen Schrecken nahm, und als es dann – weißer als die Gewänder von Engeln – die hohe, thronende Decke erreichte, begriff Motti alles, aber es machte ihm nichts aus, im Gegenteil.

Er stand langsam auf – es war eher ein Hochschweben als ein Aufstehen – und lächelte mir ruhig zu, er warf dem Kellner den Lappen vor die Füße, klopfte ihm gönnerhaft auf die Schulter und sagte: »Den Rest machen Profis.« Dann beugte er sich noch einmal nach unten und fischte mit einer leichten, fast verführerischen Bewegung seine Plastikbox vom Boden, er drückte sie mit beiden Händen fest gegen die Brust und machte die Augen zu. Endlich erinnerte er sich an alles – aber diesmal wirklich an alles! –, und er wußte jetzt auch genau, wo er war. Er wußte, wie und warum es ihn hierher verschlagen hatte, er wußte wieder, wie er den ganzen Tag planlos, aber nicht ohne Ziel durch die Stadt geirrt war, er wußte, daß er dabei kurz die Orientierung verloren und – weil die Tabletten alle gewesen waren – mit seinen Eltern telefoniert hatte, die ihm aber ebensowenig sagen konnten, wo er sich befand, wie sie ihm hätten verraten können, daß die nackte Prinzessin aus seinem Film in Wahrheit niemand anders als seine eigene Buba war. Doch das hatte er inzwischen ganz von allein begriffen, und das war gut so, das war sogar sehr gut, denn hier, in dem weißen Raum seiner Erinnerung, in dieser wunderschönen, lichten Halle, war alles unendlich leicht und hell, und jedes Problem wog soviel wie ein Funke aus einer noch höheren Welt. Hier ließ sich jede Grobheit, jede Gemeinheit und jedes Versehen so einfach reparieren wie eine kaputte Uhr, hier erschien auch das Gesicht des schlimmsten Feindes wie das eines versöhnlichen Cherubs, hier war kein Unterschied zwischen Glück und Unglück, Oben und Unten, Arez und Sofies Totenland. Hier sah die verrückte Frau Gerbera wie ein junges glückliches Mädchen aus und Ramat Gan wie ein Vorort von München, hier lief Muamar in einem grünen Fußballtrikot über eine grüne Wiese lachend hinter einem weißen Fußball her, hier erzählte Ima Witze, hier kam Aba immer gleich nach Hause, wenn die Vorstellung zu Ende war, hier sprach der Polizist, der Motti damals verhört hatte, höflich und sanft mit ihm und gab ihm Trost. Hier konnte Motti auch noch einmal seine Tochter auf dem Bildschirm seines Fernsehapparats sehen, genauso groß und gesund und nackt wie vorhin, aber es störte ihn nun absolut nicht, es steigerte sogar seine Sehnsucht nach ihr, und außerdem brachte es ihn auf eine Idee, auf eine sehr einfache, sehr raffinierte Idee. Wenn er seinen Plan so ruhig und gewissenhaft ausführte, wie es nötig war, wäre schon bald nicht nur er frei, sondern auch sie, und dann stünde es zwischen Sofie und ihm wieder eins zu eins. Das einzige, was er dafür brauchte, war die Schachtel aus der Videothek, er mußte sie einfach nur Sofie zeigen, und dann wäre alles gut ...

Sie würden nie mehr zu dritt zusammenwohnen, dachte Motti triumphierend, während er zitternd und hinkend auf den Ausgang der *Waldschänke* zuging, aber er würde auch nie mehr allein sein. Er stieß mit einer einzigen abrupten Bewegung die Tür auf, die zur Bayerstraße hinausführte, weg von den Bahnsteigen, und seine dunkle, kleine, gebeugte Gestalt verschwand in dem gelborangen Lichtkranz eines Autoscheinwerfers.

MOTTI FROR SCHON SEIT TAGEN – seit die Frau vom Jugendamt bei ihnen gewesen war. Er wachte morgens steif vor Kälte auf, er fröstelte unter der heißen Dusche, beim Anziehen legte sich die Unterwäsche wie ein großer eisiger Verband auf seine überempfindliche Haut, und wenn er auf die Straße ging, war sein Körper bereits so abgekühlt, daß er in dem trockenen, kneifenden Dezemberwind sofort zu zittern begann. Auch jetzt, während er mit zusammengepreßten Knien und steifem Nacken auf der niedrigen Holzbank in der Kirche der Englischen Fräulein in Nymphenburg saß, fror er wieder. Er hatte zwar wie alle anderen den Mantel anbehalten, aber das nützte nicht viel, die Kälte kroch langsam an seinen Beinen und seinem Rücken hoch, und er dachte dauernd daran, wie unangenehm es erst gleich draußen werden würde, am Grab. Zum Glück hatte er, obwohl Sofie es übertrieben fand, Nurit noch eine Jeansjacke unter den Anorak angezogen und eine dicke Winterstrumpfhose, so daß zumindest ihr jetzt hoffentlich warm genug war. Sie saß dicht neben ihm, sie hatte ein Händchen selbstvergessen auf sein Knie gelegt, und so aufmerksam, wie sie die Zeremonie verfolgte – die Stirn gerunzelt, die Augenbrauen hochgezogen –, hatte Motti sie vorher selten gesehen. Er selbst war unkonzentriert und hatte deshalb von der Rede des Pastors nichts mitbekommen. Er hatte nur auf den schönen Klang seiner hohen, alterslosen Stimme geachtet, danach hatte Sofie kurz gesprochen, aber so leise, daß er gar nicht erst versucht hatte, sie zu verstehen, und als nun aus dem Dunkel des Chors drei dürre blonde Männer in braunen Kutten in den Altarraum traten und feierlich zu singen begannen, schaltete er ganz ab.

Solange Sofies Mutter im Krankenhaus gelegen hatte, waren Motti und Nurit fast jeden Sonntag bei ihr gewesen. Obwohl sich Frau Branth in all den Jahren für ihre Enkelin wenig interessiert hatte, freute sich Nurit jedesmal darauf, zu ihr zu fahren. Schon auf dem Weg zur U-Bahn begann sie, plötzlich aus ihrer gewohnten Apathie erwachend, neben Motti zu tänzeln. Während der Fahrt sang sie leise vor sich hin, und als sie unten am Bogenhausener Krankenhaus standen, an der großen Treppe, rief sie krächzend: »Wer als erster oben ist, kriegt einen Kuß!« und rannte sofort los. Besonders schien sie den Moment zu genießen, wenn sie endlich an der schweren dunkelblauen Tür klopften – sie mußten immer ein paarmal klopfen, bis eine Antwort kam –, und während Motti langsam die Tür öffnete, lugte Nurit kurz um die Ecke, dann drehte sie sich wieder zu ihm um und flüsterte verschwörerisch mit ihrer rauhen, versagenden Halbstummenstimme: »Sie ist noch dünner als letztes Mal ...« Danach sprang sie, als wäre sie nicht sie selbst, wild um das Bett ihrer Großmutter herum, sie faßte alles an, was sie in die Hände bekommen konnte, sie spielte an den vielen

Kabeln und Kanülen, die von der Kranken herabhingen, sie verfolgte mit dem Finger die grün-, weiß- und blauphosphoreszierenden Monitorkurven, sie hob immer wieder die kraftlose Hand der Großmutter hoch und ließ sie fallen, versuchte unter ihren Verband zu schauen und fragte sie, ob sie ihre Haare vermisse oder ob die Schmerzen in ihrem Kopf manchmal auch schön seien. Frau Branth erduldete alles widerspruchslos, sie lächelte stumm, und die paar Worte, die sie Minuten später plötzlich ausstieß, kamen so undeutlich aus ihrem welk herabhängenden Mund heraus, daß Motti und Nurit nur raten konnten, was sie sagen wollte. Wahrscheinlich möchte sie wissen, wo Sofie bleibt, dachte Motti, vielleicht sagt sie auch, wie froh sie ist, daß zumindest wir beide gekommen sind. Er hatte Mitleid mit seiner Schwiegermutter, mit der er, trotz der vielen Besuche früher in Harlaching, in seinem ganzen Leben nicht mehr als hundert Sätze gewechselt hatte. Bei aller Abneigung war er ihr dankbar, ohne genau zu wissen wofür, und als Nurit ihn später im Lift - kurz bevor sie bis zu ihrem nächsten Krankenhausbesuch in den gewohnten Dämmerzustand versank - mit leuchtenden Augen aufgeregt fragte, ob die Oma noch lange zum Sterben brauchen würde, gab er ihr eine so kräftige Ohrfeige, daß ihr kleiner Kopf gegen die Fahrstuhlwand flog. Ihre Augen flackerten dabei ein letztes Mal auf, sie wurden wie Imas Augen zu Schlitzen, aber bevor sie anfangen konnte, zu fauchen und zu kratzen, verließ sie der letzte Rest an Energie, den sie an diesem Nachmittag noch gehabt hatte, und sie ließ Arme und Kopf hängen wie eine Marionette, der man die Fäden durchgeschnitten hat.

Plötzlich sangen alle. Sie sangen unsicher und nicht sehr laut, aber ihre dunklen Stimmen füllten den gewaltigen Kirchenraum bis in den letzten Winkel mit dieser tönernen, leiernden Melodie aus, die in Mottis Ohren gar nicht wie eine

Melodie klang, sondern wie eine okkulte Beschwörungsformel. Motti kam sich für eine Sekunde so vor, als wäre er in eine Sekte von Satansanbetern hineingeraten, dann wieder mußte er an Sofies Choräle und Oratorien denken, die sie immer hörte, wenn sie allein in ihrem Zimmer war, und er sah ängstlich zu ihr herüber. Sie war aber die einzige außer ihm, die nicht den Blick in das kleine weiße Faltblatt mit dem Gesangstext und den naiven Blumen- und Engelsbildern vertieft hatte, das zu Beginn verteilt worden war. Sie hielt den Kopf fast demonstrativ gerade, und obwohl sie ihre Augen wie so oft weit aufgerissen hatte, entdeckte er in ihnen weder Angst noch Unsicherheit. Sie ist wie ich einfach nur in Gedanken, dachte er freundlich, und als er seine eiskalte Hand auf ihr Knie legte, bemerkte er, daß Nurits Händchen gar nicht mehr auf dem seinen lag. Statt dessen hielt sie ganz ernst das weiße Faltblatt verkehrt herum in beiden Händen und sang stockend mit den anderen mit.

Natürlich hätte sich Sofie für ihre Mutter mehr Zeit nehmen müssen. Motti hatte einige Male überlegt, ob er mit ihr darüber reden sollte, aber weil er wußte, wie sie reagieren würde, ließ er es besser sein. Sie stand schon seit längerem vollkommen neben sich, der Kampf gegen die beiden Frauen im Verlag kostete sie ihre gesamte Kraft, und wenn sie dann auch noch das Gefühl bekommen hätte, zu Hause wolle man ebenfalls etwas von ihr, wäre der Druck für sie zu groß geworden, und Motti hätte sich noch mehr Sorgen um sie machen müssen als ohnehin. Was genau im Verlag vorging, war für ihn nicht leicht zu durchschauen – offenbar hatten Sofies Kolleginnen Angst, daß Sofie dem neuen Chef, von dem sie gerade erst eingestellt worden war, helfen sollte, sie hinauszudrängen. Tatsächlich arbeitete sie von Anfang an eng mit Dr. Goerdt zusammen, sie saß fast jeden Tag mit ihm bis zum späten Abend im Verlag in der Georgenstraße, sie begleitete ihn oft auf Reisen, und wann immer sie Motti von ihm erzählte – was nur selten geschah –, ereiferte sie sich wie ein Mensch, der die Ideale einer politischen Partei durchsetzen will, aber nicht wie jemand, der über seinen Job spricht. Sie sagte, während sich die hervortretenden Sehnen ihres Halses weiß verfärbten, daß nur Dr. Goerdt den veralteten, halbbankrotten Verlag retten könne, sie schwärmte mit nach innen gekehrtem Blick von seinen überraschenden Ideen und seiner Menschenkenntnis, und wenn sie dann auch noch seine pragmatische Härte zu loben begann, bebte ihre sonst eher klare, leicht metallische Stimme. Wahrscheinlich hatten Sofies Kolleginnen also nicht völlig unrecht damit, sich vor ihr zu fürchten, und daß sie irgendwann anfingen zurückzuschlagen, konnte Motti fast verstehen. Trotzdem hielt er zu Sofie – daß er nur ihre Sicht der Affäre kannte, spielte keine Rolle. Soweit er das von Küche und Kinderzimmer aus beurteilen konnte, waren die beiden anderen so kleinlich wie niederträchtig, und egal, was Sofie vielleicht wirklich mit ihrem Chef gegen sie vorhatte, sie gingen zu weit. Sie verschwiegen ihr wichtige Anrufe, sie löschten in ihrem Computer Dateien, sie versprachen Sofie, ihr mit dringenden Terminarbeiten zu helfen, um hinterher vor Dr. Goerdt so zu tun, als wüßten sie von nichts, und manchmal schoben sie auch die von ihr bestellten Entwürfe für Buchumschläge und Werbeplakate in den Reißwolf. Noch stand Dr. Goerdt hinter Sofie, sie hatte sogar mehr zu tun als jemals zuvor, denn abgesehen von ihren gewöhnlichen Aufgaben in der Presseabteilung sollte sie ihm immer häufiger ihre Meinung zu neuen Büchern sagen oder auch mal das eine oder andere selbst bearbeiten. Aber Sofies Panik wuchs trotzdem von Tag zu Tag, daß sie es irgendwann nicht mehr schaffen würde, eine der Katastrophen, die die beiden Hexen ständig anzettelten, in letzter Sekunde abzuwenden. Sie war seit Wochen wie versteinert, sie war langsam und apathisch, sie wachte morgens mit grauem Gesicht auf und sank nachts mit grauem Gesicht ins Bett, immerzu krank vor Angst, daß Dr. Goerdt sie genauso verraten könnte wie damals Professor Kindermann, und es war ein Wunder, daß sie bisher noch keinen von ihren Badezimmerauftritten gehabt hatte. Daß sie in einer solchen Situation nur an sich dachte, war völlig natürlich, und so wenig sie die Zeit hatte, öfter als alle paar Wochen einmal im Bogenhausener Krankenhaus vorbeizuschauen, so wenig hätte sie, da war sich Motti sicher, die Energie besessen, sich die Sache mit dem Jugendamt auszudenken und auch noch in Gang zu setzen.

Kaum waren alle verstummt, ging hinten die große Tür auf. Der Wind, der ununterbrochen an den locker sitzenden alten Kirchenfenstern gerüttelt hatte, fuhr mit ganzer Kraft in den Kirchenraum hinein, und die zwei Friedhofsdiener in ihren hellgrauen Phantasieuniformen, die Motti vorhin an einem Schuppen lehnen und rauchen gesehen hatte und die sich nun mit herausgedrückter Brust links und rechts von der Tür aufstellten, mußten kurz ihre Mützen festhalten, weil der Wind so kräftig blies. Obwohl Motti mit Sofie und ihrem Vater hätte vorangehen sollen, blieb er, schon ganz steif vor Kälte, stehen. Er hielt Nurit fest an der Hand, damit sie ihm nicht davonlief, und ließ die Leute aus seiner Reihe heraus, und als Sofie sich fragend nach ihm umdrehte, ignorierte er ihren Blick. Zwanzig, vielleicht auch dreißig Menschen waren gekommen, um Frau Branth zu beerdigen. Während sie langsam und unentschlossen an ihm vorbei zum Ausgang zogen – jeder eine Rose oder eine Lilie in der Hand, die meisten in diesen gesprenkelten grauen Mänteln mit dunkelgrüner Borte über Rücken und Brust –, blickte Motti in ihre Gesichter, die alle von demselben Entsetzen, von derselben Angst vor dem eigenen Tod gezeichnet waren. Gefrierhähnchen, dachte Motti, sie sehen alle wie aufgetaute Gefrierhähnchen aus, genauso leichenblaß und schlaff, und nur ihre vom Weinen geröteten Augen und Nasen haben noch etwas Lebendiges. Nie zuvor hatte er sich so weit weg von zu Hause gefühlt wie in diesem Moment, er kam sich wie ein Forscher auf einer Expedition vor, der sich auf einmal, mitten in der Wildnis, fragt: Was mache ich hier? Er sah zu Nurit herunter, zu seiner Buba, zu seinem Licht, und als er entdeckte, daß sie noch immer den Zettel mit dem Gesangstext in der Hand hielt, riß er ihn ihr weg und knallte ihn hinter sich auf die Kirchenbank.

»Und woher von dort kommen Sie genau?« hatte sie ihn als erstes gefragt. Sie hatten sich im Wohnzimmer nebeneinander auf Sofies weiße Couch gesetzt, deren steife Schaumstoffpolster unter ihnen zunächst so stark nachgaben, daß sie beide kurz nach hinten kippten. »Aus Ramat Gan«, sagte Motti und sah sie ruhig an. Sie war nicht sehr groß, wirkte aber trotzdem zäh und kräftig, sie hatte einen schönen weichen Mund, und ihre schmalen Schultern und viel zu kleinen Brüste machten Motti für einen Moment melancholisch. »Das kenne ich nicht«, sagte sie. »Ein Vorort von Tel Aviv«, sagte Motti. »Ach ja, natürlich – Tel Aviv.« »Kennen Sie Tel Aviv?« fragte er. »Nein.« »Kennen Sie Israel?« Statt zu antworten, sah sie ihn stumm an. Motti versuchte ihren Blick zu deuten, aber er kam nicht darauf, was es war – ob sie seine Frage zu aufdringlich fand oder ob sie das Thema langweilte. »Ich war auch einmal dort unten«, sagte sie gedankenverloren. Dann fügte sie fest hinzu: »Bei einem alten Kommilitonen von mir.« »Und wo?« »In Kalkilya, bei seiner Familie, in Bethlehem, in Jerusalem, in Jericho ... Wir sind viel herumgereist.« Sie sagte Bethle-heem und Jerusa-leem. Bestimmt sagte sie auch Isra-eel. Jetzt schwieg er. »Und Ihre Frau ist auch von dort?« Motti schüttelte den Kopf. »Das ist auch besser so, wegen der Papiere«, sagte sie wieder vollkommen leidenschaftslos. War das bereits die erste Drohung? Noch während er überlegte, was er darauf erwidern sollte, hörte Motti, wie die Wohnungstür aufgeschlossen wurde, und dann stand auch schon Sofie vor ihnen. Sie war außer Atem und völlig verschwitzt, obwohl an diesem Tag die Temperatur draußen um fast zehn Grad auf knapp unter Null gefallen war. Er sah sie erschrocken an, und sie ihn auch. »Was ist los?« stießen sie beide gleichzeitig aus. »Ich bin heute einfach früher weg – großer Ärger«, sagte Sofie. Und Motti sagte: »Das ist Frau Rackwill vom Jugendamt.«

Sie waren die letzten, Nurit und er. Hinter ihnen gingen nur noch die beiden Friedhofsdiener, und Motti sah sich öfters nach ihnen um, neugierig, ob sie gleich wieder ihre Zigaretten herausholen würden. Der Weg zum Friedhof führte vom ausbetonierten kahlen Kirchenvorhof über den halbleeren Parkplatz und eine frischasphaltierte, schwarz schimmmernde Hauptstraße. Obwohl es fast schon Mittag war, waren noch alle Straßenlampen an, und die Mischung aus winterlicher Tagnacht und dieser beißenden, allgegenwärtigen Kälte versetzte Motti in eine sonderbare Stimmung. Der Menschenzug vor ihnen stockte ständig wegen der vorbeifahrenden Autos, und so schleppend und zögerlich, wie er sich jedesmal wieder in Bewegung setzte, kam er Motti wie ein Wurm vor, dessen hinteres Ende immer viel zu spät erfährt, daß der Kopf längst unterwegs ist. Vor dem Friedhofseingang blieben alle noch einmal kurz stehen, so als müßten sie vorher tief Luft holen, erst dann begannen sie langsam hineinzuströmen. Das große, von beiden Seiten bewachsene Tor des Friedhofs und die hohe, rissige Ziegelsteinmauer erinnerten Motti an eine von Abas Geschichten – an die von den drei roten Katzen, die hinter einer roten Mauer in einem vergessenen alten Rosengarten so lange glücklich zusammenleben, bis eines Tages eine Armee von Baggern anrückt, um den Garten zu planieren. Motti konnte sich an das Ende der Geschichte nicht mehr erinnern, aber vielleicht, wenn Nurit weiter so gut in Form blieb, konnte er sie ihr heute abend erzählen, dann würde ihm der Schluß bestimmt von selbst wieder einfallen. Er preßte, weil sie schon die ganze Zeit so ungeduldig an ihm gezogen und gezerrt hatte, Nurits kalte Hand noch fester zusammen, er fühlte jeden ihrer kleinen Fingerknochen in seiner Hand, und als sie daraufhin erst recht versuchte, sich aus seinem Griff zu befreien, sah er sie erstaunt an, glücklich über ihren Temperamentsausbruch, aber gleichzeitig schüttelte er warnend den Kopf. Im selben Moment riß sie sich los von ihm und rannte armschwingend davon, und er sah ihr lächelnd hinterher. Sie lief in einem großen, geschickten Bogen am Trauerzug vorbei und verschwand, bevor er sie zurückrufen konnte, zwischen den anderen im Friedhofstor.

Zuerst hatte sich Motti geweigert, Nurit zu wecken. Er war ruhig und entschlossen dabei geblieben, wie eine besorgte Mutter, der der Schlaf ihres Kindes über alles geht. Aber als er bemerkte, wie sich etwas in der müden Stimme von Frau Rackwill plötzlich zu verändern begann – gerade noch teilnahmslos-höflich, bekam sie einen leisen, beamtenhaft harten Unterton –, erklärte er fast unterwürfig, er werde es natürlich tun, wenn es so wichtig sei. Sofie, die bis dahin überhaupt nichts gesagt hatte, nickte und seufzte zustimmend. Das maskenhafte, gezwungene Lächeln, das dabei in ihrem Gesicht erschien, war das Lächeln eines Menschen, der von einer Situation deshalb so überfordert ist, weil er der unumstößlichen Meinung ist, er habe mit ihr nichts zu tun. Vielleicht sprach sie darum auch zu Motti in der nächsten Stunde, die Frau Rackwill mit ihren beiden Puppen bei Nurit im Zimmer verbrachte, immer nur über den »großen Ärger«, den sie im Verlag gehabt hatte – es ging um die Vorabdruckrechte an einem Buch, die sie angeblich an zwei Zeitungen gleichzeitig verkauft hatte –, und obwohl ihre Geschichte nicht besonders kompliziert zu sein schien, kam Sofie beim Erzählen ständig durcheinander, so daß Motti sie häufig unterbrechen und genauer nachfragen mußte. Nur in einem war sich Sofie vollkommen sicher: Daß sie diesmal gegen die Intrigen ihrer Kolleginnen nichts mehr ausrichten würde. Sie hatten die Sache so geschickt arrangiert, daß sie selbst schon nicht mehr wußte, ob sie nicht vielleicht tatsächlich den Fehler gemacht hatte – einen Fehler, der den Verlag Hunderttausende kosten würde. Daß sie dann auch noch heute nachmittag, als Dr. Goerdt mit ihr über die Sache sprechen wollte, weinend davongelaufen war, bedeutete, davon war sie überzeugt, endgültig ihr Todesurteil. Ist sie so raffiniert, so dumm oder so kalt? fragte sich Motti, während sie flüsternd und hastig auf ihn einredete. Als sie endlich fertig war, schwiegen sie einen Moment, und kurz darauf betrat Frau Rackwill das Wohnzimmer. Sie hatte wieder diesen höflichen, fast gelangweilten Ausdruck im Gesicht wie vorhin. »So etwas ist immer sehr schwer zu beurteilen«, sagte sie. »Ja, natürlich«, erwiderte Motti gefaßt. Der Boden unter ihm schwankte, und obwohl Motti genau wußte, daß das nur seine Nervosität war, wunderte er sich trotzdem, daß er nicht durchs Zimmer hin und her geschleudert wurde. »Die Kinder sind heute so viel weiter als wir früher«, sagte Frau Rackwill, während sie die beiden Puppen in ihren kleinen braunen Lederkoffer zurücklegte. »Sie kennen den Unterschied zwischen einem normalen und einem erigierten Penis, sie wissen, daß Samen salzig schmeckt oder daß die Muschi einer erwachsenen Frau naß wird ...« Motti starrte in den Koffer und betrachtete die rosafarbenen Stoffpuppen mit ihren roten, tumben Gesichtern. Er blickte in ihre aufgemalten Riesenaugen, er sah die langen, knallgelben Haare des Puppenmädchens und die kirschrote Zunge, die ihr so lasziv aus dem

Mund hing, als würde sie immer nur lecken-lecken-lecken, er sah ihre appetitliche kleine haarlose Möse, und er sah auch den kleinen harten Schwanz des Puppenmannes, der eine richtig schöne, feste Eichel hatte und einen herrlich strammen Schaft. Dann klappte Frau Rackwill das Köfferchen zu und sagte: »Also dann gute Nacht, ihr Lieben, bis zum nächsten Mal ...« Sie leierte den Satz so gelangweilt herunter, als hätte sie ihn vorher schon tausendmal gesagt, danach setzte sie sich wieder neben Motti aufs Sofa und legte erschöpft den Kopf auf die Seite. »Ich will ehrlich sein zu Ihnen«, sagte sie. »Ihre Tochter ist nicht sehr gesprächig – trotzdem hat sie ein paar Dinge gesagt, die man weiterverfolgen könnte, wenn man nichts Besseres zu tun hätte. Wir haben auch ein Bild gemalt, das vielleicht problematisch ist. Aber Sie als Mutter« – sie wandte sich an Sofie, die erschrocken zurückzuckte – »wissen wahrscheinlich, wie merkwürdig manchmal unsere Kinder sind. Wir haben schon einige Familien wegen nichts kaputtgehen gesehen, darum sind wir sehr viel vorsichtiger geworden. Das Gericht würde Ihnen die Kleine sofort wegnehmen, beim geringsten Verdacht. Und Sie, Herr Wind, wären auch ganz schnell weg ... Also, vergessen wir es vorerst.« Sie stand wieder auf. »Habe ich alles gesagt?« sagte sie leise und abwesend, dann fügte sie laut hinzu: »Oder vielleicht haben Sie noch eine Frage?« Motti erhob sich ebenfalls. Obwohl er Angst hatte umzukippen, ging es ganz gut. Sofie blieb im Sessel sitzen, sie sah zu Boden, preßte die Arme gerade gegen die Taille und fuhr sich dabei wie ein verlegener Teenager mit den Händen unter den Po. Und welchem Denunzianten haben wir Ihren Besuch zu verdanken? – das war es, was Motti noch gern gefragt hätte, aber er ließ es natürlich sein. »Vielen Dank. Wirklich«, sagte er statt dessen, er hörte dabei seine hohe, weiche Stimme, als wäre sie die eines anderen, und er dachte überrascht, ich habe ja doch einen Akzent.

Als Motti endlich beim Grab ankam, hatten sie schon damit angefangen, Erde hineinzuwerfen. Einer nach dem anderen traten sie scheu aus dem Schutz der kleinen dichten Gruppe heraus, die sich am Fußende der hellen Grube gebildet hatte. So langsam jeder von ihnen auf das Grab zuging, so schnell entfernte er sich davon und mischte sich wieder unter die Trauergesellschaft, kaum daß er seinen Brocken Erde und seine Rose oder Lilie losgeworden war und Dr. Branth und Sofie die Hand geschüttelt hatte. Es war, als hätten alle Angst vor diesem kleinen öffentlichen Auftritt, als genierten sie sich vor den vielen Augen der andern. Die einzige, die diese Bühne genoß, war Nurit. Sie hatte sich auf den flachen Erdhügel gesetzt, der sich, mit einer knallgrünen Kunstrasenfolie bedeckt, neben dem Grab erhob. Da saß sie wie auf einer Wiese im Sommer, mit gespreizten Beinen und zurückgeworfenem Oberkörper, lächelnd, grimassenziehend und selbstausgedachte Melodien vor sich hinsummend. Ab und zu blickte sie hoch in den grauen, kalten Himmel, sie hielt sich die flache Hand gegen die Augen, als würde sie von einer grellen Augustsonne geblendet, und rief immer wieder: »Flieg schön, Oma!« Sofie und ihr Vater waren viel zu weit weg mit ihren Gedanken, um auf Nurit zu achten, die meisten anderen aber taten so, als bemerkten sie nichts. Nur ein älterer Mann, der mit seinem langen Kopf und schiefen Mund Dr. Branth ähnlich sah, und eine schöne junge Riesin mit langen Armen und kleinem roten Gesicht grinsten versteckt. »Brmm-brmm-brmm«, machte Nurit ein Flugzeug nach, »brrrrmmmm ...« Sie streckte die Arme seitlich aus und schwenkte den Oberkörper hin und her. »Flieg schön, du blöde Oma! Flieg! Flieg! Brrrmmm ...« Was ist das, dachte Motti entsetzt, wo hat sie das nur her? Er schnappte nach Luft, einmal, zweimal, dreimal, für einen Moment wurde alles weiß, und als er wieder sehen konnte, stürmte er los. Er drückte die Leute rüde zur Seite, er sprang an Sofie und ihrem Vater vorbei, ohne sie anzusehen, er fischte Nurit mit einer einzigen Bewegung von ihrem Hügel, aber sie entwand sich ihm ganz schnell, und während sie vor ihm davonrannte, zwischen Bäumen und Grabsteinen, lief er, die Hand zum Schlag erhoben, hinter ihr her.

Nachdem Frau Rackwill gegangen war, stand Motti noch eine Weile in der offenen Wohnungstür und sagte sich laut deutsche Worte vor. Erst als er in dem eisigen Hauch, der aus dem Treppenhaus heraufstieg, zu zittern begann, schloß er, langsam und nachdenklich die Tür und ging ins Wohnzimmer zurück. Sofie war nicht da, er roch nur ihr neues Parfum, das sie sich vor ein paar Tagen, als es ihr besonders schlecht gegangen war, gekauft hatte, es war ungewöhnlich frisch und leicht, doch nach ein paar Augenblicken veränderte sich der Duft, er bekam etwas Schweres, Metallisches. Motti setzte sich hin, aber dann stand er gleich wieder auf und folgte dem Geruch des Parfums in den Flur – vor Nurits Zimmer blieb er stehen und sah durch die offene Tür hinein. Nurit schlief, sie lag, mit hilflos nach hinten zurückgeworfenen Armen auf dem Rücken in ihrem altmodischen Kirschbaumbett, das früher Sofies Bett gewesen war und das jahrzehntelang in Harlaching im Keller gestanden hatte. Sofie saß auf dem Boden, zwischen Nurits wenigen Spielsachen, die alle noch genauso unbenutzt und neu aussahen wie am ersten Tag, und betrachtete ein großes Kinderbild. Auf dem Bild waren mehrere rote und gelbe Kreise zu sehen; in einen dieser Kreise war ein leeres Bett hineingemalt. Daneben stand ein Mann, er hatte eine kleine, plumpe, rote Figur mit kurzen dürren Vogelbeinen und einem grünen Kopf, nur sein linker Arm – es mußte ein Arm sein, was da aus seinem Bauch herauswuchs, was sonst – war groß und mächtig und ebenfalls rot, und er hielt ihn schützend über das Bett. Sofie bemerkte sofort, daß

Motti sie beobachtete. Sie blickte auf und sah ihn fragend an. Er zuckte mit den Achseln, worauf sie das Bild leicht anhob, damit er es besser sehen konnte, und nach ein paar Sekunden schüttelte er den Kopf, in der überzeugten, entschlossenen Art von jemandem, der am Mittagstisch keinen Nachschlag mehr will, weil er wirklich genug hatte. Sofie lächelte ihm zu, sie lächelte so entspannt und mädchenhaft wie seit Jahren nicht mehr, dann legte sie das Bild zur Seite und stand leise und vorsichtig auf. Ohne noch einmal ihre Tochter anzusehen, ohne ihr einen letzten Kuß zu geben oder die zur Seite gerutschte Decke zurechtzurücken, ging sie, den Blick keine Sekunde von Motti abwendend, auf ihn zu. Sie schloß die Tür hinter ihrem Rücken, legte ihre kräftigen Arme um seinen Hals und preßte ihn mit aller Kraft an sich. »Jetzt ist wieder alles gut, jetzt haben wir Sicherheit«, sagte sie, hektisch seine Wangen und seinen Mund abküssend. Motti roch ihr kühles Parfum, gleichzeitig spürte er ihren schweren, heißen Körper, aber so sehr er sich mühte, er schaffte es einfach nicht, die Arme, die kraftlos an seinem Oberkörper herabhingen, zu heben und Sofies heftige Umarmung zu erwidern. Wie eingefroren stand er da, den Kopf seitlich gegen ihre Brust gepreßt, und dachte, daß in diesem Moment ein weiterer Punkt auf Elis Konto ging.

Zuerst gab es eine kleine Schale lauwarmer Broccolicremesuppe, danach Nürnberger Bratwürstchen mit Sauerkraut und Kartoffelpürree und zum Schluß einen Apfelstrudel, der, schon halb aufgelöst, in einer nicht besonders süßen Vanillesoße schwamm. Motti saß zwischen Nurit, die nun wieder völlig in sich versunken war, und seinem Schwiegervater. Dr. Branth zitterte beim Essen so stark, daß er mit dem Löffel ständig laut gegen die Suppenschale schlug; und kaum schaffte er es, ein Stückchen Wurst abzuschneiden, flog es ihm von der Gabel, noch bevor er sie zum Mund führen konnte. Beim Strudel überlegte Motti kurz, ob er ihm helfen sollte, aber dann dachte er, daß das Sofies Sache war, und er blickte durch das Glasdach des Palmenhauses hinüber zum Nymphenburger Schloß, das in einem hellen, von dünnen weißen Fäden durchzogenen Frühwinternebel verschwand. Die Bäume – so schwarz wie auf einer alten Fotografie –, die entlang der breiten Spazierwege und des Kanals in zwei leicht gebogenen Reihen vom Schloß wegführten, tauchten auf der anderen Seite der Anlage im gleichen Nebel wieder unter, hinter dem sich, noch viel weiter weg, der riesige Nymphenburger Park mit seinen barocken Pavillons, zugewachsenen Teichen und bröckelnden Statuen verbarg. Trotz des Nebels, der gerade erst aufgezogen war und der den kalten pfeifenden Morgenwind abgelöst hatte, war es draußen jetzt nicht mehr so dunkel wie vorhin – dafür herrschte im Café ein beinah abendliches Zwielicht. Fast alle Lampen waren aus, nur an den Tischen, an denen Frau Branths letzte Gäste Platz genommen hatten, brannten kleine rote Teelichter. Die meisten der Gäste hatten, weil es drinnen sehr warm war, ihre Mäntel abgelegt, sie saßen – zu zweit, zu dritt ins Gespräch vertieft – eng beisammen und neigten einander die Oberkörper so zu, als würden sie sich gleich in den Arm nehmen. Sie tranken viel und aßen mit großem Appetit, und obwohl nie jemand lachte und nur ein leises, zurückhaltendes Stimmengemurmel das Café erfüllte, kam es Motti so vor, als ob alle diese Stunde sehr genossen. Für einen Augenblick fühlte er sich ebenfalls sehr wohl, denn da war sie auf einmal wieder, nach langer Zeit, diese ernste, tiefe Ruhe, wegen der er damals gegen den Willen seiner Eltern hier geblieben war. Als ihm dann auch noch die Harlachinger Villa einfiel – still, schwer und gedrungen wie ein riesiger Stein in einem vergessenen Wald –, als er sich an ihre kleinen schießschartenartigen Fenster erinnerte, an die kalte, schlecht beleuchtete Diele, an das im Kerzenlicht vibrierende Wohnzimmer, als er erneut den Geschmack von Frau Branths klebrigem Schokoladenkuchen auf der Zunge spürte und den resignierten Klang seiner eigenen Worte wiederhörte, während er vom Libanon sprach, da kamen ihm Tränen in die Augen, und die ewige Anspannung in seinem Nacken löste sich mit einem warmen, nicht enden wollenden Kribbeln.

In der Woche, in der Frau Branth gestorben war, war Sofie mit ihrem Chef in New York gewesen, und weil Dr. Branth kurz vorher selbst ins Schwabinger Krankenhaus eingeliefert werden mußte, waren Motti und Nurit die letzten, die sie gesehen hatte. An diesem Tag hatte sich Nurit überhaupt nicht mehr unter Kontrolle gehabt, sie war noch wilder und uneinsichtiger als bei ihren vorherigen Besuchen, ähnlich wie ein Kind, das auf ein lang versprochenes Geschenk nicht mehr warten will. Wahrscheinlich, das begriff Motti erst später, hatte sie da bereits genau gespürt, daß es mit ihrer Großmutter zu Ende ging. Motti wollte keine Szene, und nachdem er sie zweimal in letzter Sekunde von den Geräten neben Frau Branths Bett weggezogen hatte, gab er ihr Geld und schickte sie nach unten zum Krankenhauskiosk, damit sie sich etwas Süßes kaufte. Kaum hatte sie die Tür hinter sich zugemacht, öffnete Frau Branth die Augen. Der Kopfverband betonte noch stärker die männlichen Konturen in ihrem Gesicht, aber da sie in den letzten Monaten sehr viel Gewicht verloren hatte, erschien Motti dieses Gesicht gleichzeitig in einem ganz neuen Licht: Sie wirkte, so todkrank sie auch war, viel jünger, Motti konnte sie sich plötzlich als schöne, harte junge Frau vorstellen, und daß sie so noch weniger Ähnlichkeit mit ihrer blassen, ständig schwächelnden Tochter hatte, gefiel ihm. »Wie spät ist es, Heinrich?« sagte sie. Sie sprach deutlicher als sonst in den vorangegangenen Wochen, aber man spürte, wieviel Kraft sie das kostete. »Kurz nach eins«, antwortete Motti, und während er überlegte, ob er sie korrigieren sollte, sagte sie mit überklarer Stimme: »Ich weiß, du bist nicht Heinrich ... Wie heißt du denn?« »Ich bin Mordechai, Frau Branth, erinnern Sie sich?« Sie zog die Mundwinkel hoch, so als lächelte sie, aber der Rest ihres Gesichts blieb ernst. »Und wer bist du?« »Ich bin der Mann Ihrer Tochter.« »Sofie?« »Ja.« »Wo ist sie?« »Sie mußte wegfahren. Aber sie kommt bald wieder.« Frau Branth drehte den Kopf leicht hin und her, um durch die Bewegung ihren Schmerzen nachzuspüren. »Es ist besser geworden«, sagte sie. »Ja«, sagte Motti. Sie schwiegen kurz, und Motti wurde erst hinterher bewußt, daß sie sich sekundenlang tief in die Augen geschaut hatten. »Reg dich nicht auf, Mordechai«, sagte sie plötzlich. »Ich bin ganz ruhig, Frau Branth.« »Nein, das bist du nicht!« »Aber Frau Branth ...« »Ihr seid alle immer so aufgeregt, du, deine Eltern und deine Tochter inzwischen auch ...« »Was?« »Wie spät ist es?« »Elf nach eins.« »Es war so ein schöner Tag. Man konnte die Berge sehen, und in den Bäumen glänzte der Tau. Eigentlich fing es gut an. Aber dann wart ihr alle so nervös. Deine böse Mutter, dein koketter Vater. An allem haben sie herumgemeckert. Wie spät ist es jetzt?« »Dreizehn nach eins.« »Weißt du, man muß sich einfügen können. Das ist für alle besser.« »Ja.« Sie stützte sich leicht auf und sah Motti, wieder mit diesem kalten Grinsen auf den weißen Lippen, spitzbübisch an. »Du bist nicht von hier, oder?« sagte sie. Motti schüttelte den Kopf. »Das wissen Sie doch, Frau Branth.« »Ich weiß, mein armer Junge ...« Sie schwiegen wieder. »Möchten Sie wissen, wie spät es ist?« sagte Motti schließlich. »Nein. Sag mir lieber, wie ihr dazu sagt, wenn ihr zurückgeht.« »Was?« »Du weißt schon, Heinrich, dieses Wort, mit dem sie uns damals so geärgert haben.« Motti zögerte. »Aliah?« erwiderte er langsam. »Ich weiß nicht ... Vielleicht ... Was heißt es denn?« »Aufstieg.«

Sie fing an zu lachen, diesmal richtig. »Aufstieg, wieso denn Aufstieg?« »Das Wort stammt aus der alten Zeit. So nannte man das früher, wenn man zu Fuß nach Jerusalem ging, hinauf in die Judäischen Berge«, sagte Motti, stolz, daß er die Antwort wußte. Aber Frau Branth hörte ihm gar nicht mehr zu. Noch bevor er zu Ende gesprochen hatte, senkte sich ihr Kopf so leicht und schwebend wie der einer Ohnmächtigen aufs Kissen, und ihre Augen schlossen sich. Siebzehn nach eins, dachte Motti und sah auf die Uhr. Er hatte sich um eine Minute verschätzt.

»Weinst du?« sagte Sofie fast lautlos. Sie blinzelte Motti von der Seite an, vorbei an ihrem Vater, der steif wie ein Brett dasaß und entrückt seine Hände betrachtete, die er vor sich auf die Tischplatte gelegt hatte. Motti schüttelte den Kopf. »Wirklich nicht?« Er schüttelte wieder den Kopf und wandte sich ab von ihr – und Nurit zu. Warum interessiert dich das? dachte er traurig. Dich interessiert doch sonst nie etwas, dir ist immer alles egal, ich, Nurit, Ima, Aba. Er strich seiner Tochter über das blonde Köpfchen, er fuhr ihr durch die Haare, er kitzelte sie im Nacken, und weil sie nicht reagierte, umfaßte er sanft ihr Kinn, aber sie rührte sich einfach nicht, sie starrte weiter geradeaus, genauso abwesend und reglos wie ihr Großvater. Also packte er sie noch fester am Kinn, und obwohl sie sich wehrte – er spürte genau, wie sie ihre Halsmuskeln anspannte –, drehte er langsam ihren Kopf zu sich. Sie sah schrecklich aus, ihr kleines verweintes Gesicht, das sonst oft wie eine Perle schimmerte, war immer noch mit Erde und Rotz verschmiert, sie hatte einen kleinen blutigen Riß an der Lippe und einen dunkelroten Bluterguß auf der linken Wange. Siehst du, Sofie, dachte Motti, das machst du aus uns, und er beugte sich vor und küßte Nurit – er küßte sie auf die wunden Wangen, auf die kaputte Lippe, und dann drückte er sie an sich, und obwohl sie zunächst vor ihm zurückgezuckt war, erwiderte sie schließlich seine Umarmung, das spürte er genau. »Ich sehe doch, daß du traurig bist«, hörte er im gleichen Moment Sofies Stimme hinter sich. Er ließ Nurit los, die ihn ängstlich und überrascht ansah, und drehte sich um. Sofie stand jetzt unmittelbar hinter ihm, sie beugte sich vor, und als wäre sie auf Nurit eifersüchtig, drängte sie sich zwischen sie und ihn. Mit ihrem ganzen Gewicht stützte sie sich auf Mottis Schulter und preßte ihr Gesicht gegen seinen Hals. Kaum hatte sie ihn berührt, mit ihrer kalten Nase, mit ihrem eisigen Mund, begann er wieder zu frieren. Er hatte in dem überheizten Palmenhaus schon fast vergessen, wie kalt ihm gewesen war, jetzt aber wurde es um so schlimmer – die Kälte rauschte wie eine endlose Lawine durch seinen Körper, vom Kopf bis zu den Fußspitzen hinunter, und er begann leicht zu zittern. Immer kommst du zu spät, dachte er wütend. Immer-immer-immer. Zuerst ist dir alles egal, und erst wenn nichts mehr zu retten ist, tauchst du auf. Weinst du, Motti? Ist Mutter tot, Motti? Fickst du unsere Tochter, Motti? Er machte Sofies Stimme nach, stumm, für sich selbst, während sie immer noch wie leblos an seinem Hals hing, er imitierte diesen süßlichen, kindlichen Tonfall, den sie so gut beherrschte, wenn sie unglücklich war oder wenn sie nicht mehr weiterwußte. Hatte sie so auch mit Frau Rackwill gesprochen, als sie sie angerufen hatte? Entschuldigen Sie vielmals, aber ich glaube, mein Mann hat etwas mit meiner Tochter, obwohl ich es natürlich nicht hoffen will, und weil ich keine Zeit habe, mich darum zu kümmern, wollte ich Sie bitten, daß Sie bei uns einmal nach dem Rechten sehen ... Wie konnte man nur so feige sein! So verlogen! So kalt! Sie wußte alles, sie wußte es bis in jede Einzelheit, und zugleich wollte sie es nicht wissen, weil es ihr ganzes Leben durcheinandergebracht hätte, weil es dann aus gewesen wäre mit ihrem Verlag, mit ihren Intrigen, mit ihrem Dr. Goerdt. Sie wußte natürlich auch, warum alles so gekommen war, sie wußte, daß sie selbst es gewesen war, die seine kleine stumme Puppe direkt in seine Arme getrieben hatte. Und vielleicht wußte sie sogar – aber es war ihr egal –, daß man ihnen Nurit wegnehmen konnte, sollte ihr kleines heuchlerisches Gewissensberuhigungsspiel schiefgehen, vielleicht nahm sie tatsächlich in Kauf, daß man Nurit in ein fremdes Haus bringen konnte, in eine fremde deutsche Familie, in ein fremdes deutsches Kinderheim, und dort würde seine arme Prinzessin endgültig verstummen, für immer und ewig und auf alle Zeit. Aber bevor das passierte, würde er sie retten, natürlich, was sonst, er würde sie von all dem hier erlösen, so schnell, daß sie kaum etwas spüren würde, so wie Muamar damals, ja, genau, ganz genau, er mußte es tun, wenn er sie schon nicht nach Hause mitnehmen durfte, ja-ja-ja, er mußte, wegen ihr, aber auch wegen sich selbst, und Nurit wäre bestimmt als erste damit einverstanden, denn sie würde niemals wollen, daß ihr Aba nur deshalb ins Gefängnis kam, weil er ihr all seine Liebe, seine Wärme, seine Sonne gab. »Wir müssen immer zusammenbleiben, mein Liebling«, sagte Sofie plötzlich. Sie hauchte die Worte zwischen ihren kalten Lippen hervor, sie hauchte sie mit heißem, feuchten Atem gegen Mottis eisigen Hals, und dann faßte sie ihn unter wie einen Ertrinkenden und zog ihn hoch, bis er klein und dünn neben ihr stand, sie nahm ihn noch fester in die Arme und sagte: »Du zitterst ja.« Dann küßten sie sich, im Stehen, vor allen andern, es wurde ganz still im Café, und fast jeder, der sie so sah, dachte, was für ein schönes Paar. »Es kann nur noch besser werden«, sagte Dr. Branth lachend in die Stille hinein und stieß wie ein Betrunkener auf.

WAS WAR DAS NUR FÜR ein wunderbares Licht? Orange, fast gelb überstrahlte es den nächtlichen Himmel über dem

Karlsplatz. Es stieg von ganz hinten auf, vom Sendlinger Tor, das Motti von hier aus gar nicht sehen konnte, es war kalt und warm, schmutzig und zart, trübe und klar, es war wie viele Lichter auf einmal, nein, es war wie die Summe von allen Lichtern, die Motti je gesehen hatte. Vielleicht lag es an dem dünnen, schnell tauenden Schnee, der vorhin erst gefallen war und der nun die leeren Bürgersteige, die parkenden Autos und die Bäume und Sträucher entlang der Straßenbahngleise in der Mitte der Sonnenstraße wie ein zerrissenes Seidentuch bedeckte, daß dieses wunderbare Licht hier und dort fast übernatürlich grell flirrte. Motti hob beide Hände vors Gesicht, er formte mit ihnen ein Fernrohr und sah, an den schwarzglänzenden Tramleitungen entlang, die Sonnenstraße hinunter. Genauso, dachte er, hatte er es doch auch früher immer gemacht, nachts, wenn Ima schon schlief und Aba noch unterwegs war. Er hatte hellwach und voller Sorgen auf dem Rücken im Bett gelegen und in seinem halbdunklen Zimmer herumgeschaut, er betrachtete, wie ein Pirat in seinem Ausguck, durch sein kindliches Fernrohr die Marc-Bolan- und *El-Al*-Plakate über dem Schreibtisch, die zerfledderten bunten Rücken seiner Bücher im Regal daneben, seine selbstgebauten Kfirs und Migs und B-52s, die mit hoch- und runtergerissenen Schnauzen an der Decke hingen, und obwohl es gar nicht sein konnte, rückte alles auf diese Weise tatsächlich viel näher an sein Auge heran. Es war, dachte Motti überrascht, damals fast das gleiche orangefarbene, zart schimmernde Licht gewesen wie jetzt, in das die Dinge, die er so ins Visier nahm, getaucht waren – und ohne die Hände herunterzunehmen, begann er sich nun auch langsam seitwärts zu drehen, wie der Geschützturm eines Panzers beim Orten eines Ziels. Als erstes erschien das dämmerige Obergeschoß des *China Garden* in seinem Objektiv. Motti erkannte aus der Ferne die weißen Tischdecken, die roten Drachenbilder und schwarzen Bambuslampen, es waren keine Gäste da, nur die Kellner und Köche saßen zusammen am hintersten Tisch und aßen. Dann sah er kurz nichts, dann eine lange, graue, schwerfällige Bürohausfassade, deren kleine schwarze Fenster ihm wie die Öffnungen zu einer anderen Welt vorkamen. Er machte einen heftigen Ruck nach links, direkt zu den hell erleuchteten Vitrinen von *Hugendubel.* Endlose Bücherreihen verloren sich in der Tiefe eines riesigen Raums, dessen grüner Teppichboden so künstlich hell strahlte wie eine Wiese in einem Werbefilm, und zwischen den Regalen bewegten sich zwei Frauen in blauen Kitteln langsam vorwärts und zogen große runde Industriestaubsauger hinter sich her. Plötzlich mußte sich Motti schütteln, ihm war warm und kalt zugleich, er hatte Schweiß auf der Stirn, aber an den Händen und Füßen fror er, und er mußte sich zusammennehmen, um nicht wie ein Fieberkranker loszuzittern. Das ist nur die Nervosität, dachte er, die reine Nervosität. Natürlich war sein Plan absolut sicher – aber trotzdem konnte theoretisch noch etwas dazwischenkommen, keine Frage, etwas, das er vielleicht nicht vorausgesehen hatte, obwohl er das nicht glaubte. Er hatte das Ganze schließlich bis ins letzte Detail durchdacht, und wenn er seine Sache richtig machte, wenn er nur bestimmt und selbstbewußt genug auftrat, dann würde alles gutgehen, garantiert, dann wären sie schon bald – sehr, sehr bald sogar – endlich wieder zusammen und glücklich und frei ... *McDonald's* auf Russisch, auf Chinesisch, auf Arabisch. Warum nicht auch auf Hebräisch? Der gelbrote Schriftzug, der jetzt im Hohlraum von Mottis Händen auftauchte, zog sich fast über das ganze Häuserhalbrund des grell angestrahlten Karlsplatzes. Der Platz selbst war wie ausgestorben, auch am Brunnen, der sonst sogar noch im tiefsten, kältesten Winter von ein paar gelangweilten Jugendlichen und betrunkenen Obdachlosen bevölkert wurde, war niemand. Nur links neben dem niedrigen, wuchtigen Karlstor, durch das die matten Straßenlaternen der Fußgängerzone blinkten, umringte eine kleine Gruppe von Menschen einen Riesen von Straßenmusiker, der mit seiner Stahlgitarre, der großen glänzenden Pauke auf dem Rücken und den vielen Metallschellen an den Beinen und Füßen fast wie ein Maschinenmensch aus einem Science-fiction-Film aussah. Er spielte ein Bob-Dylan-Lied, was sonst, und obwohl Motti ihn von dort, wo er selbst stand – auf einer der vielen Verkehrsinseln in der Mitte der Sonnenstraße –, kaum hören konnte, sang er leise mit. Woran erinnerte ihn das Lied so? An nichts Bestimmtes eigentlich, er sah kein Gesicht, während er die traurige, häßliche Melodie mitsummte, er hatte nicht plötzlich irgendeinen vergessenen Geruch in der Nase, und er dachte nicht an einen Kuß dabei oder an eine besondere Nacht. Und genau das gefiel ihm zuerst, er mochte diese zarte, unbestimmte Melancholie, die seinen zittrigen Körper sofort zu wärmen begann, doch dann erschrak er auf einmal fürchterlich, er dachte, jetzt geht es schon wieder los mit diesen Schwarzen Löchern in meinem Kopf. Darum konzentrierte er sich nun mit aller Macht, er kniff beide Augen, auch das am Fernrohr, fest zu, er spannte die Arme an und stieß jedes einzelne Wort des Lieds laut und wütend aus – und wie bei einem gerade noch völlig weißen Fotopapierblatt, auf dem sich, kaum daß es in die Entwicklerflüssigkeit getaucht worden ist, aus dem Nichts die Konturen eines Bildes abzuzeichnen beginnen, genauso tauchten jetzt vor seinem inneren Auge die zunächst noch schwachen, bläßlichen Umrisse einer in seinem Gedächtnis längst verschütteten Szene auf, die Striche wurden zu Linien, die Linien zu Flächen, und ein paar Sekunden später sah er alles ganz genau. Er fuhr mit einem Mädchen, das er nicht kannte, auf der Küstenstraße von Haifa nach Tel Aviv, sie war klein und schlank und hatte langes blauschwarzes Haar wie eine indische Prinzessin. Sie hatte ihn in ihrem Wagen mitgenommen, oben, in Galiläa, am Rosch-Pina-Dreieck – sie hatte, obwohl er noch gar nicht an der

Reihe gewesen war und mindestens zehn andere Soldaten vor ihm an der Straße gewartet hatten, direkt neben ihm gehalten. Sie lachte ihn an und sagte: »Auf dich warte ich, seit ich vierzehn bin«, und kurz darauf saßen sie in ihrem kleinen Fiat und sangen zusammen laut und selig *Just Like A Woman.* Dann war da noch eine zweite Szene, sie standen am selben Abend bei einer Party in Herzlia, wohin sie ihn mitgenommen hatte, sie standen allein im Garten, hinter einem Baum, er versuchte sie zu küssen, aber sie wollte nicht, und als er nicht aufhörte, schrie sie ihn an, er sei nicht normal, und sie gab ihm eine Ohrfeige und er ihr dann auch ... Gut, sehr gut, dachte Motti erleichtert, sein Gedächtnis funktionierte also noch, und als er spürte, wie seine Wange jetzt, fast fünfzehn Jahre später, von dem Schlag zu brennen begann, lächelte er. Im gleichen Moment war das Lied zu Ende, und er verstummte zufrieden. Er öffnete die Augen und sah, wie der Riese dort drüben am Karlstor seine Silbergitarre hochriß und einen letzten Akkord in die Saiten schlug, aber als Motti nun sein Fernrohr langsam wieder weiterbewegen wollte, versperrte ihm etwas die Sicht. Es war eine Straßenbahn – sie kam in einem weiten Bogen um die Ecke, von der anderen Seite, vom Hauptbahnhof. Sie fuhr so schnell, daß er es niemals geschafft hätte, zur Seite zu springen, aber es fiel ihm auch gar nicht ein, es zu tun, und plötzlich war sie ganz nah neben ihm, so nah, daß sie ihm fast über die Zehenspitzen gerollt wäre. Er rührte sich trotzdem nicht von der Stelle, das laute, herrische Klingeln, mit dem ihn der Straßenbahnfahrer wegscheuchen wollte, beeindruckte ihn ebensowenig wie die bösen, verständnislosen Blicke der paar Fahrgäste, die starr wie Puppen im Wageninnern standen und saßen, er machte sogar noch einen kleinen Schritt nach vorn und lächelte erneut. Ja, er lächelte – denn er wußte, daß bald etwas ganz Wunderbares, Unwahrscheinliches, Erhebendes geschehen würde, und das machte ihn so unverwundbar und stark, daß er, während die Straßenbahn mit einem sanften elektrischen Zischen an ihm vorbeirauschte, die Schulter gegen sie drückte, einfach so, als wolle er ausprobieren, wer von ihnen beiden stärker war, und nicht einmal der dumpfe Schlag, der ihn zu Boden warf, konnte seine plötzliche Hochstimmung trüben. Er sprang gleich wieder auf, mit einer Leichtigkeit, die ihn selbst überraschte, er klopfte sich den schmutzigen Schnee von der Hose und von den Ärmeln des Pullovers, aber kaum stand er – wegen seines kaputten Fußes leicht schwankend –, spürte er wieder diesen sonderbaren Druck im Schädel wie vorhin in der *Waldschänke.* Es kam ihm so vor, als wäre in seinem Kopf noch ein zweiter Kopf, der in diesem Augenblick zu wachsen begann, ein junger, harter, heliumballonleichter Kopf voller Träume und Ideen und Wünsche. Möglicherweise waren es aber auch seine vielen Erinnerungen, die er so lange unterdrückt hatte und die sich nun, so wie eben das nächtliche Bild seines Kinderzimmers oder seine Begegnung mit der Prinzessin von Indien, einen Weg nach draußen bahnten. Also gut, sagte er beschwichtigend zu sich selbst, eine Erinnerung würde er sich noch gestatten, eine kleine Erinnerung, nur so zum Spaß, zum Leichtmachen, und natürlich auch, um sein Gedächtnis zu trainieren, denn seit die Tabletten alle waren, war er auf sich selbst angewiesen, und das erschien ihm, egal, wie gut er sich jetzt fühlte, riskant. Es konnte ja jederzeit wieder losgehen, er konnte – wer würde ihn warnen! – von einer Sekunde auf die andere erneut in das dunkle Loch des Vergessens stürzen, vielleicht sogar in dem einen entscheidenden Moment, und wie peinlich und verhängnisvoll wäre es, wenn er nachher armwedelnd, wankend und brabbelnd vor Sofie stünde und nicht mehr wüßte, wie es mit seinem Plan weiterging. Aber woran sollte er sich jetzt erinnern? An etwas Schönes oder an etwas Unangenehmes? An etwas, das gerade erst passiert war oder schon viele Jahre zuvor? Vorhin, zum Beispiel, hatte er, nachdem er mir und diesem Sadisten von Kellner entkommen war, noch eine Weile vor dem Hauptbahnhof gestanden, in der Bayerstraße, gleich gegenüber vom Morddezernat. Er war – das fiel ihm sofort wieder ohne Probleme ein – gerührt und erstaunt gewesen, während er zum ersten Mal nach so langer Zeit das große fensterlose Gebäude an der Ecke zur Goethestraße betrachtete. Gleichzeitig hatte er daran gedacht, wie seltsam er dieses Haus damals vor zehn Jahren gefunden hatte, mit seinen türkischen Cafés und Elektrogeschäften im Erdgeschoß, die darin wie zur Tarnung untergebracht waren, so als ob niemand auf die Idee kommen sollte, was in den Stockwerken darüber geredet und gemacht wurde – genau dort, wo er selbst am Tag nach dem Unglück in einem kleinen, verrauchten, mit alten billigen Holzmöbeln vollgestellten Büro saß und sich mit diesem wildfremden Polizisten, der seine Augen hinter einer violettgetönten Pilotenbrille verbarg, über etwas unterhalten mußte, das ihn mehr schmerzte und zugleich glücklicher machte als alles in der Welt. Während er mit ihm sprach – daran erinnerte sich Motti nun auch so deutlich, als wäre es gestern gewesen –, während er diesem kalten, gespielt höflichen Mann, der ihm ständig dieselben Fragen stellte, um ihn zu verwirren, immer wieder erzählte, wie er aus dem Badezimmer ins Wohnzimmer gekommen war und das leere, weit aufgerissene Fenster entdeckt hatte, rutschte er wie ein kleiner Junge auf seinem Stuhl hin und her. Er war aber nicht nervös oder ängstlich gewesen, er mußte auf die Toilette, ja, es war verrückt, er mußte ausgerechnet in diesem Moment, und je größer der Druck wurde – vorne und hinten! –, desto weniger interessierte ihn alles andere. Natürlich hatte er sich dafür geschämt, das wußte er noch genau, aber dadurch änderte sich auch nichts, er wurde immer hektischer und unkonzentrierter, und schließlich hielt er es nicht mehr aus, er sprang hoch und sagte, er müsse sofort raus, und als er dann endlich auf der

Toilettenschüssel saß, überkam ihn ein herrliches Gefühl der Befreiung, er sank glücklich und erschöpft zusammen, und erst später, nachdem er entdeckt hatte, daß der Papierhalter leer war, begann er verzweifelt zu weinen ... Nein, das war keine schöne Erinnerung, wirklich nicht, sie war sogar ziemlich unangenehm, und wohl darum hatte er diesen Tag bis heute so perfekt aus seinem Gedächtnis gelöscht, genauso wie den noch schrecklicheren Tag davor. Welchen Tag davor? Den Tag, an dem es passiert war? Wahrscheinlich. Vielleicht. Ganz bestimmt. Motti schüttelte wild den Kopf, so als könne er auf diese Weise alle Gedanken daraus verscheuchen. Der Druck in seinem Schädel hatte nachgelassen, er fühlte sich aber noch immer so leicht an wie ein Luftballon, der gleich, kaum daß sich der Faden aus der Kinderhand löst, die ihn viel zu unaufmerksam hält, sanft trudelnd in den Himmel aufsteigen wird. Er schüttelte wieder den Kopf, doch es nützte nichts, im Gegenteil, plötzlich waren soviele Erinnerungen da wie lange nicht mehr, Erinnerungen, die er haßte, Erinnerungen, die er liebte, Erinnerungen, die ihn jetzt alle gleich traurig machten. Sie waren sehr ungeduldig, sie drängelten und schubsten sich gegenseitig, sie kicherten und grinsten und machten ihm schöne Gesichter, jede wollte als erste vorgelassen werden, jede lockte ihn mit ihren ganz besonderen Gerüchen, Stimmungen und Farben, und obwohl Motti wußte, daß sie bloß ein Spiel mit ihm trieben, daß sie ihm etwas versprachen, das sie niemals einhalten würden, gelang es ihm nur mit Mühe, sich gegen sie zur Wehr zu setzen. Und erst als er schon nachgeben wollte, als er sich fast damit abgefunden hatte, daß es ihn gleich tatsächlich hinaufwehen würde wie jenen Luftballon, fiel ihm ein, daß er selbst doch auch seine Tricks hatte. Aber natürlich: Er mußte sich einfach fallen lassen, um sie alle auf einen Schlag los zu sein. Er mußte so tun, als wäre unter ihm nichts und über ihm alles, er mußte sich hinabziehen lassen in diese dunkle Welt dort unten, in der es zwar keine Zukunft gab, aber auch keine Vergangenheit. Er mußte denselben mutigen Sprung wie Muamar machen, sein Abbild, sein Liebling, sein Feind, er mußte scheißen auf alles und jeden – und die ganze Welt und alle Menschen hinter sich lassen wie einen einzigen schlechten Tag ... Es funktionierte sofort. Wie aus dem Nichts war der vertraute, herrlich rauschende Sog da, ohne den es nicht ging, dieser warme Wind, der fest und bestimmt seinen Körper umschloß und ihn dabei wie eine Mutter wiegte und streichelte. Der vom Schnee weißgezuckerte, matschige Winterboden unter seinen Füßen wurde sofort weich und bröckelig, er gab so schnell nach, daß Motti nur mit Mühe seinen Körper geradehalten konnte und fast wie ein Clown torkelte, der vergeblich versucht, einen rotierenden Teller auf einem Stock auszubalancieren. Während die Risse in der zerspringenden Erde immer größer wurden, nahm der Wind ebenfalls zu, aber er war nun gar nicht mehr sanft oder warm, er schlug ihm eisigkalt ins Gesicht, er hämmerte wild gegen seine Brust, er zog rüde an seinen Füßen. Das alles geschah in einem Tempo, das Motti selbst überraschte, und er sah erstaunt in die sich unter ihm auftuende Tiefe hinab – die große Dunkelheit, die ihn dort erwartete, streckte zwischen seinen hin- und herschwankenden Beinen bereits ihre vielen schwarzen Zungen nach ihm aus, doch so sehr er sich darauf freute, gleich von ihr verschlungen zu werden, so sehr fürchtete er sich vor ihr. Wovor hatte er Angst? Was sollte ihm schon passieren? Er war in den letzten zehn Jahren oft genug dort unten gewesen, ohne daß ihm je etwas zugestoßen wäre. Daß Ima und Aba von Anfang an gegen seine Ausflüge gewesen waren, hatte er deshalb nie wirklich kapiert. Seit Jahren behandelten sie ihn wie einen Kranken und jagten ihn ständig zu Dani Josipovici, und wenn er sie fragte, was so schlecht daran sei, daß er sich von Zeit zu Zeit so schön fallen lasse, gaben sie ihm keine vernünftige Antwort. »Komm nach

Hause«, sagten sie statt dessen, worauf er sagte: »Kommt uns besuchen«. Dann wurde es immer für eine Sekunde totenstill im Telefon, nur die Leitungen rauschten, und irgendwo weit weg hörte man, wie sich zwei alte Polen oder Rumänen auf Hebräisch stritten ... Das war kein Wind mehr, das war ein Orkan! Motti wußte, nun war es so weit, und plötzlich wollte er gar nicht mehr hinunter, jedenfalls nicht gleich, nicht sofort – schließlich mußte er doch noch soviel zu Ende denken! Er versuchte, wieder etwas besseren Halt zu finden und tastete mit den Füßen den Boden unter sich so vorsichtig ab wie ein Bergsteiger, der nach einem festen Felsvorsprung sucht. Dabei rückte er von der kleinen, ungepflasterten Spitze der Straßenbahnhaltestelle langsam auf die Plattform zu, von der aus ihn eine ältere Frau mit verklebten, wirren Haaren auf der Stirn und bohrendem Blick in den großen, nervösen Augen beobachtete. Aber das war ihm jetzt auch egal, denn mit jeder Bewegung, die er machte, sank er tiefer und tiefer, und gleichzeitig wurde er von immer kräftigeren, wütenderen Windböen hin- und hergestoßen, er wurde mal leicht angehoben und kurz darauf um so tiefer heruntergezogen, und dann riß es ihn ganz hinab, mit einem einzigen Ruck. Der Boden unter ihm brach weg, und er schaffte es gerade noch, sich nach vorn zu werfen, zur Straßenbahnhaltestelle, wo er sich in allerletzter Sekunde an irgend etwas festklammerte – wahrscheinlich war es ein Ampelmast oder die Säule mit den Fahrplantafeln. So hing er nun da, das blutig aufgeschlagene Kinn über der Bordsteinkante, das Gesicht im Dreck und Schnee vergraben, während sein Unterkörper bereits über dem Abgrund baumelte, und er hatte Angst, schreckliche Angst. Die Angst war genauso stark wie vorhin, sie war kein bißchen weniger geworden, sie hatte sich nicht, wie sonst meistens zu Beginn seiner Selbstbetäubungsausflüge, in etwas vollkommen anderes, Schöneres verwandelt, sie war eine große graue Raupe, aus der nie-nie-nie ein Schmetterling werden würde. Was sollte er bloß tun? Er versuchte, sich an dem Pfosten hochzuziehen, aber er hatte kaum noch Kraft in den Armen, sie fühlten sich so weich und zittrig an, als hätte er tagelang Steine geschleppt. Nachdem er sich eine Weile laut keuchend an dem Mast abgekämpft hatte, hob er den Kopf aus dem Matsch, er sah verzweifelt die Frau an der Haltestelle an, die ihn noch immer anstarrte, und streckte ihr hilfesuchend einen Arm entgegen. Aber sie reagierte nicht, und so fing er an zu schreien, doch nicht einmal er selbst verstand die Worte, die aus seinem Mund kamen – sie klangen in seinen eigenen Ohren so undeutlich und verzerrt, als würde ein Tonband rückwärts abgespielt, und daß die Frau sich nun von ihm wegdrehte, das fast stumm geflüsterte Wort »Schwein« auf den Lippen, konnte er ihr deshalb nicht wirklich verübeln. Und jetzt? Einfach loslassen? Einfach hinunterrauschen, wie schon so oft, und eine Stunde oder einen Tag später irgendwo aufwachen und sich nur mit Mühe erinnern, was in der Zwischenzeit gewesen war? Nein, das durfte er nicht. Damit mußte es ein für allemal vorbei sein. Er hatte lange genug so gelebt, viel zu lange, er hatte immer wieder auf diese Weise sein Leben anzuhalten versucht, in der Hoffnung, daß Nurit ihn dann leichter einholen könnte. Und was hatte es für einen Sinn gehabt? Gar keinen. Alles war noch genauso wie am Anfang, er war nach wie vor allein, ohne seine Buba, sein Mädchen, seinen Schmerz, und zehn endlose, düstere, bedrükkende Jahre waren verloren, einfach weg, so als hätte er in dieser Zeit überhaupt nicht existiert ... Verdammt, er begann wieder zu rutschen! Als würde er mit einem Unsichtbaren ringen, der ihn in die Tiefe hinabstoßen wollte, spürte Motti plötzlich eine ungeheure Kraft, die seine Arme auseinanderdrückte, seine Hände lösten sich gegen seinen Willen langsam von dem kalten Metall des Pfostens, und der Wind zerrte wütend an seinen Beinen und Füßen. Noch ein paar

Sekunden – und er würde weg sein, er würde von der Erdoberfläche verschwinden, er würde hinabtrudeln in diese riesige schwarze Schlucht unter sich, er würde zuerst sinken, dann fallen, dann hinabrasen, er würde durch diese schrecklich schöne Düsternis hindurchrauschen wie ein Stein, den man in einen kilometertiefen erkalteten Vulkanschacht wirft, er würde sich – immer schneller und schwerer werdend – dabei von all den Bildern und Gedanken und Vorhaben lösen, die er eben noch gehabt hatte, er würde in diesem Sog aus grauschwarzem Nichts versinken wie in einem Grab auf Zeit ... Das Licht! Wo war das wunderbare, orangeweiße Licht von vorhin geblieben? Es mußte doch irgendwo hier sein, hier, über dem sonntäglich leeren, kaum befahrenen Stachus, den es bis vor einigen Augenblicken wie eine unwirkliche Nachtsonne beschienen hatte und dabei in ständigem Wechsel – mal schmutzig, mal zart, mal hell, mal trüb – so kalt und bezaubernd aufleuchten ließ, als wäre dieser ganze weite runde Platz mit seinen altmodischen Neonreklamen, menschenverlassenen Trottoirs und zugeschneiten Fahrbahnen gar nicht echt, sondern das Bild eines vielleicht nicht besonders guten, dafür aber um so melancholischeren Großstadtmalers. Das Licht! Wo war es? Motti hob den Kopf an, doch das kostete ihn so viel Kraft, daß er ihn gleich wieder fallen lassen mußte. Der Schnee – vermischt mit schwarzer Erde, braunem Hundedreck und dunklem Blut –, den er dabei in den Mund bekam, schmeckte süß und weich, und weil Motti zu schwach war, um ihn auszuspucken, schluckte er ihn einfach herunter. Dann, nach einer kurzen Verschnaufpause, atmete er erneut ganz tief ein, wie ein Gewichtheber, bevor er nach den Hanteln greift, und machte einen zweiten Versuch. Diesmal funktionierte es besser. Der Kopf ging etwas leichter hoch, er konnte ihn – er wußte selbst nicht, warum – nun fast mühelos oben halten, und gleichzeitig spürte er, wie der kalte Sog von unten nachzulassen begann. Motti drehte den Kopf nach links und nach rechts, er sah die Sonnenstraße hinunter, die sich, anders als gerade noch, wie ein langer düsterer Gang in der Ferne verlor, er ließ den Blick über das trübe Stachus-Rondell gleiten, dann sah er auf die andere Seite zum Lenbachplatz, der ebenfalls – bis auf den metallisch-grauen Schatten des Künstlerhauses mit seinen vielen Türmchen und Erkern – von der plötzlichen Dunkelheit verschluckt worden war ... Das wunderbare Licht war weg, es war einfach weg, und Motti hatte absolut keine Ahnung, wie er es zurückholen sollte. Aber war das jetzt überhaupt so wichtig? Ja, sehr sogar. Sehr-sehr-sehr. Denn wenn schon hier oben diese kalte, schmerzlose Finsternis regierte, dann konnte er auch gleich ganz nach unten verschwinden, dann konnte er sich endlich fallen lassen, wie er es die längste Zeit vorgehabt hatte. Er hatte zwar inzwischen vergessen, warum er das auf keinen Fall tun durfte, warum es gerade heute und jetzt ein großer Fehler wäre, aber mit dem Licht, wenn er es nur irgendwie herzaubern könnte, käme bestimmt auch die Erinnerung zurück. Die Erinnerung, dachte Motti. Er war stolz, daß ihm dieses Wort, mit dem er in dieser Sekunde nicht wirklich etwas anfangen konnte, eingefallen war, und als nun auch noch eine ungewohnte Energie und Frische in seine Glieder schoß, wußte er, er war auf der richtigen Spur. Erinnerung. Er-in-ne-rung. Er drehte das magische Wort hin und her, er flüsterte es leise vor sich hin und zerhackte es in einzelne Silben, er sagte es rückwärts auf, er stellte es sich gespiegelt vor, er sah es in riesigen roten Lettern auf einer Reklametafel, es erschien vor seinem inneren Auge als Überschrift in einer Zeitung, es flog als flatterndes Transparent an ihm vorbei über den Himmel, gezogen von einem kleinen Propellerflugzeug – und trotzdem brachte ihn das alles kein bißchen weiter. Enttäuscht ließ er den Kopf sinken, doch im nächsten Augenblick, befeuert von seiner neuen Kraft, riß er ihn erneut hoch. Er zog mit einem Ruck die Beine aus der Erdspalte heraus, robbte über den brüchigen, nassen Boden ein kleines Stück vorwärts, umklammerte mit beiden Armen den Metallpfosten, der sich plötzlich so warm und weich anfühlte wie Bubtschiks großes, flauschiges Köpfchen, und dann kuschelte er sich – ohne auf die kleine Gruppe von Leuten zu achten, die sich inzwischen um ihn herum versammelt hatte – ganz dicht an den Pfosten und dachte, gleich, gleich mache ich weiter, aber vorher werde ich mich noch ein wenig ausruhen ... Lange schlief er nicht. Er schlief höchstens ein paar Sekunden, und weil der Traum, den er hatte, viel länger dauerte, kam er ihm um so wirklicher vor. Es war der Tag, an dem Aba allein nach Dachau gefahren war, damals, als sie Motti das erste und letzte Mal besucht hatten. Am Morgen hatte es schon Streit gegeben, zwischen Ima und Aba, weil sie ihn nicht begleiten wollte. »Das willst du auch noch über dich ergehen lassen, du Idiot?« hatte sie ihn im Badezimmer angeschrien, und als er dann, bereits in der Tür, Motti fragte, ob denn zumindest er mitkommen wolle, antwortete der, er müsse mit dem Baby hierbleiben, außerdem könne er Ima nicht allein lassen. Ohne ihn noch einmal anzusehen, schüttelte Aba stumm den Kopf, er murmelte traurig: »Du bist also sicher, ja?« und machte betont langsam und ruhig die Tür hinter sich zu. Als er am frühen Abend zurückkam – Motti stand in der Küche und schälte fürs Abendessen Gemüse –, war er wieder der alte, in sein ernstes, helles Gesicht war sein berühmtes betörendes Lächeln zurückgekehrt, er schien gut gelaunt zu sein und überhaupt nicht mehr beleidigt. Wann Sofie aus der Bibliothek zurückkomme, fragte er statt einer Begrüßung, und Mottis ungeduldige Antwort, er wisse doch, daß sie dort wegen ihrer Prüfungen immer bis acht blieb, bis sie zumachten, quittierte er mit einem freundlichen Nicken. Danach wollte er wissen, was Ima gerade machte, und als er hörte, daß sie sich im Wohnzimmer hingelegt hatte, erklärte er zufrieden: »Gut, dann haben wir ja genug Zeit«, und er befahl Motti, seine Arbeit zu unterbrechen und sich zu setzen. »Ich habe dir«, sagte er so leise und durchdringend, wie nur er allein es konnte, »schon lange keine Geschichte mehr erzählt, Bubele.« »Ja«, erwiderte Motti, und seine Wut verflog sofort wieder. »Und ich habe dir noch nie etwas über mich erzählt.« »Nein, hast du nicht.« »Es wird also endlich Zeit ...« »Ja, das wird es«, sagte Motti, er nickte nahezu willenlos, von Abas tiefem weichen Märchenbaß wie früher sofort in Bann geschlagen, und Aba nickte auch, und dann begann er. So erfuhr Motti das erste Mal, daß sein Vater nach dem Krieg ein paar Monate lang in München gelebt und für eine von Amerikanern und zurückgekehrten deutschen Emigranten gemachte Zeitung Theaterkritiken geschrieben hatte; er erfuhr, daß er vorher in einem Sammellager bei Wolfratshausen gewesen war, wo er es jedoch nur ein paar Stunden ausgehalten hatte, denn es erinnerte ihn zu sehr an Polen; und er erfuhr schließlich auch, wie Aba überhaupt in das Land zurückgekehrt war, das er eigentlich nie wieder betreten sollte – er hatte zu den KZ-Häftlingen gehört, die einige besonders gewissenhafte SS-Leute auf ihrer Flucht vor der Roten Armee den ganzen langen Weg in den Westen vor sich hergetrieben hatten, bis Dachau und später noch weiter, bis in die Nähe von München. Dann, über Nacht, in einem Dorf am Starnberger See, verschwanden die SS-Leute einfach und ließen ihre letzten paar Dutzend Gefangenen allein zurück, die von dem Treck von fast eintausend Männern übriggeblieben waren und nun schon seit zehn Tagen kreuz und quer durch das winterliche Bayern marschieren mußten. Die meisten von ihnen waren halbnackt, mit Lumpen an den Füßen, sie aßen ihre Fingernägel und kauten an Tannenzweigen, und wenn sie Durst hatten, stopften sie sich eine Handvoll Schnee in den Mund. Sie warteten längst nur noch darauf, wann auch sie sterben würden – und plötzlich also war alles vorbei. Das erste Mal seit einer halben Ewigkeit war nun keiner mehr da, der ihnen sagte, was sie zu tun hatten, sie waren frei, aber auch völlig auf sich allein gestellt, und das war für viele der schwerste Moment in all diesen Jahren. So lagen sie, nachdem sie endgültig begriffen hatten, was passiert war, noch den ganzen Morgen stumm und apathisch in der verlassenen Scheune, in der sie die Nacht verbracht hatten, keiner war glücklich, keiner euphorisch, und jeder hatte Angst rauszugehen. Schließlich war es Aba gewesen, der sich – es war schon fast Mittag – als erster erschöpft erhob und hinaustrat. Das Dorf, von dem sie am Abend zuvor nur ein paar dunkle, nichtssagende Umrisse mitgekriegt hatten, war ärmlich, aber nicht heruntergekommen. Es lag an einer schmalen, zugeschneiten Straße, die sich in einer weiten, großzügigen Kurve zu einem zugefrorenen, blaufunkelnden See hin nach unten wand. Nirgends war ein Mensch zu sehen, man hörte kein Huhn gakkern und keinen Hund bellen, der Ort wirkte völlig leer und verlassen, und was Aba erstaunte, waren die vielen Fußspuren im Schnee, die von fast jedem Haus zu ihrer Scheune führten, wo sie zu einem einzigen großen Strom zusammenwuchsen. Als er begriff, was das zu bedeuten hatte, packte ihn eine ungeheure Wut. Es war eine größere Wut als die, die er manchmal in den Lagern gehabt hatte, denn sie richtete sich gegen normale Menschen, nicht gegen irgendwelche rätselhaften Monster. Ohne sich nach den andern noch einmal umzudrehen, ohne sie aufzufordern, ihn zu begleiten, marschierte er nun also los, er ging von Haus zu Haus, von Hof zu Hof, er klopfte mit der letzten Kraft, die ihm geblieben war, gegen Türen und Fensterläden, er schrie, schimpfte und weinte. Doch niemand machte ihm auf. Als er fast schon ganz unten, am anderen Ende des Ortes, angekommen war, wandte er sich um und sah, daß ein paar von den Seinen vor der Scheune standen und ihn beobachteten. Ihre dürren, schwarzen Gestalten zeichneten sich vor dem weißglitzernden Fond der Schneelandschaft so dunkel und unecht ab, als hätte sie dort jemand mit einem großen Kohlestift hingemalt, und plötzlich dachte er, wir sind Besucher aus einer anderen Welt, und dorthin sollten wir zurückkehren. In der nächsten Minute schleppte er sich wieder die Dorfstraße zurück, er sah nicht nach rechts, nicht nach links, er hörte irgendwo hinter sich, in einem der Häuser, das Scheppern eines herunterfallenden Messers oder Löffels und kurz darauf das Weinen eines Säuglings, aber er drehte sich nicht um und hielt den Blick immer nur auf seine Leute gerichtet. Als er endlich vor ihnen stand, schüttelte er langsam den Kopf, worauf sie ebenso langsam nickten. Sie gingen stumm in die Scheune zurück, wo sie sich, dicht an dicht, wieder nebeneinander auf die Erde legten, und nachdem alle drin waren, machte Aba das Tor zu, er kauerte sich, etwas abseits von den andern, in eine dunkle Ecke, und sie begannen gemeinsam zu warten. »Worauf habt ihr gewartet, Aba?« sagte Motti, als ihm die Pause, die sein Vater an dieser Stelle gemacht hatte, zu lang wurde. »Auf den Tod, Bubele«, erwiderte Aba leise. »Und ist er gekommen?« »Für manche schon.« »Für dich auch?« »Kurz – ja. Er war groß und warm, und er hob mich in Höhen hinauf, in denen ich vorher nie gewesen war.« »Und wie bist du zurückgekehrt?« »Auf den Armen eines erschöpften amerikanischen Soldaten, der mich zwei Tage später wie ein Baby in seinen Jeep trug und in die Krankenstation seines Bataillons fuhr.« »Aba ...« »Ja?« »Warst du heute wirklich in Dachau?« »Ja, natürlich.« »Und warum hast du jetzt so gute Laune?« »Weil ich vorher den halben Tag lang dieses verfluchte Dorf gesucht habe.« »Und?« »Es ist verschwunden.« »Wirklich?« »Ja.« »Das ist doch auch schon etwas, Aba.« »Du sagst es, Söhnchen.« »Ein richtig gutes Ende für deine Geschichte ...« – Als Motti zu sich kam, war das Licht wieder da. Es war ganz links in seinen Augenwinkeln, und wenn er den Kopf zur Seite drehte, wanderte es mit. Es wurde nicht mehr und nicht weniger, gleichzeitig war es viel intensiver und weißer als vorher, fast so stark wie ein Filmscheinwerfer, in den man eine Sekunde zu lang hineinblickt. Wo immer es war, überstrahlte es alles andere, es ließ jedes Gebäude, jeden Baum, jede vorbeifahrende Straßenbahn in weite, milchige Ferne rücken, und so konnte Motti auch von den meisten der Leute, die um ihn herumstanden und stumm auf ihn herabblickten, nur die strahlenumkränzten Schattenrisse ihrer starren, hohen Gestalten erkennen. Er überlegte kurz, was sie wohl von ihm wollten, aber das war ihm nun auch egal, denn plötzlich fiel ihm Aba wieder ein mit seiner Geschichte, er dachte, warum hat er sie mir überhaupt erzählt, warum ausgerechnet heute und was wollte er mir damit sagen, doch als er ihn danach fragen wollte, merkte er, daß das gar nicht so einfach war. Etwas stimmte hier nicht - er hatte gerade noch mit Aba in der Küche in der Amalienstraße gesessen, und nun wälzte er sich wie ein Landstreicher mitten auf dem Karlsplatz im Schnee und im Dreck, sein Fuß tat ihm weh, seine Hand und sein Kinn bluteten, in seinem Kopf dröhnte es wie auf einer Autorennbahn, seine Kleider waren schmutzig und naß, sein Körper war vor Kälte halb steif, und er hatte ständig das Gefühl, daß sich gleich die Erde unter ihm öffnen und ihn für immer in ihrem dunklen Innern verschlingen würde. Was war das nur für ein Alptraum! Er mußte aufwachen, dachte Motti ruhig, jetzt, sofort, er mußte hier weg, er mußte zurück in die warme gemütliche Küche in der Amalienstraße, er mußte auf der Stelle wieder mit Aba weiterreden, schon deshalb, weil er endlich erfahren wollte, warum er ihm erst jetzt vom Krieg erzählt hatte. Vielleicht würde er ihn bei der Gelegenheit auch noch fragen, warum Ima ständig so nervös war und ob das damit zusammenhing, genau das würde er tun, ja, das war eine gute Idee, eine sehr gute Idee, und dann, wenn sie fertig wären, würde er aufstehen, er würde die Gurken und Tomaten zu Ende schälen und für seinen israelischen Salat ganz klein schneiden, er würde den Tisch decken und Aba bitten, langsam Ima zu wecken. Danach würde er das Feuer unter dem Topf mit den Kartoffeln und dem Kalbfleisch herunterdrehen, um noch einmal, bevor sie sich zum Essen setzten, nach Nurit zu sehen, er würde sich, wie immer, wenn er sie auch nur für ein paar Minuten aus den Augen gelassen hatte, wie verrückt auf sie freuen, er würde sogar ein bißchen lächeln vor Glück, und mit genau diesem Lächeln auf den Lippen würde er in ihr halbdunkles Zimmer treten, in dem nur die kleine rote Fliegenpilzlampe auf der Fensterbank an wäre, und er würde den warmen, säuerlichen Uringeruch im Raum so genüßlich einatmen, als sei er ein kostbares Parfum. Schließlich würde er sich besonders langsam, wie jemand, der die Verpackung eines Geschenks nicht zu schnell öffnen will, über ihr Bettchen beugen, aber sie wäre gar nicht da, sie wäre weg, sie wäre verschwunden, wogegen er jedoch absolut nichts tun könnte, nichts-nichts-nichts, und so würde er wie betäubt in die Küche zurückgehen, er würde anfangen, mechanisch das Essen auf die Teller zu verteilen, und er würde seinen Eltern kein Wort davon sagen, daß seine Tochter sich offenbar in Luft aufgelöst hatte ... Mein Gott, was für ein Alptraum! Was für eine lähmende, bleierne Vision! Da war ja sein ganzer Karlsplatzhorror gar nichts dagegen, sein nun schon fast endloses, ödes Ringen mit sich selbst, sein ständiges Fallen und Steigen, Rutschen und Robben, denn hier – festgeklammert an seinem eisigen Pfosten, umgeben von dieser tumben, gespenstischen Menschenansammlung – hatte er die Dinge zumindest noch halbwegs selbst in der Hand, hier fühlte er sich nicht ganz so machtlos wie dort drüben, beim Anblick von Nurits leerem Bettchen, hier konnte er handeln, hier konnte er kämpfen, hier konnte er, wenn er wollte, diesem schrecklichen, kalten Sog des Vergessens entrinnen, indem er sich einfach nur an alles ehrlich erinnerte, er konnte also selbst etwas dafür tun, daß alles wieder gut wurde. Und genau darum, das beschloß er nun, ohne sich absolut sicher zu sein, ob es wirklich so war, genau darum war ab sofort hier und jetzt die Wirklichkeit und dort drüben Traum und Halluzination ... Da, das Licht! Wie beim Start einer Rakete, wenn die gezündeten Treibstofftanks so grell wie hundert Sonnen brennen, explodierte es plötzlich und überschwemmte den großen weiten Platz mit seinem weißen Feuer. Es ließ den grauen Justizpalast so neu und hell aufscheinen, als wäre seine Sandsteinfassade eben erst renoviert worden, das schlanke, runde *Pini*-Haus, das auch sonst mit seinen riesigen *Minolta*-, *Fuji*- und *Agfa*-Leuchtschriften das hellste Gebäude am Stachus war, erstrahlte wie ein gigantischer Weihnachtsbaum, die Bayerstraße verwandelte sich in einen breiten, mächtigen Lavastrom, und der massige, düstere schwarze Mathäserkomplex begann so warm und rot zu leuchten, als wäre er ein großer, glühender Ziegelstein. Motti setzte sich auf, er streckte seine kaputten kalten Glieder wie nach einem langen, schweren Schlaf, er lehnte sich gegen den Pfosten und formte so wie eben mit den Händen ein Fernrohr vor seinem Gesicht. Dann stand er auf, sicher und schwungvoll, und richtete das Fernrohr auf die hellerleuchteten, weißen, wächsernen Gesichter dieser Gespenster, die noch immer laut- und reglos um ihn herumstanden. Er fuhr langsam eins nach dem anderen damit ab, und als er schließlich bei der Frau mit den großen nervösen Augen und den verklebten Haaren angelangt war, stoppte er, und er sagte so laut, daß es über den ganzen Platz dröhnte: »Ich weiß, was Sie von mir denken. Aber Sie täuschen sich.«

WEIL SIE NUR EIN PAAR STUNDEN Zeit hatten, nahm Motti am Busbahnhof für sie beide gleich ein Taxi, das sie direkt zum *Dolphin Reef* bringen sollte. Sofie wollte nicht, daß er mit Nurit in Eilat allein übernachtete, sie hatte am Abend vorher wiederholt, sie dürften nur fahren, wenn sie am selben Tag zurückkämen, und als Motti sie daraufhin enttäuscht ansah, fügte sie hinzu, sie könnten doch, wenn dabei etwas herauskäme, nächstes Mal alle zusammen ein paar Tage dort verbringen. Welches nächste Mal, hatte Motti gedacht, aber erwidert hatte er etwas anderes, er hatte, so freundlich und weich er konnte, gesagt: »Fahr doch jetzt mit«, doch da hatte sie ihm nicht mehr zugehört, sie hatte, wie so oft in der letzten Zeit, mitten im Gespräch keine Lust gehabt weiterzureden, sie hatte die Augen an ihm vorbei in die Ferne gerichtet und gleichzeitig ihren Blick tief und unerreichbar nach innen gekehrt. Dann, als er schon gar nicht mehr mit einer Antwort gerechnet hatte, sagte sie: »Du weißt, daß ich morgen nach Jerusalem muß«, und sie sah ihn nun wieder an dabei, aber sie war immer noch woanders.

Im Taxi war es – nach der brennenden, trockenen Wüstenhitze, die sie am Busbahnhof empfangen hatte – sogar noch kälter als vorher im Autobus. Nurit schmiegte sich eng an Motti, sie ließ das Buch, das er für sie vor ein paar Tagen in dem deutschen Antiquariat auf der King-George-Straße in der Nähe vom Schuk gekauft hatte, achtlos neben sich auf den Sitz rutschen, und obwohl es Motti kurz wütend machte, daß sie bis jetzt nicht über die ersten paar Seiten hinausgekommen war, legte er den Arm um sie und erwiderte mit dem Bauch den Druck ihres kleinen verschwitzten Oberkörpers. Sie fuhren aus der Stadt hinaus, nach Süden, in Richtung Taba. Durch die braungetönten Fenster des Taxis, die wegen der Klimaanlage geschlossen waren, sahen die niedrigen Häuser und die sanft zur Wüste hin ansteigenden breiten Straßen Eilats wie ein einziges, großes, trauriges Bühnenbild aus, und auch die Sonne, die auf der dunklen Windschutzscheibe einen blassen weißlichen Fleck hinterließ, wirkte deprimierend. Im Bus war es für Motti noch kein großes Problem gewesen, sich die alten Erinnerungen vom Hals zu halten. Jedesmal, wenn ihm einfiel, wie herrlich leicht und frei er sich damals immer gefühlt hatte, als er mit Eli und den anderen Woche für Woche in den Sinai fuhr, nahm er sich irgendeine Frage vor, auf die er absolut keine Antwort wußte, er vertiefte sich in sie wie ein Schachspieler in ein interessantes Problem, und indem er dann zum Beispiel minutenlang darüber nachgrübelte, weshalb seine Eltern von der ersten Sekunde ihres Besuches an so kühl zu ihm gewesen waren oder warum Sofie schließlich doch noch in die Reise eingewilligt hatte, gelang es ihm, jede Rührseligkeit gleich wieder zu verscheuchen. Jetzt aber, im Taxi, sah er plötzlich Elis skeptisches, dürres, mit Sommersprossen übersätes Rothaarigengesicht beim Kartenspielen, er sah sich selbst, wie er sein erstes eigenes Stück Haschisch ehrfürchtig zwischen Daumen und Zeigefinger hin- und herrollte, er sah den nächtlichen Strand von Dahab und fünf weiße Jungenhintern im Mondlicht aufblitzen, kurz bevor sie irgendwo weit draußen im Meer in der Dunkelheit verschwanden. Er sah auch dieses dicke amerikanische Mädchen, das ihm zuerst einen Abend lang gerührt Billy-Joel-Lieder vorgesungen hatte, um sich später, nur ein paar Schritte hinter Salis *Beduin-Bar*, kühl und selbstverständlich über seinen Schoß zu beugen, und dann wachte er auf, irgendwo hinter sich hörte er Schreie und Flüche und wildes Gehupe, und er saß mit der völlig verängstigten Nurit allein im Taxi, das quer auf der Straße stand. Motti brauchte bloß ein paar Sekunden, um zu begreifen, was los war. Er hätte sich gar nicht mehr umdrehen müssen, aber schließlich tat er es doch und sah nun, wie sich der Taxifahrer mit einem kleinen alten Mann, dessen grüner, staubiger Ford-Pickup die andere Fahrbahn blockierte, herumstritt. Sie beschimpften sich gegenseitig mit vor Wut verzerrten roten Gesichtern, und bald flogen auch schon die Fäuste, aber nur so kurz, daß es ganz unwirklich wirkte, denn im nächsten Moment vertrugen sich die beiden, umarmten sich und lachten. Der Taxifahrer stieg ohne ein Wort der Erklärung wieder ein, und erst im Anfahren sagte er mit hartem orientalischen Akzent zu sich selbst: »So ein verfluchter alter Hurensohn, so ein Hurensohn! Was glaubt er, wofür ein Blinker da ist? Damit er ihn seiner Frau reinschiebt?«

Die Delphin-Trainerin, die sie wie verabredet am Souvenirladen erwartete, hieß Tali. Sie war noch ziemlich jung, nicht älter als Anfang Zwanzig, aber sie kam Motti viel erwachsener vor, was wahrscheinlich daran lag, daß jeder Satz, den sie sagte, und jede Bewegung, die sie machte, so wirkten, als seien sie auch genauso gemeint. Sie war so groß wie eine Basketballspielerin, sie hatte kurze blonde Locken, ihre Arme und Beine waren lang und schwer, und wenn sie auf ihre offene, ernste Art lachte, zeigten sich zwei Reihen großer schiefer Zähne. Über ihrem neongrünen Badeanzug trug sie ein weißes T-Shirt, auf dem zwei lächelnde Delphine bei einem Synchronsprung zu sehen waren, und sie fragte Nurit gleich als erstes, ob sie gern auch ein solches T-Shirt hätte. Nurit antwortete nicht, sie blickte sie stumm an und umklammerte dabei Mottis Oberschenkel, und als Motti entschuldigend sagte, seine Tochter könne leider kein Hebräisch, zog Tali mit einem leichten Kopfschütteln die Augenbrauen hoch. Sie zogen hier immer alle die Augenbrauen hoch, wenn es um Nurit ging, seine Eltern genauso wie die Leute, mit denen er sich ab und zu am Strand oder auf dem Spielplatz in der Schalagstraße unterhielt. Am schlimmsten war einer der Kellner vom Hotel *Basel* gewesen, dieser zerstreute junge Mann mit der ständig verschmierten, schief sitzenden Brille. Er hatte Motti eines Morgens – als Sofie mal wieder nur kurz am Frühstückstisch aufgetaucht war, um vor ihrem nächsten Termin schnell eine Tasse Kaffee zu trinken – voller Mitleid gefragt, wofür ihm Gott eigentlich ein paar Eier gegeben hätte. Weil Motti es nach den vielen Jahren nicht mehr gewohnt war, daß sich andere in sein Leben einmischten, egal wie gut oder wie schlecht er sie kannte, erstarrte er zunächst fast ungläubig über eine solche Frechheit, und ein großer heißer Strahl durchzuckte ihn von oben bis unten. Er bewahrte trotzdem die Ruhe, so wie er es inzwischen gelernt hatte. Erst als der Kellner weg war, bemerkte er, daß er sich mit den Fingernägeln in der Tischdecke festgekrallt hatte und daß sein Rücken so rund und angespannt war wie bei einem Raubtier, das gerade zum Sprung ansetzt.– Nachdem sich Talis Augenbrauen wieder gesenkt hatten, sagte sie zu Motti, sie sei früher oft in Frankfurt gewesen, bei ihrem Freund, und dann beugte sie sich zu Nurit vor und fragte sie in einem weichen, gebrochenen israelischen Deutsch, ob sie schon mal einen Delphin aus der Nähe gesehen hätte. Nurit umklammerte noch fester Mottis Bein, aber sie drehte den Kopf nicht weg, so wie sie es bei jedem anderen getan hätte. Sie sah die fremde große Frau mit einem verschmitzten, beinah spitzbübischen Blick an, den Motti an ihr nicht kannte, und schürzte die hellen Lippen. Sie wollte etwas sagen, doch es ging nicht, sie zog bloß immer wieder stumm die Lippen auseinander, und das einzige, was sie dabei zustandebrachte, war ein schwacher Ploppton. »Bist du ein Fisch?« sagte Tali. Sie hatte sich vor Nurit auf den Boden gehockt und strich ihr mit dem Handrücken über den Arm. Nurit nickte. »Und wie macht ein Fisch?« Nurit riß den Mund weit auf und schloß ihn wieder so schnell, als schnappe sie nach etwas. »Wie macht er noch?« sagte Tali. Die Kleine senkte nachdenklich den Kopf, dann blickte sie zu Motti hoch, doch der zuckte mit den Schultern. »Ich zeige es dir«, sagte Tali. Sie richtete sich auf, legte die langen Arme seitlich an und begann, während sie wie Nurit lautlos den Mund auf und zu klappte, mit ihrem riesigen Körper langsame, wellenförmige Bewegungen zu machen. Nurit beobachtete sie erstaunt, der freche, herausfordernde Blick verschwand aus ihrem Gesicht, aber dann fing sie an zu lachen. Sie lachte genauso wie Sofies Vater, ganz leise und immer wieder von einem zarten Prusten unterbrochen, und gleichzeitig ließ sie Mottis Bein los, sie preßte ihre Ärmchen fest gegen ihre Brust und imitierte schwankend Talis schlangenförmige Bewegungen. »Ja, sehr gut«, sagte Tali lachend, »sehr, sehr gut. So macht ein Fisch!« Sie warf Motti einen auffordernden Blick zu, doch obwohl ihm völlig klar war, was sie von ihm wollte, rührte er sich nicht vom Fleck, er stand wie erstarrt da, und während Nurit und Tali kichernd ihren Fischtanz aufführten, verkrampfte er sich immer mehr. Was war nur los mit ihm, dachte er wütend, wieso war ihm das so peinlich? »Los, Vati, du jetzt auch!« hörte er plötzlich Nurit rufen, und ihre krächzende, piepsende Stimme klang kräftiger als sonst. Los, Vati, du jetzt auch, beschwor er sich selbst, er schnappte ein paarmal stumm nach Luft, und dann legte er ebenfalls, immer noch steif wie ein Stock, los.

Die Idee mit den Delphinen war Motti viel zu spät gekommen, und eigentlich war es auch gar nicht seine Idee gewesen, sondern die von Ima. Sie hatte von dieser Methode in Tel Haschomer gehört, in der Kinderabteilung. Gleich am ersten Abend, den Nurit, Sofie und er in Ramat Gan verbrachten, erzählte sie Motti davon. Es war am Schabbat gewesen, sie saßen nach dem Essen auf der Terrasse, und Motti fühlte sich fürchterlich, weil sie alle bis dahin fast gar nicht miteinander gesprochen hatten – und wenn doch jemand etwas sagte, sah er den andern kaum an dabei. So hatte er sich den ersten Besuch bei seinen Eltern nach all den Jahren nicht vorgestellt, er hatte gehofft, es würde vielleicht so werden wie früher, während seines Militärdienstes, wenn er ab und zu Freitag abends nach Hause kam. Er wußte noch genau, wie das damals immer gewesen war – kaum betrat er die Wohnung, vergaß er sofort das Röhren der Tankmotoren, die Aberhunderte von sinnlosen Handgriffen, die sie Tag für Tag machen mußten, die kalten, eingebildeten Augen des Irakers. Er stellte seine Tasche und das Gewehr in die Ecke, er zog hastig die verschwitzte, zerknitterte Uniform aus und ließ sie irgendwo auf dem Boden liegen, und nachdem er eine halbe Ewigkeit lang geduscht hatte, kam er endlich zum Tisch, wo Aba, mit dem Sidur in der Hand, schon auf ihn wartete, um den Kiddusch sagen zu können. Kaum hatte dann jeder sein Stück Chalah bekommen und einen Schluck Wein getrunken, fingen sie an, über alles mögliche zu reden, sie redeten und lachten und stritten miteinander, bis sie schlafen gingen, und dies war der einzige Abend in der Woche, an dem sich Ima weniger streng und verschlossen gab als sonst. Heute war aber alles anders, und das fand Motti so schrecklich, daß er am liebsten aufgesprungen wäre und seine Eltern angeschrien hätte, daß sie sich wie kleine Kinder benahmen, wie sture, böse, kleine Kinder, die die Welt nur aus ihrer Perspektive sahen, die nicht verstanden, daß er vielleicht etwas anderes für sich selbst wollte als sie und daß sie das zu respektieren hätten, statt ihn und seine neue, seine eigene Familie wie Dreck zu behandeln. Er blieb natürlich trotzdem sitzen, er sagte kein Wort, und je länger er schwieg, je länger er all das, was er ihnen zu sagen hatte, für sich behielt, desto besser fühlte er sich, und eine unerklärliche Überlegenheit beflügelte ihn. »Und, Mordechai«, sagte schließlich Aba auf Hebräisch in die angespannte Stille hinein, »was gibt es sonst Neues bei euch?« Mordechai? Was für ein Mordechai? überlegte Motti. Er konnte sich nicht erinnern, wann ihn sein Vater jemals so angeredet hätte, und fast hätte er sich umgedreht, um nachzusehen, ob sich jemand dieses Namens im

Raum befand. »Aba, bitte«, erwiderte er ungeduldig, »sprich so, daß man dich versteht!« Ein kurzes, kaum sichtbares Zukken durchfuhr das alte, helle, offene Gesicht seines Vaters, es schien so, als wäre für den Bruchteil einer Sekunde ein anderes, ein kaltes und hartes Gesicht dahinter zum Vorschein gekommen, und als es wieder verschwunden war, sagte Aba: »Aber Mordechai, sie versteht uns doch, sie ist *amchu* ... Das hast du uns immer gesagt ...« Motti kniff wütend die Lippen zusammen und sah zu Sofie herüber, die den ganzen Abend meist stumm und steif auf ihrem Stuhl gesessen hatte. Er betrachtete ihre blasse Nase, ihren dünnen Mund, ihre hohe weiße Stirn, und dann fiel ihm – zum ersten Mal überhaupt – eines ihrer Ohren auf, das zwischen zwei strichgerade herabhängenden, graublonden Haarsträhnen fremd und merkwürdig hervorlugte. Es war kein besonderes Ohr, es war nicht groß und nicht klein, es war nicht schön und nicht häßlich, aber er ekelte sich davor, er ekelte sich vor diesem seltsam zusammengerollten, knorpeligen Stück Haut, und er dachte, die Ohren der Mädchen, die er früher gekannt hatte, sahen nie so aus. »Was hat sie euch getan?« sagte er, während er weiter Sofies Ohr anstarrte, dann endlich löste er den Blick davon, aber er sah nicht Aba oder Ima an, sondern wandte sich um, nach hinten, zu Nurit, die im Wohnzimmer auf dem großen braunen Kordsofa saß, das seine Eltern vor über dreißig Jahren zum Einzug in die Kalaystraße gekauft hatten. Der Fernseher war an, ohne Ton, und sie stierte mit offenem Mund und großen glasigen Augen auf den Bildschirm und zappelte dabei hektisch mit dem linken Bein. »Was hat sie euch getan?« wiederholte Motti. Er sprach, ohne daß er es gemerkt hätte, plötzlich deutsch. »Was?« sagte Sofie. »Wer hat was getan?« Ihre Stimme klang so matt und müde, als sei sie gerade aufgewacht. »Nein, nein«, sagte Ima, niemand hat etwas getan ... Es muß etwas getan werden – das hat mein Sohn gemeint.« »Ja«, sagte Aba. »Ja«, sagte auch Motti, obwohl er nicht wußte, wovon sie redeten, und nur Sofie schwieg, es schien, als verfalle sie in einen ihrer Tagträume, aber dann wurde sie rot, ihre milchweißen Wangen, die Stirn und auch der Hals sahen so aus, als würden sie von einer dunklen Welle regelrecht überflutet, und darüber erschrak nun Motti selbst so sehr, daß alle Kälte und Überlegenheit, die ihm eben noch geholfen hatten, sich gegen Aba und Ima zu wappnen, ihn wieder verließen. Ach, darum ging es also, dachte er entsetzt, und er fühlte sich sofort wie ausgeschlossen, wie jemand, der viel zu spät begriffen hatte, daß alle anderen längst das Urteil über ihn gefällt hatten. Aber natürlich: Sie machten gemeinsame Sache gegen ihn, sie und seine Eltern! Wie hatte er das vergessen können? Eli hatte ihm doch geschrieben, daß sie seit kurzem ständig miteinander telefonierten, und am Ende hatte Sofie wahrscheinlich sogar diese ganze Reise mit ihnen abgesprochen, sie hatte sich mit ihnen verbündet, in der Hoffnung, daß sie ihr die Verantwortung abnehmen würden, die Verantwortung für ihn und für seine Buba, seine Geliebte, sein Herz. So war sie, so würde sie immer sein, diese kalte, selbstsüchtige Kuh! Nur ihretwegen war es soweit gekommen, sie war allein schuld daran, daß er das herrliche, schreckliche Gefühl in sein Leben hineingelassen hatte, und nun sollten also andere die Sache für sie in Ordnung bringen. Gütiger Gott, seine eigenen Eltern wollten ihm sein Kind wegnehmen, und seine eigene Frau half ihnen dabei! Wie dachten sie sich das überhaupt? Nurit ohne ihn in Israel – wie sollte das gehen? »Alles würde besser werden, wenn du endlich wieder etwas tun würdest«, hörte er plötzlich Ima sagen. »Was?« erwiderte Motti erstaunt. »Junge«, sagte Aba ruhig und kühl, »was ist los mit dir? Interessiert dich überhaupt nichts mehr?« »Doch, doch, natürlich.« »Willst du nichts mehr lernen, willst du nicht arbeiten?« »Klar will ich das.« »Und was? Was … Was …?!« Aba war so böse auf ihn, daß seine weiche Stimme kleine alberne Kiekser machte. »Was – und wann ...«, unterbrach Ima ihn leise, sie zischte Motti an dabei, als würde sie gleich, so wie früher, mit ihren Krallen auf ihn losgehen, aber das war ihm jetzt völlig egal, denn er war auf einmal so erleichtert wie lange nicht mehr. Er hatte sich getäuscht, vollkommen getäuscht, die Sache war tausendmal harmloser, als er gedacht hatte, und weil er nun trotzdem – oder erst recht – auf ihre Fragen eine gute Antwort finden mußte, dachte er kurz nach, und schließlich sagte er, er hätte gerade ein paar Tage vor der Abreise mit jemandem in der Gemeinde gesprochen, wegen eines Jobs als Religionslehrer. »Du willst Melamed werden?« sagte Aba. »Du hast dich doch nie für diese Dinge interessiert.« Er grinste Motti an – es war ein gemeines, herablassendes Grinsen –, und dann sagte er, er wüßte auch schon, wer Mottis erste Schülerin sein könnte. Motti wartete stumm Imas Reaktion ab, doch sie schwieg und schwieg. Erst nachdem er den beiden, weiter wild herumphantasierend, erklärt hatte, wie er sich das mit dem Unterricht vorstellte – er würde, sagte er, nur all diese Deutschen nehmen, die neuerdings so verrückt auf die Juden waren und denen sogar noch einer wie er etwas beibringen konnte –, erst nachdem er also mit seiner Märchengeschichte fertig war, erklärte Ima mitleidig, das sei natürlich viel besser, als von morgens bis abends auf eine idiotische Tür aufzupassen. Dann stand sie auf und setzte sich zu Nurit aufs Sofa, sie fuhr ihr über das wächserne Gesicht und die glatten, graublonden Haare, und sie sagte dabei, ohne Motti anzuschauen, in Eilat gebe es für Kinder wie sie eine neue Therapie mit Delphinen, die solle er ruhig mit ihr ausprobieren, bevor er sie wieder zu seinen verrückten Deutschen mitnähme.

Nurit hatte keine Lust, mit Paschok zu spielen. Motti saß in ihrer Nähe am Strand, in einem weißen Plastiksessel, den er sich oben im Café ausgeliehen hatte, und beobachtete sie seit einer halben Stunde mit wachsender Ungeduld. Sie war doch vorhin noch so aufmerksam und fast fröhlich gewesen, als Tali sie beide im *Dolphin Reef* herumgeführt hatte, sie war ein paarmal stehengeblieben, um einer der Katzen, die sich hier überall im Schatten der Palmen und Liegestühle reckten, den Bauch zu kraulen, sie hatte immer wieder den vielen Menschen, die in kleinen Grüppchen zum Wasser heruntergingen, neugierig hinterhergeschaut, ohne sich von ihren schwarzen Neoprenanzügen und klobigen Taucherbrillen erschrecken zu lassen, in denen sie alle ein bißchen wie Gespenster aussahen, und als Tali ihr erzählte, daß der Delphin, den Nurit gleich kennenlernen würde, aus Rußland stammte, sich aber hier im Roten Meer von Anfang an sehr wohl gefühlt hätte, erklärte Nurit selbstbewußt, das Meer da unten wäre blau, rot wären höchstens die vielen glitzernden Berge dahinter. Inzwischen hatte sie ihre ganze Zuversicht wieder verloren, sie stand wie erstarrt da, bis zum Bauch im Wasser, und nur wenn Paschok laut schnatternd plötzlich vor ihr auftauchte, wich sie fast unmerklich vor ihm zurück, wie jemand, der Angst hat, durch eine falsche und überstürzte Bewegung sein Gegenüber unnötig herauszufordern. Ein einziges Mal – der Delphin hatte sich auf den Rücken gelegt und sie und Tali langsam umkreist – streckte sie zaghaft die Hand nach seinem glänzenden Bauch aus; gleichzeitig sah sie sich nach Motti um, so als wollte sie ihn fragen, was sie als nächstes tun solle, und kaum begegneten sich ihre Blicke, ihr abwesend-wirrer Blick und sein anspornender, ungeduldiger, zog sie die Hand sofort wieder zurück. Motti selbst dagegen war von Paschok wie verzaubert – er mußte, wann immer sich der Delphin mit seiner runden lächelnden Schnauze vor Tali und Nurit im Wasser aufbäumte, unwillkürlich zurücklächeln, und ab und zu hatte er sogar das seltsame Verlangen, das laute, zärtliche Schnattern, das Paschok von sich gab, zu erwidern. Irgendwann tat er es dann auch, er schnalzte, obwohl er so was noch nie vorher gemacht hatte, mit der Zunge mehrmals leicht gegen den Gaumen, so daß es leise knackte, und dabei lächelte er selig vor sich hin. Für eine Sekunde fühlte er sich so gut und zufrieden wie lange nicht mehr, und er empfand jene tiefe Erleichterung, die er von dem Moment an, als sie vor zwei Wochen in Lod aus dem Flugzeug gestiegen waren, für sich selbst nicht weniger verzweifelt herbeigesehnt hatte als für seine Tochter ... Ach, Nurit, arme, verwirrte Nurit! Sie hatte, seit sie in Israel waren, kaum Fortschritte gemacht, sie war hier die meiste Zeit fast noch scheuer und stiller gewesen als in Deutschland. Am Strand saß sie ständig bei ihm, auf seinem Liegestuhl, sie ging nie ohne ihn ins Wasser, und nach ein, zwei Tagen waren ihr Gesicht und ihre Schultern bereits genauso rot und verbrannt wie bei einer von diesen blassen, schüchternen deutschen Touristinnen. Auf dem Spielplatz in der Schalagstraße, gleich neben dem Hotel, fühlte sie sich nie wohl, obwohl er sie dauernd antrieb, mit den Kindern dort zu spielen – schaffte er es dann doch einmal, sie dazu zu bringen, folgte sie den andern wie ferngelenkt, mit traurigem, abwesenden Blick in den abgestorbenen Augen. Auch bei ihren Spaziergängen auf der Allenby oder der Schenkin hatte sie wenig Spaß, sie hielt sich so verzweifelt an ihm fest, als hätte sie Angst, jemand könnte sie gleich für immer von ihm fortreißen, und wenn sie an einer der großen, lauten, menschenüberfluteten Kreuzungen von Zfon Tel Aviv stehenbleiben mußten, preßte sie sich an ihn und jammerte oft kaum hörbar: »Vati, das ist so laut hier ...« Nur wenn mal wieder irgendwo in einem Café eine alte Frau oder ein alter Mann beim Anblick ihrer hellen Erscheinung wie gebannt erstarrten, lebte sie kurz auf, sie erwiderte dann haßerfüllt ihre erschrockenen Blicke und hob, wie ein zum Kampf bereiter Halbstarker, das Kinn, und als die Greise auf Polnisch oder

Jiddisch murmelten, sie sehe genauso aus wie jene kleine weiße Elfe, die damals unter den Füßen ihres Vaters beim Morgenappell gespielt hatte, fing sie an, obwohl sie gar nicht verstand, was sie sagten, sie mit ihrer dünnen, versagenden Stimme wie entfesselt anzuschreien: »Hau ab, du böser Mann! Hau ab, du böse Frau!« krächzte sie. »Hau ab, hau ab, hau ab!« Um dann, nachdem sie sich kopfschüttelnd von ihr abgewandt hatten, wieder leblos in sich zusammenzusacken. Arme, verlorene Nurit! Genauso stand sie auch nun wieder da, im Meer, neben der geduldigen Tali, mit hängendem Kopf und hängenden Schultern, und ihr kleiner zarter Körper wurde von jeder noch so sanften Welle hinauf- und hinabgetragen wie der Schwimmer an einer Angel. Das Meerwasser war, seit die glühende jordanische Sonne zu sinken begonnen hatte, dunkler geworden, es hatte diesen klaren, fast durchsichtigen Limonadenton verloren, den es um die Mittagszeit noch gehabt hatte, und sein plötzlich so undurchdringbares, allgegenwärtiges Blau ließ Motti an ein riesiges Tintenfaß denken, das jemand ins Meer geschüttet hatte. Er rutschte unruhig in seinem weißen Plastikstuhl hin und her, und weil der Stuhl dadurch im Sand immer weiter nach hinten kippte, sprang Motti schließlich auf, um ihn wieder gerade hinzustellen - doch kaum stand er, wollte er sich gar nicht mehr setzen, und er begann, nervös am Strand auf und ab zu laufen. Er verschränkte die Arme über der Brust, er preßte sie so stark dagegen, als wären es die Arme von jemand anderem, der ihn festhalten wollte, damit er nicht auf einen Dritten losginge, und das war auch gut so, sehr gut sogar, denn sonst hätte er diese Wut gar nicht ausgehalten, die nun plötzlich in ihm brannte, diese verzweifelte, hilflose Wut über das Trauerspiel, das Nurit jetzt schon so lange draußen im Wasser aufführte. Mein Gott, wollte sie nicht oder konnte sie nicht? Oder war das am Ende ohnehin dasselbe? Sie hatten nicht mehr viel Zeit, in spätestens einer

Stunde mußten sie wieder ein Taxi zurück zum Busbahnhof nehmen, und wenn bis dahin nichts passierte, eine Kleinigkeit nur, eine Geste, ein Blick, irgendwas eben, das er von ihr sonst nur kannte, wenn sie ganz-ganz-allein waren – wenn in der nächsten Stunde nicht doch noch ein Wunder geschähe, dann wäre wirklich alles vergeblich gewesen, so wie er es seit Tagen schon befürchtet hatte, diese ganze anstrengende Reise ebenso wie sein jahrelanges Kämpfen und Warten und Bangen, und er würde endgültig einsehen müssen, daß seine Buba gar nicht seine Buba war, sondern eben doch *ihre* Tochter. Motti atmete tief durch, er spürte die trockene, heiße Sinailuft bis in die letzten Spitzen seiner Lungen, und nach ein paar Atemzügen fühlte er sich wieder etwas besser und ruhiger. Drüben, auf der jordanischen Seite, flimmerten die weißen Dächer von Akaba in der Wüstenhitze, davor schob sich ein schwerer schwarzer Tanker langsam und lautlos in den Hafen von Eilat, eskortiert von drei, vier sanft über den Wellen dahinschwebenden Delphinen. »Sieh mal, Nurit«, rief Tali, »das sind alles Paschoks Freunde!« Nurit hob den Kopf leicht an, senkte ihn aber gleich wieder, mit einer schnellen, ruckartigen Bewegung, so als wolle sie um jeden Preis ihre Neugier verbergen. »Dort hinten, bei dem großen Schiff! Siehst du sie?« Tali wies mit dem ausgestreckten Arm hinüber, und ohne Nurits Reaktion abzuwarten, sagte sie: »Shy ist so schüchtern wie ein Erstkläßler, Domino erschreckt die andern mit seinen Streichen, Cindy paßt immer auf alle auf, und Nana ist fast so klug wie du! Willst du auch ihre Freundin sein?« Nurit schüttelte trotzig den Kopf, dann drehte sie sich um und machte im Wasser ein paar kleine, schwankende Schritte in Richtung Ufer, aber als sie Mottis bitteren, drohenden Blick auffing, blieb sie sofort wieder stehen. In dem Moment erklangen von der großen Pontonbrücke am anderen Ende der Bucht des *Dolphin Reef* Stimmen und lautes Lachen, man hörte das dumpfe Getrampel von Dutzenden von Füßen auf Holz, danach eine Kaskade von kurzen Pfiffen und Schnalzern, und plötzlich wuchs Paschok direkt vor Nurit aus dem Wasser, er stellte sich so lässig wie ein gegen eine Bar gelehnter Trinker auf seine Hinterflosse und schenkte, während er die Signale von der Pontonbrücke erwiderte, Nurit das freundlichste, wärmste, komischste Delphingrinsen, das es gab. Und obwohl sie gerade noch ganz leer und grimmig vor sich hingestarrt hatte, belebte nun – fast nur wie hingehaucht, aber trotzdem gut sichtbar – das gleiche Lächeln Nurits kleines, rotes Gesicht wie vorhin das von Motti. Ihre hellen Lippen zuckten, und sie schloß die Augen wie jemand, der sich beim Zuhören eines Musikstücks besonders konzentrieren will. Die Pfiffe und zarten Schnatterlaute, denen sie so ergeben lauschte, wogten in einem sirrenden, flötenden Echo zwischen Paschok und der Aussichtsplattform hin und her, und als schließlich Shy, Cindy, Nana und Domino in das Konzert mit einstimmten, als sie sich nun ebenfalls, fast wie Menschen, kurz im Wasser aufrichteten, um dann, nach einem letzten gemeinsamen Luftsprung, aus dem Kielwasser des Tankers auszuscheren und Kurs auf das *Dolphin Reef* zu nehmen, ließ sich auch Paschok mit einem angeberischen Plumps ins Wasser fallen, und er tauchte erst einige hundert Meter weiter neben seinen Freunden wieder auf, kurz vor der Aussichtsplattform, auf der sich inzwischen eine größere Gruppe von Zuschauern versammelt hatte. »Um drei werden sie immer gefüttert«, sagte Tali. »Sie lieben es.« Sie legte sich auf den Rücken und ließ sich von den kleinen plätschernden Wellen hin und her schaukeln, die der Tanker ins Meer drückte. Nurit öffnete die Augen, schloß sie und machte sie wieder auf. »Paschok auch?« sagte sie so leise, daß Motti sie vom Strand aus kaum verstehen konnte, aber sogar wenn er sie überhaupt nicht hätte hören können – ihr trauriger Blick war nicht zu übersehen. Es funktioniert, dachte er erleichtert, es funktioniert offenbar irgendwie doch. »Natürlich«, sagte Tali. »Paschok hat auch Hunger – so wie du.« »Ich habe keinen Hunger.« »Jetzt nicht. Aber später bestimmt.« »Nein, später auch nicht. Ich habe nie Hunger.« »Ach, das glaube ich dir nicht, *motek.* Das sagst du nur so.« »Nein-nein-nein.« »Wollen wir nachher Pommes frites essen?« sagte Tali. »Nein!« Tali drehte sich auf den Bauch und kraulte mit zwei, drei langsamen Stößen dicht an Nurit heran. »Komm«, sagte sie, »kletter auf meinen Rücken, und wir schwimmen zu ihnen herüber.« »Warum?« »Damit wir sie aus der Nähe sehen können. Ganz aus der Nähe.« »Ist das schön?« »Natürlich.« »Und bleiben sie dann auch da?« »Wir werden ihnen im Meer so nah sein wie nirgendwo sonst. Vielleicht kannst du sogar Paschok reiten.« »Du lügst«, krächzte Nurit und schlug mit beiden Händen wütend gegen das Wasser. »Du lügst, du lügst, du lügst!« Ihre Arme flogen herum wie die Rotorblätter einer Schiffsschraube, das Wasser, das sie aufwühlte, spritzte bis zum Ufer, und einige winzige Tropfen trafen auch Mottis Knöchel. Tali sah ihr mit einem freundlichen, gelassenen Lächeln zu. »Und Korallen werden wir uns anschauen«, sagte sie, »riesige grüne und rote Korallen.« Nurit hielt inne und sagte traurig: »Paschok ist doch auch nicht dageblieben.« Dann begann sie wieder auf das Wasser einzudreschen, aber ihre Schläge wurden von Mal zu Mal kraftloser, schließlich hörte sie ganz auf, und ihre verbrannten roten Ärmchen hingen wie abgestorben an ihrem kleinen Oberkörper herab. »Komm, *motek.* Los – komm«, sagte Tali. Sie sagte es ruhig, aber mit Autorität, und gleichzeitig sprach sie diese wenigen einfachen Worte so liebevoll aus, daß es Motti vor Rührung kalt über den Rücken lief und er sofort all seinen Zorn und seine Ungeduld vergaß. »Komm, Kleine!« wiederholte Tali. Nurit schaute ratlos und ängstlich zu Motti herüber, der ihr natürlich sofort zustimmend zunickte, worauf sie, nun noch mehr verwirrt, die Stirn kräuselte, so als müßte sie eine lebenswichtige Entscheidung fällen, und während von der Trainingsplattform lauter Applaus aufbrandete, begleitet vom entspannten Lachen der Menge, begann es in ihrem Gesicht zu arbeiten. Jetzt zuckten aber nicht nur ihre Lippen, es zuckten auch ihre Augenbrauen, die Lider, die Wangen, doch plötzlich erstarrte sie wieder, und ihr frühreifes kindliches Gesicht wurde genauso glatt und ausdruckslos wie damals das ihrer Mutter, als Motti sie das erste Mal im Flugzeug angesprochen hatte. Dann endlich ließ sich Nurit ins Wasser fallen, sie legte ihre Arme um Talis Hals, und sie schwammen los ...

Sie schwammen zunächst ein Stück hinaus aufs offene Meer, und obwohl sie sich nur langsam, fast unmerklich vom Ufer fortbewegten – ähnlich dem scheinbar stillstehenden Minutenzeiger einer Uhr –, umschloß eine solche Wehmut Mottis Herz, als verschwänden sie gleich für immer hinter dem Horizont. Erst nachdem Tali nach vierzig, fünfzig Metern die Richtung geändert hatte und auf die Pontonbrücke zuzusteuern begann, vor der die grauschimmernden Delphinkörper in einem fort wie Trampolinspringer in die Luft schnellten, beruhigte sich Motti, und seine Angst wich der Freude darüber, daß seine kleine Buba gerade etwas erlebte, was sie wahrscheinlich nie in ihrem Leben vergessen würde. Er hielt die Hand schützend an seine Stirn und betrachtete mit zusammengekniffenen Augen das verwischte, langgezogene Spiegelbild der untergehenden Sonne im Meer. Vielleicht, dachte er, war die Lage ja doch besser, als er geglaubt hatte, und die ganze Reise nicht völlig umsonst, und dann sah er, wie sich einer der Delphine langsam von den anderen entfernte, in einem unentschiedenen, zögerlichen Zickzackkurs, aber plötzlich schoß er direkt auf Tali und Nurit zu, und da löste sich Nurit von Talis Rücken, sie ließ sich einfach nach hinten fallen, ins Meer, sie verschwand im Wasser, so wie der Delphin nun auch, und obwohl Tali sofort hektisch nach ihr zu tauchen begann, erschien sie immer und immer wieder ohne Nurit an der Oberfläche.

Irgendwann hatte Sofie ihm doch noch den wahren Grund ihrer Israelreise verraten. Nicht, daß sie offen über die Sache geredet hätten, sie sprachen über etwas ganz anderes, und es war nicht einmal so gewesen, daß sie absichtlich eine versteckte Bemerkung zu dem Thema fallen ließ. Trotzdem begriff er von einer Sekunde auf die andere alles, und so sehr er sich darüber hätte freuen müssen, daß sein Verdacht, sie mache gemeinsame Sache mit Ima und Aba, absolut unbegründet gewesen war, so wenig konnte er es, denn nun gab es ein neues Problem ... Es war an dem einzigen Abend gewesen, den sie während der Reise allein miteinander verbracht hatten – Aba hatte ihnen angeboten, auf Nurit aufzupassen, und weil Sofie ausnahmsweise keinen Termin hatte, konnten sie gar nicht anders und mußten miteinander ausgehen. Ohne zu wissen, wohin sie überhaupt wollten, traten sie aus dem Hotel in die stickige Nacht hinaus, und nachdem sie kurz überlegt hatten, nach Tel Aviv-Haktana zu gehen oder vielleicht auch über die neue Strandpromenade zu spazieren, schlugen sie schließlich automatisch den Weg in Richtung Schenkin ein. Sie liefen schweigend die Dizengoff hinunter, die zu Mottis Erstaunen viel enger, schattiger und unbelebter war als in seiner Erinnerung, sie blieben in der Bograschovstraße hin und wieder vor einem der vielen Modegeschäfte und Restaurants stehen, die es dort früher nicht gegeben hatte, sie machten eine Runde um den Bialikplatz und betrachteten eine Weile stumm das alte Rathaus, dessen klare weiße Bauhausfassade wie ein mondbeschienener Wüstenfelsen in die Dunkelheit hineinragte. Sie schlenderten – noch immer, ohne ein Wort gesprochen zu haben – durch den staubigen Rothschildpark, bis zur King-George-Straße, und als sie dann oben an der Allenby ankamen, wo sie in die

Schenkin einbiegen wollten, sah Motti, so als hätte sich in all den Jahren absolut nichts geändert, Eli auf dem eingedrückten Geländer vor der *Bank Leumi* sitzen, an ihrem alten Treffpunkt. Er kaute Kürbiskerne und wippte zur Musik seines Walkman mit dem Kopf, er hatte immer noch dieselben dunklen, roten, borstigen Haare und das gleiche eingefallene, zarte Muttersöhnchengesicht, und daß er trotzdem so viel älter aussah als früher, hatte wahrscheinlich damit zu tun, daß er einen Anzug trug, einen weiten hellgrauen Anzug. Motti zuckte zusammen, dann packte er Sofie am Arm und zog sie hinter sich her über die vielbefahrene Allenby, wo die Autos und Busse, ohne auch nur ein bißchen das Tempo zu drosseln, wild hupend an ihnen vorbeirasten. Als sie endlich auf der anderen Straßenseite angelangt waren, schob er sie mit der ganzen Kraft seines schmächtigen Körpers wortlos in eine der um diese Zeit menschenverlassenen dunklen Gassen des Schuks. »Was ist denn los?« sagte Sofie müde. »Nichts-nichts-nichts«, erwiderte Motti, und aus den Hunderten von Sätzen, die durch seinen Kopf schwirrten, suchte er sich den einen aus, der gerade noch Sinn machte, und das dazu passende Bild legte er sich auch gleich zurecht. »Ich weiß etwas Besseres als die Schenkin«, flüsterte er. Er umfaßte mit dem Arm ihre Hüfte, und nach ein paar Metern drückte er sie sanft gegen einen leeren Standtisch. Er küßte sie kurz auf ihren dünnen Mund, doch dann zog er sie sofort hinter die klapprige Holzabsperrung ins Innere der Bude, wo sie niemand sehen konnte. Er nahm sie, so fest er konnte, in die Arme, und nachdem er sie ein zweites Mal geküßt hatte, ging er um sie herum und fuhr ihr unters Kleid, zwischen ihre dicken warmen Beine. Hinterher, als sie fertig waren, blieben sie genauso stehen – beide halbnackt, sie, wie so oft, mit dem Rücken zu ihm, während er sich von hinten an ihrem großen kräftigen Körper abstützte. Sie lauschten, inzwischen wieder ruhiger atmend, den nächtlichen Geräuschen des Schuks –

den Schreien der Katzen, dem Klappern von losen Ladenschildern im Wind und den aus den Restaurants von Kerem Hatemanim herüberklingenden orientalischen Liedern. Ab und zu hörten sie auch ganz in der Nähe Schritte, die jedesmal so plötzlich verstummten, daß Motti dachte, gleich taucht der Standbesitzer vor ihnen auf, der etwas vergessen hat. »Riechst du das auch?« sagte Sofie. Motti legte das Kinn auf Sofies Schulter und küßte ihre warmen, trockenen Haare, während er sich wieder langsam an ihrem Hintern zu reiben begann. »Was?« sagte er verträumt. »Keine Ahnung, was es ist«, sagte sie. Er hob den Kopf und streckte die Nase in die Luft. »Ich rieche nichts«, sagte er. Sie schwiegen, und als er sie erneut küssen wollte, zog sie den Kopf weg. »Wieso riechst du denn nichts?« fuhr sie ihn so leise wie wütend an. »Du hast recht«, log er, »jetzt rieche ich es auch.« »Fisch, verfaulter Fisch«, sagte sie. »Ja.« »Und stinkendes altes fauliges Fleisch.« »Mhm.« »Und Müll. Widerlicher stinkender Müll, der langsam in der Hitze verrottet wie Kadaver ...« Ich könnte gleich noch mal, dachte Motti, und als er merkte, wie seine Erektion nun wieder zu wachsen begann, erregte ihn das um so mehr. »Wie hast du das alles bloß so lange ausgehalten?« sagte Sofie. »Was meinst du?« »Na, all diesen Gestank hier ... Und diesen Lärm.« Sie bewegte sich so, daß er zwischen ihren nassen Pobacken hin und her fahren konnte. »Und dann das ewige Geschrei ... Immer streiten sie sich. Und immer explodieren irgendwo Bomben ... Und überall diese Uniformen und Gewehre ... Sie laufen immer mit ihren Gewehren herum, als wollten sie jemandem damit etwas beweisen.« Motti hörte genau, was sie sagte, er wollte antworten, aber er brachte kein Wort heraus. Das zweite Mal ist meistens viel besser, dachte er nur, viel, viel besser. »Bist du früher auch ständig so mit deinem Gewehr herumgelaufen?« sagte sie, und weil er merkte, daß ihr inzwischen das Sprechen ebenfalls ziemlich schwer fiel, schaltete er kurz ab, er hörte ihr nicht mehr zu, er konzentrierte sich nur noch auf sich. Erst nachdem er gekommen war, realisierte er, was sie gerade gesagt hatte. Es überraschte ihn nicht, er hatte schon lange auf so etwas gewartet, aber nun war es ihm trotzdem unangenehmer, als er gedacht hätte. »Findest du es hier wirklich so schrecklich?« sagte er laut und unsicher. Er lehnte jetzt noch kraftloser an ihrem breiten, schweren Rücken als vorhin, und während er sich über seine eigene Naivität wunderte, kam ihm gleichzeitig der Gedanke, daß er selbst wahrscheinlich am meisten daran schuld war, wie sie inzwischen über Israel dachte – er hätte damals ihr und ihren Eltern eben einfach nicht soviel erzählen sollen. »Ich finde es nicht schrecklich«, sagte sie, »es ist einfach nur anders.« Einfach nur anders, wiederholte er stumm für sich ihre Worte, einfach nur anders. »Du bereust es also, ja?« Er sagte das so herausfordernd, daß er über sich selbst erschrak, aber es gefiel ihm auch, daß er auf einmal die Kraft und den Mut hatte, so offen mit ihr zu sprechen. Sie hatten schon seit Ewigkeiten nicht mehr offen miteinander geredet, ihre Unterhaltungen bestanden zuletzt bloß noch aus komischen Andeutungen, sonderbaren Pausen und merkwürdigen, ausweichenden Blicken. In Wahrheit konnte er sich nicht erinnern, ob sie überhaupt jemals ein offenes Gespräch miteinander geführt hatten. »Was soll ich bereuen?« sagte sie. »Daß wir gefahren sind?« »Nein«, sagte Motti, denn er hatte ihre Konversion gemeint. »Was dann?« »Entschuldige ... Ja.« »Es ging nicht anders«, entgegnete sie, »jemand mußte nach Israel fahren. Und der Doktor hatte keine Zeit ...« Welcher Doktor? Was, zum Teufel, hatte Dani Josipovici damit zu tun? Steckte er mit ihr und Ima und Aba auch unter einer Decke? Hatte sie ihn vielleicht, nachdem die Sache mit dem Jugendamt nicht funktioniert hatte, heimlich angerufen und sich mit ihm einen Plan ausgedacht, wie man ihm Nurit wegnehmen und seinen Eltern zuschanzen konnte? »Es ist so schwer«, sagte Sofie leise, mit einem Zittern in der Stimme, als würde sie gleich anfangen zu weinen oder in eine von ihren Jammerarien verfallen. »Es ist so furchtbar schwer ...« »Was? Was ist schwer?« »Alles ... Allein, daß ich ständig Englisch reden muß, überfordert mich. Ich verstehe immer nur die Hälfte ... Und dann die Leute hier« – sie unterbrach sich und schnappte zwei-, dreimal stumm nach Luft – »die Leute sind mir einfach viel zu schnell. Immer soll ich zu allem gleich meine Meinung sagen, ich soll die Manuskripte über Nacht lesen und Angebote machen und hinterher auch noch Dr. Goerdt am Telefon alles bis in jede Einzelheit erklären.« Dr. Goerdt, dachte Motti, nicht Dr. Josipovici. »Ach so«, sagte er erleichtert, aber dann merkte er, daß die Sache für ihn damit trotzdem noch lange nicht in Ordnung war. »Es war also die Idee von deinem Chef, daß du fährst ...« »Ja, natürlich.« »Sonst wärst du gar nicht gefahren?« »Nein, warum denn – ich war ja schon einmal hier. Das weißt du doch.« »Aber damals hat es dir gefallen.« »Wieso?« »Ich dachte. Ich war mir sicher ... Oder etwa nicht?« Sie antwortete nicht, aber ihr beharrliches, ausuferndes Schweigen war so eindeutig, daß er gar nicht mehr nachzufragen brauchte. Er ließ sie los und zog seine Hose hoch. Er fühlte sich auf einmal wie früher, als er einen ganzen Abend lang alles dafür getan hatte, um mit einem Mädchen schlafen zu dürfen, und wenn sie es ihm erlaubt hatte, wollte er danach kein Wort mehr mit ihr reden. Genauso war es jetzt auch, er wußte selbst nicht, warum, es war ein sonderbares, trauriges Gefühl, und es bedrückte ihn vor allem deshalb, weil sie doch gerade erst angefangen hatten, offen und ehrlich miteinander zu sprechen. Es gab noch so viel, worüber sie reden mußten! Aus, vorbei. Er hatte für ein paar Sekunden die Chance gehabt, ihr die Fragen zu stellen, von deren Antworten vielleicht ihr ganzes gemeinsames Leben abhing, aber das ging nun einfach nicht mehr ... Wieso ekelte er sich so vor ihr? Warum war sie ihm plötzlich so egal, so fremd, so unwichtig? Er verzog enttäuscht die Mundwinkel. Was glaubte er, was sie ihm denn überhaupt auf seine Fragen geantwortet hätte? Nein, Motti, ich wollte gar nicht Jüdin werden. Ja, Motti, ich bin immer noch so deutsch wie vor dem G'iur. Ach, um sie ging es doch überhaupt nicht – um sie ging es schon lange nicht mehr. Es ging um Nurit und um ihn selbst, und es ging darum, daß das alles endlich aufhören mußte. Niemand wußte das besser als er – es war eine Droge, ein Segen, ein Verbrechen, und er hätte jede Hilfe angenommen, um diese schreckliche Sache in den Griff zu kriegen, die Hilfe mußte nur ehrlich gemeint sein. Aber was wäre überhaupt die richtige Hilfe gewesen? Sie und ihn auseinanderreißen? Bestimmt nicht. Sie mußten zusammenbleiben, denn ohne ihn war Nurit völlig verloren, ohne ihn konnte sie gleich aufhören zu atmen, zu sprechen, zu sein, zumindest so lange sie in Sofies Land lebten. Sie mußten zusammenbleiben, ja, und dennoch voneinander getrennt werden, und trennen konnte sie nur ein einziger Mensch, dem das alles aber offensichtlich völlig egal war ... Wie konnte sie nur so kalt sein? Nurit war doch ihre eigene Tochter, sie war ihr Fleisch und Blut, sie war sie. Sie war sie? Nein, noch nicht – noch nicht! Und wenn er keinen Fehler machte, würde sie auch niemals eine zweite Sofie werden ... Ach, Sofie – immer wollte sie ihre Ruhe haben, das war das einzige, was sie interessierte. Sie wollte bloß keinen Ärger, sie hatte, wie sie fand, mit ihrem eigenen Leben Probleme genug, und wenn sie sich auch noch mit seinen Sorgen hätte beschäftigen müssen, wäre der Streß für sie zu groß gewesen. Streß. Streß! Wie sehr haßte Motti dieses Wort. Immer war alles Streß für Sofie, Studieren war Streß, Arbeit war Streß, Erkältungen waren Streß, Wegfahren war Streß, Zurückkommen war Streß, Erwartungen waren Streß, Ausgehen war Streß, Reden war Streß, Erziehen war Streß, mehr als zwei Leute an einem Tisch waren Streß. Wäre sie ihm jetzt nicht so fremd und gleichgültig gewesen, dann hätte er sie bestimmt gefragt, ob Liebe für sie eigentlich auch Streß sei. Aber nicht diese melancholische, pubertäre Verletzte-Seele-Liebe zwischen jenen Männern und Frauen, die nie alt werden wollten und von der wahrscheinlich niemand soviel verstand wie Sofie, sondern die ruhige, erwachsene, selbstlose Liebe eines Menschen zu einem anderen Menschen, bei der sich manchmal bereits in einer einzigen Geste oder Berührung – dem Streicheln eines Kinderkopfes, dem Kuß auf die Wange des Freundes, dem Biß in Nurits Hals – alle Trauer und alles Glück des Lebens offenbaren kann. Genau – das hätte er sie gefragt, wenn er gekonnt und gewollt hätte, und dann hätte er, wenn er schon dabei war, auch noch von ihr wissen wollen, warum sie ihn seit Jahren ihre Tochter ficken ließ, worauf sie ihm natürlich keine Antwort gegeben hätte. Aber das wäre gar nicht mehr nötig gewesen, denn er hatte es ja gerade ganz von allein kapiert, vielleicht war sie ihm darum jetzt so egal. Kalte, böse Frau, dachte Motti, er steckte das Hemd in die Hose und machte den Gürtel zu. Er sah in der Dunkelheit, wie Sofie – immer noch mit dem Rücken zu ihm – umständlich ihren Slip hochzog, der sich vorhin um eines ihrer dicken Beine gewickelt hatte, und wie sie ihr viel zu weites, mit einem groben Blumenmuster bedrucktes Kleid glattstrich. Er wandte sich angewidert von ihr ab und konzentrierte sich zur Ablenkung wieder auf die Geräusche des Schuks. Alles war ruhig, man hörte keine Musik mehr, keine Katzen, auch der Wind hatte sich gelegt. Nur ab und zu erklangen, jedesmal etwas näher, wie aus dem Nichts diese seltsamen unruhigen Schritte, die dann sofort wieder verhallten. Noch bevor Motti anfangen konnte zu überlegen, wer hier um diese Zeit so nervös herumrannte, trat Sofie in das mattsilberne Mondlicht, das wie ein Keil durch die Tür in das dunkle Innere des Standes fiel. Sie sah in dem Licht viel korpulenter und wuchtiger aus, als sie es inzwischen war – Motti mußte an ihre Mutter denken, wie sie früher immer genauso groß und bedrohlich die Treppe des dunklen Hauses in Harlaching heruntergekommen war –, und während Sofie ihm nun die schweren Arme auf die Schultern legte, während sie ihn, als wäre er so leicht wie ein Kind, mühelos an sich heranzog, während sie den Mund gegen sein Ohr preßte und ihm mit dieser Kleinmädchenstimme, die sie in besonders vertrauten Momenten hatte, zuflüsterte, es sei wirklich schön gewesen, so schön, schloß Motti angeekelt die Augen. Kaum waren sie zu, sah er Sofie wieder – das heißt, so richtig sah er sie nicht, er sah nur Teile von ihr, er sah ihre hochfliegenden Augenbrauen, er sah ihre weiße, glänzende Stirn, er sah ihre viel zu kleinen, knorpeligen Ohren, aber all diese Dinge ergaben zusammen trotzdem kein geschlossenes Bild, und er wußte auf einmal gar nicht mehr, wie sie aussah, so nah er ihr gerade auch war. Dann probierte er dasselbe mit seiner Buba, er dachte an ihre eng zusammenstehenden Brauen, die wie bei ihm gemeinsam mit ihrer langen, schmalen Nofretete-Nase ein T bildeten, er dachte an ihre verträumten silbernen Äuglein, an das hellbraune Muttermal auf der Spitze ihres Kinns, an ihr befreites, entspanntes Lächeln, das jedesmal ihre Lippen umspielte, wenn sie auf ihm war. Kaum hatte er sich das alles vorgestellt, sah er auch schon ihr ganzes Gesicht, er sah es so genau, als säße sie vor ihm oder, noch besser, als betrachte er seit Stunden ihre Fotografie. »Kann ich nicht mit ihr ein paar Wochen länger hierbleiben?« entfuhr es ihm plötzlich, aber weil Sofie ihn weiterhin so fest an sich drückte, daß er wie ein Egel mit dem Mund an ihrem Hals klebte, waren seine Worte kaum zu verstehen. »Was hast du gesagt, Liebling?« sagte sie zärtlich und lockerte ihren Griff. Er zögerte. »Ich wollte wissen« – er nahm all seinen Mut zusammen – »ich wollte wissen, ob ich nicht mit Nurit noch etwas länger hierbleiben kann. Das wäre bestimmt gut für sie. Es geht alles viel langsamer, als ich dachte, weißt du … Sie braucht noch so viel

Zeit –« »Was?« platzte Sofie heraus, und ihre Stimme war gar nicht mehr süß und kleinmädchenhaft. »Du allein mit ihr?« Sie schob ihn weg und sah ihn ratlos an, und nun war er es, der es nicht schaffte – so wie sie sonst bei einem unangenehmen Thema –, sie direkt anzusehen, und er senkte schuldbewußt den Blick. So standen sie eine Weile da, stumm und ohne sich zu bewegen, sie standen da, in das kühlende, traurige Mondlicht getaucht, wie zwei Statuen, und wahrscheinlich hätten sie noch eine ganze Ewigkeit so verharrt, wenn nicht kurz darauf wieder diese seltsamen Schritte erklungen wären und dann auch zwei leise, gepreßte Stimmen, die sich miteinander nervös auf Arabisch unterhielten. »Wir müssen sofort weg hier«, stieß Motti hervor, »weg-weg-weg ...«

Auf der Rückfahrt von Eilat nach Tel Aviv mußte Motti immer wieder an Ima denken. Er und Nurit hatten in dem schwach besetzten Autobus die letzte Bank für sich allein, und während die Kleine, solange es noch hell war, stumpf und ohne ein einziges Mal umzublättern, in ihr Erich-Kästner-Buch starrte, das er ihr gleich bei der Abfahrt in die Hand gedrückt hatte, sah Motti die meiste Zeit aus dem Fenster hinaus. Beim Anblick der riesigen roten Sonne, die irgendwann hinter den alabasternen Felsen des Negev so schnell zu verschwinden begann, daß sie sich innerhalb weniger Sekunden schmutziggrau verfärbten, fühlte er sich wie im Theater, wenn zwischen zwei Akten schnell die Kulissen gewechselt werden. Als es kurz darauf draußen so schwarz wurde, daß man außer den ab und zu vorbeiwischenden Scheinwerferlichtern der entgegenkommenden Wagen gar nichts mehr sehen konnte, fiel ihm das Automarkenturnier ein, das Eli und er während langer Busfahrten immer gespielt hatten, und er lächelte stumm vor sich hin ... Ima hatte ihm früher nie erzählt, was damals in Deutschland mit ihrer Familie passiert war. Er wußte nur, daß sie selbst mit der Jugendaliah ein paar Jahre vor Anfang des Krieges rausgekommen war, und daß ihre Eltern und ihre um fast zwanzig Jahre ältere Schwester nicht zu retten gewesen waren, hielt er immer für ebenso selbstverständlich wie alles andere, was Juden in jener Zeit zugestoßen war. Warum war es ihr, nachdem sie in den vergangenen beiden Wochen kaum mit ihm geredet hatte, plötzlich aber so wichtig gewesen, ihm endlich einmal die ganze Geschichte zu erzählen? Er verstand bis jetzt nicht, was sie ihm damit sagen wollte, als sie, noch kälter und wegwerfender als sonst, während ihres letzten Besuchs in Ramat Gan völlig unvermittelt davon anfing, wie ihre Schwester und ihre Eltern, die schon auf einer Haawara-Rettungsliste gestanden hatten, in letzter Minute von einem Funktionär der Jewish Agency gegen drei Jugendliche von Betar ausgetauscht worden waren, weil sie, wie er gefunden hatte, für den Aufbau des Landes in ihrem Alter unbrauchbar waren. »Wen haßt du jetzt mehr, Ima«, hatte Motti sie, nachdem sie zu Ende erzählt hatte, gefragt, »die Deutschen oder unsere Leute?« »Du bist ein Idiot, Motti«, erwiderte sie. Dann sagte sie den ganzen Abend lang gar nichts mehr, und erst als er gehen wollte, weil Nurit ins Bett mußte, ließ sie gleich noch ein zweites Mal ihren Erinnerungen freien Lauf, und nun sprach sie von ihrer Irgun-Zeit, von der er bis dahin nie etwas gewußt hatte. Sie erzählte, wie sie als fünfzehnjähriges Mädchen im Nahkampf und Schießen ausgebildet worden war, sie erzählte von ihren nächtlichen Versammlungen im schwarzgestrichenen Keller des Herzliah-Gymnasiums, von den blutrünstigen romantischen Liedern, die sie dort gesungen, und den dunklen Masken, die ihre erwachsenen Anführer immer getragen hatten. Sie erzählte von ihren Flugblättern, Demonstrationen und Brandanschlägen gegen die Regierungsbüros der Briten, nachdem diese eines Tages erklärt hatten, es dürften keine Juden mehr ins Land, und dann erzählte sie ihm von dem einen schrecklichen Winter, in dem die Haganah auf Befehl Ben Gurions Jagd auf wichtige Irgun-Mitglieder gemacht hatte, um sie den Briten auszuliefern oder auch einfach nur um sie auszurauben und zu verprügeln. Als er längst genug hatte von ihren Geschichten, kam noch die *Altalena* dran, dieses mit Tausenden von Gewehren, Granaten und Minen beladene, vor der Küste Israels tagelang ankernde Irgun-Schiff, um das im Juni 1948 für vierundzwanzig Stunden in Tel Aviv zwischen Begins und Ben Gurions Leuten Krieg herrschte, mit echten Straßenschlachten und echten Toten. Einen von ihnen hatte Ima gesehen, hinten im Hof ihres Mädchenwohnheims Ecke Hayarkon und Arlozoroff, wo er mit aufgerissenem Bauch und zertrümmertem Gesicht über der Kinderschaukel hing, in der er auf der Flucht vor seinen feindlichen Brüdern hängengeblieben war. Ab und zu hatte sich die Schaukel noch wie von selbst bewegt, und durch die Bewegung löste sich jedesmal ein leiser dumpfer Schuß aus seinem Gewehr, an das er sich im Tod klammerte. »Jetzt ist aber genug, Jael«, unterbrach Aba sie schließlich mitten im Satz, »die Kleine muß endlich ins Bett.« »Nein«, sagte Motti, »wartet …« Er sprang vom Sofa auf und torkelte wie ein Schlafwandler zur Wohnungstür und wieder zurück, in seinem Kopf rauchte es wie nach einer Schlacht, und seine Verwirrung war so groß, daß er im selben Augenblick vergessen hatte, was er Ima gerade noch hatte fragen wollen. Als er wieder vor dem Sofa stand, sah er ratlos zu ihr hinunter, er schlug sich, viel zu pathetisch, wie er nun fand, mit beiden Fäusten gegen die Brust, öffnete den Mund – und brachte kein einziges Wort heraus. Ima beobachtete ihn geduldig, ohne Zorn oder Wut in ihren zu Schlitzen verkleinerten Augen, dann zog sie ihn zu sich herunter, sie hauchte einen trockenen, flüchtigen Kuß auf seine Wange und flüsterte: »Wir wissen alle, was Krieg ist, Mamele, nicht nur du …« Was, verdammt, hatte sie ihm damit sagen wollen? überlegte Motti und lehnte den Kopf gegen das Busfenster.

Was wußte sie? Hatte Eli ihnen vielleicht bei seinem Besuch alles erzählt? Aber auch wenn – was hatte das eine mit dem andern zu tun? Aus der Aircondition-Düse über ihm strömte sanft kühle Luft auf Motti herab, sie überflutete sein Gesicht, seinen Hals, seine Arme, und kaum stellte er sich vor, wie gut es wäre, jetzt einzuschlafen, war er auch schon weg. Als er aufwachte, standen sie auf einem Busbahnhof, den er nicht kannte. Es mußte Beerschewa oder Dimona sein, denn es war erst kurz vor halb neun, und bis Tel Aviv brauchten sie noch mindestens drei Stunden. Gut, sehr gut, dachte er, er würde schnell draußen auf die Toilette gehen, vielleicht mußte Nurit auch. Aber noch während er sich vom Schlaf ganz verspannt und ungelenk streckte, gingen die Türen wieder zu, und sie fuhren weiter. Sie umkurvten zunächst lange und umständlich den Busbahnhof, sie rollten durch menschenleere Geschäftsstraßen, vorbei an verriegelten, abgedunkelten Läden und großen, nachlässig zusammengekehrten Müllhaufen auf viel zu schmalen Bürgersteigen, sie passierten ein völlig ausgestorbenes Industriegebiet, das sich mit seinen kaputten Zäunen, grauen Schornsteinen und unförmigen Fabrikhallen in die Dunkelheit der Nacht zurückgezogen hatte wie ein Detektiv, der im Schutz eines Hauseingangs auf den Mann wartet, den er beschatten muß, und während sie dann noch eine halbe Ewigkeit lang durch die immergleichen Wohnviertel fuhren, in denen lauter niedrige, heruntergekommene Plattenbauten standen, ohne Terrassen, wie sie in Tel Aviv oder Haifa jedes Haus hatte, aber mit um so kleineren, meist nur schwach erleuchteten Fenstern, überlegte Motti, was wohl wäre, wenn er in einer solchen vergessenen Wüstenstadt mit Nurit einfach aussteigen würde, für immer und auf alle Zeiten, wenn er sic nicht nach Tel Aviv zurückbringen würde, damit sie morgen zu dritt nach Deutschland fliegen konnten, sondern statt dessen mit ihr hierbliebe und ein neues, anderes Leben anfinge. »Das wäre immer noch besser für sie als alles andere«, sagte er leise, er merkte gar nicht, daß er mit sich selbst redete, und er löste sich erst aus seinen Gedanken, als er neben sich dieses merkwürdige, sanfte Knacken vernahm. Er wußte zuerst nicht, woher es kam, er drehte sich um, aber da war nur Nurit, sie lag auf der leeren Bank neben ihm und schlief. Als er endlich kapiert hatte, daß sie es war, die im Schlaf dieses schöne, fremdartige Geräusch machte, erinnerte er sich, wo er es schon einmal gehört hatte. Das war doch Paschoks Signal gewesen, nicht wahr, das waren seine Worte und Lieder und Liebkosungen, mit denen er sie beide vorhin so verzaubert hatte, zuerst ihn, Motti, und dann, als er schon jede Hoffnung aufgegeben hatte, auch sie, seine kleine stumme Prinzessin. Motti sah nun wieder alles genau vor sich, und er hörte, als wäre seine Erinnerung ein Film, dazu als Soundtrack diese eigentümliche, ergreifende Delphinmelodie. Er sah, wie Nurit Talis Hals losließ und fast zeitlupenartig ins Meer rutschte, er sah, wie der von der Pontonbrücke heranfliegende, laut lachende und schnatterende Paschok ebenfalls unter der Wasseroberfläche verschwand, er sah, wie Tali immer wieder hektisch wegtauchte, jedesmal mit einem noch verzweifelteren, häßlicheren Ausdruck in ihrem sonst so freundlichen Riesinnengesicht, doch da hielt sie inne, sie lachte befreit auf und riß einen ihrer langen Arme in Mottis Richtung hoch, mit nach oben gestrecktem Daumen. Dann tauchte Paschok neben ihr auf, mit Nurit auf seinem glatten, runden Rücken, sie schossen blitzartig aus dem Wasser heraus und jagten kreuz und quer durch die Wellen, von einem Ende der Bucht zum andern, wie Cowboy und Pferd auf einer Rodeobahn. Und das Knacken und Schnattern des Delphins vermischte sich dabei mit dem hellsten, seligsten, fröhlichsten Kinderlachen, das Motti in seinem vergeudeten Leben jemals gehört hatte … Aber vielleicht war sein Leben gar nicht so vergeudet, dachte er plötzlich, vielleicht würde noch alles gut werden! Er beugte sich über die schlafende Nurit, und in dem Zwielicht, das im Bus war, erschien ihm ihr Kindergesicht wie das einer erwachsenen Frau, was sicherlich nicht allein an den dunklen, ernsten Schatten lag, die sich in ihren Augenhöhlen und Mundwinkeln eingenistet hatten. Sie sah ernst, aber nicht streng aus, sie wirkte selbstbewußt und trotzdem freundlich und zart, vor allem jedoch kam sie ihm wie ein Mensch vor, der schon so unendlich viel in seinem Leben durchgemacht hat und sich dennoch niemals davon hat verbittern lassen. Sehr gut, meine Kleine, du wirst deinen Weg gehen, dachte er stolz, und keiner wird dich je daran hindern: Sie nicht, aber auch ich nicht, und überhaupt niemand auf der Welt. Du wirst dich immer zurechtfinden, egal wo und mit wem du zusammen sein wirst, du wirst die Menschen vielleicht nicht lieben, aber fürchten wirst du sie auch nicht. Du wirst, wie schon jetzt, auf deine eigene ruhige, überlegte, unerschütterliche Art mit ihren kleinen Fehlern und großen Vergehen fertigwerden, und du wirst dich, im Gegensatz zu deinem Vater und deiner Mutter, nicht gleich von allem und jedem aus dem Gleichgewicht bringen lassen. Du wirst nicht sofort zusammenbrechen, wenn dein Professor dich belügt, wenn die Arbeit, die du machst, deiner unwürdig ist oder wenn in der Luft und im Regen ein bißchen Cäsium herumschwirrt, du wirst nicht den Kopf verlieren, wenn so ein verfluchter Fatah-Hurensohn dich in seine kindische Falle zu locken versucht oder wenn du nachts auf dem Schuk Männer aus Gaza, die dort illegal übernachten, Arabisch sprechen hörst. Du wirst auch keine Depressionen kriegen, wenn du auf eine Party gehen mußt, wo du niemanden kennst, es wird dir egal sei, wenn sich deine Schwiegereltern mit deinen Eltern zanken oder wenn deine Mutter immer nur so heißkalt und sonderbar ist mit dir. Du wirst, anders als deine Eltern, auf jede Situation und jeden Menschen richtig und umsichtig reagieren, du wirst eben wirklich erwachsen sein, du wirst dich selbst so gut kennen, wie sie es niemals getan haben, du wirst wissen, warum du etwas tust und weshalb du dort lebst, wo du lebst – und daß dieses Land am Ende Israel sein wird, ist natürlich auch vollkommen klar und geht mich in Wahrheit nichts an. Denn du, meine Große, mußt selbst über dein Leben bestimmen, du mußt wissen, wo und wann du dich entscheiden wirst, aus deinem Dornröschenschlaf aufzuwachen, der mir schon so lange solchen Schmerz und Kummer macht, und der – jetzt habe ich es endlich begriffen! – einfach nur ein Trick ist, nichts als ein Trick, nicht wahr. Warte ... Warte! Habe ich dir überhaupt schon gesagt, Prinzessin, daß es unser Land sein wird, wo du zu dir kommen, wo du fröhlich und leicht und glücklich werden wirst? »Habe ich es dir schon gesagt?!« »Was, Vati?« »Was ...? Was ist los?« »Was hast du gesagt, Vati?« »Nichts, gar nichts. Das heißt doch. Hast du Durst? Möchtest du etwas trinken?« »Ja.« »Hier – warte.« »Aua ... Es ist so hell.« »Trink! Ich mache das Licht gleich wieder aus.« »Ja ...« »Was bist du nur für ein schönes, süßes Mädchen ... Und so erwachsen. Bist du mein Mädchen?« »Ja.« »Hast du gar nicht geschlafen?« »Nein.« »Aber deine Augen waren doch die ganze Zeit zu.« »Nein.« »Hast du mich angesehen?« »Ja.« »Im Dunkeln?« »Ja.« »Und willst du mich wieder so ansehen?« »Ich weiß nicht.« »Komm her, du meine Liebe, komm sofort her!« »Vati ...« »Warte.« »Vati ...« »Was?« »Hörst du das? Das ist doch Paschok ...« »Nein, das bist du.« »Das bist du.« »Das bist du ...«

Als Motti sich endlich, nachdem er einmal durch die ganze Straßenbahn getaumelt war, hinten auf einen der harten dunkelblauen Sitze fallen ließ, erblickte er direkt neben sich in der blauverspiegelten Fensterscheibe mein Gesicht. Ich lächelte ihm zu, aber er sah mich aus seinen kleinen, wie bei einem Wiesel oder Marder eng zusammenstehenden Augen so ernst und skeptisch an, daß mir mein aufgesetztes Lächeln sofort wieder verging. Ich klopfte laut gegen die Scheibe und machte ihm, mit beiden Händen winkend, wilde Zeichen. Ich wußte selbst nicht genau, was ich wollte – zu ihm in die Straßenbahn einsteigen oder ihn dazu bewegen, wieder herauszukommen, damit ich ihn mit dem Taxi gleich zum Arzt bringen konnte. Seit er aus der *Waldschänke* davongerannt war, hatte ich ihn überall gesucht, im Bahnhof, in der Bayerstaße, am Stachus, und jetzt war ich vor allem erleichtert, ihn wiedergefunden zu haben. Ich klopfte immer weiter gegen die Fensterscheibe, und schließlich lächelte er doch noch zurück, ganz selig und weggetreten, er erwiderte sogar auf seine Art mein Klopfen, indem er seine blutverschmierte linke Hand von innen gegen das Glas drückte, aber dann setzte sich die Straßenbahn mit einem leisen metallischen Summen in Bewegung, und unsere Blicke lösten sich voneinander.

Motti war glücklich, schrecklich glücklich. Endlich war alles so klar und normal wie schon lange nicht mehr – er wußte genau, wo er sich befand, er wußte, was er als nächstes zu tun hatte, und er wußte auch, was in den letzten Minuten und Stunden alles passiert war. Nein, unangenehm war ihm nichts daran, jetzt, im nachhinein, es war ihm ja längst egal, was die Leute hier von ihm dachten. Er war einfach nur froh, daß er die schlimmsten Momente dieses Tages ohne seine Medikamente durchgestanden, daß er die Krise aus eigener Kraft überwunden hatte, und so schlecht es ihm nun körperlich ging, so stolz war er auf die Verletzungen, die er bei dem Kampf gegen sich selbst davongetragen hatte, auf die zerschnittene Hand, das aufgeschlagene Kinn, den verrenkten Knöchel. Die Schmerzen, die er überall hatte, waren ohne Bedeutung, im Gegenteil, er spürte ihnen genüßlich bis ans Ende jedes einzelnen Nervs nach, und die Klarheit und Genauigkeit, mit denen er sie lokalisierte, empfand er als Zeichen seiner neuen Stärke. Auch die Kälte, die ihn die bis jetzt so fest im Griff gehabt hatte, machte ihm nichts mehr aus, sie erfrischte ihn, sie stieg von seinen Armen und seinem Rücken in kleinen Windschauern in seinen Kopf und blies ihn frei.

Wie durchschaubar und logisch auf einmal alles war! Und wie gut fühlte es sich an, nach so langer Zeit wieder ganz aus eigener Kraft alles unter Kontrolle zu haben! Allein, daß er mich ausgetrickst hatte, daß es ihm gelungen war, so zu tun, als sei er ein unansprechbarer Irrer mit starrem Blick und jenseitigem Lächeln, war eine absolute Meisterleistung gewesen. Es ging aber auch gar nicht anders, er mußte sich doch etwas einfallen lassen, um seinen Plan zu retten, und sosehr es ihn gefreut hatte, daß sich endlich einmal jemand um ihn kümmern wollte – es war nicht der Moment dafür gewesen. Er durfte sich nicht aufhalten lassen, die Zeit drängte, jede Minute, jede Stunde, die Nurit noch länger bei Sofie blieb, war schon zuviel. Bestimmt machte Nurit sich gerade wieder für einen ihrer Filme fertig, bestimmt stand sie in diesem Augenblick in der Amalienstraße im Badezimmer, sie hatte bereits geduscht und sich die Haare gefönt und mit diesen kleinen gelben Spangen hochgesteckt, jetzt mußte sie nur noch die Haare unter ihren Achseln und an ihrer Möse wegrasieren, sie mußte sich den bunten Kinderbikini anziehen, den sie von ihrem Regisseur beim letzten Mal bekommen hatte und der ihr, wie alle anderen vorher, natürlich zu klein war, vor allem oben, so daß ihre großen, unreifen Mädchenbrüste noch mehr wie aufgeblasen wirkten. Wenn sie sich in das Oberteil hineingezwängt hätte, wäre sie dann auch fast schon für ihren neuen Auftritt bereit, sie würde schnell in ihre Jeans schlüpfen und gedankenverloren die Knöpfe ihrer dünnen weißen Bluse zumachen, und hinterher würde sie sich mit einer Zeitschrift oder einem Gameboy aufs Bett setzen und warten, bis es an der Tür klingelte und sie, wahrscheinlich sogar mit Sofies Wissen, abgeholt wurde. Ja, und genau darum mußte Motti unbedingt vorher da sein, er mußte sie retten, für immer, aber auch für jetzt, er mußte dafür sorgen, daß sie schon heute nacht mit diesem Dreck aufhörte, mit diesen Schweinereien, für die er sie, kaum wäre sie endlich bei ihm, sofort bestrafen würde, damit sie sich daran erinnerte, wer sie wirklich liebte.

Die plötzliche Klarheit seiner Gedanken kam Motti, sosehr er sie genoß, wie das Normalste auf der Welt vor. Er sah ruhig aus dem Fenster in die Nacht hinaus, genau an der Stelle, wo vorher mein Gesicht gewesen war. Die dunklen Bänder der Straßenbahnschienen, die den mit einer papierdünnen Schneeschicht bedeckten Lenbachplatz in weitgeschwungenen Linien zerschnitten, tauchten für den Bruchteil einer Sekunde im hintersten Winkel seiner Augen auf, während gleichzeitig die Bahn so schnell in die schmale, düstere Ottostraße hineinglitt, als würde sie von ihr aufgesogen. Im nächtlichen Schatten der großen alten Bankpaläste und ihrer hoch hinaufragenden, blinden Rückfassaden rieselten winzige Schneeflocken zu Boden, doch die meisten tauten, noch bevor sie ihn berührten. Vor dem Bernheimpalais parkten auf dem Bürgersteig zwei lange flache Sportwagen, in deren Karosserien sich die flackernden Flammen der Fakkeln spiegelten, die über dem Portal des *Lenbachcafés* brannten. Motti sah hinter den zahllosen stockwerkhohen Fenstern des Lokals große, runde, weiß gedeckte Tische und rote Samtstühle, es gab kaum Gäste, und in der Bar auf der andern Seite des Eingangs war außer ein paar unentschlossen umherlaufenden Kellnern in pfefferminzgrünen Schürzen überhaupt niemand. Er bewegte langsam den Kopf gegen die Fahrtrichtung und schaute so lange nach hinten, bis das *Lenbachcafé* aus seinem Blick verschwand, und als er sich dann wieder umdrehte, entdeckte er mich erneut im Straßenbahnfenster. Das kann doch gar nicht sein, dachte er. Er sah weg, sah nochmal hin, und nun erblickte er in der großen, blaugetönten Scheibe, überlagert von der fast durchsichtigen Spiegelung seines eigenen Gesichts, auch Marie. Sie trug eine große braune Reisetasche, während sie mit kleinen Schritten durch die Wandelhalle des Hauptbahnhofs hinter mir her eilte, sie schleifte die Tasche, die offenbar viel zu schwer war, über den Boden und drehte sich jedesmal, wenn sie jemanden damit anstieß, überrascht um, aber sie entschuldigte sich nicht, sie schob bloß erschrocken ihre schweren dunklen Haare aus der Stirn und fuhr sich mit dem Unterarm über das schöne rote Gesicht, das vor Anstrengung ganz verschwitzt war. Er kannte das von ihr, sie regte sich, so ruhig und zielstrebig sie für gewöhnlich wirkte, leicht auf, wenn sie in Streß geriet, und dann begann sie unter den Augen und auf der Nase zu schwitzen. Streß, so war es ihm immer vorgekommen, bedeutete für Marie vor allem die Angst, etwas nicht zu schaffen – egal, ob es ihr darum ging, den Unterricht bei ihm rechtzeitig zu beenden, damit sie noch zum Einkaufen kam, oder ob sie sich von ihm etwas, das sie unbedingt verstehen wollte, immer und immer wieder erklären ließ, obwohl er in der Sekunde selbst nicht die genaue Antwort wußte. Am meisten geriet sie aber außer sich, wenn sie ihn nervös, fast verzweifelt darüber ausfragte, ob es auch möglich war, beim G'iur durchzufallen. Aber natürlich – der G'iur! Er hatte schon vor ein paar Monaten für sie den Kontakt nach New York hergestellt, zu einem Reformrabbiner, der früher mit der amerikanischen Armee in München gewesen war und den er damals beim Schiwesitzen für den alten Liska kennengelernt hatte. Als er Marie heute abend mit mir am Bahnhof gesehen hatte, war sie wahrscheinlich gerade auf dem Weg zu ihm gewesen. Nein, ganz bestimmt sogar. Aber wieso war ihm das vorhin nicht gleich eingefallen? Und wieso wußte er es jetzt so genau? Weil es ihm vorhin noch sehr schlecht ging, jetzt aber sehr gut, so gut, daß er nun sogar die schläfrige

Müdigkeit, die ihn jäh übermannte, als sehr schön und völlig ungefährlich empfand.

Als Motti die Augen wieder öffnete, sah er in der großen dunklen Fensterscheibe, wie Marie die Arme um mich legte, er sah hinter seinem eigenen müden, unrasierten Gesicht und vor dem in nächtlicher Schwärze erstarrten Rund des Karolinenplatzes, wie sie ihre Wange an meiner Wange rieb, und gleichzeitig hörte er, wie sie auf mich mit derselben kindlichen Stimme einredete, mit der es früher immer auch aus Sofie herausbrach, wenn etwas nicht so war, wie es sein sollte. Marie stand, leicht vornübergebeugt, in einer der Türen der endlos langen Flughafen-S-Bahn und versuchte mich halb im Spaß, halb im Ernst vom Bahnsteig in den Zug zu ziehen. Als ich kurz darauf aus den Lautsprechern von einer schlechtgelaunten, ungeduldigen Männerstimme aufgefordert wurde, endlich von der Tür zu verschwinden, preßte sie ängstlich den Kopf gegen meine Schulter, worauf ich ihr - Motti hatte auch das genau hört - noch schnell zuflüsterte, sie solle sich keine Sorgen machen, sie hätte die Prüfung in Wahrheit schon längst geschafft, einfach dadurch, daß sie überhaupt beschlossen hatte, sie zu machen, so wäre das eben mit dem Übertreten, und darum wäre dabei noch nie jemand durchgefallen, außerdem käme ich bald nach, dann wären wir wieder zusammen, und das wäre ohnehin das Wichtigste. Konnte sie wirklich nicht durchfallen? dachte Motti plötzlich erschrocken. Er selbst hatte ihr das zwar auch immer gesagt, aber so sicher war er sich nicht. Er hatte zumindest einmal von einem Fall gehört, bei dem jemand von einem Beth Din abgewiesen wurde, aber das war wahrscheinlich ein Verrückter gewesen, ein Verrückter und ein Dummkopf, der den Rabbinern, als sie ihn fragten, warum er zum Judentum konvertieren wolle, erklärt hatte, er sei Geschäftsmann, und weil sich die Juden, die doch vom Geldmachen soviel verstünden, alle untereinander kennen würden, wolle er gern einer von ihnen werden, damit er nicht mehr so lange auf seine erste Million warten müsse. So dumm wäre Marie natürlich auf keinen Fall gewesen, sie war – vielleicht hatte Motti sie deshalb nie mit einem von seinen Spottnamen belegt – seine intelligenteste Schülerin, sie war klüger als Frau Lot, als Fräulein Wasserleiche, als Minnie Maus oder als die verrückte Frau Gerbera, sie war wahrscheinlich auch klüger als er selbst. Wenn überhaupt, dann würde genau das ihr Problem werden, denn sollte sie mit den Rabbinern von Long Island, egal ob reformiert oder nicht, so herumdiskutieren, wie sie es manchmal mit ihm getan hatte, dann konnte sie es tatsächlich vergessen. Sie wollte immer für alles eine logische, weltliche Begründung haben, sie wollte genau erklärt bekommen, warum denn nun wirklich nach der Thora Milch und Fleisch nicht zusammen gegessen werden durften, warum es nicht erlaubt war, Leinen und Wolle zu einem Stoff zu verweben, warum die Männer sich Pajes wachsen lassen mußten, warum Gott den Juden verbot, verschiedene Tierarten miteinander zu kreuzen oder Pflanzen durch Pfropfen zu veredeln. Der Haken an ihren ungeduldigen, nie zu befriedigenden Fragen war, daß es auf den ersten Blick zwar die gleichen Fragen waren, die sich die Gelehrten auch schon immer gestellt hatten, nur taten die es mit dem Wissen, daß alle Gebote und Verbote in Wahrheit gar keine Begründung brauchten, denn sie waren von Gott befohlen, von ihrem Gott. Bei Maries Kreuzverhören kam es Motti dagegen jedesmal so vor, als ob sie überhaupt nicht damit rechnete, daß es einen Gott gab, sondern bloß einen besonders praktischen Lebensstil, den sich die Juden ausgedacht hatten, um gesünder, klüger und friedlicher durch die Jahrhunderte zu kommen als andere Völker. Wahrscheinlich, dachte Motti, hing ihre viel zu nüchterne Haltung mit ihrer protestantischen Erziehung zusammen, mit ihrer Herkunft aus einer großen Hamburger Familie, deren Mitglieder, wie sie es ihm einmal erzählt hatte, sich nicht nur an Ostern und Weihnachten in der hauseigenen Kapelle trafen. Und ganz bestimmt hatte ihre bohrende Fragerei damit zu tun, daß sie es als Journalistin – sie arbeitete, während sie abends an ihrer Doktorarbeit schrieb, tagsüber beim Bayerischen Rundfunk – gar nicht anders gewöhnt war, über die Dinge zu sprechen. Doch eigentlich war es Motti völlig egal gewesen, was sie dachte und warum, er selbst kam sich, wann immer ihm das kurze Gottesfieber einfiel, das damals Raw Piterbaums Lügenbuch in ihm entfacht hatte, gegenüber seinen Schülerinnen so zynisch und kalt vor wie ein alter Offizier, der nach all den Grausamkeiten, die er gesehen und getan hatte, nun junge Rekruten für die gleichen Grausamkeiten vorbereitet. Aber vielleicht war er auch gar nicht so zynisch und kalt – und vielleicht lag es nicht allein an seinem erbärmlichen Wissen in religiösen Fragen, daß er immer nur ausweichend herumstotterte, wenn die sonst so auf Sicherheit bedachte Marie ihn mal wieder mit ihren unvorsichtigen, blasphemischen Fragen traktierte, mit ihren neunmalklugen Journalistenfragen, mit denen sie sich, weil er vergessen hatte, sie zu warnen, am Ende wirklich noch um ihren G'iur bringen würde.

Draußen löste sich, während die Bahn gemächlich den schwarzen Karolinenobelisk umfuhr, die Briennerstraße aus der Dunkelheit wie ein langer blasser Finger und wies auf das am Ende des Königsplatzes hell thronende Tor der Propyläen. Die Briennerstraße drehte sich – hinter einem sich ständig vor- und zurückwölbenden Vorhang aus Schneeregen – träge um den Obelisk, der Obelisk rotierte langsam und unaufhaltbar um die eigene Achse wie ein in Zeitlupe durch die Luft fliegender Speer, und nachdem die Straßenbahn vom Karolinenplatz abgebogen war, sah Motti sich ein letztes Mal um, und es kam ihm so vor, als ob die lange dunkle Säule nach ihrem imaginären Flug nun auch noch nachfederte. Dann hielt die Bahn, und die Türen öffneten sich, doch niemand stieg ein oder aus, nur eine beißende Kälte breitete sich in Sekundenschnelle im ganzen Wagen aus und drückte Motti die Brust und den Hals zu. Er griff nach den Enden seines Mantels, um ihn zuzuknöpfen, aber er hatte gar keinen Mantel an, und während er mit den Augen die umliegenden Sitze danach absuchte, fiel sein Blick auf eine ältere Frau, die ihm direkt gegenübersaß. Sie hatte wirre, verklebte Haare und eine viel zu große, abgegriffene Handtasche auf dem Schoß, über deren Rand hinweg sie ihn ängstlich und wütend anblickte, und als sie merkte, daß er sie nun ebenfalls ansah, schaute sie sofort weg. Das alles kam Motti sehr bekannt vor, doch statt sich jetzt lange mit seinem Gedächtnis herumzuschlagen – wie er es vorhin noch getan hätte, als es ihm so schlecht gegangen war –, blickte er einfach in die große dunkle Scheibe neben sich, wo er Marie und mich gerade so klar gesehen hatte, und da tauchte die Frau dann auch sofort auf, dicht neben ihm, an der Haltestelle am Stachus, er wälzte sich vor ihren Füßen im Dreck, aber sie, statt ihm zu helfen, beschimpfte ihn. »Wie konnten Sie nur?« sagte Motti jetzt leise und höflich zu ihr, aber sie tat so, als hörte sie ihn nicht. »Ich habe doch gar nichts gemacht«, sagte er. »Wenn überhaupt, dann war *er* das.« Er beugte sich trotz seiner Schmerzen zu ihr vor, aber sie wich, immer noch von ihm abgewandt, voller Ekel vor ihm zurück. Sie verzog das Gesicht, als hätte sie auf etwas Saures gebissen, und stieß mehrmals kurz und heftig Luft aus der Nase, wie jemand, der einen unangenehmen Geruch vertreiben will. »Ich war es wirklich nicht«, wiederholte Motti in gelassenem, freundlichem Ton, während sie sich, die Schulter abwehrend zur Seite gedreht, eilig von ihrem Sitz erhob. Dann lächelte er und rief hinter ihr her: »Das Schlechte schickt doch immer er!«

Ja, er, der kalte, der unberechenbare Scheißgott der Juden. Auf so einen Gott mußte man erst einmal kommen! Motti war ihm schon lange nicht mehr böse dafür, daß es ihn gar nicht gab, er hatte – ähnlich wie Marie und doch ganz anders – nie große Hoffnungen in ihn gesetzt, was unter anderem damit zusammenhing, daß er ihn bereits früh, als Motti noch ein halbes Kind war, wirklich sehr enttäuscht hatte, in dieser einen Jom-Kippur-Nacht. Sie hatten vorher zu dritt den ganzen Tag in der häßlichen deutschen Synagoge auf Ben Jehuda verbracht, zum ersten Mal überhaupt, und es war auch das erste Mal gewesen, daß sie – weil Aba gemeint hatte, entweder-oder – gemeinsam fasteten. Beim Abendessen danach war zuerst noch alles in Ordnung gewesen, Ima und Aba sprachen so fröhlich und gelöst miteinander wie seit Ewigkeiten nicht mehr, sie sahen sich sogar öfters gerührt an und lachten dabei prustend los wie Teenager. Später jedoch, als Motti schon im Bett lag und – was er nie zuvor getan hatte – ein Dankgebet sprach, ein von ihm gerade erfundenes Gebet, das ihm wie ein weißer, scharfer Lichtstrahl vorkam, mit dem er einen grauen und unruhigen nächtlichen Himmel absuchte –, genau in diesem Augenblick begann wieder das alte Gebrüll, das zwar nicht ihm galt, das er am liebsten aber jetzt selbst beantwortet hätte, mit noch lauterem Gebrüll und Schlägen und Tritten. Er hörte, während der Lichtkegel in seinem Kopf wieder erlosch, wie sie ihn schlug, wie sie immer wieder »Deine kleinen Nutten!« schrie und »Wir sind auch nicht besser als diese Tiere!« Dann ging die Tür zu Mottis Zimmer auf, Aba kam leise herein und schleifte eine Matratze hinter sich her. Motti tat so, als schlafe er schon, die Tränen flossen lautlos aus seinen Augenwinkeln, und er dachte, vierundzwanzig Stunden Sitzen und Stehen und Hungern und Stinken umsonst-umsonst-umsonst.

Ganz hatte Motti Gott nach dieser Nacht noch nicht aufgegeben – er hatte ihn bloß von der Liste seiner Verbündeten gestrichen. Das war natürlich dumm von ihm gewesen, sehr dumm und vor allem sehr rückständig. Schließlich hatten die Patriarchen und Propheten schon vor Tausenden von Jahren erkannt, daß im Himmel und auf der Erde, im Wasser und im Feuer nichts und niemand war außer dem Menschen, keine höhere, klügere Macht, egal ob gut oder böse, kein Irgendwas, kein Irgendwer, von dem man Hilfe oder Hoffnung erwarten konnte. Sie hatten das in einer Zeit begriffen, als es noch keine Flugzeuge und Computer gab, keine Psychiater und keinen Sozialismus, und daß Motti für dieselbe, längst vorhandene Einsicht am Ende des zwanzigsten Jahrhunderts fast sein halbes Leben gebraucht hatte, fand er beschämend. Andererseits war er froh, daß er ihnen überhaupt dahintergekommen war, ihnen und den Chasal, und das einzige, was er vor sich selbst als Entschuldigung für seine Begriffsstutzigkeit anführen konnte, war die raffinierte Art und Weise, mit der die Väter der jüdischen Religion immer wieder alles dafür getan hatten, daß man glaubte, diese drehe sich um irgendeinen schrecklich mächtigen Gott und nicht, so wie es in Wahrheit war, um den in seinem Leben fürchterlich verlorenen Menschen. Sie hatten ja nie offen zugegeben, was sie wußten, sie redeten ständig von ihrem angeblichen Gott, dem Ewigen und Gepriesenen, dem Erretter und Befreier und Himmelskönig, dem Fels Jakobs, dem Schild unseres Heils und Eigner des Alls, sie priesen und rühmten und erhoben und erhöhten und feierten seinen großen Namen in Ewigkeit und Ewigkeit der Ewigkeiten, aber das war nur ein Trick, und man mußte sehr scharf hinsehen, um es zu bemerken. Das fing schon mit Moses an, da war sich Motti ganz sicher, mit seinem wirklich durchtriebenen Auftritt im Sinai, der von Anfang an darauf angelegt war, den Juden so viel Angst einzujagen vor ihrem neuen Supererlöser, daß sie gar nicht erst auf die Idee kamen, sich von Gottes tatsächlicher Existenz mit eigenen Augen überzeugen zu wollen, weder damals noch irgendwann später. Was Moses sich dabei gedacht hatte? Das war doch klar: Die Heiden, wird er eines Tages überlegt haben, wissen immer genau, wie ihre vielen Götter aussehen, und es hilft ihnen trotzdem nicht gegen Krankheit und Liebeskummer und Krieg. Wenn die Götter aber nicht helfen, dann gibt es sie auch gar nicht, dann sind die Menschen allein, was sonst. Doch das kann man ihnen nicht einfach so sagen, das würde sie zu sehr erschrecken, man kann ihnen nicht auf einen Schlag allen Glauben nehmen, und darum muß man sie mit so einer Art Gott abspeisen, man muß für sie einen Gott erfinden, der eigentlich gar nicht existiert. Einen Gott, den man nicht sehen kann, weil man ihn sich nicht vorstellen darf und umgekehrt, einen unsichtbaren, jedoch zugleich schrecklich furchterregenden, gleichgültigen Gott, an den sie glauben sollen, ohne von ihm etwas erwarten zu dürfen. Moses' Sinai-Gott – das waren deshalb nur rote Blitze und krachender Donner, das waren rauchende Steine und eine düstere, dunkle Wolke, und das war, neben all diesen Gesetzen-Gesetzen-Gesetzen, vor allem die von Moses unaufhörlich mit glühendem, schweißüberströmten Gesicht hervorgestoßene Warnung an sein furchtsames Volk, ihm bloß nicht auf den großen schwarzen gefährlichen Berg zu folgen, denn Gott habe gesagt, jeder, der ihm zu nahe komme, würde zermalmt und gebrochen, verdorrt und vernichtet.

Gott hat gesagt. Es war wirklich zum Lachen. Die Hälfte aller Bücher bestand aus diesem angeblichen »Gott hat gesagt« – und die andere Hälfte aus dem Nachdenken darüber, was er damit gemeint haben könnte. Und so wie Moses damals alle paar Tage mit einer neuen Drohung oder ein paar neuen Geboten von seinem gottverlassenen Stück Felsen zu seinen Leuten herunterkam, um sie auf diese Weise ganz unauffällig darauf vorzubereiten, daß sie von nun an bis ans Ende aller Tage allein auf diesem Planeten sein würden – so tauchten seitdem immer wieder seine klügeren und dümmeren, aufrichtigeren und verlogeneren Nachfolger bei den Juden mit den allerneuesten Nachrichten von ihrem Nichts von Haschem auf, die jedesmal auf dasselbe hinausliefen. Rambam, Jehuda Halevi, Nachmanides? Raschi und Rabbi Löw? Motti war viel zu unbelesen, um über sie wirklich etwas sagen zu können, aber umso besser kannte er das Buch von Israel Lau, das er in den letzten Jahren so oft mit seinen stumpfen, gierigen Schülerinnen durchgepaukt hatte, daß er inzwischen wie ein richtiger Jeschiwebocher selbst daraus ganze Abschnitte auswendig konnte. Sein Lieblingslügensatz von *Wie Juden leben* lautete: »Der Glaube des frommen Juden wird in dem Befolgen gerade solcher Gebote auf die Probe gestellt, deren tieferen Grund er nicht kennt.« Deren tieferen Grund er nicht kennt. Ja, das hätte Moses auch nicht besser sagen können, das war wirklich gerissen – so gerissen, daß der hektische, bohrende Einwand von Marie, dieser Satz sei eine Leerformel und pure Gehirnwäsche, sogar noch einen Zweifler wie ihn bloß herablassend mit den Schultern zucken und zugleich fast ein wenig stolz denken ließ: Wer glücklich sein will, du protestantische Besserwisserin, braucht vielleicht gar keinen tieferen Grund für seine Handlungen zu kennen, der will und muß immer alles nur gut und richtig machen, ganz allein, ohne Gott, und das sollte dir eigentlich viel klarer sein als mir. Geantwortet hat er ihr dann aber statt dessen genauso, wie er ihr als ihr Lehrer zu antworten hatte: »Gott braucht den Menschen nicht«, hatte er langsam und unsicher gesagt, »aber der Mensch braucht Gott.« Woher er das hatte? Von Raw Piterbaum, von wem sonst. Er hatte es aus seinem *Wegweiser zur Thora*, mit dem der Raw Motti in den Tagen, in denen er vor Ziellosigkeit und Schmerz fast verrückt geworden wäre, um ein Haar auf seine Seite gezogen hätte, damals, als Nurit plötzlich nicht mehr da war, von einer Sekunde auf die andere. Und obwohl gerade Raw Piterbaum die Moses-Show so perfekt beherrschte, obwohl er sich wie kaum ein anderer mit jeder seiner Zeilen an der großen halachischen Abschaffung Gottes beteiligte, war Motti das zu der Zeit noch gar nicht aufgefallen – vielleicht hatte er sich deshalb Raw Piterbaum selbst immer wie einen kleinen Gott vorgestellt, wie einen kleinen alten drahtigen Kerl mit weißem buschigen Bart, langem weißen Hals und Augen, die auch in geöffnetem Zustand ununterbrochen herumzuckten und zitterten wie bei anderen nur im Schlaf.

Ob er den Raw jetzt vielleicht noch einmal kurz sehen könnte? Die Frage, die er stumm an sich selbst gerichtet hatte, klang in Mottis Ohren merkwürdig – so als hätte er jemanden darum gebeten oder sogar um Erlaubnis gefragt. Aber da war natürlich niemand, da war allein am anderen Ende der Straßenbahn der Fahrer, versteckt hinter einer Trennscheibe aus Milchglas, abgeschirmt von der Außenwelt durch diese warme, übertrieben verbindliche Frauenstimme vom Band, die an seiner Stelle die Namen der Haltestellen ansagte. Und da waren sonst nur noch ein paar letzte Fahrgäste mit spitzen Schultern und kantigen Köpfen, die in dem langen, bauchigen Wagen weit voneinander verteilt herumsaßen, wie Schachfiguren, die man nach einem beendeten Spiel noch nicht vom Brett weggeräumt hat. Alles war sehr harmonisch und klar, der Raum, das Licht, der Augenblick, und das machte Motti Mut, und er sah erwartungsvoll in sein großes dunkelblaues Fenster. Nein, nichts, von Raw Piterbaum keine Spur, es spiegelte sich darin nicht einmal sein eigenes, zerschlagenes Gesicht wider. Er sah nur, wie sich das grelle, bläulichweiße Neonlicht aus dem Inneren der Bahn durch die breite Fensterfront in die Nacht hinausschob, es fiel silbern auf den vom grauen Schneematsch bedeckten Asphalt und prallte vom endlosen Bauzaun der neuen, dritten Pinakothek noch sanfter, noch heller wieder zurück. Hinter dem Zaun, der in seiner ganzen Länge zwanzig-, dreißig-, fünfzigmal mit dem gleichen Plakat beklebt war, auf dem eine junge Frau mit blitzblauen Augen, kürbisgelben Haaren und kampflustigem Lächeln auf den dünnen kalten Lippen den

Betrachter über die nackte Schulter hinweg ansah – hinter dem Zaun stachen mehrere Baukräne in die weißen, nächtlichen Winterwolken, sie wirkten wie ausgemergelte, verschüchterte Bettlergestalten, immer auf dem Rückzug, immer einen Schritt von den anderen weg, weg von den Menschen, Straßen und Häusern, die sie umgaben. Über ihnen und den weißen, zerrissenen Wolken wurde es dann wieder schwarz, und darüber tauchte jetzt ein kleines Licht auf und zerstob in tausend Richtungen wie ein Feuerwerk.

Wo bist du, Raw Piterbaum? dachte Motti entschlossen, aber nicht wütend, ich sehe dich nicht. Bist du schon tot oder lebst du noch? Bist du das gerade da oben gewesen oder sitzt du jetzt irgendwo in Bnei Brak oder Zfad, zwischen den hellen, kühlen Wänden deiner Jeschiwa, und erzählst deinen Schülern mal wieder den gleichen Unsinn wie immer, die gleichen menschenfreundlichen Lügen, mit denen du ihnen das Leben leichter machen willst, diese Lügen, die nur dem helfen, dem sie nicht schaden? Ach, ihr mit eurem schwankhaften, egoistischen, eiskalten, erfundenen Scheißgott! Für das eine oder andere Wunder ist er schon mal zu haben, sagst du in deinem *Wegweiser,* klar, aber rechnen soll man trotzdem nicht mit ihm, da kann man sich seiner Nähe noch so sicher sein. Er hilft einem – vielleicht. Vielleicht aber auch nicht, wer weiß. Auf nichts ist Verlaß bei ihm, nicht einmal bei Katastrophen und Niederträchtigkeiten, die er oft noch perfekter beherrscht als die Wunder. Er macht uns fertig, wenn wir schlecht sind, er zerstört unser Leben aber auch, wenn wir gut sind, er macht eben, was er will, und der Mensch muß immer nur einverstanden sein damit. Der Mensch blutet also in Spanien und sagt danke, der Mensch brennt in Polen und sagt danke, der Mensch dreht im Libanon durch und sagt danke, der Mensch gibt seiner Tochter einen kleinen Stoß und sagt danke. Gott sagt aber gar nichts. Gott gibt keine Begründungen, keine Erklärungen, das hat auch Marie schnell bemerkt, es ist ihm, wie du meinst, in Wahrheit egal, ob man vom Hals schlachtet oder vom Nacken oder ob man sich am Samstag in ein Auto setzt, er braucht auch unsere Gebete nicht, nein, wirklich nicht, denn er weiß allein, was für uns gut ist. Wie kann man Haschem um Heilung bitten, sagst du, er hat ja die Krankheit geschickt? Wie kann man ihn um Wohlstand bitten, er ließ uns doch arm sein? Und wie kann man ihn um die Rückkehr nach Palästina bitten, wenn er es war, der uns von dort vertrieben hat? Ja, das klingt logisch, sehr logisch sogar – aber es heißt in Wahrheit doch nur, daß euer verdammter Gott, Raw Piterbaum, sollte daran noch irgend jemand zweifeln, gar nicht existiert. Ja, euer Gott, obwohl du es nie zugeben würdest, ist nämlich nichts anderes als das Leben selbst, er ist die totale Sinnlosigkeit und Leere, er ist Zufall, Bösartigkeit und Glück, und daß du das weißt, erkennt man schon daran, daß du, genauso wie Moses und die andern, immer wieder sagst, man soll sich auf nichts und niemanden da oben verlassen, nur hier unten auf seine eigenen Taten und Ideen. Nur auf seine eigenen Taten und Ideen ... Danke, Rebbe, danke für euer schönes Sinaimärchen, vielleicht gibt es tatsächlich Leute, denen es hilft ...

Mottis Freude kannte auf einmal keine Grenzen mehr. Mit einer solchen Deutlichkeit war ihm das Ganze noch nie bewußt geworden, er hatte die Wahrheit hinter den Zeilen und Worten der Chasal zwar schon lange geahnt, aber die plötzliche Klarheit und Logik, mit der er jetzt in wenigen Gedankenzügen seinen – wie er selbst zugeben mußte – wirklich brillanten Gottesgegenbeweis geführt hatte, überraschte auch ihn. Er war also doch nicht so eine Null, wie alle um ihn herum immer dachten, es steckte viel mehr in ihm und wahrscheinlich sogar mehr als in ihnen – schließlich hatte er in wenigen Minuten, nur so, zwischendrin, während einer kurzen Straßenbahnfahrt, eines der größten Rätsel der Menschheit gelöst. Was aber hatten die andern an besonderen

Leistungen vorzuweisen, welche großen Fragen hatten Sofie und ihre Eltern geklärt, welche Aba und Ima? Sie waren immer nur mit sich beschäftigt oder damit, ihn noch tiefer in sein Unglück zu stürzen, sie waren die Gefangenen ihrer Gewohnheiten, sie verließen nie die von ihnen ausgetretenen Pfade, und so wie Sofie ständig hinter jedem Lächeln einer Kollegin, hinter jedem Lob ihres Chefs eine Katastrophe witterte, so wie Dr. Branth und seine Frau bei dem Wort Krieg nichts als sich selbst sahen, kaputt, schwach, gekränkt und belogen, so wie Aba nicht aufhören konnte, obwohl er in Wahrheit so harmlos und lieb war wie Schmulik der Igel, den großen Romantiker und Eroberer zu spielen, so wie Ima die Welt ununterbrochen aus der haßerfüllten, kranken Perspektive der Verbrannten und Verstümmelten von Auschwitz und Tel Haschomer betrachtete – so hielten sie alle ihn eben seit eh und je für einen Faulpelz, für einen Versager, für einen Geisteskranken, statt zu begreifen, was er selbst gerade begriffen hatte: Daß er etwas ganz Besonderes war, allein deshalb, weil er, wahrscheinlich als erster Mensch überhaupt, mir nichts, dir nichts bewiesen hatte, daß es sich bei Gott nur um die gutgemeinte, bösartige Lüge von ein paar kleinen, alten, bärtigen Männern handelte. Wenn ich also will, kann ich offenbar alles, dachte Motti, er lächelte dabei selbstzufrieden, und auch als ihm einfiel, daß das ein Satz war, für den die kleinen, alten, bärtigen Männer ihn auf der Stelle wild umarmt und abgeküßt hätten, verschwand das Lächeln nicht von seinen müden, weißen Lippen. Wenn ich will, kann ich alles, dachte er wieder und wieder, fasziniert davon, wie einfach und zwingend zugleich dieser Gedanke war. Wenn ich will, nur mal angenommen, stehe ich ab jetzt jeden Morgen so gut gelaunt und zuversichtlich auf wie an keinem einzigen Morgen in den vergangenen zehn Jahren, und wenn ich will, liege ich nicht vorher eine halbe Ewigkeit im Bett, um mir jeden einzelnen Schritt des kommenden Tages zu überlegen, ganz nervös, etwas könnte mich daran hindern, meinen Plan Punkt für Punkt einzuhalten. Wenn ich will, höre ich auf, an meinen Nachbarn und an den Verkäuferinnen in den Geschäften rund um den Kurfürstenplatz immer nur scheu und feindselig vorbeizustarren, statt sie laut und herausfordernd zu grüßen, so wie man es in der Kalaystraße macht. Wenn ich will, ist es mir völlig egal, wenn auf der Straße jemand dicht hinter mir her geht, ich drehe mich dann nicht so wie sonst erschrocken um, sondern laufe sorglos weiter; wenn ich will, habe ich keine Angst davor, mit einem Fahrstuhl zu fahren oder in einen überfüllten Zug oder Bus zu steigen; wenn ich will, lasse ich mich überhaupt von nichts und niemandem mehr einschüchtern. Darum sage ich auch gleich morgen in der Wäscherei, wo sie mir meine Hemden meistens genauso fleckig zurückgeben, wie ich sie hingebracht habe, sie sollen alle nochmal umsonst reinigen und mir nicht schon wieder irgendwas von zu dünnen Fasern und Farbschwächung erzählen, und nächstes Mal, wenn ich bei dem wortkargen, alten Friseur in der Georgenstraße bin, nehme ich, wenn ich will, die *Nationalzeitung,* die dort immer herumliegt, und halte sie ihm mit den Worten unter die Nase, er solle sie sofort abbestellen, sonst käme ich nicht mehr. Und noch was: Wenn ich will, zucke ich nie wieder entsetzt zusammen, wenn es an der Haustür klingelt, ich überlege mir nicht panisch, wer es sein könnte und was sie wohl von mir wollen. Ich frage mich auch nicht mit pochendem Herzen, ob es vielleicht sie ist, denn meine Hoffnungen sind meist noch viel quälender als meine Ängste, und statt mir also lange den Kopf zu zerbrechen, öffne ich sofort die Tür. Und weil es dann sowieso weder sie sein wird noch der Polizist mit der violetten Pilotenbrille noch einer von Muamars Brüdern, Söhnen oder Enkeln, sondern bloß ein Junge mit Zeitungen oder Werbeprospekten, werde ich hinterher auch gar keinen Grund haben zu fallen, zu sinken, zu stürzen, wie ich es normalerweise immer tue, wenn ich mich so aufgeregt habe. Ich werde, wenn ich will, im Gegenteil ganz fest den Boden unter meinen Füßen spüren, genauso wie ein Sprinter vor dem Start, und ich werde dann genauso wie er ein bißchen in den Knien federn und ein paar Dehnübungen machen und später vielleicht sogar über den Flur zur Küche spurten und wieder zurück, einfach so, warum nicht. Was kann ich noch, wenn ich will? Was nicht! Ich kann von einem Tag auf den andern damit aufhören, mich wie mein eigener Schatten zu fühlen, ich kann aufhören, ständig zu beobachten, was dieser Schatten tut – ich muß also nicht mehr jedes Wort, das aus meinem Mund kommt, für mich selbst so oft wiederholen und in seine einzelnen Buchstaben zerlegen, bis ich nicht mehr weiß, was es heißt, egal ob in deutsch oder hebräisch; ich muß mir nicht jedesmal, wenn auf meinem Gesicht ein neuer Ausdruck erscheint, dessen bewußt werden, so daß er dann gleich zur Fratze erstarrt; und ich muß mir nicht immer von ganz, ganz oben dabei zuschauen, wie ich, ein Insekt unter Insekten, durch die Straßen, Plätze und Parks einer mir völlig fremden, völlig vertrauten Stadt krabbele. Ja-ja-ja, wenn ich will, kann ich einfach alles! Ich kann zum Beispiel auch auf der Stelle aufhören, die Liebe zu suchen, wo es sie nicht gibt, auf dem Bildschirm meines Fernsehers oder in meiner weichen, warmen Hand, und ebenso kann ich meinen widerlichen, stinkenden Schülerinnen mit ihren druckfrischen, unbenutzten Sidurim, mit ihren neuen weißen Synagogen-Kopftüchern und ergebenen Novizinnenblicken sagen, daß sie stinken, daß sie so sehr aus ihren Mündern, aus ihren Achseln, aus ihren Mösen, aus ihren Köpfen stinken, daß ich nie wieder etwas mit ihnen zu tun haben will. Aber das wird ohnehin nicht nötig sein, weil ich bald, schon sehr bald, wenn ich will, von hier verschwinden werde, für immer und ewig, und ich werde mir vorher, wenn ich will, meine Prinzessin, meine Liebe, mein Herz zurückholen, damit sie sich endlich dazu entschließen kann zu sprechen, zu fühlen, zu leben – wenn ich will. Ja, ich will, denn wenn ich will, kann ich alles. Ich kann, wenn ich will, Gott eliminieren, und wenn ich das schaffe, warum sollte mir dann nicht eine so einfache Sache gelingen wie mein kleiner Plan. »Du hast deine Aufsichtspflicht vernachlässigt«, werde ich zu Sofie sagen, ich werde, damit sie den Ernst der Lage versteht, mit ihr so reden, wie man in ihrem Totenland immer über wichtige, persönliche Dinge spricht. »Du hast dich der Kuppelei und des Mißbrauchs Minderjähriger schuldig gemacht, und wenn du sie mir jetzt nicht auslieferst, übergebe ich das Beweismaterial dem Mann mit der Pilotenbrille.« Genauso förmlich und stur werde ich also, wenn ich will, meinen Text herunterbeten, und dann, wenn ich will, füge ich, um sie endgültig matt zu setzen, auf meine Art hinzu: »Es gibt *ihn* nicht. Es gibt nur dich und mich. Wer soll dir jetzt also noch helfen, du kalte, selbstsüchtige Kuh?!«

»Wen gibt es nicht?«

Motti sah sich um. Er war überrascht, aber nicht erschrokken, und es dauerte nur ein paar Augenblicke, bis er begriff, wer ihn das gefragt hatte. Es war die Frau mit der riesigen Handtasche und dem hitzigen Blick in den toten Basedowaugen, die eben noch so entsetzt und angewidert vor ihm aus der Straßenbahn geflüchtet war. Jetzt war sie wieder da, ihr dickliches Gesicht füllte die gesamte Fensterscheibe neben ihm aus, von oben bis unten, von einem Rand zum andern. Es war gigantisch, wie das Gesicht einer schönen, berühmten Schauspielerin auf einer Filmleinwand in Großaufnahme, und wem immer es in seiner unerwarteten Riesenhaftigkeit Angst eingejagt hätte – Motti, der neue, der allgewaltige Motti, ließ sich von diesem Gesicht ganz bestimmt nicht beeindrucken. Er blieb ruhig und genoß dessen Klarheit und Genauigkeit, die sich durch die vielfache Vergrößerung wie von selbst ergaben, und dabei spielte es gar keine Rolle, wie gewöhnlich, wie verlebt dieses gewaltige Antlitz war, im Gegenteil, es bezog nun genau daraus eine überraschende Schönheit.

»Wen gibt es nicht?« wiederholte die Frau im Fenster. Ihre Stimme klang so erhaben und metallisch wie die Schläge eines schweren, weit entfernten Gongs.

»Ihn«, erwiderte Motti gelangweilt. »Haschem, Elohim, Jahwe. Fels Jakobs. Eigner des Alls ... Wie man will.«

»Bist du sicher?«

»Ganz sicher.«

»Wenn es ihn nicht gibt, du kleiner Naseweis, dann hätte ja jeder Mensch sein Leben ganz allein in der Hand.«

»Genau.« Motti nickte knapp und nahezu unmerklich, wie ein Gangsterboß, der sich seiner Sache immer absolut sicher ist.

»So? Und wenn er also nicht existiert, warum erzählst du mir dann, du hättest mit ihr gar nichts gemacht?«

»Was?«

»Hast du nicht vorhin zu mir gesagt, nicht du wärst es gewesen, sondern er?«

»Stimmt.«

»Na siehst du. Du weißt also genau, was ich meine, du Schwein.«

»Bitte?«

»Schwein, habe ich gesagt ... Schwein ... Schwein-Schwein-Schwein ...«

Noch während ihre Worte verklangen, in einem immer leiser werdenden, schmerzhaft fernen Echo, löste sich ihr riesiges Gesicht auf, es zerfiel in hundert kleine bunte Einzelteile, die alle gleichzeitig – wie bei einem Computerspiel, das man verloren hat – nach unten purzelten, über den Rand der großen dunklen Scheibe. Im Fenster erschien jetzt für eine Sekunde die schnurgerade, in der hellgrauen Nacht orange schimmernde Schellingstraße. Sie wirkte völlig verlassen, es gab keine Autos, keine Passanten, nur über einem der vielen Jeansläden und Buchgeschäfte brannte matt ein grünes Neonschild mit altmodisch geschwungener Schrift, und weil hier etwas mehr Schnee lag als anderswo in der Stadt, wirkte die Schellingstraße mit ihrer vom Matsch marmorartig überzogenen Fahrbahn und den leicht erhöhten, weißen Bürgersteigen wie die direkte Fortsetzung der Treppe, die an ihrem Ende zu der großen, hellen Ludwigskirche hinaufführte. Warum steht dort keine Synagoge, dachte Motti, wenn dort eine Synagoge stünde, würde ich jetzt sofort aussteigen, ich würde diese lange, prächtige Treppe hinaufgehen, ich würde die große Tür der Synagoge aufstoßen, ich würde langsam eintreten und für einen Moment überrascht sein, wie gut dort geheizt ist, im Gegensatz zu jeder Kirche in dieser Stadt, in diesem Land, und dann würde ich mich auf einen der reservierten Plätze setzen, ich würde aus dem Klappfach unter dem Tisch vor mir einen fremden, zerschlissenen, von Schweiß verfärbten Tallith rausholen, ich würde die Bracha über ihm sagen, ich würde ihn küssen und ihn mir umlegen, und danach würde ich warten, was passiert. Natürlich würde erst mal nichts passieren, wie sollte es, das ist bei einem wie Raw Piterbaum auch nicht anders, wenn er beginnt, und schon gar nicht, wenn er endet, aber zumindest könnte ich so in Ruhe darüber nachdenken, was die Frau im Fenster gerade zu mir gesagt hat und was es für ein Trick gewesen ist, mit dem sie mich fast überlistet hätte. Fast. Wirklich nur fast. Sollte es aber gar nicht anders gehen, sollte ich es einfach nicht schaffen, durch bloßes Nachdenken dahinterzukommen – was ich mir absolut nicht vorstellen kann, denn wenn ich will, geht inzwischen alles, einfach alles, ja-ja-ja –, dann würde ich vielleicht anfangen, ein bißchen zu beten, nur so, ohne mir davon irgendwelche Hinweise oder Wunder zu versprechen, ist doch klar, eher wie jemand, der meditiert. Ich würde es mit dem Schma probieren oder mit der Schmoneh

Esre, und die Klarheit und Helligkeit, die mich schon bald empfangen würde, ließe mich sehr schnell die Antwort finden, irgendwo, in der Vergangenheit, in der Zukunft, in diesem wunderbaren Fenster da oder auch einfach nur in meinem Kopf, ganz am Ende des herrlichen weißen Raums meiner Erinnerung ...

Schellingstraße? Schellingstraße! Das war doch die Schellingstraße! durchfuhr es Motti plötzlich. Hier mußte er wirklich raus! Ihm wurde kalt, dann heiß, dann nochmal kalt, aber statt sofort aufzuspringen, statt zu einer der sich gerade wieder schließenden Ausgangstüren zu hetzen, rührte er sich nicht vom Fleck. Es war noch genug Zeit, beruhigte er sich, er konnte genauso an der nächsten Haltestelle aussteigen und die paar hundert Meter zur Amalienstraße zu Fuß zurückgehen, und er konnte auch, wenn es ihm gefiel, ganz durchfahren, bis zum Kurfürstenplatz. Er konnte sich dort in seiner Wohnung kurz ausruhen, sich waschen, konnte saubere Sachen anziehen und vielleicht etwas essen, das wäre absolut in Ordnung und sogar mehr als das, ja, nach zehn langen, bedrückenden Jahren sollte er seine Vorfreude vielleicht wirklich ein wenig hinauszögern, denn so ein angenehmes, erhebendes Gefühl hatte man nicht jeden Tag. Man? Wer ist man? Jetzt sprach er auch schon wie alle andern hier von sich selbst wie von einer fremden Person! Nein – er mußte sofort gehen. Sofort!

Als sich in der Georgenstraße die Türen der Straßenbahn wieder öffneten, stand Motti schon bereit. Er hielt sich mit beiden Händen an einem der dicken, kalten Türgelenke fest und bewegte sich, weil ihm das Gehen inzwischen sehr schwerfiel, seitlich wie ein Krebs die Stufen herab. Er wußte genau, wie langsam er war, aber was sollte er tun, und er ahnte auch die ungeduldigen, versteckten Blicke der anderen Fahrgäste, die bestimmt alle längst wütend waren, daß es wegen ihm nicht weiterging. Doch so groß die Verlockung war, ihre bösen Blicke noch böser zu erwidern – er mußte ihr widerstehen, er mußte sich auf die Stufen und vor allem auf seine Beine konzentrieren, die jeden Augenblick unter ihm zusammenzuknicken drohten wie Strohhalme. Ja, er hatte sich wirklich schon mal besser gefühlt: Auch in seinen Händen machte sich nun eine sonderbare Schwäche breit, sie zitterten, genauso wie die Oberlippe, und im rechten Augenlid zuckte es alle paar Sekunden so stark, als zöge jemand wie verrückt daran. Nur in seinem Kopf herrschte weiter völlige Klarheit, nein, es war plötzlich noch viel, viel mehr als Klarheit, es war ein regelrechtes Strahlen, ein tausendfarbiges Licht, das es gar nicht gab.

Wie hatte sie nur glauben können, sie könnte ihn reinlegen? Der Trick, mit dem die Frau im Fenster versucht hatte, ihn in ihre Falle zu locken, war zwar gut gewesen, aber nicht gut genug. Er wußte nämlich Bescheid – er wußte über alles und jeden besser Bescheid denn je, er war der Bezwinger der Lüge und der Herr der Wahrheit, und das hätte sich längst auch bis zu ihr herumsprechen müssen. Trotzdem, er konnte die Sache ja noch einmal kurz durchspielen, nur so, nur um zu sehen, ob sein Gehirn nach wie vor jedem noch so unlösbaren Problem gewachsen war.

Also gut: Angenommen, es ist passiert, es ist wirklich passiert – dann mußte es auch jemand getan haben. Er selbst war es ganz bestimmt nicht gewesen, das war völlig ausgeschlossen, das wüßte er. Und Sofie kam ohnehin nicht in Frage – für so eine Tat war sie viel zu egoistisch, das hätte sie niemals riskiert. Aber wer sonst hätte es gewesen sein können? Na wer wohl? Motti lächelte spitzbübisch. Wenn es keiner war, das war doch vollkommen logisch, dann blieb nur einer übrig – *er*. Er-er-er. Das Lächeln auf Mottis kalten Lippen wurde zu einem Grinsen, das Grinsen zum Lachen, aber sofort senkten sich seine Mundwinkel wieder, und das breite, fröhliche U verwandelte sich in ein umgefallenes, fast verkniffenes I.

Na ja, das alles klang zwar ganz unterhaltsam, aber es war natürlich völlig verrückt. Es gab ihn doch gar nicht, das hatte Motti selbst gerade erst so genau und unwiderlegbar bewiesen. Gut, großartig, um so besser – also war gar nichts passiert; also war alles in Ordnung; also würde er sie auch jetzt gleich wiedersehen ... Und wenn nicht? Wenn aber nicht? Wenn-aber-nicht? Dann war er eben vielleicht doch da, irgendwo. Haschem, Elohim, Jahwe. Der gleichgültige Scheißgott der Juden. Der Schinder Mottis, der Killer Nurits. Das abscheuliche Leben. Der abscheuliche Tod ...

Schließlich drehte sich Motti doch noch um. Er drehte sich um, weil er das Gefühl hatte, daß er etwas in der Straßenbahn liegengelassen hatte, aber es fiel ihm nicht ein, was es hätte sein können. Niemand sah ihn an, die wenigen Leute, die noch im Wagen saßen, schliefen, zumindest hielten sie alle die Augen geschlossen. In dem grellen, bläulichweißen Licht wirkten sie mit ihren friedlich gesenkten Lidern und leblosen Gesichtern ein bißchen wie ausgestellt, wie Figuren in einem Museum. Motti wollte sich schon wieder abwenden und von der untersten Stufe vorsichtig auf die Straße treten, als sein Blick ein letztes Mal an dem großen dunkelblauen Fenster hängenblieb. »Du wirst mir wirklich fehlen«, sagte er leise. In dem Moment zuckte darin ein lichter, heller Punkt auf, er wurde zum Faden, zur Linie, zum Strahl und zerstob sofort. Der schwärzliche Hintergrund hellte auf, er hellte von unten auf, so wie ein nächtlicher Himmel, an dessen unterem Ende schon ganz rosa und unwiderruflich der nächste Morgen beginnt, und plötzlich erschien in diesem hellen Streifen eine fremde Landschaft, eine graue orientalische Landschaft. Motti sah schmutzigen Sand, zerschossene Straßenschilder, er sah eine große, schwere Haubitze, die unter einem schnell aufsteigenden Transporthubschrauber baumelte und dabei in der braunen Mittelmeersonne wie ein Dinosaurierskelett schimmerte. Er sah zitternde Panzer und zuckende Geschützrohre, zerdrückte Coladosen und mit Salat Turki verschmierte Servietten, er sah die hellblauen und pastellgrünen Wände arabischer Häuser, sie waren zertrümmert, geborsten und an manchen Stellen so aufgequollen wie die Bäuche von Toten, die zu lange in einem Fluß getrieben sind, er sah Stromkabel und Wasserrohre, die wie Sehnen und Knochen aus ihnen herausragten. Dann sah er Eli, er sah seine Augen, sie waren groß und blutunterlaufen, und er sah auch sich selbst und seine eigenen Augen, die er so ruhig geschlossen hielt, als dächte er nur kurz über etwas nach, aber sein Kopf, sein Hals, seine Schultern wurden immer wieder heftig zurückgeworfen von den Rückstößen seiner süßen kleinen Galil. Aber vielleicht hatte er sie da auch schon weggeschleudert, weil das Magazin leer war, vielleicht sauste da schon die Axt, die hinter ihm im Türrahmen gesteckt hatte, auf Muamars Nacken zu.

»Los, einen Kuss, mein Kind«, sagte Dr. Branth fröhlich, »du gibst mir sofort einen Kuß!« Sofie sah ihn erschrocken an, sie schob den Kopf vor, schob ihn wieder zurück, dann drehte sie sich zu Motti, und dabei riß sie die Augen so weit auf, daß es ihm so vorkam, als könnte er jetzt, wenn er wollte, bis auf den Grund ihrer Seele schauen. Er wollte aber nicht, und darum senkte er den Blick und starrte in seinen Teller. Er sah den kleinen, verbrannten Entenflügel darauf, der so hart und trocken war, daß er fast zersprang, wenn man ihn mit dem Messer durchzuschneiden versuchte, er sah das schlaffe, verwelkte, bräunliche Blaukraut und die riesigen, unförmigen Knödel, die schon bei der ersten Berührung mit der Gabel in alle Richtungen zerfielen. Das alles schwamm in viel zu viel Flüssigkeit, in einer fast farblosen, fettigen, gelblichen Soße, die Sofie beim Auftragen an mehreren Stellen übergeschwappt war und am Tellerrand häßliche Schlierspuren hinterlassen hatte. Wer soll das nur essen, dachte Motti, und plötzlich tat ihm Sofie furchtbar leid.

»Puh!« stieß Dr. Branth aus. »Na sowas!«

Nurit hörte auf zu zählen, sie hielt für eine Sekunde den Kopf still und grinste ihren Großvater verschwörerisch an. »Hm«, sagte sie kichernd, »hm ... na sowas ...« Dann verdrehte sie sofort wieder die Augen, wie bei einer Voodootänzerin kippten sie kurz nach hinten weg, ins Ungewisse, und sie machte da weiter, wo sie gerade aufgehört hatte. »Und sieben und acht und neun und zehn. Und eins und zwei ...«

Dr. Branth nickte seiner Enkelin zu, er lehnte seinen langen, dünnen Oberkörper über den Tisch und versuchte, Nurit über die hellen Wangen zu streichen, was ihm aber nicht gleich gelang, weil ihr Kopf wieder angefangen hatte zu zucken. Während er, noch immer weit vornübergebeugt, mit ausgestrecktem Arm nach Nurits Gesicht fischte, mußte Motti an eine Palme denken, die sich im Chamsin hin und her wiegt und deren Stamm bei jedem Windstoß laut ächzt, als würde er gleich brechen.

»Also wirklich«, sagte Dr. Branth, er setzte sich hin und wandte sich erneut Sofie zu, »ich möchte doch nichts außer einem kleinen Küßchen ...«

Sofie schüttelte den Kopf, so leicht, daß man es kaum sehen konnte.

»Was ist?« sagte Dr. Branth lachend, und sein schiefer Mund begann zu tanzen, von unten nach oben, von links nach rechts. »Kuß oder nicht Kuß?«

»Kuß oder nicht Kuß«, wiederholte Nurit mit ihrer krächzenden, bei jedem zweiten, dritten Wort aussetzenden Stimme, »Kuß oder nicht Kuß, Kuß oder nicht Kuß, vier und fünf und sechs ...«

Kuß oder nicht Kuß, fragte sich auch Motti, obwohl er die Antwort längst wußte, und da erhob sich Sofie bereits wie in

Trance von ihrem Stuhl. Sie riß ihn dabei um, doch das bemerkte sie offenbar gar nicht, und nachdem sie ihrem Vater einen letzten verstohlenen, ängstlichen Blick zugeworfen hatte, ging sie, die Augen starr auf den festlich gedeckten Tisch gerichtet, langsam rückwärts aus dem Zimmer.

Seit dem Tod seiner Frau war Dr. Branth nicht mehr derselbe. Man konnte nicht sagen, ob das Alleinsein ihn glücklicher oder trauriger machte, er war einfach nur anders geworden, und zwar derart, daß er selbst Motti, der ihn auch nach all den Jahren kaum kannte, noch fremder vorkam als sonst, wie jemand, der um jeden Preis eine andere Rolle zu spielen versucht als die eigene. Trotzdem – oder wahrscheinlich gerade deshalb – mochte Motti ihn nun viel lieber. Er mochte die bunten, karierten Pullunder, die breiten Krawatten und übergroßen, dunklen Samt- und Kordjacketts, die Dr. Branth neuerdings trug, statt dieser engen weißen, bis ganz nach oben zugeknöpften Pastorenhemden, in denen er früher immer ihn und Sofie in Harlaching an der Gartenpforte erwartet hatte. Er fand es verrückt und sympathisch, und er beneidete seinen Schwiegervater auch auf eine sehr unzweideutige, freundliche Art darum, daß er von einem Tag auf den andern aufgehört hatte, in seine Kanzlei in der Widenmayerstraße zu gehen. Statt dessen hatte er für sich im alten Teil Schwabings irgendwo unterm Dach ein Atelier mit großen schmutzigen Fenstern, ausgehängten Türen und schrägen, feuchten Wänden gemietet, um an dem Punkt weiterzumachen, an dem er vor vierzig Jahren aufgehört hatte, als er, keiner wußte warum, urplötzlich die Kunstakademie verlassen und sich in Jura eingeschrieben hatte. Ganz besonders aber gefiel es Motti, wie sehr sich Dr. Branth in letzter Zeit beim Sprechen gehenließ, er maß nicht mehr jedem Wort soviel Bedeutung bei, er versteckte sich nicht mehr hinter dieser hohen, kalten Mauer aus Sonntagspoesie, Verwaltungsdeutsch und Bildungsphrasen wie früher, und statt also ständig so steif wie unbestimmt von kühlen dunklen Wäldern, unumstößlichen Sachzwängen oder dem Land, wo die Zitronen blühen, daherzureden, sagte er inzwischen immer klar, was er wollte. Überhaupt war er viel offener und herzlicher geworden, er war manchmal fast schon so direkt wie jemand, der sich gar nicht mehr kontrollieren kann oder will. Aber während Motti und Nurit mit seiner neuen Art keine Probleme hatten – im Gegenteil –, lief Sofie, so wie gerade, meistens vor ihm wie vor einem Gespenst davon.

»Was für eine Spinnerin!« sagte Dr. Branth

»Nein«, erwiderte Motti, »das ist nicht so einfach.«

»Ganz einfach!« gab Dr. Branth fast wütend zurück.

»Ganz einfach! Ganz einfach! Ganz einfach!« machte Nurit ihren Großvater nach. Sie war vom Stuhl aufgesprungen und bewegte sich wie vorhin Sofie in schleppendem Krebsgang zur Tür, und plötzlich lag in ihren Kinderaugen auch Sofies benommener, eingeschüchterter Blick. Als sie endlich bei der Tür angelangt war, riß es ihren kleinen Körper sofort wieder nach vorn, sie schnellte durch den Raum wie eine losgelassene Feder, und kaum stand sie wieder am Tisch, wurde sie ganz langsam, sie ging nun wieder Schritt für Schritt zurück, dann jagte sie abermals in diesem rasenden Tempo vor, und so machte sie es wieder und wieder. Motti versuchte, nicht auf sie zu achten, er spürte zwar das kribbelnde Zittern im Bauch und die kleinen warmen Wellen, die von innen gegen seinen harten, verspannten Rücken schlugen, aber er wußte, daß er sich jetzt nicht aufregen durfte. Schließlich hatte er es in den letzten Monaten auch sonst meistens geschafft, sich von Nurit nicht provozieren zu lassen. Es war eine Phase, nichts weiter, es war immer noch besser, sie redete und machte zuviel als zuwenig, im Gegensatz zu den Jahren davor, und nachdem Dani Josipovici das letzte Mal gesagt hatte, alles andere würde sich ebenfalls mit der Zeit von selbst geben, spätestens in Israel, machte sich Motti ohnehin keine Sorgen mehr, und er dachte, vielleicht ist dieser Irrsinn sogar noch zu etwas gut.

»Sofie hat es im Augenblick sehr schwer«, sagte er. Er merkte, daß er sich zwingen mußte, mit seinen Gedanken wieder von Nurit wegzukommen, aber es ging leichter, als er geglaubt hatte. »Sie hat alles verloren. Alles.«

»Wer redet von Sofie!« sagte Dr. Branth.

»Bitte?«

»Ein Terror war das! Woche für Woche, Monat für Monat, Jahr für Jahr – wenn Besuch kam, immer dasselbe schlechte, ungenießbare Essen! Ich weiß nicht, was sie sich dabei gedacht hat, aber ich weiß sowieso nicht, ob sie je über etwas nachgedacht hat! Wieso auch, sie brauchte das gar nicht, sie hatte sich ja alles genau eingerichtet, sie hatte für alles einen Plan und immer eine feste Vorstellung davon, wie etwas zu sein hat: Den Frühstückstisch deckt man abends, in den Urlaub fährt man mit Ehrenreichs im August nach Palma, die mühsame Enkeltochter sieht man am letzten Samstag im Monat, gemütlich macht man es sich bei Kerzenlicht, über Politik redet man, wenn man allein ist, und Gästen setzt man immer dieselbe trockene alte Ente vor ... Aber wehe, etwas ging nicht so, wie sie es wollte! Das Ende der Welt! Die apokalyptischen Reiter im Anmarsch! Hätte ich ihr doch nur einmal ihre verfluchte Ente an den Kopf geschmissen! Dann hätte sie schon begriffen, daß es Zeit wurde für etwas anderes! Dann hätte sie vielleicht auch angefangen zu denken!«

Motti kämpfte gegen das Zucken in seinen Mundwinkeln, er mußte lächeln, obwohl er es nicht wollte, und als er schließlich nichts mehr dagegen machen konnte und sein Mund sich fast wie von selbst zu einem breiten Grinsen auseinanderzog, war Dr. Branth überhaupt nicht beleidigt, er grinste sogar zurück. »Und jetzt ist Sofie also auch noch so geworden wie sie«, sagte er wieder ernst. Dann, leise in sich hineinlachend, fügte er hinzu: »Verfluchte Entenweiber! Sie meinen es ja immer nur gut!«

Der hohe langgezogene Ton, der bereits seit einer Weile irgendwo weit weg hinter den Wänden des Wohnzimmers rumorte, mal leiser, mal lauter, aber immer so, daß man ihn nicht ignorieren konnte, verstummte plötzlich. Eine alte Wasserleitung, dachte Motti. Er fragte sich, wieso ihm dieses Geräusch vorher nie aufgefallen war, doch da war er mit den Gedanken schon wieder woanders. Nurit marschierte weiter durch den Raum, vor und zurück, vor und zurück, und jetzt war es nicht mehr allein der Kopf, über den sie von Zeit zu Zeit die Kontrolle verlor, ihr gesamter Körper krampfte sich zwischendrin immer wieder zusammen, und die Spannung entlud sich regelmäßig in einem kurzen heftigen Zucken von Armen, Brustkorb und Beinen. Motti war sich bis heute nicht wirklich sicher, ob Nurit von der Sache mit dem Zucken überhaupt etwas mitbekam, Josipovici meinte, nein, aber wahrscheinlich sagte er das bloß, damit sie Motti nicht so leid tat. Eigentlich war Motti überzeugt davon, daß Nurit sich verstellte, daß das Ganze, wie alles andere, nur ein wahnsinnig schlauer, frühreifer Trick von ihr war – genauso wie das trübe, stumpfe Schweigen in all den Jahren davor, wie ihre Weigerung, sich seine Geschichten zu merken, wie ihre laue, uninteressierte Art anderen Kindern und ihrer eigenen Mutter gegenüber, wie ihre plötzlichen Anfälle von Grausamkeit oder ihre Unfähigkeit, sich von ihm das bißchen Lesen und Rechnen beibringen zu lassen, das er selbst schon mit drei, vier Jahren beherrscht hatte, wie ihre ständig nassen Bettlaken und Höschen und die Haufen, die sie neuerdings immer öfter irgendwo mitten auf den Teppich machte. Und trotzdem: Obwohl Motti genau wußte, daß seine Buba nicht irgend jemand war und daß sie sich, viel klüger als jedes Kind und wahrscheinlich auch als die meisten Erwachsenen, nur deshalb so schrecklich benahm, damit Sofie endlich begriff, daß es nicht mehr so weiterging mit ihnen dreien und daß sie sie beide gehen lassen mußte, – trotzdem fragte er sich ab und zu, ob nicht vielleicht doch alles ganz anders war.

»Und acht und neun und zehn. Und eins und zwei ...« Nurit stand plötzlich ganz nah bei Motti, sie hatte aufgehört, ihre Mutter nachzumachen, und während sie weiterzählte, legte sie den Arm auf Mottis Knie und stützte den Kopf in die Hand, das Gesicht ihrem Großvater zugewandt. Nachdem der sie vor ein paar Monaten zweimal kurz hintereinander nach Hellabrunn mitgenommen hatte, war sie ihm gegenüber viel zutraulicher als früher, und seitdem fand Motti immer eine neue Ausrede, wenn Dr. Branth fragte, ob er nicht mal wieder etwas mit ihr unternehmen sollte.

»Wieviel?« sagte Dr. Branth zu Nurit.

»Drei und vier und fünf ...«

»... und sechs und sieben und acht«, zählte Dr. Branth kurz zusammen mit ihr, dann hörte er wieder auf und sagte zu Motti: »Lotte war anders.«

»Wer?«

»Die schöne Lotte.« Dr. Branths weiche Greisenstimme wurde noch weicher, jungenhafter. »Wir lebten in den Tag hinein«, fing er unvermittelt und völlig selbstvergessen an zu erzählen, wie einer, der zwischen einem Selbstgespräch und einer Unterhaltung mit jemand anderem kaum zu unterscheiden weiß, »es gab keine Pläne, keine Verpflichtungen. Wir liefen durch die Stadt, das war das einzige, was wir regelmäßig machten, wir liefen den ganzen Winter zwischen den verwüsteten Häusern umher, wir schrieben unsere Namen auf die zerborstenen Wände und küßten uns auf umgefallenen Säulen, einmal stahlen wir am Nationaltheater einen abgebrochenen Puttenhintern und schleppten ihn zu mir in die Rambergstraße.«

»Wer war Lotte?«

»Sie arbeitete für eine ausländische Hilfsorganisation, deshalb mußte sie manchmal in die Lager in Landsberg und Wolfratshausen. Sie war aus Mannheim, aber in Mannheim war sie während des Krieges nicht erwünscht, also ging sie mit ihrer Familie nach Philadelphia. Ende Mai kam sie wieder zurück, Mai '45. Sie wollte bleiben, daran gab es keinen Zweifel, und sie hatte am Anfang soviel Elan! Mein Gott, sie hatte Kraft für zwei, ich nannte sie immer nur mein doppeltes Lottchen. Sie fegte durchs Leben, sie wollte ständig alles gleich und jetzt und sofort. Für sich, für mich. Und sie gab trotzdem Ruhe: Wenn ich zwei Nächte nicht da war, war ich nicht da. Ich liebte sie, aber ich liebte auch meine Arbeit, und das ließ sie gelten.«

»Was?« fragte Motti mit abwesender Stimme, »das Jurastudium?« Er hatte Dr. Branth zum Schluß nicht mehr richtig zugehört, seine Geschichte, so interessant er sie zuerst gefunden hatte, kam ihm merkwürdig, fast ein wenig verrückt vor. Alle Offenheit, dachte er, hat ihre Grenzen, und er fragte sich auch, ob sein Schwiegervater ihm überhaupt die Wahrheit erzählte oder ob er ihm nicht einfach nur mit einem Lügenmärchen von der Liebe zu einer schönen Emigrantin imponieren wollte. Außerdem war jetzt dieser hohe klagende Ton wieder da, der ihn so schrecklich ablenkte, er kam von draußen, von der Straße, oder nein, er kam aus ihrem Haus, aus der Nachbarwohnung, aber vielleicht war es auch wirklich eine von ihren eigenen Wasserleitungen.

»Akademie«, sagte Dr. Branth. »Damals war ich doch noch auf der Akademie ...«

»Akademie! Kackademie! Akademie! Kackademie!« rief Nurit heiser. Sie sah noch immer ihren Großvater fest an, der über ihren Witz sofort begeistert lachte, aber gleichzeitig wirkte sie so zerstreut und abwesend, als spiele sie all ihre ungewohnte Aufmerksamkeit den Erwachsenen nur vor.

Motti legte ihr die Hand auf den Kopf, und auch, als sich Nurit nun wieder schüttelte, ließ er die Hand dort liegen. »Und dann?« sagte er.

»Nichts und dann«, erwiderte Dr. Branth, weiter in sich hineinprustend vor Lachen. »Verfall. Lustlosigkeit. Apathie. Ende der Träume ...« Er lachte und lachte. »Sie ging nicht mehr raus, sie lag nur noch im Bett und dämmerte vor sich hin ... Sie sagte nichts, sie hörte nicht zu, sie malte mit den Fingern Kreise auf die beschlagene Fensterscheibe, und eines Tages war sie weg ... In dem Brief stand, wegen der Leute. Wegen deren Grobheiten. Wegen der Lügen. Aber ... aber wahrscheinlich meinte sie nur mich ...«

»Sie?«

»England, Mordechai, Sie wissen doch noch, die taghelle Nacht über dem Kanal, die Lichter der Abgeschossenen in der Tiefe.« Er lachte ein letztes Mal laut auf. »Aber Ihre Geschichten hatten es auch in sich, mein Junge. Chapeau!«

»Ja, genau«, murmelte Motti. Er betrachtete den langen, tannenzapfenartigen Kopf seines Schwiegervaters, er sah sein irres, verzweifeltes, schiefes Grinsen, und er dachte, ich hätte ihnen damals nichts erzählen sollen, nichts-nichts-nichts. Dann sackte er auch schon weg, er hörte auf zu denken, zu hören, zu sehen. Als er erneut zu sich kam, hatte er sofort wieder das wimmernde, alles durchdringende Geräusch von vorhin im Ohr, und da endlich wußte er, was es war – er sprang auf, noch halb benommen, stieß Nurit zur Seite und stolperte fast über den Stuhl, den Sofie vorhin umgeworfen hatte, er stammelte »Entschuldigung« und rannte aus dem Zimmer.

Sofie saß in der Küche auf dem Boden und redete mit sich selbst. Motti konnte nicht verstehen, was sie sagte, aber das war auch gar nicht nötig, ihr weinerlicher Singsang sollte ihm bloß signalisieren, wie allein und verlassen sie sich gerade in ihrem Schmerz fühlte. Sie wimmerte und stöhnte und klagte, sie dehnte jedes Wort und zog jede Silbe so weit und undeutlich auseinander wie eine Opernsängerin, mal lauter, mal leiser, ohne Pause, als müßte sie niemals Luft holen. Obwohl Motti ihre Jammerarien – genauso wie ihre Badezimmerauftritte – schon lange nicht mehr ernst nahm, obwohl er sich jedesmal, wenn sie damit wieder anfing, schwor, diese zu ignorieren, beugte er sich sofort über sie. Er küßte sie auf die Haare, auf die Schulter, und dabei versuchte er, nur durch den Mund zu atmen, um so wenig wie möglich von dem unangenehmen Geruch abzubekommen, der sie seit Wochen umgab. Sofie legte ihm die Arme um den Hals, sie hängte sich regelrecht an ihn, so als wolle sie, daß er sie hochzog, aber das war natürlich völlig unmöglich, denn sie hatte wieder zugenommen, sie war inzwischen sogar noch schwerer, noch massiger, noch weißer als damals auf Ben Gurion. Trotzdem spannte Motti seinen kleinen schmalen Körper zwei-, dreimal an, damit sie merkte, daß er sich Mühe gab, dann aber, ihren nassen heißen Mund am Ohr, ihr quälendes Wimmern im Hirn, rutschte er neben sie auf den Küchenboden, das Zittern in seinem Bauch wurde wieder stärker, und er dachte, wie gut wäre es, wenn der Boden jetzt unter mir nachgeben würde, wie Watte, wie Wachs, wenn ich einfach in ihn hineinsinken und von hier davonrauschen könnte, in unerreichbare, menschenleere Tiefen, wo mich keiner mehr nervös machen kann.

Sofie hatte sich seit Wochen schon auf diesen Abend vorbereitet. Nach der Sache im Verlag war sie die erste Zeit zu nichts fähig gewesen, vormittags hatte sie immer im Bett gelegen, ins Kissen gestarrt und eine Tafel Schokolade nach der anderen gegessen, den Rest des Tages brachte sie mit endlosen Spaziergängen im Englischen Garten oder im Luitpoldpark herum. Wenn sie nach Hause kam, verschwand sie, kaum daß sie gierig das Abendbrot in sich hineingeschlungen hatte, in ihrem Zimmer, sie drehte ihre Bach-Oratorien laut auf, blätterte in alten Tagebüchern, aß noch mehr Schokolade und sortierte die Schlaftabletten in ihrem Letzte-Hilfe-Täschchen. Sie trug wieder ihre alten Kleider, oft mehrere Tage hintereinander dieselben hellblauen Jeans und weißen weiten Blusen, die engen Kostüme und hohen Schuhe, die sie sich in den letzten Jahren fürs Büro angeschafft hatte, verstaubten im Schrank. Sie hörte auch auf, Parfums zu benutzen und sich zu schminken, und Motti hatte den Verdacht, daß sie sich kaum noch wusch. Nurit war es zuerst aufgefallen, glaube ich, jedenfalls lief sie, wann immer ihre Mutter zufällig in ihre Nähe kam, fast reflexartig vor ihr davon, egal wie abwesend oder durcheinander sie gerade war. Irgendwann roch die ganze Wohnung nach dem scharfen, bitteren Schweißgeruch, den Sofie verströmte und der sich vor allem in der Bettwäsche festsetzte, so daß Motti sie jeden zweiten, dritten Tag wechseln mußte ... Doch dann war Sofie die Idee mit dem Abendessen für ihren Vater gekommen, und danach erwachte sie allmählich wieder aus ihrer Lethargie. Es fing damit an, daß sie den Todestag ihrer Mutter vergessen hatte. Ihr Vater hatte am Vormittag mehr als zwei Stunden auf dem Friedhof vergeblich auf sie gewartet, und abends – sie hatte sich bereits wieder in ihrem Arbeitszimmer eingeschlossen – rief er an. Nachdem sie aufgelegt hatte, setzte sie sich, Gesicht und Hals vor Schreck mit roten Flecken übersät, zu Motti an den Küchentisch. Sie fragte ihn, ob sie ihm beim Kartoffelschälen helfen sollte, drehte dann aber das Messer, das er ihr reichte, nur selbstvergessen in den Händen herum und erzählte ihm dabei von dem Plan, den sie eben auf dem Weg vom Wohnzimmer zur Küche gefaßt hatte: Ihr Vater würde sich sicherlich darüber freuen, sagte sie, wenn sie für ihn einmal so kochen würde, wie ihre Mutter es früher immer getan hatte, es würde ihn an seine tote Frau erinnern und zugleich gegenüber seiner lebenden Tochter besänftigen. Außerdem wäre es für sie selbst eine gute Gelegenheit, sich

nach langer Zeit mit ihrer Mutter zu befassen – sie würde sich beim Einkaufen und Kochen bestimmt wieder an vieles erinnern, was zwischen ihnen gewesen war, Gutes und Schlechtes, Verbindendes und Trennendes. Motti nickte, er nickte, weil ihm nichts anderes übrig blieb, und Sofie nickte auch, sie nahm eine Kartoffel aus dem Beutel und legte sie ungeschält wieder zurück ... Die nächsten drei Wochen hatte es für sie dann nur noch dieses eine Thema gegeben. Sie quälte sich endlos mit der Frage, ob sie die Ente auf dem Blech oder im Römertopf zubereiten sollte, sie nahm sich zuerst vor, die Knödel selbst zu machen, fand heraus, daß es im Reformhaus halbfertige gab, die angeblich auch nicht schlechter schmeckten, entschied sich trotzdem gegen sie, dann wieder für sie, dann wieder gegen sie, und daß sie bis zum Schluß nicht wußte, ob sie das Blaukraut mit Mehl und einer feingeriebenen Kartoffel verdicken sollte, so wie es die wirklich guten Köche taten, oder bloß mit Rahm, trieb sie zur Verzweiflung. »Ich will es genauso machen wie sie«, sagte sie am Tag vor dem Essen mit ihrer weinerlichen Kleinmädchenstimme und klappte vorsichtig eins von Mottis Kochbüchern zu, »aber hier steht nicht, wie sie es gemacht hat ...«
»Ja«, sagte Motti. »Ich meine, nein.«

Sie saßen jetzt schon ziemlich lange nebeneinander auf dem Küchenboden, in einer stummen, reglosen Umarmung, und man hörte nur Sofies immer leiser werdendes Wimmern. Ihre Körper berührten sich und berührten sich doch nicht, Motti spürte, wie stark er jeden einzelnen Muskel anspannte, er machte es ganz unbewußt, aber offenbar mußte das jetzt sein, damit er nicht die Kontrolle über sich verlor. Er hatte sich bei Sofie bis heute noch nie gehenlassen, er stellte sich im Gegenteil sogar manchmal vor – einfach so, er wußte auch nicht warum –, wie es wäre, wenn sie ihm den Brustkorb zusammendrücken, wenn sie seinen Arm nach hinten drehen oder ihn ein bißchen würgen würde, und seitdem er nicht mehr mit ihr schlafen konnte, hatte er öfters den Wunsch, daß sie ihn kurz irgendwo festband, so wie Ima früher, denn dann könnte er ihr nicht davonlaufen, dann müßte er tun, was sie wollte. Ja, und sie wollte wieder. Seit sie nicht mehr arbeitete, wollte sie viel häufiger als in den Jahren davor, sie versuchte es fast jede Nacht, und weil er immer eine andere Ausrede fand, machte sie es sich inzwischen regelmäßig selbst, neben ihm, im Bett, während er mit offenen Augen in der Dunkelheit dalag und aus dem Fenster sah, zu dem riesigen graublauen Schornstein des Heizkraftwerks in der Türkenstraße hinüber, aus dem auch nachts ständig eine mächtige weiße Dampfwolke aufstieg. Er hörte Sofie dann immer mit einem Ohr zu, mit dem andern lauschte er, ob Nurit nicht wach wurde, und dabei dachte er, als hätte es in seinem Leben keine bessere Zeit gegeben, wie so oft in den letzten Monaten an seine Grundausbildung zurück. Er erinnerte sich an die endlosen Liegestützorgien und Dauerläufe, von denen sie wochenlang einen solchen Muskelkater gehabt hatten, daß sie kaum gehen konnten, er erinnerte sich an das ewige Hundegebell ihres Ausbilders, den sie wegen seiner kühlen, undurchschaubaren orientalischen Art den Iraker nannten und den er am meisten dafür gehaßt hatte, daß er ab und zu so tat, als wäre er in Wahrheit gar nicht so, sondern ganz weich und mütterlich. Er erinnerte sich daran, wie er einmal Eli bei einer Marschübung wie einen Verletzten schultern mußte, aber Eli war für ihn zu schwer gewesen, er rutschte gleich wieder von Mottis Rücken herunter und begrub ihn, begleitet vom Gelächter der andern und dem herablassenden Blick des Irakers, unter sich. Er erinnerte sich an das von der Sonne aufgeheizte Metall ihres Tanks, an dem er sich dauernd wie ein dummes Kind verbrannte, an den Gestank von Benzin, an das nie enden wollende Kettengerassel, an die knappen, scharfen Detonationen der Übungsgranaten, an all diesen gräßlichen, pausenlosen Lärm, an diese ununterbrochene Mischung aus aufgeregten Stimmen, dem angeberhaften Röhren von Jeepmotoren und hysterischer Rockmusik, und zum Schluß fielen ihm jedesmal wieder die Nächte ein, in denen sich die Mädchen in ihre Zelte schlichen und er immer nur die kleinste, frechste und böseste von ihnen abbekam. Damals, dachte er, während Sofie leise und stumm wie eine Diebin neben ihm zu stöhnen begann, hatte er sich geschworen, er würde eines Tages eine ganz andere Frau kriegen, und nun also hatte er sie ...

»Auf, auf - schnell!« rief Dr. Branth, »Alarmstufe rot!« Er stand in der Küchentür, lang, hager und ein bißchen schwankend, dann beugte er sich über Motti und Sofie, die nach wie vor, Arme und Beine eng ineinander verschlungen, auf dem Boden saßen. »Laokoon und seine Söhne, was?!« sagte er grinsend, er ging mit dem Gesicht noch näher an Mottis Gesicht heran und flüsterte: »Sie hat sich schon hingehockt ...«

Und wieder raste Motti durch die Wohnung, so wie ein paar Minuten zuvor, wieder sprintete er - nun aber in die andere Richtung - halb besinnungslos über den Flur, und er ließ dabei alle seine Gedanken und Erinnerungen für immer hinter sich zurück. So kam es ihm jedenfalls vor, denn in den wenigen Sekunden, die er von der Küche bis zum Wohnzimmer brauchte, wurde sein Kopf ganz leer, so leer, daß er plötzlich gar nicht mehr wußte, was eben noch gewesen war. Es fiel ihm bloß ein, daß es Sofie schlechtgegangen war und sie getröstet werden wollte, aber vielleicht war es gar nicht ihr schlechtgegangen, sondern ihm selbst, nein, bestimmt sogar, und vielleicht wollte er mit ihr genau darüber endlich einmal sprechen, doch sie ließ es natürlich nicht zu, so wie immer, und er wird dann, so wie immer, eine brutale Wut auf sie gekriegt haben, diese verrückte Mischung aus Gleichgültigkeit und Verzweiflung, vor der er selbst am meisten Angst hatte. So war diesmal wahrscheinlich nur noch Nurit seine und ihre letzte Rettung gewesen, als sie, auf ihre Art, nach ihm rief, und eigentlich wollte sie auch ihr etwas sagen, sie wollte sagen: Laß Vati und mich doch endlich gehen, Mutti! Aber das begriff Sofie nicht, das konnte sie gar nicht begreifen, und darum strengte sich Nurit völlig umsonst an, darum hatte das Theater, das sie seit Wochen aufführte, absolut keinen Sinn, es machte die Situation bloß noch schlimmer und schwieriger für ihn. Das ganze war ein schrecklicher, sinnloser Teufelskreis, eine Maus, die sich in den eigenen Schwanz biß, nein, ein Elefant, ein Mammut, ein Tyrannosaurus rex, sie machte sich selbst damit verrückt und ihn langsam auch, sie nervte ihn mehr als Sofie und Ima es zusammen jemals gekonnt hätten, und das war einfach nicht nett, das war nicht in Ordnung, so durfte die Buba nicht mit ihrem Vati sein, auf keinen Fall, nein-nein-nein, und dafür würde sie gleich leider bezahlen.

Die Buba hatte sich völlig ausgezogen und hockte wie ein Hündchen mit gespreizten Beinen auf Sofies weißem Ledersofa. Ihre Sachen hatte sie überall im Zimmer verstreut, sie lagen auf dem Boden, sie hingen in den Regalen und auf den Stühlen, und ein Kleidungsstück – es schien die Unterhose zu sein – war auf dem Tisch gelandet, zwischen den Tellern. Nurit wirkte ruhig, sie hatte aufgehört zu zucken, sie zählte auch nicht mehr stumpf vor sich hin, und als Motti jetzt mit erhobener Hand auf sie zugeschossen kam, rührte sie sich nicht von der Stelle, sie blinzelte nur ein-, zweimal und lächelte ihn so erwachsen und überlegen an, daß er die Hand vor Schreck wieder senkte. Das war nicht der treue, weiche Blick seiner Prinzessin, mit dem sie ihn musterte, sie sah ihn so an, als sei sie nicht mehr sie selbst, sie sah ihn an – es schüttelte ihn bei dem Gedanken – wie eine Prostituierte, wie eine echte Nutte, ja richtig, wie eine ganz schwache Frau, die sich ganz stark geben will, und ein bißchen angewidert wirkte sie auch dabei. Wahrscheinlich haßt sie sich selbst dafür, dachte Motti. Er wußte, daß ihm nur noch Sekunden blieben, um sie zu stoppen, und er holte wieder aus – und wieder machte er denselben Fehler wie vorhin. Wieder sah er ihr tief in die fremden Augen, und plötzlich kam es ihm so vor, als hielte jemand von hinten seinen Arm fest, er konnte ihn nicht vor- und nicht zurückbewegen, und das machte ihn erst recht wütend. Was glaubte sie eigentlich, wer sie war? So ging das nicht, so ging das auch zwischen ihnen beiden nicht, sie war die Tochter und er der Vater – egal, wie sehr sie gegen alle anderen zusammenhielten, es gab nach wie vor Unterschiede zwischen ihm und ihr. Wenn sie das nicht mehr respektieren wollte, dann konnte sie sich einen anderen Vati suchen, einen, der ihr alles durchgehen ließ, der bessere Nerven hatte als er, aber auch ein schlechteres Herz, dem es egal war, wenn seine Tochter ihn wie ein Flittchen ansah oder die Wohnung vollkackte. Motti pumpte erneut alle Kraft, die er hatte, in den Arm, aber er ließ sich noch immer nicht bewegen. Doch dann war es sowieso schon zu spät.

»Laß sie«, hörte er Sofie fast lautlos hinter sich sagen. Er drehte sich um, er sah eigentlich nur zur Seite, und da stand sie, unmittelbar neben ihm, fast einen Kopf größer als er, die Schultern wuchtig und breit, die Brüste so groß wie zwei Kohlköpfe unter dem weiten Pullover, das Gesicht blaß, fett und vor Aufregung verschwitzt. Sie war es, die seinen Arm festhielt, sie umklammerte mit einer ihrer großen schweren Hände sein schmales Handgelenk, und hinter ihr erkannte Motti in der Tür ihren Vater. Sein dichtes graues Haar war ganz zerwühlt, drei große Falten durchzuckten pausenlos seine hohe, gerade Stirn, sein Blick verlor sich in der Ferne. »So was kann schon mal passieren«, sagte er sanft.

»Was?« sagte Motti.

»Daß alles schiefläuft …«

»Daß alles schiefläuft«, wiederholte Motti verständnislos seine Worte. Er selbst fühlte sich plötzlich unheimlich glücklich, wußte aber gar nicht warum.

»Ja, das stimmt«, murmelte Sofie leise, fast verschämt und lockerte ihren Griff.

Und da erst verstand Motti, was ihn so glücklich machte. Nein, bitte nicht, bitte jetzt auf keinen Fall loslassen, flehte er deshalb stumm. Bitte halt mich unbedingt weiter so fest, mein Liebling, ja genau so, halt mich fest, wie du mich noch nie vorher gehalten hast! Es ist ein Wunder, es ist ein richtiges Wunder, was gerade geschieht! Es kann also doch noch alles gut werden, hier und nirgendwo sonst, das Warten hat sich gelohnt, du hast eben Zeit gebraucht, aber wer braucht die nicht, du mußtest eben erst lernen, wie es ist, für sie mit ganzem Herzen dazusein und nicht bloß mit dem Kopf, und nun weißt du es, nun wehrst du dich endlich nicht mehr gegen deine wahren Gefühle und Mutterinstinkte, die immer schon in dir steckten, auch wenn Ima und Aba bis heute glauben, das könnte bei einer wie dir gar nicht sein. Ein Glück nur, daß ich nie lockergelassen habe, daß ich dich immer wieder provoziert habe, aber das mußte ich doch, genauso haben sie es mit uns damals im Negev auch gemacht ... Mach nur weiter, mach unbedingt weiter so, und wenn du der Meinung bist, daß du mich bestrafen solltest, dann mußt du das tun, ich wäre dir nicht böse, ich wäre dir dankbar dafür ...

»Entschuldige«, sagte Sofie, ihre Hand öffnete sich jetzt ganz, und Mottis Arm glitt kraftlos heraus.

»Man kann sich halt nicht immer im Griff haben«, sagte Dr. Branth. »Oder doch?« Er zwinkerte Motti über Sofies Schulter hinweg zu, und Motti wußte genau, worauf er anspielte. Wirklich, warum habe ich damals bloß nicht meinen Mund gehalten, dachte er. Dr. Branth berührte vorsichtig Sofies Arm, aber sie zog ihn sofort weg. »Mein Gott«, sagte sie, »was für ein Saustall.« Sie machte ein paar Schritte an Motti vorbei ins Zimmer, blieb stehen, sah Nurit an, die weiter stumm auf dem Sofa hockte, einen großen stinkenden braunen Haufen unter sich, und dann fing sie an, das Geschirr auf dem Tisch zusammenzuräumen. Niemand hatte aufgegessen, nicht einmal sie selbst, auf jedem Teller war Essen übriggeblieben, und während sie alles auf die große Servierplatte schüttete, begann sie leise vor sich hin zu summen. Motti kannte die Melodie nicht, trotzdem merkte er, daß sie sie herunterleierte wie ein schlecht gelauntes, gelangweiltes Kind, das zum Singen gezwungen wird, und bei jedem Ton, den sie nicht traf, durchzuckte es ihn unangenehm.

»Du singst falsch«, sagte er.

Sie stand mit dem Tablett schon in der Tür, direkt neben ihrem Vater. »Ich weiß auch nicht«, sagte sie, »ja ...«

»Aber Kind«, sagte Dr. Branth, »wer wird denn jetzt so traurig sein ...«

»Ich bin nicht traurig«, sagte sie trotzig.

»Los, einen Kuß!«

Sie schüttelte entsetzt den Kopf.

»Und wenn ich mitsinge?«

»Was?«

»Wenn ich mitsinge, kriege ich dann einen? Ich kenne das Lied auch. Das hat Mutter dir doch früher immer vorgesungen!« sagte er triumphierend. »Um sechs gab es das Sandmännchen, um sieben Abendessen, und um acht war Liederstunde ...«

»Das weiß ich nicht mehr«, erwiderte Sofie. Sie kniff die Augen zusammen und runzelte die Stirn, so als versuche sie, sich zu erinnern. »Nein, keine Ahnung.«

»Doch.«

»Nein!« Ihr riesiges weißes Gesicht verfärbte sich in Sekundenschnelle dunkelrot, alles darin schien zu brennen, die Wangen, das Kinn, die Stirn, auch die kleinen, viel zu knorpeligen Ohren glühten, und Motti, der sie lange nicht mehr so gesehen hatte, wandte sich erschrocken ab. »Los, Kindchen«, hörte er Dr. Branth sagen, »den Text, den hast du bestimmt nicht vergessen!« Er hörte auch noch, daß Sofie ihm etwas antwortete, er registrierte ihren abweisenden, ängstlichen Tonfall, achtete aber überhaupt nicht mehr auf den Inhalt ihrer Worte, und als die beiden nun anfingen, gemeinsam zu singen – zart, zögerlich und falsch –, schaltete er ganz ab. Er wußte, daß er eben noch etwas vorgehabt hatte, aber es fiel ihm absolut nicht ein, was es gewesen war, er verstand – so wie jemand, der aus tiefstem Schlaf erwacht und sich vor Schreck eine Weile nicht zurechtfinden kann – für einen Augenblick gar nicht, wo er sich befand. Es war merkwürdig, aber er kannte die eigene Wohnung nicht mehr, nicht wirklich jedenfalls, dieser graubraune, fleckenstarrende Teppich unter seinen Füßen, dieses riesige Jerusalem-Plakat über dem halb abgeräumten Eßtisch, dieses alte, abgegriffene, hellgraue Telefon, dessen tausendmal verdrehte Schnur sich durchs Zimmer wand – das alles kam ihm genauso fremd und gleichzeitig genauso vertraut vor wie diese beiden Stimmen hinter ihm, die eine viel zu weich, brüchig und alt, die andere furchtbar leise und monoton, und was immer es für ein Lied war, das sie anstimmten, er war froh, daß er es nie zuvor in seinem Leben gehört hatte. »Herr Vater, Frau Mutter, daß Gott euch behüt«, sangen sie, »wer weiß, wo in der Ferne mein Glück mir noch blüht ...« Er schwankte leicht, nur ganz leicht, und zum Glück sah er dann seine Tochter. Sie mußte es sein – er erkannte sie an dem langen, scharfen ägyptischen Näschen, an den kleinen, dicht zusammenstehenden Augen mit den ruhig und gleichmäßig umherschwimmenden Pupillen, und nicht zuletzt an diesem ständig mahlenden Unterkiefer, dessen langsame Bewegungen – darüber war er sich bis heute nicht im klaren – entweder angestrengtes Nachdenken signalisierten oder schlichtweg Apathie. Und wenn sie es doch nicht war? Wenn dieses nackte, stumme, scheißende Mädchen da ihr bloß sehr ähnlich sah? Aber natürlich war sie es, wer sonst! Wer sonst würde sich so aufführen wie Nurit! Seit sie vor ein paar Monaten, kurz nach ihrer Rückkehr aus Israel, angefangen hatte, allmählich aus ihrem jahrelangen Tiefschlaf aufzuwachen, kam sie jede Woche mit einer neuen Verrücktheit an: Zuerst war es eher harmlos gewesen, sie lief bei ihren Spaziergängen, ohne Rücksicht auf andere Passanten, immer nur an der Bordsteinkante entlang oder genau auf der Linie zwischen den Pflastersteinen, sie stopfte jeden Morgen eine für sie viel zu große Plastiktüte mit ihrer Unterwäsche und ihren Kleidern voll, von der sie sich den ganzen Tag nicht mehr trennen wollte, sie wühlte, wenn er sie nicht mit Gewalt davon abhielt, wild lachend im Küchenmüll herum und verteilte ihn in der gesamten Wohnung, oft saß sie auch stundenlang mit ihrem kleinen gelben Plastiktelefon in einer Ecke und plapperte geheimnistuerisch in einer selbsterfundenen Sprache hinein, die weder nach Deutsch noch Hebräisch klang. Er fand ihr Benehmen sehr anstrengend, anstrengender noch als ihre Ausbrüche gegenüber Sofies Mutter im Krankenhaus vor zwei Jahren, es regte ihn auf – und das war der Unterschied zu damals –, daß sie sich inzwischen kaum mehr etwas von ihm sagen ließ und immer öfter so tat, als gäbe es ihn gar nicht. Er verstand auch nicht, daß sie überhaupt nur noch das machen wollte, worauf sie selbst Lust hatte, wenn aber er Wünsche hatte, interessierte es sie nicht. Und trotzdem war er am Anfang sehr froh darüber gewesen, wieviel Kraft und Energie sie auf einmal entwickelte, und er plante insgeheim bereits die nächste Reise zu Paschok und Tali. Natürlich überlegte er auch, ob der Moment nicht günstig sei, wieder ein bißchen ihren Kopf zu trainieren, mit Lesen, Rechnen, ein paar leichteren Schachübungen oder mit einer von seinen oder Abas Geschichten, von denen sie sich bis heute keine einzige gemerkt hatte, doch das funktionierte leider genausowenig wie früher. Sie schaute ihn zwar nicht mehr jedesmal so stumpf und verloren an, wenn er sie zwang, sich auf die wenigen einfachen Dinge, die er ihr erzählte, zu konzentrieren, dafür machte sie ihn jetzt auf andere Weise verrückt – mal räusperte sie sich, während er sich mit ihr abmühte, alle zehn Sekunden wie ein alter Mann, der vom jahrzehntelangen Rauchen eine völlig verklebte Kehle hat, mal riß sie ununterbrochen mit einem lauten Schnalzen den Mund weit auf, so als wolle sie ein unsichtbares Pferd zum Galopp antreiben, mal blinzelte sie ihm, ihrem eigenen Vater, plötzlich ganz unanständig zu, und es war nicht wirklich klar, ob sie dabei lächelte oder ob sie ihre Gesichtszüge nur in Gedanken leicht anspannte, und das wirkte besonders kokett und abstoßend auf ihn ... Da, da war es schon wieder, dieses zweideutige Blinzeln! Die nackte, kotverschmierte Kleine auf dem weißen Sofa, die seine Tochter sein mußte, zwinkerte, sie spitzte den Mund und schickte ihm einen Kuß durch die Luft, dann noch einen und noch einen, und schließlich schob sie die Zunge langsam vor und umspielte damit übertrieben und aufgesetzt wie eine billige Schauspielerin ihre Lippen. Ihre Pupillen öffneten und schlossen sich schnell, als hätte sie Schwierigkeiten zu fokussieren, sie sah ihn für eine Sekunde scharf an, aber dann wurde der Ausdruck in ihren Augen endgültig matt und verschwommen. Warum quälte sie ihn bloß so – wenn sie es denn wirklich war? Warum drehte sie nur immer mehr durch? Er hatte sich in den vergangenen Wochen schon öfter gefragt, ob es nicht besser wäre, wenn Nurit aufs neue verstummte, wenn sie einfach wieder so würde wie früher, als sie noch seine arme, stille, zärtliche Prinzessin war, seine kleine Buba, sein großes Herz. So wie jetzt konnte es auf keinen Fall weitergehen, es wurde schlimmer und schlimmer, sie steigerte sich von Tag zu Tag weiter hinein, und die einzige, die natürlich mal wieder von allem nichts mitbekam, war Sofie, obwohl Nurit sich doch nur wegen ihr so aufführte. Daß sie mittlerweile bei fast jeder Mahlzeit wütend ihr Essen ausspuckte, daß sie oft eine halbe, eine ganze Stunde lang ihre ewiggleichen Zahlenreihen aufsagte, wie eine Idiotin zuckte oder sich unaufhörlich im Kreis drehte, daß sie eines Nachmittags sogar alle Puppen, alle Spiele, alle Bücher, die seit Jahren unangetastet in ihrem Zimmer in dem großen weißen Schrank gelegen hatten, aus dem Fenster warf, nachdem sie vorher jeder Puppe und jedem Teddy den Kopf oder zumindest einen Arm oder ein Bein ausgerissen hatte – das alles schien Sofie nicht zu interessieren, zumindest sagte sie nichts dazu. Motti war ihr deswegen nicht einmal wirklich böse, denn was Dr. Goerdt mit ihr gemacht hatte, war viel schlimmer gewesen als eine bloße Kündigung. Er hatte sie zuerst verraten und dann gedemütigt, er hatte so getan, als hätte sie ohne sein Wissen dieses aberwitzig teure Buch in New York gekauft, das den Verlag fast kaputtgemacht hätte, um sie, bevor er sie rauswarf, in einer Konferenz vor allen andern als anmaßend, karrieristisch und kalt hinzustellen. Ja, Motti verstand Sofie, es leuchtete ihm ein, daß sie jetzt Zeit für sich brauchte, das Problem war nur, daß er mit Nurit, so wie sie sich inzwischen benahm, allein kaum noch fertigwurde. Am schlimmsten war die Sache mit den Josipovici-Mädchen gewesen: Er hatte sich so geschämt für Nurit, als es passiert war, aber fast noch mehr für sich selbst und die schlechte Erziehung, die sie von ihm offenbar bekommen hatte, er hatte sich geschämt wie niemals in seinem Leben zuvor, wie ein richtiger Verbrecher hatte er sich gefühlt, während sie die beiden Mädchen – wahrscheinlich in letzter Sekunde – aus dem Sandkasten vor Josipovicis Haus rausholten, wo Nurit sie bis über die Köpfe eingegraben hatte. Es war dann Josipovici gewesen, der ihn tröstete, der ihm auf seine undurchsichtige, halb melancholische, halb ironische Art sagte, sie hätte es sicher nicht böse gemeint, sie hätte nur zeigen wollen, was sie kann, und immerhin sei es wirklich eine Leistung gewesen von ihr, die beiden Älteren zu dem ganzen Unsinn zu überreden. Trotzdem, fügte er hinzu, würde er Motti bitten, mit Nurit nächstes Mal gleich in die Praxis zu kommen. Er sehe zwar ein, daß sie Kontakt zu anderen Kindern brauche, für seine Töchter sei es so aber sicherer, und während sich seine dicken Lippen dabei zu diesem deprimierten polnischen Lächeln auseinanderzogen, spürte Motti deutlich, wie die Erde unter ihm erzitterte, und er sah auch, daß ein kleiner tiefschwarzer Spalt vor seinen Füßen aufging ... Als das Mädchen auf dem Sofa sich zwischen die Beine faßte, als sie an ihrer nackten, für ihren kleinen Körper viel zu großen Möse zu spielen begann, war Motti so in Gedanken, daß er es zunächst kaum wahrnahm. Immer und immer wieder mußte er daran denken, wie allein und hilflos er sich zur Zeit als Vater fühlte, und er spürte seine Verlassenheit beinah körperlich, wie ein stumpfes, kaltes Kribbeln überall auf der Haut. Auch als die Kleine vom Sofa sprang und sich langsam tänzelnd auf ihn zubewegte, die eine Hand weiterhin unten, die andere neckisch und gedankenverloren im Haar wie ein Go-go-Girl, war er innerlich viel zu weit weg, um zu merken, was sie da tat, er war jetzt regelrecht besessen davon, wie schwer er es doch immer gehabt hatte und wie wenig Hilfe er von den anderen bekam, von Sofie, von ihren Eltern und auch von Aba und Ima, die bloß reden-reden-reden konnten, aber nie etwas tun, und je einsamer er sich gerade fühlte, desto verzweifelter fragte er sich, was er in all den Jahren um Himmelswillen hätte tun können, außer darauf zu warten, daß Sofie zu seinen rettenden Israelplänen irgendwann vielleicht doch noch ja sagte. Die Kleine war nun fast schon bei ihm angekommen, sie spielte an ihren Brustwarzen herum und stank nach Scheiße, aber das war ihm ganz egal, und plötzlich fiel ihm ein, was er hätte tun können. Er hatte es einmal sogar wirklich versucht, natürlich ohne Sofie etwas davon zu sagen, er hatte eines Tages, als wäre überhaupt nichts dabei, zum Telefon gegriffen und auch sofort einen Termin bekommen, und schon am nächsten Morgen stand er mit Nurit in der Möhlstaße vor dem Gemeindekindergarten am Zaun und sah, während sie mit halboffenem Mund und halbgeschlossenen Augen mal wieder ins Nirgendwo glotzte, durch die Bäume hindurch den Kindern drinnen beim Spielen zu. Sie hielten sich an den Händen und tanzten im Kreis, sie tanzten, genauso wie er früher in seinem Kindergarten in Ramat Gan, zu *Jonatan Hakatan* und *G'weret Hakineret*, die Musik kam viel zu laut und schrill aus einem scheppernden alten Lautsprecher, sie hallte fremd und gewalttätig durch das friedliche Bogenhausen, und dann erklang auch noch *Uga-uga-uga,* das er als Junge am meisten geliebt hatte, die Kinder ließen sich dabei kichernd und schreiend fallen, sprangen auf, ließen sich wieder fallen, immer an der richtigen Stelle, und schließlich hatte er es nicht mehr ausgehalten, er hatte Nurit bei der Hand gepackt und sie weggezerrt ... »Und abends im Städtchen, da kehr ich durstig ein: Herr Wirt, mein Herr Wirt, eine Kanne blanken Wein!« hörte Motti wieder die beiden fremden, vertrauten Stimmen leise und zögerlich hinter sich singen, die kleine Stripteasetänzerin blieb abrupt vor ihm stehen, sie wackelte kurz mit den Schultern, wie zu einem imaginären Trommelwirbel, dann ging sie sofort weiter, an ihm vorbei, in kleinen, koketten Schritten, und er blickte ihr erstaunt nach. Er schüttelte den Kopf, er schüttelte ihn mehrere Male hintereinander und so heftig wie jemand, der glaubt, daß er auf diese Weise die Klarheit seiner Sinne zurückgewinnen kann. War sie es nun oder war sie es nicht? Und wenn ja, was spielte sie ihm hier überhaupt vor? Während sie sich von ihm entfernte, versuchte sie, sich zu dem schleppenden Rhythmus des seltsamen Liedes wie eine Erwachsene in den Hüften zu wiegen, aber ihr knochiges, weißes Kinderbecken schwang ganz hektisch und ungleichmäßig auf und ab und ihr braunverschmierter kleiner Hintern erinnerte mehr an den eines Babys, dem man gerade die Windel ausgezogen hat, als an den einer Frau. Auch als sie jetzt vor dem großen, dünnen, alten Mann in diesem verrückten bunten Hemd und der jungen, dicken, weinenden Frau anhielt, die beide, inzwischen längst verstummt, steif und starr wie zwei Säulen in der Tür standen, auch als sie sich mit der einen Hand erneut zwischen die nackten Beine fuhr und mit der anderen über den Hosenschlitz des Greises streichelte, auch als sie sich herunterbeugte und theatralisch den Mund öffnete, sah jede ihrer vermeintlich professionellen Bewegungen in Wahrheit so falsch und nachgemacht aus, daß Motti sie überhaupt nicht ernstnehmen konnte. Trotzdem wurde ihm heiß, eine schreckliche Hitze war auf einmal überall, sie war in seinem Rücken, in seinem Bauch, aber noch mehr um ihn herum, sie war in diesem Zimmer, sie war in den Wänden, im Teppich, in der Luft. Er hatte keine Ahnung, was er dagegen tun sollte, er konnte sich doch jetzt nicht so ausziehen wie sie, wie diese kleine Verrückte, die sich mittlerweile umgedreht hatte und nun, während sie mit beiden Händen ihre Pobakken auseinanderschob, dem vollkommen versteinerten alten Mann den Hintern hinstreckte. Aber etwas mußte er tun, er hielt es nicht mehr aus, seine Haut brannte, seine Lunge brannte, er bekam kaum Luft, er mußte raus, nichts wie raus, und obwohl er noch immer nicht genau wußte, wo er hier war, und schon gar nicht, was ihn draußen vor der Tür erwartete, machte er zwei, drei verzweifelte Schritte nach vorn. Ein erster kühler Hauch berührte sofort seine Wangen, also ging er schnell weiter, er schob sich an dem Greis und der tränenüberströmten jungen Frau vorbei zur Tür, er murmelte leise »Entschuldigung«, zuerst auf deutsch und dann vorsichtshalber noch einmal auf hebräisch, und als er nun bereits mit einem Fuß auf der Türschwelle stand, hörte er plötzlich eine Stimme, so hell wie eine Glocke, sagen: »Warte, Vati ...«

Also war sie es doch! Motti drehte sich um, er drehte sich so schnell und ruckartig um, daß die Kleine vor Schreck zusammenzuckte, sie klapperte aufgeregt mit den Augen, und ihre hellen Lippen zitterten, aber sie wich trotzdem keinen Zentimeter vor ihm zurück. Sie wich auch dann nicht zurück, als sich sein Arm wie von selbst erhob, er flog hoch, ganz weit hoch, wie der Arm eines Speerwerfers beim Wurf, gleichzeitig klarte Mottis Erinnerung mit einem großen weißen zischenden Knall auf, und er wußte wieder, wo er sich befand – er wußte nun endgültig, daß sie es wirklich war und der alte Mann Dr. Branth und die weiße Riesin Sofie, und er wußte auch, was er gerade noch vorgehabt hatte, kurz bevor er sich so verlor. Sie ging einfach zu weit, sie meinte es gut, aber sie machte es falsch, sie benahm sich wie ein Schwein, wie eine richtige Sau, und das durfte nicht sein, dafür mußte sie sofort bestraft werden. Er hatte doch nicht Jahre seines Lebens geopfert, damit seine Buba ein Schwein wurde, Schweine, das waren vielleicht die anderen, aber in seiner Familie gab es das nicht. Natürlich, sie war so wegen Sofie, nur ließ die sich davon ohnehin nicht beeindrucken, ihr war schon immer alles egal gewesen, egal-egal-egal, Hauptsache sie hatte ihre Ruhe und bloß keinen Streß, also warum sollte es jetzt plötzlich anders sein? Das einzige, was Nurit mit ihrem peinlichen, widerlichen, kranken Auftritt erreichte, war nur, daß sie ihn vor Sofie bloßstellte und vor deren Vater, diesem alten introvertierten Feigling, der erst auf den Tod seiner Frau warten mußte, um wieder er selbst zu werden – daß sie also aus Motti ausgerechnet vor diesen beiden Eisblöcken von Menschen jemanden machte, der unfähig war, seine angeblich so heißgeliebte Tochter richtig zu erziehen und die Verantwortung für sie zu übernehmen, ja, daß sie es so hinstellte, als sei er in Wahrheit auch nicht viel besser als sie. Oder war am Ende genau das ihre Absicht? Aber warum? Warum sollte sie so etwas tun? Dann allerdings mußte sie erst recht bestraft werden. Sofort.

»Nicht schlagen, Vati«, sagte Nurit.

»Doch …«

»Bitte nicht.«

Er spürte eine neue Hitzewelle anrollen, und sein Rücken wurde rund und hart wie eine bis zum Anschlag gespannte Feder. Motti löste kurz den Blick von Nurit, er sah nach links zu Sofie hinüber, nach rechts zu Dr. Branth, aber beide sagten natürlich nichts.

»Und wenn ich jetzt etwas mache, was dir gefällt?«

»Was?«

»Wenn ich« – sie zögerte – »wenn ich dir eine Geschichte erzähle ... Das willst du doch immer, Vati.«

»Was für eine Geschichte?«

»Die von dem großen Geist, der nachts immer in mein Zimmer kommt und der sich immer so schwer auf mich drauflegt, daß ich keine Luft kriege.« Sie preßte die Lippen fest zusammen, und sie wurden ganz weiß davon. »Umgekehrt tut es weniger weh!« platzte sie dann heraus.

Der erste Schlag traf sie auf der Schulter, der zweite bereits auf dem Kopf. Nurit wankte leicht, trotzdem gab ihr nackter Körper nicht nach, weder nach hinten, noch zur Seite, und ihr Blick war genauso kühl und herausfordernd wie vorhin. Motti schlug sie mit beiden Händen, aber nicht sehr stark, er schlug auf sie ein wie ein wütender Junge, der auf einen viel Größeren losgeht. Zwischendrin hörte er immer wieder kurz auf, er starrte sie keuchend an, doch sie wirkte weiterhin völlig ungerührt, nur ihre aufgesprungene blutige Lippe und der große dunkle Bluttropfen in ihrem rechten Nasenloch zeugten davon, was gerade mit ihr geschah.

»Und manchmal«, sagte sie, als Motti wieder eine Pause machte, »kommt der Geist auch am Tag. Dann ist er klein und ungeduldig und unrasiert und will ständig, daß wir was reden ...«

Motti gab ihr links und rechts eine Ohrfeige.

»Immer nur reden!« stieß sie heiser hervor, »reden-reden-reden ...« Ihre eben noch so hell klingende Stimme versagte endgültig, sie machte ein paarmal den Mund auf, doch es kam kein einziges Wort mehr heraus, nur ein hohes, leises, langgezogenes Wimmern, und während Motti, nun schon ganz kraftlos, ihr zur Sicherheit ein paar letzte Ohrfeigen gab, sah sie an ihm vorbei zu ihrer Mutter und zu ihrem Großvater. Ihre Augen füllten sich dabei mit Tränen, mit glänzenden, funkelnden, goldenen Tränen, und das rührte Motti so sehr, daß er selbst fast geweint hätte. Sofort löste sich auch die Spannung in seinem Rücken, das Kribbeln im Bauch und in der Brust hörte auf, und er ließ die Arme fallen, so willenlos, als gehörten sie gar nicht zu ihm. Dann begann es ihn zu frösteln, nur leicht und nicht unangenehm, und er hob die Arme wieder hoch und umschlang mit ihnen seinen Oberkörper. Ein kalter dunkler Wind jagte durch den Raum, er kam von unten, von sehr tief unten, wo Motti noch nie vorher gewesen war.

»Und eins und zwei und drei«, sagte er leise. »Na los ... Und eins und zwei und drei ...«

Sie reagierte nicht.

»Und vier und fünf und sechs ...« Er bewegte den Kopf im Takt. »Und vier! Und fünf! Und sechs!«

Nichts. Gar nichts. Keine Zahl, kein Wort. Auch kein Blinzeln, kein Zucken, keine obszöne Geste mehr. Nur stumpfes, stures Schweigen. Und Tränen, ganz normale farblose Tränen in einem völlig unbewegten, toten Gesicht.

»Na, dann wollen wir das arme Kind jetzt erst einmal saubermachen«, sagte Dr. Branth.

Keiner rührte sich.

»Also was ist, ihr Rasselbande?«

»Ohne mich«, sagte Sofie.

»Komm, Kindchen – zusammen!«

»Nein ...«

»Wir könnten ihr dabei wieder ein schönes Liedchen vorsingen.« Er zwinkerte Motti zu. »Dann hört sie mal was anderes als immer nur das ewige *Hawa-Nagila*-Tralala ...«

»Ich mache das schon allein«, sagte Motti. Der Boden unter ihm schwankte verführerisch, aber er konnte jetzt noch nicht hinab, er mußte vorher das hier zu Ende bringen.

»Vater«, sagte Sofie. Sie atmete schnell und laut, und ihre Nasenflügel zitterten. »Vater, was ist eigentlich los mit dir?«

»Nichts«, sagte Dr. Branth. »Was soll mit mir sein?«

»Ich mache das doch immer allein«, sagte Motti.

»Und vier ... und vier ... und vier ...«, murmelte Nurit plötzlich kaum hörbar.

Alle sahen sie an, und Dr. Branth rief fröhlich aus: »Und fünf und sechs!«

»Und vier ... und vier ...«

Mein Gott, sie hängt fest, dachte Motti, seit Jahren hängt sie schon fest, wie ein kaputter Plattenspieler, und im gleichen Moment sackte Nurit zusammen, und er fing sie gerade noch auf. Sie lag wie eine Feder im Wind in seinen Armen, und eine Feder wäre er bald auch ...

In dieser Nacht erzählte Motti seiner Prinzessin von Bubtschik. Vorher hatte er länger mit Sofie und ihrem Vater im Wohnzimmer zusammengesessen, während Nurit bereits im Bett lag, und obwohl ihm die Gegenwart der beiden so unangenehm war wie noch nie, mußte er bleiben, um sicherzugehen, daß sie nach Nurits idiotischem Auftritt nichts gegen ihn unternehmen würden. Er beobachtete sie aufmerksam, während sie, immer wieder von Pausen unterbrochen, miteinander sprachen, er achtete auf jeden Blick und jede Grimasse, aber nichts deutete auf eine Gefahr hin. Sie redeten zuerst über die Reise, die Dr. Branth vorhatte, er wollte wie Gauguin nach Polynesien fahren, er wollte dort malen und schlafen und jungen Frauen Kleider und Blumen schenken, und nachdem Sofie zum dritten Mal leidenschaftslos erklärt hatte, wenn er das wolle, müsse er es eben tun, sprachen sie über Sofies ehemaligen Chef und seine Hinterhältigkeit, sie sprachen über ihre noch vagen neuen Pläne mit der jüdischen Buchhandlung und über das Geld, das Dr. Branth ihr für den Anfang leihen würde. Obwohl Sofie, so wie schon den ganzen Abend, keine Lust hatte, sich mit ihrem Vater zu unterhalten, beantwortete sie jede seiner Fragen, sie tat es widerwillig und mit einem ängstlichen Unterton, aber sie tat es trotzdem. Irgendwann rief er laut aus, sie solle nicht immer die beleidigte Leberwurst spielen, denn wenn jemand Grund hätte, beleidigt zu sein, sei er es, weil sie ihn heute abend nur aus schlechtem Gewissen zum Essen eingeladen hätte. Und sogar da sagte sie tapfer ja, und ihre Lider flatterten wie aufgeregte Nachtfalter, als sie ihn daraufhin zur Entschuldigung küssen mußte. Später wollte Dr. Branth auch von Motti das eine oder andere wissen, und solange es um Mottis berufliche Zukunft ging, erzählte Motti einfach drauflos, er erzählte ihm dieselben Lügengeschichten wie zuletzt Ima und Aba in Israel, er nannte ihm sogar die Namen seiner ersten angeblichen Schüler, die natürlich alle ausgedacht waren. Kaum fing Dr. Branth aber wieder mit den alten Geschichten an, wich Motti ihm aus, er wollte darüber nicht reden, er hatte ihm doch schon einmal alles erzählt, genau einmal zuviel, und daß er Motti damals entgegnet hatte, es sei völlig verrückt, aber dieselbe Sache sei zwei Kameraden von ihm in der Ukraine passiert, mit einem Partisanen, dessen blutiger, hin und her fliegender Schädel sie ebenfalls ein Leben lang verfolgt habe – das hatte Motti zwar an jenem besonders dunklen, feierlichen Harlachinger Abend ein beruhigendes Gefühl gegeben, doch heute, soviel wußte er, würde er es nicht ertragen, wenn sein Schwiegervater erneut damit ankäme. Also sagte er, er wisse nicht, was er meine, und da wechselte Dr. Branth zum Glück auch schon das Thema. Er begann wieder von seiner Gauguin-Reise, er schwärmte von den Farben und Lichtern und Schatten am andern Ende der Welt und von der totalen Freiheit der halbnackten, kindlichen Eingeborenen dort, die, wie er fröhlich wiehernd sagte, nur sich selbst verpflichtet seien und höchstens noch einem flirrenden Sonnenuntergang oder sanften Wellenschlag, aber keinem Herrscher, keinem System so wie die Menschen des Westens. Während er sprach, hörte Motti ihm immer weniger zu. Dieses ganze Gerede interessierte ihn nicht, ihn interessierte bloß, ob sie etwas gegen ihn vorhatten oder nicht, doch alles schien in Ordnung zu sein. Das heißt, eigentlich war gar nichts in Ordnung: Wie konnten sie nur, dachte er wütend, wie konnten sie Nurit so im Stich lassen! Aber bitte, wenn sie es nicht anders wollten, dann würde er sich eben ihrer jetzt annehmen, das wollte er sowieso, er würde Nurits Probleme für immer lösen und damit gleich seine eigenen, und Sofie wäre er dann auch endlich los. Er wußte genau, was seine Buba brauchte, er war kein Schwein, er war nicht so kalt und von sich selbst besessen wie Sofie und ihr aufgedrehter Vater und alle andern hier. Im Prinzip war Nurit auch nicht so, aber inzwischen leider irgendwie doch, sonst hätte sie nie im Leben versucht, ihren Vati zu verraten, als sei er ein Fremder für sie, ein böser, gemeiner, hinterhältiger Fremder. Überhaupt hatte das alles mit ihr keinen Sinn mehr, so wie sie sich benahm, sie war zu ungeduldig, das war ihr größter Fehler, sie kapierte nicht, daß die Liebe, die er ihr gab, die Liebe für ihr ganzes Leben sein sollte, für später, für Israel, wo sie endlich zu sich kommen würde. Wenn sie aber keine Geduld hatte, warum sollte er dann Geduld haben, er konnte doch auch nicht mehr, immer nur dieses Schweigen und Durchdrehen um ihn herum, Schweigen und Durchdrehen, Schweigen und Durchdrehen. Er wollte bloß noch, daß all diese schweren Momente aufhörten und die um so schwereren Gedanken, er wollte alles vergessen, vergessen-vergessen-vergessen, er wollte, daß zumindest sein eigenes Leben wieder leicht wurde, er wollte fliegen und fallen, er wollte hinauf und hinab, so wie er gerade Lust hatte, und das wäre auch das Beste für sie …

»Als der Frosch Bubtschik eines Tages von seiner Prinzessin einen Brief bekam«, begann Motti langsam und drückte dabei Nurits kalte, knochige Hand, »wußte er gleich, daß es ihr nicht gutging. Sie hatte ihm noch nie geschrieben, seit er im Plüschtierland lebte, es war verboten, das wußte sie, und daß sie es trotzdem tat, machte ihm Sorgen. Nachts, als alle Teddys schliefen, las er heimlich den Brief. Er hatte recht gehabt: Die Prinzessin war sehr unglücklich. Die Königin kümmerte sich nicht um sie. Sie tanzte auf Bällen, sprach auf Kongressen, telefonierte mit ihren Schneidern und Ministern. Oft vergaß sie sogar, ihrer Tochter vor dem Schlafengehen einen Kuß zu geben. Darum war die Prinzessin immer nur mit dem König zusammen. Aber der König war genauso traurig wie sie, und das machte sie noch trauriger. Er wollte nicht König sein, und wenn sie ihn fragte, warum, sagte er: ›Bist du gerne Prinzessin?‹ Sie verstand die Frage nicht, aber um ihn zu trösten, schüttelte sie heftig den Kopf. Das machte dann ihn noch viel trauriger ...« Motti unterbrach sich, er hörte bei jedem Wort, das er sagte, plötzlich den Nachhall von Abas klarer, warmer Stimme, und außerdem wußte er noch nicht genau, wie es weiterging. »So wurden sie«, fuhr er fort, »mit der Zeit beide immer trauriger und trauriger. Sie gingen nicht mehr aus, sie lasen kaum, sie aßen fast nichts und sprachen mit niemandem, nicht einmal miteinander ...« Er zögerte. »Eines Tages dann ... eines Tages klopfte eine lange schwarze Gestalt am Schloßtor. Als sie vor dem König und der Prinzessin stand, sagte sie mit blecherner Stimme: ›Ihr habt nach mir verlangt.‹ ›Wer bist du?‹ sagten sie. ›Ich bin Eure Traurigkeit, Majestäten. Ab jetzt werde ich immer bei Euch sein, und Ihr müßt mich nie wieder rufen. Ich werde Euch überall begleiten, solange Ihr lebt. So treu wie ich ist keiner – das werdet Ihr sehen!‹ Es war das erste Mal seit Jahren, daß der König und die Prinzessin lachten. Sie lachten sehr lange und sehr laut, und dann sprangen sie in ihre Kutsche und fuhren weg. Sie fuhren um die ganze Welt, aber wo immer sie ankamen, war die schwarze Gestalt schon da. In Indien saß sie auf dem großen Markt und ließ Schlangen tanzen. Im Wilden Westen jagte sie zusammen mit einer riesigen Apachenarmee johlend hinter ihrer Kutsche her. In Holland aß sie ihnen ständig den Kuchen vom Teller. Am Orinoko hinderte sie den glatzköpfigen Dr. Hans daran, ihnen seine Kitzelexperimente vorzuführen, indem sie ihn selbst tagelang kitzelte. Und als sie wieder nach Hause kamen, saß sie schon in der Schloßküche über einem heißen Kakao, sie hatte den Morgenmantel des Königs an und seine Pantoffeln, und auf dem Kopf trug die Traurigkeit die Zeitungspapiermütze, die die Prinzessin auf dem letzten Schulfest vom König geschenkt bekommen hatte ...« Motti hielt wieder inne, er lauschte auf das Echo von Abas Stimme, aber es war nicht mehr da. »Seitdem, das kannst du dir vorstellen, ging es ihnen immer schlechter und schlechter. Und weil die Königin sie nie fragte, was ihnen fehlte, weil sie nicht einmal wissen wollte, wer diese schwarze Gestalt war, die ihnen auf Schritt und Tritt folgte, machte das die beiden noch trauriger ... Schläfst du schon?«

Er beugte sich vorsichtig über sie. Es war dunkel im Zimmer, nur der Leuchtglobus neben Nurits Bett war an, und sein sanftes blaues Licht ließ ihr unbewegtes kleines Gesicht wie einen großen kalten Kristall erstrahlen. Sie hatte die Augen weit auf, aber sie starrte stumpf wie eine Blinde durch Motti hindurch, auch jetzt, als er sich noch weiter über sie lehnte. Er küßte sie auf die Lippen, und ihr ganzer Körper zuckte leicht.

»Willst du nicht wissen, wie es ausgegangen ist?« sagte Motti.

Sie schwieg.

»Willst du nicht wissen, wie Bubtschik sie gerettet hat? Nein?«

Sie sagte noch immer nichts.

Er wartete ein paar Sekunden, dann setzte er sich wieder auf den Stuhl neben ihrem Bett. Er sah sie nicht an, er blickte aus dem Fenster in den orangegrauen nächtlichen Himmel, er dachte kurz darüber nach, ob es nicht am besten, am unauffälligsten wäre, das Problem am hellichten Tag zu lösen, wenn Sofie nicht schlief, und dann fuhr er stumm, für sich, mit Bubtschiks Geschichte fort.

»Wenn ich will, kann ich alles«, murmelte Motti leise, während er – den Kopf tief vorgeschoben, die Arme hinter dem Rücken verschränkt – müde und nervös vor dem Haus in der Amalienstraße auf und ab ging. »Wenn-ich-will, wenn-ich-will, wenn-ich-will! Wenn ich will, läute ich so wie früher, einmal kurz, zweimal lang, damit sie weiß, daß ich es bin, und sollte sie darum erst recht nicht aufmachen, trete ich eben die Tür ein – wenn ich will. Wenn ich will, sage ich ›Guten Tag‹ und ›Wie geht's?‹ oder einfach nur ›Fotze!‹. Wenn ich will, bin ich vielleicht höflich zu ihr, so höflich und kühl, daß sie denkt, ich sei endgültig einer von ihnen geworden, doch vielleicht, wenn ich will, schreie ich sie genauso zusammen, wie der Iraker es früher immer mit uns gemacht hat, mit hervorquellenden, blutroten Augen und einer Stimme, die so laut und heiser vor Wut ist, daß man von meinem Gebrüll kein Wort verstehen kann. Sie wird, weil ich es so will, trotzdem wissen, warum ich gekommen bin, und deshalb werde ich später nicht mehr viel sagen müssen, ich werde ihr das Foto auf der Videoschachtel zeigen und – wenn ich will – höchstens mit ein, zwei knappen Sätzen erklären, wie unangenehm die Sache für sie werden könnte, sollte sie Nurit nicht mit mir gehen lassen, auf der Stelle, sofort. Danach werde ich sie, wenn ich will, zum Trost umarmen, obwohl sie natürlich versuchen wird, ihre selbstsüchtigen, verlogenen Schuldgefühle zu verbergen, ich werde, wenn ich will, ihren viel zu schweren Kopf in die Hände nehmen und auf meine Schulter legen, aber möglicherweise fasse ich sie, wenn ich will, überhaupt nicht an, ich trete nur ganz nah an sie heran und spucke ihr in ihr käsiges Nichtsgesicht, und dann sage ich - weil ich es so will! -, sie soll sie endlich holen, ich sage, ich hätte nicht viel Zeit, ich müßte weg von hier und sie sowieso, schnell-schnell-schnell, denn zehn Jahre des Wartens wären für uns beide genug, wirklich genug ...«

Motti blieb stehen und hob den Kopf. Sein Puls und sein Atem rasten, so wie eben noch die Worte und Sätze, mit denen er sich selbst angefeuert hatte, und der weiße Dunst vor seinem Mund löste sich in der eisigen Luft gar nicht mehr auf. Durch den Dunst hindurch sah er zu dem Haus hinauf, in dem sie früher alle zusammen gewohnt hatten. Die Fassade war immer noch dunkelbraun, wie die Fensterrahmen, der Maueranstrich hatte aber überall schon Risse, lange, dünne, graue Risse, die von unten nach oben das ganze Haus überzogen, als ob es jede Sekunde auseinanderbrechen würde. Auf den Simsen und Balkonbrüstungen lag Schnee, blendend weißer Schnee, von dem das spärliche Licht der Straßenlaternen viel intensiver in die Nacht zurückstrahlte. Schnee lag auch auf dem Bürgersteig, und als Motti nun wieder den Kopf senkte und die Arme erneut hinter dem Rücken verschränkte, wurde er so stark geblendet, daß er die Augen schließen mußte. Irgendwann, vor ein paar Monaten oder vielleicht auch schon vor vielen Jahren, hatte er in einer Nachmittagstalkshow eine Frau gesehen, die von ihrem toten Kind erzählt hatte. Das Kind war in ihrem Bauch gestorben, während der Schwangerschaft, und sie mußte es trotzdem, als sei es gesund, tot zur Welt zu bringen. Sie hatte ein rundes, leeres Bauerngesicht gehabt, das man nicht genau sehen konnte, weil sie, um nicht erkannt zu werden, eine

Sonnenbrille und eine viel zu große, blonde Perücke trug, und obwohl Motti es nicht wollte, stellte er sich ihre Totgeburt ebenfalls mit einer solchen Brille und Perücke vor. Seitdem fühlte er sich manchmal genauso wie diese Frau – auch er hatte ein Kind auf die Welt gebracht, das von Anfang an tot gewesen war, aber im Gegensatz zu ihr hatten er und sein Kind jetzt, wenn er es wollte, noch eine Chance. »Ja, ich will. Ich-will-ich-will-ich-will!« stieß er leise aus, und während er, die Hände in den Hosentaschen vergraben, mit der Schulter langsam und zögerlich die schwere dunkle Eingangstür aufdrückte, flackerte zum ersten Mal seit Ewigkeiten die Erinnerung an Nurits Geburt in seinem Kopf wieder auf. Sofie hatte die meiste Zeit geweint, sie hatte vor Schmerzen geweint und bestimmt auch vor Selbstmitleid, sie übergab sich ständig, und je länger es dauerte, desto wütender wurde sie. »Komm raus!« schrie sie mit einer fremden, tiefen, unheimlichen Stimme, »komm endlich raus da, du Teufel!« Als Nurit, noch ganz braun und violett, schließlich auf ihrem Bauch lag, begann Sofie erneut zu weinen, und sie sagte, während sie der Kleinen hektisch über den Rücken und die Ärmchen strich, auf einmal so zittrig und zart und liebevoll wie ein Engel: »Ist alles dran? Ist wirklich an dir dran?« So hatte Motti sie danach nie wieder mit Nurit erlebt, nie mehr, und daß sie ihm seine Buba dennoch eines Tages weggenommen hatte, konnte er darum erst recht nicht verstehen. »Ich will«, flüsterte er. »Ich will!« schrie er – und seine Stimme hallte kalt und verzweifelt durchs Treppenhaus.

»Sie haben schon ein paarmal angerufen«, sagte sie. Sie stand in der halbgeöffneten, hellerleuchteten Tür, und das Licht, das aus der Wohnung in den dunklen Hausflur fiel, zeichnete ein gelbes Trapez auf den Boden vor seinen Füßen, mit dem langen, großen Schatten ihres Körpers mittendrin. Sie war barfuß, sie trug nur einen weißen Bademantel, und ihr helles, fast strahlendes Haar, das ihm viel voller und lockiger vorkam, als er es in Erinnerung hatte, war oben mit einem gelben Clip zusammengesteckt.

»Guten Tag«, sagte er. »Wie geht's?«

»Jetzt komm erst mal rein.«

»Wirklich?«

»Was fragst du denn? Ich muß schnell das Wasser ausmachen.«

Sie verschwand in der Wohnung, und er blieb ein paar Augenblicke unentschlossen im Hausflur stehen. Dann trat er endlich ein. Er machte langsam die Tür hinter sich zu, dabei drückte er die Klinke vorsichtig herunter und ließ sie noch vorsichtiger und bedächtiger wieder hochkommen. Der alte braune Ledersessel, der gleich neben der Tür stand, war neu; er hatte ein hohes ovales Rückenpolster und zwei schöne dicke Seitenlehnen, im Sitz lag ein Stapel zerlesener Zeitungen und Zeitschriften. Ein zweiter Stapel lag daneben auf dem Boden, und weiter hinten, vor den Bücherregalen, die sich entlang der Wände bis zu dem Teil des Flurs zogen, wo er einen Knick machte, gab es noch mehr solcher Stapel. Motti hätte sich schrecklich gern in den Sessel gesetzt, und er hatte schon, um ihn freizumachen, die Zeitungen hochgehoben, aber dann legte er sie wieder zurück. Er lehnte sich statt dessen gegen die Wand, er winkelte, um es bequemer zu haben, sein schlechtes Bein nach hinten ab und stützte den Fuß gegen die Sockelleiste. Er löste sich jedoch sofort wieder aus seiner Haltung und drehte sich um, und kaum hatte er den schwarzen nassen Fleck auf der Tapete entdeckt, der von seinem verdreckten Schuh stammen mußte, packte er den Sessel an einer Seitenlehne und begann fieberhaft daran zu rütteln und zu ziehen. Er wollte ihn vor die schmutzige Stelle schieben, doch der Sessel war viel zu schwer für ihn, er schaffte es gerade, ihn ein paar Zentimeter zu bewegen, und weil er fürchtete, sie könnte jeden Moment wiederkommen, wurde er immer nervöser, und das Knirschen der Sesselbeine auf dem Parkett versetzte ihn noch mehr in Panik.

»Was machst du da?«

Er wandte sich um und versuchte, sie so gelassen wie möglich anzusehen, aber es ging nicht. Statt dessen spürte er, wie sich seine Gesichtszüge selbständig machten, er schürzte, gegen seinen Willen, die Lippen, die Nase schob sich automatisch hoch, und die Augenbrauen rutschten so tief herunter, daß sie ihm mit den kurzen, dicken Härchen von oben die Sicht halb verdeckten.

»Mir ist etwas gefallen ...«

»Dir ist etwas runtergefallen, meinst du ...«

»Ja, ja - genau.«

»Soll ich dir suchen helfen?«

Motti zuckte mit den Schultern. Er ließ den Sessel los und stellte sich, heftig ein- und ausatmend, so vor die Wand, daß sie den Fleck nicht sehen konnte. Während sie zwei, drei Schritte auf ihn zu machte, löste sich der Gürtel ihres Bademantels, der Bademantel ging für den Bruchteil einer Sekunde auf und öffnete den Blick auf einen hellen, festen Bauch und lange, schlanke Beine, doch da schloß sie den Bademantel auch schon wieder sorgfältig, sie strich ihn an den Hüften und Schenkeln glatt und machte einen straffen Knoten in den Gürtel. »Weißt du überhaupt noch, was es war?« sagte sie.

Er antwortete nicht.

»War es groß oder klein?«

»Wir müssen mal sehen«, sagte er. »Später.« Er ließ sich in den Sessel fallen, auf die Zeitungen, und kaum saß er, versuchte er es ein zweites Mal. Er warf ihr einen bis zur Gleichgültigkeit entspannten Blick zu, jedenfalls war das seine Absicht, und irgendwie funktionierte es auch. Als er merkte, daß er sein Gesicht wieder unter Kontrolle hatte, probierte er ein paar weitere Grimassen aus, er grinste sardonisch, er schaute wie ein trauriger Hund, er schob das Kinn in der Art eines lässigen Fotomodells vor. Eigentlich hätte er erwartet, daß sie von seiner kleinen Darbietung sofort rot werden würde – schließlich wurde sie immer rot, bei jeder Kleinigkeit –, doch sie musterte ihn nur ernst, ein wenig erstaunt vielleicht, aber nicht ängstlich oder verlegen.

»Willst du sie jetzt gleich anrufen?« sagte sie.

Er schüttelte den Kopf.

»Oder willst du dich zuerst waschen und umziehen? Du siehst schrecklich aus.«

Er zog die Lippen zu einem kurzen, falschen Lächeln auseinander, und der stechende Schmerz, den er dabei im linken Mundwinkel verspürte, überraschte ihn. »Ist sie da?« sagte er.

Sie zögerte. »Sie hat heute ZJD«, sagte sie endlich. »Aber sie müßte bald kommen.«

ZJD, wiederholte er stumm für sich, sie sagt ZJD, wenn sie sie zum Anschaffen losschickt.

»Die Badewanne ist voll mit heißem Wasser«, sagte sie. »Du kannst vor mir rein.«

»Kann ich ... das Telefon ...«, sagte er.

»Weißt du noch die Nummer?«

»Ja, ich glaube.«

»Sie sind aber nicht zu Hause. Sie wollten ins Kino. Ins *Opera*. Wenn du willst, suche ich dir die Handy-Nummer raus ...«

Sie verschwand wieder, und Motti war froh, daß er kurz allein bleiben konnte. Er mußte Ordnung in seine Gedanken bringen, er mußte wieder so klar werden, wie er es vorhin in der Straßenbahn gewesen war. Im Moment hatte er ein wenig die Orientierung verloren, ihm war schwindlig, und gleichzeitig fühlte sich sein Körper so schwer an, daß er fürchtete, er könnte einfach das Sesselpolster und den Parkettboden durchbrechen und in die darunterliegende Wohnung stürzen, so wie dieser riesige, fette Mann in der Fernsehwerbung. Eine Sekunde lang genoß er den Gedanken an einen solchen Fall, er stellte sich vor, wie das alte dicke Leder unter ihm riß und die Dielen zerbarsten, er hörte das Geräusch von splitterndem Holz und bröckelnden Ziegeln, aber dann nahm er sich zusammen, er wußte, daß er das nicht mehr durfte, nie mehr, oder zumindest so lange nicht, bis er seinen Plan erfolgreich zu Ende geführt hatte, und darum schob er unter Aufwendung seiner ganzen Kraft seinen tonnenschweren Leib mühsam aus dem Sessel wieder hoch und stand auf. Wenn ich will, kann ich alles, dachte er trotzig, während er leicht schwankend den Flur hinunterging. Und wenn ich will, bekomme ich auch alles, dachte er, während er die mit unglaublich vielen Büchern, mit rußgeschwärzten alten polnischen Menoras und billigen, messinggelben israelischen Chanukkias, mit Bessamimbüchsen und Kidduschbechern bis zum Bersten vollgestopften Regale abschritt, die sich in langen, nicht enden wollenden Reihen in die angrenzenden Zimmer fortsetzten. Ja, wenn ich will, gibt es sogar keinen Gott mehr, dachte er triumphierend, und dabei fragte er sich um so verzweifelter, ob er hier überhaupt in der richtigen Wohnung war, denn da, wo sie früher zusammen gelebt hatten, hatte es völlig anders ausgesehen – es hatte ein durchgesessenes, weißes Ikeasofa gegeben und diesen fleckigen, graubraunen Teppichboden im Flur und das New-York-Plakat aus dem Postershop, aber kein hellglänzendes Parkett, keine weichen, dunkelroten Perserteppiche, keine teuren alten Möbel und gerahmten, mittelalterlichen Haggadablätter an den Wänden, und es hatte schon gar nicht so süß und freundlich nach Hawdala-Gewürzen und Bücherstaub gerochen, sondern höchstens einmal nach Sofies Kernseife oder aufgewärmten Nudeln. Was kann ich noch, wenn ich will? dachte er und blieb plötzlich stehen. Er betrachtete verwundert das Foto von Sofie und Nurit und Itai, das neben der Badezimmertür hing – sie lachten, sie lachten und wälzten sich an irgendeinem Strand in weißsilbernem Sand, seine Buba war ungefähr so alt wie das letzte Mal, als er sie gesehen hatte, also kurz vor dem Sturz, und Itai sah mit seinem alterslosen, kurzgeschnittenen hellgrauen Bart noch genauso aus wie damals, an dem Tag, als er Nurit vor ihrem Haus mit der Stimme von Pluto, dem Fernsehhund, zu Mottis Verwunderung zum Lachen gebracht hatte. Sofie schien auf dem Bild aber viel älter zu sein, als er sie in Erinnerung gehabt hatte, außerdem wirkte sie, auf ihre blasse Art, ungleich schöner und hingebungsvoller, eben so, wie sie heute war, diese Frau, die ihm vorhin, als sei es das Selbstverständlichste auf der Welt, nach zehn langen Jahren wieder die Tür aufgemacht hatte. Wenn ich will, erinnere ich mich an alles, und wenn ich will, dann will ich es nicht …

Motti hatte keine Ahnung, wie er in die Badewanne hineingekommen war, aber das heiße Wasser und der dichte, fast tropfende Dampf taten ihm gut. Als Sofie sich über ihn beugte, gab sie ihm einen flüchtigen Kuß auf die Stirn, sie faßte ihn mit beiden Armen unter und half ihm hoch, dann zog sie ihm die Kleider und die Schuhe aus und drückte ihn sanft, aber entschieden wieder ins Wasser zurück. Aus dem blauen Medizinschrank, der noch genauso wie früher links neben den Handtüchern so weit in der Ecke hing, daß er sich nicht ganz öffnen ließ, holte sie ihr Letzte-Hilfe-Täschchen heraus und setzte sich auf den Badewannenrand. Sie säuberte mit Jod Mottis Lippe, sie legte Verbandszeug und eine halbausgedrückte Mobilat-Tube auf die Waschmaschine, gleich neben das schnurlose Telefon, das sie ihm gebracht hatte, und während sie weiter in dem Täschchen herumkramte, fragte sie ihn, wo er seinen Mantel gelassen habe. Motti hatte keine Ahnung, er antwortete nicht, doch obwohl sie die Frage nicht wiederholte, spürte er, daß von seiner Antwort sehr viel abhing. »Wer braucht heute einen Mantel«, sagte er schließlich, »weißt du, wie warm es ist draußen ganzen Tag? *At joda'at,* Sofie?«

Sie sah ihn an, und das Lächeln, das sie ihm zeigte, war voller Mitleid und Würde. »Sarah«, sagte sie. Das Lächeln hüpfte zwischen ihren hellen Lippen und dunklen Augen ein paarmal hin und her, wie ein Funke, der beim Anzünden eines Kamins immer wieder hier angeht und dort erlischt, aber dann flammt er an mehreren Stellen gleichzeitig auf, und ein herrliches, kräftiges Feuer entbrennt, und da war es nun auch schon in ihrem Gesicht, das herrliche, kräftige Feuer ihres Lachens. »Sarah«, sagte sie, und sie lachte und lachte dabei, »ich weiß, es ist ein schrecklicher Name, aber damals habe ich es einfach nicht besser gewußt ... Hast du eigentlich noch Perminol?« Sie nahm – nun wieder ernster – ein schmales Röhrchen mit dicken, bläulichweißen Tabletten heraus und legte es zu den anderen Sachen auf die Waschmaschine. Sie machte das Täschchen zu, machte es sofort wieder auf, und als sie jetzt noch einmal hineingriff, erstarrte ihre Hand plötzlich darin, ihr ganzer großer, eleganter Körper erstarrte, und ihre gerade noch so strahlende Miene verspannte sich. So kurz wie der Schlag eines Engelsflügels dauert, tauchte in ihrem Gesicht die alte namenlose Härte und Kälte auf, die Lippen wurden blau wie Eis, die Wangen glutrot, die Augen weiß, und dann war es wieder vorbei, sie zog blitzschnell die leere Hand aus dem Necessaire und fuhr Motti mit ihr durchs Haar. »Ich werde dir etwas von Itai zum Anziehen holen«, sagte sie mit dem Lächeln einer selbstlosen Krankenschwester, dabei legte sie die Hand auf seine Wange. Die Hand war kalt, und die Wange war heiß, und als er seine Hand gegen ihre Hand preßte, um sie besser zu spüren, sah sie weg. Er wußte, daß er es nicht tun sollte, doch da hatte er sich schon vorgebeugt, er versuchte, Sofie oder Sarah oder wie immer sie hieß, zu umarmen, er klammerte sich mit seinen nassen Händen und Armen an ihre Hüften und ihre Beine, aber es hatte absolut keinen Sinn, das war doch klar, und nachdem sie sich ihm entwunden hatte, sagte sie: »Bitte – jetzt laß sie nicht warten! Sie sterben vor Sorgen. Die Nummer hab' ich schon eingetippt. Du mußt nur die Wiederholungstaste drücken …« Sie nickte bestimmt, also nickte er auch.

Als Ima sich meldete, klang sie alles andere als besorgt. »Hören Sie auf!« schrie sie, und ihre Worte wurden vom Autolärm und ihrem eigenen Lachen halb verschluckt. »Hören Sie sofort auf, Doktor Orinoko!« Sie kicherte so selbstverliebt und zweideutig wie ein junges Mädchen, dann hielt sie kurz inne und prustete schließlich um so hemmungsloser heraus. Es dauerte eine Weile, bis sie sich beruhigt hatte und mit ernster, atemloser Stimme auf hebräisch ins Telefon sagte: »Wer ist da?«

Noch bevor Motti etwas erwidern konnte, hörte er, wie Aba im Hintergrund flüsterte: »Die Kitzelbehandlung wird bei Bedarf heute nacht fortgesetzt, mein Fräulein!« Er sprach plötzlich Deutsch, und Ima antwortete ihm nun auch auf deutsch. »Sie brutaler, sadistischer Unmensch«, kreischte sie, »Sie widerliches Monster, Sie eiskalter Kitzelmörder – was kann ich für Sie tun?« Sie lachte erneut los und sagte: »Sigi, ich kann nicht – nimm du!« Es knisterte und rauschte in der Leitung, wieder fuhr in der Nähe ein Auto vorbei, und Aba sagte auf Hebräisch: »Entschuldigung, wir sind heute ein bißchen verrückt … Hallo?«

»Hallo«, sagte Motti leise.

»Motti, Junge – endlich! Wo bist du?«

»Bei Sofie, glaube ich …«

»Bei wem?«

»Sofie.«

»Meinst du bei Sarah und ihrer Familie?«

»Ja, genau, Sarah …«, entgegnete Motti so schnell und ängstlich wie ein Schüler, der bei einer Prüfung erst im zweiten Anlauf auf die richtige Antwort kommt.

»Hat sie dich gefunden?«

»Ich weiß nicht.«

»Was sie für eine Geduld haben muß ...«
»Was?«
»Nichts, gar nichts. Sag mal, alles okay?«
»Ja, klar.«
»Hast du die Zeitungen bekommen?«
»Ich glaube. Ja.«
»Ist wirklich alles okay?«

Motti zögerte. »Ja«, sagte er. »Okay.« Er zögerte nochmal, blickte sich kurz im Bad um und sah dann auch zu der halb angelehnten Tür, um zu kontrollieren, ob sie ihn nicht vielleicht vom Flur aus belauschte. Schließlich, nach einer weiteren Pause, preßte er den Hörer an die Lippen und flüsterte: »Bis jetzt läuft alles nach Plan.«

»Was?« sagte Aba. »Ich verstehe dich nicht ...«

»Ich habe einen Plan«, wiederholte Motti, bereute aber sofort, daß er etwas gesagt hatte.

»Gut«, sagte Aba in einem gespielt verschwörerischen Ton, »sehr gut. Aber du mußt vorsichtig sein. Und vor allem: Nicht darüber reden. Mit niemandem. Klar?«

»Klar.«
»Weiß der Doktor davon?«
»Orinoko?«
»Nein – Josipovici.«

»Natürlich nicht«, erwiderte Motti, und obwohl er es nicht wollte, wurde er mißtrauisch. »Wo seid ihr denn jetzt?« sagte er so laut und fröhlich, wie er nur konnte.

»King George.«
»Wart ihr im Kino?«
»Erinner mich nicht daran!«
»Wieso?«

»Amerikaner, lauter tote Amerikaner. Alle fünf Minuten einer. Schwarz, rot, gelb, weiß. Einen Deutschen gab es auch. Immer im Anzug, immer an seinem Schreibtisch. Der hat die meisten von ihnen umgebracht. Na gut ...«

»Und jetzt?«

»Jetzt gehen wir zu *Mama Pizza.*«

»Mama Pizza?«

»Kennst du das nicht?«

»Nein«, erwiderte Motti und fügte bedeutungsvoll hinzu: »Noch nicht ...«

»Balfour Ecke Achad Ha'am«, sagte Aba, »gleich da, wo wir früher immer Grapefruitsaft getrunken haben, wenn ich dich vom Basketball abgeholt habe.«

»Aba.«

»Ja, Bubele.«

»Was siehst du gerade?«

»Ich sehe einen riesigen roten *Egged*-Bus, der direkt auf mich zurast, von unten, von Ben Zion. Seine Lichter werden immer größer und greller, er verschwimmt in einer Wolke aus Nebel und Pulverdampf, er ist groß und gemein und gefährlich ... Oh, Gott! Jetzt helft mir doch, bitte, helft mir ... Aaah! Ooh! Nein!« Motti hörte den Autobus, er hörte an dem gepreßten, überdrehten Geräusch des Motors, wie der Bus sich die King George hochquälte, und er lächelte. »Unglaublich!« stieß Aba aus. »Ich hab' noch mal Glück gehabt! Er hat mich verschont, er fährt weiter, er fährt hoch zum Schuk. Jetzt steht er. Jetzt setzt er sich wieder in Bewegung. Und jetzt biegt er bei der *Bank Leumi* in die Allenby ein, wo er andere, bessere, jüngere Opfer als mich kriegen wird!«

»Und was siehst du noch, Aba?«

»Im Ernst?«

»Im Ernst.«

»Also gut: Hier, direkt vor mir, ist ein Geschäft mit alten Uhren, mit kleinen goldenen Damenuhren und großen schweren Chronographen für Männer. Wenn ich mich nach rechts drehe, kann ich die Falafelstände in der Bezalel sehen, die meisten haben zu, nur einer ist noch geöffnet, das Licht brennt, und in der Schlange stehen ein paar ziemlich merkwürdige Leute. Hinter mir ist das Antiquariat der beiden Pollacks, das kann ich von hier aus zwar nicht mehr richtig erkennen, aber wir haben vorhin lange vor dem Schaufenster gestanden. Sie werden immer teurer, diese Verbrecher, trotzdem hol' ich mir gleich morgen bei ihnen die alte Schnitzler-Gesamtausgabe von Fischer, die ich dort entdeckt habe, egal, was sie kostet ... Weiter?«

»Weiter.«

»Ich sehe ein Unterhosengeschäft, dessen Vitrine so verklebt und dreckig ist wie der Rückspiegel deines alten Fahrrads es immer war, ich sehe einen Laden mit häßlichen skandinavischen Möbeln, ich sehe glänzenden, löchrigen, nächtlichen Asphalt, ich sehe eine kaputte, flackernde Ampel, ich sehe einen Soldaten, der an der Allenby ein Taxi anhält, ich sehe, wie das Taxi mit ihm wegfährt, ich sehe gerade noch, wie er wild mit den Armen gestikuliert, ich sehe einen kugelschreiberblauen orientalischen Abendhimmel über mir, ich sehe einen kleinen, halb angebissenen Mond, und ich sehe das schöne, traurige Gesicht einer Mutter, die endlich ihren Sohn wiederhaben will ...«

Bald, wirklich bald, dachte Motti, und Tränen schossen ihm in die Augen. Sein Körper, schon ganz unterkühlt und aufgeweicht von dem zu langen Bad, wurde plötzlich heiß und steif, kalte Hitze und glühende Kälte durchzog Motti von Kopf bis Fuß, alles in ihm befand sich jetzt in Alarmbereitschaft und totaler Anspannung, und da sah er auch schon ihren langen krummen Rücken, ihre Krallen, ihren verzerrten Mund vor sich. »Verdammt, Aba, verflucht!« schrie er. »Das ist doch gar nicht wahr! Ich bin ihr egal, völlig egal! Mir fehlt eben kein Bein, kein Arm, kein Auge, so wie ihren Lieblingen aus Tel Haschomer! Also was? Was?! Was interessiert sie, was mir alles zugestoßen ist in eurem sinnlosen, lächerlichen Krieg?! Wäre ich ein Krüppel, dann hätte sie mich längst geholt, mich und meine Buba! Was glaubst du ...

Oder sie hätte dich zumindest nicht daran gehindert, daß du es tust ... Du hättest uns bestimmt hier rausgeholt, Aba – richtig?! Mich und sie auch!«

»Sie?«

»Ja, sie!«

»Junge«, sagte Aba ernst, »hör zu.«

»Nein!«

»Doch.«

»Nein-nein-nein!« Motti hielt den Hörer vom Ohr weg, Abas Stimme summte wie eine Fliege irgendwo weit von ihm entfernt im Raum, und dann schrie er noch einmal so laut, damit Aba es auf jeden Fall hören konnte: »Ich mach' die Sache eben allein!« Dabei rutschte ihm das Telefon aus der nassen Hand und schlug mit einem kurzen, heftigen Knall auf dem Badezimmerboden auf. »Hallo! Hallo!« rief Motti. »Hörst du mich noch?« Doch Abas Stimme war schon verstummt.

Später, viel später an diesem Tag, wenn Motti hoch oben die ersten Funken vor den Nüstern der heiligen Tiere sehen würde, wenn er die leeren, lieblichen Gesichter der Cherubim erkennen würde und den glühenden Glanz Seines Throns, später, in dem grellweißen Raum seiner Erinnerung, auf dem flüchtigen, ewigen Gang von einer der unendlichen Hallen zur nächsten, käme ihm in der Rückschau genau dieser Tag so lang und schön und mächtig vor wie ein ganzes Leben oder zumindest wic ein besonders erfülltes, berükkendes Jahrzehnt. Noch war es aber nicht soweit, noch saß er in den frisch gewaschenen, süßlich nach Chemie duftenden Kleidern eines anderen Mannes in der Amalienstraße in ihrer alten Küche, die er mit dem neuen, schwarzfunkelnden Herd, den hellgrauen Kacheln und den schönen modernen Einbauschränken aus rötlichem Naturholz kaum wiedererkannt hatte. Er betrachtete durch eine schwere gläserne Tischplatte seinen verbundenen Knöchel und preßte ihn, um den Schmerz darin zu lindern, gegen ein Edelstahltischbein, das ihm wie der vielgliedrige, abstoßende Fuß eines riesigen Insektes vorkam, er umklammerte mit beiden Händen sein heißes, wärmendes Teeglas, er grübelte, er zweifelte, er zögerte, er schwieg. Ihm gegenüber saß Sofie oder Sarah oder wie immer sie hieß, sie hatte auf dem Tisch ihre Papiere und Bücher ausgebreitet, und jedesmal, wenn sie von ihnen aufblickte und ihn ansah, fragte er sich, warum ihm damals nie ihre so lebendige, fast lodernde Schönheit aufgefallen war. Natürlich, sie hatte jetzt, als ältere, als wirklich erwachsene Frau, wie alle anderen Frauen hier mit diesen verbissenen, männlichen Gesichtszügen zu kämpfen, die sich bei den meisten früher oder später wie eine Maske über Augen, Wangen, Mund legten, wohl ihren Männern zuliebe, die seit je her von ihnen verlangten, daß sie ebenfalls zu Männern wurden - oder sich zumindest genauso tapfer und uneinsichtig wie sie dem großen gemeinen Leben stellten. Aber trotz aller Härte und Harschheit huschte durch dieses übergroße Gesicht mit seinen formlosen Lippen, der hohen weißen Stirn und den dünnen, gezupften Brauen immer wieder der fröhliche Schatten eines anderen, eines leichteren Lebens oder zumindest der Sehnsucht danach, und das rührte Motti so sehr, daß für einen kleinen verlorenen Augenblick alle seine Zweifel, die er eben noch gehabt hatte, von einem überwältigenden Mitgefühl für diese fremde, vertraute Frau verdrängt wurden. Sein Herz krampfte sich vor Freude zusammen, seine Lippen öffneten sich sehnsüchtig, seine Angst wich seiner Hoffnung, und er wußte, alles würde gut werden.

»Ich muß am Anfang immer ein paar Sätze sagen, mehr aber auch nicht«, sagte sie eher zu sich als zu ihm, und der Bleistift, mit dem sie gerade in einem dicken Buch schnelle, wilde Unterstreichungen machte, rutschte weg, und die

Spitze brach ab. »Mist ... Na ja, ich bin sowieso gleich fertig.«

Motti stand auf.

»Ich schreib' mir immer alles raus, weißt du. Meistens habe ich so viel Streß, daß ich überhaupt keine Zeit finde, mir selbst etwas über meine Autoren zu überlegen. Von den Gojim, die zu den Lesungen kommen, merkt das nie einer, den Juden ist es egal. Und die Autoren – die würden sowieso nichts sagen. Die sind ja so stolz! Wer bei mir liest, denken sie, gehört dazu. Das reicht.«

Er humpelte um den Tisch herum und blieb vor ihr stehen.

»Stimmt ja auch«, sagte sie und nahm einen anderen Bleistift. »Manchmal würde ich am liebsten mit den Lesungen aufhören und bloß noch den Laden machen und den Versand. Oder nur den Versand. Überhaupt keine Leute mehr, nur Briefe, Faxe, E-Mails ... Ach, du weißt ja überhaupt nicht, wie das ist. Dieser deutsche Ernst, dieses Schuldgerede. Und bei unseren Jidelach diese ständige Angeberei ... Warum kommst du eigentlich nie in den Laden? Kein einziges Mal in der ganzen Zeit bist du gekommen! Sogar mein verrückter Vater ist öfter da ... Und bei den Veranstaltungen läßt du dich auch nie sehen. Ich habe dir schon so oft Bescheid gesagt, wenn ich einen Schriftsteller eingeladen hatte, bei dem es sich gelohnt hätte ...«

Der zweite Bleistift brach ab. Sie fuhr sich mit der Zunge langsam über die Lippen, nahm ihren schweren schwarzen Pelikanfüller – es mußte der sein, den er ihr damals zum Magister geschenkt hatte – und fing mit rasender Geschwindigkeit an, ein graues, grünkariertes DIN-A-4-Blatt vollzuschreiben. Er stand jetzt hinter ihr, und während er sich vorbeugte, um zu sehen, was sie notierte, fragte er sich, warum sie so viel redete.

»Warum redest du plötzlich so viel?« sagte er leise.

Sie hörte auf zu schreiben, für zwei, drei Sekunden hielt sie den Füller regungslos in der Luft, dann drückte sie ihn wieder auf das Papier, und die Sätze flogen noch schneller als zuvor dahin. »›Wie jeder, der keinen Ort seinen Ort nennen kann‹«, schrieb sie, »›hört er nie auf, nach ihm zu suchen. Sein Ort ist das Wort.‹«

Motti beugte sich vor, er küßte ihr Haar, schob es zur Seite und berührte mit dem Mund ihren Nacken. Der Nacken war weich und verschwitzt, und er fühlte sich genauso an wie Nurits Bauch.

»Gut, nicht?« sagte sie, ohne sich zu rühren. »Sein Ort ist das Wort. Ist leider nicht von mir.«

Motti fuhr mit seinen Händen unter ihren Armen hindurch. Der Bademantel rutschte zur Seite, und er spürte in den Händen das nackte, warme Gewicht ihrer Brüste. Sie bewegte sich noch immer nicht.

»Hör auf«, flüsterte sie. »Das geht nicht.«

»Ich weiß.«

»Warum fängst du dann immer wieder damit an?«

»Wieso? Wieso immer wieder?« Er drückte mit den Fingerspitzen ihre Brustwarzen zusammen.

Sie seufzte. »Es ist doch gar nicht wegen ihm. Denkst du das etwa?«

»Wegen wem?«

»Itai.«

»Itai?«

»Es ist ... wegen ihr.« Sie packte ihn mit ihren großen kräftigen Händen bei den Handgelenken und drückte wortlos seine Arme zur Seite. Dann stand sie auf, drehte sich zu ihm um und sagte: »Das geht nicht mehr. Nie mehr.« Im nächsten Moment preßte sie ihn mit ihrer fast männlichen Kraft an sich, sie preßte ihn an sich wie einen kleinen Jungen, sie küßte ihn aber wie einen erwachsenen Mann, und erst als er anfing, mit dem Oberschenkel immer schneller zwischen ihren nackten Beinen auf und ab zu fahren, stieß sie ihn wieder weg.

»Dich will ich doch sowieso nicht!« sagte er, heftig atmend. »Wie kann ich dich wollen?! Dein Leben ist kein Leben, und jeder, der mit dir zusammen ist, ist auch bald tot.«

Sie sah ihn so merkwürdig von oben herab an, daß er Angst bekam. Er dachte, jetzt wird sie mich gleich packen, sie wird mich auf den Boden werfen, sie wird sich auf meinen Brustkorb knien, sie wird mir das Genick brechen. »Ich will sie«, sagte er trotzdem, »und was ich will, das bekomme ich auch.«

»Du willst sie? Sie ...?!«

»Ja. Du läßt sie heute noch mit mir gehen! Mußt du. Ich habe Material gegen dich gesammelt. Schluß mit Pornos! Schluß mit hier! Schluß mit alles egal! Wir gehen zurück. Wir wollen endlich glücklich sein!«

»Motti, hör auf! Hör auf!« schrie Sofie oder Sarah oder wie immer sie hieß plötzlich, und es war das erste Mal in seinem Leben, daß er sie so sah. Sie konnte jammern, sie konnte winseln, nur schreien konnte sie eigentlich nicht. »Hör endlich auf damit! Was redest du schon wieder? Was für Pornos?«

»Das weißt du genau. ZJD ... ZJD! Ich lache, mein Fräulein. Verstehst du? Ich lache.« Er spürte, daß seine Kräfte nachließen, aber er war noch nicht am Ziel. »Ende der Diskussion«, fuhr er sie an. »Kannst du schon anfangen, ihre Sachen zu packen.«

»Du willst sie, ja? Du willst sie wirklich?«

»Klar.«

»Bist du ganz sicher?«

»Aber ja ...«

Sie knetete stumm ihre weißen, langen Hände. »Du kannst sie dir in der Garchinger Straße abholen, du Irrer!« schrie sie. »Ja, genau! Hol sie dir und verschwinde mit ihr, damit ich dich endlich vom Hals hab'! Und deine verlogenen Eltern mit ihren ewigen Anrufen bin ich dann auch endlich los! ›Sarah, hast du den Jungen heute schon gesehen? Sarah, ißt er genug zur Zeit? Sarah, nimmt er seine Tabletten? Sarah, arbeitet er?‹ Also los! Los! Lauf schnell! Lauf in die Garchinger Straße! Vielleicht findest du sie dort, obwohl du noch kein einziges Mal zur Jahrzeit gekommen bist! Los! Verschwinde von hier! Hau ab ... Ach, hätte ich doch damals allen die Wahrheit gesagt ...« Sie schlug die Hände vor dem Gesicht zusammen, sie biß, vor Wut aufheulend, hinein, und vielleicht weinte sie auch, doch das konnte Motti nicht sehen. Es war wirklich unglaublich – daß sie so aus sich herausgehen konnte, verwirrte ihn.

Und verwirrt war er jetzt ohnehin schon genug. Etwas schien anders zu sein, als es sein sollte, aber er wußte nicht, was es war. Für einen Augenblick glaubte er, er würde gleich aufwachen aus diesem sonderbaren, zerfahrenen Traum, der schon deshalb ein Traum sein mußte, weil alles um ihn herum – seit er mit der Ausführung seines Plans begonnen hatte – nur noch aus lauter Dingen, Wörtern und Bildern zusammengesetzt war, die ihm mal absolut echt und glaubwürdig vorkamen, mal ganz unwirklich und falsch: Diese helle, freundliche, großbürgerliche Wohnung zum Beispiel, in der nichts wie früher zu sein schien und zugleich eben doch, so wie in dem Traum, den er tatsächlich einmal gehabt hatte – da machte er mit dem Schlüssel seine Haustür auf und war plötzlich vollkommen woanders. Auch mit seinem Deutsch stimmte etwas nicht mehr. Wann immer er jetzt etwas sagen wollte, legte er sich vorher wie ein Anfänger die Sätze im Kopf zurecht, er sprach es nicht so selbstverständlich und natürlich wie sonst und machte, als sei er hypnotisiert, Fehler, von denen er genau wußte, daß es Fehler waren. Und was war mit der Videoschachtel, die er wegen des schrecklichen Fotos von der nackten Nurit den ganzen Tag mit sich herumgeschleppt hatte und die, obwohl er sie später unbedingt brauchte, von einem Moment auf den andern so spurlos verschwunden war, als hätte sie nie existiert? Daß sie vorhin, wenn er Glück hatte, nur hinter den tonnenschweren, unverrückbaren Sessel im Flur gerutscht war, machte sie für ihn doch bloß noch unerreichbarer, noch unwirklicher! Am sonderbarsten erschien ihm aber Sofie selbst – wenn sie es überhaupt war: Warum gefiel sie ihm heute so? Warum brachte sie nichts in Verlegenheit? Warum redete sie, ausgerechnet sie, auf einmal mit derselben Verachtung und Kälte über ihre eigenen Leute, wie es sonst nur die primitivsten der primitiven alten Polen tun? Und warum war sie so vertraut mit ihm, als hätten sie sich erst gestern das letzte Mal gesehen? Wieso machte sie ständig Anspielungen auf Dinge, von denen er keine Ahnung hatte? Und weshalb kapierte sie nicht, obwohl es so einfach war, daß die Zeiten ihrer stummen, bösen, selbstsüchtigen Herrschaft über seine Buba unwiderruflich vorbei waren? Wenn das alles hier kein Traum ist, dachte Motti unsicher, was ist es dann?, und weil zu jedem Traum immer auch eine Wirklichkeit gehört, stellte er sich diese deshalb zur Probe nun vor, jedenfalls versuchte er es. Doch kaum spürte er erneut dieses kalte Gewicht an seinen Füßen, kaum begann der Boden unter ihm zu beben, kaum öffnete sich der erste, noch hauchdünne Spalt im Parkett, begriff er, daß der Traum wahrscheinlich doch kein Traum war, und das verwirrte ihn um so mehr ...

»Warum hat sie nie gelacht?«

Er selbst war es gewesen, der das gesagt hatte. Er hörte sich wie einem andern zu, während er sprach, und seine Stimme kam ihm dabei absolut fremd vor. Sie klang zu hoch, sie hatte einen hysterischen, flehenden Unterton, und am unangenehmsten war ihm der kleine nervöse Kiekser, den er am Ende des Satzes gemacht hatte.

Sofie oder Sarah oder wie immer sie hieß nahm die Hände vom Gesicht. Tatsächlich, sie hatte geweint, und ihre Augen waren jetzt so naß und zerdrückt wie zwei graue alte Putzlumpen. »Was?« sagte sie.

»Warum hat sie nie gelacht?« wiederholte er mechanisch und ohne nachzudenken, so als wäre er nach wie vor ein anderer.

»Wie oft wirst du mich das noch fragen?« sagte sie müde.

»Ich ... ich weiß nicht.«

»Gut. Was willst du hören? Die Wahrheit?«

»Die Wahrheit.«

»Und warum denkst du, daß ich sie weiß?«

»Warum?«

»Ja – warum ...«

»Warum nicht?« erwiderte er ehrlich erstaunt.

»Jetzt laß doch ... Glaubst du, ich weiß nicht, was du hören willst?«

»Was ich hören will?«

»Kannst du aufhören, ständig meine Fragen zu wiederholen!«

»Kann ich das?«

Sie fing an zu lachen, und er lachte auch. Das Lachen war in ihren Mundwinkeln, es tanzte über ihre Wangen, es küßte ihre Stirn. Nur ihre Augen blieben ernst und traurig.

»Lacht sie inzwischen? Lacht sie so wie du?« sagte er.

»Was?«

»Ich habe das Foto im Flur gesehen – von euch und Itai.«

»Motti ...«

»Wann habt ihr das aufgenommen? Und wieso ist der Idiot mit drauf?«

Sie trat einen Schritt zurück, machte gleich wieder einen Schritt nach vorn, dabei wischte sie ihre tränennassen Hände am Bademantel ab und umschlang, als sei ihr kalt, mit den Armen ihren Oberkörper. »Hör zu«, sagte sie und schwieg. Sie holte tief Luft und setzte neu an, sagte aber wieder nichts, und gerade als sie es noch einmal versuchen wollte, fiel er ihr ins Wort.

»Du glaubst ...«, sagte er.

»Ja?«

»Nein, sag du zuerst, was du sagen wolltest ...«

»Sag du ...«

»Nein, sag du ...«

»Du glaubst, hast du gesagt ...«

»Du glaubst ...«, begann er unsicher, »du glaubst, ich bin verrückt ... Du glaubst, ich hasse euch alle.«

»Entschuldige dich sofort.«

»Entschuldigung ... Nicht euch. Du weißt schon, was ich mit ›euch‹ meine. Du gehörst doch ohnehin nicht mehr dazu.«

»Und?«

»Ich hasse euch nicht. Ich meine – ›sie‹. Aber ich liebe meine Tochter.« Er preßte die Hand gegen die Stirn und machte die Augen zu. Er hatte den Faden verloren, er hatte vergessen, was er eben gesagt hatte und was er als nächstes sagen wollte. Vielleicht hatte es ja etwas mit diesem Land hier zu tun gehabt und all den leeren, größenwahnsinnigen Hoffnungen, wegen denen er damals dageblieben war – aber vielleicht auch nicht.

»Das ist sie doch gar nicht auf dem Foto ...«, sagte Sofie oder Sarah oder wie immer sie hieß leise.

»War es eigentlich nie schön, als wir noch zu dritt waren?« entgegnete er gedankenverloren.

Sie antwortete nicht.

»Mir hat es gefallen ... Nicht immer natürlich. Aber was ist schon immer gut. Ist etwas immer gut, dann weiß man gar nicht mehr, was ist wirklich gut. Das stimmt?«

»Ja ...«

»Wenn sie doch nur einmal gelacht hätte! Und geredet hat sie auch fast nie! Genauso wie du – wenn du es überhaupt bist! Immer hat sie nur geguckt! Immer hat sie so stumm aus sich herausgeguckt, so wie alle hier ...« Er merkte, daß er lauter und leidenschaftlicher wurde, er wurde wie von selbst von einem Gedanken zum andern getragen, er schwebte auf seinen eigenen Sätzen und Worten empor wie ein Engel auf dem Weg zu den hohen hellen Hallen, und das war ein herrliches Gefühl. »Ja, genau. Genau! Immer guckt ihr nur aus euch heraus! Draußen ist draußen und drin ist drin! Bloß nichts durcheinanderbringen! Bloß nicht etwas von drinnen draußen zeigen! Und weißt du, warum? Weißt du das?! Weil ihr immer Hosen voll habt. Weil ihr ständig denkt, ihr könnt Sachen falsch machen. Und warum das? Das ich weiß auch: Weil ihr alle zusammen so böse und kalte Menschen seid, daß ihr andern nie einen Fehler verzeiht.«

»Ich muß mir das nicht anhören«, sagte sie.

»Ich muß mir das nicht anhören«, äffte er sie lispelnd nach. »Ich muß mir das nicht anhören ... Du hast keine Meinung? Kein Gegenargument? Doch, natürlich. Aber du bist feige, so wie ihr alle feige seid, du sagst lieber nichts. Du bist noch genauso wie früher, mein Fräulein. Und daran erkenne ich dich! Du willst Sarah sein? Du bist und bleibst für immer Sofie! Sofie? Heh! Brunhilde! Kriemhilde! Die Stute von Majdanek! Das bist du! Immer nur aus sich herausgucken, immer nur schweigen und grübeln und kein Wort reden, und dann eines Tages plötzlich das Schwert oder die Peitsche oder die Walther ziehen und den andern endlich einmal tüchtig die Meinung sagen ... Wie war es mit Nurit? Genauso! Kein Wort hast du gesagt, nie, es war dir alles egal, und dann – pffft! – hast du sie mir weggenommen ... Tüchtig die Meinung sagen ... Tüchtig die Meinung sagen«, wiederholte er und lispelte erneut höhnisch dabei. »Wie das klingt ...«

»Ich gehe ins Bad«, sagte sie. »Wenn du Hunger hast, es gibt die Cracker von *Osem,* die du so magst. Ich hab' gestern beim Metzger in Giesing welche gekauft. Sie sind in der Blechdose über dem Kühlschrank.« Sie schüttelte den Kopf und schaute geistesabwesend in seine Richtung. »Aber iß nicht zuviel davon«, sagte sie, noch immer ohne ihn wirklich anzusehen, »ich hab' für uns alle gekocht.« Als sie schon fast in der

Tür stand, drehte sie sich wieder um, sie beugte sich mit ihren langen Armen über den Tisch, schob die Bücher und Blätter zusammen und hob sie hoch. Sie drückte sie gegen die Brust und lächelte entschuldigend, so als sei es ihr selbst unangenehm, daß sie sie wegen ihm nicht offen liegen lassen wollte.

»Gut«, sagte Motti, »in Ordnung ... Oder nein. Warte. Was hast du da eigentlich?« Blitzschnell, ohne daß sie reagieren konnte, zog er ein Buch aus dem Stapel, den sie in den Armen hielt. Er klappte es auf, sah flüchtig hinein, klappte es wieder zu und warf es hinter sich. »Taugt nichts!« bellte er. »Lauter Lügen und Feigheiten! Sofies gesammelte Lügen und Feigheiten!« Schon hatte er das nächste Buch in der Hand, das er ebenfalls sofort durch den Raum schleuderte, und noch eins und noch eins, dann bekam er die Papiere zu fassen, er zerrte sie ihr aus den Händen, er überflog sie, knüllte sie zusammen, zerriß sie, warf sie hin, trat auf ihnen herum. In der Sekunde darauf ging er in die Knie und fing an, die Bücher und Blätter fieberhaft wieder aufzusammeln, er kroch auf dem warmen, ockerfarbenen Fliesenboden hinter jedem einzelnen Papierschnipsel her, und als er fertig war, drückte er Sofie den ganzen unordentlichen, zerzausten Stoß in die Hände. »Ich weiß auch nicht«, sagte er. »Ich weiß gar nichts mehr ...«

»Motti ...«

»Ja?«

»Setz dich hin!«

Er gehorchte sofort.

»Motti ...«

»Hm ...«

»Was ist mit dir?«

»Sag du es.«

»Weißt du, was du gerade gemacht hast?«

»Was habe ich gemacht?«

»Du weißt es schon nicht mehr?«

»Ich habe Cracker gegessen. In Giesing. Mit Nurit.«
»Motti ...«
»War das falsch?«
»Du erinnerst dich wirklich nicht?«
»Nein. Doch! Ich erinnere mich, daß ich mich nicht erinnern kann ... Wann kommt sie endlich?«
Sofie kniff die Augen zusammen, ihre kleinen grauen Pupillen verschwanden kurz hinter den weißen Halbmonden ihrer Lider, und als sie wieder auftauchten, waren sie groß und hell. Sie strahlten eine Entschlossenheit und Konzentration aus, die Motti eine solche Angst machte, daß er zum Schutz die Hände hochreißen mußte. Er stellte sich vor, wie Sofie ihn packte, wie sie ihn fesselte, wie sie ihn abführte, und das war ein gutes Gefühl. Es war immer ein gutes Gefühl, wenn man nicht sein eigener Herr war, wenn man keine einzige Entscheidung mehr selbst treffen mußte. Genauso wird es Aba in den Lagern gegangen sein, dachte er voller Neid, und dann fiel ihm ein, daß Muamar, dieser glückliche palästinensische Hundesohn, überhaupt nie ein anderes Leben gekannt hatte. Er war ein Ball gewesen, ein kleiner blutiger Ball, mit dem man spielte, so wie man gerade Lust hatte – als Jude, als Araber.
»So geht es nicht weiter«, sagte Sofie. Sie setzte sich zu Motti an den Tisch und rutschte mit dem Stuhl zu ihm. »Ich halte das nicht mehr aus. Entweder deine Eltern kommen und holen dich zu sich, oder wir müssen hier eine andere Lösung finden.«
Er merkte, daß er zitterte.
Sie fuhr durch sein verschwitztes Haar, sie strich ihm mit den Fingern über die Augenbrauen, sie nahm seine immer noch hoch erhobenen Hände und drückte sie sanft auf seine Knie herunter. »Es tut mir leid, Motti. Ich schaff' es nicht mehr. Ich will dich nicht im Stich lassen, wirklich ... aber nach zehn Jahren muß ich endlich mein eigenes Leben leben. Verstehst du das?«

Er nickte.

»Ständig ist etwas mit dir ... Nie weiß man, was du als nächstes tust – und auch nicht, warum. Was ist denn heute passiert? Wahrscheinlich haben deine Nachbarn wieder zu laut Musik gemacht oder irgend jemand, den du nicht kennst, hat dich auf der Straße nicht zurückgegrüßt. Nein, jetzt weiß ich es: Du hast schon wieder gedacht, du hättest sie gesehen! Du ... du ... Manchmal, weißt du, verstehe ich dich sogar ... Ich kann doch auch nicht vergessen.«

Motti sah sie überrascht an. Er fürchtete sich vor dem, was sie gleich sagen würde, und obwohl er wußte, wie unsinnig das war, konzentrierte er sich mit all seinen Gedanken auf ihre Gedanken, um sie davon abzubringen.

»Zum Beispiel damals, das mit deinem Freund«, sagte sie, »das hätte mich auch verrückt gemacht.«

»Welcher Freund?«

»Den Namen weiß ich nicht. Dieser Uraltfreund von dir, mit dem du bei der Armee warst ...«

»Ja.«

»Es war furchtbar. Natürlich. Da steht einer sowas durch, und dann ... selbst.«

»Selbst?«

»Ja, selbst. Oder wie soll man es sonst nennen? Er ist der Hisbollah doch damals im Südlibanon während seines Reservedienstes absichtlich in die Arme gelaufen. Weißt du das nicht mehr?«

Motti zuckte mit den Schultern.

»Aber du weißt doch noch, was los war, als deine Eltern es dir erzählt haben? Nein, weißt du nicht ... Wir haben dich in Pasing gefunden, auf der Toilette von *Burger King*. Sie wollten schon die Polizei holen.«

Plötzlich mußte Motti an Wind denken, an warmen, heißen, staubigen Wind. Es war ein seltsamer Wind, denn man konnte ihn sehen, er war sehr groß und schön, er sah so aus wie ein riesiger heller Mantel, und dieser Mantel flatterte laut klatschend zwischen Erde und Himmel auf und ab. Er peitschte die Erde, er streichelte den Himmel, er durchwühlte die Wasser. Er schlug mit seinen Schößen auf Städte und Straßen ein, er tötete Kinder, Erwachsene, Soldaten, er brachte Weiße und Schwarze um, Beschnittene und Unbeschnittene, Schlechte und Gute. Manchmal schaffte es dort unten jemand aber auch, sich an seinem Saum festzuklammern, und wenn einer von diesen Glücklichen lange genug durchhielt, wurde er bald hinaufgeschleudert, hoch hinauf in die Wolken, aus denen sich ihm sofort lange weiße Arme entgegenstreckten, die ihn mit einer Leichtigkeit auffingen, als sei er Gänseflaum. Die Körper der Emporgestiegenen glitzerten und flackerten wie die kleinen bunten Lämpchen an dem Leuchtschild des Eisgeschäfts gegenüber vom Rathaus in Ramat Gan, und dann wurden sie auch schon von den weißen Armen noch höher hinaufgehoben, die fröhlichen Lichter verlöschten, und der große helle Mantel senkte sich erneut.

»Sie wird nicht viel brauchen«, sagte Motti. »Eine kleine Tasche reicht. Es ist immer sehr heiß bei uns, wie du weißt ... Na ja, hier hat sie in der letzten Zeit auch nicht viel zum Anziehen gebraucht.« Er kicherte leise und zwinkerte Sofie zu. »Und«, sagte er und wackelte dabei herausfordernd mit dem Kopf, »wieviel wirft die Sache jedesmal ab? So ungefähr, pro Film ... Oder wird sie nach Stunden bezahlt? Nein, auch nicht? Ah, verstehe, es gibt Geld für jeden einzelnen Fick ... Natürlich, ich erinnere mich ...« Er sah jetzt wieder Nurits große, aufgequollene Teenagerbrüste, er sah ihren schönen flachen, jungen Bauch, und er sah den braunen Fünfzigmarkschein, der von oben von einer blondbehaarten Männerhand ins Bild gehalten wurde und dann langsam auf den Bauch herabflatterte. »Sag mir: Wie oft fickt sie sich im Durchschnitt in jedem Video? Klar, wenn sie pißt oder sich die kleinen geilen Kugeln reinschiebt, gibt es extra was ... Schade, wirklich schade, damit ist es jetzt leider vorbei. Du wirst wieder müssen mehr von deinen Lügenbüchern verkaufen - oder du machst eben ein paar mehr von diesen Lesungen, die du so haßt. Du wirst dein schmutziges Geld schon zusammenbekommen, toi-toi-toi ...« Er kicherte wieder, dann streckte er die Finger beider Hände vor sich auf der verschmierten Glasplatte aus und begann jeden von ihnen einzeln zu untersuchen. Wann immer er irgendwo ein loses Hautstück oder einen angebrochenen Nagel entdeckte, führte er den Finger betont langsam zum Mund und kaute eine Weile selbstvergessen an ihm herum.

Während Motti gesprochen hatte, war Sofie aufgestanden. Ich glaube, an einem anderen Tag hätte sie vielleicht noch einen letzten Versuch gemacht, herauszufinden, worüber er die ganze Zeit eigentlich redete, sie hätte ständig nachgefragt und so lange gebohrt, bis sie eine halbwegs klare Antwort von ihm bekommen hätte. Heute aber hatte sie keine Kraft mehr, sich weiter mit ihm herumzuschlagen, außerdem hatte sie vorhin ihre endgültige Entscheidung getroffen, und nun war es wirklich genug. Es kann sein, daß sie sogar kurz überlegt hatte, ob sie ihm nicht mal wieder die Wahrheit sagen sollte, über ihn, über sie, über sich, damit er möglicherweise doch noch aufwachte, damit er begriff, daß er seit zehn Jahren einem Phantom nachrannte, einer Wirklichkeit, die es längst nicht mehr gab. Aber das hätte für sie erst recht Streß bedeutet, denn er hörte ihr in solchen Momenten einfach nicht zu, er verschloß sich dann sofort und wirkte so abwesend, als wäre er gar nicht da, als wäre er wie vom Erdboden verschluckt. Jetzt werde ich es einmal genauso wie er machen, wird sie deshalb während seiner fiebrigen Reden immer wieder gedacht haben, ich verschwinde einfach auch.

Als Motti bemerkte, daß Sofie nicht mehr da war, und gleichzeitig hörte, wie im Badezimmer das Wasser angedreht wurde und mit einem lauten, kraftvollen Rauschen in die Wanne einzulaufen begann, warf er einen letzten prüfenden Blick auf seine Hände. Er nickte zufrieden, weil sie jetzt viel schöner und gepflegter aussahen als vorhin, aber dann entdeckte er, daß der Nagel seines rechten kleinen Fingers an der Seite noch leicht gesplittert war. Er nahm ihn zwischen die Zähne, doch statt das abstehende Stück Hornhaut abzubeißen, zog er daran, und kaum hatte er es herausgerissen, füllte sich das Nagelbett mit Blut. Er beobachtete, wie der glänzende Tropfen immer größer und runder wurde, und als er platzte, leckte er das nachschießende Blut mehrmals sorgfältig ab.

Er hatte sich längst mit allem abgefunden. Es war vorbei, er hatte es nicht geschafft, und er wußte nicht einmal, woran es lag, daß die Sache schiefgegangen war. Er hatte Sofie doch genau erklärt, warum er gekommen war – aber sie hatte von Anfang an so getan, als wüßte sie absolut nicht, wovon er redete. Vielleicht hatte er sich ja doch nicht so klar ausgedrückt, wie er glaubte, weil er am Ende dieses schrecklichen, anstrengenden Tages schon viel zu müde und durcheinander war. Vielleicht lag es an seinem plötzlich so schlechten Deutsch, daß sie ihn nicht verstand, und natürlich wird es auch eine Rolle gespielt haben, daß das Foto, ohne das das ganze sowieso keinen Sinn hatte, sich in Luft aufgelöst hatte. Was auch immer die Gründe für das armselige Scheitern seines Plans waren, Aba und Ima hatten recht: Er war und blieb ein Versager, und Schluß. Nichts ging eben so, wie er es wollte, nie-nie-nie … Ob sie sich seinetwegen eigentlich manchmal vor anderen schämten? Ihm würde es an ihrer Stelle bestimmt so gehen. Wie oft wird man sie zu Hause gefragt haben, warum ihr einziger Sohn ausgerechnet dort lebte, wo unsereins immer nur der Tod erwartete, und wie oft werden sie gegen ihre Überzeugung versucht haben, ihn zu verteidigen? Er ist bloß zufällig dort hängengeblieben, werden sie jedesmal erwidert haben, er hat sich in eine von ihnen verliebt, er hat sie wieder verlassen, er hat aber ein Kind von ihr gekriegt. Um dann, kühl lächelnd, hinzuzufügen: Jeder muß seine Erfahrungen sammeln, *g'weret,* was haben wir nicht für Dummheiten in unserer Jugend gemacht, *adoni*! Warum er tatsächlich bis heute in Deutschland geblieben war, wußten sie natürlich nicht, sie hielten ihn einfach nur für einen schwachen, willenlosen Menschen, der das schwere, nervenaufreibende Leben zu Hause nicht aushielt, der keine Lust hatte, für seine Leute zu kämpfen und ernsthaft zu arbeiten, zu studieren und sich statt dessen lieber von einer tiefgefrorenen deutschen Fliegertochter unterdrücken ließ oder irgendwelche durchgedrehten Konvertitinnen bestieg. Das war natürlich richtig - und falsch. Ja, er war eine Null, ein Nichts, aber nicht aus Schwäche, sondern aus Größenwahn, denn er wollte immer alles, und genau darum bekam er am Ende immer nichts. Was für ein Unsinn! Was für ein lächerlicher Versuch, sich in seiner Armseligkeit besser zu machen, als er war. Aber nein - wieso eigentlich? Hatte er nicht etwa, als es ihm mit Sofie noch gut ging, alles daran gesetzt, daß sie genauso wurde wie er, aber er nicht wie sie? Und war nicht er es gewesen, der sie damals, berauscht von seinem eigenen, egoistischen Optimismus, davon überzeugt hatte, daß sie auf keinen Fall abtreiben durfte? Hatte er vielleicht nicht in seiner unstillbaren Selbstüberschätzung geglaubt, er könnte die Sache mit Muamar für immer vergessen, wenn er nur weit genug von seinem blutspritzenden Rumpf floh? Und hoffte er nicht, vor allem, eine halbe Ewigkeit lang, daß er, so als sei er Haschem persönlich, Nurit, seine totgeborene Nurit, wieder zum Leben erwecken könnte, wenn er sie Sofie erstmal entrissen hatte?

Motti betrachtete stumm seine Hände, er drehte sie zweimal, dreimal hin und her und hielt sich dann wieder den kleinen Finger dicht vor die Augen. Er blutete nicht mehr, aber dort, wo Motti vorhin den Nagelfetzen herausgerissen hatte, war der Finger rot und angeschwollen. »Großartig, fantastisch«, sagte er grinsend und imitierte dabei Sofies wehleidig-sarkastischen Tonfall, den sie früher immer anschlug, wenn mal wieder eins von ihren größeren oder kleineren Unglücken sie heimgesucht hatte. »Eine Nagelbettentzündung ist genau das, was mir heute noch gefehlt hat!« Er drückte die Fingerspitze gegen die Glasplatte, und der Schmerz, den er sogleich verspürte, war zwar noch leicht, aber eindeutig. Er preßte weiter, doch der Schmerz nahm nicht zu, er veränderte sich nur, das süße Pulsieren und Kribbeln erinnerte Motti an ein ähnliches Gefühl ganz anderswo, und er wollte schon genüßlich die Augen schließen, als sein Blick auf das Röhrchen mit den dicken, bläulichweißen Tabletten fiel, die neben seiner Teetasse auf dem Tisch lagen. Er sprang erschrocken auf, rannte quer durch die Küche zum Fenster und sah hinaus, wo in der Dunkelheit, wie am andern Ende der Nacht, hinter einem dünnen, wabernden Schneevorhang der riesige, bläulich-orange angestrahlte Schornstein des Heizkraftwerks in der Türkenstraße so unbeweglich dastand wie ein Schläger, der gleich auf seinen Gegner losgehen wird. Motti wandte sich sofort wieder um und humpelte zum Tisch zurück, er setzte sich hin, stand auf, setzte sich nochmal hin und nahm das Röhrchen in die Hände; er drehte es hin und her wie ein Kaleidoskop und schüttelte es ein paarmal, dann legte er es auf den Tisch zurück, und während es langsam über die Glasplatte rollte, war er bereits wieder auf dem Weg zum Fenster. Plötzlich fiel ihm etwas ein, und er blieb beim Kühlschrank stehen, machte ihn auf und begann, ihn Regal für Regal gewissenhaft durchzusehen. Er öffnete jedes Glas und jede Dose, er probierte von dem Houmus, das in der hintersten Ecke versteckt war, und roch an dem Auberginensalat von *Keter.* Aus der Schüssel mit dem kleingeschnittenen israelischen Salat fischte er mit den Fingern ein paar Gurken- und Tomatenstücke heraus, danach durchstöberte er die Gemüsefächer, aber auch hier fand er nicht das, was er suchte – ein Stück kalte trockene Ente vielleicht oder zumindest etwas Blaukraut. Zum Schluß kontrollierte er die beiden Töpfe auf dem Herd, in einem war Hühnerbrühe, im andern Kartoffelpüree, und die schon panierten Schnitzel entdeckte er in einer runden Tupperwaredose, die auf der Geschirrspülmaschine stand. Als er sich wieder zum Tisch umdrehte, sah er gerade noch, wie das Röhrchen über den Rand rollte, es rollte und rollte endlos dahin, dann hing es mindestens genauso lang in der Luft und kreiste träge und langsam um die eigene Achse, und schließlich begann es doch noch zu fallen, das heißt, es schwebte mehr zu Boden, als daß es fiel, aber im nächsten Moment stürzte es so schnell hinab wie ein Stein, es rutschte mit einem einzigen Ruck in die Tiefe, und da endlich hechtete er danach, mit ausgestrecktem Arm und langgezogenem Körper. Er fiel plump auf den Boden, er riß einen Stuhl um, und gegen eins von den Insektentischbeinen knallte er mit seinem entzündeten Finger auch noch. »Geschafft!« sagte er laut, als das Röhrchen ein paar Zentimeter über dem Boden weich in seiner Hand landete, er drehte sich auf die Seite und hielt es mit beiden Händen fest, so fest wie ein Kind seinen Teddy vor dem Einschlafen hält. »Gut gemacht, Versager«, flüsterte er, und er flüsterte auch: »Armer, armer Bubtschik ...« Dann machte er das Röhrchen auf, er klopfte dagegen, bis eine der dicken bläulichweißen Tabletten auf den Fußboden fiel, und während sie langsam ausrollte, kroch er erschöpft hinter ihr her. Dabei preßte er das Kinn fest gegen die Fliesen und ging mit geöffnetem Mund dicht an die nun senkrecht stehende Tablette heran, er berührte sie schon mit der Zunge und spürte ihren schönen bitteren Geschmack, als er plötzlich fremde Stimmen im Flur hörte. Es waren zwei Stimmen, die eines Mädchens und die eines erwachsenen Mannes, und sie sprachen Hebräisch miteinander.

»Benny hat heute für jeden Geschenke mitgebracht«, sagte das Mädchen.

»Hattet ihr alle Geburtstag?«

»Aber nein, Aba!« Das Mädchen lachte. »Benny hatte Geburtstag ... Du weißt doch, wann mein Geburtstag ist!«

»Macht ihr das immer so?«

»Nein, nur Benny. Und Gregy hat es einmal auch so gemacht. Aber die *madrichim* finden das blöd.«

»Ja?«

»Ja – weil ihnen dann keiner mehr zuhört.«

»Was hast du bekommen?«

»Die *Spice-Girls*-CD.«

»Und was habt ihr heute gespielt?«

»Tischtennis, Maumau, Reise um die Welt, Mensch ärgere Dich nicht, Cluedo, Dame, Mühle, Schach ...«

»Genug«, sagte der Mann lachend, »genug ... Hast du denn auch bei allen Spielen mitgemacht?«

»Ja-ja-ja!«

»Angeberin.«

»Wir haben Horra getanzt. Und gesungen haben wir auch ...«

Die Stimmen kamen immer näher, und obwohl Motti wußte, daß es absolut lächerlich aussah, wie er sich hier auf dem Boden wälzte, hatte er keine Kraft, aufzustehen. Es war so wie in einem Alptraum, wenn man sich vor Angst nicht mehr rühren kann, wenn die Gefahr so übermächtig wird, daß man sich ihr am Ende fast schon freiwillig ergeben möchte, aber dann murmelte er schnell und leise ein paarmal hintereinander: »Ich-will-ich-will-ich-will«, und so schaffte er es doch noch, seine Zunge wieder langsam in den Mund zurückzuschieben, und es gelang ihm auch, sich wieder ein wenig auf die Seite zu rollen und den verdrehten Kopf so entspannt wie möglich in seine rechte Hand zu stützen. Wenn sie mich nach zehn Jahren so wiedersieht, dachte er, kann sie ruhig über mich lachen. Nein – hoffentlich tut sie es sogar!

»Was habt ihr gesungen?« sagte der Mann.

»*Jeruschalajim schel-Zahav. G'weret Hakineret* und *Hawa Nagila.* Aber *Hawa Nagila* ist blöd.«

»Finde ich auch«, sagte der Mann. Seine Stimme war jetzt ganz nah, und während Motti mit letzter Kraft nach der Tablette griff und sie in der Hand versteckte, sah er ihn bereits in der Küchentür. Es war tatsächlich Itai. Natürlich war er älter geworden, vor allem die Falten um seine Augen herum waren mehr geworden, sie wuchsen die Schläfen hinauf wie Farnzweige, aber der Bart, der kurzgeschnittene weiße Bart, ließ ihn gleichzeitig jünger wirken und irgendwie alterslos. Er öffnete den Kühlschrank und nahm eine Dose Cola heraus, er riß den Verschluß auf und trank sie auf einen Zug fast ganz aus, dann setzte er sie kurz ab, um Luft zu holen, und da erst entdeckte er Motti. »Motti!« sagte er überrascht. »Was machst du da?«

»Ich ... Ich kann die Cracker nicht finden«, erwiderte Motti, obwohl er zuerst sagen wollte, er suche das Video. »Weißt du, wo die sind?«

»Keine Ahnung. Die Küche ist Sarahs Reich. Wo ist sie überhaupt?«

»Im Bad, glaube ich.«

»Aba!«

»Ja?« sagte Itai.

»Darf ich an meinem Geburtstag auch allen was schenken?«

Sie war nicht mehr weit weg, sie stand im Flur, direkt vor der Küchentür, aber Motti konnte sie nicht sehen, weil Itai, dieser Idiot, ihm mit seinem kurzen breiten Körper die Sicht auf sie versperrte. Er sah nur ihre Füße und Beine – sie trug eine rote Kordhose und riesige Kunstpelzhausschuhe, die wie zwei Elefanten aussahen.

»Was ist das?« sagte Itai. Er bückte sich nach etwas, und endlich sah Motti sie, und sie sah ihn.

»Perminol«, murmelte Itai und legte das Röhrchen auf den Tisch. »Motti, das sind, glaube ich, deine ...«

»*Schalom, Motti*«, sagte sie auf Hebräisch, »*ma schlom-cha?*«

»*Schalom ...*«

Sie war es nicht. Sie war fünf, sechs Jahre alt, und obwohl sie ihr mit der langen hellen Nase, den kurzen dichten Augenbrauen und dem melancholischen Prinzessinnenmündchen ein bißchen ähnlich sah, war sie es nicht. Einen Augenblick lang hielt Motti sie für eines von den Josipovici-Mädchen, aber das war natürlich Unsinn. Er rollte fieberhaft die Tablette in seiner schwitzenden Hand hin und her, gleichzeitig hob er die andere Hand, er streckte sie Itai entgegen, und der zog ihn wortlos hoch.

»Was ist mit dir, Onkel Motti?« sagte das Mädchen.

»Lola, vor dem Essen räumst du dein Zimmer auf.«

»Nein!«

»Doch.«

»Nein ... Nur wenn du mich fängst!« Den letzten Satz hatte sie schon auf dem Weg zum Flur gesagt, sie rannte laut kreischend davon, und Itai lief lachend hinter ihr her.

»Du Null!« sagte Motti laut, als er allein war. »Du Nichts –«

»Du Schwein!« fiel ihm von hinten jemand ins Wort. Er kannte die Stimme, aber als er sich umdrehte, war niemand da.

»Ich bin nicht Schwein«, sagte Motti, »wirklich nicht. Ich bin eine Null, ist was anderes ...« Er sah sich sicherheitshalber noch ein paarmal um, und dann erinnerte er sich wieder an die Tablette in seiner Hand, die er nun langsam öffnete. Die Tablette fing bereits an, sich in der feuchten Hand aufzulösen, und er hätte jetzt das nasse blaue Pulver einfach nur ablecken müssen, und alles wäre vergessen gewesen.

»Nein«, sagte er. Er sprach das erste Mal seit Jahren wieder Hebräisch mit sich. »Ich bin kein Versager mehr, ich bin keine

Null.« Er beugte sich über das Spülbecken und begann – so schwer es ihm auch fiel, seinen kaputten Körper noch unter Kontrolle zu halten –, die Hand sorgfältig, fast zärtlich mit warmem Wasser abzuwaschen. »Was ich will, das bekomme ich auch ... Was ich will, das bekomme ich auch ...«, murmelte er dabei, er intonierte die Worte genauso leidenschaftslos, aber bestimmt wie beim Kiddusch, er stieß sie laut hervor, er zog sie leise auseinander, und manche verschluckte er ganz. »Was ich will, das bekomme ich auch, was ich will, das bekomme ich auch ... Aber den Schmerz werde ich nie vergessen, und erst recht nicht das Glück. Denn ich bin der Sohn von Jael und Siegfried, der Vater von Nurit ... Von Nurit, der Stummen, Nurit, der Wilden ... So soll sie leben. Amen.« Er trocknete seine Hände mit dem Geschirrhandtuch ab, das auf dem Beckenrand lag, und ein heißer, heller, staubiger Wind umfaßte ihn.

Marie und ich sind nicht mehr zusammen – und unser Kind ist nicht mehr mein Kind. Der Mann, den sie im Flugzeug nach New York kennengelernt hat, ist Leonies Vater, mit ihm hat sie sie gezeugt, nicht mit mir. Seit ich das weiß, geht es mir besser, viel besser als in all den Jahren davor, denn jetzt endlich – daran gibt es keinen Zweifel – werde ich es schaffen, Deutschland zu verlassen. Ich habe bereits damit begonnen, Abschied zu nehmen, ich laufe, wie sonst auch, jeden Tag nach dem Schreiben durch Schwabing, aber ich betrachte die Dinge nun mit einem anderen Blick, ich sehe die nackten, schwarzen Baumskelette in der Herzogstraße, ich schaue am Kurfürstenplatz zum weißgrau marmorierten Winterhimmel hinauf, ich blicke in der Nachmittagsdämmerung den Menschen auf der überfüllten Leopoldstraße hinterher, während sie stumm und traurig aneinander vorübergehen und einer nach dem andern in den Treppenschächten der U-Bahneingänge der Giselastraße verschwinden. Es ist so, als sähe ich dies alles zum letzten Mal, und dann sitze ich im *Venezia*, ich schlinge in einer Minute den Erdbeerkuchen hinunter, auf den ich mich den ganzen Tag gefreut habe, und bestelle mir sofort einen zweiten, ich lese die *Abendzeitung* von der ersten bis zur letzten Zeile durch, ich höre mit halbem Ohr den verwöhnten und deprimierten Polenkindern am Nebentisch dabei zu, wie sie sich lustlos über irgendeinen neuen Film oder die nächste große Hochzeit oder Bar Mitzwa unterhalten, und die süße Ahnung, daß bereits etwas Neues in meinem Leben begonnen hat, während das Alte immer noch da ist, wird stärker und stärker. Später, zu Hause, vor dem Fernseher, das Tablett mit den Spiegeleiern, dem Butterbrot und dem Pfefferminztee auf den Knien, verwandelt sich die Ahnung in Gewißheit: Ich sehe auf dem Bildschirm den altmodisch strengen *Weltspiegel*-Moderator, der vor Ewigkeiten einmal bei uns an der Universität einen selbstgefälligen Vortrag über Fernsehjournalismus gehalten hat, ich sehe die Ansagerin von *Pro 7*, eine schöne, steife, ehrgeizige, unintelligente Mulattin, ich sehe eine andere Mulattin, genauso steif und deutsch, die meistens in dieser halb durchsichtigen Chiffonbluse mit Blumenmuster in *Liebe Sünde* über das Kamasutra, lesbische Ehen und erste Küsse spricht, ich sehe den in die Jahre gekommenen Landser, der früher Chefredakteur des *Stern* gewesen war und der nun in schlechtem, unsicheren Deutsch auf *RTL* das *Nachtjournal* moderiert – ich sehe diese Menschen, deren Gesichter ich besser kenne als mein eigenes, die mir aber trotzdem nie etwas bedeutet haben, die mir so gleichgültig sind wie alle anderen Leute in diesem Land, und plötzlich weiß ich, daß sie schon bald für immer aus meinem Leben verschwunden sein werden, und das ist ein Gefühl, als könnte ich fliegen, doch dann werde ich trotzdem für einen Moment so traurig wie selten zuvor.

Als Marie nach New York fuhr, war noch alles in Ordnung, da bin ich mir absolut sicher. Sie hatte sich schließlich fast zwei Jahre lang auf diese Reise vorbereitet, sie hatte jede Woche mit Motti gelernt, sie war an allen wichtigen und auch an den weniger wichtigen Feiertagen in die Reichenbachstraße gegangen, sie ließ keinen einzigen Schi'ur aus, den die Rebbezin in der Prinzregentenstraße für die deutschen Frauen veranstaltete, und daß sie in dieser Zeit bereits auf der Suche nach einem anderen Mann gewesen sein soll, der dann auch noch ein Goj sein würde, kann ich mir wirklich nicht vorstellen. Trotzdem haben die beiden in New York miteinander geschlafen – sie haben sogar ziemlich oft miteinander geschlafen, so oft, wie Frischverliebte es eben tun, und das ausgerechnet in unserem Hotel. Marie, meine zielstrebige, gewissenhafte Marie ging natürlich jeden Morgen in die Public Library, wo sie bis zum Beth Din noch einmal alle ihre Notizen und das Buch von Rabbi Lau durchgehen wollte, sie saß dort jeden Tag sechs, sieben, acht Stunden, und dann, so hat sie es mir später in einem Anfall falsch verstandener Aufrichtigkeit erzählt, holte er sie ab, sie gingen ins East Village essen oder in ein klassisches Konzert in der Carnegie Hall oder im Lincoln Center, und weil er bei seinen Geschäftsfreunden wohnte, landeten sie hinterher jedesmal im Hotel *Edison* – in diesem dunklen, ständig überheizten Vierziger-Jahre-Kasten in der 48sten Straße, wo ich über Dani Josipovicis Vater Prozente bekam.

Im *Edison* schlief Marie dann auch mit mir, am selben Abend, an dem ich ankam, und daß sie dabei so abwesend und roboterhaft war wie eine Schlafwandlerin, hatte, so dachte ich da noch, mit ihrer Prüfungsangst zu tun – Jüdin wird man schließlich nur einmal im Leben. Sie kam mir schon so merkwürdig vor, als ich die Tür aufmachte, sie lag im silbergrauen Halbdunkel des unbeleuchteten Zimmers schräg auf dem Hotelbett, und eigentlich saß sie mehr, als daß sie lag, sie hatte sich zwei große dicke Kissen hinter den Rücken geschoben, und ihre Fußspitzen berührten den Boden. Sie schien zu schlafen, aber während ich vorsichtig und fast lautlos meine Tasche abstellte, riß sie sofort erschrocken den Oberkörper hoch. »Hallo ... Hallo? Wer ist da?« sagte sie leise, ihre Stimme klang so weich und kindlich wie meistens, wenn wir unter uns waren, doch kaum hatte ich sie begrüßt, veränderte sich ihr Tonfall, sie fiel in ihre gewohnt abgehackte, strenge, sehr deutsch klingende Intonation zurück, die sonst nur für Fremde bestimmt war, und dieser Übergang war so abrupt und bewußt, daß ich von nun an für den Rest unseres New-York-Aufenthalts hinter jedem ihrer Worte ein ganz anderes, ungesagtes Wort vermutete. Normalerweise bin ich es, der sie auszieht, aber diesmal war es umgekehrt, Marie begann, kaum hatte ich sie auf die kalten Wangen und in den noch kälteren Nacken geküßt, mein Hemd aufzuknöpfen, sie zog mir die Hose herunter und die Boxershorts, dann drehte sie sich mit dem Rücken zu mir und schob ihr Kleid hoch. Alles ging sehr schnell, viel schneller als sonst, wir küßten uns kein einziges Mal, und später lagen wir – obwohl wir uns seit fast zwei Wochen nicht mehr gesehen hatten, seit ich sie in München zur Flughafen-S-Bahn gebracht hatte – bestimmt noch fünfzehn, zwanzig Minuten lang wortlos da. Schließlich stand ich auf, ich ging zum Fenster und öffnete es. Ich hörte dem Verkehr auf dem Times Square zu und betrachtete die Hochhäuser von Midtown mit ihren bunt leuchtenden Turmspitzen und Dächern und den Abertausenden von engelweiß in die Nacht hineinstrahlenden Fenstern, und ich dachte daran, daß ich selbst nie einen solchen Schritt tun würde wie Marie. Ich bewunderte sie sehr dafür, und ich schwor mir, daß ich an dem Tag, an dem sie in Pleasantville vor ihre drei Rabbiner treten würde, mein kleinliches Mißtrauen gegen sie auf ewig begraben würde, und dabei spürte ich, wie dieser schwere, kalte Stein in meinem Bauch schon wieder ein wenig schwerer wurde.

Die Sache mit dem Übertritt war allein Maries Idee gewesen. Ich habe sie nie daran gehindert, aber unterstützt habe ich sie auch nicht – ich bin mit ihr in den ganzen zwei Jahren kein einziges Mal in die Schil gegangen, sie hat die Stunden bei Motti von ihrem eigenen Geld bezahlt, und wann immer sie beim Lernen etwas nicht verstand und mich danach fragte, sagte ich, ich hätte doch noch viel weniger Ahnung als sie. Nur als sie am Anfang das allesentscheidende Treffen mit dem Rabbiner in der Reichenbachstraße hatte, stand ich ihr bei. Sie war davor zweimal allein hingegangen, und er hatte sie natürlich abgewiesen, und nun, beim dritten Mal, sollte sie ihre endgültige Antwort bekommen. Marie wußte, daß das normal war, daß jeder, der übertreten wollte, zunächst weggeschickt wurde, und trotzdem war sie vorher so nervös, wie ich sie seitdem nie mehr gesehen hatte, auch nicht während ihrer Magisterprüfung: Sie verschlief ganze Tage, sie schlief so tief und fest, als wäre sie hypnotisiert, und wenn sie nicht schlief, saß sie mit versteinertem Gesicht am Küchentisch und malte, ohne hinzusehen, Kringel und Kästchen auf unsere alten Telefonrechnungen. Zu dieser Zeit, wir kannten uns ungefähr seit einem halben Jahr, stand etwas zwischen uns, wofür ich bis heute keinen Namen habe. Wahrscheinlich wollte ich mich mal wieder von ihr trennen, wie so oft in den ersten Monaten und später nie mehr, und als an dem großen Morgen der Wecker klingelte, wäre ich am liebsten – daran kann ich mich noch genau erinnern – einfach aufgesprungen und ohne ein Wort für immer aus der Wohnung gelaufen. Statt dessen habe ich Marie sanft wachgerüttelt, ich bin mit ihr ins Badezimmer gegangen und habe für sie ihr Lieblingsfrühstück gemacht – Porridge, Nesquick, ein viel zu dick geschmiertes Marmeladenbrot –, und dann sind wir in die Reichenbachstraße gefahren, und während sie oben beim

Rabbiner war, wartete ich im *Café Interview* auf sie. Ich hatte eine alte Ausgabe des *Jerusalem Report* dabei, mit einer Titelgeschichte über eine Tel Aviver Klinik für kriegstraumatisierte israelische Soldaten, die ich schon seit Wochen lesen wollte, aber ich schaffte es in der halben Stunde, die ich hatte, einfach nicht, das Heft aufzumachen, weil ich ständig das Foto auf dem Umschlag anstarren mußte: Ein junger Soldat, der im Schneidersitz auf einer niedrigen, hellen, staubigen Steinmauer irgendwo im Südlibanon saß, hatte dramatisch die Hände vor dem Gesicht zusammengeschlagen, und sein Maschinengewehr lag fremd und schön in seinem Schoß. Ich überlegte, was er wohl für ein Gesicht hatte, ich konnte, weil das Bild aus leicht erhöhter Perspektive aufgenommen war, bloß seine kurzen, dichten, schwarzen Haare sehen, und schließlich stellte ich es mir mädchenhaft schmal und sehnig vor, mit eng beieinanderstehenden Hundeaugen, dichten, zusammengewachsenen Augenbrauen und einem kleinen, beleidigten Mund. Daß ich tatsächlich jemanden kannte, der so aussah, fiel mir erst hinterher ein, aber ich kam nicht drauf, wer es war. Bevor ich anfangen konnte, darüber nachzudenken, tauchte Marie vor den hohen Fenstern des Cafés auf. Sie lachte und lachte, und in der Hand, mit der sie durch die Luft wedelte, hielt sie den Zettel, auf dem die Telefonnummer des Religionslehrers stand, der ihr vom Rabbiner empfohlen worden war – die Nummer von Motti.

Sie lernten dann immer bei ihm, in seinem Apartment am Kurfürstenplatz, direkt über dem *Café Schwabing.* Marie fühlte sich nicht wirklich wohl dort, sie meinte, sie wäre vorher nie in einer so leeren und herzlos eingerichteten Wohnung gewesen, aber das fände sie trotzdem noch besser, als wenn sie sich bei uns treffen müßten, denn da wäre ständig ich, und das könnte sie einfach nicht. Ich habe damals keine Sekunde an Maries Worten gezweifelt, weil ich wußte, wie schwer meine Gegenwart gerade für die, die mich lieben, manchmal zu ertragen ist – und ich zweifle auch jetzt nicht daran, daß sie mir die Wahrheit gesagt hat, obwohl Mottis Affären inzwischen stadtbekannt sind. Natürlich spiele ich heute ab und zu in Gedanken mit der Vorstellung, Leonie sei von Motti und nicht von Maries englischem Goj, und ich frage mich, ob es etwas an meinem kalten Verhältnis zu ihr ändern würde, doch das ist hier nicht der Punkt. Nein, wirklich: Was immer mir Marie über ihren Religionslehrer erzählte, am Anfang, als ich noch nicht wußte, daß es Motti war, aber auch später – es brachte mich nie auf falsche Ideen, es machte mich eher neugierig, und gleichzeitig deprimierte es mich ein wenig, auf so eine schöne, sehnsuchtsvolle Exiljudenart. Er schien mir einer von diesen ehrlichen und normalen Israelis zu sein, bei denen man – wäre nicht das Problem mit dem Militärdienst – absolut nicht verstand, warum sie von zu Hause weggingen, von dort also, wo wir andern alle gerade hin wollten. Obendrein hatte er in Deutschland nur Pech gehabt, großes Pech, wie Marie immer sagte, und daß es ihm trotzdem bis jetzt nicht gelungen war, von hier zu verschwinden, paßte erst recht zu einem solchen absurden, unnötigen Hundeleben. Die Geschichte mit seiner Tochter, die er nicht mehr sehen durfte, machte ihm laut Marie am meisten zu schaffen, aber er nahm auch alles andere sehr schwer, viel zu schwer. Er erzählte ihr ständig von den Schulden, die er seit der Pleite mit einem Jeansgeschäft bei seinem verrückten deutschen Ex-Schwiegervater hatte und bei denen es angeblich um mehr ging als nur um Geld. Er gab ihr ununterbrochen zu verstehen, wie sehr er sie darum beneidete, daß sie studieren konnte, wobei – so kam es Marie jedenfalls vor – in seinen Augen oft ein derart kalter, kontrollierter, haßerfüllter Ausdruck auftauchte, als würde er am liebsten gleich auf sie losgehen. Er litt auch darunter, daß seine Eltern sich bis heute nicht damit abgefunden hatten, daß er in Deutschland lebte, er redete offen von seiner Einsamkeit hier, der er sich, wie sie es ausdrückte, so willenlos und wehleidig wie einer Naturkatastrophe ergab. Und ganz besonders schien ihm seine Krankheit zuzusetzen, über die er allerdings fast nie etwas zu Marie sagte, außer, daß er bald keine Kraft mehr hätte, sich immer und immer wieder zwingen zu müssen, zwischen den Dingen, die wirklich geschahen, und denen, die er sich nur einbildete, zu unterscheiden.

Nein, ich habe Marie nie gefragt, ob dieser Mann für sie als Religionslehrer überhaupt der richtige war, und als sie mir dann verunsichert erzählte, sie hätte ihn schon ein paarmal im Unterricht dabei ertappt, wie er völligen Unsinn redete, sagte ich keinen Ton. Ich mußte mich sehr zusammennehmen, denn normalerweise mische ich mich ständig in das Leben anderer ein, mit dieser Sache aber – keine Ahnung, wie ich es geschafft habe, das von Anfang bis Ende durchzuhalten – wollte ich einfach nichts zu tun haben. Ich weiß nicht, ob Marie meine bewußte Zurückhaltung spürte, ich weiß nicht, ob sie mir dankbar dafür war oder ob sie mich im Gegenteil als viel zu unbeteiligt und egoistisch empfand, denn irgendwie ging es bei ihrem Übertritt ja auch um mich, und als sie eines Tages ihren unglücklichen Religionslehrer schließlich zu uns zum Essen einlud, hätte ich nicht sagen können, ob sie es vielleicht nur deshalb tat, um mich doch noch in das Ganze hineinzuziehen.

Kaum hatte ich Motti an diesem Tag in unserer Wohnungstür erblickt, wußte ich sofort, wer er war. Ich hätte es mir schon viel früher denken müssen, aber manchmal ist es eben so, daß man einen Namen, den man ständig hört, deshalb nicht mit einem bekannten Menschen in Verbindung bringt, weil er gar nichts mit dem eigenen Leben zu tun hat. Genauso war es auch bei Motti. Er war mir bereits vor vielen Jahren in der Gemeinde aufgefallen, wo er eine Zeitlang unten an der Tür stand. Er war mir aufgefallen, weil er uns alle stets viel zu zuvorkommend und fast ein wenig schmierig behandelte, mit ewig gesenktem Blick und schweißbedeckter Stirn, und daß ich bei ihm damals öfters an diesen verlogen fistelnden arabischen Diener aus *Casablanca* denken mußte, hatte auch damit zu tun, daß er mit den Gojim, die zu den Lesungen und Konzerten in die Reichenbachstraße kamen, um so launischer und herablassender umging. Später sah ich ihn häufig bei meinen Schwabinger Spaziergängen, er hatte sich verändert, er war ernster, abweisender, strenger geworden, aber sein kleines Mündchen hatte nach wie vor diesen beleidigten, mädchenhaften Schwung. Seine Tochter – er war zu jener Zeit nie ohne seine Tochter unterwegs – sah ihm sehr ähnlich, sie hatte den gleichen langen, fohlenhaften Kopf und die gleichen eng zusammenstehenden Augen, und trotzdem schien sie von ihrem Wesen her völlig anders zu sein als er, zumindest solange sie noch ganz klein war. Sie strahlte – genauso wie Leonie – wie ein schlauer, seliger Engel unentwegt vor sich hin, sie grinste und lachte und lächelte, wenn man sie ansah, ihre Händchen berührte oder ein verrücktes Geräusch für sie machte, und oft verzogen sich ihre süßen gekräuselten Lippen auch von selbst, während ich wie immer dieselben zwei nichtssagenden Sätze mit ihm wechselte, sie verzogen sich zu diesem verschmitzten, allwissenden, schiefen Babylachen, das ich sonst nur von meiner kleinen Prinzessin kenne, hol sie der Teufel. Nach dem Unglück, das eine Woche lang Hauptgesprächsthema im *Venezia* war, verschwand Motti dann für eine Weile, er tauchte aber schon bald wieder auf und war nun noch unzugänglicher als vorher: Ich sah ihn manchmal von weitem auf dem Spielplatz gegenüber vom *Arri* allein auf- und abwandern und seltsamerweise auch öfters an der Ecke Schelling- und Amalienstraße, obwohl er dort gar nicht mehr wohnte. Daß er an einem Tag völlig verwahrlost und orientierungslos auf mich wirkte, am nächsten wie ein kraftstrotzender, arroganter Sabre, führte ich anfangs darauf zurück, daß er wegen der

Ereignisse angefangen hatte zu trinken, irgendwann allerdings kam mir der Gedanke, daß es doch etwas anderes sein müsse ... Und so einer ist jetzt also Maries Lehrer, dachte ich, während ich ihm die Hand gab, ich sah so tief und streng in seine gewalttätigen Augen, daß er erschrocken wegschaute, und dann sagte ich zu mir: »Laß es. Vergiß es. Du hast damit nichts zu tun.«

Motti blieb an dem Abend nicht lange. Er redete wenig, er fixierte mich, während ich meine üblichen Monologe über die Deutschen und ihren Nationalcharakter hielt, immer nur stumm, in dieser typischen Mischung aus Erstaunen und Verachtung, die fast jeder Israeli gegenüber uns Diasporaleuten in sich trägt, und als Marie sagte, sie hätte soviel mit ihren Unisachen zu tun gehabt, daß es nur etwas Kaltes zum Abendbrot geben würde, verschwand für einen so kurzen wie unvergeßlichen Moment das Erstaunen aus seinem Blick, und es blieb darin nichts als reinste Verachtung übrig. Dann nahm er sich sofort wieder zusammen, er lächelte starr und begann völlig übergangslos und ohne große Leidenschaft, Marie dafür zu loben, mit welchem Fleiß und welcher Neugier sie lernte, und dabei blinzelte er ihr ein paarmal müde zu. Erst viel später, nachdem ich ihn gefragt hatte, wann er wieder nach Israel fahren würde und ob er nicht sogar eines Tages ganz zurück wolle, lebte er auf, er rutschte auf seinem Stuhl vor, er warf die Hände in die Luft, den Kopf in den Nakken, und während er redete, gestikulierte er wilder als zehn alte Polen zusammen. »Dauert nicht mehr lange«, stieß er hervor, »ist bloß eine Frage der Zeit!« »Ja?« sagten Marie und ich gleichzeitig. »Ja!« Er lehnte sich zurück, kreuzte die Arme über der Brust und zog erneut das Kinn stolz hoch. »Wenn ich meine Tochter wiederhabe, ist Schluß mit hier.« »Wann, glaubst du, wird das sein?« fragte Marie ihn so streng und beherrscht, wie nur sie es konnte, aber ich hörte trotzdem die Panik in ihrer tiefen Stimme. Ich war nicht der einzige. »Mach dir keine Sorgen«, antwortete Motti ihr bestimmt, fast ein wenig gönnerhaft, »du bist bis dahin lange fertig.« Dann aber – als ob er gewußt hätte, was ich in diesem Moment dachte – fügte er kleinlaut hinzu, alles wäre natürlich schrecklich kompliziert, so kompliziert, daß er vielleicht auch nie mehr von hier wegkäme, und plötzlich sackte er in sich zusammen und war für eine Weile nicht ansprechbar.

Ich weiß nicht, warum ich Marie so lange die Wahrheit über Motti verschwiegen habe. Vielleicht tat ich es ja, weil ich ihr nichts kaputtmachen wollte, weil ich wußte, wie froh sie war, jemanden wie ihn gefunden zu haben – jemanden, der ihr vom Rabbiner empfohlen worden war! –, und außerdem wollte ich mich doch nicht einmischen, obwohl ich es durch mein Schweigen natürlich erst recht getan hatte. Ob ihr die Wahrheit überhaupt etwas ausgemacht hätte? Wahrscheinlich nicht – nein, sogar ganz bestimmt nicht. Später, als Motti weg war und wir schon im Bett lagen, beugte sie sich über mich, sie stupste meine Nase mit ihrer Nase an und schüttelte stumm den Kopf. »Weißt du was?« sagte sie. »Was?« »Oder nein, später ...« Sie sah zum Fernseher herüber, der ohne Ton lief, und auf einmal flüsterte sie so laut, als wäre es gar kein Flüstern mehr: »Endlich! Endlich ... Es fängt an!« Sie ging mir ein bißchen auf die Nerven mit ihrer *Derrick*-Manie, sie mußte sich, egal was war, jede Folge dieser Serie ansehen, deren Hauptdarsteller mit seinem zu großen Trenchcoat und der goldumrandeten, violett getönten Pilotenbrille auf mich wie ein abgeschminkter Transvestit nach einer mißlungenen Vorstellung wirkte, und wirklich unangenehm und befremdend fand ich die verkrampfte, kalkulierte deutsche Ironie, mit der Marie von ihrem lächerlichen Helden besessen war. Heute schien aber dann doch etwas anderes für sie wichtiger zu sein, sie drehte nach zwei Minuten den Fernsehton wieder aus und sagte: »Ich weiß, was du denkst.« »Jetzt?« »Ja, jetzt.« »Worüber?« »Über ihn.« »Was denke ich über ihn?« »Ach, komm.« »Ich denke gar nichts.« »Natürlich tust du das, ich kenne dich.« »Und?« »Vielleicht ist er ja wirklich ein bißchen ... durcheinander. Aber das sind wir doch alle, auch ohne daß wir einmal im Leben irgendwo im Nahen Osten in der Gegend herumgeballert hätten. Und daß er sich nicht so genau auskennt, mein Gott, Hauptsache, ich lerne bei ihm, wo ich was nachschlagen kann ...« Sie legte den Kopf auf meine Brust und sagte nachdenklich, wie zu sich selbst: »Ich weiß noch nicht mal, ob er wirklich religiös ist, obwohl er immer so tut und mir erzählt, alles sei, wie es ist, weil Gott es so will, im Leben, in der Bibel, da bräuchte man keine Begründungen oder Erklärungen.« »Und?« »Was und?« »Warum erzählst du mir das jetzt?« Sie schlug die Decke zur Seite und warf sich regelrecht auf mich, sie preßte mit ihren schweren Schenkeln meine Hüften zusammen, nahm meinen Kopf in ihre großen warmen Hände und beugte sich tief über mein Gesicht. »Weil das alles völlig egal ist!« sagte sie lachend und küßte mich. »Weil er für mich in Amerika einen Beth Din organisieren will, verstehst du, einen Beth Din, der auch in Jerusalem anerkannt wird! Das hat er mir versprochen, und ich weiß, daß er es wirklich macht! Ich weiß es genau!« Ich spürte, wie mir ein kalter Schauer vom Rücken über den Nacken bis zum Schädel lief. »Und warum geht das nicht hier?« sagte ich leise, obwohl ich sie etwas ganz anderes fragen wollte. »Ach, komm, hier lassen sie doch fast nie jemanden durchkommen, hier sind sie päpstlicher als der Papst« – sie lachte wieder –, »das habe ich dir doch schon so oft erzählt, Mäuschen ...«

Am Freitag kam ich in New York an, und am Sonntag war Marie Jüdin. Sie fuhr allein nach Pleasantville, sie wollte nicht, daß ich mitkomme, obwohl ich es ihr angeboten hatte, und so brachte ich sie ganz früh zur Grand Central Station, wo ich sie am Nachmittag wieder abholen sollte. Es war ein greller, langweiliger Sommermorgen, die Straßen und Bürgersteige von Midtown waren ähnlich leer wie damals, als ich an Thanksgiving in New York gewesen war, und ich fühlte mich so unwohl, als müßte ich selbst zum Gi'ur. Ich hatte Durchfall und einen bleiernen Kopf, und meine Füße kamen mir so schwer vor, daß ich jedesmal beim Überqueren einer Straße fürchten mußte, in dem von der Julisonne aufgeheizten Asphalt zu versinken. Ich hatte mich mit Georg verabredet, der zu der Zeit noch aus New York für *Tempo* schrieb, wir hatten vor, in zwei Plattenläden am Washington Square zu gehen und zu *Strand Books*, und hinterher wollte ich auf dem Flohmarkt in der 26sten Straße für Marie ein Geschenk zu ihrem ersten Geburtstag als Tochter Abrahams kaufen. Georg wußte, warum ich nach New York gekommen war, ich hatte es ihm vorher geschrieben, aber seit ich da war, hatte er mich überhaupt nicht mehr danach gefragt. Auch an diesem Tag redeten wir nicht darüber, und erst nachdem ich ihm in dem großen internationalen Zeitungsladen auf dem Broadway, wo er den neuen *Spiegel* durchblätterte, plötzlich die Hand auf die Schulter gelegt hatte, stumm, mit vielsagendem, melodramatischen Blick in den Augen, lächelte er unsicher und sagte: »Mach dir bloß keinen Streß ...« Georg war, das hat er auch in seinem Amerikabuch geschrieben, aus München weggegangen, weil er Schluß machen wollte mit diesem kalten und tausendfach abgesicherten deutschen Vorortleben, das ihm seine energischen Professoreneltern vom allerersten Lebenstag an zugedacht hatten. Darum war er in Amerika für seine Reportagen immer nur mit lauter Verrückten unterwegs gewesen, mit schwarzen Killergangs, mit jüdischen Defense-League-Terroristen und texanischen Neonazis, darum hatte er ständig kolumbianische oder puertoricanische Freundinnen, darum hatte er es sich angewöhnt, so lässig und selbstbewußt englisch zu reden wie Larry King und Dan Rather. »Mach dir bloß keinen Streß«, sagte er jetzt aber zu mir und strich mir dabei hektisch mit der Hand über den Oberarm, so als wolle er von meiner Jacke einen Fleck wegwischen, und ich dachte, zehn Jahre New York umsonst-umsonst-umsonst. »Ach, Unsinn«, erwiderte ich grinsend, »ich muß nur ganz schnell auf die Toilette ...«

An dieser Stelle wollte ich eigentlich erzählen, wie ich später am selben Tag, nach unserer Platten- und Buchlädentour, noch vergeblich versucht hatte, für Marie auf dem Flohmarkt ein wirklich besonderes Geschenk zu finden, wie ich dort stundenlang herumlief und immer nervöser wurde und wie sich mir zum Schluß der ohnehin schon so schwere Kopf von der erfolglosen Suche und der heißen Sonne zu drehen begann. Ja, das wollte ich erzählen, weil das ziemlich gut zu Maries und meiner Geschichte gepaßt hätte, zumindest aus meiner Sicht, aber es wäre eine Lüge gewesen, und vielleicht paßt die Wahrheit ohnehin viel besser hierher, als es mir jetzt scheint. Also gut: Die Chanukkia, die ich mit Georg bei unserem Flohmarktrundgang gleich am dritten oder vierten Stand entdeckt hatte, war die schönste Chanukkia, die ich jemals in meinem Leben gesehen habe. Sie kostete nur drei Dollar, und so sah sie auch aus, und wahrscheinlich hatte sie jemand, der zu arm gewesen war, um im Laden eine zu kaufen, vor vielen Jahren für sich und seine Familie selbst gemacht: Auf einer dünnen, nicht ganz gerade zugeschnittenen Messingplatte waren in einer Reihe neun kurze Gewindehülsen aufgeschraubt, die als Kerzenhalter dienten, das Metall war an mehreren Stellen verbogen und silbergrau oxidiert, und in einigen der Hülsen steckte sogar noch altes, dunkelgelbes Wachs. Kaum hielt ich diesen kleinen, leichten, schäbigen Leuchter in den Händen, sah ich die Menschen vor mir, denen er früher gehört hatte. Sie lebten um die Jahrhundertwende in der Lower East Side – vielleicht auch in einem Henry-Roth-Roman – zu acht in einem Hinterhofzimmer, sie waren blaß, laut, unterernährt, sie stammten aus Polen oder aus Rußland, aber einige der Kinder waren bereits in Amerika geboren, und immer, wenn die Mutter an Chanukka die Lichter anzündete, sprangen sie wild schreiend um sie herum, und nur eine der Töchter, dieser kleine, fast durchsichtige blonde Engel, stand ruhig daneben und blickte selig in die brennenden Kerzen. Genauso, dachte ich, wird es später auch bei Marie und mir sein, und plötzlich fühlte ich mich das erste Mal an diesem Tag gut – alle Schwere wich von mir, sogar der Stein in meinem Bauch hatte sich in nichts aufgelöst, und ich war so stolz auf mich, daß es mir endlich gelungen war, mein jüdisches Mißtrauen gegenüber der Frau zu besiegen, die ich so liebte, daß ich den warmen New Yorker Wind, der mir den Nacken streichelte, sekundenlang für die lobende, tröstende Hand meines Vaters hielt.

Marie mochte mein Geschenk nicht wirklich – jedenfalls beachtete sie es fast nicht. Ich hatte mit der Chanukkia in der Jackentasche am Nachmittag umsonst auf sie an der Grand Central Station gewartet, ich war sogar schon lange vor der verabredeten Zeit dagewesen, weil ich in meiner Aufregung irgendwie dachte, so könnte ich sie ihr noch früher geben. Als Marie dann erst spätabends im Hotel auftauchte, verschwitzt, bleich, mit abwesendem Blick, nahm sie die Chanukkia nur kurz in die Hände, sie lächelte kraftlos und sagte danke, und kaum hatte sie sie auf den Nachttisch zurückgestellt, war sie mit den Gedanken bereits woanders. Natürlich habe ich Marie gefragt, wo sie war – sie erwiderte mit einem erschöpften Schulterzucken, alles hätte eben viel länger gedauert, die Fragen, die Mikwe und das Essen mit den Rabbinern hinterher, und ich habe ihr diesen Unsinn wahrscheinlich deshalb geglaubt, weil ich so glücklich war, daß sie es endlich geschafft hatte. Heute bin ich mir sicher, daß sie gelogen hat, sie hat sich garantiert nach dem Beth Din zuerst mit ihrem Schejgez getroffen, sie haben irgendwo in Upstate

New York zusammen gegessen und Sex gehabt, und bestimmt hat er mit ihr dann auch noch auf das große Ereignis angestoßen, dieser Schwachkopf und Kinderdieb, denn so sind sie, die Gojim, immer müssen sie auf etwas anstoßen, sogar wenn sie keinen Grund dazu haben, immer suchen sie nach einem Vorwand, Alkohol in sich hineinzuschütten. Genauso hatte er es schließlich am Tag nach Leonies Geburt gemacht, als sie noch meine Tochter war und nicht seine, er hatte sich, kaum war ich nach Hause gegangen, um mich auszuschlafen, ins Krankenhaus geschlichen, er hatte Champagner und sogar Gläser mitgebracht, und es war diese gedankenlose deutsche Oberschwester, die er eingeladen hatte, mit ihnen gemeinsam auf Leonies Geburt zu trinken, die mich am nächsten Tag fragte, wer denn nun von uns beiden der Vater sei. Eine wirklich taktvolle Frage! Ich fing sofort vor Wut an zu weinen, und weinend bin ich dann auch zu Marie ins Zimmer gestürzt. »Was bist du nur für ein Mensch!« schrie ich sie an. Sie machte »Psst!«, deutete mit dem Blick auf den Plexiglaswagen neben ihrem Bett, in dem Leonie schlief, und sagte leise: »Ein Mensch, der sich nicht entscheiden kann …« Damals wußte ich nicht, wie sie das meinte, ich verstand noch nicht, daß es ihr nicht allein um die Entscheidung zwischen zwei Männern ging, sondern viel mehr um die zwischen zwei Welten. Daß sie in der Nacht nach ihrem Übertritt so merkwürdig gewesen war, wie ich bis dahin nie erlebt hatte und später um so öfter, so verwirrt und gleichzeitig fast eisig vor Sturheit, hing wahrscheinlich also eher damit zusammen als mit dem bißchen Sex, das sie kurz vorher mit irgendeinem Fremden gehabt hatte. Aber das alles ist nun auch schon egal, es ist so egal, wie nur etwas egal sein könnte, denn seit wir den Gentest gemacht haben, hat Marie ohnehin keine Wahl mehr, sie muß jetzt mit diesem Fremden zusammenleben und mit seinem Kind, und wie ich sie kenne, wird sie sicher schon bald anfangen, darüber nachzudenken, ob sie nicht seinetwegen wieder evangelisch werden sollte.

Ich habe Leonie gar nicht gewollt. Ich habe mich, nachdem Marie mir gesagt hatte, daß sie schwanger ist, plötzlich genauso gefühlt wie ganz am Anfang, als ich alle paar Wochen vor ihr davonrennen wollte. Daß sie mir dann gleich noch im nächsten Satz gestanden hatte, es gäbe seit einer Weile jemanden andern, habe ich deshalb fast schon wieder erleichtert hingenommen. Wir saßen im *Romagna Antica,* so wie jedesmal, wenn wir etwas Ernstes besprechen wollten, ich hatte innerhalb von fünf Minuten meine Thunfischspaghetti hinuntergeschlungen, und weil Marie keinen Appetit hatte, schob sie mir ihren Teller herüber. Ich aß eine Weile, während sie mir stumm zusah, ich blickte sie zwischendrin immer wieder fragend an, und dann sagte ich: »Es ist besser, wenn du es nicht bekommst ... Ich bin mir absolut sicher.« Sie antwortete nicht, sie riß nur die Augen noch weiter auf, und es schien so, als würden sich im nächsten Moment ihre dünnen, braunen, weitgeschwungenen Augenbrauen in Vogelflügel verwandeln und davonflattern. Zum ersten Mal, seit wir uns kannten, fiel mir auf, daß die obere Hälfte ihres breiten Gesichts überhaupt nicht zu der unteren Hälfte paßte, sie hatte eine zarte, feine Nasenwurzel, schöne hohe Schläfen und kleine, aber warmherzige Augen, und ihr schweres Kinn und der leicht nach unten gebogene Mund wirkten dagegen um so unvollkommener und abweisender. Das muß ich mir für meine Motti-Geschichte merken, dachte ich, und ich sagte: »Warum schweigst du die ganze Zeit?« »Ich bin nicht so schnell wie du, ich muß eben länger nachdenken!« fuhr sie mich an. Sie klang aggressiv, sehr aggressiv sogar, so als ob sie mir das schon immer hatte sagen wollen, doch dann entschuldigte sie sich sofort wieder und nahm meine Hand. »Zwei Männer, ein Kind«, sagte ich, »wie soll das gehen?« »Warum zwei Männer?« »Triffst du dich noch mit ihm?« Sie nickte stumm. »Und wirst du jetzt aufhören damit?« »Nein, ich glaube nicht.« »Nein?« »Nein ...« Ich zog wütend meine Hand aus ihrer Hand, ich nahm die Gabel hoch, steckte sie in die Nudeln, drehte sie zwei-, dreimal herum, dann ließ ich sie fallen, und sie schlug mit einem lauten Klirren am Tellerrand auf. »Warum bist du so?« »Ich weiß nicht.« »Natürlich weißt du es nicht ... Ihr seid eben alle so. Ihr denkt immer nur an jetzt, an heute, an das, was ihr gerade wollt.« Sie versuchte wieder, meine Hand zu nehmen, aber ich zog sie weg. »Und wenn ich dich verlasse? Wenn ich dich auf der Stelle verlasse?!« »Das würde nichts ändern«, antwortete sie leise, und ihre Augenbrauen begannen fast unsichtbar zu zittern. Jetzt, dachte ich, jetzt werden sie wirklich gleich wegfliegen. Statt dessen fing sie an zu weinen, aber eigentlich weinte sie gar nicht richtig, sie preßte nur drei, vier große, schwere Tränen aus den Augenwinkeln, die wie in Zeitlupe an ihren breiten Wangen herabliefen. »Ich kann nicht anders«, sagte sie, »es tut mir leid ...« »Und wenn es gar nicht von mir ist?« »Es ist von dir, das weiß ich«, erwiderte sie mit ruhiger, unbewegter Stimme, und ich erinnere mich nun plötzlich genau, daß ihr blasses Gesicht gleichzeitig für den Bruchteil einer Sekunde fast unsichtbar rot aufflackerte, aber vielleicht täusche ich mich auch.

Will jemand wissen, was Leonie für ein Kind gewesen ist? Sie war ein sehr schönes, ein besonderes Kind, sie hatte meinen großen, gekräuselten Mund, sie hatte mein ernstes Lächeln, und sie runzelte im Schlaf genauso wie ich die Stirn. Am meisten erkannte ich mich in ihr an der Art wieder, wie sie ständig – nahezu hypnotisiert vor Neugier – alles um sich herum beobachtete: Die Rasseln und Puppen, die neben ihr auf der Wickelkommode lagen, Marie, während sie für sie die Flasche machte, den Himmel und die Hausdächer über ihrem Kinderwagen bei unseren täglichen Spaziergängen. Sie war gleich nach ihrer Geburt so gewesen, als die Hebamme sie von Maries Bauch hochhob und zur Waage herübertrug, sie konnte da noch gar nicht richtig sehen, aber sie suchte bereits mit ihren blinden schwarzen Welpenaugen den Raum fieberhaft nach irgendwas ab, und gleichzeitig bildeten sich dabei über ihrer Nase zwei lange, nachdenkliche Falten. Ich kann das, was ich damit sagen will, natürlich auch ganz anders ausdrücken: Leonie war einfach nicht so apathisch und stumpf wie die deutschen Kinder, die ich kenne, sie ist es nie gewesen, als Baby nicht und auch nicht später. Sie sah jeden, der sich ihr nähern wollte, mit einem offenen, aufmerksamen Blick an, statt ständig nur leer und panisch in sich hineinzustieren, wie es die Kinder hier meistens in solchen Situationen tun. Sie sagte Hallo, wenn jemand zu ihr Hallo sagte, sie antwortete auf jede Frage, und wem sie widersprach, dem kam sie schon als Winzling mit Argumenten, gegen die sogar der Rambam machtlos gewesen wäre. Sie lachte ausgelassen und wild, machte man einen Witz, den sie verstand, verstand sie ihn nicht, fragte sie selbstbewußt nach, ohne dabei diesen unverschämten Kinderladentonfall anzuschlagen, der in Deutschland als Zeichen kindlichen Freiheitsgeistes gilt. Und wann immer sie einem Gegenstand in die Hände bekam, den sie nicht kannte, untersuchte sie den, so neugierig sie auch war, vorsichtig und mit großer Geduld, und ich habe es nicht einmal erlebt, daß sie etwas kaputtgemacht hätte, ich meine, mit Absicht, mit Genuß, begleitet von diesem idiotischen kriegerischen Gejohle, wie ich es von den kleinen deutschen Affen kenne, die ich früher immer auf dem Spielplatz bei ihren Gewaltausbrüchen beobachtet habe – sie konnten, brüllend vor Glück, endlos auf einem kaputten Ball herumtrampeln oder einen abgebrochenen Ast gegen das Rutschengeländer schlagen, und am seligsten, verzücktesten kamen sie mir vor, wenn sie zu mehreren eine halbe Ewigkeit lang ein anderes, einzelnes Kind beschimpften, ohne Idee, ohne Tam, stets mit denselben zwei, drei rüden, dummen, verletzenden Worten. Nein, so war Leonie wirklich nicht, sie war alles andere als das. Sie war eben genauso, wie ich sie mir schon vorgestellt hatte, bevor sie geboren war, sie war eine von uns und nicht eine von denen, und als sie dann auf die Welt kam, hatte ich das Gefühl, sie wäre bereits immer da gewesen. Nun aber ist sie wieder fort, es gibt sie nicht mehr, sie hat aufgehört zu existieren, sie ist verschwunden, vergangen, sie ist wie ausgelöscht, darum rede ich von ihr seit Jahren nur in der Vergangenheitsform, und daß sie noch lebt, sogar irgendwo in meiner Nähe in dieser Stadt, ist mir völlig egal, es ist mir so egal wie der Dreck, den ich gestern abend von meinen Händen gespült habe, für mich ist sie tot – ja, tot! –, denn sie wird nie mehr meine fröhliche, neugierige Prinzessin sein, sie ist jetzt das ungeschlachte, stumme, in sich gekehrte Kind dieses unverschämten gojischen Säufers und seiner naiven, verwirrten Schickse, die tatsächlich geglaubt hat, es würde schon reichen, die Feiertage und ein paar Brachas auswendig zu lernen, damit sie Jüdin wird ... Ach, Marie, warum mußtest du sie damals nur bekommen? Warum mußtest du mir ein Kind schenken, das ich nicht wollte, und warum nahmst du es dann wieder fort von mir?

Vielleicht wäre heute alles anders, hätten wir den Mut gehabt, wegzugehen. Solange wir dachten, wir gehörten für immer zusammen, hatten Marie und ich es vor, zumindest redeten wir manchmal darüber, wie es wäre, wenn wir Deutschland verlassen würden. Ich hatte alle paar Monate eine neue Idee, wohin wir umziehen könnten, und wenn ich jetzt »wir« sage, ist das nicht ganz ehrlich von mir, denn bei jedem Ort, den ich mir in der Phantasie als meine neue Heimat ausmalte, dachte ich nur an mich, ich dachte daran, wie ich mich dort fühlen würde und ob ich dort schreiben könnte, Maries eigene Wünsche und Zukunftsaussichten kamen mir dabei aber nie in den Sinn. Sie dagegen dachte, glaube ich, mehr an mich, sie hatte einmal sogar zu mir gesagt, daß meine ewige schlechte Laune und meine unerträglichen Arbeitsneurosen viel mehr mit Deutschland zu tun hätten, als ich glaubte. Und während ich mich noch über ihre ungewohnte Offenheit wunderte, fügte sie leise hinzu, allein darum würde sie sofort mit mir weggehen. »Du bist ganz anders, wenn wir im Ausland sind«, sagte sie, ohne mich anzusehen, »du lächelst dann mit den Augen.« »Mit den Augen?« »Ja, mit den Augen. In Deutschland kneifst du sie ständig zusammen, wie ein verängstigtes, böses Tier, das gleich jemanden anspringen wird, und deine Hände liegen oft so da wie Krallen, mit diesen gespreizten, angespannten, krummen Fingern ...« »Ach, komm ...« »Entschuldige, ich wollte dir nicht zu nahe treten.« »Aber wieso denn?« »Es tut mir leid, wirklich ...«

Marie hatte natürlich recht, und sie sagte mir nichts Neues. Ich wußte selbst, was mit mir los war, ich wußte es zwar noch nicht lange, aber es war mir im Laufe der letzten Jahre dafür um so klarer geworden, besonders, nachdem so viele von uns Alijah gemacht hatten. Israel war eine Zeitlang eine richtige Mode gewesen, es gingen wirklich fast alle weg, so daß ich irgendwann dachte, ich wäre nun ganz allein in Deutschland zurückgeblieben. Wann immer mich dann einer von meinen Freunden und Bekannten von dort anrief, um mir zu erzählen, wie glücklich er sei, diesen deutschen Krampf endlich hinter sich gelassen zu haben, und mit welcher Leichtigkeit er inzwischen das Leben lebe, die Liebe liebe und alle seine Probleme löse, erwiderte ich lachend, er würde schneller zurückkommen, als der Chamsin von Kairo nach Tel Aviv braucht. Insgeheim dachte ich aber, daß es langsam auch für mich an der Zeit war, zu verschwinden, und ich fühlte mich dabei jedesmal wie dieser kleine Junge, der sich im Wald verläuft, von dem mir mein Vater vor dem Einschlafen früher oft erzählt hatte: Tage- und wochenlang irrt er umher, und weil er aus dem Wald nicht herausfindet, verwandelt er sich am Ende selbst in einen großen, alten Baum mit grauer, zerfurchter, moosbewachsener Rinde.

Warum sollte ich lügen? Es hat an mir gelegen, daß Marie und ich nie aus Deutschland weggegangen sind, obwohl ich natürlich nicht weiß, wie sie sich im Ernstfall verhalten hätte, ich war es, der jedesmal, kaum begannen wir konkreter über dieses Thema zu sprechen, panisch erklärte, das alles hätte sowieso keinen Sinn, weil ich im Ausland nicht schreiben könnte. Ich hatte eine ganze Theorie entwickelt, die beweisen sollte, daß ich außerhalb Deutschlands kein vernünftiges Wort mehr aufs Papier bringen würde, weil Deutsch für mich nie zur echten Muttersprache geworden war, was wiederum, wie ich glaubte, damit zusammenhing, daß ich Deutschland haßte. Die Theorie war ziemlich chaotisch und widersprüchlich, und ab und zu wünschte ich mir, Marie würde einmal zu mir sagen, ich solle, statt lange herumzureden, einfach zugeben, daß ich die Hosen voll hätte vor der großen Entscheidung. Leider war sie nur sehr selten so direkt mit mir, ihre Worte kamen mir oft vor wie die Zeichen auf einem Palimpsest, unter denen sich ganz andere Zeichen verbergen, und wenn ich ihre verklemmte deutsche Art nicht mehr aushielt und sie wütend anfuhr, daß ich gern wüßte, was sie wirklich dachte, tat sie, als hätte sie nichts gehört. Sie mochte es nicht, wenn ich so war, aber auch das hätte sie nie offen gesagt, ich merkte es nur daran, wie sie mich hinterher ansah, wie sie mir in die Augen schaute, zugleich jedoch fast unmerklich an ihnen vorbeistierte und ihren Blick irgendwo weit hinter mir im Nichts versenkte. »Hallo, Marie! Marie! Bist du noch da?!« schrie ich sie dann oft noch wütender an. »Was?« »Hast du mir überhaupt zugehört?« »Wann denn?« Sie versuchte, ihrer Stimme diesen zarten, verbindlichen Klang zu geben, von dem sie wußte, daß ich ihn mochte, aber weil sie sich verstellte, hallte alles, was sie nun sagte, in meinen Ohren so kalt und fern wider, als stünde sie weit weg von mir am anderen Ende einer großen Schlucht. »Jetzt! Gerade! Eben! Vorhin!« skandierte ich höhnisch. »Ja, natürlich ...« »Und was habe ich gesagt?« »Daß du woanders nicht schreiben kannst ... Daß du« – sie sprach so mechanisch wie eine Studentin, die dem ungeduldigen Professor eine auswendiggelernte Antwort gibt – »daß du auch lieber in New York, in Paris oder in Tel Aviv wärst, aber daß es wegen deiner Arbeit einfach nicht geht ...« Als sie verstummte, lächelte ich schief, ich hatte ein so schlechtes Gewissen wie lange nicht mehr, und dann versuchte ich, mit den Augen ihren irrlichternden Blick einzufangen, doch es funktionierte nicht. »Wirklich, ich würde sofort mit dir kommen«, wiederholte sie erneut mit dieser fernen Echostimme.

Von allen Ländern und Städten, die ich bei der Suche nach einer neuen Heimat immer wieder auf meiner inneren Karte bereiste, liebte und fürchtete ich Israel am meisten. Als Teenager und Student bin ich fast jeden Sommer dort gewesen, es war für mich die beste Zeit des Jahres, und jedesmal, wenn ich wegfuhr, dachte ich, so müßte es ein Leben lang sein. Alles war anders in Israel als bei uns, die Luft roch anders, das Essen schmeckte anders, die Häuser hatten andere Fassaden, die Menschen redeten anders miteinander – sogar die Lichtschalter und Cornflakesschachteln sahen anders aus, und ich liebte sie dafür. Am besten gefiel mir, daß man, auch das war ganz anders als in Deutschland, überall Soldaten sah. Sie standen in ihren zerknitterten, staubigen Uniformen an Bushaltestellen und Autobahnabfahrten, sie saßen in Cafés, sie spazierten barfuß über den Strand, sie drängelten sich an Kinokassen und Falafelständen. Sie wirkten meistens sehr müde, aber sie lachten trotzdem viel, sie lachten ohne Scheu oder Hintergedanken, und in ihren jungen, unruhigen Gesichtern war ein Ernst, um den ich, der Gleichaltrige, sie wie um die kostbarste Sache der Welt beneidete. Damals wollte ich so sein wie sie, ich stellte mir oft vor, wie es wäre, wenn ich eines Tages die gleiche zerknitterte, dunkelgrüne Uniform mit der gelben Zahal-Aufschrift tragen und Woche für Woche quer durchs Land trampen würde, ich dachte an das abgegriffene und glänzende Gewehr, das dabei über meiner Schulter hinge, und an die Wasserflasche an meinem Gürtel. Es dauerte noch sehr viele Jahre, bis ich anfing, wirklich darüber nachzudenken, was es bedeutete, Soldat zu sein und in einem Land zu leben, in dem ständig Krieg war, und richtig klar wurde es mir erst, nachdem ich irgendwann im *Jerusalem Report* diese lange, genaue, emotionslose Reportage über die Verrückten und Verstümmelten von Tel Haschomer gelesen hatte. Vor allem einer von ihnen ging mir seitdem nicht mehr aus dem Kopf, dieser wütende junge Mann mit den feuerroten Kinderwangen und dem großen, schwarzen Cholerikermund, der als Panzerkommandant 1973 auf dem Golan hilflos mitansehen mußte, wie fast alle seine Leute in ihren Tanks verbrannten. Er hatte die Sache zunächst einigermaßen gut überstanden, er fing, nachdem er nach neun endlosen Monaten aus syrischer Kriegsgefangenschaft entlassen worden war, ein völlig normales Leben an, er heiratete, er bekam zwei Kinder, er wurde Flugzeugingenieur in Herzliya. Doch dann, genau zehn Jahre später, kam die Erinnerung zurück, sie kam mit einer solchen Wucht zurück, daß ihm davon der ganze Körper weh tat, es war, als würde seine Haut brennen, Tag und Nacht, Nacht und Tag, die Schmerzen waren so unerträglich, daß er ständig das Gefühl hatte, vor ihnen weglaufen zu müssen, oder mehr noch vor sich selbst, und wahrscheinlich ging er deshalb eines Tages einfach nicht mehr zur Arbeit und verließ seine Familie. Zur Ruhe kam er erst in Tel Haschomer, wo sie ihm beibrachten, ohne Hoffnung zu leben, denn nur so, sagte seine Ärztin dem Reporter, könne man nie wieder enttäuscht werden. Die Ärztin, es gab auch ein Foto von ihr, sah übrigens selbst nicht besonders hoffnungsvoll aus, sie hatte wie alle älteren Israelinnen der Pioniergeneration kurze, graue, strohige Haare, ihre Augen waren zwei einzige böse Schlitze, und die trockenen Mundwinkel zeigten nervös nach oben ... Ich war eine Zeitlang regelrecht süchtig nach solchen Geschichten wie der des ewig brennenden Panzerkommandanten von Tel Haschomer, sie machten mir Angst, Angst vor Israel, vor dem Leben dort, vor dem Krieg, aber gleichzeitig beflügelten sie meine Phantasie und kitzelten meinen Bauch, und wenn ich ehrlich bin, kann ich bis heute von ihnen nicht genug kriegen: Wann immer ich den Roman eines israelischen Schriftstellers in die Hände bekomme, blättere ich ihn zuerst ganz schnell durch auf der Suche nach irgendwelchen kaputten Soldatenschicksalen und aberwitzigen Kriegsszenen, so wie einer, den bei Büchern nur die Sexstellen interessieren. Ich gehe in jeden, wirklich jeden israelischen Film, der im Filmmuseum gezeigt wird oder während der Jüdischen Kulturtage im Gasteig läuft, in der Hoffnung, die Zahal-Soldaten dann mehr oder weniger live dabei zu erleben, wie sie sterben und töten, wie sie gut sind und böse. Und natürlich frage ich, wenn ich in Israel bin, alle Leute nach ihrer Zeit beim Militär aus, ich will wissen, bei welcher Einheit sie waren, ich erkundige mich nach den genauen Bezeichnungen ihrer Waffen und Fahrzeuge und Dienstgrade, doch neugierig bin ich vor allem auf das, was sie im Krieg getan und erlebt haben. Obwohl sie zuerst immer sehr überrascht, fast schockiert sind von meinen Fragen, fangen sie früher oder später trotzdem alle an zu erzählen, und ich merke an ihrer freundlichen, zögerlichen Art zu sprechen, wie gut es ihnen tut und wie sehr sie sich zugleich dafür schämen. Ich habe, wenn man so will, auf diese Weise inzwischen eine richtige Sammlung von israelischen Kriegsgeschichten zusammenbekommen, es sind so viele, daß ich gar nicht mehr weiß, ob ich sie aus dem Kino oder aus Büchern habe, ob sie wirklich passiert sind oder ob ich das nur glaube, und jedesmal, wenn ich mich wieder nach einem vollkommen anderen Leben sehne, weil mir das Leben hier als zu nichtig, zu fremd, zu leidenschaftslos erscheint, hole ich eine von ihnen aus meiner Erinnerung hervor und wärme ein wenig mein kaltes deutsches Herz an ihr. Eine meiner Lieblingsgeschichten ist die von dem polnischen Holocaustüberlebenden, der 1948 mit seiner Palmach-Einheit bei Nahariya in einen arabischen Hinterhalt gerät, und weil er und seine Leute keine Munition haben, stellen sie sich tot. Aber das nützt ihnen auch nicht viel, denn die Araber fangen vor Langeweile an, auf die leblos herumliegenden Körper zu schießen, sie schießen die Scheintoten wirklich tot, alle, bis auf den Mann aus Polen, der sowieso schon mehr als ein Wunder in seinem Leben erlebt hat. Nach zwei Stunden Ballerei und Gejohle haben die Araber genug, und da endlich springt er auf und läuft weg, und sie richten vor Schreck nicht einmal die Gewehre auf ihn. Eine andere Geschichte, an die ich oft denken muß, ist die von dem großen blonden Sabre, der im Sechstagekrieg einen syrischen Offizier gefangen nimmt, der genauso blond und groß ist wie er und sich als Deutscher und früherer SS-Mann entpuppt. Als der Deutsche in seiner Todesangst anfängt, den stolzen, selbstbewußten Israeli als feigen Untermenschen und ehrlosen Drecksjuden zu beschimpfen, lächelt der zunächst immer nur überlegen vor sich hin, aber plötzlich verschwimmt sein Lächeln, er kneift die Augen zusammen und ballt die Hände zu Fäusten, und dann reißt er dem Nazi die Augenbinde vom Gesicht, er schneidet ihm die Fuß- und Handfesseln durch und läßt ihn – gedemütigt, deprimiert – wieder laufen. Fast noch schöner, noch trauriger ist die Geschichte, in der neben ein paar unrasierten, abgerissenen, gelangweilten israelischen Soldaten, die auf einem halbvergessenen Posten irgendwo mitten im Sinai Wache schieben müssen, zwei ägyptische Deserteure die Hauptrolle spielen. Sie irren und wanken tagelang ohne

Wasser durch die Wüste, völlig betrunken von dem Whisky, den sie aus einem UN-Jeep geklaut haben, und als sie merken, daß die Israelis nur aus Spaß ein paar MG-Salven neben sie in den Sand gejagt haben, bitten sie ihre Erzfeinde um Wasser, aber das wollen die ihnen, auch aus Spaß, nicht geben, und erst nachdem einer der beiden Ägypter, der Schauspieler ist, den Israelis in schlechtem, kehligen, herzzerreißenden Englisch Shylocks Monolog entgegenschmettert, bekommen sie endlich etwas zu trinken. Die ergreifendste von allen israelischen Kriegsgeschichten, die ich kenne, ist aber die von den beiden Jugendfreuden, die schon zusammen im Kindergarten waren und in der Schule, die sich wie Brüder liebten und deshalb auch in der Armee bei derselben Einheit dienten. Doch dann, im Juni 1982, während des Libanonkrieges, passiert etwas Schreckliches mit ihnen in einem Dorf in der Nähe von Sidon – sie verlieren vollkommen die Kontrolle über sich, als ein palästinensischer Junge versucht, sich mit ihnen auf dem Dach eines verlassenen Wohnhauses in die Luft zu sprengen. Zuerst verprügeln sie ihn, sie verprügeln ihn so, daß er kurz darauf ein blutiger, winselnder Klumpen Fleisch ist, und dann spielen sie, wie die Primitivsten der Primitiven, auch noch das Itzik-Spiel mit ihm, doch bevor sich der erste Schuß aus ihren Galils lösen kann, stürzt sich der Junge mit dem Schrei »Fickt euch, ihr jüdischen Homos, ich sterbe, wann ich will!« von dem Dach, und das, was sie hinterher – rasend, schreiend, spuckend vor Lust und Wut – mit seinem Leichnam machen, bedeutet das Ende ihrer Freundschaft. Sie sehen sich danach nie wieder in die Augen, sie wechseln kein einziges Wort mehr, sie wollen einander vergessen, so wie das, was sie gemeinsam getan haben, und während der eine für immer das Land verläßt und bis ans Ende seiner Tage wie ein Gespenst durchs Leben wandelt, versucht der andere zunächst ganz normal weiterzumachen, aber es geht nicht. Es ist alles immer noch da, die blitzende Axt, derhin und her fliegende Schädel, ihre heiseren, jubelnden Torschreie, und darum springt er, als er dann wieder einmal Reservedienst im Südlibanon hat, bei einer nächtlichen Sternaktion einfach hoch, er läßt die Hände seiner Kameraden los und wirft die gepanzerte Weste zur Seite. Und während die Kugeln der Hisbollah seinen Hals, seine Wangen, seine Augen durchbohren, denkt er glücklich, jetzt gebe ich ihnen das zurück, was wir ihnen genommen haben, und ein kleiner, weißer, silberner Schatten fährt aus seinem Körper, er steigt, geleitet von Tausenden von Serafim und Cherubim, direkt zu den himmlischen Hallen auf, und ich folge ihm …

Seit ich weiß, daß ich Deutschland schon bald endgültig verlassen werde, träume ich nur noch selten vom Krieg und von Israel. Ich habe auch sonst damit aufgehört, so wie früher ständig im Kopf durch die Welt zu jagen, auf der Suche nach einem anderen, nach einem echten Zuhause, denn ich brauche alle meine Gedanken jetzt hier – ich brauche sie für dieses Buch, das ich vor meiner Abreise unbedingt beenden muß, ich brauche sie, damit ich von Deutschland anständig Abschied nehmen kann. Was den Abschied angeht, habe ich das Schlimmste bereits hinter mir, ich habe die Sache mit Leonie sofort erledigt, ohne zu zögern, und das war nur gut, denn so muß ich sie nicht noch einmal sehen. Eigentlich wollte ich mich zuerst davor drücken, ich hatte, als Marie mich weinend vom Labor aus anrief, um mir zu sagen, daß sie gleich nach Hause kämen und wir über alles reden müßten, sofort verstanden, was los war, und obwohl ich ihr am Telefon versprochen hatte, daß ich auf sie und Leonie natürlich warten würde, fing ich in Gedanken längst an zu packen, ich überlegte wie in Trance, welche von meinen Büchern ich auf die Schnelle mitnehmen würde, welche Hemden, welche Manuskripte. Ich bin dann trotzdem geblieben, denn ich wollte Leonie wenigstens einen letzten Kuß geben, ich wollte sie so küssen, wie man jemanden küßt, der gestorben ist, mit kalten, blutleeren, unbewegten Lippen. Während ich wartete, passierte etwas Sonderbares mit mir, ich begann das erste Mal in meinem Leben zu beten. Es war ein sehr langes, wirres, furchtsames Gebet, das ich sprach, und es hat, wie ich kurz darauf sehen sollte, natürlich überhaupt nichts genützt. Als eine halbe Stunde später die Wohnungstür aufging, saß ich immer noch in dem alten, wackligen Ledersessel im Flur, in dem ich meistens telefonierte, ich hielt auch immer noch den Hörer in der schwitzenden Hand, mit der anderen Hand krallte ich mich in der Sessellehne fest, und ich spürte förmlich die beiden tiefen, bösen, häßlichen Falten, die wie zwei Sensenblätter meine Stirn durchschnitten. Ich muß, grimmig und leblos wie ich dasaß, wie ein Geist ausgesehen haben, denn kaum hatte Leonie mich erblickt, zuckte sie erschrocken zusammen, sie zuckte in einer einzigen heftigen Bewegung mit dem Kopf, mit den Ärmchen, mit dem ganzen Oberkörper, und dann mußte sie weinen. Sie schrie und jammerte so verzweifelt, daß Marie, die mich noch gar nicht begrüßt hatte, sie sofort mit einem wilden, wütenden Ruck aus dem Buggy riß, und weil Leonie daraufhin nur um so lauter brüllte, fuhr sie sie derartig kalt und feindselig an, wie ich sie vorher nie mit ihr sprechen gehört hatte, zumindest nicht in meiner Gegenwart. »Nun ist aber genug, mein Fräulein!« sagte sie, und das klang wie: »Halt's Maul! Sei still! Du nervst! Und überhaupt: Ich will jetzt endlich wieder mein eigenes Leben leben!« Leonie verstummte sofort, sie schluchzte noch zwei-, dreimal leise vor sich hin und sah ihre Mutter dabei aus ihren roten, mit Tränen überfüllten Äuglein ganz ängstlich und unglücklich an, wie ein Mensch, dem gerade die größte Ungerechtigkeit seines Lebens widerfahren ist, und schließlich sank ihr Kopf langsam und leblos auf Maries Schulter. »Sie kommt sofort ins Bett«, sagte Marie, ohne mich anzusehen, aber dann drehte sie sich im Weggehen kurz zu mir um, und ihre Augen waren genauso wund und verheult wie die von Leonie. Ich blickte ihr mit offenem Mund hinterher, als wollte ich noch etwas sagen, und nachdem sie mit Leonie am Ende des Flurs verschwunden war, erhob ich mich aus dem Sessel, ich hievte meinen verspannten Körper so mühsam hoch, als wäre er gar nicht mein eigener, doch kaum stand ich, wußte ich nicht, was ich als nächstes tun sollte und setzte mich wieder hin. So saß ich da, bis Marie wiederkam, und als sie sagte, Leonie sei sofort eingeschlafen, erwiderte ich mit kraftloser, mechanischer Stimme: »Als wäre sie hingefallen, stimmt's?« »Was?« »Naja, wenn sie sich wehtut, schläft sie doch hinterher auch immer gleich ein.« »Ja«, sagte Marie fast unhörbar, »ja, genau ...« Sie hatte sich neben mich auf die Sessellehne gesetzt, die unter ihrem großen Gewicht mit einem leisen Knarren leicht nachgab, sie berührte mit der Hüfte meine Schulter, und obwohl mir das unangenehm war, wagte ich nicht, die Schulter wegzuziehen. Ich bewegte mich auch dann nicht von der Stelle, als sie nun anfing, mir atemlos zu erzählen, was passiert war, und erst nachdem sie zu Ende gesprochen hatte, zog ich so langsam und unauffällig wie möglich meinen Oberkörper zurück, und ich spürte, wie sich dabei die Muskeln in meinem Bauch und Rücken noch mehr verspannten. »Hätte ich den Test lieber nicht machen sollen?« sagte Marie auf einmal vollkommen naiv und arglos, als hätte sie mit all dem eigentlich gar nichts zu tun. Sie schlug diesen wehleidigen Kleinmädchenton an, den ich bei ihr inzwischen so haßte. Natürlich hättest du den Test nicht machen sollen, du selbstsüchtiges, kaltes deutsches Monster, dachte ich, aber ich sagte: »Mach dir keine Sorgen, es war schon richtig. Du wärst sonst auf Dauer verrückt geworden mit deinen Zweifeln.« Sie seufzte. »Ja, das stimmt.« »Aber eins verstehe ich trotzdem nicht«, sagte ich, »warum hast du mir nichts davon erzählt?« »Ich wollte dich nicht beunruhigen.« »Heißt das, sie haben für die Untersuchung sein Blut genommen?« »Ja … Und das von Leonie und von mir.« »Weiß er es schon?« sagte ich, obwohl ich es nicht wissen wollte, und als sie nach einer kurzen Pause erwiderte, sie hätte ihn ebenfalls noch vom Labor aus angerufen, schoß ein harter, heißer Blutschwall in meinen Kopf, und da nun sowieso alles egal war, fragte ich sie: »Und freut er sich, daß er so plötzlich Vater geworden ist?« »Ja, sehr!« entfuhr es Marie, doch dann sagte sie leise: »Entschuldige …« Ich nickte, und sie sah mich stumm von der Seite an. »Ich werde jetzt gehen«, sagte ich. Ich quälte mich erneut aus dem Sessel hoch und wandte mich, so wie ich war – im T-Shirt, in den Hausschuhen – zur Wohnungstür, aber nach ein paar Schritten drehte ich um und ging in Leonies Zimmer. Sie lag in ihrem Bettchen auf dem Rücken und schlief gar nicht. Ihre Arme und Beine, die sonst ständig in Bewegung waren, hingen an ihrem kleinen Körper so schlaff und kraftlos herab wie welke Blumen über dem Rand einer Vase, und ihr Blick war matt und in sich gekehrt. »Zuckerinchen«, sagte ich unsicher. »Kätzchen. Bubele …« Ich hörte meine eigene Stimme, sie hallte aus weiter Ferne zu mir herüber, als wäre sie die eines Fremden, und weil Leonie nicht reagierte und statt dessen wie eine Blinde durch mich hindurchsah, verstummte ich gleich wieder. Ich fing an zu weinen, ohne Vorwarnung, von einer Sekunde auf die nächste, und ich weinte so schön wie nie zuvor in meinem Leben. Plötzlich war ich völlig allein auf der Welt, allein mit allem Unglück und Schmerz, und ich liebte mich dafür wie keinen andern. Ein Kissen, dachte ich, nachdem ich zu Ende geweint und mir das Gesicht abgewischt hatte, ich wußte selbst nicht, woher ich dieses Wort auf einmal hatte. Ein-Kissen-ein-Kissen-ein-Kissen. Ein Kissen ist genauso groß wie sie, man müßte es einfach nur auf sie legen, ganz leicht und sanft, man bräuchte gar nicht viel Kraft dafür, um es herunterzudrücken, ihre Ärmchen und Beinchen würden dadurch sofort wieder in Schwung kommen, sie würde eine Weile so wild und fröhlich zappeln wie nie, und das wäre es auch schon, für mich und für sie, und Maries Goj hätte sein Kind ebenso schnell verloren, wie er es bekommen hatte … Ich breitete die Arme aus, ich stellte mir vor, wie ich das Kissen in den Händen hielt, ein riesiges, weißes, flauschiges Kissen, und dann beugte ich mich zu Leonie herunter und gab ihr einen flüchtigen Kuß auf ihre kalte Stirn. Ich küßte auch ihre Augen und ihren Mund, und weil sie sich noch immer nicht rührte, kniff ich sie in die Wange, aber sie reagierte trotzdem nicht. »Auf Wiedersehen, Zuckerinchen«, sagte ich leise, »es ist vorbei.«

Wissen Sie, woran ich plötzlich denken muß? An Mottis Eltern – und daran, daß auch sie ihr Kind verloren haben, wenn man so will, jedenfalls haben sie Motti nie wieder wirklich zurückbekommen. Als ich das letzte Mal mit Marie in Israel war, haben wir uns mit ihnen getroffen, weil Motti uns darum gebeten hatte, und sie kamen mir – jetzt erst wird es mir klar – genauso abwesend und betäubt vor, wie ich selbst es seit meinem Abschied von Leonie bin. Das war natürlich vor New York gewesen, als ich noch dachte, Marie und ich würden ewig zusammenbleiben, und wahrscheinlich dachte ich es nur, weil sie es damals auch noch gedacht hat – ganz bestimmt sogar. Wie auch immer, wir hatten uns mit den Winds an einem Freitagnachmittag im *Cassit* verabredet, in dem dunklen, schattigen Teil der Dizengoff, zwischen den beiden *Steimatzky*-Filialen, in denen ich immer abwechselnd meine deutschen Zeitungen kaufte, und weil wir vorher am Strand gewesen waren, kamen wir in Sandalen und Shorts. Mottis Eltern dagegen hatten sich trotz der Augusthitze wie für einen Abendempfang angezogen: Der Vater, ein schöner kleiner Mann, dessen feines, altersloses, feminines Gigologesicht wie geschminkt aussah, trug einen hellbraunen Anzug mit einem breiten Vierziger-Jahre-Revers und einer kurzen weißen Krawatte über einem beigen Acrylhemd. Die Mutter, deren Sachen garantiert auch nicht aus diesem Jahrzehnt stammten, erschien in einem langen schwarzen Kleid und mit einer aufwendigen Turmfrisur. Obwohl sie ein müdes, freundliches Lächeln hatte und einen warmen Blick in den fast asiatisch schmalen Katzenaugen, wirkte sie auf mich vom ersten Moment an wie ein Mensch, der sich immer nur verstellt und ständig aufpassen muß, daß er nicht die Kontrolle über sich verliert. Als sie mir dann die Hand gab und so fest zudrückte, daß ihre langen Fingernägel sich fast schmerzhaft in meinen Handrücken bohrten, wußte ich, daß ich recht hatte. Die beiden hatten, bevor sie uns erkannten, ihre Freunde am Nebentisch begrüßt – es war eine Runde von zehn, zwölf Leuten in ihrem Alter, die alle genauso altmodisch und feierlich und auch ein wenig ärmlich angezogen waren wie sie und mir bereits vorher aufgefallen waren, weil sie mit ihrem Gelächter und Geschrei das ganze Lokal in Beschlag genommen hatten. Ich hielt sie, obwohl ich kein Wort von dem verstand, was sie redeten, für die Mitglieder der lokalen Theaterboheme, für längst bedeutungslos gewordene Schauspieler, Kritiker, Regisseure, die sich seit einem halben Jahrhundert jeden Freitag im *Cassit* trafen und inzwischen nur noch hier ihren großen Auftritt hatten. Als wir später mit Mottis Eltern zusammensaßen, hätte ich sie gern gefragt, ob ich mit meiner Vermutung richtig lag, aber es ergab sich nie die Gelegenheit, weil wir zuerst lange über ihren Sohn redeten – und dann kam mir der falsche Bombenalarm dazwischen. Ich wollte ihnen gerade – um sie zu trösten – erklären, wie schwer es ist, aus Deutschland wegzugehen, vor allem, wenn man es unbedingt will, als draußen die Sirenen von mehreren Polizei- und Notarztwagen gleichzeitig losheulten. Jede von ihnen hatte eine andere Tonlage und Melodie, sie machten zusammen einen solchen Krach, als wäre das Ende der Welt gekommen, und am schlimmsten war das hektische, alles übertönende Knattern, von dem die jaulenden Sirenenkaskaden immer wieder unterbrochen wurden. Ich verstummte mitten im Satz und sah durch die hohen, schmutzigen Restaurantfenster auf die Straße hinaus, die mit einem Mal vollkommen leer und entvölkert dalag: Eine Sekunde lang passierte gar nichts, dann tauchte an der Ecke Dizengoff und Frischmann ein Polizist in einer schweren schwarzen Panzerweste auf. Er trug mit spitzen Fingern eine kleine grüne Reisetasche vor sich her, die er auf der Mitte der Fahrbahn abstellte, er bückte sich, machte sich kurz an ihr zu schaffen und ging schnell wieder weg. Wenig später gab es einen leisen, dumpfen Explosionsknall, aus der zerfetzten Tasche stieg ein kleines graues Wölkchen auf, und noch bevor ich richtig verstanden hatte, was passiert war, rollte der Verkehr wieder, und die Passanten strömten zurück auf die Bürgersteige. Ich war – neben Marie – so ungefähr der einzige gewesen, der in diesem Moment vor Angst und Erstaunen den Atem angehalten hatte, alle anderen im Lokal unterhielten sich normal weiter, vor allem die aufgedrehten Freunde von Mottis Eltern, und obwohl ich es natürlich in Wahrheit nie getan hätte, hatte ich kurz überlegt, zu ihnen hinüberzugehen und ihnen zu sagen, daß es gut wäre, wenn sie für ein paar Minuten ihre Witze etwas leiser reißen könnten, weil sie mich mit ihrem Gebrüll nervös machten. Nervös war ich nämlich auch so schon genug. Ich war nervös, weil ich seit einem Jahr nichts anderes tat, als die Fahnen von meinem idiotischen Prag-Roman komplett umzuschreiben, ich war nervös, weil zwei Wochen vor unserer Israelreise *Tempo* pleite gegangen war und ich plötzlich keine Arbeit mehr hatte, ganz besonders aber war ich nervös, weil diese Ferien bisher keine Ferien gewesen waren, sondern ein einziger Kampf gegen den ewigen Lärm, der zu Israel offenbar genauso gehörte wie der ewige Krieg und die ewigen Anschläge – ja, dieser ohrenbetäubende, unkontrollierte Lärm von Klimaanlagen, Bussen, Fernsehern, Streitereien, Kinderspielplätzen, der mich nicht schlafen, nicht denken, nicht entspannen ließ, der sich unentwegt in mein Bewußtsein hineindrängte wie ein böser, feindlicher Geist ... Ich war inzwischen so in Gedanken vertieft, daß ich gar nicht mehr darauf achtete, was an unserem Tisch gesprochen wurde, ich registrierte nur, daß Mottis Mutter, die bis dahin geschwiegen hatte, mit leiser, zitternder Stimme auf Marie einredete, und plötzlich standen wir alle auf, wir gaben uns die Hand, und das einzige, was ich noch mitbekam, war der allerletzte Satz, den Mottis Vater uns zum Abschied sagte. »Bestellen Sie ihm«, sagte er mit einem merkwürdigen Lächeln, das sein Gesicht mehr verdunkelte als erhellte, »daß er uns zu Waisen gemacht hat – uns, seine Eltern.«

Marie hat über das, was Mottis Mutter ihr zum Schluß erzählt hatte, erst sehr viel später mit mir geredet – am Ende unserer Reise, im Taxi zum Flughafen. Wir hatten eine Weile auf dem Rücksitz stumm nebeneinander gesessen, jeder blickte auf seiner Seite zum Fenster hinaus und dachte an die vergangenen zweieinhalb Wochen, als sie, ohne mich anzusehen, sagte: »Wußtest du das mit Mottis Tochter?« Wir fuhren gerade – kurz vor der Abfahrt zur Autobahn nach Lod – an den beiden schwarzen Türmen der Diamantbörse vorbei, die mir nun viel größer und schöner erschienen als am Tag unserer Ankunft, und weil sich in einem von ihnen die Sonne spiegelte, kniff ich immer wieder die Augen leicht zu und öffnete sie und ließ so die Sonnenstrahlen kleine changierende Ringmuster auf meine Netzhaut malen. Ich hatte keine Lust, jetzt mit Marie über Motti zu reden, ich wollte einfach nur diesen zwei schönen, glänzenden Türmen hinterherschauen und mir durchs offene Fenster den heißen Fahrtwind ins Gesicht wehen lassen. Außerdem ahnte ich, was gleich kommen würde, ich spürte an dem leblosen, ängstlichen Klang von Maries Stimme, wie die übliche Krise allmählich nahte, oder nein, sie war längst da, und ich würde wahrscheinlich mal wieder sehr viele Worte brauchen, um sie zu beenden. »Schrecklich«, sagte Marie, »er glaubt wirklich, daß sie noch lebt ...« Ich wandte mich ihr zu, aber sie schaute weiter aus dem Fenster, und so drehte ich den Kopf schnell weg, ohne zu antworten. »So ein armes Schwein«, sagte sie, »er muß total verrückt sein.« Ich schwieg immer noch, und sie schwieg auch, so lange, bis ich schon dachte, sie würde sich ausnahmsweise zusammennehmen. »Ich hör' auf«, sagte sie in unser Schweigen hinein, »ich gehe nicht mehr zu ihm ... Ich hör' überhaupt ganz auf! Ich kann nicht mehr ... Ich schaff's doch sowieso nicht!« Sie war mit einer einzigen Bewegung dicht an mich herangerückt, sie drückte ihren schweren verschwitzten Körper gegen meinen und preßte meine rechte Hand zwischen ihren Händen zusammen. Gleichzeitig fing sie an zu wimmern – so leise und jämmerlich und herzzerreißend, wie nur sie es konnte –, und da überwand ich mich endlich und machte mich daran, sie zu beruhigen. Zuerst erklärte ich ihr, daß das eine mit dem anderen überhaupt nichts zu tun habe, natürlich würde sie es schaffen, notfalls mit einem neuen Religionslehrer, und als sie erwiderte, er hätte ihr doch schon den Rabbiner in Amerika besorgt, fragte ich sie, fast ein wenig von oben herab, ob sie das wirklich ernst meine, worauf sie wie ein schuldbewußtes Kind den Kopf schüttelte. Hinterher wurde ich, wie immer in solchen Situationen, pädagogisch – ich sprach darüber, daß es nur zwei Sorten von Problemen gab, die lösbaren und die unlösbaren, und wenn sie eine gute Jüdin werden wolle, fuhr ich selbst für meinen Geschmack etwas zu besserwisserisch fort, müsse sie auf der Stelle damit aufhören, auch die lösbaren als unlösbar zu betrachten und bei jeder Widrigkeit, auf die sie stoße, ihr gesamtes Leben in Frage zu stellen. »Das stimmt«, sagte sie nachdenklich, »du hast wirklich recht.«

»Natürlich stimmt das«, erwiderte ich, »sieh dir doch nur Motti selbst an. Oder seine Eltern – sie wissen, daß er nie mehr zurückkommen wird, und es macht sie traurig, aber trotzdem leben sie ihr Leben weiter, ohne zu verzweifeln oder zu erkalten.« »Bist du sicher?« »Natürlich bin ich sicher«, log ich. »Ich bewundere sie ja auch ...« »Ja?« »Ja ... Weil sie hier leben können, mitten in diesem Wahnsinn und Durcheinander ... Das ist es doch, was du meinst, oder? Also, ich könnte hier nie leben!« Sie strich mir mit den Fingerspitzen über den Unterarm und sagte verträumt: »Bist du auch so froh, daß wir endlich wieder nach Hause kommen?« Dann nahm sie mein Gesicht in ihre Hände und küßte mich lange und zart auf den Mund, und ich dachte, mein Gott, sie hat gar nichts verstanden. Ich küßte sie auch, und auf einmal kam ich mir wie Motti vor – wirklich, genau wie er –, denn mir wurde in diesem Moment klar, daß ich nie mehr aus Deutschland wegkommen würde. Ich umarmte sie, ich legte den Kopf auf ihre große breite Schulter, und ich sah auf ihrer Seite aus dem Taxifenster: Dicht über dem Horizont zog ein kleiner silberner Düsenjäger dahin, und es war, als striche er mit seinem dünnen Kondensschweif den glühendblauen Himmel von links nach rechts durch wie ein großes falsches Wort.

Heute komme ich mir überhaupt nicht mehr wie Motti vor. Heute weiß ich schließlich, daß ich schon bald weg sein werde, und ich weiß, wem ich dafür dankbar sein muß. Es ist natürlich Marie, wer sonst, diese kalte, ängstliche, selbstverliebte Frau, der ich jahrelang jedes zarte Wort und jede sanfte Berührung geglaubt habe, bis ich begriff, daß Deutsche nie so sind, wie sie wirklich sind – darum können sie auch, wenn sie wollen, hintereinander zum Buddhismus, zum Shintoismus und zum Judentum konvertieren, und trotzdem wird jede neue Identität, die sie annehmen, nur eine besonders durchschaubare Maske ihres wahren Wesens sein. Ich habe viel Zeit gebraucht, um das zu erkennen, vor allem aber, daß es bei Marie keinen Deut anders war, und als ich es verstanden hatte, wollte ich es einfach nicht wahrhaben. Sie mußte mir erst eine Tochter schenken und gleich wieder wegnehmen, damit mir endgültig die Augen über sie aufgingen und auch über ihr Land. Durchschaut hatte ich sie, heute ist es mir klar, das allererste Mal in New York, am Morgen nach dem Beth Din: Als ich aufwachte, schlief sie noch, sie lag, mir zugewandt, auf der Seite, die Knie fast bis zum Kinn hochgezogen, und ich beobachtete sie minutenlang, ohne mich zu rühren, denn ich wollte sie auf keinen Fall wecken. Ich fühlte mich nicht wohl bei dem, was ich tat, es war nicht fair, in ihrem Gesicht nach den Spuren von etwas zu suchen, was dort gar nicht sein konnte, aber immerhin hatte sie am Tag zuvor diesen großen, riesigen, unvorstellbaren Schritt gemacht, und ich wollte jetzt sofort, so irrational es auch war, Resultate sehen. Nichts, absolut nichts – sie war dieselbe wie vorher, sie sah kein bißchen jüdischer aus als gestern. Sosehr mir das einleuchtete, sowenig gefiel es mir, vor allem aber versetzte es mich in eine schreckliche Panik, weil ich dachte, nun bin ich bis ans Lebensende an sie gefesselt, denn sie hat es doch nur für mich gemacht. Ich weiß, das alles klingt sehr widersprüchlich – und das ist es natürlich auch. Schließlich würde ich, zumindest nach außen hin, jetzt ganz anders über diese Dinge reden, und wir wären bis heute noch zusammen, hätte sie nicht den Fehler gemacht, sich – kaum war sie eine von uns geworden – mit einem von denen einzulassen. Das wußte ich in diesem Moment aber gar nicht, obwohl sie mich doch gerade erst wieder vor ein paar Stunden mit diesem englischen Dreck irgendwo in White Plains oder Valhalla betrogen hatte und wahrscheinlich auch noch zwischen den Beinen nach ihm roch; ich wußte nur, daß etwas schiefgelaufen war, und plötzlich dachte ich an all die Dinge, die ich an Marie so haßte, und ich begriff, daß ich mit ihrem Übertritt viel größere und sinnlosere Hoffnungen verknüpft hatte als sie selbst. Sie wollte Jüdin werden – das hatte sie öfters gesagt –, damit wir eine Familie gründen konnten, und so hatte sie die Konversion mit derselben zweckorientierten Zielstrebigkeit betrieben, mit der sie als Späteinsteigerin ihr Studium absolviert oder sich beim Bayerischen Rundfunk durchgesetzt hatte. Ich aber wollte, daß sie Jüdin wird, damit sie keine Deutsche mehr sein kann, ich wollte, daß sie endlich aufhört, ihr ganzes Leben als Kampf zu betrachten, ich wollte, daß sie mehr ist als eine zwanghafte Alltagsmaschine, die regelmäßig unter den selbstgesteckten Ansprüchen winselnd zusammenbricht, ich wollte, daß sie ihre verfluchten Schlaftabletten wegwirft, die sie seit Jahren hortete, um jederzeit aussteigen zu können, wie sie es ausdrückte, ich wollte, daß sie nie wieder »Und tschüs« sagt und »Laß man lieber«, ich wollte, daß sie nicht immer nur Liebe erwartet, sondern auch gibt. Daß sich all dies niemals ändern würde, begriff ich leider erst jetzt, als es zu spät war, ich begriff es, während sie zusammengekrümmt wie ein Embryo im *Edison* neben mir schlief und ich, von Minute zu Minute aggressiver, ihr großes, blasses deutsches Gesicht betrachtete. Doch dann machte sie wortlos die Augen auf und sah mich so ernst und traurig an wie ein Mensch, der vor sich selbst noch größere Angst hat als vor dem Tod, worauf ich solches Mitleid mit ihr bekam, daß ich alle meine Zweifel wieder vergaß – bis zu dem Tag eben, an dem sie mir im *Romagna Antica* ihre Schwangerschaft und ihren Goj in einem Atemzug beichtete.

Inzwischen – ich habe es schon gesagt – bin ich Marie dankbar dafür, daß sie die geblieben ist, die sie war, ich bin froh, daß die Mikwe von Pleasantville aus ihr keine Jüdin gemacht hat, ich finde es gut, daß die Sache mit Leonie passiert ist. Ich hätte sonst nämlich nie die Kraft gefunden wegzugehen, ich säße weiter hier, von Tag zu Tag schlechter gelaunt, ohne wirklich zu wissen, warum, die willenlose Geisel von Maries selbstsüchtiger Liebe und Unausgeglichenheit, unfähig, in einem Menschen etwas anderes zu sehen als seine deutsche Herkunft. Natürlich, ich weiß: Noch bin ich gar nicht weg, aber es ist alles bloß eine Frage der Zeit, ich muß mir nur darüber klarwerden, wohin ich gehen möchte, und außerdem ist da dieses Buch, das ich vorher auf jeden Fall fertig kriegen muß. Ich sitze schon sehr lange daran, so lange, wie ich sonst nie für eine Geschichte gebraucht habe, und vielleicht hasse ich diese Arbeit deshalb so sehr, vielleicht aber auch, weil ich ständig das Gefühl habe, daß alles, was ich mir ausdenke, kurz darauf so oder ähnlich wirklich passiert. Angefangen habe ich im Winter vor drei Jahren damit, genau an dem Tag, als Marie nach New York flog und ich, nachdem ich sie zur Flughafen-S-Bahn gebracht hatte, am Bahnhof Motti traf. Er war so gut gelaunt gewesen wie lange nicht mehr, in seinem kleinen, spitzen, arroganten Gesicht tauchte jede Minute ein Ausdruck auf, den ich nicht kannte, die selbstvergessene Miene eines Menschen, der, selig vor Glück, von dem, was um ihn herum geschieht, kaum etwas wahrnimmt. Dazu tänzelte er unentwegt wie ein aufgekratzter Teenager auf dem Weg zu einer Party um mich herum, er schlug mir mehrmals auf die Schulter und unterbrach sich beim Reden immer wieder selbst, indem er jäh stehenblieb und kurz stumm und versonnen lächelte. Weil ich nichts vorhatte, ließ ich mich von ihm schließlich in die Bahnhofsgaststätte zum Essen einladen, und nachdem er für uns beide bei einem besonders unfreundlichen, ungeduldigen Münchner Kellner das Tagesmenü bestellt hatte, Ente mit Kartoffelknödeln und Blaukraut, fixierte er mich für eine Sekunde konzentriert und sagte, es sei großartig – *nehedar* lautete das hebräische Wort, das er plötzlich im Deutschen benutzte –, daß er das Happy-End seines Lebens gerade mit jemandem wie mir feiern könne. Daraufhin verschwamm sein Blick sofort wieder, Motti trieb erneut auf der Welle seines Glücks davon, und als ich sagte, er hätte mir noch gar nicht verraten, was wir überhaupt feierten, erklärte er mit leiser Verschwörerstimme: »Meine Tochter kommt zu mir zurück ...« »Bist du sicher?« sagte ich, und dabei fragte ich mich, warum ich eigentlich Marie nicht von Anfang an vor diesem Verrückten gewarnt hatte. »Bist du wirklich sicher?« wiederholte ich noch einmal strenger, aber er ließ sich von mir nicht beirren, er zog aus der Manteltasche eine leere Videoschachtel und legte sie vor mir auf den Tisch. Dann fuhr er mit dem Finger über die aufgequollenen Brüste und die ausrasierte Scham des jungen Mädchens, das auf dem Umschlag zu sehen war, und begann, mir lauter wirre Geschichten über Kindersex und Verletzung der Aufsichtspflicht zu erzählen. Während er redete, hörte ich ihm immer weniger zu, ich ersetzte in Gedanken seine Worte mehr und mehr durch meine eigenen, und das war er dann also, der Anfang meiner Motti-Geschichte.

Das ist natürlich nicht wahr. Angefangen hatte sie schon viel früher, vor über zehn Jahren, als ich Marie noch gar nicht kannte, an einem etwas zu warmen, verhangenen Wintermorgen. Ich war an diesem Tag, weil ich nicht arbeiten konnte, nach ein paar Minuten gleich wieder vom Schreibtisch aufgesprungen und hatte beschlossen, obwohl ich das sonst nie tat, im Englischen Garten spazierenzugehen. Doch kaum stand ich auf der Straße, wußte ich nicht, welchen Weg ich nehmen sollte. Allein der Gedanke daran, die Herzogstraße entlangzulaufen, ödete mich an, ich kannte dort – so fremd mir das alles war – jedes Haus, jede Ladenvitrine, jeden herausstehenden Pflasterstein, und die Hohenzollernstraße oder die Franz-Joseph-Straße versprachen auch keine echten Überraschungen. Ich marschierte trotzdem los, in Richtung Kurfürstenplatz, ich setzte lustlos einen Fuß vor den andern, ständig bereit, wieder umzukehren und nach Hause zu gehen. Als dann – ich überquerte gerade die Ampel beim

Venezia – die Straßenbahn vom Nordbad um die Ecke bog und direkt vor mir hielt, stieg ich einfach ein und fuhr aufs Geratewohl in die Unigegend. Ich weiß auch nicht, was ich dort wollte, um die Zeit waren die Buchläden und Antiquariate noch geschlossen, aber während ich die Schellingstraße langsam hinaufging, auf die Ludwigskirche zu, fiel mir plötzlich der fanatische Hieronymus aus Thomas Manns Erzählung *Gladius Dei* ein, der bei seinem Sturm auf das Geschäft des Kunsthändlers Blüthenzweig am Odeonsplatz denselben Weg gegangen war wie ich jetzt, und sofort bekam mein Spaziergang einen Sinn, und München war mir wieder so nah wie einst in den Jahren meines Germanistikstudiums. Es war damals das erste und letzte Mal gewesen, daß ich an Deutschland etwas mochte, für eine kurze, aber um so schönere Zeit, ich liebte Schwabing mit seiner milden, oft schwefligen Luft, mit seinen überschaubaren, schnurgeraden Straßen, mit seinen großzügigen Perspektiven, und das hatte damit zu tun, daß in den Büchern, die ich in den Seminaren las, all dies genau so beschrieben wurde, wie ich es kannte. Wahrscheinlich fühlte ich mich deshalb auch mit den echten und den erfundenen Menschen, die vor hundert Jahren hier lebten, so verwandt: Rilke über einem Manuskript in seiner Wohnung in der Ainmillerstraße, die *Wälsungenblut*-Zwillinge im Liebesrausch in ihrer Villa am Luitpoldpark, der lachende und rauchende Kandinsky auf den Treppen der Kunstakademie – ich sah jeden von ihnen mit eigenen Augen, ihre Abenteuer waren meine Abenteuer, und ihre Geschichte war meine Geschichte. Das alles war nun schon lange vorbei, ich hatte es längst vergessen, keine Ahnung warum, und als ich mich jetzt daran erinnerte, spürte ich dieselbe glückselige Melancholie wie ein alter Emigrant, der an seine für immer verlorene Heimat zurückdenkt. Aber kaum wurde ich mir dessen bewußt, fiel dieses schöne, wärmende Gefühl bereits wieder in sich zusammen, und ich schüttelte mit sarkastisch hochgezogenen Lippen den Kopf über meine dumme, sinnlose Sentimentalität. Im gleichen Moment tauchte wie aus dem Nichts ein Polizeiwagen dicht neben mir auf, er jagte mit Blaulicht auf der Gegenspur die Schellingstraße hinauf und bog – so scharf bremsend, daß er fast aus der Kurve geschlittert wäre – in die Amalienstraße ein. Ich sah ihm erstaunt hinterher, und als von oben, von der Ludwigstraße, ein Krankenwagen angerast kam, vergaß ich alles, woran ich eben gedacht hatte, und ich beschleunigte neugierig das Tempo meiner Schritte. Ich kam gerade noch rechtzeitig, um zu sehen, was ich mein Leben lang nicht mehr vergessen sollte: Der Streifenwagen und die Ambulanz parkten in der Amalienstraße hinter der Kreuzung quer auf der Fahrbahn, um sie herum und vor dem *Atzinger* standen vereinzelt ein paar Menschen, die alle in dieselbe Richtung starrten, reglos, mit halb gesenkten Köpfen, und obwohl ich versuchte, ihren Blicken zu folgen, konnte ich zuerst nicht erkennen, wohin diese Blicke gingen. Über der Straße lag eine vollkommene Stille, niemand sprach, niemand bewegte sich, nur ab und zu ertönte von irgendwoher ein dumpfer, lauter Schlag, und dann plötzlich kam doch noch Bewegung in die Szenerie, die Leute schlugen mit einem Mal entsetzt die Hände vors Gesicht oder wandten sich ganz ab, die Polizisten und die Sanitäter sprangen aus ihren Autos und rannten auf die gegenüberliegende Straßenseite. Und da endlich sah ich sie: Sie war nicht älter als fünf oder sechs Jahre, sie lag auf dem Bauch, die Beine waren seitlich weggeknickt wie bei einem aus dem Nest gefallenen Vogel, und der Kopf ragte, durch den Kantstein nach oben gedrückt, in die Höhe, so als wolle sie sich ein letztes Mal kurz umschauen. Sie hatte ein cremefarbenes Laura-Ashley-Kleid an, eine rote Schleife in den dichten blonden Haaren, und sie trug – das war besonders entsetzlich – nichts darunter, so daß ich, weil das Kleid hochgerutscht war, ihren runden, fast schon weiblichen Po sehen konnte und auch alles andere. Ich zwang mich wegzuschauen, aber es gelang mir nicht, doch zum Glück knieten sich in derselben Sekunde die Sanitäter vor sie und versperrten mir die Sicht, gleichzeitig wurden diese gräßlichen dumpfen Schläge immer lauter, und nun sah ich auch ihn, er hämmerte wie ein Verrückter mit seinem blutüberströmten Kopf gegen eine Haustür, und er war so wild und verzweifelt, daß die Polizisten es sogar zu zweit nicht schafften, ihn festzuhalten. Erst als die Tür aufging und eine große ernste junge Frau im dunklen Türrahmen erschien, hielt er inne. Sie ging wortlos an ihm vorbei, wortlos schob sie die Sanitäter zur Seite und beugte sich über das tote Mädchen, und nach ein paar Sekunden drehte sie sich, ohne das Kind auch nur einmal berührt zu haben, wieder um und ging langsam ins Haus zurück. Er folgte ihr mit dem Blick, und nachdem sie drinnen verschwunden war, sagte er in seinem akzentfreien und doch so fremdartig klingenden Deutsch zu den beiden Polizisten: »Sie hätte einmal auf sie aufpassen können, ein einziges Mal ...« Und dann schrie er: »Nehmt sie doch endlich fest! *Yala-yala-yala!* Na los!«

So also fing meine Motti-Geschichte an, damals, als ich Marie noch gar nicht kannte, an diesem viel zu warmen Münchener Februarmorgen. Sie war plötzlich in meinem Kopf, so klar wie ein Bild, das ich seit Ewigkeiten kannte, aber kurz darauf vergaß ich sie wieder, weil die Zeit für sie noch nicht reif war, und ich erinnerte mich erst an sie, als ich in dieser schlecht beleuchteten, nach Bier und Desinfektionsmitteln riechenden Bahnhofskneipe Motti beim Essen gegenübersaß und im Geist seine wirren Worte zu meinen eigenen, klareren Worten machte. Während er redete, betrachtete ich das dunkle, verstaubte Jagdbild, das über seinem Kopf hing, ich überlegte, warum die erfolgreichen Jäger darauf alle so blaß und ängstlich waren und der erlegte Hirsch so groß und unbezwingbar. Dann blickte ich zu den schmutzigen Fenstern des Restaurants hinüber, durch die das matte Licht der Wandelhalle hereinfiel, ich sah die grauen Schatten der Reisenden vorbeiziehen, und ich hörte die schnarrenden Lautsprecheransagen, die dauernd Mottis gehetzte, fröhliche Stimme übertönten. Plötzlich mußte ich an Marie denken, ich stellte mir vor, wie sie im Flugzeug nach New York saß und ein letztes Mal ihre Religionsbücher und Notizen studierte, sie schaukelte dabei mit dem Oberkörper vor und zurück, vor und zurück, wie ein echter Haredi, sie hatte Schläfenlocken und trug einen goldbestickten weißen Feiertagskaftan, und als sie merkte, wie ich sie von der *Waldschänke* aus entsetzt beobachtete, sagte sie, ohne von ihren Papieren aufzublicken: »Mein armes Mäuschen! Jetzt kriegst du Panik, jetzt, wo es zu spät ist ...« »Das ist nicht wahr!« schrie ich so laut, daß Motti erschrocken zurückzuckte, das nervöse Lächeln eines Menschen auf den Lippen, der bei einer Lüge erwischt wurde, aber er redete trotzdem weiter, er war immer noch dabei, mir zu erklären, wie er seine tote Tochter befreien und mit ihr nach Hause zurückkehren würde, und da dachte ich: Ich will auch nach Hause! Ich will endlich nach Hause!, und ich sprang auf und machte ein paar Schritte auf den Ausgang zu, doch dann drehte ich mich wieder um und kam zurück, denn ich hatte ganz vergessen, mich von ihm zu verabschieden, und außerdem wußte ich sowieso nicht, wo ich hin sollte. Und genau das war der Moment gewesen, in dem alles begann und endete und gleich wieder begann: Ich stand stumm da, mit der ausgestreckten Hand, und weil Motti sie nicht sofort ergriff, kam es mir so vor, als sei die Zeit stehengeblieben, ich schwebte in dieser großen silbernen Blase dahin, die mich jäh umschloß, ich stieg höher und höher, und ich war nicht mehr ich selbst, sondern mein eigener Gedanke. Alles war leicht, so leicht wie eine Geschichte, die man sich ausdenkt und die sofort Wirklichkeit wird, und in dieser Geschichte war Motti ich und Marie war die große ernste junge Frau aus der Amalienstraße, und weil alle unsere Sorgen ab jetzt ihre Sorgen waren, hatten wir selbst überhaupt keine mehr und konnten uns endlich so lieben, wie wir es immer schon wollten. Und so sah ich uns dann, glücklich und alt und schön, wir waren wie Abraham und Sara oder nein, wir waren wie Jakob und Lea, und Gott gab uns viele Kinder und verlangte keines von ihnen zurück, und gerade als ich sie mir alle anschauen wollte, die Großen und die Kleinen, die Blonden und die Schwarzen, die Freundlichen und die Schnellen, nahm Motti, der echte Motti, endlich meine Hand und zog mich wieder zum Boden herunter. Es war eine sehr ungeduldige, fahrige Bewegung, mit der er das machte, aber meine herrliche silberne Luftblase blieb trotzdem vollkommen unversehrt, ich durchstieß nur ganz kurz mit der Hand ihre warme, ölige Wand, dann zog ich die Hand schnell wieder zurück, und wir schwebten erneut hinauf, und je höher wir kamen, desto heller war das Licht, das uns umgab, und desto dunkler war die Dunkelheit unter uns.

Ich glaube, ich höre jetzt besser auf für heute. Ich bin sowieso fast fertig, denke ich, denn ich habe inzwischen mehr oder weniger alles, was ich auf meinem Motti-Notizzettel gehabt hatte, abgehakt, außer vielleicht Mottis schrecklichen Auftritt in der Reichenbachstraße an Jom Kippur letztes Jahr, als er beim Jiskor-Gebet laut herumgeschrien hat, oder seine überraschende Rückkehr nach Israel kurz darauf. Aber diese beiden Punkte kann ich mir genauso morgen noch vornehmen, und möglicherweise lasse ich es überhaupt. Denn eigentlich habe ich keine Kraft mehr weiterzuschreiben, ich bin müde und traurig, und wenn ich nur daran denke, seit wie vielen Jahren ich das schon so mache, wird mir ganz schlecht. Ich habe wieder den Tag in der Wohnung verbracht, bei geschlossenen Fenstern und zugezogenen Gardinen, ich war wieder stundenlang allein mit all diesem fremden, erfundenen Unglück und Irrsinn, und darum will ich jetzt auch sofort, solange es draußen noch ein wenig hell ist, raus, einen von meinen Abschiedsspaziergängen machen, damit ich schnell wieder auf bessere Gedanken komme. Heute, glaube ich, werde ich ins Lehel gehen, wohin sonst, denn zwischen den großen, dunklen, eng zusammenstehenden Häusern dort fühle ich mich immer so, als sei ich gar nicht in München, sondern in einer anderen, fremden Stadt. Von da werde ich mich später zur Isar aufmachen, ich werde hinten, beim Müllerschen Volksbad, die kleine steile Böschung zum Ufer hinunterlaufen und dabei fast auf dem festgefrorenen Boden ausrutschen, ich werde einen von den glatten, weißen Kieselsteinen nehmen und ihn über das Wasser springen lassen, und danach werde ich meinen Kragen hochschlagen und die Hände in die Manteltaschen stecken, ich werde zu dem weißgrau marmorierten Winterhimmel hinaufsehen und darauf warten, daß endlich der Sommer wiederkehrt und mit ihm der warme, scharfe Brandgeruch der hundert Feuer, die dann wie jedes Jahr Nacht für Nacht die braunen Wolken über der Isar erhellen werden.

UND ES WAR IN SEINEM SIEBZEHNTEN deutschen Jahr und im zehnten Jahr von Nurits schrecklichem Fall, am Ende des siebten Tags des zwölften Monats, daß eine große schwarze Dunkelheit Mordechai umgab, die sich gleich wieder lichtete, und ein greller weißer Schein trat an ihre Stelle, in dem alles, was er nun sah, alles bedeutete und nichts, und jeder Schmerz verwandelte sich in diesem Gleißen in Wohlgefühl, und jede Untat wurde darin wie in einem rückwärts laufenden Film für immer gelöscht und jede Furcht auf Ewigkeiten vergessen gemacht. Und so sah er also seine Tochter Nurit, die Enkelin von Jael und Siegfried, von Uta und Heinrich, wie sie stumpf war und stumm, aber sie konnte auch sehr laut sein und unkontrolliert und endlose Zahlenreihen aufsagen, was nur einem Mann von über vierzig Jahren erlaubt ist, wenn er, wie es heißt, die Pforten der himmlischen Hallen passieren will, und sie konnte auch unflätig schimpfen und mit ihren Nächsten obszön wie eine Hure tun und überall ihre Notdurft verrichten, so daß sie dann erst recht nicht sie selbst und ihres Volkes Tochter war. Das aber ließ Sofie, ihre deutsche Mutter, vollkommen kalt, denn sie genügte immer nur sich selbst, während Mordechais Gram darüber ständig größer wurde, schon deshalb, weil er in seiner Not und seiner Sehnsucht nach Wärme so oft bei Nurit lag, wie es kaum ein Ehemann bei seiner Ehefrau tut. Also sprach er zu sich selbst: Ich werde sie retten vor ihr und vor mir, wenn ihr nicht anders zu helfen ist, indem ich sie herausführe aus Deutschland, weil sie dort nicht sie selbst sein kann und die Tochter ihres Volks. Und er sagte es auch zu Adonai, seinem Herrn, in der Hoffnung, daß dieser ihm hilft, er sagte es jede Stunde und jeden Tag, er sagte es Jahr für Jahr, von ihrer Geburt an, so lange, bis ihr Haar so voll war wie das einer Frau und sie ihm bis zur Hüfte reichte, aber alles blieb, wie es gewesen war, und sie sprach in ihrem fünften Lenz noch nicht einmal die Sprache ihres Volks. Und weil also in all den Wochen und Monaten und Jahren nichts geschehen war, wurde Mordechais Angst groß, daß es nichts und niemanden über und unter ihm gab, nicht links und nicht rechts und auch nicht hinter der orangegelben Kugel der Sonne und der weißen Scheibe des Monds, und darum sah er, daß er allein etwas tun müsse. Aber er wollte nichts überstürzen, und so ruhte er einen weiteren Monat und noch einen Tag, damit er klar sähe und klar handelte, und als Sofie dann eines Morgens erklärte, sie fühle sich ganz schwach und überfordert von ihrer Arbeit und den Intrigen ihrer Kolleginnen, hieß er sie, ausnahmsweise zu Hause zu bleiben und nicht in den Verlag zu gehen, denn sie selbst, die ihn und Nurit nie gemeinsam ziehen lassen wollte ins Land Israel, sollte jetzt sein Alibi sein. Kaum hatte sie sich also in ihren Straßenkleidern wieder in das von Mordechai frisch bezogene Ehebett gelegt, nahm er Nurit bei der Hand und führte sie wie eine Schlafwandlerin zum Fenster im Wohnzimmer, und dort hob er sie auf die Fensterbank, und er zeigte hinaus und redete eine Weile so auf sie ein wie eh. Er beschrieb ihr den Glanz des nassen Asphalts, obwohl sie ihn sehen konnte, er beschrieb ihr das Funkeln der Dächer im aufziehenden Morgenrot, obwohl sie es sehen konnte, er beschrieb ihr die langen Schatten der Passanten in der Amalienstraße, obwohl sie sie sehen konnte, doch sie blieb so stumm und stumpf wie immer, führte sich aber auch nicht so unkonzentriert auf, wie sie es sonst manchmal tat. Dann erst öffnete er das Fenster, nachdem er es einen Monat und einen Tag auf die Art geplant hatte, aber dabei schrak er gleich wieder vor dem eigenen Mut zurück, er umklammerte Nurit plötzlich ganz fest, so fest, wie ihn selbst noch nie jemand umklammert hatte, und nun war es seine Buba, die Mut faßte, ruhigen, kalten Mut, den er nicht kannte an ihr, und sie erwachte aus ihrem ewigen Tagtraum und sagte auf deutsch: Ich will ganz heruntersehen, Vati, hältst du mich über den Fensterrand? Also dachte er: Sie will es auch, sie weiß, daß dies ihre einzige Rettung ist, und er schob sie behutsam nach vorn, bis sie mit den Zehen am Abgrund stand und ihr goldenes Haar im Wind wehte. Er sah von hinten ihr kleines blondes Köpfchen, er sah, wie sie es sanft und vorsichtig vorbeugte, einem Lamm gleich, das zum ersten Mal aus einem unbekannten Fluß trinken will, und der Fluß war silbern und weich und tief, und sie mußte einfach nur hineintauchen, und sofort wäre alles gut. Und so lockerte er den Griff seiner Finger, denn er wollte ihr gut, und dann ließ er sie ganz los, worauf sie nun allein am Rand des Abgrunds stand, aber sie schwankte nicht, sie verharrte eine lange Weile vollkommen still, und endlich, ohne daß er sie berührt oder gestoßen oder es ihr befohlen hätte, begann sie zu fallen. Sie fiel von selbst, sie fiel so schnell wie eine Silbermünze, und sie schwebte so langsam dahin wie ein Surfbrett über der Welle Kamm, und er blickte ihr dabei in großer Freude nach. Da wurde sein Herz unsagbar leicht, wie kein Mal davor, seit er Schatten unter den Schatten am Wasser Isar war, doch die Leichtigkeit wurde im selben Moment zu einer schrecklichen Schwere, und das Herz in seiner Brust verwandelte sich in eisiges Erz. Alles an seinem Körper wurde zu eisigem Erz, die Arme, die Beine, der Rücken, sogar die Zunge in seinem Mund wurde tonnenschwer und erst recht die Augen in seinen Augenhöhlen, sie lagen dort wie gefrorenes Eis, und sie bewegten sich nicht, auch wenn er es ihnen befahl. Sie wiesen immer nur in eine Richtung, das war die Richtung von Nurits Fall, und je schneller Mordechai seine Tochter auf das Pflaster der Amalienstraße zurasen und je langsamer er sie für immer entschwinden sah, desto größer wurde die Gewißheit in ihm, daß es nicht gut war, sie allein aus dem Leben hinausstürzen zu lassen. Und so dachte er: Ich muß mit ihr fallen und hinabrasen und dahingleiten, denn was soll sie dort tun ohne mich? Und dann dachte er: So rette ich sie und führe sie hinaus von hier, wie sie mich retten und hinausführen wird aus meiner Gefangenschaft in Sofies Totenland! Als er das zu Ende gedacht hatte, war so viel Freude in ihm wie zuletzt an dem Tag, an dem Eli sein Freund geworden war, damals, im Sommerlager auf dem Berg Karmel, in der Nacht, in der sie in ihrem Zelt ihren Samen um die Wette vergeudet hatten, und diese Freude war jetzt deshalb in ihm, weil er begriffen hatte, daß er einfach nur fallen und sinken müsse mit ihr, um aufzusteigen zum Haus Israel, genauso wie es geschrieben stand in den schwierigen und verbotenen und gebotenen Büchern, und dann noch viel höher, bis zu den Feuerrädern der Merkawa und dem myriadenfachen Glanz der letzten Herrlichkeit, gleichwie es in ihnen aufgezeichnet war. Und da ließ Mordechai alle selbstsüchtigen Gedanken und kleinmütigen Ängste hinter sich, und er breitete die Arme aus und er sprang hinaus aus dem Fenster der Wohnung, in der er sieben Jahre oder vierundachtzig Monate oder dreihundertdreiundsechzig Wochen Sklave einer Sklavin gewesen war, und er sauste auf hundert warmen Winden und tausend kalten Böen seiner stummen, fallenden Tochter hinterher, so wie Superman, wenn er Lois Lane retten will, als sie von Lex Luthor in die Tiefe gestoßen wird vom Chrysler Building. Und bald hatte er sie auch schon eingeholt, sie rauschte so schnell hinab wie eine Silbermünze, und sie schwebte so langsam dahin wie ein Surfbrett über der Welle Kamm, und ihre Ärmchen schlackerten im Fallwind, und ihr Kleidchen wehte umher, und ihre Möse war vom letzten Mal noch immer so rot und schön und ganz wund, und kaum hatte Mordechai seine Buba, seine Liebe, sein Herz umschlungen und umarmt und umfaßt, erschien kurz ein Lächeln auf ihrem Gesicht, das sie ihm nie vorher geschenkt hat, dafür jedoch Itai, diesem Auswurf und Dreck, an jenem Tag vor ihrem Haus, als er für sie die Stimme von Pluto, dem Kibbutzhund, nachgemacht hatte. Da fühlte Mordechai sofort die Hitze der Wut und das Fieber der Nervosität in seinem hinabstürzenden Leib aufsteigen, aber er blieb stark, er erhob nun nicht wie eh die Hand gegen seine Tochter Nurit, weil sie ihm dann entglitten und auf dem steinernen Pflaster der Amalienstraße kaputtgegangen wäre, und er blieb auch deshalb gefaßt, weil ihn da schon die ersten Funken der dreihundertachtundsiebzig Arten von Leuchten des großen Glänzens und Strahlens des grellweißen Raums seiner Erinnerung ergriffen hatten und er seinen Blick und seine Seele sowie Nurits Blick und Nurits Seele darin versenkte, damit alles, was war, egal wurde und sämtliche Wehen und Vergehen und Ängste für immer vorbeigingen. Sogleich wurde es wieder vollkommen dunkel um sie herum, und Vater und Tochter fielen in einer Finsternis aus Gewölk und Wolkendunkel noch tiefer hinab, sie fielen Arm in Arm, Wange an Wange, Atem in Atem, und es war wie in einem Flugzeug auf dem Weg nach Indien, während es die Wolkendecke durchbricht und man beim Blick aus dem Fenster absolut nicht begreift, ob es nach oben geht oder nach unten, nach Indien oder ganz anderswo hin. Dann endlich riß der finstere Schleier aus Gewölk und Wolkendunkel auf, und darunter war plötzlich ganz nah an ihren Ballen und Zehen das schöne, gleichmäßige, quadratische Pflaster der Amalienstraße, und sie rasten und jagten und stürzten darauf zu, und das war ein furchtbares Gefühl sogar für Mordechai, der längst Herr über seine alte Leichtigkeit zu sein glaubte und sich nun widerlegt sah von ihrer beider drohendem Tod. Doch das furchtbare Gefühl wurde sofort wieder gut, weil das Pflaster sich mit einem Mal öffnete vor ihren Ballen und Zehen, es öffnete sich wie ein Himmel unter ihnen, und es war auch ein Himmel, es war der unterste von den sieben Himmeln, über denen, wie es heißt, die sieben Hallen der unbeschreibbarsten, unbekanntesten Herrlichkeit aufgebaut sind, und er gab den Blick frei auf die weißgraue Glocke einer nicht großen, nicht kleinen Stadt tief unter ihnen, und sie kannten diese Stadt sehr gut. Wie eine Kuppel aus dünnstem, edelstem phönizischem Glas wölbte sich der unterste der sieben Himmel über dieser Stadt, die da München hieß, und darunter rieselte wie in einer riesigen Schneekugel schwacher, grauer, wäßriger Schnee auf ihre Dächer und Türme und Straßen herab, und er legte sich auf alles und verdunkelte es wie ein gewaltiges, seidiges, schwarzes Leichentuch. Durch das Tuch hindurch sahen aber Mordechai und Nurit alles, was es für sie zum Abschied zu sehen galt. Sie sahen den bläulichgrünen Turm des Heizkraftwerks in der Müllerstraße, sie sahen die nackte Leere der Theresienwiese und die über ihr thronende schwarze Bavaria, sie sahen Hunderte von dunkelglänzenden Gleisen, die wie die gigantischen Zeichnungen von Außerirdischen in die Oberfläche der Stadt hineingraviert schienen, sie sahen das im winterlichen Vormittagszwielicht orange schimmernde Stachus-Halbrund und die unendliche Schar von kleinen schwarzen Passanten, die wie ziellos umhertreibendes Ungeziefer aus den S-Bahn-Schächten heraus- und in sie hineinströmten, sie sahen die in grauschwarzem Schneematsch ertrinkende Sonnenstraße, sie sahen die nackten dürren Pappeln der Ludwigstraße, sie sahen das von einem düsteren, stacheligen Gerüst umkleidete Siegestor, sie sahen die weiße Ludwigskirche, die rote Universitätsbibliothek, das matt blinkende *Atzinger*-Schild, und dann sahen sie auch ihr Haus, und sie erkannten sich selbst, wie sie gerade Arm in Arm, Wange an Wange, Atem in Atem daran entlang in die Tiefe stürzten, und da sie sich so angesehen hatten, drehten Erde und Himmel sich, und es begann ihr Aufstieg aus ihrem Fall und aus dieser Stadt. Während sie aufstiegen, drückte Nurit ihren kleinen schwachen Körper immer stärker an Mordechais Leib, denn es war plötzlich viel mehr Kraft in ihr als eben noch, und so ging das von Moment zu Moment, von Sekunde zu Sekunde, daß es stets mehr wurde, und dann tat die Tochter dem Vater wohl, indem sie ihn aus lauter Freude über die gewonnene Stärke unter den Armen zu kitzeln begann. Das hatte sie nie zuvor gemacht, und Mordechai lachte also, er lachte wie ein Mann, der seit zweimal sieben Jahren und mehr weder gelacht noch geweint hat, und lachend sah er hinunter, und er fürchtete nicht, daß er sie losließe. Die Stadt München war bereits so tief unter ihnen, daß er sie kaum erkannte, sie war jetzt auf die Größe einer echten Schneekugel zusammengeschrumpft, so wie sie in eine Kinderhand paßt, aber da wurde sie noch kleiner, und sie verschwand kurz darauf endgültig aus seinem Blick. Und auf einmal war ein lautes, mächtiges

Rauschen um Mordechai und Nurit, es klang wie ein großes Wasser, das in eine Schlucht fällt, oder wie ein noch größeres Wasser, welches zwischen zwei Kontinenten hin und her schwappt und ihre Ufer und Strände kraftvoll umspült, und ich glaube, es war das Rauschen der Flügel der Chajoth, die ihrer beider Aufstieg durch die sieben Himmel schützend begleiteten. Jeder der Himmel hatte ein anderes Licht, so wie es in den schwierigen und verbotenen und gebotenen Büchern beschrieben ist, aber Mordechai und Nurit sahen noch viel mehr als den bunten, gleißenden Abglanz der von oben herabstrahlenden, unbeschreibbaren, unbekannten Herrlichkeit, da war nicht nur das Grün des Smaragds, das Rot des Rubins, das Violett des Amethysts, das Orange des Feuers, das Feuergelb Indiens, das Schwarz der Unendlichkeit, da war auch - oben und unten, links und rechts, vorne und hinten, gestern und morgen - das Nichts des Nichts, worin die Welt, so wie sie ist, wie sie war und wie sie sein soll, immer wieder von neuem aufersteht und zusammenfällt und aufersteht, und dieses Nichts des Nichts kam gleich nach dem Schwarz der Unendlichkeit, und nach dem Nichts des Nichts kam dann die totale Erinnerung in Mordechai zurück und damit, vor dem Tor zu den Großen Hallen, das warme gelbe Ferienlicht von Haus Israel. Wie eine menschliche Kanonenkugel schossen Vater und Tochter Arm in Arm, Wange an Wange, Atem in Atem aus dem obersten der sieben Himmel hinaus, und daß sie nicht wußten, in welcher Gefahr sie gewesen waren auf ihrem Weg bis hierher, war wohl das Werk der Chajoth, aber auch jenes von Nurit, der sich keiner der diensthabenden Dämonen und feindlichen Engel in den Weg stellen wollte, weil sie Worte und Zahlen und Wortkombinationen und Zahlenreihen in sich und auf ihren Lippen trug, die sonst wie Feuersäulen um den Thron von Feuer standen und die sie so fürchteten. Als Nurit nun aber in ihres Vaters Arm die letzte himmlische Schicht durchbrach und das warme gelbe Ferienlicht von Haus Israel ihr so weißes Antlitz im Handumdrehen olivbraun färbte und ihr blondes Haar blauschwarz, da öffnete sie nicht ihre weißen Sofielippen, um unflätig wie eine Hure zu tun oder in ihrer frühreifen Art laut Namen und Worte und Nummern zu permutieren. Doch sie blieb auch nicht stumpf und stumm, so sie es die meiste Zeit ihres Lebens gewesen war, sie öffnete ihre weißen Sofielippen und sprach statt dessen ruhig und schön, und sie sprach Hebräisch, das erste Mal in ihrem Leben, und das klang dann so: Vielen Dank, Aba, daß du mich ermordet hast. Das werde ich dir nie vergessen. Ich gehe jetzt spielen. Ich bin auf dem Spielplatz in der Schalagstraße gleich hinter dem Strand. Bis nachher. *Schalom.* Und noch bevor Motti ein Widerwort fand, war sie schon fort, sie löste sich aus seinem Arm und flog davon, sie flog davon auf dem Rücken eines schönen, schwarzhaarigen, in viele tausend Feuer getauchten Cherubs, und der Cherub drehte sich nach Mordechai um, und es war Muamar, und er sagte auf arabisch: Zum Abendessen ist sie wieder da, ich bringe sie dann zu deinen Eltern nach Ramat Gan. Und er sprach: Du mußt dich um nichts kümmern. Und er raunte: Erledige lieber in der Zwischenzeit die wirklich wichtigen Dinge, du Schwein. Daraufhin lachte er verschmitzt und zwinkerte Mordechai listig zu, und Mordechai sah, daß es komisch war. Los, du Schwein, wiederholte der Cherub, der Muamar war, auf deutsch, und er lachte und lächelte und grinste plötzlich gar nicht mehr, eine tiefe rote Falte war jetzt in seinem feurigen Gesicht, aber die Falte war gar keine Falte, sie war eine Narbe, und sie war nicht in seinem Gesicht, sie war in seinem Genick, und so sah Mordechai, daß der Kopf des Cherubs, der Muamar war, nicht auf seinem Rumpf saß, er war eine lose Kugel aus Feuer und Blitz, und sie schien überall zu sein und nirgendwo, genauso wie ein Fußball in einem schnellen, guten Spiel, und als Mordechai in sie hineinschaute, begann es auf seiner Haut zu brennen, so wie es brennt, wenn einem ganz heiß ist oder auch, wenn man zu erfrieren droht. Und da hörte Mordechai die Flügel des Cherubs, der Muamar war, rauschen wie große Wasser und wie ein Getön des Allmächtigen und wie Choräle aus Sofies Arbeitsraum und wie Sprechgesänge von Fans im Stadion, und der mächtige kalte Wirbel und Sturmwind, der sich davon erhob, fegte ihn nun endlich ganz weit hinauf und hinein und hinunter in die himmlischen Hallen, während Nurit auf dem Rücken des Cherubs, der Muamar war, in entgegengesetzter Richtung davonstob, was genauso war wie einst, in Eilat, am Roten Meer, als sie auf Paschok, dem Delphin, in den blauen jordanischen Abendhorizont ritt. Und die sieben Hallen, in die Mordechai derart geschleudert ward, waren voll Kohlen und Fackeln und Pfeilen und Blitzen, und sie waren voll Säulen aus Kohlen und Säulen aus züngelnden Flammen und Säulen aus Fackeln und Säulen aus Blitzen und Säulen aus Feuern, die so hoch waren wie der Abstand von der Erde bis zur Höhe der höchsten Sphäre. Und jede Halle war innerhalb der andern Halle, und jede Säule von Feuer war innerhalb der andern Säule von Feuer, und doch konnte Mordechai jede der Hallen von den andern sechs unterscheiden, sie hatten jede ihren eigenen Eingang und jede ihren eigenen Wächter, und jeder der Wächter wollte ihn nicht hineinlassen, aber Mordechai schaffte es trotzdem, an ihnen vorbeizukommen, denn er kannte sie alle, und er wollte auch nicht mehr frieren und brennen, er wollte endlich ankommen vor dem König der Könige und ihm sagen, daß er kein Schwein mehr sei, weil er alles in Ordnung gebracht habe, doch wenn er sähe, daß es keinen König der Könige gab, nicht oben und nicht unten, nicht links und nicht rechts, dann um so besser. So stieß also Mordechai den Kellner mit der niedrigen Stirn und dem unsichtbaren Mund rüde zur Seite, und das war im ersten Palast, so gab er dem Greis mit dem steifen Lächeln und der blumigen Rede sein ganzes Geld zurück, und das war im zweiten Palast, so zerriß er im Angesicht des traurigen Arztes das letzte Perminol-Rezept, und das war im dritten Palast, so zog er den alten Lubawitscher an seinem weißen Busch von Prophetenbart, und das war im vierten Palast, so sagte er zu Ima und Aba, sie sollten endlich sein Kinderzimmer ausräumen, und das war im fünften Palast, so lachte er mich und Marie aus, und das war im sechsten Palast, so ging er, als würde er sie nicht kennen, an Sofie vorbei, und das war im siebten Palast. Und Myriaden von Dienstengeln sahen ihm singend und flehend dabei zu, wie er sich im Streit und Kampf mit seinen Widersachern verzehrte, und sie alle waren vom Ballen ihres Fußes bis zum Scheitel ihres Hauptes voll Augen, und jedes dieser Augen war wie eine Mondkugel, und sie schauten damit. Sie schauten, wie er brannte in seinem Kampf und Streit, aber nicht durch die Flammen und Fackeln und Blitze und Feuer um ihn herum, die ihn ebenfalls aufhalten sollten auf dem Weg hinauf und hinab, er brannte aus sich selbst, er brannte-brannte-brannte, er war selbst eine feurige Fackel, sein Fleisch war zu Flammen geworden, seine Adern zu loderndem Feuer, seine Wimpern zu sprühenden Blitzen und seine Augäpfel zu feurigen Bränden, und er hatte keine Hände und Füße mehr, da sie ihm ebenfalls verbrannt waren bei seinem Gang hinauf und hinab, er war so verstümmelt wie Imas Jungs von Tel Haschomer, aber er schritt dennoch so leicht wie noch nie und bar jeder Furcht hinauf und hinab, denn er wollte endlich wissen, was sich hinter dem letzten Vorhang aus Feuer vor dem Thron von Licht verbarg, den er vor sich sah, und natürlich war er nervös. Doch bevor er den Vorhang durchschreiten konnte, wurde er geblendet von den dreihundertachtundsiebzig Arten von Leuchten des großen Glänzens und Strahlens, die darin eingesenkt waren, und darüber ausgebreitet war das Ebenbild eines Lichtes von Glanz und

Strahl einer besonders schönen Leuchte, dergleichen unter allen Arten der Leuchten in der gewaltigen Höhe der Araboth nicht vorhanden war, so daß selbst die heiligen Tiere, die in der Merkawa wohnten, sowie die Cherubim der Allmacht, die Schin'aim des Feuers, die Seraphim der Kriegswut und die Ofannim der menschlichen Wärme ihren Glanz nicht anzuschauen vermochten. Und Mordechai sah also die heiligen Tiere und die Diener der Flammen und die Engel des Lichts und die Fürsten Indiens ihre viergesichtigen Köpfe senken und ihre vierundzwanzigfachen Flügel herabhängen, und so sie stillstanden wie er, donnerte es hinter dem brennenden Vorhang, aber er hob trotzdem den Blick, und er war der einzige, der sah, wie der Vorhang sich öffnete. Und hinter dem Vorhang war es hoch wie im Himmel, und darüber war es gestaltet wie ein Saphir, und der sah aus wie ein Stuhl; und auf dem Stuhl saß einer, der sah aus wie ein großer grüner Frosch aus durchgescheuertem Plüsch. Und Mordechai sah all dies, und es war lichthell, und in dem Thron des Froschs war es gestaltet wie ein Feuer um und um. Von seinen Lenden auf- und abwärts sah er es wie Feuer glänzen um und um. Gleichwie der Regenbogen schimmert in den Wolken, wenn es geregnet hat, glänzte es um und um. Und dies also war das Ansehen der unbeschreibbaren, unbekannten Herrlichkeit des Herrn, und da Mordechai es gesehen hatte, fiel er auf sein Angesicht und hörte den Frosch reden. Und er verstand kein einziges Wort, und es war ihm egal.

Als Motti die Augen aufmachte, begann es draußen bereits wieder dunkel zu werden. Er lag auf der Seite und sah, ohne sich zu rühren, minutenlang zum Fenster hinaus. Sein Körper fühlte sich schwer und kaputt an, aber er hatte zum

Glück keine Schmerzen. Er konnte im Fenster ein Stück Himmel erkennen und darunter das Dach des gegenüberliegenden Hauses. Der Himmel, in ein eintöniges Maschinengrau getaucht, wurde von unten, von den Straßenlaternen am Kurfürstenplatz, orange, fast rosa angestrahlt, das Dach war schwarz, und es sah wie der Flügel eines riesigen Raben aus. Von Zeit zu Zeit hörte Motti eine Straßenbahn vorbeifahren, er horchte auf ihr leises, surrendes Geräusch und versuchte zu erraten, ob es die 12 war oder die 27 und ob sie von der Belgradstraße kam oder aus der Innenstadt. Es war bestimmt sehr schön, wie sie, von innen hell erleuchtet wie ein riesiger weißblauer Lampion, durch die herabfallende Dunkelheit rauschte, ganz leicht und losgelöst, als berühre sie mit ihren schweren Rädern kaum die Schienen. Am liebsten wäre er einfach liegengeblieben und hätte so lange die Straßenbahnen dort draußen wie Schäfchen abgezählt, bis er wieder eingeschlafen wäre, aber er mußte heute noch nach Puchheim, zu der verrückten Frau Gerbera. Wie spät es jetzt wohl war? Er bewegte vorsichtig den Kopf, er bewegte ihn nur so weit, daß er den Wecker sah und dabei auf keinen Fall mit dem Blick den Fernsehbildschirm streifte, dessen grelles Licht die Wände des unbeleuchteten Apartments orangeblau erhellte. Dann legte er sich wieder genauso hin, wie er eben gelegen hatte. Bloß nicht umdrehen, dachte er, und er fuhr mit der Hand unter die Decke und berührte sein nacktes Bein. Die Hand zuckte zurück, so schnell, als hätte er sich verbrannt, und danach lag er wieder eine Weile ganz still da. Schließlich, fast ohne sein Zutun, begann die Hand erneut unter die Decke zu wandern, sie schob sich forschend über Bein und Hüfte, und als sie seinen samenverklebten Bauch erreichte, zuckte sie abermals wie von selbst zurück. Schade, dachte er, wirklich schade, denn er hatte einen Moment lang tatsächlich geglaubt, es sei alles gut. Dann richtete er sich im Bett auf, er stopfte sich das Kissen hinter den Rücken und sah auf den

Bildschirm. Das Standbild zitterte leicht, aber er konnte sie genau erkennen – er sah ihr schmales polnisches Gesicht, die eng zusammenstehenden Augenbrauen, die dunkle, lange Nase, die blassen Lippen. Alles war wie vorhin, bevor er eingeschlafen war, nur ihr Haar kam ihm heller, lockiger vor, und dann schob Motti die Bettdecke leicht zur Seite, er nahm die Fernbedienung und drückte auf Start.

Ich bedanke mich bei allen, die mir mit Ratschlägen und Korrekturen bei der Arbeit an diesem Buch geholfen haben.

Maxim Biller im dtv

»... begrüßen wir einen möglichen Geistesenkel Tucholskys!«
Süddeutsche Zeitung

Die Tempojahre
dtv 11427
Eine rasante Chronik der achtziger Jahre. – »Biller liebt nicht den leichten Degen, er bevorzugt den Säbel.« (Der Standard)

Wenn ich einmal reich und tot bin
dtv 11624
»Ich habe seit den Nachkriegsromanen von Wolfgang Koeppen, seit Bölls früher Prosa, seit einigen Essays von Hannah Arendt, Adorno, Mitscherlich und Hans Magnus Enzensberger kaum etwas gelesen, das dem Blendzahn der Zeit so wahr und diesmal so witzig an den Nerv gegangen wäre ... Was für ein Buch!« (Peter von Becker, ›Süddeutsche Zeitung‹)

Land der Väter und Verräter
dtv 12356
Poetisch und mitreißend, komisch und ernst erzählt Maxim Biller von der Zeit, in der wir leben.

Deutschbuch
dtv 12886
Deutschland, peinlich Vaterland ... Man muß Maxim Biller dankbar dafür sein, daß er diesem Land so beharrlich den Spiegel vorhält. Reportagen und Kolumnen von den kleinen und großen Dummheiten der neunziger Jahre.

Kühltransport
Ein Drama
dtv 12920
Seidenstraße des Todes: ein menschliches Drama vom grausamen Erstickungstod einer Gruppe illegaler Einwanderer aus China – gestorben auf dem Weg in eine »bessere Welt«.

Die Tochter
Roman · dtv 12933
Maxim Billers erster großer Roman über Motti Wind, einen jungen Israeli, der versucht, in Deutschland heimisch zu werden. »Ein Roman wie von Dostojewski.« (Hannes Stein, ›Die Welt‹)

Aleksandar Tišma im dtv

»Tišma sieht, zeigt und erzählt wie einer, der alles über den Menschen zu wissen scheint.«
Ursula März in der ›Frankfurter Rundschau‹

Der Gebrauch des Menschen
Roman · dtv 11958
Bis zum Zweiten Weltkrieg kommen die Menschen in Novi Sad relativ friedlich miteinander aus – Serben, Ungarn, die deutschsprachigen »Schwaben« und Juden. Durch Krieg, Terror und Unmenschlichkeit wird die Stadt aus ihren Träumen gerissen.

Die Schule der Gottlosigkeit
Erzählungen · dtv 12138
In Extremsituationen zeigt sich die Natur des Menschen unverhüllt: In den vier vorliegenden Geschichten aus dem Krieg geht es um Menschen am Rande des Abgrunds.

Das Buch Blam
Roman · dtv 12340
Novi Sad nach dem Zweiten Weltkrieg. Blam durchwandert die bekannten Wege und Straßen seiner Heimatstadt als aufmerksamer, melancholischer Betrachter.

Die wir lieben
dtv 12623
Ein Buch über die Prostituierten in Tišmas Heimatstadt und das Geschäft mit der Liebe.

Kapo
Roman · dtv 12706
»Aleksandar Tišmas Roman ›Kapo‹ ist ein ebenso großartiges wie irritierendes Psychogramm eines älteren Juden, der als junger Todeskandidat ins KZ gekommen war und als Handlanger der Mörder überlebte ... ein meisterhaftes Stück Literatur.« (Thomas Grob im ›Tages-Anzeiger‹)

Treue und Verrat
Roman · dtv 12862
Sergije Rudić ist ein Ruheloser. Während des Krieges war er im Widerstand, saß im Gefängnis, seine Geliebte wurde erschossen. Die Erfahrung, daß Treue und Verrat eng zusammengehören, bestimmt sein Leben auch nach dem Krieg.